致远学术文丛

20世纪中国作家的
都市体验与文学想象

李洪华

著

METROPOLITAN EXPERIENCE
AND LITERARY IMAGINATION OF
CHINESE WRITERS
IN THE 20TH CENTURY

社会科学文献出版社
SOCIAL SCIENCES ACADEMIC PRESS (CHINA)

# 序

城市古已有之，而且历史悠久绵长。城市文学，则是晚近的事。中世纪历史学家在描述"城市文学"的时候，用了"fabliaux"（粗俗幽默故事诗）这个词，并解释为"充满活力、纯朴幽默且篇幅短小的讽刺诗"[①]。中国翻译家王佐良将它译为"中古欧洲大陆市井故事"[②]。俄罗斯理论家巴赫金认为，直到中世纪中后期（13世纪前后），城市才具有了真正意义上的"独立性"，"城市获得发展，并且在城市里形成了自己的文学"[③]。巴赫金所说的"Фабльо"（fabliaux，故事短诗），就是新兴的"城市文学"的代表，它以滑稽、讽刺、戏仿的方式"对付一切陋习和虚伪"。城市文学的主角，就是中世纪城市底层文学中三个最重要的角色类型："傻瓜""小丑""骗子"。[④] 这种说法有些极端，其实就是"普通市民"的意思。这些普通市民的活动背景，不再是宫廷和城堡要塞，不再是乡村和田野山川，更不是教堂和墓地，而是集市、街道、广场、剧场、工场、居室。这些人不是英雄，而是普通的人民群众，甚至比普通的人还要"低"一点，属于加拿大文论家弗莱所说的"低模仿人物"和"讽刺性人物"。弗莱指出，正是城市的市民新文化，把"低模仿人物"引进了文学，使得欧洲虚构文学的重心不断下移（从神移向英雄和首领，再移向普通的市民），经过文艺复兴，

---

① 〔美〕朱迪斯·M.本内特、C.沃伦·霍利斯特：《欧洲中世纪史》（第10版），杨宁、李韵译，上海社会科学院出版社，2007，第325页。
② 《王佐良全集》第1卷，外语教学与研究出版社，2016，第23页。
③ 《巴赫金全集》第7卷，万海松等译，河北教育出版社，2009，第421~425页。
④ 《巴赫金全集》第3卷，白春仁、晓河译，河北教育出版社，2009，第351~352页。

直到今天，这些人物形象一直主宰着文学。①

中国古典城市，按照年鉴学派史学家布罗代尔的分类，属于"东方型帝王都城"②。它带有"政治城堡"或"军事要塞"性质，它不是有机发展的"城市"，也没有"市民阶级"这个说法。就局部形态学的特征而言，有些古典小说也不乏"城市文化"特质，比如反农耕价值、违背封建礼教、商业气息浓厚、风格艳俗等；也有一定的"城市文学"的属性，比如沈既济的《任氏传》中，就充满了市民生活的细节和情感。但毫无疑问，这类古典小说中的城市故事，都带有局部性和偶然性特征。故事的主角与其说是市民，不如说是臣民。借用美国社会学家凡勃仑的术语，古典城市中的臣民，其生活实践或者故事情节的展开，其实是在执行"替代性消费"任务，或者说是在从事有限自由性质的"替代性表演"。③ 毫无疑问，这不是城市学家芒福德所说的由"身份等级制"向"社会契约制"过渡的现代"自治性城市"。④ 中国真正意义上的"现代城市"和"市民阶层"，应该是晚清以后的事，相应的"城市文学"应该是新文化运动之后的事。

1926 年 7 月 21 日，鲁迅在俄罗斯诗人勃洛克的长诗《十二个》的汉译本后记中写道："从一九〇四年发表了最初的象征诗集《美的女人之歌》起，勃洛克便被称为现代都会诗人的第一人了。他之为都会诗人的特色，是在用空想，即诗底幻想的眼，照见都会中的日常生活，将那朦胧的印象，加以象征化。将精气吹入所描写的事象里，使它苏生；也就是在庸俗的生活，尘嚣的市街中，发见诗歌底要素。所以勃洛克所擅长者，是在取卑俗，热闹，杂沓的材料，造成一篇神秘底写实的诗歌。中国没有这样的都会诗人。我们有馆阁诗人，山林诗人，花月诗人……没有都会诗人。"

鲁迅在道出中国文学中"城市文学"匮乏之实情的同时，精辟地指出了"城市文学"的内在精神和真相。"城市文学"的材料是日常的、庸俗的、喧嚣的，"卑俗，热闹，杂沓的"，却要求诗人用"诗底幻想的眼"去

---

① 〔加〕诺思罗普·弗莱：《批评的解剖》，陈慧、袁宪军、吴伟仁译，百花文艺出版社，2006，第 47~48 页。
② 〔法〕费尔南·布罗代尔：《十五至十八世纪的物质文明、经济与资本主义》，施康强、顾良译，生活·读书·新知三联书店，1993，第 621~623 页。
③ 〔美〕凡勃仑：《有闲阶级论》，蔡受百译，商务印书馆，2002，第 59 页。
④ 〔美〕刘易斯·芒福德：《城市文化》，宋俊岭等译，中国建筑工业出版社，2009，第 28 页。

观照，还要将"精气"吹入那些庸常的日常事象之中，使之"苏生"出"神秘底写实的诗歌"。按照鲁迅所说的这种要求，有些文学作品实在是不能作为"城市文学"的例证，比如《海上花列传》、"鸳鸯蝴蝶派"作品，还有一些迎合市民低级趣味的通俗文学。但符合鲁迅所说的那种现代城市文学精神的文学实践，事实上已经开始了。除"鲁郭茅巴老曹"和左联作家群之外，与上海这座中国最早的现代大都会相应的"城市文学"，也可以说成绩斐然，涌现了大批优秀作家：刘呐鸥、穆时英、施蛰存、曾虚白、张依萍、黑婴、徐訏、叶灵凤、张爱玲、苏青、无名氏等。这些作家，与其说是中国古典文学的传人，不如说是薄伽丘、乔叟、笛福、简·奥斯汀的传人。

然而，这种诞生于近现代的"城市文化"和"城市文学"却很短命，持续时间只有几十年，随即就中断了。当代文学的"前27年"，"城市文学"逐渐缺席乃至有绝迹的苗头。出现在20世纪50年代的《我们夫妇之间》《组织部新来的青年人》《红豆》等小说，都是描写城市生活的，但它们伴随着对城市的社会主义改造而被改造，《上海的早晨》和《霓虹灯下的哨兵》更是这种改造过程的直接呈现。这种城市经验、城市感受、城市精神在文学中消失的情形，直至20世纪80年代才略有改观。

中国城市演变史的深层，潜藏着一种宿命式的"建城—毁城—建城"历史循环模式，自商代以来概莫例外。其本质是农耕文化对城邦文化（商业文化）的价值否定，它视"城市"为暂时的手段，"乡村"为永恒的目的；乡村农耕生活可以培养美德情操，城市则是一个罪恶与腐败的渊薮。此种判断不仅印证于中国古代的城市建造与布局上，也体现在王朝交替时刻的毁城冲动上。管理者对城市不信任，叙述者也将城市妖魔化。顾炎武也认为，"人聚于乡而治，聚于城而乱"，"聚于乡则土地辟，田野治"，"聚于城则徭役繁，狱讼多"。① 价值观念左右话语方式，话语方式左右实践行为，所以才有"建城—毁城—建城"的历史循环，同时催生出大量鲁迅所说的"馆阁诗人，山林诗人，花月诗人"。

---

① （清）顾炎武著，黄汝成集释《日知录集释·卷十二·人聚》，栾保群、吕宗力校点，上海古籍出版社，第284页。

以上是我这些年来对城市文化与城市文学的一些粗浅观察。2020 年上半年，我把这些想法写成了一篇论文，题目叫《城市的形与神及其书写传统》①。没过多久，我收到了李洪华教授大作——《20 世纪中国作家的都市体验与文学想象》的电子稿，被他这一体大虑周的鸿篇巨制震惊了。全书 12 章超 30 万字，从现代作家写到当代作家，20 世纪中国作家作品中的都市想象之例证，可谓如数家珍。在阅读其大作时，我发现我们的许多观点不谋而合。譬如在他看来，"都市是社会经济发展到一定阶段的产物，是人类文明的象征"，而中国文学的现代化转型正是与这一社会经济发展同步进行的"文学的现代化"。又如他对以鲁迅、沈从文为代表的乡土作家在文学现代化转型过程中情感的矛盾与经验的不适的观察，即一方面他们将城市看作自身存在的基础，另一方面又在情感上对这一基础持保留甚或拒绝的态度。在这一点上鲁迅是一个典型的案例。

在李洪华教授的钩沉中，鲁迅晚年定居上海之后，曾多次表露出对北京的眷恋："北平并不萧条，倒好，因为我也视它如故乡的，有时感情比真的故乡还要好，还要留恋，因为那里有许多使我记念的经历存留着。"可这终究是回忆中北京给他的感受，初到北京时的观感却截然相反："途中弥见黄土，间有草木，无可观览。"此种反差，正如他在《朝花夕拾·小引》里所言："我有一时，曾经屡次忆起儿时在故乡所吃的蔬果：菱角，罗汉豆，茭白，香瓜。凡这些，都是极其鲜美可口的；都曾是使我思乡的蛊惑。后来我在久别之后尝到了，也不过如此；惟独在记忆上，还有旧来的意味留存。"这种无论到哪里都感到不适的经验，非独鲁迅一人所有，沈从文大概也是这样。举凡这些，在作者的这部书里都有深刻的剖析。不过，李洪华并未将这种对"不适"的观察局限在作家自传的意义上，而是将它上升到了文学现代化过程中作家转型的艰难这一点上。这种描述，我以为既是一种事实判断，也隐在地包含了某种价值判断，亦即作者对社会现代化与文学现代化的双重肯定。正是在这一价值导向下，李洪华从现代都市与现代文学的关联性、乡土作家的转型问题、新兴都市作家的写作方式、政治视角与现代主义视域内的城市文学等几个方面，论述了 20 世纪中国城市文学

---

① 见《南京社会科学》2020 年第 4 期。

发生与发展期间的诸多问题。

李洪华这部专著分为两大部分，"导言"与第一章"都市文化表征与现代文学生成"是全书的"纲"，第二章到第十二章为全书的"目"。"纲"是立论，为"目"中所及的作家打下了方法论的基础；"目"则是立论的延伸与具体化，涉及的既有鲁迅、老舍、张爱玲、沈从文、茅盾、徐訏及新感觉派、象征派、现代诗派与九叶派等诸多现代作家及流派，也有"新时期"以来的一些成就卓著的作家，如王安忆、冯骥才、池莉、陆文夫、范小青、苏童、叶兆言、贾平凹、叶广芩和王朔。这一部分不是简单的作家论，其论述也根据时间与对象做出了富有新意的安排。如讨论鲁迅、老舍、张爱玲时，作者拣选了在他们生命中占据重要地位的城市加以论述；对于沈从文、茅盾，则是从其"乡下人"的视角与不同的政治取向加以分析的；至于新感觉派、象征派、九叶派这些带有现代主义或者"纯文学"色彩的文学流派，作者主要关心的是这些城市文学的发生学问题。

总的来看，我认为这部著作主要有三大优点，即立论价值的明晰、兼容并蓄的择取、细致入微的分析。我有理由相信，李洪华教授的这部关于"城市文学"的专著，是中国城市文学研究中不可多得的优秀成果，它将为中国城市文学研究提供一个坚实的基础。

张　柠

2020 年 12 月 28 日

写于北京师范大学

# 目 录

## Contents

# 导　言


　　都市是社会经济发展到一定阶段的产物，是人类文明的象征。尽管中国自古以来便有西安、洛阳、南京、北京、开封、杭州、安阳、郑州等享誉世界的都城，也不乏《两都赋》《二京赋》《三都赋》《东京梦华录》《金瓶梅》《红楼梦》等关于古代都城的文学想象，但从严格意义上说，真正具有现代市政理念和工商业文明特征的都市，始自晚清以来中国被迫打开国门，开放口岸，出让租界，汇入"世界共同市场"时期，其标志是以上海、天津、广州、武汉、重庆等为代表的现代都市迅速崛起，以及北京、西安、南京、洛阳等一批古都名城的现代转型。20 世纪初，伴随着都市现代化进程，中国文学也开启了现代转型。从世界文学范围来讲，如果没有巴黎、伦敦、彼得堡、都柏林、布拉格，就没有巴尔扎克、狄更斯、果戈理、乔伊斯和卡夫卡；对于 20 世纪中国文学而言，如果没有北京、上海、南京、武汉、苏州，也就没有鲁迅、老舍、沈从文、张爱玲、茅盾、王安忆、叶兆言、冯骥才、池莉、陆文夫与范小青等作家的创作。一方面，都市是文学的物质基础，为作家提供生活资源；另一方面，都市是文学的审美对象，为作家提供创作素材。正是在这个意义上，我们说，都市是 20 世纪中国文学产生的摇篮。

　　中国现代文学是"用现代文学语言与文学形式，表达现代中国人的思想、感情、心理的文学"。这样的"文学的现代化"，是与当下中国所发生的"政治、经济、科技、军事、教育、思想、文化的全面现代化"的历史进程相适应的。① 中国现代化进程中城与乡、沿海与内地的不平衡，所出现

---

① 钱理群等：《中国现代文学三十年·前言》，北京大学出版社，1998，第 1～2 页。

的"现代都市与乡土中国"的对峙与互渗，以及现代化本身所产生的新的矛盾、困惑，都对中国现代文学的内容与形式产生了深刻的影响。对于中国现代文学，虽然以往学界多认为是指"五四"至新中国成立前三十年间的文学，但随着中国现代文学学科的发展和成熟，这一范畴被越来越多的有识之士扩展至新中国成立后的社会主义时期，甚至包括正在发生的当下。这既彰显了现代文学的现代性，也体现了现代文学学科的增长性。本书所论及的都市文化与 20 世纪中国文学，正是基于上述"现代性"和"增长性"而展开的，讨论的范畴涵括自"五四"以来至当下的整个新文学。但由于对象的复杂和能力的囿限，只能选择部分具有代表性的作家或流派作为对象，从都市文化语境、作家都市体验及其书写着手，以期探讨都市文化与 20 世纪中国文学之间的关联互动。

## 一　20 世纪中国作家的都市体验

中国现代作家大多数出身乡土，长期受到传统农耕文明的熏陶，在思想深处常常难以摆脱传统儒家文化和伦理观念的影响，因而，他们的都市体验和情感态度是矛盾复杂的。一方面，他们在理性上清醒地意识到，都市是他们的生存基础；另一方面，他们在情感上又无法背离乡土，认同都市。正如李欧梵所言，对于都市，中国现代作家总是面临物质层面的"留恋"与心理精神层面的"逃离"的两难处境。[1] 都市文人身份和角色的转换，最初给现代作家所造成的"犹抱琵琶半遮面"的矛盾复杂心理是可以想见的。寄寓租界的鲁迅说他在都市"如身穿一件未曾晒干之小衫"[2]，难以判定它是绝对的好还是坏。他一方面指责"'海派'是商的帮忙"，"从商得食者其情状显，到处难于掩饰"[3]，另一方面又不得不依赖上海的出版市场获取生活资源，甚至为了稿费不惜与出版商对簿公堂。长期寓居北京的周作人一方面痛斥上海文化的"俗恶"，"是买办流氓与妓女的文化，压根

---

① 李欧梵：《现代性的追求——李欧梵文化评论精选集》，生活·读书·新知三联书店，2000，第 112 页。

② 鲁迅：《书信·致郑振铎》，《鲁迅全集》第 12 卷，人民文学出版社，1981，第 284 页。

③ 鲁迅：《"京派"与"海派"》，《申报·自由谈》1934 年 2 月 3 日。

儿没有一点理性与风致"①；另一方面又对都市的繁华和"享乐的流风余韵"有着一种向往，甚至说"我们于日用必需的东西以外，必须还有一点无用的游戏与享乐，生活才觉得有意思"②。郭沫若一方面对上海文化的商业属性大为不满，诅咒它是"游闲的尸，淫嚣的肉"，"以致我的心儿作呕"；③另一方面又说"卖文是作家应有的权利，没有什么荣辱可言"，"由卖文为辱，转而为卖文为荣，这是一个社会革命，是由封建意识转变而为资本主义的革命"，"是意识上的革命"，④ 体现了他一贯"突变"的风格。沈从文对现代都市的矛盾态度更具代表性。他一方面承认上海商业环境对自己和文学创作的意义，说"我的文章是只有在上海才写得出也卖得出的"，"只有上海地方成天大家忙匆匆过日子，我才能够混下去"，⑤ "作品一用商品方式分布，于是有职业作家，缘于作品自由竞争产生了选择作用和淘汰作用，所以在短期间作品质与量两方面都得到长足进步，且即奠定了新书业基础"；⑥ 另一方面又不遗余力地批判"在上海寄居于书店、报馆、官办杂志"的海派文人是"名士才情"与"商业竞卖"的结合，带来了"道德上与文化上"的恶风气。⑦ 当然，需要指出的是，鲁迅、周作人、沈从文等对待都市的矛盾心态是他们基于农耕文明的传统乡土伦理与建立在工商业文明基础上的现代都市文化之间的冲突所导致的。因此，当他们置身于具有传统农耕文明形态的北京时，就没有感到不适和焦虑。鲁迅说："北平并不萧条，倒好，因为我也视它如故乡的，有时感情比真的故乡还要好，还要留恋，因为那里有许多使我记念的经历存在着。"⑧ 周作人说，"住在古老的京城里吃不到包含历史的精炼的或颓废的点心是一个很大的缺陷"，"我在西四牌楼以南走过，望着异馥斋的丈许高的独木招牌，不禁神往"。⑨ 沈从文说，北京的"胡同里有许多不标店名分门别类的、包罗万象的古董店，完

---

① 周作人：《上海气》，《谈龙集》，岳麓书社，1989，第 90 页。
② 周作人：《北京的茶食》，《周作人自编集：雨天的书》，北京十月文艺出版社，2011。
③ 郭沫若《上海印象》，《郭沫若全集》第 1 卷，人民文学出版社，1982，第 162 页。
④ 郭沫若：《革命春秋》，上海海燕书店，1949，第 206 页。
⑤ 沈从文：《致王际真》，《沈从文全集》第 18 卷，北岳文艺出版社，2002，第 143 ~ 144 页。
⑥ 沈从文：《"文艺政策探讨"》，刘洪涛编《沈从文批评文集》，珠海出版社，1998，第 73 页。
⑦ 沈从文：《文学者的态度》，《大公报·文艺》1933 年第 8 期。
⑧ 鲁迅：《致许广平》，《鲁迅选集·书信卷》，山东文艺出版社，1991。
⑨ 周作人：《北京的茶食》，《周作人自编集：雨天的书》，北京十月文艺出版社，2011。

全是一个中国文化博物馆的模样","北京繁华的街市，还保留了明清六百年的市容和规模。在那里看见许多大铺子，各具特色，金碧辉煌，斑驳陆离，令人眩目，这使我这个来自六千里以外小小山城里的乡巴佬无一处不深感兴趣"。① 当然，"真爱"北京的还数"把北平融在血里"的老舍，他说："我真爱北平。这个爱几乎是要说而说不出的……我所爱的北平不是枝枝节节的一些什么，而是整个儿与我的心灵相黏合的一段历史……每一个小的事件中有个我，我的每一思念中有个北平，这只有说不出而已。……我将永远道不出我的爱，一种像由音乐与图画所引起的爱。这不但是辜负了北平，也对不住我自己，因为我的最初的知识与印象都得自北平，它是在我的血里，我的性格与脾气里有许多地方是这古城所赐给的。我不能爱上海与天津，因为我心中有个北平。可是我说不出来！"②

然而与鲁迅、周作人、沈从文等出身于乡土的都市寓居者不同，刘呐鸥、施蛰存、穆时英、杜衡、叶灵凤、林微音、张爱玲、予且等长期立足于都市的海派作家不但十分认同都市现代伦理价值，而且积极融入现代都市生活。刘呐鸥等自称是"敏感的都市人"，他们的"作风的新鲜是适合于这个时代"的。③ 施蛰存也曾坦言："我们是租界里追求新、追求时髦的青年人。你会发现，我们的生活与一般的上海市民不同，也和鲁迅、叶圣陶他们不同。我们的生活明显西化。那时，我们晚上常去 Blue Bird（日本人开的舞厅）跳舞。……穆时英的舞跳得最好。我对跳舞兴趣不大，多为助兴才去。和跳舞相比，我更爱日本咖啡和'沙利文'的西式牛排。"④ 另据时人回忆，穆时英他们在外表上"是个摩登 BOY 型，衣服穿得很时髦，懂得享受，烟卷，糖果，香水，举凡近代都市中的各种知识，他都具备"⑤。杜衡在《文人在上海》中从生存、消费和生产等角度分析了都市工商业文化对文人生存影响的必然，他说，"上海社会的支持生活的困难自然不得不影响到文人，于是在上海的文人，也像其他各种人一样，要钱"，"这结果

① 沈从文：《20年代的中国新文学》，《水云集》，花城出版社，1984。
② 老舍：《想北平》，《宇宙风》第19期，1936年6月。
③ 《都市风景线》"广告词"，《新文艺》第1卷第2期，1929年10月。
④ 张芙鸣：《施蛰存：执着的"新感觉"》，《社会科学报》2003年12月4日。
⑤ 卜少夫：《无梯楼杂笔》，新闻天地社，1947，第23页。

自然是多产，迅速的著书，一完稿便急于送出，没有闲暇在抽斗里横一遍竖一遍的修改。这种不幸的情形诚然是有，但我不觉得这是可耻的事情"，"机械文化的迅速传播是不久就会把这种气息带到最讨厌它的人们所居留的地方去的"。① 张爱玲从不隐讳她的"上海人"的身份和她对市民文化的认同。她自称是"自食其力的小市民"②，喜欢住在都市的公寓楼里逃避世俗的烦恼，享受生活的乐趣，"喜欢听市声"，甚至"非得听见电车声才睡得着觉"③。她喜欢看京戏，读小报，认为"新兴的京戏里有一种孩子气的力量，合了我们内在的需要"④，而小报的"日常化"和"生活化"给她"一种回家的感觉"⑤。在那篇著名的《到底是上海人》的文章里，张爱玲十分深刻地指出，"上海人是传统的中国人加上近代高压生活的磨练。新旧文化种种畸形产物的交流，结果也许是不甚健康的，但是这里有一种奇异的智慧"，"上海人之'通'并不限于文理清顺，世故练达"，他们"坏得有分寸"，"会奉承，会趋炎附势，会混水摸鱼"。在介绍了上海人的"奇异智慧"之后，张爱玲说，"只有上海人能够懂得我的文不达意的地方"，"我喜欢上海人，我希望上海人喜欢我的书"，⑥ 这里既有作者的文化认同，也有她的写作期待。叶灵凤、林微音、张爱玲、予且等海派文人不但认同都市现代工商业属性对于人的合理价值，甚至为了经济原因不惜主动投合读者大众和出版商的口味。叶灵凤一向认为，"书籍绝对没有所谓道德的或不道德的。书籍只有写得好的或写得不好"⑦。林微音则毫不避讳地说，只要有人向他约稿，"从来不知道说'不'字"，时人戏言，"只要有钱，无论乌龟贼强盗的杂志，要他写文章，他都会写"⑧。张爱玲曾坦言道，"从小似乎我就很喜欢钱"，"因此一学会'拜金主义'这个名词，我就坚持我是拜金主义者"，"我很高兴我的衣食父母不是'帝王家'而是买杂志的大众，不是

①　杜衡：《文人在上海》，《现代》1933 年 12 月。
②　张爱玲：《流言》，花城出版社，1997，第 87 页。
③　张爱玲：《流言》，花城出版社，1997，第 27 页。
④　张爱玲：《流言》，花城出版社，1997，第 13 页。
⑤　张爱玲：《流言》，花城出版社，1997，第 113 页。
⑥　张爱玲：《流言》，花城出版社，1997，第 3 页。
⑦　叶灵凤：《艺术家》，《天竹》，现代书局，1928。
⑧　林微音：《散文七辑·序言》，上海时代图书公司，1936，第 3 页。

拍大众马屁的话——大众实在是最可爱的雇主"①。予且也坦言:"有时因为物质上的需要,我们无暇顾及我们的灵魂了。而灵魂却又忘不了我们,他轻轻地向我们说:'就堕落一点吧!'"②

新中国成立后较长一段时间,新生政权一方面处于欧美国家的封锁中,与发达资本主义国家之间缺少经济文化上的交流;另一方面对内在致力于社会主义改造的同时,大力发展工农业生产。这一时期,城市(都市)在很大程度上被当作资本主义的文化符号和腐朽没落生活方式的代名词。因而,50～70年代,中国城市的发展缺失必要的外部环境和内生动力,作家的都市体验和文学想象也主要是基于政治改造和工业生产而展开的。譬如,1949年春,周而复受组织委派到上海从事宣传工作,他希望通过采访上海工人了解他们的生活和斗争,希望工作一段时间以后,能写一部描写上海工人斗争生活的长篇小说,以反映上海的变化。因为上海是中国的缩影,在这里既可以看到中国的过去,也可以展望她的未来。③ 周而复在军事接管时期的上海,参加了"三反""五反"和资本主义工商业改造的全过程,"和上海各阶层人士打交道,了解情况,研究和解决问题",终于完成了反映新中国成立初期都市工商业改造的四卷本长篇小说《上海的早晨》。我国真正意义上的城市化进程始自70年代末的改革开放。20世纪末以来,伴随着城市化进程的加快和现代工商业文明的发展,王安忆、冯骥才、池莉、叶兆言、苏童、陆文夫、范小青等当代作家对都市的情感和体验发生了显著变化,他们在都市的长期濡染中产生了呼吸与共的体认和难以割舍的情愫。王安忆对上海有种近乎迷恋的情怀,她说,自出生后的第二年随母亲来到上海,中间在外地插队了8年后回到上海,"很多事情在发生,但和过去的联络其实没有中断",上海始终是她内心坚守的故乡,"从来没有它(上海),倒也无所谓;曾经有过,便再也放不下"。④ 冯骥才从不掩饰自己对于天津风物人情的偏爱,他说:"我虽为浙江人,却长于津门,此地风

① 张爱玲:《童言无忌》,《流言》,花城出版社,1997。
② 予且:《七女书·札记》,《利群集》,上海德润书局,1946。
③ 周而复:《周而复往事回忆录》,中国工人出版社,2004。
④ 石剑峰:《"上海是很多人的故乡"》,《东方早报》2014年3月23日。

习，挚爱殊深，众生性情，刻骨铭心。"① 池莉不但深爱着武汉，而且常常以"小市民"自居，她说"武汉是一个非常有意思的城市，我常常乐于在这个背景上建立我的想象空间"②，"我自称'小市民'丝毫没有自嘲的意思，更没有自贬的意思。今天这个'小市民'不是从前概念中的'市井小民'之流，而是普通一市民，就像我许多小说中的人物一样"③。对于陆文夫而言，苏州虽然只是他的第二故乡，但这第二故乡的记忆和影响仍然是刻骨铭心的，他说："我也曾到过许多地方，可那梦中的天地却往往是苏州的小巷，我在这些小巷中走过千百遍，度过了漫长的时光。"④ 范小青对苏州有着难以"摆脱"的眷恋，她说："许多年，我在苏州狭窄闭塞的小巷，每天看到听到的大都是些相同的事情，早晨，老太太买菜，老爹孵茶馆，年轻人急急忙忙去上班，小孩子睡意朦胧去上学。白天，小巷很安静，偶尔有一两声婴儿的啼哭和广播书场的说唱。到夜晚则成为麻将和电视的世界，日复一日，年复一年，单调而机械，我扎在这里面不能摆脱。"⑤

　　从历史的辩证的角度来看，都市是一个发展衍变的历史范畴，是社会经济发展到一定阶段的产物，是人类社会生活的高级形式，是人类文明的象征。"城市本身表明了人口、生产工具、资本、享乐和需求的集中。"⑥ "城市是经济政治和人民精神生活的中心，是前进的主要动力。"⑦ 20 世纪上半叶，半殖民地半封建性质的中国从本质上来说，主要还是以传统儒家伦理为精神支撑的乡土社会，那些出身乡土的现代作家大多对都市怀有一种"先天"的道德义愤和情感拒斥。然而，随着现代工商业的发展和城市化进程的加快，20 世纪末至 21 世纪以来，那些自小生养于都市的当代作家对都市的情感体验已完全不同于前辈作家，他们总是以"城"为"乡"，把传统乡土伦理植入现代都市生活，在都市的"新变"中沉淀都市的"恒常"。

---

① 冯骥才《〈俗世奇人〉序言》，《俗世奇人》，作家出版社，2001。
② 池莉：《池莉文集·序言》，江苏文艺出版社，1995。
③ 池莉：《真实的日子》，《池莉文集》第 4 卷，江苏文艺出版社，1995，第 222 页。
④ 《陆文夫文集》，古吴轩出版社，2006。
⑤ 范小青：《设置障碍和跨越障碍》，《当代中国作家随笔精选》，东方出版中心，1996。
⑥ 《马克思恩格斯选集》第 1 卷，人民出版社，2012，第 184 ~ 185 页。
⑦ 《列宁全集》第 19 卷，人民出版社，1959，第 264 页。

## 二 20 世纪中国文学的都市想象

王德威说，小说"往往是我们想像、叙述'中国'的开端"①。文学创作过程实际上是一个想象的过程。在某种意义上，都市也是一种文本，对其文学敞现的过程其实也是对都市的想象过程。由于中国曾经长期处于重农抑商的农耕文明时代，深受封建伦理思想影响，相较于发达的乡土书写，现代文学中的都市想象一直较为薄弱。"五四"时期，以启蒙为主题的现代文学实绩主要体现在乡土小说方面，都市几乎很少进入现代作家的文学想象。对此，鲁迅曾不无感慨地说："我们有馆阁诗人，山林诗人，花月诗人……；没有都会诗人。"②鲁迅一生虽迁居南京、东京、北京、厦门、广州、上海等多个都市，有着不同的都市体验，但在他的文学想象中却很少正面出现都市形象，早期创作《呐喊》《彷徨》《朝花夕拾》等大多取材于故乡绍兴旧识，即便《一件小事》《头发的故事》《端午节》《伤逝》等少数篇什取材于北京生活，但其背景较为模糊，难觅都市气息，直到后期迁居上海后，在《二心集》《三闲集》《伪自由书》《准风月谈》《且介亭杂文》等杂文中才不同程度地涉及了都市的体验和观感，尤其是在《上海的少女》和《阿金》中，通过早熟的少女和市侩的娘姨呈现了物质主义和半殖民地色彩的都市文化形象。与鲁迅一样，沈从文一生也去过北京、上海、青岛、武汉和昆明等不同都市，并且十分清楚他的创作和生活都离不开都市，然而他对都市的体验和想象却始终充满了"嫌恶"感。无论是早期取材于北京寄读生活的《老实人》《松子君》《我的邻》《一个晚会》等作品，还是后来反映都市知识者的《绅士的太太》《都市一妇人》《八骏图》《某夫妇》《有学问的人》等作品，沈从文总是以"乡下人"的视角表达了对都市的鄙夷和批评。

中国现代文学真正意义上的都市想象应该起始于刘呐鸥、穆时英、施蛰存、叶灵凤、戴望舒、徐迟等新感觉派和现代诗派的文学实践。20 世纪

---

① 王德威：《想像中国的方法：历史·小说·叙事》，生活·读书·新知三联书店，2003，第 1 页。

② 鲁迅：《集外集拾遗·〈十二个〉后记》，《鲁迅全集》，人民文学出版社，1981。

二三十年代以来，以上海为代表的中国现代都市在半殖民地半封建的特殊时代语境中得到畸形发展。都市工商经济的发展带来了都市文化的繁荣和人们生活方式的改变，从而也深刻地影响了文学审美方式的转变，正如30年代《现代》杂志的主编施蛰存在谈及都市现代生活与文学审美关系时所指出的："这里面包括着各式各样的独特的形态：汇集着大船舶的港湾，轰响着噪音的工场，深入地下的矿坑，奏着 Jazz 乐的舞场，摩天楼的百货店，飞机的空中战，广大的竞马场……甚至连自然景物也和前代不同了。这种生活所给予我们的诗人的感情，难道会与上代诗人从他们的生活中所得到的感情相同吗？"① 同样，新感觉派代表人物刘呐鸥也在给朋友戴望舒的信中如此提醒诗人："因航空思想的普及，也产生许多关于飞行的诗，我很想你能对于这新的领域注意，新的空间及新的角度都能给我们以新的幻想意识情感。"②

诚然，当刘呐鸥、穆时英、叶灵凤、戴望舒、施蛰存、徐迟等现代派作家置身于"三千年未有之大变局"的现代都市变革时期，他们面对的生活世界和拥有的文化记忆都发生了惊人的变化，从而促成其审美趣尚和表达方式随之而变。在穆时英、刘呐鸥、施蛰存、叶灵凤、杜衡等现代派的小说中，大街、舞厅、影院、夜总会、百货公司、摩登女郎等都市文化符号都成了独立的审美对象。刘呐鸥的"都市风景线"里，"甲虫似的汽车塞满着街道"（《礼仪和卫生》），"人们坐在速度的上面"，陌生的都市男女在"直线的邀请"和"直线的从命"中一拍即合（《风景》）。穆时英的《上海的狐步舞》里，法律上的母亲和儿子"开着一九三二的新别克，却一个心儿想一九八零年的恋爱方式"。叶灵凤的《流行性感冒》中，都市摩登女郎"像一辆一九三三型的新车"，"迎着风，雕出了一九三三型的健美姿态：V形水箱，半球形的两只车灯，爱莎多娜·邓肯式的向后飞扬的短发"。交错纵横的都市大街和快速便捷的交通工具把人们的都会生活和情感心理变成了直线型和快节奏。传统的伦理道德和价值观念在现代都市的流行时尚中分崩离析，瞬间直露的感官刺激替代了传统的羞涩缠绵。在都市中，现代

---

①　施蛰存：《又关于本刊的诗》，《现代》第 4 卷第 1 期，1933 年 11 月。

②　刘呐鸥：《致戴望舒》，孔另境编《现代作家书简》，花城出版社，1982，第 186 页。

机械的力度、摩天大楼的高度和交通工具的速度，已经渗透到诗人的审美意识中，改变了诗人的审美视角和修辞方式。在戴望舒的诗歌中，"新的机械文明"不再是"一个静默的铁的神秘"，而是"有一颗充着慈爱的血的心"，是"我们的有力的铁的小母亲"，她"用有力的，热爱的手臂，紧抱着我们，抚爱着我们"（《我们的小母亲》）。在施蛰存的诗歌中，工厂林立的烟囱和桃色的烟雾这些现在我们看来的工业污染，竟然也成为审美的诗行："在夕暮的残霞里，／从烟囱林中升上来的／大朵的桃色的云，／美丽哪，／烟煤做的，／透明的，桃色的云。"（《桃色的云》）徐迟的《都会的满月》则以非凡的想象把摩天楼上的钟面比作"都会的满月"，它"贴在摩天楼的塔上"，"短针一样的人，／长针一样的影子，／偶或望一望都会的满月的表面。／知道了都会的满月的浮载的哲理，／知道了时刻之分，／明月与灯与钟的兼有了"。现代派的诗人们以少有的激情发出了对都市机械文明的赞颂，在高耸入云的摩天大楼面前，他们大多采取仰视或俯视的观察视角，通过丰富的意象传达出现代的美感。

30 年代，现代文学中的都市想象还有另外两种不同视角：一是以茅盾为代表的左翼作家以社会分析的眼光打量都市的各阶级状况，二是以老舍为代表的自由作家从文化乡土的角度书写都市的风物人情。茅盾的都市体验和文学想象主要呈现在《子夜》中。作者一方面着力描写了灯红酒绿、纸醉金迷的都市颓废形象，譬如开篇关于外滩和吴公馆的描写；另一方面又对充满"速"与"力"的都市现代性流露出赞美之情，譬如对于汽车和证券交易所的描写。这种对于现代都市的复杂体验同样也表现在都市人物的塑造上，譬如对于主人公吴荪甫，既批判他的专横跋扈、外强中干，又赞美他是"机械工业时代的英雄骑士和王子"。老舍对北京的体验与想象显然具有浓厚的乡土伦理色彩。北京是老舍的生养之地和精神寓所，他的作品向来以浓郁的"京味"著称，大量描写了北京的风物和人事。在《老张的哲学》《赵子曰》《离婚》《骆驼祥子》《我这一辈子》《四世同堂》《正红旗下》等大量作品中，老舍以特有的方式建构了他的"北平"形象，熟练运用"京味"十足的语言生动刻画了各类北京市民形象，大量描写了具有北京地域特色的风俗场景。

40 年代，救亡成为最迫切的时代命题，文学的都市想象也主要在战争文化语境中展开，最具代表性的是张爱玲、徐訏以及部分九叶派诗人的相关创作。三四十年代寓居沪、港两地的张爱玲在她的《传奇》里给人们呈现出了令人惊艳的都市想象。无论是《倾城之恋》《金锁记》等作品中遗老遗少们的旧式公馆，还是《红玫瑰与白玫瑰》《心经》等作品中的新式公寓，或是《留情》《封锁》等作品中的都市大街，张爱玲以新旧杂糅的手法展示了战争背景下的都市生活空间。三四十年代徐訏在上海前后生活了10年，其间目睹了洋场的醉生梦死，亲历了战场的风云变幻，因而在他的都市想象中，无论是描写街头的"人鬼"奇恋（《鬼恋》）、赌窟的"花魂"传奇（《赌窟里的花魂》）、洋场的爱恨情仇（《风萧萧》），还是江湖的人生历险（《江湖行》），都常常隐现着洋场与战场的双重面影。40年代后期，曹辛之（杭约赫）、唐湜、唐祈、陈敬容、辛笛等九叶派诗人在亲历了战争硝烟、目睹了民生疾苦之后汇聚于上海，用象征、玄学、暗示等现代主义诗学方式呈现了战后都市社会乱象，杭约赫的《复活的土地》、唐祈的《时间与旗》、唐湜的《骚动的城》、杜运燮的《造物价的人》、袁可嘉的《上海》、辛笛的《夏日小诗》等都是如此。

新中国成立后较长一段时期，在文学为政治服务的特殊时代语境中，农村题材和革命历史题材成为主流意识形态明确支持的重要题材，都市及其生活方式被视为腐朽堕落的文化符号受到"批判"和"改造"。五六十年代，一方面，都市只能以背景的形式隐现在胡万春、唐克新、费礼文、陆俊超、万国儒、李学鳌等人的各类工业题材书写中；另一方面，在《霓虹灯下的哨兵》《千万不要忘记》《祝您健康》《我们夫妇之间》等作品中，都市成为资产阶级的代名词，被想象成政治和道德上的"罪恶的渊薮"。值得重视的是，这一时期欧阳山的《三家巷》和周而复的《上海的早晨》等少数作品以历史回溯和政治重塑的方式获得了描写都市的合法性，真实呈现了不同风格的都市形象。《三家巷》以都市青年周炳的生活经历为主线，通过周、陈、何三个不同阶级家庭的复杂人事关系和日常生活，展示了"五四"至新中国成立前广州的都市生活变迁。《上海的早晨》虽然以反映新中国成立初期城市资本主义工商业改造为主体，但同时也展示了五六十年代都市生活的诸多方面，尤其是对于原有资产者日常生活、经济活动及其被改造过程的描写，真实展示了"原先城市中心力量在迅速边缘化过程中的复杂反应"①。

新时期以来都市文学想象的兴起主要是市场经济时代到来和城市化进程加速引起的，其中尤以王安忆、冯骥才、池莉、陆文夫、范小青、叶兆言、苏童、王朔、贾平凹、叶广芩等作家的都市书写为代表。王安忆素来被称作"海派传人"，被认为是张爱玲上海书写的继承人，从 80 年代的《流逝》《好婆与李同志》，到 90 年代的《长恨歌》《我爱比尔》，再到 21 世纪的《富萍》《天香》《考工记》，王安忆的上海书写从历史到现实，从本邦人到外来者，从弄堂女孩到都市"小开"，呈现出立体多面的"上海世界"。陆文夫与范小青是姑苏文化的代言人，他们"梦中的天地"是苏州的小巷，"在这些小巷中走过千百遍，度过了漫长的时光"②。无论是陆文夫的《小巷深处》《小贩世家》《美食家》，还是范小青的《裤裆巷风流记》《锦帆桥人家》《城市民谣》，都通过苏州小巷和市井人物的生活变迁，写出了苏州深厚的历史，展现了姑苏文化的内在气韵。叶兆言的南京书写在历史怀旧中呈现了金陵古都与秦淮人家的繁华和衰颓。《状元境》《追月楼》《半边营》《十字铺》等"夜泊秦淮"系列以秦淮河一带的历史风物人情为对象，再现了旧日南京的繁华与败落。苏童的南方想象混合着苏州和南京的古城气息，《红粉》《妻妾成群》《我的帝王生涯》《城北地带》等，总是在南方阴雨潮湿的背景中展开，氤氲着女性的脂粉味道，流露出南方古城的衰颓。贾平凹笔下的西京形象充满了世风日下的颓败，《废都》《白夜》《土门》《高兴》等作品真实记录了有过辉煌传统的古都在改革开放时期所经历的阵痛和蜕变。叶广芩的都市书写主要着眼于老北京的满族生活和皇城印象，《采桑子》《大登殿》《逍遥津》《豆汁记》等作品通过没落世家的生活变迁，在历史的回望中打捞古都旧识。以"痞子"形象闯入文坛的王朔，在《顽主》《动物凶猛》《一点儿正经没有》《千万别把我当人》等作品中，以"玩世不恭"的调侃颠覆了崇高神圣的帝都形象，展示了社会转型时期另类的京城大院风习。总之，中国现代文学中的都市想象在不同时期呈现出不同风貌，既肇因于不同地域的都市文化特征，也与不同历史语境下作

---

① 洪子诚：《中国当代文学史》，北京大学出版社，1999，第 132 页。
② 《陆文夫文集》，古吴轩出版社，2006。

家的都市体验有着密切的关联。

## 三　都市文化与 20 世纪中国文学研究

自 20 世纪末以来，国内学界掀起了各类"文化研究"的热潮，在现代文学研究领域，则突出地表现为对都市文化与文学的热情关注。"都市文化与文学热"的兴起，一方面是外来影响所催生；另一方面，不断加快的中国城市化进程本身更是"都市文化与文学热"的内生动力。20 世纪 80 年代末至 90 年代初，文化研究在欧美学界成为盛极一时的"显学"，并在范围、方法和空间上呈现出多元化蔓延趋向，政治制度、经济社会、文学艺术乃至流行时尚等都被纳入文化研究的范畴，这种多元化的"泛文化"研究趋势很快影响到改革开放不断深入的中国学界。据联合国开发计划署发布的《2013 中国人类发展报告》，中国过去只用 60 年的时间就实现了城镇化率从 10% 到 50% 的过程，到 2030 年，中国将新增 3.1 亿城市居民，届时，中国城市人口总数将超过 10 亿，中国城市化率将达 70%。① 不断加快的城市化进程在带来城市繁荣的同时也必然催生各种城市问题，而这些正成为近年来都市文学创作和都市文化研究的重要方面。

学界通常以 1983 年北戴河首届城市文学理论笔会的召开作为中国城市文化与文学研究发端的标志，80 年代中期以后现代文学与都市文化相关研究逐渐受到关注，90 年代后取得了较大进展，至 21 世纪以后已成为研究的热点。严家炎在其选编的《新感觉派小说选》② 中较早把新感觉派和现代主义、都市文学联系在一起，将新感觉派的特点归纳为快节奏地表现都市生活，不懈地追求主观印象和文体创新。美籍华裔学者李欧梵的《上海摩登——一种新都市文化在中国 1930—1945》③ 在"文化想象"层面上重绘了上海的文化地理，以施蛰存、刘呐鸥、穆时英、张爱玲等现代派作家的创作为对象，分析了物质生活上的都市文化和文学艺术想象中的都市的关联。赵园的《北京：城与人》④ 从城与人的关系角度探讨了现代文学中的都市书写

---

① 《〈2013 中国人类发展报告〉发布》，《城市规划通讯》2013 年第 17 期。
② 严家炎选编《新感觉派小说选》，人民文学出版社，1985。
③ 〔美〕李欧梵：《上海摩登——一种新都市文化在中国 1930—1945》，北京大学出版社，1985。
④ 赵园：《北京：城与人》，上海人民出版社，1991。

问题，她把描述都市北京的文学作品作为一种泛乡土文学，讨论文学书写中北京的城市文化性格，再经由这座城市的文化性格探索其居住者、描绘者与这座城市之间的精神联系，从一个侧面读解了北京文化。吴福辉的《都市漩流中的海派小说》① 从都市文化的角度把处于分散状态的海派小说作家聚集在一起，率先站在为"海派"正名的角度，分析了海派文化的现代质，论述了海派作家的人格和创作上所显示出来的都市文化特征。许道明的《海派文学论》② 在都市文化背景下，考辨了"海派文学"的概念，梳理了海派文学产生、发展和成熟的历史进程，探讨了具有代表性的海派作家的文学创作特色，并对海派文学的历史地位做出了中肯的评价。

21 世纪以后，都市文化与文学更是成为研究的热点，关注的视角和维度更为丰富多样。杨义的《京派海派综论》③ 以图志的方式，综合比较了京、海派文学产生的不同都市文化背景，表现出的不同都市文学特征。李今的《海派小说与现代都市文化》④ 剖析了海派小说赖以生长的现代都市经济、社会和文化土壤，以西式现代主义建筑风格、唯美—颓废的现代都市文学和电影构成的现代都市文化对海派小说的影响为线索，探讨了海派小说在文学观念和主题上独特的精神特征。蒋述卓、王斌等著《城市的想象与呈现——城市文学的文化审视》⑤ 从城市审美风尚、城市审美意识、都市审美价值等方面对当代都市文学、都市电影与都市文化展开了探讨。李俊国的《中国现代都市小说研究》⑥ 第一次较系统地梳理考察了中国现代都市小说与都市文化的关联，分析论述了中国现代都市小说的产生背景、主题类型和艺术特征等，他认为中国现代都市小说将现代都市作为独立的审美对象，是对现代都市人生处境的智性体验。程光炜主编的《都市文化与中国现当代文学》⑦ 是一部论文集，收集了李欧梵、李今、钱理群、李楠、杨

---

① 吴福辉：《都市漩流中的海派小说》，湖南教育出版社，1995。
② 许道明：《海派文学论》，复旦大学出版社，1999。
③ 杨义：《京派海派综论》（图志本），中国社会科学出版社，2003。
④ 李今：《海派小说与现代都市文化》，安徽教育出版社，2000。
⑤ 蒋述卓、王斌等：《城市的想象与呈现——城市文学的文化审视》，中国社会科学出版社，2003。
⑥ 李俊国：《中国现代都市小说研究》，中国社会科学出版社，2004。
⑦ 程光炜主编《都市文化与中国现当代文学》，人民文学出版社，2005。

扬、孟繁华、陈惠芬等人关于都市文化与现代文学方面的论文，其中涉及的主题较为宽泛，包括电影、报刊、出版、社团、教育等各个方面。李永东的《租界文化与30年代文学》① 从上海租界文化的独特视角审视了30年代文学的特点，论析了租界文化的殖民性、商业性和颓废性等特征对30年代的左翼文学、新感觉派小说以及茅盾、沈从文、鲁迅等人创作的影响。李楠的《晚清、民国时期上海小报研究——一种综合的文化、文学考察》② 从文化、文学的综合视角对晚清、民国时期的上海小报进行了较为系统的梳理和考察，对上海市民文化与小报和小报文学之间的互动关系进行了较为详尽的论析，把小报文学和鸳蝴文学等定位为通俗海派，并认为"纯文学海派是经过西方现代主义洗礼的上海文化养育出来的，他们的文学生命附着在殖民色彩浓郁的现代社会身上"。金理的《从兰社到〈现代〉——以施蛰存、戴望舒、杜衡及刘呐鸥为核心的社团研究》③ 以二三十年代上海、杭州等都市文化为背景，从社团的角度，以人事为主线，梳理了从"兰社"到"璎珞社""水沫社"再到《现代》杂志的演变，探讨了以施蛰存、戴望舒、杜衡、刘呐鸥、穆时英等人为代表的文学社团的聚集、发展和离散过程。李洪华的《上海文化与现代派文学》④ 探讨了上海现代都市文化语境的形成与表征、现代派群体的文化身份与文学选择，论述了新感觉派、现代诗派、九叶派、徐訏、张爱玲等的都市体验与想象，从东西方文化交融的视角观照上海文化语境中的现代派文学，不仅看到了中国现代派文学所受的西方文化与文学的影响，而且注意到了中国现代派文学具有某些中国传统文化文学方面的传承。值得重视的是，2012年杨剑龙主编的"上海文化与上海文学研究丛书"⑤ 把都市文化与文学的研究推向了新阶段，本套丛书共分八部，分别为《都市上海的发展和上海文化的嬗变》（杨剑龙著）、《上海市民文化与现代通俗小说》（张登林著）、《都市风貌与海派气质——

① 李永东：《租界文化与30年代文学》，上海三联书店，2006。
② 李楠：《晚清、民国时期上海小报研究——一种综合的文化、文学考察》，人民文学出版社，2005。
③ 金理：《从兰社到〈现代〉——以施蛰存、戴望舒、杜衡及刘呐鸥为核心的社团研究》，东方出版中心，2006。
④ 李洪华：《上海文化与现代派文学》，江西人民出版社，2010。
⑤ 杨剑龙主编"上海文化与上海文学研究丛书"，上海文化出版社，2012。

清末民初长篇都市小说上海叙事研究》（吴智斌著）、《世界潮流中的海派文化与海派小说》（林雪飞著）、《海上唯美风——上海唯美主义思潮研究》（赵鹏著）、《上海出版业与三十年代上海文学》（冉彬著）、《文化巨匠鲁迅与上海文化》（梁伟峰著）、《上海文学与二十世纪中国文学》（杨剑龙等著）。丛书以十分开阔的学术视域，从历史传承和现代嬗变中梳辨上海都市文化语境的形成过程与特质，在东西文化语境中和 20 世纪中国文学版图上探讨通俗文学、海派小说、唯美主义文学、自由主义文学、左翼文学、清末民初小说，视域开阔，规模宏大，深化与拓展了中国 20 世纪文学与都市文化的研究。此外，在上海文学史研究方面，陈伯海、袁进主编的《上海近代文学史》，王文英主编的《上海现代文学史》，邱明正主编的《上海文学通史》，等等，也在一定程度上论及了上海文学与都市文化之间的关联。当然，除了上述论著之外，还有大量富有创见的论文，在此不再一一赘述。

　　一时代有一时代之精神，一时代有一时代之文学。近现代以来，中国作家置身于如此"三千年未有之大变局"的都市变革时期，他们面对的生活世界和拥有的文化记忆都发生了惊人的变化，从而导致其审美趣尚和表达方式的变化。虽然中国现代作家大多出身乡土，但却无不是在都市完成自己的创作人生的。他们的都市体验和文学想象各不相同，既有地域性的文化差异，也是个人化的经历使然。本书主要以鲁迅、老舍、张爱玲、茅盾、沈从文、徐訏、新感觉派、象征派、现代诗派、九叶派、王安忆、冯骥才、池莉、陆文夫、范小青、叶兆言、苏童、贾平凹、叶广芩、王朔等作家或流派的都市体验和都市书写为对象，探讨都市文化与现代文学的互动关联，以期通过百年来的文学事实彰显都市之于现代文学的意义。

# 第一章

# 都市文化表征与现代文学生成

## 第一节　都市的历史衍变

### 一　"城"与"市"

城市是一个现代名词，《辞源》中把城市解释为人口密集、工商业发达的地方。从词源意义上看，城市由"城"和"市"组成。在古代汉语中，"城"为形声，从土，从成。"土"指阜堆，"成"意为"百分之百""完全"。"土"与"成"联合起来表示"完全用上垒筑的墙圈""百分之百的土筑墙圈"。古代"城"的本义指城邑四周用作防御的高墙，其功能是双重的：既用于防御外来入侵，也用于防范城市居民暴动，所谓"城者，可以自守也"（《墨子·七患》），"城，以盛民也"（《说文解字》）①。"市"为会意，金文字形，上面是"之"（往），下面是"兮"，表意为市场嘈杂声，因而"市"的本义为市场，指交易的场所，所谓："市，买卖之所也。"（《说文解字》）

"城"与"市"组合在一起便为"城市"，《周易·系辞》称："日中为市，致天下之民，聚天下之货，交易而退，各得其所。"② 这里描述了人们到"市"进行交易的情形，"市"聚集了各地货物，吸引了四方民众，人们

---

① （汉）许慎撰，（清）段玉裁注《说文解字注》（第2版），上海古籍出版社，1988，第688页。
② 《周易正义》卷八，《十三经注疏》（上），上海古籍出版社，1997，第86页。

交易完成后，各自回归住所。可见，早期的城市是指具有防御和交换功能的、人口密集、商贸发达的地方，后来一些城市成为王朝的国都、诸侯的封地或卿大夫的采邑，城市便进一步发展成为政治、经济、文化的中心。

目前，学术界对城市的定义众说纷纭，划分的标准也各不相同。一是从人口数量上对城市进行界定。在美国，城市是指 2500 人以上居住的社区；法国的统计标准规定，一座城市至少应有 2000 个居民；英国的统计标准是5000 人。① 二是从城市功用的角度进行界定。譬如日本学者中野尊正、沼田真认为：城市是政治、行政、经济、社会、文化等人类活动的场所。② 三是从城市特征方面进行界定。譬如德国学者马克斯·韦伯提出：一个聚居地要成为完全新市新区，需要具备下列特征：（1）防卫力量；（2）市场；（3）本身的法院；（4）相关的社团；（5）至少享有部分政治自治。③ 美国学者路易·沃斯认为：城市应具有一些普遍的社会特征：（1）规模大；（2）人口稠密，是永久性聚居地；（3）在社会和文化方面具有异质性的人群。④ 四是从系统论角度进行界定。譬如英国学者 K. J. 巴顿认为：城市是一个在有限空间地区内的各种经济市场——住房、劳动、土地、运输等等——相互交织在一起的网状系统。⑤ 我国学者马世俊、王如松认为：城市是一个规模庞大、关系复杂的多目标、多层次、多功能的动态生态系统，可分为社会、经济、自然三个亚系统和不同层次的子系统，彼此互为环境。⑥ 马克思主义经典作家也从功能特征方面对城市进行了精辟论述。马克思认为：城市本身表明了人口、生产工具、资本、享乐和需求的集中。⑦ 列宁认为：城市是经济政治和人民精神生活的中心，是前进的主要动力。⑧

可见，城市是指具有一定规模人口聚居，进行非农业生产、生活与社

---

① 李其荣编著《世界城市史话》，湖北人民出版社，1997，第 2～3 页。
② 〔日〕中野尊正、〔日〕沼田真：《城市生态学》，孟庆正等译，科学出版社，1986。
③ 〔德〕马克斯·韦伯：《城市》，转引自李其荣编著《世界城市史话》，湖北人民出版社，1997，第 3 页。
④ 〔美〕路易·沃斯：《作为一种生活方式的都市主义》，载汪民安等编《现代性基本读本》，河南大学出版社，2005，第 700～711 页。
⑤ 〔英〕K. J. 巴顿：《城市经济学——理论和政策》，商务印书馆，1984。
⑥ 马世俊、王如松：《社会—经济—自然复合生态系统》，《生态学报》1984 年第 1 期。
⑦ 《马克思恩格斯选集》第 1 卷，人民出版社，2012，第 184～185 页。
⑧ 《列宁全集》第 19 卷，人民出版社，1959，第 264 页。

会活动的场所和地域，通常是一定地域内的政治、经济、社会、文化的中心，具有聚居性、经济性和社会性等特征。由于中国文明与西方文明在起源、形态和发展进程等方面有着诸多不同，尤其是中国经历了漫长的封建时代，资本时代既不成熟又短暂，而 20 世纪以来，中国在经历了动荡的半殖民地半封建社会后进入社会主义建设时期，因而中国城市在文化属性和功能特征上也与西方城市多有不同。

## 二　城市与都市

城市的出现，是人类走向成熟和文明的标志，也是人类群居生活的高级形式。人类社会初期是没有城市的，原始社会阶段人们依靠狩猎、捕鱼和采集野果为生，生活很不稳定，生产力十分低下，不可能形成城市。通常认为，最初的城市大约产生于 5000 年前的奴隶社会时期，是随着农业生产、社会分工和商品交换的出现而产生的。马克思认为："城乡之间的对立是随着野蛮向文明的过渡、部落制度向国家的过渡、地方局限性向民族的过渡而开始的，它贯穿着文明的全部历史直至现在。"[1] 古代奴隶社会时期的城市主要是行政、宗教和军事的中心，经济功能并不突出，譬如欧洲的城邦和我国夏商时期的都邑。封建社会时期，城市的经济功能凸显，城市的规模和管理得到进一步发展，城市大多成为一定区域内政治、经济、文化的中心。至 19 世纪，随着现代工商业的发展，尤其是工业革命给城市发展注入了强大的动力，城市规模进一步扩张，一些超大规模的城市发展成为现代化的都市。

在中国古代，"都"与"城"、"市"一样，常常独立使用。《说文解字》对"都"的含义有三种解释：一是有先君旧宗庙之地为都；二是与"国"同义，"都"即"国"，所谓"从邑，者声"，"凡邑之属皆从邑，国也"；三是指周代的行政区划，"《周礼》：距国五百里为都"。[2]"城市"和"都市"的词义是逐渐衍变的。有学者认为，以宋代为转折点，"城市"从早期"城"与"市"的连用、官治之所逐渐增加"商业繁华的经商之地"的

---

① 《马克思恩格斯文集》第 1 卷，人民出版社，2009，第 556 页。
② （汉）许慎撰，（清）段玉裁注《说文解字注》，上海古籍出版社，1988，第 283 页。

含义，"都市"从最初都城中的市井之地逐渐扩展到繁华的市镇之义，故两词在历史上的使用有一定相似性，但并非完全相同。"城市"更侧重政治意涵，而"都市"更强调商业贸易往来。①

现代意义上的"都市"（metropolis）概念源自西方，是在晚清时期中国近（现）代化进程和新文化运动浪潮冲击下产生的，在一定程度上与鸦片战争失败后被迫开埠通商有着直接的关联。清末民初，一批新型知识分子不断对传统的"城"提出质疑，认为"城"是一种落后的事物。易家钺在《中国都市问题》中指出："城墙是古代的遗物，是野蛮的象征。"② 徐蔚南认为："原来近代的都市，是一种人民的自动的政治组织。中国从前没有近代的都市。都市的建设是自五口通商始，是西洋人硬在中国的土地上建设起来的。"③ 民国时期，"都市"作为西方近代文明产生的新事物而被广泛宣传，譬如梁启超的《中国都市小史》、杨哲明的《都市论 ABC》、千家驹等人的《农村与都市》、邱致中的《都市社会政策》、丰子恺的《都市相》等。新知识分子纷纷提出"打倒旧城郭，建设新都市"④ 的主张，认为"近世的都市，完全是经济的都市，以工商业做惟一的根基"⑤，"都市便是生产者与消费者的一种组织，以一都市为中心，在这中心点生产者以其所有，易其所无，以满足他各种的欲望"⑥，"都市是人民集中于一定的地方，因种种方面的需要，产生出一个行政机关，以适应这一地方集居人民的一切行政，努力谋其共同的福利，并发挥近代物质文明的政治团体"⑦。这些对"都市"的认知完全是现代意义上的，凸显了现代都市的经济、政治、文化中心属性和生产、融汇、调节功能。因而，虽然中国自古以来便有长安（今西安）、汴梁（今开封）、金陵（今南京）、北京、杭州等都城，但严格来说，现代意义上的都市始自近代鸦片战争以后被迫开埠，纳入"世界共

---

① 王妙发、郁越祖：《关于"都市（城市）"概念的地理学定义考察》，载《历史地理》第 10 辑，上海人民出版社，1992，第 138 页。

② 易家钺：《中国都市问题》，《民铎杂志》1923 年第 5 期。

③ 徐蔚南：《〈现代市政通论〉序》，杨哲明编著《现代市政通论》，上海民智书局，1929，第 1 页。

④ 学清：《再论拆城：打倒旧城郭，建设新都市》，《道路月刊》1929 年第 2 期。

⑤ 吴觉农：《都市集中与农村问题》，《新农业季刊》1925 年第 5 期。

⑥ 吴景超：《都市之研究》，《留美学生季报》1927 年第 3 期。

⑦ 杨哲明：《都市的经纬观》，《道路月刊》1929 年第 3 期。

同市场"，其中最具代表性的是上海。自 1843 年开埠至 1930 年，不到一百年的时间，上海便由一个滨海渔村性质的小县城迅速发展成为与东京、纽约、巴黎、伦敦等并列的世界性大都市。

总之，都市是一个发展衍变的历史范畴，是社会经济发展到一定阶段的产物，是人类文明的象征。都市是由城市发展而来的，是在一定时期、一定地域内，具有完备市政体系，具有相当人口密度，具有巨大城市规模和重大影响力的政治、经济、社会、文化中心。

## 第二节　都市的文化表征

### 一　文化与都市文化

文化（culture）是一个十分宽泛的概念，对它进行严格精确的定义几乎是不可能的。不少哲学家、社会学家、人类学家、历史学家和语言学家一直试图从各自学科的角度来界定文化的概念，但始终都没有一个公认的、令人满意的解释。克鲁伯和克拉克洪在《文化：概念与定义的批判性回顾》一书中收录和分析了关于文化的 160 多种定义。一般认为，"文化"这一概念最早是由英国人类学家爱德华·泰勒于 1871 年在《原始文化》中提出的。泰勒认为，文化"就其广泛的民族学意义来说，是包括全部的知识、信仰、艺术、道德、法律、风俗以及作为社会成员的人所掌握和接受的任何其他的才能和习惯的复合体"[1]。这是目前中外学界最为认可的关于文化的经典定义，它包含了物质层面、精神层面和制度层面等诸多形式。泰勒所定义的"文化"显然在很大程度上是包括了人类一切文明成果在内的广泛意义上的概念。其后，各类学者从不同的角度和立场对"文化"概念进行了阐述和使用，具有代表性的有马林诺夫斯基的功能主义阐释、格尔兹的符号学阐释和列维·施特劳斯的结构主义阐释。马林诺夫斯基认为，"文化是一个组织严密的体系，同时它可以分为基本的两方面，器物和风俗"，任何文化现象都应置于文化整体中去考察，构成文化的各个要素都发挥着

---

① 〔英〕爱德华·泰勒：《原始文化》，连树声译，上海文艺出版社，1992，第 1 页。

一定的功能，要素之间的关系受到整个功能的支配和制约。① 格尔兹认为，文化是指从历史上沿袭下来的体现于象征符号中的意义模式，是由象征符号体系表达的传承概念体系，人们由此得以沟通、延存和发展他们对生活的知识和态度。② 施特劳斯认为文化是一个结构性的分类系统，同时包括建立在这些分类系统之上的制度性和思想性产品体系，以及它们进一步的次生性运作。③ 虽然学界对文化的界定各不相同，但通常主要从广义和狭义两个层面来理解和使用"文化"的概念，"从广义来说，指人类社会历史实践过程中所创造的物质财富和精神财富的总和。从狭义来说，指社会的意识形态，以及与之相适应的制度和组织机构"。④

20 世纪末以来，伴随着世界范围内的城市化进程，都市文化研究盛极一时，成为一时显学。然而，学界对都市（城市）文化的界定和理解各不相同。美国学者芒福德在《城市文化》中认为，"城市作为历史的产物之一，是社会权利和文化的集中场域。人们的生活的方方面面，包括社会意义与其重要性，都在城市中汇合"。⑤ 法国学者塞托认为，都市文化是面向日常生活、市民之外已经存在的文化诸要素的组合，并且与社会经济等要素相交互。⑥ 台湾学者张丽堂、唐学斌认为，都市文化是人类生活于都市社会组织中所具有的知识信仰艺术伦理道德法律风俗和一切社会所获得的任何能力和习惯。⑦ 杨东平认为，都市文化是市民在都市空间的长期生活过程中集体共同创造的、体现都市特点的文化模式，是都市生活环境、生活方式和生活习俗的总和。⑧ 任平认为，都市文化是体现时代的时尚总汇，如都市建筑时尚、服饰时尚、饮食时尚、知识时尚等等。⑨ 李坚等人认为，都市

---

① 〔英〕马林诺夫斯基:《文化论》，费孝通等译，中国民间文艺出版社，1987，第 11、14 页。
② 〔美〕克利福德·格尔兹:《文化的解释》，纳日碧力戈等译，上海人民出版社，1999，第 103 页。
③ 〔法〕克洛德·列维 - 施特劳斯:《结构人类学》，张祖建译，中国人民大学出版社，2006，第 627 页。
④ 《辞海》，上海辞书出版社，1989，第 1533 页。
⑤ 〔美〕刘易斯·芒福德:《城市文化》，宋俊岭等译，中国建筑工业出版社，2009。
⑥ 〔法〕米歇尔·德·塞托:《日常生活实践 1. 实践的艺术》，方琳琳、黄春柳译，南京大学出版社，2015。
⑦ 张丽堂、唐学斌:《市政学》，五南图书出版公司，1983。
⑧ 杨东平:《城市季风:北京和上海的文化精神》，东方出版社，1994。
⑨ 任平:《时尚与冲突:城市文化结构与功能新论》，东南大学出版社，2005，第 7 页。

文化是一种大视角文化，是发生在都市空间里的、与城市发展相关联的文化现象。它既包括都市的生态环境、经济贸易、政治制度，也包括都市的社会文化和精神文化。① 刘国光主编的《中外城市知识辞典》把都市文化界定为都市人在都市空间长期的生活场域、日常生活方式和都市人的生活习俗的总和，分为物质文化和非物质文化两个方面：物质文化指具体的物或有形的都市实体或器物等，如都市建筑、园林、教堂、学校、娱乐设施、交通工具等；非物质文化则指都市社会人的心理、价值观、道德、艺术、宗教、法律、习俗以及都市居民的生活方式等。②

可见，与文化的概念一样，都市文化也有广义和狭义之分。广义上的都市文化，指都市人在都市实践过程中所创造的物质财富和精神财富的总和；狭义上的都市文化，指都市人在都市实践过程中培育形成的思想观念、行为规范、组织制度、文化活动和社会心理等精神财富的总和。

## 二　都市的公共空间及其文化表征

卡西尔认为："符号化的思维和符号化的行为是人类生活中最富于代表性的特征，并且人类文化的全部发展都依赖于这些条件。"③ 都市文化是都市文明的呈现，是人类在都市空间实践的符号化产物。作为都市文化符号和物质载体，都市生活空间及其所涵括的生活内容，无疑是都市文化最重要的形态和象征。正如刘易斯·芒福德所说："城市是社会关系交融杂合的形态与象征，是庙宇、广场、市场、执法厅及学术场所的载体。在城市中，文明的产物不断发展、衍化；人们的经验逐步演变成真实可行的符号。城市是行为的符号象征，也是秩序构成的系统。"④ 对此，恩格斯进一步指出："在历史上出现的一切社会关系和国家关系，一切宗教制度和法律制度，一切理论观点，只有理解了每一个与之相应的时代的物质生活条件，并且从

---

① 李坚、李锐：《论城市文化与城市个性》，《湖南城市学院学报》2006 年第 3 期。
② 刘国光主编《中外城市知识辞典》，中国城市出版社，1991。
③ 〔德〕恩斯特·卡西尔：《人论》，甘阳译，上海译文出版社，1985，第 35 页。
④ 〔美〕刘易斯·芒福德：《城市文化》，宋俊岭等译，中国建筑工业出版社，2009，第 4 页。

这些物质生活条件中被引伸出来的时候，才能理解。"① 因而，为了更好地理解都市文化与现代文学之间的互动关联，我们有必要描画出与之相应的物质生活条件，即都市的生活空间。包含着不同建筑风格、生活方式、风俗习惯、情感体验和价值观念的生活空间是最重要的都市文化表征。通常而言，人们的生活空间主要包括外部公共生活空间和内部私密生活空间。外部与内部、公共与私密是两组相对的概念，在公共空间中也包含有大量的私密性生活内容，而内部的生活空间中也常常会引入公共生活方式。

晚清以来，在中国城市化进程中，上海作为中国最早的现代意义上的世界性大都市，"提供了用以说明中国已经发生和即将发生的事物的钥匙"②。因而，我们在此主要以上海为样本，分析都市的外部生活空间及其文化表征。自 1893 年开埠以来，随着经济的持续发展、现代市政体系的逐步完善和人口的不断增长，上海的公共空间迅速发展起来，大街、公园、商场、舞厅、影院、饭店、酒吧、咖啡馆和各类游乐场繁华一时，逐步形成了上海城市生活结构的开放性和生活方式的多元化。我们不妨以城市公园、歌舞厅、电影院、咖啡馆和百货公司等都市公共生活空间为例，分析现代都市生活空间所彰显出的娱乐性和消费性的都市文化表征。

我国历史上的园林一般可分为皇家园林和私家园林，这些园林都有明确的归属，不为大众开放。然而，1949 年以前，上海先后建成并开放了 14 座公园，总面积为 988 亩。③ 尽管城市公园刚刚出现时，因其数量少、活动空间有限，不被人们广泛注意，而且因为它带有某些民族歧视色彩，受到社会舆论的强烈抨击，但是它所具有的现代城市公共娱乐的精神内涵，如场所的开放性、活动的公共性和设施的公用性等，无疑成为塑造现代都市形象的重要力量。现代性的歌舞厅和大众化的交际舞传入上海以后，使得上海市民的娱乐生活和交际方式为之一新。开埠以前，上海只有传统表演性和自娱性的民间舞蹈，如龙舞、狮舞、船舞、花篮灯、茶担舞等，大多在岁时年节或婚嫁喜庆之时演出。开埠以后，西方大众化和交际性的现代

① 〔德〕恩格斯：《卡尔·马克思〈政治经济学批判〉》，载《马克思恩格斯选集》第 2 卷，人民出版社，1972，第 117 页。

② 〔美〕罗兹·墨菲：《上海——现代中国的钥匙》，上海人民出版社，1986，第 5 页。

③ 陈伯海主编《上海文化通史》（上卷），上海文艺出版社，2001，第 93 页。

交际舞传入上海，开始是在租界洋场和上流华人社会中流行，后来逐渐成为华界大众社会的流行时尚。尽管 20 世纪二三十年代上海歌舞厅内的纸醉金迷和藏污纳垢备受诟病，甚至发生了轰动一时的"禁舞"事件，但这绝不能掩盖它们对活跃市民生活、扩展社交范围、促进社会流通、引导都市时尚、培育市民文化所起的重要作用。电影院和电影对现代都市文化生活的影响是多层次、多角度和多方位的，"最初的变革主要在举止、衣着、趣尚和饮食方面，但或迟或早它将在更为根本的方面产生影响"①。20 世纪 20 年代上海《晶报》如此描述电影对市民文化生活的显著影响：上海等大都会的时髦女子，都喜穿各种欧式的高底鞋，戴欧式女帽，穿各种斗篷，学白娘娘的装束，这是妇女社会的"电影化"；在男女交际场内，往往认识不到十分钟，便"公然举行那最亲爱的接吻礼"，这是男女交际社会的"电影化"；各位阔人公馆中的房屋，那些装饰陈设，铺排得与电影中最华丽的宫室无异，这是阔人社会的"电影化"。② 咖啡和咖啡馆的出现则完全改变了上海市民饮茶的传统习惯。咖啡馆的宁静、优雅和闲适完全不同于酒店、茶馆的喧闹、世俗和忙乱，逐渐成为上海市民尤其是青年男女谈情说爱、休闲娱乐的理想场所。著名的海派文人张若谷在《咖啡座谈·序》中写道："大家一到黄昏，就会不约而同地踏进几家我们坐惯的咖啡店，一壁喝着浓厚香醇的咖啡以助兴，一壁低声轻语诉谈衷曲。——这种逍遥自然的消遣法，外人不足道也。"③ 中国传统的购物场所是店铺，这些店铺大多规模小、经营方式陈旧。在单一的供需关系结束之后，三尺柜台常常阻断了顾客与店员或者顾客与商品之间进一步"交往"的可能。上海开埠以后，以先施、永安、新新和大新为代表的现代百货公司的出现完全改变了传统店铺的经营方式和上海人的娱乐消费方式，不仅在经济上促进了市场的繁荣，在生活上满足了人们的物质需求，同时也在文化上丰富了人们的精神生活。近代上海的各个大型百货公司除了具有消费功能以外，兼备娱乐功能。譬如，先施百货大楼一至三层为商场，四至五层为美商东亚旅社，六至七层为先

---

① 〔美〕丹尼尔·贝尔：《资本主义文化矛盾》，赵一凡等译，生活·读书·新知三联书店，1989，第 116 页。

② 《中国的电影化》，《晶报》1922 年 1 月 3 日。

③ 张若谷：《现代都会生活象征》，《咖啡座谈·序》，真善美书店，1929。

施乐园，另有屋顶花园，开创了上海大型商场开办娱乐业的先例。市场和商品在引导和改变人们的生活方式和价值观念，逛商场不一定要购物，商场已经成为一种现代休闲的新去处。

通过以上对城市公园、电影院、歌舞厅、咖啡馆、百货公司等代表性的都市公共空间的分析，我们不难发现，现代都市物质空间在塑造都市现代形象、改变都市文化生活方面的重要意义。它们不但以其现代性的建筑外观和丰富的文化内涵打造了全新的现代都市形象，而且内在地改变了人们的生活方式和思维方式，从而深刻地影响着现代作家的写作方式和读者的审美方式。

## 三　都市的内部空间及其文化表征

在重商主义和消费文化支配下的现代都市社会，虽然公共空间在市民生活中的作用和地位与日俱增，成为塑造都市文化的主导力量，但是内部空间仍然有着重要意义，它们永远是都市人冷暖自知的内里。在此，我们不妨以最具代表性的中国都市民居——上海的弄堂与石库门、北京的胡同与四合院为例，来呈现都市内部生活空间及其文化表征。

有人把上海市民文化称为"弄堂文化"。所谓"弄堂"，是上海人对里弄的俗称，它是由连排的石库门建筑构成的。长期以来，大多数上海的土著居民便是长养在这些狭窄而悠长的弄堂里，以他们特有的方式，生成了风情独具的弄堂文化。陈丹燕在《上海的风花雪月》中描述过上海市民的两种生活："上海的市民常常有着两种生活，一种是面向大街的生活，每个人都收拾得体体面面，纹细不乱，丰衣足食的样子，看上去，生活得真是得意而幸福。商店也是这样，向着大街的那一面霓虹闪烁，笑脸相迎，样样东西都亮闪闪的，接受别人目光的考验。而背着大街的弄堂后门，堆着没有拆包的货物，走过来上班的店员，窄小的过道上墙都是黑的，被人的衣服擦得发亮。小姐还没有梳妆好，吃到一半的菜馒头上留着擦上去的口红印子。而人呢，第二种生活是在弄堂里的，私人家里的，穿家常衣服……男人们围着花围裙洗碗。……上海市民的真正生活，是在大玻璃墙和黄铜的美国钟摆后面的，不过，他们不喜欢别人看到他们真实的生活，那是他们隐私的空间，也是他们的自尊。"①

著名的都市文化学者许道明说："把捉上海文化的大概，石库门实在是当之无愧的最佳视角。"② 的确，无论是从物质形式还是从精神内蕴上来说，石库门无疑是最具上海特色的"地方特产"。上海石库门民居的兴起有着特殊的历史成因。19 世纪中后期，由于战乱频繁，江浙一带的殷实人家和上海老城厢居民纷纷携眷涌入租界，从而催生了"占地经济、设计合理、结构坚固、外观整然有序"的石库门住宅。石库门民居早期的布局和建筑风格，既吸收了某些江南民居讲气派、守尊卑的传统文化特色，又具有西方城市民居整齐有序、经济实用的现代理性特征，集中地传达出上海文化融合中西的风貌。这种砖木结构的石库门之所以建为上下两层，一是与江南地面潮湿，人们多择楼房而居，求其高爽有关；二是由于租界地价昂贵，民居向空间发展较为经济。从石库门的单体布局来看，仍保留着以旧式家庭为单位的那种封闭式独立住宅特点，体现了长幼有序、尊卑分明的传统文化特征。石库门近观显得气派有序，远望整齐划一、黑白对照，给人一种厚实、庄重、富足、安全的审美印象，是典型的传统与现代、东方与西方文化融合的载体。梁实秋当年曾感叹石库门既不乏经济实用的精明又处处好讲门面的上海做派，"房子虽然以一楼一底为限，而两扇大门却是方方正正的，冠冕堂皇，望上去总不像是我所能租赁得起的房子的大门。门上两个铁环是少不得的，并且还是小不得的。因为门环若人，敲起来当然声音就大，敲门而欲其声大，这显然是表示门里面的人离门甚远，而其身分又甚高也"③。由于租界的住房紧张，一套石库门房子后来常常租住着三四户甚至十来户人家。当年从房东那里租下几间厢房或亭子间再转租给别人而从中牟利的所谓二房东比比皆是。这种层层分隔，使本来尚觉宽敞的住房变得逼仄不堪，人们戏称其为"鸽子笼"。当时有人这样描述石库门住房的拥挤："楼上前房一户张，楼上后房一户黄；楼下前房一户唐，楼下后房一户杨。厨房改造一户庄，梯半阁楼一户桑，亭子间，一户郎，晒台改造

---

① 陈丹燕：《上海的风花雪月》，作家出版社，1998，第 4~5 页。

② 许道明：《海派文学论》，复旦大学出版社，1999，第 58 页。

③ 梁实秋：《住一楼一底房者的悲哀》，倪墨炎选编《浪淘沙——名人笔下的老上海》，北京出版社，1999，第 135 页。

一户孀。"① 早期石库门一般是三上三下，即正间带两厢，楼下正中是客堂间，东西为两厢房，客堂后为扶梯，后面有灶间。灶间上面的一间就是上海人惯称的"亭子间"②。亭子间的设计颇具巧思，合理分割了屋内空间，充分利用朝向不好的部位，增加了相对独立的使用面积。亭子间作为辅助房间或作临时客房，或堆放杂物，较为实用，而租给一家好几口人居住自然局促不堪了。③ 当年"亭子间文人"曾因毛泽东的一番幽默指称而成为上海文化人的代称。石库门的拥挤和亭子间的逼窄制造了嘈杂的市声和紧张的邻里关系，使得许多市民从弄堂逃离到宽阔的大街和喧闹的舞场去充分享受都市无拘束的自由。

如果说弄堂和石库门是上海的"地方特产"，那么胡同和四合院便是北京的"文化名片"。胡同，源于蒙古语 gudum。元人把街巷称为胡同，后来便成为北方街巷的通称。北京的胡同多得不计其数，所谓"有名的胡同三千六，没名的胡同数不清"，这些胡同大多形成于元、明、清时期。胡同的走向多为正东正西，宽度一般不过九米。胡同两旁的建筑几乎都是四合院。因而，在很大程度上可以说，大大小小的四合院围合成胡同，弯弯绕绕的胡同联系着四合院。虽然胡同从外表上看大致差不多，但其内在风情却各不相同。汪曾祺在《胡同文化》里写道："胡同是贯通大街的网络。它距离闹市很近，打个酱油，约二斤鸡蛋什么的，很方便，但又似很远。这里没有车水马龙，总是安安静静的。偶尔有剃头挑子的'唤头'（像一个大镊子，用铁棒从当中擦过，便发出嗡的一声）、磨剪子磨刀的'惊闺'（十几个铁片穿成一串，摇动作声）、算命的盲人（现在早没有了）吹的短笛的声音。这些声音不但不显得喧闹，倒显得胡同里更加安静了。"④

作为北京的传统民居形式，四合院早在辽代时期已初成规模，经金、元，至明、清，逐渐完善，最终成为北京最有特点的民居形式。所谓四合，"四"指东、西、南、北四面，"合"即四面房屋围在一起，形成一个"口"字形。经过数百年的营建，北京四合院从平面布局到内部结构、细部

---

① 丹翁：《住房分租小唱》，《晶报》1929 年 7 月 3 日。
② 章清：《大上海　亭子间：一群文化人和他们的事业》，上海人民出版社，1991，第 2 页。
③ 施康强：《都市的茶客》，辽宁教育出版社，1995，第 21 页。
④ 陆建华主编《汪曾祺文集·散文卷》，江苏文艺出版社，1993。

装修都形成了特有的京师风格。四合院建筑的布局，是以南北纵轴对称布置和封闭独立的院落为基本特征的。按其规模的大小，有最简单的一进院、二进院或沿着纵轴加多的三进院、四进院或五进院。这种院落，一般采用出入一个院门。平时，院门一关，处于一种完全封闭状态。四合院的院门，大都采用厚厚的木板大门，可以关开闭合，安全、可靠。正规四合院一般东西向，坐北朝南，基本形制是分居四面的北房（正房）、南房（倒座房）和东西厢房，四周再围以高墙形成四合。四合院中间是庭院，院落宽敞，庭院中通常可植树栽花，备缸饲鱼，是四合院布局的中心，也是人们穿行、采光、通风、纳凉、休息、家务劳动的场所。清代有句俗语形容四合院内的生活，"天棚、鱼缸、石榴树，老爷、肥狗、胖丫头"，可以说是四合院生活比较典型的写照。北京四合院住宅形制，既符合人们衣食住行的需要，也有利于大家建立和维护情谊往来。数代人的居住实践表明，住在四合院，人与人之间能产生一种凝聚力与和谐气氛，同时有一种安全稳定感和归属亲切感。这与现代公寓住宅永远紧闭大门的冷漠形成了鲜明的对照。显然，从不同风格的民居建筑和居民的日常生活中，可以透视出不同的都市文化性格。

上海在 5000 年前便有先民活动，春秋时属吴，后归越。在战国时期又为楚国春申君领地，故简称为"申"。至晋代，当地渔民创制出一种专用于海口捕鱼的工具"扈"，后改为"沪"，这便是上海简称为"沪"的由来。在唐代开元以前，上海地区还是"滨海斥卤之地"，此后才开始筑塘垦田，设立华亭县制。直到南宋咸淳三年（1267），上海才渐渐由一个居民寥寥无几的海滨渔村发展成为集镇，并开始兴建官署、学校、寺庙、店铺等，因其地处上海浦西侧，故名上海镇。到元代（1292），上海因其"蕃商云集"而改镇为县，隶属江浙行省松江府。明清时期，以棉纺织业和航运业为基础的上海地区经济已发展到较高水平，商业资本日益渗入各个生产领域，资本主义萌芽已见端倪。19 世纪初期的上海已是一个人口众多、店铺林立、交通繁忙的"江海之通津，东南之都会"①。众所周知，在开放多元的上海

---

① 嘉庆朝《上海县志·序》，转引自刘惠吾编著《上海近代史》，华东师范大学出版社，1985，第 15 页。

文化中，如果没有西风东渐，也就没有现代的都市文明。鸦片战争后，1843年，英国政府通过《南京条约》和《五口通商附粘善后条款》获准在上海正式开埠，其后又通过《土地章程》获准在上海成立租界，开始了由"华洋分居"到"华洋混居"的中西融合过程。上海文化是在东西文化融合中形成的一种海洋性开放多元文化。从上海的历史沿革来看，它本是吴越文化的支脉，素来有"土风似吴十之三，似浙十之七"的说法。《宋史·地理志》说吴越人"人性柔慧，尚浮屠之教，原于洋味，善进取，急图利，而奇技之巧出焉"①。开埠以后，西方文化大量输入，从器物到制度再到思想，在各个层面上不断改造和打磨着近代的上海。"就在这个城市，胜于任何其他地方，理性的、重视法规的、科学的、工业发达的、效率高的、扩张主义的西方和因袭传统的、全凭直觉的、人文主义的、以农业为主的、效率低的、闭关自守的中国——两种文明走到一起来了"②，上海逐渐从吴越文化中脱离出来，在"传统与现代、本土与外洋、南来与北往、高雅与通俗各种成分的汇合"③中，形成了上海独具特色的多元文化格局。

北京是一座有着三千多年历史的古都，在不同的朝代有着不同的称谓，譬如燕都（春秋战国）、幽州（两汉、魏、晋、唐代）、大都（元）、北平（隋、明、民国）、北京（明）。北京"右拥太行，左注沧海，抚中原，正南面，枕居庸，莫朔方"。它南襟中原，北连朔漠，位于中原农耕民族与塞外牧猎民族接壤之地，历来为中华民族内部诸族融合之区。五代以降，契丹、女真、蒙古族、满族先后在北京奠都，北京迭次成为以上述少数民族为主体民族的中国北方乃至全中国的政治中心和文化中心。民族间文化的撞击和融会，在北京表现得尤为突出。历史上北方少数民族数次入主中原，定鼎北京，造成了多次民族大迁徙和民族大融合。游牧民族对北京文化的改造多限于衣食住行这些表层文化，而在深层文化上，他们更多的是为汉族所同化。北京文化最显著的特征是都城文化。在辽、金、元、明、清五个朝代近一千年的历史变迁中，北京文化是在农耕文化和牧猎文化的撞击与融会、京师文化和地区文化的辐辏与辐射中形成的都城文化。一方面，作

① （元）脱脱等：《宋史·地理志》，中华书局，1977，第 155 页。
② 〔美〕罗兹·墨菲：《上海——现代中国的钥匙》，上海人民出版社，1986，第 4 页。
③ 陈伯海：《上海文化发展面面观》，《社会科学》2000 年第 2 期。

为都城或皇城的居民，北京人有着与众不同的文化性格；另一方面，与开放多元的海洋性都市文化相比，北京文化在勇于实践和接受外来新鲜事物等方面，显然要迟缓和谨慎得多。正如汪曾祺所说，"胡同文化是一种封闭的文化"，"北京人易于满足，他们对生活的物质要求不高"，"北京人爱瞧热闹，但是不爱管闲事"，"北京胡同文化的精义是'忍'，安分守己，逆来顺受"。当然，在上海和北京之外，南京、武汉、天津、西安、广州、苏州、杭州等中国都市都有其历史渊源和文化性格。但是，从文化形态层面来看，上海和北京无疑是中国都市现代与传统相融的最具代表性的都市文化样本。

# 第三节　现代文学的都市成因

## 一　现代报刊的兴起

中国曾经长期处于重农抑商的农耕文明时代，古代虽有各类功能性质和风格特征的城市或都城，但从严格意义上说，真正具有现代市政理念和工商业文明特征的都市，始自晚清以来中国"被动式"汇入"世界共同市场"时期，其标志是以上海、天津、广州、武汉、重庆等为代表的现代都市迅速崛起，随后，北京、西安、南京、洛阳等一批古都名城也渐次向现代都市转型。清末民初，随着科举和帝制的废除，传统文人失去了赖以生存和进阶的依傍。而与此同时，新兴的近现代工商业都市为失去政治依附的文人群体带来了新的转机。现代都市的工商业文明很快培育出自身发展需要的新生力量，其中包括以报刊图书为载体的新兴文化市场、以新型知识分子为代表的文人群体和具有一定文化素养的市民阶层。都市的新兴文化市场、文人群体和市民阶层为现代文学的产生提供了前提保障。

中国最早的报纸可以追溯到西汉的"邸报"，主要用于传递和发布朝廷的政令法规、皇室的起居言行、官员的任免赏罚、臣僚的奏章表疏等，几乎没有现代意义上公开的新闻言论，明代以前的历代封建王朝都是严禁民间报刊出版的。直到16世纪中叶，明朝政府允许民间自设报房，在朝廷的监督下，翻印从内阁有关部门转抄来的邸报中的一些内容，但也几乎没有任何众意民情。因这类报房大多设在北京，所以通称为"京报"，但订阅京报的读者主要是官吏、豪绅和巨商。①

中国现代意义上的报刊是伴随西方列强的殖民入侵，在"西风东渐"的都市诞生的。作为现代都市的代表，上海自开埠以后，"因为得着机械的帮助，环境的优越，人才的集中，俄而成为全国新闻纸的中心地了"②。早期创办的报刊以商业信息为主，意在报道市场消息。譬如由英国人亨利·奚安门创办的上海第一份报纸，一开始便取名为《航务商业日报》（1850 年创刊，1864 年改名为《字林西报》，1949 年停刊），在发刊词中开宗明义地说："我们的热情的努力，将唤起一种对于广大的商业，和亲切的国际政治关系之安适。"最早的中文报纸《上海新报》（1861 年创刊，1872 年停刊）在发刊词中也宣称一切"世俗利弊，生意价值，船货往来，无所不载"③。由于这些报刊更多关注的是商业信息，长年订阅者"盖大率洋商开设之洋行公司及与洋商有关系之各商店为多"，而它们"所载多不切用之文字"，"亦实多琐碎支离之记事"，因而不被一般市民接受，发行艰难。随着社会的发展、时局的变动，报刊的政治因素逐渐加强，社会性和时效性很强的政治资讯给报刊带来了发展的契机。《申报》（1872 年创刊，1949 年终刊）正是因此诞生并逐渐发展成为中国近现代史上历史最长、影响最大的商业报纸。《申报》创刊之始，便确定了以普通市民为读者对象，"凡国家之政治，风俗之变迁，中外交涉之要务，商贾贸易之利弊，与夫一切可惊可愕可喜之事，足以新人听闻者，靡不毕载"④，到史量才接手《申报》时又适逢"五四"新文化运动风起云涌。史氏大胆地整顿编务，革新版面，聘请新人，大量刊载政论性和文艺性内容吸引读者。"这时的《申报》确有欣欣向荣、蒸蒸日上之势，大踏步地向前发展，俨然成为报业界的领袖。"⑤

在近代都市的报刊中，文艺类的报刊所占比例最大，吴福辉在当年上

---

① 方汉奇：《中国近代报刊史》，山西人民出版社，1981，第 3 页。
② 胡道静：《上海的日报》，杨光辉等编《中国近代报刊发展概况》，新华出版社，1986，第 279～280 页。
③ 胡道静：《上海新闻事业之史的发展》，上海通志馆，1935，第 2 页。
④ 《本馆告白》，《申报》1872 年 4 月 30 日。
⑤ 曹正文、张国瀛：《旧上海报刊史话》，华东师范大学出版社，1991，第 84 页。

海经销杂志的广告上查到的数字是 600 余种①，如《小说月报》、《礼拜六》周刊、《紫罗兰》、《创造月刊》、《美育杂志》、《戏剧》月刊、《现代》、《文学》、《论语》、《译文》、《万象》等都是闻名一时的文艺杂志。近代上海的著名副刊主要有《申报》的《自由谈》、《新闻报》的《快活林》、《时报》的《余兴》、《民国日报》的《觉悟》和《时事新报》的《学灯》等。相对于那些刊载社会资讯的正刊来说，副刊大多聘请一些名家主持编务，主要刊载一些文艺作品和时事评论来吸引读者，如周瘦鹃、黎烈文主编的《自由谈》，严独鹤主编的《快活林》，包天笑主编的《余兴》，郑振铎、宗白华主编的《学灯》，等等。这些吸引读者的副刊一方面提高了报纸的发行量，另一方面为作者提供了很好的文学园地。当年张恨水的《啼笑因缘》和顾明道的《荒江女侠》在《新闻报》副刊上连载时，该刊的发行量急剧上升到 20 万份。② 黎烈文主持《自由谈》时，因经常登载鲁迅、茅盾、郁达夫、巴金等作家针砭时弊的杂文而大受读者欢迎。

可见，现代报刊由偏重商业资讯到注重政治时事，再到关注日常生活，姿态不断下移，内容不断变化，市场不断繁荣，到副刊、小报、画报声势壮大时，报刊已逐渐成为市民日常生活中最重要的精神食粮，正所谓"或与良友抵掌评论，或伴爱妻并肩互读"，"一编在手，万虑都忘"③。正因如此，不断繁荣发展的现代报刊为现代文学的产生提供了重要前提。

## 二　职业文人的产生

近代科举废除之后，一些失去仕途期待的文人墨客，走上了卖文为生的商业写作之途。文人走向市场一般有两种方式：一是为出版商服务，从事编辑出版工作，如张元济、李伯元、严独鹤、周瘦鹃、茅盾、叶圣陶、黎烈文等；二是作为撰稿人赚取谋生的稿费，如林纾、鲁迅、郭沫若、戴望舒、杜衡、张爱玲等。当然，很多人是既做编辑又赚稿费的，如上述的李伯元、周瘦鹃、茅盾、叶圣陶等人。

---

① 吴福辉：《三十年代人文期刊的品类与操作》，《东方》1995 年第 6 期。
② 曹正文、张国瀛：《旧上海报刊史话》，华东师范大学出版社，1991，第 92 页。
③ 《〈礼拜六〉出版赘言》，《礼拜六》第 1 期，1914 年 6 月。

报刊和图书出版为文人提供了新的生活出路和职业化写作的可能。在都市现代生活空间，作家获取生活资源——稿费的方式主要有两种，即按字数取酬和抽取版税。据陈明远考证，中国最早有关版税的记载是 1901 年上海的《同文沪报》，规定"提每部售价二成相酬"，也就是版税为 20%；最早有关字数稿酬的史料是梁启超的相关记载。他主持的《新民丛报》和《新小说》（皆为 1902 年创刊）等刊物"大约评述及批评两门，可额定为每千字 3 圆。论著门或可略增（斟酌其文之价值），多者至 4 圆而止，普通者亦 3 圆为率。记载门则 2 圆内外，此其大较也"①。近代上海的各出版商常常根据作者名气的大小和读者市场的需求来支付稿酬。当时一般的稿费每千字 2～3 元，一般书籍的版税约为 15% 左右，林译小说的稿酬每千字 6 元，胡适最初在《东方杂志》的稿费也是每千字 6 元，梁启超的《中国历史研究法》等书的版税为 40%（这在当时已是最高的了），鲁迅的出版合同则通常约定抽版税 20%。从晚清至 20 世纪三四十年代，除了教书，卖文便成了文人谋生的主要手段。柔石在给他哥哥的信中写道："福现已将文章三本，交周先生（鲁迅）转给书局，如福愿意，可即卖得八百圆之数目。惟周先生及诸朋友，多劝我不要卖了版权，云以抽版税为上算。彼辈云，吾们文人生活，永无发财之希望。抽版税，运命好，前途可得平安过活，否则一旦没人要你教书，你就只好挨饿了。抽版税是如此的：就是书局卖了你的一百圆的书，分给你二十圆。如福之三本书，实价共二圆，假如每年每种能卖出二千本，则福每年可得八百圆，这岂非比一时得到八百圆要好？因此，福近来很想将此三部书来抽版税，以为永久之计了。"②

一方面，职业文人通过报刊出版培育了大量市民读者；另一方面，市民读者的阅读口味和审美需求又反过来通过报刊出版影响着创作者的写作方式。20 世纪 20 年代，商务印书馆之所以让茅盾改革鸳鸯蝴蝶派阵地《小说月报》，主要原因并不是旧式文人的思想观念与商务印书馆有所冲突，而是"五四"新文学运动期间，旧式的《小说月报》不能满足新式读者的阅读口味，商务印书馆只得根据读者市场的需求情况让茅盾来主持《小说月

---

① 陈明远：《文化人的经济生活》，文汇出版社，2005，第 51 页。
② 陈明远：《文化人的经济生活》，文汇出版社，2005，第 51 页。

报》，发表新文学作品。后来随着新文学运动浪潮的回落，读者娱乐消遣的阅读需求又有所抬头，于是商务印书馆又乘势创办了《小说世界》，发表一些旧式的通俗作品。30 年代施蛰存编辑《现代》杂志期间，既要考虑到资方"使门市维持热闹"的要求，又要"给全体的文学嗜好者一个适合的贡献"①，于是根据"新鲜活泼"的市场需求不断调整栏目形式和内容，广泛介绍西方现代文学思潮，培育了以穆时英为代表的新感觉派和以戴望舒为代表的现代诗派。当时有不少投稿者竟然揣摩编者的意图，模仿施蛰存的意象主义诗歌和以古事为题材的历史小说，致使施蛰存不得不在杂志上出面加以劝止。40 年代，张爱玲的小说集《传奇》以"葱绿配桃红"参差对照的手法，讲述"人生安稳的一面"，深受市民读者的欢迎。对此，张爱玲曾如此谈及市民读者对其创作的影响，"从前的文人是靠着统治阶级吃饭的"，"学成文武艺，卖与帝王家"，"现在情形略有不同，我很高兴我的衣食父母不是'帝王家'而是买杂志的大众。不是拍大众的马屁的话——大众实在是最可爱的雇主，不那么反覆无常，'天威莫测'，不搭架子，真心待人，为了你的一点好处会记得你到五年十年之久"，②"我喜欢上海人，我希望上海人喜欢我的书"，"只有上海人能够懂得我的文不达意的地方"。③报刊运作方式对写作者的影响在鲁迅身上也得到了鲜明的体现。鲁迅说他一到上海，"即做不出小说来"，甚至连纯文学的散文也很少了，只好"杂感杂感下去"④。这一方面当然是由于都市的繁闹使得他静不下心来作小说，而在笔者看来，更多的恐怕是因为杂感篇幅短小、反应迅速，更适合报刊版面的要求，更符合在商业都市中靠稿酬生活的鲁迅的生活方式。

## 三 文学商业空间的营造

现代报刊的兴起为各路文人提供了想象的空间、言论的阵地和生活的资源，使得商业化和职业化的文学写作成为可能。在商业文化环境中，报刊与读者之间是商品与消费者的关系。一方面，读者的消费趋向主导着报

---

① 施蛰存：《创刊宣言》，《现代》第 1 卷第 1 期，1932 年 5 月。
② 张爱玲：《童言无忌》，《流言》，北京十月文艺出版社，2012，第 102 页。
③ 张爱玲：《流言》，花城出版社，1997，第 3 页。
④ 鲁迅：《书信·致萧军、萧红》，《鲁迅全集》第 12 卷，人民文学出版社，1981，第 585 页。

刊市场的走向。比如一般市民读者对名人隐私的好奇，推动了登载黑幕小说和八卦新闻的通俗期刊和小报的繁荣。年轻的写字间读者或大学生读者对都市流行时尚的热衷，使得刘呐鸥、穆时英等人的洋场小说和《良友》一类画报的盛行。吴福辉说："小报文化的商业性质最为浓重，败坏海派名声，登载桃色作品、花边新闻，制造流言蜚语，主要便是它们。"① 当然，小报也有如《繁华报》《晶报》《立报》等可读性较强、影响较大者。而一般小报在谈风月、说勾栏的同时也在一定程度上反映了近代上海都会生活的现实。阿英认为"风月""勾栏"是小报在半殖民地都市生活中的物质基础，它们在"反映了当时半殖民地的买办阶级、洋场才子、都会市民和官僚地主一些没落的生活形态"的同时，"也揭露了当时的社会黑暗，抨击了买办、官僚以及帝国主义，奠定了晚清谴责小说发展的基础"②。张爱玲也曾说她对小报"没有一般人的偏见"，只有小报才有一种"特殊的得人心的机智风趣"③。另一方面，各种报刊对人们的价值观念、审美趣味、生活方式乃至整个社会文化风尚的形成都产生了深刻的影响。沈从文曾就《礼拜六》和《良友》画报等杂志对读者趣味的影响做过这样的分析："承继《礼拜六》，能制礼拜六派死命的，使上海一部分学生把趣味掉到另一方向的，是如良友一流人物。这种人分类应当在新海派。他们说爱情，文学，电影以及其他，制造上海的口胃，是礼拜六派的革命者。帮助他们这运动的是基督教所属的学生，是上帝的子弟，是美国生活的模仿者，作进攻礼拜六运动而仍然继续礼拜六趣味发展的有《良友》一类杂志。"④ 在近代上海传统伦理道德与现代西方价值观念逐渐融合的过程中，承载着西方自由观念和开放意识的报刊可谓功不可没。

与报刊的繁荣一样，都市的出版业也迅速发展起来。曾经在上海出版界工作了 50 年的朱联保描述了当年他所目睹的上海出版业盛况："在河南中路上，自南而北，店面朝东的，有文瑞楼、著易堂、锦章图书局、校经

---

① 吴福辉：《都市漩流中的海派小说》，湖南教育出版社，1995，第 35 页。
② 阿英：《晚清小报录》，杨光辉等编《中国近代报刊发展概况》，新华出版社，1986，第 114 页。
③ 张爱玲：《致〈力报〉编者的信》，《春秋》1944 年 12 月 28 日。
④ 沈从文：《郁达夫张资平及其影响》，《沈从文文集》第 11 卷，花城出版社、香港三联书店，1984，第 143 页。

山房、扫叶山房、广益书局、新亚书店、启新书局、文明书局、商务印书馆、中华书局、会文堂书局等，其店面朝西的，有群益书社、正中书局、审美图书馆、民智书局、龙门联合书局等。在广东路中段，有亚东图书馆、文华美术图书公司、正兴画片公司等。在福州路上，自东而西，店面朝南的，有黎明书局、北新书局、传薪书店、开明书店、新月书店、群众图书杂志公司、金屋书店、现代书局、光明书局、新中国书局、大东书局、大众书局、上海杂志公司、九州书局、新生命书局、徐胜记画片店、泰东图书局、生活书店、中国图书杂志公司、世界书局、三一画片公司、儿童书局、受古书店、汉文渊书肆等；店面朝北的，有作者书社、光华书局、中学生书局、勤奋书局、四书局门市部、华通书局、寰球画片公司、美的书店、梁溪图书馆、陈正泰画片店、百新书店等，可见文化街上，书店确实是多的。在弄堂内、大楼内的，还不在内。"①

　　从上述众多的出版机构，可以想见当时上海图书报刊出版发行的繁盛景象。曹聚仁这样描述道："望平街只是上海新闻企业的象征名词，也可以说是上海报纸的发行中枢……这条短短的街道，整天都活跃着，四更向尽，东方未明，街头人影幢幢，都是贩报的人，男女老幼，不下数千人。一到《申》、《新》两报出版，那简直是一股洪流，掠过了望平街，向几条马路流去，此情此景，都在眼前。"② 1934 年，茅盾在《所谓"杂志年"》中说："目前全中国约有各种性质的定期刊 300 余种，内中倒有百分之八十出版在上海。"③ 据统计，近代上海有日报 129 种（中文 97 种，外文 32 种）④、晚报 23 种，小报 190 种，期刊 648 种。⑤ 而据王云五统计，1927～1936 年全国出版新书 42718 种，规模较大的商务印书馆、中华书局和世界书局三家上海的出版机构出版的新书占总数的 65.2%，而商务印书馆一家就独占 48%。⑥

　　总之，现代报刊和图书出版市场营造了都市自由开放的公共领域。与

---

① 朱联保编撰《近现代上海出版业印象记》，学林出版社，1993，第 6～7 页。
② 曹聚仁：《上海春秋》，上海人民出版社，1996，第 97 页。
③ 兰（茅盾）：《所谓"杂志年"》，《文学》1934 年 8 月 1 日。
④ 胡道静：《上海的日报》，杨光辉等《中国近代报刊发展概况》，新华出版社，1986。
⑤ 曹正文、张国瀛：《旧上海报刊史话》，华东师范大学出版社，1991，第 176～220 页。
⑥ 陈伯海主编《上海文化通史》，上海文艺出版社，2001，第 588 页。

相对封闭保守的传统农耕文明相比，这种自由开放的现代都市文明为现代作家提供了生活资源，制造了审美风尚，培育了读者群体，"在现代文学史上演出生龙活虎的一幕"①。

---

① 吴福辉：《都市漩流中的海派小说》，湖南教育出版社，1995，第 35 页。

# 第二章

# 鲁迅的都市体验与书写

1898 年，17 岁的鲁迅决定"走异路，逃异地，去寻求别样的人们"①。离开故乡绍兴后，鲁迅去过南京、东京、北京、厦门、广州，最后定居于上海，其间还曾因讲学或考察到西安、香港等地做过短暂停留，辗转于各个都市之间。对鲁迅而言，都市是一个不可或缺的存在，它不仅为鲁迅提供了赖以生存的物质基础，同时也是鲁迅思想养成和情感释放的精神寓所。可以说，都市在很大程度上塑造并成就了作为现代文学大师的鲁迅。

## 第一节 "爱恨交织"的北平

### 一 鲁迅对北平的眷恋

1912 年 5 月，中华民国临时政府迁都北京，鲁迅随教育部前往北京，任社会教育司第一科科长兼教育部佥事，直至 1926 年 8 月离开北京，应林语堂之约赴厦门大学任职，前后在北京生活长达 14 年。此外，鲁迅还于1929 年 5 月、1932 年 11 月两度北上省亲、演讲，在北京做过短暂停留。除故乡绍兴之外，北京是鲁迅生活得最久的地方，他对北京从内心是热爱和眷恋的，甚至把它当作自己的第二故乡。鲁迅喜欢北京的宁静、古朴，认为它是适合著书立说做学问的地方。即便晚年定居上海，鲁迅仍多次充满感情地表达了自己对北京的眷恋。1929 年 5 月，北上探亲的鲁迅在致许广

---

① 鲁迅：《呐喊·自序》，《鲁迅全集》第 1 卷，人民文学出版社，1981。

平的信中说："北平并不萧条，倒好，因为我也视它如故乡的，有时感情比真的故乡还要好，还要留恋，因为那里有许多使我记念的经历存在着。"①1933 年 10 月，鲁迅在写给郑振铎的信中说："上海笺曾自搜数十种，皆不及北平；杭州广州，则曾托友人搜过一通，亦不及北平，且劣于上海，有许多则即上海笺也，可笑，但此或因为搜集者外行所致，亦未可定。总之，除上海外，而冀其能俨然成集，盖难矣。北平私人所用信笺，当有佳制，倘能亦作一集，甚所望也。"②1934 年 12 月，鲁迅在给杨霁云的信中说："中国乡村和小城市，现在恐无可去之处，我还是喜欢北京，单是那一个图书馆，就可以给我许多便利。"③ 1936 年 4 月，鲁迅去世前还在给颜黎民的信中说："我很赞成你们再在北平聚两年；我也住过十七年，很喜欢北平。现在是走开了十年了，也想去看看，不过办不到，原因，我想，你们是明白的。"④

正如有学者指出的，鲁迅喜欢北京自然有他的理由。其一，他的亲人都在北京。1919 年 12 月底，鲁迅将全家老小，包括自己的母亲鲁瑞、妻子朱安及三弟周建人一家接到北京，与二弟周作人一家同住于八道湾胡同十一号，周氏三兄弟，除两年以后三弟周建人只身到上海谋生之外，全家三代十几口人都在北京生活。其二，他的职业在北京。从 32 岁到 46 岁（按虚岁算），这 14 年的黄金岁月，鲁迅一直在教育部当职员，任科长、金事，工作清闲，有时间创作、研究和教书，除了工资收入，尚有讲课费和稿费、版税，这是他能坚持 14 年始终没有跳槽的主要原因。其三，他的事业在北京。北京是新文化运动的发源地，鲁迅的新文学创作从这里起步、成熟，他的文学创作、译介、研究都集中在北京时期，并先后在 8 个学校兼课，从而奠定了他精神领袖和文学大师的地位。北京做过 800 多年的帝都，恢宏大气，精英荟萃，文化资源丰富，学术氛围浓厚，思想活跃，信息畅通，图书馆、大学、报刊亭、书店林立，为鲁迅事业的发展提供了方便有利的条件，北京是他大展身手的绝好舞台。其四，他的活动圈子和朋友圈子也主

① 鲁迅：《两地书》，《鲁迅文集全编》，国际文化出版公司，1995，第 1437 页。
② 鲁迅：《致郑振铎》，《鲁迅选集·书信卷》，山东文艺出版社，1991，第 203 页。
③ 鲁迅：《致杨霁云》，《鲁迅选集·书信卷》，山东文艺出版社，1991，第 330 页。
④ 鲁迅：《致颜黎民》，《鲁迅选集·书信卷》，山东文艺出版社，1991，第 367 页。

要集中在北京，这些人包括思想文化界名人、学校任教的同事、学生、社团报馆的编辑、文学青年等。鲁迅与他们相互影响、相互激励，这些朋友和文化圈子是鲁迅成长发展的肥沃土壤。①

## 二　北平的灰暗与孤独

通常而言，人们对往事的回忆大多会过滤掉不快而留下温馨，鲁迅也不例外，这不难从《朝花夕拾》对故乡人事风物的描写所流露的温情中得到印证。鲁迅对于"第二故乡"北京的情感也是如此，追忆虽然大多美好，然而，当年在场的感受却大相径庭。翻阅鲁迅北京时期的日记，不难发现，鲁迅对北京的都市体验和生活感受，充斥着许多苦闷与无聊。1912 年鲁迅到达北京后，在教育部任闲职金事，除了完成公文、办会、调研一类的"做官课程表"外，便是"枯坐终日，极无聊赖"。初到北京的那段时间，鲁迅寓居在绍兴会馆的补树书屋，借"抄古碑"打发"如大毒蛇"一样一天天变大的寂寞，感到"生命却居然暗暗的消失去了"。② 此外，孤独与无聊之余，鲁迅时常逛琉璃厂，"历观古书肆"③，大量购置图书古籍，整理拓片。这种"枯坐""无聊"的日子，直到在朋友钱玄同等的劝说下，加入《新青年》同人，通过文学的方式发出振聋发聩的"呐喊"，才暂告一段落。但是随着"五四"新文化运动的退潮，同一战阵中的伙伴"有的退隐，有的高升，有的前进"，鲁迅又成了"布不成阵"的"游勇"，重又陷入了孤独和彷徨。④

诚然，鲁迅当初对北京的坏印象还来自"空气中的灰尘"和政界文坛的阴暗。阎晶明在《何处可以安然居住？——鲁迅和他生活的城市》中把鲁迅眼中的北京描述为"黄色和灰色"的，认为"对鲁迅来说，北京最大的问题不是语言，不是饮食，甚至也不是北方的气候，而是空气中的灰尘"。⑤ 1912 年 5 月 5 日刚到北京时，鲁迅对这里的印象并不好，《壬子日

① 张映勤：《鲁迅为什么离开北京》，《西安晚报》2011 年 12 月 11 日。
② 鲁迅：《呐喊·自序》，《鲁迅全集》第 1 卷，人民文学出版社，1981。
③ 鲁迅：《壬子日记》，《鲁迅全集》第 14 卷，人民文学出版社，1981。
④ 鲁迅：《南腔北调集·自序》，《鲁迅全集》第 4 卷，人民文学出版社，1981。
⑤ 阎晶明：《何处可以安然居住？——鲁迅和他生活的城市》，《上海文学》2009 年第 9 期。

记》中记载："途中弥见黄土，间有草木，无可观览"，"夜卧未半小时即见蜚虫三四十，乃卧卓上以避之"。① 直到 1929 年 5 月，北上探亲的鲁迅仍然感到，"我于空气中的灰尘，已不习惯，大约就如鱼之在浑水里一般"。② 相较于自然物候，北京的人文环境也有让鲁迅不满的地方。众所周知，鲁迅在北京经历了"女师大风潮"、与现代评论派的论战，这些政治上的风波、人事上的纠纷导致了鲁迅最终决定离开北京。1930 年 5 月，鲁迅在《自传》中谈及自己离开北京的原因时说："因为做评论，敌人就多起来，北京大学教授陈西滢开始发表这'鲁迅'就是我，由此弄到段祺瑞将我撤职，并且还要逮捕我。我只好离开北京，到厦门大学做教授。"③ 1934 年 2 月，在"京""海"论争之际，鲁迅又一次借机表达了对北京学者的嘲讽，"北京是明清的帝都"，"帝都多官"，"所以文人之在京者近官"，"近官者在使官得名"，"是官的帮闲"，"从官得食者其情状隐，对外尚能傲然"。④ 可见，对于被他视作"第二故乡"的北京，鲁迅充满了"爱恨交织"的矛盾。

## 三 "爱恨交织"中的北京书写

虽然鲁迅对北京的情感有些复杂，但总体上还是"爱"多于"恨"的，而他之所以离开北京，除了上述因素之外，更直接的原因应该是他与许广平的关系遭到各方"诟病"，再加上与周作人兄弟失和的困扰。正如有学者指出的，对于鲁迅而言，"继续生活在北京显然有诸多不便、诸多麻烦，与其身处是非之地，不如远走高飞，到一个新的环境开始新的生活。北京他不是不能待，而是他不想待，不愿待"。⑤

然而，需要指出的是，无论是从创作上还是学术上而言，北京时期无疑是鲁迅的黄金时期。以《狂人日记》为开端，鲁迅在此完成了他大部分最重要的文学创作。写了《呐喊》《彷徨》《野草》，《朝花夕拾》中的部分文章，以及《坟》《热风》《华盖集》《华盖集续编》中的系列杂文；翻译

---

① 鲁迅：《壬子日记》，《鲁迅全集》第 14 卷，人民文学出版社，1981。
② 鲁迅：《两地书》（一一八），《鲁迅全集》第 11 卷，人民文学出版社，1981。
③ 鲁迅：《自传》，《鲁迅全集》第 8 卷，人民文学出版社，1981。
④ 鲁迅：《"京派"与"海派"》，《申报·自由谈》1934 年 2 月 3 日。
⑤ 张映勤：《鲁迅为什么离开北京》，《西安晚报》2011 年 12 月 11 日。

了《一个青年的梦》《工人绥惠略夫》《桃色的云》《苦闷的象征》《出了象牙之塔》《小约翰》等大量外国著作；完成了最重要的学术著作《中国小说史略》和《嵇康集》的校正。

当然，北京对于鲁迅创作而言，除了上述显在的意义外，还有更深层次的影响。王瑶在《鲁迅和北京》中指出，鲁迅小说的取材背景主要有两个地方，一个是他的故乡江南农村，另一个就是北京。从这里我们可以看出他对当时北京的观感。[①] 鲁迅小说直接取材于北京生活的有《一件小事》《头发的故事》《端午节》《兔和猫》《鸭的喜剧》《示众》《伤逝》等。在这些作品中，鲁迅既描写了北京当时的社会状况，也间或将一些北京特有的风物点缀其间。《一件小事》记述了"我"在京城的生活感受和一次乘坐人力车的经历。"从乡下跑到京城"已经六年的"我"，耳闻目睹了许多所谓的"国家大事"，增长了"一天比一天的看不起人"的"坏脾气"，而呼呼的北风和洁白的大道是"我"对北京冬天的印象。《头发的故事》《端午节》《示众》等生动描述了北京纷扰的政治氛围，譬如街头忙碌的警察、监牢受刑的少年、被学校除名的女学生、愤愤不平的教员、兴奋围观的看客等。《伤逝》叙述了一对寓居京城的青年男女涓生和子君的爱情悲剧。小说一再渲染了冰冷的冬天、偏僻的会馆、寂静的胡同、沉闷的公务局和冷漠的人情，这种特有的寒冷和孤寂正是鲁迅初到京城的真切感受，这些不难从《呐喊·自序》中朋友"金心异"和"我"的对话中得到证实。

## 第二节 "虽烦扰，但也别有生气"[②] 的上海

### 一 "到上海，无非想寻一点饭"

1927 年 10 月，鲁迅从广州抵达上海，当初他并没有打算把这个喧闹的"十里洋场"作为他最终停靠的栖居地，而是时刻准备起航。他说："我先到上海，无非想寻一点饭，但政，教两界，我想不涉足，因为实在外行，

---

① 王瑶：《鲁迅和北京》，《鲁迅与中国文学》，陕西人民出版社，1982，第 117 页。
② 鲁迅：《书信 290523 致许广平》，《鲁迅全集》第 12 卷，人民文学出版社，2005。

莫名其妙。也许翻译一点东西卖卖罢。"① 此前有过政、教两界经历和烦恼的鲁迅，此番初来乍到，明确表示要在政、教两界之外"寻一点饭"。

20 世纪 30 年代，号称"世界第五大都市"的上海，俨然已是全国的经济文化中心，灯红酒绿的十里洋场，吸引着南来北往的人们把它作为"未来的地"。自近代开埠以来，上海租界集结了大量文化精英，其中很重要的一个方面就是工商业的发达带来了现代报刊出版行业的繁盛发展。最初暂定上海的鲁迅正是看中了上海的"卖稿"环境，这也暴露出这位"启蒙者"内心的窘境。他放弃了此前教育部职员和大学教授的身份，新的职业文人身份选择让他陷入了不可知的迷茫，因此只能先暂借于此，"寻一点饭"。后来的事实证明，鲁迅的选择是偶然中的必然。一方面，工商业和出版业高度发达的上海，为鲁迅提供了"卖文""寻饭"所需的前提；另一方面，上海租界的特殊环境也成为他"政治庇护"的不得已之地。因而，回顾几年的漂泊，除了上海，他感到"无处可走，到处是伤心惨目"的"可惜"②。

刚到上海时，鲁迅认为"这里的情形，我觉得比广州有趣一点，因为各式的人物较多，刊物也有各种，不像广州那么单调"，但是很快就感觉到上海喧嚷的生活对于写作的妨害，以及自身的不适应："熟人太多，一直静不下，几乎日日喝酒，看电影……倘若这样下去，是不好的，书也不看，文章也不做"③，"一点也静不下，时常使我想躲到乡下去。所以我或者要离开上海也难说"④。在已经定居上海几年后，鲁迅还时常为上海的烦扰所苦，"终日伏案写字，晚上是打牌声，往往睡不着，所以又很想变换变换了，不过也无处可走，大约总还是在上海"⑤。在《弄堂生意古今谈》中，鲁迅写道："闸北一带弄堂内外叫卖零食的声音，假使当时记录了下来，从早到夜，恐怕总可以有二三十样"，"但对于靠笔墨为生的人们，却有一点害处，假使你还没有练到'心如古井'，就可以被闹得整天整夜写不出什么东西来"⑥。1929 年和 1932 年，鲁迅曾两次回京探亲，其间甚至有过重新迁回北

① 鲁迅：《书信 270919 致翟永坤》，《鲁迅全集》第 12 卷，人民文学出版社，2005，第 67 页。
② 鲁迅：《书信 360929 致曹白》，《鲁迅全集》第 14 卷，人民文学出版社，2005，第 159 页。
③ 鲁迅：《书信 271021 致廖立峨》，《鲁迅全集》第 12 卷，人民文学出版社，2005，第 81 页。
④ 鲁迅：《书信 271103 致韦素园》，《鲁迅全集》第 12 卷，人民文学出版社，2005，第 84 页。
⑤ 鲁迅：《书信 290322 致韦素园》，《鲁迅全集》第 12 卷，人民文学出版社，2005，第 157 页。
⑥ 鲁迅：《弄堂生意古今谈》，《鲁迅全集》第 6 卷，人民文学出版社，2005，第 318 页。

京的念头，"我生在乡下，住了北京，看惯广大的土地了，初到上海，真如被装进鸽子笼一样，两三年才习惯"。① 可见，喧闹的都市上海始终未能让鲁迅满意。

都市发达的报刊出版业催生了庞大的文学作品消费群体，鲁迅后期虽然较少创作小说一类的纯文学作品，但却以大量泼辣幽默的杂文在上海成就了十年的创作辉煌，在赢得读者青睐的同时，也解决了生活上的后顾之忧。据统计，鲁迅在上海的卖文收入高达 55442 元，② 苏雪林曾说："当上海书业景气时代，鲁迅个人版税，年达万元。其人表面敝人敝屦，充分平民化，腰缠则久已累累。"③ 尽管苏雪林谈鲁迅的这番话语怀有较大成见和恶意，但也从另一个方面说明了鲁迅在都市出版市场的成功。对此，鲁迅自己也说："其实我在作家之中，一直没有失败，要算是很幸福的。"④ 都市发达的媒介环境对鲁迅作为职业作家的转型无疑有着决定性影响。当然，需要指出的是，鲁迅在通过文化市场和读者消费群体获取生活上的物质需求外，作为知识分子的他始终保持着独立的人格和自由的思想。他既不认同京派文人作为"官的帮闲"，也不欣赏海派文人成为"商的帮忙"，而始终以中立的态度，自觉地边缘化于京海之外，成为传统士大夫文化与洋场租界文化之间的中间人物。这个时期的鲁迅，以嬉笑怒骂的"辣手"文章，建构精英知识分子的良心，同时，"报刊写作，不仅使鲁迅最终找到了最适于他自己的写作方式，创造了属于他的文体——杂文（鲁迅的杂文正是在这最后十年成熟的），而且在一定意义上，甚至成为他的生命存在形式"⑤。在生命形态演绎的历史过程中，鲁迅以自由的生命意志、沉郁的热情、"韧"的精神，在都市上海创造着属于自己的"别一世界"。

---

① 鲁迅：《书信 350104 致萧军、萧红》，《鲁迅全集》第 13 卷，人民文学出版社，2005，第 329 页。
② 李肆：《鲁迅在上海的收支与日常生活——兼论职业作家市民化》，《书屋》2001 年第 5 期，第 6 页。
③ 苏雪林：《与蔡孑民先生论鲁迅书》，陈漱渝《鲁迅论争集》，中国社会科学出版社，1998，第 1684 页。
④ 鲁迅：《书信 360318 致欧阳山、草明》，《鲁迅全集》第 14 卷，人民文学出版社，2005，第 48 页。
⑤ 钱理群：《鲁迅作品十五讲》，北京大学出版社，2003，第 233 页。

## 二 "半租界"的都市体验

1935 年，鲁迅把即将出版的杂文集取名为《且介亭杂文》，其用意在于调侃自己寓所的尴尬，"且介"即"租界"二字各取一半，寓意"半租界"。鲁迅在上海十年，一直居住在公共租界向虹口地区延伸的北四川路一带。如果细究鲁迅在上海的三处住所——景云里 23 号、北四川路拉摩斯公寓和大陆新村 9 号，不难发现，它们有着共同的地域特征。一是处于"越界筑路"和华洋杂处的"半租界"之地，法律上归属华界，实际上由租界当局控制，多为日侨或有着留日背景的文人的聚居区。二是具有平民色彩，既不在商业中心，也不偏僻冷落，房租费用适中，生活较为便利，适合中等收入阶层和文化人居住。三是这一带有较多的文化出版机构，譬如商务印书馆、创造社本部、水沫书店、内山书店等。在《秋夜纪游》中，鲁迅描述了在"半租界"居住的感受："中等华人的窟穴却是炎热的，吃食担，胡琴，麻将，留声机，垃圾桶，光着的身子和腿。相宜的是高等华人或无等洋人住处的门外，宽大的马路，碧绿的树，淡色的窗幔，凉风，月光，然而也有狗子叫。"[1] 炎热、喧闹、贫富分化、华洋杂处等，是鲁迅"半租界"都市生活的体验。虽然鲁迅将自己归入"中等华人"群体，但实际上，上海时期的鲁迅大多处于半匿居状态，接触的大多是一些进步的青年知识分子，与外界的接触主要通过报刊和信件，除了少数带有私密性质的社会活动，大多处于上海都市生活的边缘，未能真正融入普通的市民生活。友人曹聚仁说："鲁迅的社会圈子，本来是很狭小的；他的生活经验，也是很单纯的；他的朋友和他的敌人，也都是这一小圈子中人。这一小圈子，便是小资产阶级知识分子，而且属于文人方面的多。"[2]

即便寓居在领风气之先的都市上海，鲁迅仍然保持着传统文人的习惯，常年身穿旧长衫，脚蹬胶底布鞋，有时须发过长，给人不修边幅之感，在爱洋装、重修饰的洋场社会显得有些格格不入。当年鲁迅去高档的华懋饭店拜访史沫特莱，就曾因为穿着普通而被门房拒绝入内。因而，在《上海

---

① 鲁迅：《秋夜纪游》，《鲁迅全集》第 5 卷，人民文学出版社，2005，第 267 页。
② 曹聚仁：《鲁迅评传》，东方出版中心，1999，第 176 页。

的少女》中，鲁迅对爱"撑场面""扎台型"的上海文化性格不无感慨道："在上海生活，穿时髦衣服的比土气的便宜。如果一身旧衣服，公共电车的车掌会不照你的话停车，公园看守会格外认真地检查入门券，大宅子或大客寓的门丁会不许你走正门。所以，有些人宁可居斗室，喂臭虫，一条洋服裤子却每晚必须压在枕头下，使两面裤脚上的折痕天天有棱角。"① 鲁迅不单是对部分上海人注重外表的虚浮不满，更对其"精明""狭隘"的小市民习气感到嫌恶。他曾多次讽刺"上海的市侩们"，认为他们"感到兴趣的只是今天开奖，邻右争风；眼光远大的也不过要知道名公如何游山，阔人和谁要好之类；高尚的就看什么学界琐闻，文坛消息。总之，是已将生命割得零零碎碎了"②，"后街阿狗的妈妈，她只是知道，也只爱听别人的阴私的"③。即便是上海的所谓"革命作家"，"其实是破落户的漂零子弟。他也有不平，有反抗，有战斗，而往往不过是将败落家族的妇姑勃谿，叔嫂斗法的手段，移到文坛上。喊喊嚷嚷，招是生非，搬弄口舌，决不在大处着眼"。④

值得注意的是，20 年代末至 30 年代，上海因其得天独厚的地理位置、持续发展的商品经济、繁荣发达的文化市场和相对宽松的社会环境，既发展成以现代工商业和市民社会为表征的现代都市，也成为左翼革命文化运动的中心。鲁迅晚年置身于"风云激荡"的上海，以左联盟主的身份积极参与了左翼革命文艺运动，因而，左翼文艺实践是鲁迅都市体验的重要组成部分。鲁迅一方面大力译介马克思主义文艺理论，积极倡导文艺大众化运动；另一方面，在经济上、生活上和创作上，大力扶植帮助左翼文艺青年，正如郁达夫所说，"鲁迅的对于后进的提拔，可以说是无微不至"⑤。然而，在追名逐利的都市社会和人事纷争的左翼文坛，鲁迅的热心和付出经常被误解，被利用，甚至被攻击。鲁迅为此受到深深的伤害，曾感慨道："琐事又多，会客，看稿子，绍介稿子，还得做些短文，真弄得一点闲工夫也没

①　鲁迅：《上海的少女》，《鲁迅全集》第 4 卷，人民文学出版社，1981，第 563 页。

②　鲁迅：《祝〈涛声〉》，《鲁迅全集》第 4 卷，人民文学出版社，1981，第 561 页。

③　鲁迅：《〈出关〉的"关"》，《鲁迅全集》第 6 卷，人民文学出版社，1981，第 518 页。

④　鲁迅：《答徐懋庸并关于抗日统一战线问题》，《鲁迅全集》第 6 卷，人民文学出版社，1981，第 537 页。

⑤　郁达夫：《回忆鲁迅》，《鲁迅回忆录》，北京出版社，1999。

有，要到半夜里，才可以叹一口气，睡觉。但同人里，仍然有些婆婆妈妈，有些青年则写信骂我，说我毫不肯费神帮别人的忙。其实是按照现在的情形，大约体力也就不能持久的了，况且还要用鞭子抽我不止，唯一的结果，只有倒毙。"① 在"风沙扑面"的环境里，鲁迅既要与敌对阵营进行不懈斗争，又要时常防备同一阵营内部射来的暗箭，他说："趴儿之类，是不足惧的，最可怕的确是口是心非的所谓'战友'，因为防不胜防……为了防后方，我就得横站，不能正对敌人，而且瞻前顾后，格外费力。"②

在"唯利是图"的都市社会，虽然鲁迅对上海的"世俗""精明"充满嫌恶，但是与前期相比，鲁迅对于普通民众的情感态度在不知不觉中发生了变化。在前期，鲁迅总是把普通民众和看客作为批判对象。对于那些"哀其不幸，怒其不争"的普通民众，鲁迅有着"启蒙者"的文化自信和道德优越感，在他那些描写"愚弱国民"的小说中，明显地表现出知识精英与普通民众之间存在着一种"看/被看"的叙事模式。而在上海时期，鲁迅放弃了稳定的公职生活，开始了紧张的卖稿生涯，更重要的是鲁迅积极参与了左联的大众文艺运动，这些使得鲁迅一改前期与"庸众"敌对疏离的立场，转而对普通民众尤其是下层人物有了更多的理解和包容。在《"吃白相饭"》中，鲁迅表达了对上海滩上"吃白相饭"能成为"一种光明正大的职业"的"奇怪"，将"吃白相饭"的"功绩"归纳为欺骗、威压、溜走，认为他们的存在破坏风化。但文章最后却一转："但'吃白相饭'朋友倒自有其可敬的地方，因为他还直直落落的告诉人们说，'吃白相饭的'！"③ 在《"揩油"》中，同样在讽刺"揩油"的奴才品行后，笔调一转说："也如'吃白相饭'朋友那样，卖票人是还有他的道德的。倘被查票人查出他收钱而不给票来了，他就默默认罚，决不说没有收过钱，将罪案推到客人身上去。"④

这种变化既与鲁迅的职业变化相关，也与其都市体验的变化有关。上

---

① 鲁迅：《书信 350325 致曹靖华》，《鲁迅全集》第 13 卷，人民文学出版社，2005，第 419 页。
② 鲁迅：《书信 350325 致杨霁云》，《鲁迅全集》第 13 卷，人民文学出版社，2005，第 301 页。
③ 鲁迅：《准风月谈·"吃白相饭"》，《鲁迅全集》第 5 卷，人民文学出版社，2005，第 219 页。
④ 鲁迅：《准风月谈·"揩油"》，《鲁迅全集》第 5 卷，人民文学出版社，2005，第 270 页。

海弄堂与许广平的家居生活和看电影、吃大餐，逛书店、马路漫步等都市休闲生活改变了北平时期鲁迅相对封闭孤寂的心理。然而，需要指出的是，尽管鲁迅后来在一定程度上改变了对上海的"嫌恶"，觉得它"虽烦扰，但也别有生气"，但是由乡入城、由京迁沪的鲁迅，始终难以真正融入"喧嚣""市侩"的上海，也几乎没有创作出表现上海市民生活的都市题材小说。

## 三 上海书写中的都市印象

鲁迅曾在给友人的书信中说："我到上海后，即做不出小说来，而上海这地方，真也不能叫人和他亲热。"① 这里不免透露出鲁迅晚年的创作心态和上海印象。从上海时期的创作来看，鲁迅基本放弃了真正意义上的小说创作，而主要从事杂文写作。尽管 1936 年鲁迅在去世前出版了历史小说集《故事新编》，但全部八篇作品均取材于古代历史、神话与传说。其中，前三篇《补天》（原题作《不周山》）、《奔月》、《铸剑》（原题为《眉间尺》）写于 1922 年 11 月至 1927 年 4 月，在创作时间和思想艺术方面与《呐喊》《彷徨》大体相近，属于前期作品；后五篇《非攻》《理水》《采薇》《出关》《起死》，写于 1934 年 8 月至 1935 年 12 月，属于鲁迅上海时期的创作。

与前期作品相比，《故事新编》的后五篇小说在思想艺术方面有了显著变化。作品大多摆脱了前期孤寂悲凉的氛围，而表现出坚定明朗的基调。鲁迅后期接受了马克思主义，已开始认识到人民大众的力量和"民族脊梁"的作用。鲁迅说，马克思主义不但让他"明白"了许多"纠缠不清的疑问"，而且还"救正"了之前他"只信进化论的偏颇"，使他明确认识到"惟新兴无产者才有将来"（《二心集序言》）。《故事新编》中后期的作品一改前期孤独英雄（或知识分子）与愚昧大众对立的局面，群众的力量被发现，英雄不再苦闷孤独。《理水》中那"一群乞丐似的大汉，面目黧黑，衣服破旧"，"像铁铸的一样"，他们不再是无聊的看客，而是跟随禹一起出生

---

① 鲁迅：《书信 341206 致萧军、萧红》，《鲁迅全集》第 13 卷，人民文学出版社，2005，第 279 页。

入死的治水伙伴。禹不再是脱离群众的孤独超人，而是深入实践、依靠群众治水成功的英雄。他具有与劳动大众一样的外貌与品质，"面貌黑瘦"，"粗手粗脚"，"满脚底都是栗子一般的老茧"，深入实践，改"湮"为"导"，赢得了舜帝的信任和百姓的拥戴。《非攻》里出身卑贱的墨子机智善辩、踏实苦干，为了制止不义战争，赴汤蹈火，同楚王和公输般展开了针锋相对的辩论，终于取得了胜利。在墨子的身后，站立着耕柱子、管黔敖和禽滑厘等一群支持他的弟子。

鲁迅后期置身于风云变幻的都市上海，一方面是左翼文艺运动的如火如荼，另一方面是国民党反动派的血雨腥风。鲁迅既要与敌对阵营坚持"韧的战斗"，还要遭受同一营垒放来的"冷箭"，尤其是与周扬等左翼内部领导人的紧张关系，这些都让他不免时常感到尴尬和"齿冷"。显然，鲁迅把这种境遇和心理投射到了后期《故事新编》的创作中。在《故事新编》的后期作品中，鲁迅时常运用戏讽手法，表现主人公所遭遇的尴尬和嘲弄。《非攻》中，墨子虽然历尽千辛万苦，最终成功地说服了楚王和公输般"义不攻宋"，可是在归途上，一进宋国便遭遇了一连串的尴尬，先是"被搜检了两回"，接着"又遇到募捐救国队，募去了破包袱"，最后躲雨时还被巡兵赶开，雨淋了一身，"鼻子塞了十多天"。《起死》中庄子因怜悯之心请求司命复活死去的汉子，却不料反遭复活后的汉子的埋怨和纠缠，后者还要抢夺他的衣服。《出关》中本想"无为"的老子却在函谷关被关尹喜逼着讲学和编讲义，老子最后留下五千言的《道德经》，后者只送给他一包盐和十五个饽饽算作稿费，"并且申明：这是因为他是老作家，所以非常优待，假如他年纪青，饽饽就只能有十个了"。《采薇》中义不食周粟的伯夷和叔齐却遭遇了华山大王小穷奇的"恭行天搜"，以及小丙君及其使女阿金的奚落，最后饿死在首阳山。鲁迅笔下的这些狼狈不堪的主人公分明有着"自我指涉"的意味，不同程度地投射出鲁迅当时在左翼阵营中，表面上备受尊崇而实际被边缘化和蒙蔽的尴尬境遇和复杂心理。

虽然鲁迅说他在喧嚣的上海做不成小说，但是繁荣发达的报刊市场却为他的杂文提供了更适合驰骋的天地。杂文向来被视为"报刊文体"，短小精悍，兼具时效性和文艺性，更适合作为市民读物。正如时人杜宣所说，"作者和读者都处在穷和忙的生活圈里，他们都同样的受了时间与经济的限制，故都不约而同地踏上了杂文这条道路。而杂文就是这动乱社会的产物"①。对此，鲁迅自己说："我一个人不能样样都做到。在文化的意义上，长篇巨制自然是重要的，但还有别人在，我是斩除荆棘的人，我还要杂感杂感下去。"② 在鲁迅近 400 篇的杂感中，"后九年中的所写，比前九年多两倍；而这后九年中，近三年所写的字数，等于前六年"③。鲁迅上海时期的杂文集《准风月谈》《南腔北调集》《花边文学》《且介亭杂文》《且介亭杂文二编》《且介亭杂文末编》等，常常以形象生动的笔调描述各类上海经验和都市形象，譬如崇洋媚外的"西崽"、恣肆横行的"流氓"、游手好闲的"白相人"、精明聒噪的"娘姨"、时尚早熟的"少女"、算计革命的"革命小贩"、霸气蛮横的"奴隶总管"、人人口诛笔伐的"洋场恶少"等。在这些杂文中，鲁迅采取"论时事不留面子，砭锢弊常取类型"的方法，呈现出来的上海形象虽然只是"一鼻，一嘴，一毛"，"但合起来，已几乎是或一形象的全体"。④ 在后期杂文中，《阿金》和《上海的少女》在表现鲁迅的上海体验和都市形象方面最具代表性。

　　阿金是个"女仆，上海叫娘姨，外国人叫阿妈，她的主人也正是外国人"。她喜欢"嚷嚷"，"大声会议，嘻嘻哈哈"，这非常符合弄堂环境，总是嘈杂，片刻安静不下来。同时阿金私生活很乱，"轧姘头"，有很多男人，这是都市环境对其价值观的扭曲。阿金虽为女仆，却集中了较多上海租界文化人格特征，譬如"西崽相"和流氓气。阿金在跟社会地位并不高于自己的"烟纸店里的老女人"发生冲突时，能骂詈，能撒泼，很有"奋斗"气概，而当面对巡捕时，她的表现就是"赶紧迎上去，对他讲了一连串的洋话"。"我"这样的普通人对阿金喧哗的警告"是毫无效验的，她们连看也不对我看一看"，即使是普通的外国人，如果只是"说了几句洋话，她们也不理"，只有被洋人用脚"乱踢"时才会"逃散"，安静一段时间。当看到自己的姘头受人围攻向自己逃来时，阿金又只顾自己，"赶紧把后门关上

①　杜宣：《关于杂文》，《中国文艺年鉴・二十四年度的中国文坛考察》，北新书局，1936。
②　冯雪峰：《鲁迅先生计划而未完成的著作》，《鲁迅回忆录》，北京出版社，1999。
③　鲁迅：《且介亭杂文二集・后记》，《鲁迅全集》第 6 卷，人民文学出版社，1981，第 451 页。
④　鲁迅：《准风月谈・后记》，《鲁迅全集》第 5 卷，人民文学出版社，1981，第 382 页。

了"①，坐视姘头挨打而不顾。阿金精明势利，懂得审时度势，利用自己的一切条件去处理面临的问题，一切以利己为主。可见，冷漠而精明、聒噪而势利的阿金正是上海商业化都市精神的集中体现。

《上海的少女》是鲁迅对于上海文化浸染下女性形象的生动呈现。文章先描述了上海成年女性时髦、招摇、世故的一般特征，然后再过渡到受其影响的弄堂少女。这群生活在弄堂里的少女，自小受到洋场习气的熏染，过早地表现出势利、虚荣和成熟。文中写道："惯在上海生活了的女性，早已分明地自觉着这种自己所具的光荣，同时也明白着这种光荣中所含的危险。所以凡有时髦女子所表现的神气，是在招摇，也在固守，在罗致，也在抵御，像一切异性的亲人，也像一切异性的敌人，她在喜欢，也正在愤怒。这神气也传染了未成年的少女，我们有时会看见她们在店铺里购买东西，侧着头，佯嗔薄怒，如临大敌。自然，店员们是能像对于成年女性一样，加以调笑的，而她们也早明白着这调笑的意义。总之：她们大抵早熟了。"② 都市洋场社会既孕育了阿金一类的市侩女性，也催生了时髦早熟的都市少女。

"外面的进行着的夜，无穷的远方，无数的人们，都和我有关。我存在着，我在生活，我将生活下去，我开始觉得自己更切实了……"③ 鲁迅去世前对上海时光的这番感慨或许透露了一代文学巨匠晚年选择上海的真实心迹。尽管鲁迅始终没有对上海这座无比繁华又充满罪恶的现代都市产生更多的好感，尽管许广平在鲁迅逝后有过"如果鲁迅还在""未必还会在上海"的推测，然而，不争的事实是，一生漂泊的鲁迅最后选择了"虽烦扰，但也别有生气"的上海作为他的生命归宿。这座现代化的大都市，既以繁荣发达的工商业文化满足了鲁迅的生存需求，也因喧闹繁杂的都市氛围使他难以安宁，更因势利庸俗的人事让他嫌恶，种种体验都在他的上海书写中得到呈现。

---

① 鲁迅：《且介亭杂文·阿金》，《鲁迅全集》第 6 卷，人民文学出版社，1981，第 200 页。
② 鲁迅：《南腔北调集·上海的少女》，《鲁迅全集》第 4 卷，人民文学出版社，1981，第 563 页。
③ 鲁迅：《且介亭杂文末编·"这也是生活"》，《鲁迅全集》第 6 卷，人民文学出版社，1981，第 601 页。

## 第三节 "静悄悄"的厦门与"大热闹"的广州

### 一 "静悄悄"的厦门

1926 年 8 月，鲁迅应林语堂之邀离开北京前往厦门，中途在上海停留两日后至厦门大学，担任国文系教授和国学研究院研究教授。1927 年 1 月，原本打算在厦门待两年的鲁迅匆匆辞去厦门大学的一切职务，去往广州中山大学任职，在厦门前后 135 天。毋庸讳言，从作为政治文化中心的北京来到偏于一隅的海岛厦门，鲁迅有了全新的人生体验。

在厦门，人地生疏的鲁迅独自一个人住在厦大图书馆的楼上，面对着微茫浩渺的海天，又暂时没有了北京时期的人事纠纷，顿时感到了一种从未有过的孤独和沉静。鲁迅曾如此描述"初到厦门"时的感受："周围很静；近处买不到一种北京或上海的新的出版物，所以有时也觉得枯寂一些，但也看不见灰烟瘴气的《现代评论》。这不知是怎的，有那么许多正人君子，文人学者执笔，竟还不大风行"①，"我沉静下去了。寂静浓到如酒，令人微醺。……我靠了石栏远眺，听得自己的心音，四远还仿佛有无量悲哀，苦恼，零落，死灭，都杂入这寂静中，使它变成药酒，加色，加味，加香。这时，我曾经想要写，但是不能写，无从写。也就是我所谓'当我沉默着的时候，我觉得充实，我将开口，同时感到空虚'"②。

在厦门大学，鲁迅每周只有五六节课，他告诉许广平，自己"教科不算忙"，"时常闲着玩"，"茶水饶足"，"能吃能睡"，"心情也自然安泰"，"比先前较安贴"，以至于有了"想从此整理为较有条理的生活"的想法。③显然，曾经压抑苦闷的鲁迅产生了如释重负的轻松和闲适。当然，鲁迅的轻松闲适除了得益于厦门的幽静环境之外，更与他在此时陷入与许广平的"甜美爱情"有着直接的关联，这些很容易从《两地书》中得到印证。

然而，鲁迅初到厦门的宁静和闲适很快便被不愉快的日常琐事和人事

---

① 鲁迅：《厦门通信》，《鲁迅全集》第 3 卷，人民文学出版社，1981，第 370 页。
② 鲁迅：《三闲集·怎么写》，《鲁迅全集》第 4 卷，人民文学出版社，1981，第 18～19 页。
③ 鲁迅：《两地书·四二》，《鲁迅全集》第 11 卷，人民文学出版社，2005，第 122 页。

纠纷打破了。他在给许广平的信中抱怨，平日里除了聘请听差、安排食宿的不易，"周围多是语言无味的人物，令我觉得无聊"，"学生个个认得我了，记者之类亦有来访，或者希望我提倡白话，和旧社会闹一通；或者希望我编周刊，鼓吹本地新文艺；而玉堂他们又要我在《国学季刊》上做些'之乎者也'，还有到学生周会去演说，我真没有这三头六臂"，而且，"学校当局又急于事功，问履历，问著作，问计画，问年底有什么成绩发表，令人看得心烦"。更何况，"自称只佩服胡适、陈源"的校长朱根山让他愈感不满，顾颉刚、陈万里、潘家洵、黄坚等胡适"现代评论派"的势力在厦大日见膨胀，[①] 再加上高长虹、向培良、韦素园等人的纠纷把他挟裹其中，鲁迅很快对厦门感到"不大高兴"了。他感慨道，"北京如大沟，厦门如小沟也，大沟污浊，小沟独干净呼哉"，并"决计要走了"。[②]

总之，鲁迅对于厦门的体验，是好坏参半的，既有独处的宁静，也有琐事的烦恼，还有远方爱情的温暖。对此，鲁迅曾用家乡的俗话"穿湿布衫"来譬喻他的厦门体验，"就是恰如将没有晒干的小衫，穿在身上"，"不爽快，也并不大痛苦，只是终日浑身不舒服"。[③]

## 二 "大热闹"的广州

1927 年 1 月，鲁迅告别厦门来到广州，任中山大学文学系主任兼教务主任。鲁迅此番提前离厦赴广，除了"爱情"的召唤外，还有生活的考量和"革命"的激励。广州是历史文化名城，美食文化发达，冬天温暖适宜。《在钟楼上》一文记载了鲁迅初到广州时的感受："倘说中国是一幅画出的不类人间的图，则各省的图样实无不同，差异的只在所用的颜色。黄河以北的几省，是黄色和灰色画的，江浙是淡墨和淡绿，厦门是淡红和灰色，广州是深绿和深红"，"广东的花果，在'外江佬'的眼里，自然依然是奇特的。我所最爱吃的是'杨桃'，滑而脆，酸而甜，做成罐头的，完全失却了本味。汕头的一种较大，却是'三廉'不中吃了。我常常宣传杨桃的功

①　鲁迅：《两地书·四二》，《鲁迅全集》第 11 卷，人民文学出版社，2005，第 121 页。
②　鲁迅：《书信 261023 致章廷谦》，《鲁迅全集》第 11 卷，人民文学出版社，2005，第 583 页。
③　鲁迅：《两地书·九五》，《鲁迅全集》第 11 卷，人民文学出版社，2005，第 253 页。

德，吃的人大抵赞同，这是我一年中最卓著的成绩"，"我住的是中山大学中最中央而最高的处所，通称'大钟楼'。一月之后，听得一个戴瓜皮小帽的秘书说，才知道这是最优待的住所，非'主任'之流是不准住的"。① 显然，经历过北方风沙和严寒的鲁迅，对南粤的四季如春和花果美食感到由衷的欣喜。

当然，鲁迅对广州的印象不只是"深绿和深红"，更有"大热闹"。这"热闹"来自于"革命策源地"的方方面面。20 世纪 20 年代后期的广州是国民革命的中心，聚集了来自全国各地的仁人志士和革命青年，同样也在一定程度上激励了"沉静"已久的鲁迅。他在来广州之前写信告诉许广平："其实我也还有一点野心，也想到广州后，对于'绅士'们仍然加以打击，至多无非不能回北京去，并不在意。第二是与创造社联合起来，造一条战线，更向旧社会进攻，我再勉力写些文字。"② 然而，原本准备"与创造社联合起来，造一条战线"的鲁迅后来不但没有联合起来，反而在"革命文学"的论争中受到"小伙计"们的攻击，这是鲁迅始料未及的。当然，这是后话。事实上，初到广州，鲁迅受到各方"热烈"欢迎，获邀四处演讲。对此，鲁迅说："我到中山大学的本意，原不过是教书。然而有些青年大开欢迎会。我知道不妙，所以首先第一回演说，就声明我不是什么战士、革命家……不料主席的某先生——他那时是委员——接着演说，说这是我太谦虚，就我过去的事实看来，确是一个战斗者、革命者。于是礼堂上劈劈拍拍一阵拍手，我的'战士'便做定了。拍手之后，大家都已走散，再向谁去推辞？我只好咬着牙关，背了'战士'的招牌走进房里去，想到敝同乡秋瑾姑娘，就是被这种劈劈拍拍的拍手拍死的。我莫非也非'阵亡'不可？"③ 可见，鲁迅对于此等"大热闹"有着"被绑架"般的不快。

此后，"革命"的变化和人事的纠纷让鲁迅不断感到震惊和愤怒，并最终导致了他的又一次"逃离"。鲁迅经历了广州暴动，目睹学生被捕，更加上"四一五"反革命大屠杀，他感到了震惊和恐惧，甚至"被血吓得目瞪口呆"。鲁迅后来如此回忆他在广州时的情形："住了两月，我就骇然，原

① 鲁迅：《三闲集·在钟楼上》，《鲁迅全集》第 4 卷，人民文学出版社，1981。
② 鲁迅：《两地书·六九》，《鲁迅全集》第 11 卷，人民文学出版社，1981，第 191 页。
③ 鲁迅：《而已集·通信》，《鲁迅全集》第 3 卷，人民文学出版社，1981，第 449～450 页。

来往日旧闻，全是谣言，这地方，却正是军人和商人所主宰的国土。"① 在对中山大学领导层不积极营救学生、青年投书告密助官捕人以及现代评论派用幽默"将屠户的凶残，使大家化为一笑"感到深深的失望后，鲁迅愤而辞去中山大学的所有职务，坚决表示不会再去做"大傀儡"，"不走回头路"。② 1927 年 9 月，鲁迅带着失望和悲愤离开了"大热闹"的广州，去往人生的最后驿站——上海。

## 三 厦门与广州书写

自 1926 年 9 月抵达厦门，至 1927 年 9 月离开广州，这一年多的时间在鲁迅的人生历程中虽然是短暂的，但于鲁迅的创作而言，却有着十分重要的意义。鲁迅在厦门、广州的创作主要收录在《而已集》《朝花夕拾》《两地书》等文集中，另外还散见于《华盖集续编》《坟》《三闲集》等文集中。

在厦门时期，鲁迅以少有的平和舒缓的心境完成了《从百草园到三味书屋》《父亲的病》《琐记》《藤野先生》《范爱农》等"旧事重提"性质的篇章，既有对童年时光的美好回忆，也有对方正、热心私塾老师和异邦师长的追怀，还有对亲朋旧友的思念，表现出鲁迅创作中少有的温暖和亮色。《两地书》是鲁迅厦门创作的主要实绩，是他与许广平爱的结晶，也是考察鲁迅真实个人生活和私人写作的重要文本。在厦门的 130 多天，鲁迅与许广平的书信来往达 83 封。虽然鲁迅说，"其中既没有死呀活呀的热情，也没有花呀月呀的佳句"③，然而，《两地书》中彼此戏谑的口吻、眷眷的情怀以及循序渐进、水到渠成的情感历程都不言自明地见证了他与许广平之间真挚的爱情。两人由开始的五天一封，到二至三天一封，最高潮时一个晚上两封。鲁迅有时晚上写好信，甚至等不及第二天，便半夜出门去投递。两人的口吻愈见亲昵，许广平由"小学生""小鬼"到"害马""小刺猬"，鲁迅由"先生"到"亲爱的老师"再到"亲爱的白象"。他们所谈论的话题也愈加琐屑轻松。在这些信函中，鲁迅把自己的工作和生活事无巨细地

---

① 鲁迅：《通信》，《鲁迅全集》第 4 卷，人民文学出版社，1981，第 97 页。
② 鲁迅：《书信 270515 致章廷谦》，《鲁迅全集》第 12 卷，人民文学出版社，1981，第 543 页。
③ 鲁迅：《两地书·序言》，《鲁迅全集》第 9 卷，人民文学出版社，1981，第 4 页。

诉说给异地的许广平，甚至"连夜间小解也不下楼去了，就用磁的唾壶装着，看夜半无人时，即从窗口泼下去"之类的"近于无赖"的生活细节都成为互通鱼雁的内容（鲁迅致许广平，1926 年 10 月 28 日）。对于听课的女生，鲁迅戏谑地向许广平保证："我决定目不邪视，而且将来永远如此。"（鲁迅致许广平，1926 年 9 月 30 日）而许广平对这个"'孩子气'十足"的保证回复道："'邪视'有什么要紧，惯常倒不是'邪视'，我想许是冷不提防的一瞪罢！"（许广平致鲁迅，1926 年 10 月 14 日）起初还互致"外交辞令"的师生至此已俨然是一对热恋中的情侣了。厦门时期，鲁迅还创作了《故事新编》中的《奔月》和《铸剑》两篇小说。《奔月》取自后羿和嫦娥的传说，作品并未描写英雄射日的风光和美人相伴的爱情，而是尽显昔日英雄在射日后的尴尬、孤独和悲凉。在"射得遍地精光"之后，只能天天吃乌鸦炸酱面的羿不但遭到昔日弟子逢蒙的暗算，还要承受妻子嫦娥的离弃。《铸剑》是根据干将铸剑、其子复仇的传说改写的。作品中虽然眉间尺借宴之敖报了杀父之仇，然而，复仇者英勇赴死而众人围观的场面既慷慨又悲凉。小说在开头和结尾两次着力描写了无聊看客围观的场景。在眉间尺去复仇的路上，"离王宫不远，人们就挤得密密层层，都伸着脖子"。当眉间尺、宴之敖与大王三头出丧时，"天一亮，道上已经挤满了男男女女"。两篇作品一方面表现了英雄的孤独与悲凉，另一方面描写了庸众的愚昧与冷漠。显然，这种主题和基调与鲁迅当时不得不离开作为"第二家乡"和政治文化中心的故都北平，而暂时栖身偏于一隅的海岛厦门的心境密切关联。当然，《奔月》的创作应该还与曾经的"弟子"高长虹对鲁迅的诽谤不无关系，逢蒙这个形象就含有高长虹的影子。鲁迅在给许广平的信中提及这篇作品时说："那时就做了一篇小说，和他（指高长虹）开了一些小玩笑。"（《两地书·一一二》）

　　鲁迅在广州近 9 个月的时间里，创作了 40 多篇文章，大多收录在杂文集《而已集》《三闲集》中，还有些篇章散见于其他集子和当时的报刊。鲁迅曾说："我是在二七年被血吓得目瞪口呆，离开广东的，那些吞吞吐吐，没有胆子直说的话，都载在《而已集》里。"[1] 鲁迅的广州创作风貌一转厦

---

① 鲁迅：《三闲集·序言》，《鲁迅全集》第 4 卷，人民文学出版社，1981。

门时期的沉静和个人化特点，而多与政治时事、社会活动和各类演讲有关，格调偏于激越。在《老调子已经唱完》《无声的中国》《革命时代的文学》《文艺与革命》《革命文学》《革"首领"》《〈野草〉题辞》等作品中，鲁迅发表了自己对于当时革命情形和革命文艺的看法，冷静理性地提醒盲目乐观的人们。他明确指出，"凡老的，旧的，都已经完了"，现在"唯一的方法，首先是抛弃了老调"。① 对于那些热衷"革命"和"革命文学"的人们，他冷静地提醒，"广东社会没有受革命影响……广东仍然是十年前底广东"，报纸文章几乎全是旧式，"工会参加游行，但这是政府允许的，不是因为压迫而反抗的，也不过是奉旨革命"，② "为革命起见，要有'革命人'，'革命文学'倒无须急急，革命人做出东西来，才是革命文学"③。

鲁迅在广州期间，正值第一次国内革命战争的中后期，广东革命政府与北洋军阀政府之间的冲突，中国人民与各帝国主义势力之间的矛盾，共产党与国民党右派集团之间的斗争，等等，国内外各种矛盾纠缠在一起。这些都对鲁迅的思想和创作有着多方面的影响。对此，有学者注意到，广州期间是鲁迅情绪变化极为剧烈的一个时期，"喜怒忧思悲惊恐"交替更迭。这种因社会情状、革命形势、政治生态剧变所导致的情志骤变和心绪纷乱，使得鲁迅的广州书写在震惊、忧伤、愤懑之外，透露出更深层的"'而已'而已"的无奈、无力和虚妄感。④ 1927 年 8 月，鲁迅在广州《民国日报》副刊《现代青年》上发表了《魏晋风度及文章与药及酒之关系》。这篇带有学术随笔性质的文章对于解读广州时期鲁迅思想心理具有重要意义。表面上看，鲁迅论述的是魏晋名士的文章与药及酒的关系；实际上，他讨论的是政治之于文学的影响。鲁迅指出，"即使是从前的人，那诗文完全超于政治的所谓'田园诗人'，'山林诗人'，是没有的"，"完全超出于人间世的，也是没有的"，因为如果完全超出于世是不会留下诗文的，"诗

---

① 鲁迅：《集外集拾遗·老调子已经唱完》，《鲁迅全集》第 7 卷，人民文学出版社，1981。
② 鲁迅：《庆祝沪宁克复的那一边》，《鲁迅全集》第 8 卷，人民文学出版社，1981。
③ 鲁迅：《革命时代的文学》，《鲁迅全集》第 3 卷，人民文学出版社，1981。
④ 陈红旗：《广州体验、"名士"流风与与鲁迅的"革命政治学"》，《鲁迅研究月刊》2019 年第 1 期。

文也是人事，既有诗，就可以知道于世事未能忘情"。① 无论是对于魏晋风度的追慕，还是暗讽政治高压对于文人写作的影响，显然都是鲁迅广州经验的影射。

　　总之，厦门和广州虽然是鲁迅短暂逗留的"驿站"，但于鲁迅而言，无论是对其情感阅历、思想转型还是创作人生，都是不可或缺的存在。鲁迅后来如此总结他在厦门和广州的境遇："回想起我这一年来的境遇，有时实在觉得有味。在厦门，是到时静悄悄，后来大热闹；在广东，是到时大热闹，后来静悄悄。肚大两头尖，像一个橄榄。"②

---

① 鲁迅：《魏晋风度及文章与药及酒之关系》，《鲁迅全集》第 3 卷，人民文学出版社，2005，第 513、516 页。

② 鲁迅：《而已集》，《鲁迅全集》第 3 卷，人民文学出版社，2005，第 466 页。

# 第三章

# 老舍的北京情结与重庆印象

　　北京是老舍的生养之地和精神寓所。在老舍 67 年的人生经历中，他在北京度过了 42 年。虽然他也曾在一些其他城市漂泊过，譬如在伦敦、纽约讲学，在天津、济南、青岛、汉口、重庆等地工作，但北京始终是他眷恋的故乡，是他永远摆脱不了也不想摆脱的情结。对此，老舍曾经饱含深情地说，"我的最初的知识与印象都得自北平，它是在我血里，我的性格与脾气里有许多地方是这古城所赐给的"，"我真爱北平。这个爱几乎是要说而说不出的"，"我的每一思念中有个北平，这只有说不出而已"（《想北平》），"不管我在哪里，我还是拿北京作我的小说的背景，因为我闭上眼想起的北京是要比睁着眼看见的地方更亲切，更真实，更有感情的。这是真话"（《我热爱新北京》）。在北京之外，对于老舍影响较大的城市应该是重庆了。自1938 年 8 月至 1946 年 2 月，老舍在战时重庆生活了 8 年之久，重庆是其除故乡北京之外生活时间最长的都市，对其创作转变的影响甚巨。因此，本章主要讨论老舍的北京情结和书写，同时兼及老舍的战时重庆体验和创作。

## 第一节　融在"血里"的北京

### 一　满汉交融的文化意识

　　老舍是清朝八旗子弟后裔，父亲舒永寿属驻守西直门一带的正红旗，母亲马氏属正黄旗。老舍出生时，正值清廷处于风雨飘摇之际，民族的忧患、国家的衰微、满人的族裔生活，以及与普通市民大众的长期交往，都在不同程度上对老舍的成长和创作产生了影响。

老舍深受满汉文化的滋养，北京多元文化的融会贯通在他身上得到了完美体现，因而他的文化意识中既有满族旗人生活习性的熏陶，也有中原汉族儒家文化的影响。一方面，满族旗人的身份和心理给老舍造成了根本性的影响。老舍的母亲马氏是一位体现了满族传统文化性格的典型劳动妇女，她对老舍一生的影响极大，正如老舍所说，"我真正的教师，把性格传给我的，是我的母亲，母亲并不识字，她给我的是生命的教育"（《我的母亲》）。母亲身上所体现出来的善良、尚礼节、尊祖敬老等美德，都通过言传身教潜移默化地影响了老舍。另一方面，与汉族劳苦群众的长期交往也使老舍能深切体会到北京下层民众生活的酸甜苦辣、喜怒哀乐，并教会了他以普通百姓、寻常人家的价值观看待人生，衡量美丑，使他具有了鲜明的平民意识。而他性格中的热情、直爽、坦诚、耿直等都与北京下层劳动人民的气质相通，即使后来成名，仍不忘自己是个普通人，以"小人物"自居，以做一个诚实的普通人而自豪。

当然，满汉相融的文化意识也使老舍的创作既具有中华民族的共性，又显示出鲜明的满族质地。满人凭借武力征服中原之后，沿袭不变的八旗制度渐渐不能适应日趋变化的社会，不平等的民族政策使得原本勤劳善战的民族变成了不工、不商、不农、不桑的特权阶级。无论高低贵贱，只要是旗人，就可以免除所有苛捐杂税，而且还可以按月领到可观的钱粮。不劳而获的悠闲生活，使得众多的八旗子弟逐渐失去了勤劳勇敢的本色，成为游手好闲的"大爷"，成为社会的寄生者。"铁杆庄稼"旗人的因袭和流弊甚至导致旗人子弟"游手好闲""四体不勤"的后果。老舍作品中就充斥着"整天整年都消磨在生活的艺术中"的旗人后裔。而在与汉人的多年融合中，旗人把汉民族文化变成自己生活中的一部分，如尚礼、重节、尊祖等，因而老舍的作品中常常出现保守重礼的祁老太爷一类人物。总之，正是满汉交融的北京文化塑造了朴实、善良、勤奋、温和的老舍，孕育出生动淳朴、诙谐幽默的"京味"小说。

## 二　"真爱北平"

在老舍的一生中，北京是萦绕始终的情结。当然，从另一个角度来看，把老舍"束缚"在这片土地上的也是他发自内心的"北平"情怀。作为土生土长的北京人，老舍对北京的热爱在一定程度上可谓承传了祖辈"遗风"。当年，清军入关，面对与自身文化截然不同的中原文明，并没有采取敌视和消灭的态度，而是在与汉文化的不断融合中被同化。随着时光的推移，八旗子弟早已将北京看作自己真正的故乡，因此对北京有着极为深厚的情感。老舍一家也是如此。父亲舒永寿是晚清皇城护军，1900 年战死于与八国联军巷战的炮火中。母亲马氏生于农家，勤俭诚实，靠给人家缝洗衣服养家糊口。老舍从小便从父母那里承传了爱国、勤勉的秉性。在老舍的心底，北平既是故乡，也是"母亲"。

　　1936 年，老舍在离开北平六年多后，在青岛写下一篇名为《想北平》的文章，反复表达了自己"真爱北平"的炽热情感。他说："我真爱北平。这个爱几乎是要说而说不出的。我爱我的母亲。怎样爱？我说不出……我所爱的北平不是枝枝节节的一些什么，而是整个儿与我的心灵相黏合的一段历史……每一个小的事件中有个我，我的每一思念中有个北平，这只有说不出而已。……我将永远道不出我的爱，一种像由音乐与图画所引起的爱。这不但是辜负了北平，也对不住我自己，因为我的最初的知识与印象都得自北平，它是在我的血里，我的性格与脾气里有许多地方是这古城所赐给的。我不能爱上海与天津，因为我心中有个北平。可是我说不出来！"①老舍对故乡北京的热爱就像爱母亲一样，北京的沦陷与幼年的记忆使他对北京的热爱从小就根植于心底。老舍感谢故乡和母亲给予他"知识与印象""性格与脾气"，也正因如此，老舍说他不能爱其他城市，而独爱故乡北平。

　　众所周知，被誉为"人民艺术家"的老舍有着非凡的语言表达能力。然而，他在写自己对北京的感情的时候却"说不出"了，因为"我所爱的北平不是枝枝节节的一些什么，而是整个儿与我的心灵相黏合的一段历史"。在老舍心中，北京承载着族裔的历史和记忆，承载着父辈的鲜血和泪水，承载着成长的艰辛和苦楚，也承载了未来的希望和曙光。正是这样的复杂情感，锻造了老舍心中永不磨灭的"恋京"情结。1945 年，在《"住"

---

① 老舍：《想北平》，《宇宙风》第 19 期，1936 年 6 月。

的梦》中，老舍更是直言不讳："不过，秋天一定要住北平。天堂是什么样子，我不晓得，但是从我的生活经验去判断，北平之秋便是天堂。"

## 三　传统文化的理性审视

有人根据开放程度把中国古代都市文化分为"长安文化"、"汴梁—临安文化"和"北京文化"三种类型，并认为：长安文化是一种古今中外各民族大融合、大吸收的混合型、开放型、进取型文化，汴梁—临安文化是一种内聚型、思辨型、收敛型文化，北京文化是一种封闭型、保守型而不情愿地走向吸收型的文化。① 这种划分虽有值得商榷之处，但把北京文化划分为"封闭型、保守型而不情愿地走向吸收型"，还是较为符合事实的。老舍对北京虽然有着对"母亲"和"故乡"一样的热爱，但是对北京所代表的传统文化却始终持有一种理性的审视与反思。

首先，老舍对北京传统文化的中庸与保守有着自觉的反思和批判。他说，古老的文化传统"是阻碍进步和革命的：一天走了三步，可第二天却倒退了六步。一天儒教或佛教的寺庙被统统推掉，可一星期以后它们又被重新修好"②。因而，无论是《离婚》中一生只做媒人而反对离婚的张大哥，还是《四世同堂》中不顾北平沦陷而只管关起门来"老老实实过日子"的祁老太爷们，老舍都明显表现出嘲弄批评的态度。然而，值得注意的是，对于传统文化，老舍的态度并不像前辈作家鲁迅等那样决绝，而是一种更为复杂的"同情"。在谈及《离婚》时，他说，"张大哥，一个保守的、爽快的、能干的、有时有点傻的中年北京人"③，"他永远使我羡慕他的气度与服装"，"在他身上都是一种生活趣味的展示"④，"在某种意义上讲，有一个像中国如此古老的文化传统，也真可称得上是一种福气。它能控制住人的感情，使它不至于跑得太野，而且还能使生活的烦恼趋于平

---

① 黄新亚：《长安文化与现代化》，《读书》1986年第12期，第51页。

② 老舍：《关于〈离婚〉》，张桂兴编著《老舍与第二故乡》，青岛海洋大学出版社，2000，第559页。

③ 老舍：《关于〈离婚〉》，张桂兴编著《老舍与第二故乡》，青岛海洋大学出版社，2000，第559页。

④ 老舍：《我怎样写〈离婚〉》，张桂兴编著《老舍与第二故乡》，青岛海洋大学出版社，2000，第553页。

静，使生活恢复到原来的平和轨道上去"①。于是，老舍在批评笔下那些负载着传统的老派市民时大多是"含着泪的笑"。特别是在《断魂枪》《老字号》《茶馆》中，老舍在批评传统不合时宜的同时又不免对传统的逝去表现出一种惋惜和哀伤。

其次，老舍还批判了北京传统文化闲逸和驯良的一面。中国传统文化中，向来就有闲逸和驯良的因子，尤其表现在文人士子的闲情逸致和趋炎附势上。晚清以降，贵族社会享乐闲逸的颓废之风得到畸形发展，并且由于清王朝的覆亡，这种畸形繁荣的宫廷艺术和贵族风习大量散逸民间，从而形成贵族文化与民间文化、满族文化与汉族文化融合的北京古都文化。在国运衰退、民族危亡之际，老舍对传统文化闲逸和驯良的一面进行了嘲弄和批判。《二马》中的老马，虽然因继承遗产到伦敦经商，置身于西方现代文明都市，但却始终鄙视经商，而把大量时间花在喝茶、睡觉、浇花、养狗上。《四世同堂》中的钱默吟，即便是北平沦陷了也爱喝酒、作画和种花。而另一人物祁老太爷，即便日本人打到门前来了，他也不能少了"礼数"，"逢节他要过节，遇年他要祭祖"，"祁老太爷什么也不怕，只怕庆不了八十大寿"。小说中，老舍借人物之口说："当一个文化熟到了稀烂的时候，人们会麻木不仁地把惊魂夺魄的事情与刺激放在一旁，而专注意到吃喝拉撒中的小节目上去。""应当先责备那个甚至于把屈膝忍辱叫做喜爱和平的文化。那个文化产生了静穆雍容的天安门，也产生了在天安门前面对着敌人而不敢流血的青年！"这里对传统文化闲逸情调的批评与对闲逸所培植的生活情趣的欣赏，流露出作者面对同一文化对象时的理性认知与情感纠葛。正如他在《北平的初夏》中所感叹的那样："它污浊，它美丽，它衰老，它活泼，它杂乱，它安闲，它可爱，它是伟大的夏初的北平。"

尽管相较于摩登的现代都市上海，古都北京仍然具有鲜明的传统伦理色彩，但是对于单纯质朴的乡土社会而言，它仍然是一个充满了更多诱惑和污浊的都市社会。因而，老舍对于北京"污浊""杂乱"的城市文明病有着清醒的认识。他说："这老城处处带着魔力。它不管死亡，不管祸患，不

---

① 老舍：《关于〈离婚〉》，张桂兴编著《老舍与第二故乡》，青岛海洋大学出版社，2000，第558~559页。

管困苦，到时候它就施展出它的力量，把百万的人心都催眠过去，作梦似的唱着它的赞美诗。"(《北平的初夏》) 在《骆驼祥子》中，老舍集中展示了被金钱腐蚀的都市的"污浊"和"杂乱"：无恶不作的人，杂乱肮脏的大杂院，如同"无底深坑"的妓院白房子，穷凶极恶的兵匪，逼女卖淫的车夫，等等。正是由于"染缸"一样的都市文明病，使得原本朴实善良的祥子进入城市后，变得越来越自私自利，直至最后成为一个无恶不作的行尸走肉和"个人主义的末路鬼"。老舍通过祥子的悲剧真实呈现了病态城市对善良人性的吞噬。

## 第二节　小说里的"京味"

### 一　"京味"风物

城与人，向来是文学的"重镇"。每一座迷人的城市都有伟大的作家去书写它的灵魂和故事，比如巴黎之于波德莱尔，伦敦之于狄更斯，都柏林之于乔伊斯，布拉格之于卡夫卡，上海之于张爱玲，北京之于老舍。老舍说："真愿成为诗人，把一切好听好看的字都浸在自己的心血里，像杜鹃似的啼出北平的俊伟。"(《想北平》) 老舍是第一个在文学想象中自觉建构北京形象的现代作家，他的小说，从题材内容到精神气质，都散发出浓郁的"京味"。这"京味"，是由老舍文学世界中的人与城融合酝酿而出的，它"不是枝枝节节的一些什么，而是整个儿与我的心灵相黏合的一段历史，一大块地方"(《想北平》)。老舍的小说大多以北京城作为取材的原地，再由北京城联系到北京人，揭示出北京人的文化心理结构，并运用独具魅力的北京方言口语，使读者由表及里感受到无所不在的"京味"。由此看来，老舍小说里的"京味"主要来自三个方面：一是老舍作品中的故事大多发生在北京，大量描写了北京的文化地理；二是老舍塑造了大量的北京人形象，生动地刻画了北京人的性格；三是老舍建构文学世界运用的是纯熟的、加工过的、优美的北京话。因而，我们不妨从老舍作品中的北京城、北京人、北京话三个方面来分析老舍的"京味"书写。

在老舍创作的大量作品中，我们常常看到北京的典型建筑——四合院以及四通八达的胡同。四合院是北京的"文化名片",四合院从平面布局到内部结构、细部装修都形成了特有的京师风格。正规四合院一般东西向,坐北朝南,基本形制是分居四面的北房(正房)、南房(倒座房)和东西厢房,四周再围以高墙形成四合。四合院住宅形制,既符合人们衣食住行的需要,也有利于大家建立和维护情谊往来,是传统文化"和合"的象征体现。胡同是北京的街巷,因为需要日照和抵御寒风,多为东西走向,大大小小的四合院围合成胡同,而弯弯绕绕的胡同则联系着四合院。《四世同堂》里,祁老太爷一家祖孙四代便共同生活在小羊圈胡同的一个四合院里。院子里东西南三面住着儿子祁天佑、孙子祁瑞宣、重孙小顺子等晚辈,他们都要听从和服侍北面的一家之主祁老太爷。作者对祁家生活起居的院落和小羊圈胡同进行了细致入微的刻画:"祁家的房子坐落在西城护国寺附近的'小羊圈'","它不像一般的北平的胡同那样直直的,或略微有一两个弯儿,而是颇像一个葫芦","通到西大街去的是葫芦的嘴和脖子,很细很长,而且很脏","走了几十步,忽然眼一明,你看见了葫芦的胸:一个东西有四十步,南北有三十步长的圆圈,中间有两棵大槐树,四围有六七家人家。再往前走,又是一个小巷——葫芦的腰。穿过'腰',又是一块空地,比'胸'大着两三倍,这便是葫芦肚儿了","祁家的房便是在葫芦胸里","葫芦胸里有六七家人家,又使他(祁老太爷)觉到温暖";祁家的"院子是东西长而南北短的一个长条","南房两间","紧靠着街门","北房五间面对着南院墙","两间东房是院子的东尽头"。当然,四合院里既居住着祁家这样四世同堂的大户人家,也常常聚居着不同的散户。《柳家大院》里的四合院,有着二十多间房子,"住两间房的就不多,又搭上今天搬来,明天又搬走",像"我们爷儿俩和王家"住了一年多的就可以算老住户了,尽管柳家大院的住户众多而散乱,但"大家见面招呼声'吃了吗',透着和气"。有时,宽敞适用的四合院也被用作其他"营生"。《老张的哲学》中,老张就在四合院里开起了学堂。"他的学堂坐落在北京北城外,离德胜门比离安定门近的一个小镇上。坐北朝南的一所小四合房,包着东西长南北短的一个小院子。临街三间是老张的杂货铺,上自鸦片,下至葱蒜,一应俱全。东西配房是他和他夫人的卧房;夏天上午住东房,下午住西房;冬天反之;春秋视天气冷暖以为转移。既省凉棚及煤火之费,长迁动着于身体也有益。"老舍在小说中对四合院和胡同的细致描绘,一方面是为了展现小说人物的活动场景,建构人物的生活关系,另一方面也充分体现了作者对它们弥足深厚的感情。

为了凸显"京味"风貌,老舍还常常在小说中使用北京的真实地名。舒乙在《谈老舍著作与北京城》一文中对此有过详细的统计和分析,仅《四世同堂》中便出现了200多个真实的北京地名、胡同名和店铺名。[①] 读老舍的小说,就像在赏阅那个时期北京的真实地图和风物人情。譬如《老张的哲学》中,作者以小说人物的视角和行走路线写道:"李应的姑母住在护国寺街上,王德出了护国寺西口,又犹豫了:往南呢,还是往北?往南?是西四牌楼,除了路旁拿大刀杀活羊的,没有什么鲜明光彩的事。往北?是新街口,西直门。那里是穷人的住处,那能找得到事情。"在读者面前,俨然呈现出一幅北京城区的真实地图,有着具体明确的方向和区位。不难发现,老舍是以真实的北京城作为舞台来搭建人物活动空间的。

老舍说:"我生在北平,那里的人、事、风景、味道,和卖酸梅汤、杏儿茶的吆喝的声音,我全熟悉。一闭眼我的北平就完整的,象一张彩色鲜明的图画浮立在我的心中。我敢放胆的描画它。它是条清溪,我每一探手,就摸上条活泼的鱼儿来。"[②] 当然,老舍小说中的"京味"不仅仅体现在显在的建筑景观上,更落实在人们日常习焉不察的衣食住行和人情风俗上。《骆驼祥子》中,刘四做寿的一段描写充分体现了北京人好面子、讲排场、重人情的风俗习惯:"刘四爷,因为庆九,要热热闹闹的办回事,所以第一要搭个体面的棚","地上的雪扫净,房上的雪渐渐化完,棚匠'喊高儿'上了房,支起棚架子。讲好的是可着院子的暖棚,三面挂檐,三面栏杆,三面玻璃窗户。棚里有玻璃隔扇,挂画屏,见木头就包红布。正门旁门一律挂彩子,厨房搭在后院","棚里放八个座儿,围裙椅垫凳套全是大红绣花的。一份寿堂,放在堂屋,香炉蜡扦都是景泰蓝的,桌前放了四块红毡子"。《离婚》中,写张大嫂想要把菱认作干女儿:一对花漆木碗、一个银锁、一条大红珠线索子,有了这些,再加上菱的磕头,虽然仓促,但仪式

<hr>

① 舒乙:《谈老舍著作与北京城》,《文史哲》1982 年第 4 期。
② 老舍:《三年写作自述》,《抗战文艺》第 7 卷第 1 期,1941 年 1 月。

和礼数却一样不能少。在北京的传统习俗中,不但注重婚丧嫁娶一类的仪式和礼数,而且对于一些传统节日也十分讲究。老舍曾经专门写了一篇《北京的春节》,淋漓尽致地描绘了北京人过春节的场面:"按照北京的老规矩,过农历的新年(春节),差不多在腊月的初旬就开头了","除夕真热闹。家家赶做年菜,到处是酒肉的香味。老少男女都穿起新衣,门外贴好红红的对联,屋里贴好各色的年画,哪一家都灯火通宵,不许间断,炮声日夜不绝。在外边做事的人,除非万不得已,必定赶回家来,吃团圆饭,祭祖。这一夜,除了很小的孩子,没有什么人睡觉,而都要守岁"。小说《正红旗下》,从腊八到小年、除夕、初一、初七,直到十五,十分详尽地描写了整个春节期间的习俗。

总之,老舍小说中的"京味"来自于他的生活经验,来自于他对北京的热爱,正因为这些经验和热爱,才有了他笔下充满"京味"的北京城和北京人,正如有学者所指出的,"老舍聚集其北京的生活经验写大小杂院、四合院和胡同,写市民凡俗生活中所呈现的场景风致,写已经斑驳破败仍不失雍容气度的文化情趣,还有那构成古城景观的各种职业活动和寻常世相,为读者提供了丰富多彩的北京画卷"①。

## 二 "京味"市民

文学是人学,小说以写人为中心。老舍小说的"京味"自然与其笔下塑造的各类北京市民形象密不可分。通常而言,老舍笔下的市民人物按其经济地位主要分为中产阶级和底层贫民,按其思想做派主要分为旧派市民和新派市民。虽然,老舍小说中的底层市民不少,譬如《骆驼祥子》中的洋车夫、《月牙儿》中的妓女、《柳家大院》中的算命先生等,这些生活于社会底层的城市贫民,地位低下,生活贫困,命运悲惨,作者也常常在他们身上倾注了同情。但是,这些挣扎于社会底层的城市贫民显然未能表征闲逸散漫的"京味"文化,用《柳家大院》中"我"的话来说,"大家一天到晚为嘴奔命,没有工夫扯闲话儿"。的确,闲逸散漫、官派作风的"京味"文化是需要"工夫扯闲话儿"的,它只能是通过温饱小康的中产阶层

---

① 温儒敏、赵祖谟主编《中国现当代文学专题研究》,北京大学出版社,2002,第81页。

旧派市民来体现，譬如《离婚》中的财政所职员张大哥、《四世同堂》中的小羊圈祁家、《茶馆》中的茶馆老板王利发、《我这一辈子》中的巡警福海、《断魂枪》中的拳师沙子龙等。这些中产阶层的旧派市民生活安定，吃穿无忧，思想上因循守旧，生活中恪守传统伦理道德，志趣上附庸风雅，处处与古旧情调的北京相得益彰。老舍把这种由皇城贵族到寻常人家的文化心理称为"官样"。而"'京味'作为小说的风格氛围，又体现在作家描写北京市民庸常人生时对北京文化心理结构的揭示方面"①。此外，需要指出的是，老舍笔下还有一些新派市民，譬如《离婚》里的张天真、《四世同堂》里的祁瑞丰、《老张的哲学》中的蓝小山、《赵子曰》中的赵子曰等，从经济地位来看，他们当然也属于中产阶层一类，但是老舍对这些新派市民显然是批判和拒斥的，他们趋洋逐新的"西崽相"显然与古旧传统的北京格格不入。

北京是一座有着三千多年历史的古都，长期以来，北京人一直生活在国家政治中心——"天子脚下"，这使得他们形成了皇城帝辇之下特有的传统生活方式和文化心理，内心滋生出一种天然的优越感。老舍亲身感受到这一文化心理倾向，并进行了入木三分的描写。譬如，《离婚》中的张大哥，他"觉得前生定是积下阴功，所以不但住在北平，而且生在北平"，在他的思想里，"除了北平人都是乡下佬。天津，汉口，上海，连巴黎伦敦，都算在内，通通是乡下。……世界的中心是北平"。同样，《四世同堂》里的祁瑞宣，"很自傲生在北平能说全国尊为国语的话，能拿皇帝建造的御苑坛社作为公园，能看到珍本的书籍，能听到最有见解的言论"。老舍将这种现象称作"官样"，并生动地刻画了具有这种文化特征的北京人形象。

首先，老舍笔下中产阶级旧派市民的"官样"文化特征表现为"体面"。即便家道中落，他们也要讲究体面、排场和气派，刻意追求一种精巧的"生活艺术"。《离婚》中的张大哥不管何时何地都要打扮得体体面面："藏青哔叽袍，花驼绒里，青素缎坎肩，襟前有个小袋，插着金夹子自来水笔，向来没沾过墨水；有时候拿出来，用白绸子手绢擦擦钢笔尖。提着潍县漆的金箍手杖，杖尖永没挨过地。抽着英国银星烟斗，一边吸一边用珐

---

① 温儒敏、赵祖谟主编《中国现当代文学专题研究》，北京大学出版社，2002，第81页。

蓝的洋火盒轻轻往下按烟叶。左手的四指上戴着金戒指，上刻着篆字姓名。袍子里面不穿小褂，而是一件西装的汗衫，因为最喜欢汗衫袖口那对镶着假宝石的袖扣。"《四世同堂》里的冠晓荷对吃食有着特别的讲究："在每一碟咸菜里都下着一番心，在一杯茶和一盅酒的色，香，味，与杯盏上都有很大的考究。"对他来说，"这是吃喝，也是历史和艺术"。《骆驼祥子》中的刘四虽然为人泼赖苛刻，但"从不肯在外场失面子"，寿宴更是大讲排场，即便是对车行的车夫，也再三叮嘱他们不要丢了自己的面子："后天正日子，谁也不准拉车。早八点半，先给你们摆，六大碗，俩七寸，四个便碟，一个锅子；对得起你们！都穿上大褂，谁短撅撅的进来把谁踢出去！吃完，都给我滚，我好招待亲友。亲友们吃三个海碗，六个冷荤，六个炒菜，四大碗，一个锅子。我先交待明白了，别看着眼馋。"《正红旗下》中大姐的婆婆即便靠赊度日，也要讲究礼节和脸面："到十冬腊月，她要买两条丰台暖洞子生产的碧绿的、尖上还带着一点黄花的王瓜，摆在关公面前；到春夏之交，她要买些用小蒲包装着的，头一批成熟的十三陵大樱桃，陈列在供桌上。"这些市民人物的生活习俗和言行举止无不透露出北京传统文化所讲究的优雅从容和精致体面。

其次，老舍笔下中产阶级旧派市民的"官样"文化特征表现为"礼仪"。以儒家伦理规范为核心的中国传统文化向来有着守尊卑、讲规矩、重礼仪的传统，而这种传统在那些因循守旧的北京市民人物身上表现得尤为突出。《四世同堂》里的祁老太爷是这方面的代表人物，即便战火已经烧到家门口了，侵略者已到了街上，北京市民马上就要成为亡国奴了，他还在考虑如何过一个体面的大寿，叫嚷着："别管天下怎么乱，咱们北平人绝不能忘了礼节！"家国安危对他来说没有体面地过大寿重要。《离婚》中的张大哥对于结婚礼仪有着特别的讲究，凡是张家亲友要办喜事的都要听从张大哥的安排，"彩汽车里另放一座小轿，是张大哥的发明。用彩汽车迎娶，已是公认为可以行得通的事。不过，大姑娘一辈子没坐过花轿，大小是个缺点。况且坐汽车须在门外下车，闲杂人等不干不净的都等着看新人，也不合体统，还不提什么吉祥不吉祥。汽车里另放小轿，没有再好的办法，张大哥的主意。汽车到了门口，拍，四个人搬出一顶轿屉！闲杂人等只有干瞪眼；除非自己去结婚，无从看见新娘子的面目。这顺手就是一种爱的教育，一种暗示"。这些礼仪的讲究反映了老北京人受传统文化的熏陶。这些礼仪已经不仅是一种文化习俗，而且成为一种"文化性格"，体现着老舍创作的"京味"风格。

再次，受制于"官样"文化习俗，老北京市民中的官本位思想根深蒂固。《牛天赐传》里，老太太嘱咐儿子"要强，读书，作个一官半职的，我在地下喜欢"。《二马》中，"马先生唯一增光耀祖的事就是做官。虽然一回官儿还没做过。可是做官的那点虔诚劲儿是永远不会松懈的"。《离婚》中，张大哥对儿子的期望是"只盼他成为下得去的，有模有样的，有一官半职的，有家室的，一个中等人"。这种对于"一官半职""出人头地"的看重也常常反映在日常交际中，如喜好以官职相称。《四世同堂》中，当大赤包被任命为妓女检查所所长后，她便摆起官架子来，冠晓荷也刻意迎合称她为"所长"。《赵子曰》中，赵子曰们在天台公寓三号召开"会议"时，众人总是煞有介事地称赵子曰为"主席"。"官本位"思想原本便在传统国人脑海中挥之不去，而对于长期生活在"皇城脚下"的北京人来说，更是根深蒂固。

此外，老舍笔下老北京中产阶级旧派市民在生活态度上的悠闲和懒散也是古都"京味"的一种表现。与讲究"速"与"力"的快节奏的现代都市上海显著不同的是，讲究伦理秩序、追求娴雅风度的古都北京处处表现出一种气定神闲的"不紧不慢"。这种慵懒的生活态度也最突出地体现在中产阶级的老派市民身上。他们大多从家族传统中继承了一份不菲的家业，生活稳定，衣食无忧，时间和经济上的宽裕都让他们养成了古都的"慵懒"。譬如《二马》中迷信、中庸、懒散、奉行得过且过生活信条的老马，《四世同堂》中热衷吟诗赏花的钱默吟，《正红旗下》中年轻体面的旗人后代福海，等等，都是老北京闲散生活方式的代表。

当然，值得注意的是，老舍在着力营造他的"京味"世界时，心情是有些沉重和复杂的。他一方面以轻松幽默的方式表现老北京的"美好"，另一方面又深切认识到传统的不合时宜和逝去的必然。《断魂枪》中，身怀绝技的"神枪"沙子龙曾经"短瘦、利落、硬棒，两眼明得像霜夜的大星"，然而，"他的武艺、事业，都梦似的变成昨夜的"。《老字号》中，当初绸缎行公认的老手钱掌柜无奈离去，曾经官样大气的"老字号"三合祥被改成蹦蹦戏的棚子，目睹这一切的辛德治想"要找个地方哭一大场"。老舍对"京味"的复杂情感在这"断魂枪"和"老字号"中表露无遗："这里既充满了对'北京文化'所蕴含的特有的高雅、舒展、含蓄、精致的美的不由自主的欣赏、陶醉，以及因这种美的丧失毁灭油然而生的伤感、悲哀，以至若有所思的怅惘。"①

## 三 "京味"语言

语言是一种重要的文化现象，是人们用以交际的基本工具，它的形成发展具有鲜明的历史性和地域性。不同时期不同地域的语言可以反映该地区人们的文化风习和性格特征。譬如，东北话的直爽，闽南话的婉转，姑苏的温软，上海话的精细，等等。北京话也不例外，也有其地域性特征。赵园在《北京：城与人》中曾说："北京方言是北京文化、北京人文化性格的构成材料"，"北京人对其'说的文化'的那份自豪，那种文化优越意识，一如其'吃的文化'"，"'说'这种行为曾经是包括王公贵族和里巷小民在内的北京人的重要消闲方式，以至于聊天（'海聊'、'神聊'、'神吹海哨'、'侃大山'等等）与提笼架鸟一样，竟也成为北京人的典型姿态，易于辨识的特殊标记"。② 因而，老舍小说的"京味"更直接来自于标识北京文化特征的语言。

老舍一直致力于探索"京味"文化在文学领域的艺术表现。他在小说中有意识地大量使用纯正地道的北京话来叙述北京城的人和事。冰心在谈及老舍作品的语言时说："他的传神生动的语言，充分地表现了北京的地方色彩，本地风光；充分地传达了北京劳动人民的悲愤和辛酸，向往与希望……这一点，在我们一代的作家中，是独树一帜的。"③ 综观老舍作品，其所运用的北京方言既有"京刀子""京片子"的幽默俚俗，又有讲客套、打官腔的婉转方正，充分体现了北京古都文化特征。

"北京是国都，政治信息量大，也是众多社会矛盾的焦点，老百姓经历

---

① 温儒敏、赵祖谟：《中国现当代文学专题研究》，北京大学出版社，2002，第 81 页。

② 赵园：《北京：城与人》，北京师范大学出版社，2014，第 137～139 页。

③ 冰心：《怀念老舍先生》，《人民画报》1978 年第 10 期。

了更多的政治风雨。"① 在长达数百年的帝都氛围下，改朝换代的政治事件时常与这座城市相关，这也使得北京人对政治具有一种特殊的敏感，因而北京人较其他地区的人们有更广阔的日常见闻。因此，他们的日常交谈往往融汇古今，信息量很大，时常句子与句子勾连成片，给人冗长、琐碎之感，形成一种"京片子"的说话方式。如《骆驼祥子》中的"高妈"说话时总是情感与事理交织在一起，《离婚》中的"马老太太"和"丁二爷"说话经常长篇累牍，《老张的哲学》里的"赵姑母"满口的"妈妈论"，等等，都属于"京片子"的表达方式。"京片子"的话语效果与句内节奏和韵律密切相关。譬如《离婚》中马老太太给老李送水一段：

> 正在这个当儿，西屋的老太太在窗外叫："大爷，你们没水吧？这儿一壶开水，给您。"老李心中觉得感激，可是找不到现成的话。"呕呕老太太，呕——"把开水拿进来，沏在茶壶里。一边沏，一边想话。他还没想好，老太太又发了言："壶放着吧，明儿早晨再给我。还出去不出去？我可要去关街门啦。早睡惯了，一黑就想躺下。明儿倒水的来叫他给你们倒一挑儿。有缸啊？六个子儿一挑，零倒，包月也好；甜水。"

可见，马老太太是借着送水的机会，向老李表明了其早休息的生活习惯，话题由送水而起，继而提及第二天还壶，于是触及了"时间"问题，从而谈到此行的真正目的。以送水为话题由头，并在交谈中引入自己的生活经验，并由此及彼。这些看似无用的话实则拉近了人与人之间的距离，并帮助传了谈话目的，仿似流水对一般，于是便形成了"京片子"风格。

在老舍的小说中，我们时常可以读到虽然用词文雅，但内涵辛辣、击中要害的民间俗语，这种激烈的情感绝非泼妇骂街似的鄙俗，就如一把把锋利的尖刀，形成"京刀子"的效果。由于北京拥有深厚的历史文化积淀，生活于其中的百姓因此也别具风度。因此，我们在老舍小说里时常看到说着地道京腔、有着地道京韵的街头巷里的百姓，他们无权无势，只能靠着

---

① 转引自李淑兰《京味文化的特征》，《首都师范大学学报》（社会科学版）1999 年第 3 期。

一两句"不平则鸣"的俗语发泄心中的不满。被改造过的北京方言在老舍笔下有时被赋予了具有伤人力量的"京刀子"特点。《骆驼祥子》中的虎妞,"在未出阁时是一个女性气质缺失的"母大虫形象,她凭借泼辣的性格,让刘四车场里的车夫们对她都有几分畏惧。然而,这"嘴不饶人"的表象只是她对爱情生活渴望的一种掩饰,看似刀一样锋利的语言也只是对自己的保护。譬如虎妞去曹宅找祥子一段的描写:

> 她咽了口唾沫,把复杂的神气与情感似乎镇压下去,拿出点由刘四爷得来的外场劲儿,半恼半笑,假装不甚在乎的样子打了句哈哈:"你可倒好!肉包子打狗,一去不回头啊!"……忽然的仿佛感到一种羞愧与下贱,她咬上了嘴唇。

面对祥子对自己的"背叛",虎妞用看似不添加个人情感的俏皮话,以"打哈哈"的方式表达了对祥子的怨恨,实则是虎妞既渴望与祥子成婚,又怕被人耻笑的矛盾心理的再现。

老舍曾说,他很爱文学,很爱用北京方言写作,他的大部分长篇小说都是用北京方言写的,当然是经过加工提炼过的北京口语。显然,老舍作品的"京味"与那些通俗易懂、生动活泼的北京方言有着直接的关联。据舒乙统计,老舍仅在《龙须沟》里便用了136个北京方言词:"诸如晌午、没辙、泡蘑菇、累赘、大脖拐、耽待、老梆子、紧自、得烟儿抽、多咱、挤兑、这不结啦、至不济、大八板儿、王大胆、归掇、圣明、左不是、抱脚儿、耍骨头、纳闷儿、横是、抖漏、赶碌等等。"① 在《骆驼祥子》中,这类质朴自然、生动活泼的方言口语同样俯拾皆是,诸如"眼儿热""傻大个儿""今儿个""大子儿""拉晚儿""行市""嚼谷",等等,无不带着轻松随意的语气,透露出鲜活的生活气息和北京地方特色。

老舍之所以能够娴熟地提炼运用北京各行各业、各色人等的方言口语,与其长期浸淫其间、自觉追求密不可分。他说,"我能描写大杂院,因为我住过大杂院。我能描写洋车夫,因为我有许多朋友是以拉车为生的,我知

---

① 舒乙:《老舍文学语言发展的六个阶段》,《语文建设》1994 年第 5 期。

道他们怎么活着，所以会写出他们的语言"，"从生活中找语言，语言就有了根，从字面上找语言，语言就成了点缀，不能一针见血地说到根上。话跟生活是分不开的"①，"说我的文字缺乏书生气，太俗，太贫，近于车夫走卒的俗鄙，我一点也不以此为耻"②，"我愿在纸上写的和从口中说的差不多"，"而不是去找些漂亮文雅的字来漆饰"③。

总之，老舍作品的"京味"语言既有着通俗易懂、生动活泼的特点，又继承了北京传统文化庄重、肃穆的因子，"老舍成功地把语言的通俗性与文学性统一起来，做到了干净利落，鲜活纯熟，平易而不粗俗，精致而不雕琢。其所使用的语词、句式、语气以至说话的神韵，都有独特的体味和创造，又隐约渗透着北京文化"④，充分展现了"京味"的独特魅力。

# 第三节　战时的重庆书写

## 一　战时重庆体验

1937 年 11 月，国民政府被迫西迁重庆，这座西南重镇一跃成为全国瞩目的战时"陪都"，随后来自全国各地的避难者蜂拥而至，一时间鱼龙混杂，泥沙俱下，从而使得战时重庆在各种文化交汇中呈现出激昂奋进与堕落委顿并存的独特战时文化景观。老舍于 1938 年 8 月来到重庆，至 1946 年 2 月离开，在战时重庆生活了八年之久。重庆是老舍除故乡北平之外生活时间最长的都市。重庆时期的老舍，在著名作家的身份之外，更担任着中华全国文艺界抗敌协会总干事的职务。组织文协日常工作，配合抗战宣传，是其更为重要的工作。重庆期间的老舍，在抗战文化语境下，思想和创作都发生了重要变化。他摆脱了早期个人主义和自由主义倾向，自觉地融入民族国家主体，以笔为旗，担纲起宣传抗战的文艺使命。

相较于北京、上海，重庆既没有古都深厚的历史文化积淀，也缺乏十

---

① 老舍：《我怎样学习语言》，《老舍全集》第 16 卷，人民文学出版社，1991。
② 老舍：《我怎样写〈小坡的生日〉》，《老舍全集》第 16 卷，人民文学出版社，1991。
③ 老舍：《我的"话"》，《老舍全集》第 6 卷，人民文学出版社，1991。
④ 温儒敏、赵祖谟主编《中国现当代文学专题研究》，北京大学出版社，2002，第 83 页。

里洋场的奢靡浮华气息。这里有山城的苍茫与长江的奔腾，有"危崖拔地水回萦"的古钓鱼城遗址，与之相应的是当地人的勤劳坚韧、刚毅豪爽。然而一场突如其来的战争将原有的文化景观撕裂，一切原本不相干的元素重新聚合在一起，成为战时重庆别样的风貌。"到重庆去，到大后方去，到抗战前线去"，一时间，作为大后方的陪都重庆成为抗战的精神符号，承担了宣传抗战、容纳苦难的特殊历史使命。据统计，抗战期间，仅由东南及中部迁至大后方的人员就"在千万人左右"，"徙民中一部分为科技人员与文化工作者，多数为知识阶级"。①战时的陪都重庆不再是偏远的西南山城，而转变为一个新的文化集群，展现出新的文化性格。虽然重庆是在仓促间成为战时的临时国都，但它一旦与"国都"这个符号对接，便注定成为国家的象征，成为一个民族精神情感的皈依之地。中华民族自古便有着强烈的家国归属意识，无论是在封建王朝时代还是现代，它都为政权的统一稳定提供了强大的凝聚力。在国破家亡的时代，这种对正统政权的强烈趋向意识对于国族延续更是至关重要的。它给予流离失所的难民们的不仅是躯体上的庇护，更是一种精神上的慰藉与支撑。因而尽管古都北京与故都南京都被日军占领，痛失半壁河山的国人仍不屈不挠地进行着艰苦卓绝的抗争。"七七"事变爆发后，只身一人从济南奔至武汉再到重庆的老舍，一改五四运动时期的旁观者角色，转而成为热血沸腾的文化抗战先锋。对此，老舍说："抗战改变了一切。我的生活与我的文章也都随着战斗的急潮而不能不变动了。"②

重庆期间，老舍从宣传抗战、鼓舞士气出发，开展了一系列抗日斗争的文艺宣传活动。首先，老舍开办了以"文章入伍，文章下乡"为宗旨的"通俗文艺讲习班"，组织培养抗日宣传文艺骨干，并亲自讲授"通俗文艺的技巧"课程。其次，老舍积极组织各种纪念会活动，弘扬进步革命文艺精神，影响较大的有"鲁迅先生逝世纪念会"，"庆祝郭沫若创作 25 周年和50 寿辰纪念会"，茅盾、洪深、张恨水等的 50 周年纪念会，高尔基、普希金、罗曼·罗兰等逝世纪念会。再者，老舍还经常冒着生命危险，组织并亲

---

① 陈彩章：《中国历代人口变迁之研究》，商务印书馆，1946，第 112 页。

② 老舍：《我怎样写通俗文艺》，《老舍论创作》，上海文艺出版社，1980，第 57 页。

率慰问团赴抗日前线进行劳军，影响最大的一次是 1939 年 6 月 28 日至 12 月 9 日，历时五个多月，行程两万里，"路线是由渝而蓉，北出剑阁；到西安；而后入潼关到河南及湖北；再折回西安，到兰州，青海，绥远，榆林和宁夏"①。这次远徙西北劳军的经历和感受后来促成老舍创作了长诗《剑北篇》。

对于一向"平和"甚至有些"自由主义"的老舍之所以在抗战时期挺立时代潮头，担纲文艺抗战先锋，人们大多认为这是与其早年的家仇和当时的国恨分不开的。对于外族入侵，老舍早在幼年就埋下了仇恨的种子。老舍两岁时，父亲舒永寿就在抵御八国联军侵略中战死，"这在他幼小的心灵中留下了很深的印象"②。八国联军攻进北京城后，大肆烧杀抢掠，洗劫到他家时，老舍被翻倒的木箱扣在底下，才幸免于难。因此，一旦民族再至危殆之际，老舍便再也无法独善其身，而是挺身而出，以笔为枪，投身抗战。他说，"当此抗战时期，艺术必须尽责宣传"③，"所谓文章下乡，文章入伍，就是要在抗战中多尽斗争的责任"④。

## 二　重庆形象建构

重庆时期，投身文化抗战的老舍除了忙于文协的繁杂事务外，还创作了大量作品，主要有诗歌《陪都赞》《剑北篇》，小说《鼓书艺人》《不成问题的问题》《火葬》，戏剧《残雾》《面子问题》《人地龙蛇》《张自忠》《谁先到了重庆》，报告文学《五四之夜》，散文《八方风雨》，等等。在这些作品中，老舍在积极宣传抗战爱国的同时，也以文学想象的方式建构了一个战时重庆形象。

首先，老舍是在民族国家观念基础上来构建作为"精神堡垒"的重庆形象的。1938~1946 年，老舍在重庆的八年，正是全面抗战爆发、重庆作为战时国都的特殊历史时期。此一时期的重庆，已不再是偏于西南一隅的山城了，而是战时中国的政治、经济、文化中心，是全国抗战的总指挥部，民族国家的象征意义远超于其原本地理上的实体意义。在诗歌《陪都赞》

---

① 老舍：《我怎样写〈剑北篇〉》，《老舍论创作》，上海文艺出版社，1980，第 62 页。
② 甘海岚：《老舍年谱》，书目文献出版社，1989，第 2 页。
③ 老舍：《释通俗》，《抗战画报》1938 年第 17 期。
④ 《老舍文集》第 15 卷，人民文学出版社，1990，第 417 页。

开篇，老舍便把重庆与"兴邦抗战"联系在一起，并由此"威名天下"："兴邦抗战此中心，重庆威名天下闻。太平洋上风云紧，巴山蜀水倍精神。"接下来，作者更是从"精神"层面描述巴山蜀水和山城人民的抗战新画卷："陪都春来雾散，人人兴奋。无限晴光山水新，嘉陵碧绿轻帆恋村镇。田园工厂鸡犬相闻，后方生产，抗战之本"，"敌机肆虐，激起义愤，愈炸愈强，绝不灰心"，"救护队忠勇服务尽责任，赴汤蹈火，何惧那烈日如焚"，"众市民随炸随修，楼房日日新"，"复兴关下，扬子江滨，精神堡垒，高入青云，东亚我为尊"。可见，老舍正是在民族国家观念和抗战文化语境中来展开对陪都重庆的形象建构和精神礼赞的。

其次，老舍是在古都北平和故土家园的比照下构建作为战时陪都的重庆形象的。在老舍的都市形象建构中，北京是"融在血液"中的，是他地理、文化和精神上的原乡。老舍对其他城市的观感和印象则大多以"北平"作为参照。譬如，老舍"很喜爱成都，因为它有许多地方像北平"①，"街平，房老，人从容"②。对此，有学者指出："老舍所喜欢的城市格调，其实是比较固定的，那就是古都北平的类型，与之类似的有成都、昆明、济南等，这类城市体现出城乡协调的特性，古朴、宁静、闲适。而摩登、喧闹、中西景观错置的城市，老舍则从心底表示拒斥。"③然而，对于抗战时期喧嚣而杂乱的重庆，老舍却一反常态地表示出"亲近"和"好感"。诚然，老舍重庆形象的积极建构一方面是民族国家至上的爱国主义情感使然，另一方面与他生于斯长于斯的故土家园古都北平分不开。北平陷落，家国危殆，大后方的陪都重庆自然便成为战时家园的象征符号。《谁先到了重庆》是老舍 1942 年 7 月创作的一部四幕话剧。剧中主人公吴凤鸣帮助弟弟凤羽逃出北平沦陷区，去重庆参加抗战，而自己则留在北平刺杀日本军官和汉奸，最后以身殉国。吴凤鸣牺牲前留下了一句意味深长的遗言："还是我先到了重庆。"在这里，重庆已成为抗战的中心和精神的象征。吴凤鸣抗战未捷身先死，虽然身体在北平，但是他的心先到了重庆，因为他是为抗战而献身

---

① 老舍：《八方风雨》，《老舍全集》第 14 卷，人民文学出版社，2008，第 399 页。

② 老舍：《在成都》，《老舍全集》第 14 卷，人民文学出版社，2008，第 205 页。

③ 李永东：《战时国家之城的形象建构——老舍的重庆想象与民族国家观念》，《文学评论》2018 年第 5 期。

的。剧作虽然讲述的是北平的故事，但故事发生的前情和人物的精神动因始终与作为"精神堡垒"的重庆密不可分。为了凸显这一抗战主题和战时国都重庆的精神指向，戏剧一开始，老舍用幕后景和画外音的方式来呈现战时国都重庆的精神堡垒形象：

> 幕启前数分钟，有一架强烈的聚光灯射向舞台，在未拉开的幕布上，映出重庆的精神堡垒，或别的壮观的建筑的阴影，幕前安置广播机，先放送音乐——像《义勇军进行曲》之类的抗战歌曲，而后广播消息如下："重庆广播电台，播送新闻，北平，吴凤鸣，吴——凤——鸣义士，为国除奸，杀死大汉奸胡继江，及日本驻平武官西岛七郎，吴凤鸣义士亦以身殉国。闻国府将有明令褒奖吴——凤——鸣义士……"如有必要，可念两次。①

剧作中的主要场景：第一幕皇城根吴宅；第二幕北海，"在北海的小白塔下一个僻静的'山'坡上，老树斜依巨石。下有湖光，塔影倒映"；第三幕皇城根管宅，原来的吴宅已被汉奸管一飞据为己有，成为管宅，"房屋仍旧，而陈设改观"；第四幕胡宅花园，"花园内，八角亭一。亭悬松匾，题'世界和平'……亭后有长廊，绿藤覆之；廊上有牌，书'到会场去'"。在此，老舍反复描述了"民国三十一年春暮"古都北平沦陷后"物是人非"的场景。

不难发现，老舍在《谁先到了重庆》中实际上以物质和精神比照的方式，用北平故事的物质外壳映射重庆的精神堡垒，从而把故都北平和陪都重庆两个不同时空的都市形象纳入同一个抗战主题。

最后，老舍是在抗战背景和身份迁移中来构建雾都重庆和新重庆人形象的。山城重庆海拔高度多在 168~400 米，境内山高谷深，属亚热带季风性湿润气候，降水量丰富，在地形和气候双重作用下，重庆潮湿多雾，素有"雾都"之称。诗歌《成渝路上》反复描写了"夜雾里的重庆"形象："夜雾里的重庆，霓虹灯照颤四周的深绿山影；被赤足践平的山岗，奔跑着

---

① 老舍：《谁先到了重庆》，联友出版社，1943，第 3~4 页。

汽车，城脚下，黄绿分明，双江激动。观音岩，七星岗，大溪沟，陵谷变成的街巷，高低无定；灯火万星，从江边一直点到山顶；江风微动，山雾轻移，天上？人间？梦境？"《陪都赞》在歌赞陪都抗战精神的同时，也描绘了重庆雾都形象："喝！好大雾，青天不见青山隐，树影儿迷离灯影儿昏。大雾里，金鸡报晓。歌声远近，原来是公民受训，操练在清晨。大雾里，锣声鼓声，舟船隐隐。"如果说诗歌《成渝路上》《陪都赞》中的雾都形象是实写，那么话剧《残雾》中的雾都形象则是象征。全剧描绘了一幅抗战时期陪都重庆的官场现形图。当前方将士浴血奋战，后方民众艰难度日时，一群害群之马却在胡作非为，祸国殃民。贪财好色专权的冼局长趁战乱逼迫难民孤女做小老婆；明知交际花徐芳蜜是日本特务，却仍经不起财色诱惑，主动为她提供情报，出卖国家利益。职业无定的投机分子杨茂臣像苍蝇一样黏着冼局长之类的权贵，成天想投机钻营，要弄一个"一月又能多进三百四百"的采办委员肥缺。自号为文化人的红海"发长衣旧"，诗文字画无不稀松，却到处声称精通社会科学。结尾更令人震惊，汉奸冼局长等人被抓之后，女特务徐芳蜜却被更有权势的"保护伞"接走了。可见，腐败、堕落和卖国的"残雾"在陪都重庆各个层面已是"云遮雾罩"了。

文化身份也称文化认同，一般指某一民族或某一文化所特有的文化本质特征。通常而言，在相对孤立、繁荣和稳定的环境里不会产生文化身份问题，但在动荡和危机的时期，身份容易出现问题。正如科伯纳·麦尔塞所言，"只有面临危机，身份才成为问题。那时一向认为固定不变、连贯稳定的东西被怀疑和不确定的经历取代"①。作为战时的后方，陪都重庆一时间会聚了来自四面八方的"战争移民"。这些人在重庆被笼统地称为"下江人"。"下江人"原本是重庆、四川人对长江中下游客商的称谓，但在三四十年代，却因为一场国难，而被赋予了新的含义。当时长江下游地区许多民众沿长江逃难至长江上游地区，尤以逃至当时国民政府战时陪都重庆的人为多，而被当地人称为"下江人"。由于当时下江移民逃难途中常一贫如

① 〔英〕科伯纳·麦尔塞：《进入乱麻地：后现代政治中的认同与差异》，转引自〔英〕乔治·拉伦《意识形态与文化身份：现代性和第三世界的在场》，戴从容译，上海教育出版社，2005，第 195 页。

洗，到达重庆后只能从事低贱的体力劳动或充当民夫，因此，"下江人"这个词语在重庆民间通常含有贬义。但是，这群战乱中涌入陪都避难的"新重庆人"，此前在原居地却有着各类不同的身份，既有"知识阶级"，也有"官老爷、世家子弟和摩登女郎"，而一旦他们在乱离中被赋予统一的"下江人"称谓时，那种失去根基血脉的尴尬和无奈便以各种不同的方式表现出来。老舍的话剧《面子问题》描写了战乱时期陪都国民政府某机关里的一群大小官僚和职员蝇营狗苟，不顾民族危殆，各自为着"面子问题"吵闹不休。主人公佟景铭秘书出身世家，祖父、父亲都是进士，一生坚持旧式官僚做派，即便从上海来到重庆，也绝"不能因为抗战就失了身分"，做什么事儿都讲面子，要仆人双手递信，看病不上医院，非得要医生亲自登门。沉湎于旧日上海时光的佟景铭总是抱怨战时生活的艰苦、困窘，"衣裳不像衣裳"，"屋子不像屋子"，"旧衣陋室，其何以堪"。佟景铭的"面子问题"既揭示了旧式官僚陈陈相因的痼弊，也体现了战乱时期身份迁移的尴尬。在小说《民主世界》中，水仙馆里的大小官员和文化人在这个"学术研究，而又兼有实验实用的机关"里，没有开展过任何实质性的研究，职员们每天签到混日子，每月领薪领米，对于"面子问题"却上下都不含糊，研究科科长提议："以后工友对职员须改呼老爷以别尊卑，而正名位。"馆长主张："为了争取本馆的体面，不能不添设馆警；有了馆警，本大官出入的时候，也有鞋后跟相碰，手遮眉毛的声势。"不难发现，老舍正是在抗战背景和身份迁移中通过"新重庆人"的生存境遇和精神尴尬来构建战时陪都重庆形象的。

## 三　抗战文学话语

抗战时期，"救亡"成为压倒一切的时代主题。老舍说："流亡者除了要跟着国旗走的决定而外，很难再有什么非这样或那样不可的主张。"[①]"跟着国旗"来到重庆的老舍自觉地将自己纳入战时民族国家的一分子，积极地投身文化抗战工作，在主持"文协"日常工作之余，老舍以笔为旗，创作了大量服务抗战的文艺作品。综观这一时期的创作，不难发现，老舍在

---

①　老舍：《我为什么离开武汉》，《弹花》第6期，1938年10月。

重庆时期的文学书写与此前相比，在思想内容、艺术形式和话语方式上都发生了显著变化。

老舍说："抗战改变了一切。我的生活与我的文章也都随着战斗的急潮而不能不变动了。"① 重庆时期，为了服务抗战，老舍自觉转变了创作方式，在小说之外，主要从事戏剧创作，此外还有诗歌。他先后创作了 9 部抗战题材的话剧，有《国家至上》（与宋之的合写）、《桃李春风》、《王老虎》（与赵清阁等合写）、《残雾》、《张自忠》、《大地龙蛇》、《面子问题》、《归去来兮》、《谁先到了重庆》等。据统计，全面抗战 8 年，全国多幕剧创作的总量约为 120 部，老舍一人的创作即占了近 1/12。② 重庆时期老舍之所以"改弦易辙"，搁下自己擅长的小说，从事陌生的戏剧创作，当然与他的抗战文艺主张有着直接的联系。在老舍看来，包括戏剧在内的通俗文艺更容易为文化程度不高的一般民众所接受，因而在宣传抗战、鼓励人民救国方面有着更直接、更显著的效果，正如当时的《中华全国戏剧界抗敌协会成立宣言》所号召的那样："我们的团结是为着抗敌。中国对日寇抗战已进到最危险的阶段。非使每一民众了然于抗战意义挺身而起以其一切贡献于国家，不足以突破这一危险。而对于全国广大民众作抗敌宣传，其最有效的武器无疑的是戏剧——各式各样的戏剧。"③ 在《张自忠》《国家至上》《谁先到了重庆》等剧作中，老舍热情歌赞了为国捐躯的抗日将军，号召人们消除偏见、铲除汉奸、团结抗日、共御外侮。《残雾》《面子问题》则揭露抗战时期重庆后方一些贪官污吏、不法商人和文化人士，不顾民族危殆，蝇营狗苟、徇私舞弊、贪赃枉法等丑陋现象。老舍的这些剧作不但都以抗战为题材，而且在表现方式上以通俗易懂的大众化方式直接诉诸"宣传"，他甚至将这些话剧称为"宣传剧"。

为了更有效地服务抗战，充分发挥文艺抗战的功用，在戏剧之外，老舍还尝试创作抗战诗歌。人民文学出版社 2008 年版《老舍全集》中共收录新诗 55 首，其中战前 14 首，战时 22 首，战后 19 首。可见，在老舍有限的

① 老舍：《我怎样写通俗文艺》，《老舍论创作》，上海文艺出版社，1980，第 57 页。
② 李卉：《老舍在重庆时期的抗战戏剧》，《四川戏剧》2011 年第 1 期。
③ 《中华全国戏剧界抗敌协会成立宣言》，楼适夷主编《中国抗日战争时期大后方书系·第一编 文学运动》，重庆出版社，1989，第 46 页。

诗歌创作中，抗战诗歌在数量、规模和影响上都超过了其他时期。老舍的抗战诗歌主要可以分为抒情诗和叙事诗两大类。老舍抗战时期的抒情诗大多直抒胸臆，充满了抗战的呐喊和爱国的激情。譬如《怒》共 10 节，全诗以"怒火"为中心意象和核心情感，抒发了全民族的抗战怒火和爱国热情，前 3 节："怒火/胸里烧红/脸上烧红/对沧海/对青峰/要狂喊/狂喊/喊哪/喊出冲杀/喊出战争/是诗歌/是呼喊/是无可压抑的热情/喊哪/喷出怒火/吐尽不平/火热的字/爆炸的声/一首诗一片火/忍辱积郁一概烧清。"后 2 节："我们发怒，/神圣的怒火，/每颗心里一株火树，/火的花，/照明血路，/去复仇，/去雪辱，/把魔鬼大盗烧残，/和平的血旗荣耀着国土。……教人人怒吼狂奔，/教这四万万五千万，/结成一个抗战的决心。"再如《雪中行军》共 6 节，通篇以"向前　向前"抒发雪中行军的战士同仇敌忾的杀敌卫国之情："银妆的世界/破碎的山河/流不尽的英雄血/向前　向前/今朝誓把倭寇灭/鲜红的热血/洁白的雪花/红白相间明复灭/向前　向前/我们男儿的事业……"当然，需要指出的是，老舍的这些抗战抒情诗大多为急就章，在过于注重宣传鼓动性的同时，必然在很大程度上要付出牺牲审美艺术性的代价。但特别值得提出的是，长篇叙事诗《剑北篇》大大提升了老舍抗战诗歌的艺术高度。1939 年夏，老舍率文协北路慰问团到西北去慰劳抗战将士，整整走了五个多月，行程两万里。《剑北篇》以游记的形式叙写了老舍慰军途中经过的蓉城、剑门、汉中、洛阳、临潼、西安、榆林、南阳等二十多处地方及其所见所闻，表达了对祖国河山和抗战将士的赞美，对日本侵略者的愤恨。《剑北篇》在艺术形式上也进行了有效的民族化和大众化的探索尝试。老舍说："草此诗时，文艺界对'民族形式'问题，讨论甚烈，故用韵设词，多取法旧规，为新旧相融的试验。"[①] 全诗二十四章，六千多行，规模宏大，熔旧化新，以旧韵谱新篇，每段一韵到底，每行都用韵，长短句式相济，有着较强的节奏感和感染力。当然，诗作也不可避免地存在一些局限，老舍对此有着清醒的认识："诗中音节，或有可取之处，词汇则嫌陈语过多，失去不少新诗的气味。行行用韵，最为笨拙：为了韵，每每不能畅所欲言，时有呆滞之处。为了韵，乃写得很慢，费力而不讨好。

---

① 老舍：《剑北篇·序》，（重庆）文艺奖金管理委员会出版部，1942。

句句押韵，弊已如此，而每段又一韵到底，更足使读者透不过气；变化既少，自乏跌宕之致。"①

　　在谈及重庆时期的创作时，老舍说："在战前，我只写小说与杂文，即使偶尔写几句诗，也不过是笔墨的游戏而已。神圣的抗战是以力伸义，它要求每个人都能十八般武艺件件精通，全德全力全能的去抵抗暴敌，以彰正义。……战争的暴风把拿枪的，正如同拿刀的，一齐吹送到战场上去；我也希望把我不象诗的诗，不象戏剧的戏剧，如拿着两个鸡蛋而与献粮万石者同去输将，献给抗战；礼物虽轻，心倒是火热的。"② 毋庸讳言，重庆时期，老舍的抗战文学书写与此前的文学创作相比发生了显著变化，他自觉将关注视点和写作姿态下移到大众和民间，始终围绕服务抗战的时代主题，大量尝试普通大众喜闻乐见的通俗文艺形式，以期达到文化抗战的最大成效。

① 老舍：《剑北篇·序》，（重庆）文艺奖金管理委员会出版部，1942。
② 老舍：《三年写作自述》，《老舍论创作》，上海文艺出版社，1980，第 108 页。

# 第四章

# 张爱玲的上海身份与沪港"传奇"

张爱玲的一生虽然去过上海、天津、香港、洛杉矶等多个都市，但众所周知，她的都市经验与文学想象最初主要是在上海和香港完成的。上海是张爱玲长养的文化乡土，她在此出生、成长，她从心底里认同自己"到底是上海人"。香港是张爱玲人生寄寓的重要驿站，虽然她在这个殖民化的都市生活时间不长，但却留下了人生最难忘的记忆：上大学，经历战乱，漂泊逃亡。20世纪40年代，在沦陷区的上海，"在一个低气压的时代，水土特别不相宜的地方"①，张爱玲给人们呈现了令人惊艳的都市想象和沪港"传奇"。

## 第一节　上海身份与都市体验

### 一　"到底是上海人"

1920年9月，张爱玲出生于上海公共租界。与一般人相比，张爱玲的家世足够显赫，祖父张佩纶是清末名臣，祖母李菊藕是朝廷重臣李鸿章的长女。但到张爱玲父亲一辈，父亲张廷重（张志沂）属于遗少型的少爷，母亲黄逸梵（黄素琼）出身南京军门之家，沐浴过"欧风美雨"，是一个思想开放的现代新式女性。显然，这种没落家族背景和中西文化痕迹都对张爱玲及其后来的创作产生了潜移默化的影响。1923～1928年，张爱玲曾随

---

① 迅雨（傅雷）：《论张爱玲的小说》，《万象》1944年第11期。

父亲在其任职之地天津度过一段童年时光。1928~1939 年赴港读大学之前，张爱玲一直在上海完成她的早期教育。1941~1952 年离沪之前，张爱玲在上海经历了人生中辉煌而又曲折的一段难忘时光，先是因创作名动一时，后因胡兰成的原因受到政治上的苛责，最终因"时代变了，人人变了，唯独自己格格不入"，而选择了远走他乡。尽管张爱玲选择了离开，但是她对上海身份的认同是自始至终的。

1943 年 8 月，从香港大学肄业回沪一年多的张爱玲在《杂志》月刊上发表了一篇《到底是上海人》的文章，以示自己的上海人身份和对上海人的印象。她说，在大街上看到上海人的"白与胖"、"通"与"坏"，不由得从心里惊叹出来："到底是上海人！"张爱玲对"上海人"的身份认同一方面当然与她"生于斯长于斯"的故土情结有关，另一方面主要来自于她对上海市民文化的认同。

张爱玲从不隐讳她的"上海人"身份和她对市民文化的认同。她自称是"自食其力的小市民"[①]，喜欢住在都市的公寓楼里逃避世俗的烦恼，享受生活的乐趣，"喜欢听市声"，甚至"非得听见电车声才睡得着觉"[②]。她喜欢看京戏，读小报，认为"新兴的京戏里有一种孩子气的力量，合了我们内在的需要"[③]，而小报的"日常化"和"生活化"给她"一种回家的感觉"[④]。在《到底是上海人》里，张爱玲十分深刻地指出，"上海人是传统的中国人加上近代高压生活的磨练。新旧文化种种畸形产物的交流，结果也许是不甚健康的，但是这里有一种奇异的智慧"，"上海人之'通'并不限于文理清顺，世故练达"，他们"坏得有分寸"，"会奉承，会趋炎附势，会混水摸鱼"。在介绍了上海人的"奇异智慧"之后，张爱玲说，"只有上海人能够懂得我的文不达意的地方"，"我喜欢上海人，我希望上海人喜欢我的书"[⑤]，这里既有作者的文化认同，也有她的写作期待。

张爱玲之所以向上海读者讲述"人生安稳的一面"，主要是因为战争文

---

① 张爱玲：《流言》，花城出版社，1997，第 87 页。
② 张爱玲：《流言》，花城出版社，1997，第 27 页。
③ 张爱玲：《流言》，花城出版社，1997，第 13 页。
④ 张爱玲：《流言》，花城出版社，1997，第 113 页。
⑤ 张爱玲：《流言》，花城出版社，1997，第 1~3 页。

化语境下读者的阅读期待。如前所述，战争直接导致了张爱玲提前做出"卖文"的职业选择，战争形成了"孤岛"时期上海特有的文化语境，这一文化语境直接影响了张爱玲对写作方式的选择。李欧梵说，20世纪上半期的大多数时候，上海人的身份问题并没有发生过什么太大的问题。① 的确，在华洋分治的政治格局和文化网络中，"阿拉是上海人"的身份还是十分牢固的。然而，战争完全打破了此前的平衡，使得上海整体"沦陷"，民族危机使得上海人对现实生活和未来身份产生了多重焦虑，于是更加渴求一种"安稳的生活"。身置其中的张爱玲既对战争有着切身的感受，更对上海市民的这一心态有着深入的体察。她说："我写作的题材便是这么一个时代，我以为用参差的对照的手法是比较适宜的。我用这手法描写人类在一切时代之中生活下来的记忆。而以此给予周围的现实一个启示。我存着这个心，可不知道做得好做不好。"②

## 二　"上海沦陷，才给了她机会"

丹纳认为，"作品的产生取决于时代精神和周围的风俗"③。张爱玲之所以要向上海人讲述她的《传奇》，同样也取决于40年代初上海特有的精神气候。20世纪三四十年代对上海影响最大的事件无疑是战争，"八一三"事变和随后的"太平洋战争"给上海的政治、经济、文化等社会生活带来了巨大的影响，使之呈现出不同的生存景观和文化特征，上海由华洋共处到"孤岛"沦陷，民族的焦虑感上升为一种普遍的社会情绪，从而形成了一种特殊的战争文化心理。"沦陷"时期的上海，已由日本人控制，大批作家离沪，而留沪文人则大多回避敏感的社会问题，不甘写附逆文章，于是大多选择了沉默。赵景深回忆说："这三年上海文坛已经非常的沉寂。所有有骨气的文人，因家累过重，无法离开上海，都是搁笔辞稿，闭门杜客。我个人就抱了三不主义，就是'一不写稿，二不演讲，三不教书'。"④

---

① 〔美〕李欧梵：《上海摩登——一种新都市文化在中国1930—1945》，北京大学出版社，2001，第326页。

② 张爱玲：《自己的文章》，《流言》，花城出版社，1997，第176页。

③ 〔法〕丹纳：《艺术哲学》，傅雷译，安徽文艺出版社，1998，第70页。

④ 赵景深：《文坛忆旧》，上海北新书局，1948，第134页。

战争给张爱玲个人造成的直接后果是：1939 年，因战事的影响，没能去英国留学，改入香港大学；1942 年，又因战事影响，不得不中断港大的学业，回到上海。战争完全阻断了张爱玲"书山有路勤为径"的最初人生设想。尽管我们无法判断张爱玲出国深造之后的职业前途，但因战争，张爱玲提前做出了"卖文"为生的人生选择，这一点是确证无疑的。张爱玲自小在封闭没落的旧式家庭长大，又受到母亲和姑姑叛逆性格的影响，一直渴望做个自食其力的人。她说："用别人的钱，即使是父母的遗产，也不如用自己赚来的钱来得自由自在，良心上非常痛快。"[①] 回到上海后，急欲自立的她，首先想到的是自小颇为自信的文学创作，而此时"孤岛"沦陷后文坛的沉寂状态给她提供了出名的最好时机，正如柯灵所说的，"偌大的文坛，哪个阶段都安放不下一个张爱玲；上海沦陷，才给了她机会"[②]。

1943 年 5 月，抱着"出名要趁早"想法的张爱玲带着两篇小说——《沉香屑·第一炉香》和《沉香屑·第二炉香》登门拜访了《紫罗兰》的主编周瘦鹃，并很快在《紫罗兰》的第 1 期、第 2 期上发表。随后，张爱玲的《茉莉香片》《心经》《琉璃瓦》《封锁》《倾城之恋》《金锁记》等作品先后在《万象》《杂志》《古今》等杂志上发表。1944 年，《杂志》出版社和中国科学公司出版了她的小说集《传奇》和散文集《流言》，"沦陷"时期的上海掀起了"张爱玲热"。

## 三 "生命是一袭华美的袍，爬满了蚤子"

1943～1944 年的两年间，也许是张爱玲人生中最为辉煌的时期，她不仅以惊艳的都市想象在暗淡的上海横空出世，而且收获了生命中唯一的一次短暂而幸福的爱情。张爱玲曾在小说中说："如果不碰到封锁，电车的进行是永远不会断的，封锁了。摇铃了。'叮玲玲玲玲铃。'每一个'玲'字是冷冷的一小点，一点一点连成了一条虚线，切断了时间与空间。"如果不是碰到上海"沦陷"和"封锁"，张爱玲与胡兰成的故事也许不会发生。1944 年初春的一天，风流才子胡兰成在读完《封锁》后，竟然以一个热心

---

① 余斌：《张爱玲传》，广西师范大学出版社，2001，第 76 页。
② 柯灵：《遥寄张爱玲》，《读书》1985 年第 4 期。

读者的身份去静安寺路赫德路口 192 号公寓 6 楼 65 室拜见心仪的张爱玲。虽然初次遭到理所当然的拒绝，但张爱玲第二天竟主动登门送去了"橄榄枝"。

张、胡之间的爱情开始似可"倾城"。原本孤傲避世的张爱玲很快放下了所有的矜持，不但"从尘埃里开出花来"，而且还和风流才子"签订终身，结为夫妇。愿使岁月静好，现世安稳"。张爱玲曾经用一句"因为懂得，所以慈悲"来诠释她与胡兰成的相识、相爱和相知。胡兰成也曾在《今生今世》中生动详尽地回忆了这段"倾城之恋"，其中这样描述他们的"懂得"："张爱玲亦喜孜孜的只管听我说，在客厅里一坐五小时，她也一般的糊涂可笑。我的惊艳是还在懂得她之前，所以她喜欢，因为我这真是无条件。而她的喜欢，亦是还在晓得她自己的感情之前。这样奇怪，不晓得不懂得亦可以是知音。"①

当然，曾经"因为懂得"的张爱玲，后来并没有让"生命"成为"一袭华美的袍"。随着全民族迎来令人激动的胜利，汪伪政府宣传部次长胡兰成一时间沦为东躲西藏的"众矢之的"。尽管单纯的张爱玲开始并没有因为政治污点而放弃"慈悲"，但是风流成性的胡兰成却在"逃亡"中背弃了"愿使岁月静好，现世安稳"的誓言。忍辱负重的张爱玲给胡兰成寄去了此生不再相见的诀别信："我已经不喜欢你了，你是早已经不喜欢我的了。这次的决心，是我经过一年半长时间考虑的。彼惟时以小吉故，不欲增加你的困难。你不要来寻我，即或写信来，我亦是不看的了。"仍然"慈悲"的张爱玲还随信附上了自己的 30 万元稿费。虽然张爱玲曾经让笔下人物白流苏和范柳原因城池沦陷，而不得不成就一场"倾城之恋"，但是她自己却"将只是萎谢"，原本期待"生命是一袭华美的袍"，结果却只是千疮百孔地"爬满了蚤子"。

## 第二节 新旧杂糅的上海想象

19 世纪末 20 世纪初，上海外滩的摩天大楼和沿街的石库门民居，车水马龙的都市大街和曲径通幽的后街弄堂，租界的十里洋场和华界的酒肆茶

---

① 胡兰成:《今生今世》，中国长安出版社，2013，第 139～140 页。

楼，"两个空间无休止的'越界'，使上海形成了一种所谓的'杂糅'的城市空间"①。而自 19 世纪后期以来，小刀会起义、太平天国战争和连年的军阀混战使得江浙一带的地主、士绅纷纷迁居到上海租界避难，进一步在华洋杂糅的城市空间增添了一些遗老遗少的没落气息。张爱玲的上海想象通常在旧家大宅与新式公寓两类不同的都市空间展开，讲述的也大多是遗老遗少和现代市民的日常人生，充满了新旧杂糅的意味。

## 一　旧家大宅与新式公寓

出身于没落贵族家庭的张爱玲常常通过遗老遗少们的旧家大宅展示出新旧杂糅的都市生活空间。《倾城之恋》中的白公馆"门掩上了，堂屋里暗着，门的上端的玻璃格子里透进两方黄色的灯光，落在青砖地上。朦胧中可以看见堂屋里顺着墙高高下下堆着一排书箱，紫檀匣子，刻着绿泥款识。正中天然几上，玻璃罩子里，搁着珐琅自鸣钟，机括早坏了，停了多年。两旁垂着朱红对联，闪着金色寿字团花，一朵花托住一个墨汁淋漓的大字。在微光里，一个个的字都像浮在半空中，离着纸老远"。在流苏看来，"白公馆有这么一点像神仙的洞府：这里悠悠忽忽过了一天，世上已经过了一千年。可是这里过了一千年，也同一天差不多，因为每天都是一样的单调与无聊"。《金锁记》中的姜公馆虽是早期的洋房，但"堆花红砖大柱支着巍峨的拱门，楼上的阳台却是木板铺的地。黄杨木阑干里面，放着一溜大簸箩子，晾着笋干。敝旧的太阳弥漫在空气里像金的灰尘，微微呛人的金灰，揉进眼睛里去，昏昏的"。在童世舫眼中，七巧家"门外日色黄昏，楼梯上铺着湖绿色花格子漆布地衣，一级一级上去，通入没有光的所在"。《留情》中杨家住的虽是中上等的弄堂房子，但"在那阴阴的，不开窗的空气里，依然觉得是个老太太的房间。老太太的鸦片烟虽然戒掉了，还搭着个烟铺"，"半旧式的钟，长方红皮匣子，暗金面，极细的长短针，咝咝唆唆走着，看不清楚是几点几分"。《小艾》中的匡家住在"一座红砖老式洋楼上"，"这种老式房子，房间里面向来是光线很阴暗的"。可见，张爱玲笔

① 刘建辉：《魔都上海——日本知识人的"近代"体验》，甘慧杰译，上海古籍出版社，2003，第 2 页。

下的这些旧家大宅,无论是整体氛围还是器物陈设,无不散发出古旧、衰败的气息。傅雷当年批评张爱玲小说中的这种衰败气息使人"恶梦无边"[①]。半个多世纪后,王德威则说她的小说里"鬼影幢幢"[②]。然而,这些旧宅子里的人们又置身于处处散发着西方文明气息的现代都会上海,于是他们的生活起居又常常体现出杂糅在传统中的现代意味。《倾城之恋》中的白家太太、小姐们喜欢时新款式的首饰,也去看电影,"诗礼人家"出身的白流苏甚至学会了跳舞。《留情》中杨家过去有过"开通的历史,连老太太也喜欢各色新颖的外国东西","房间里有灰绿色的金属品写字台,金属品圈椅,金属品文件高柜,冰箱,电话"。《花凋》中郑家的"留声机匣子里有最新的流行唱片",有时还"全家坐了汽车看电影去"。《小艾》中的席五老爷也赶时髦地"新买了一部汽车",太太们则都瞒着老太太打麻将。这些新旧混杂的气息流布在张爱玲笔下的日常生活空间。张爱玲曾针对《传奇》的封面解释说:"借用了晚清一张时装仕女图,画着个女人幽幽地在那里弄骨牌,旁边坐着奶妈,抱着孩子,仿佛是晚饭后家常的一幕。可是在栏杆外,很突兀地,有个比例不对的人形,像鬼魂出现似的,那是现代人,非常好奇地孜孜往里窥视。如果这里有使人感到不安的地方,那也正是我希望造成的气氛。"[③] 从这里我们不难解读出作者"古今杂糅"的手法。在"现代人"看来,传统"家常的一幕"是"非常好奇"的;而在"晚清仕女"看来,"现代人"则"很突兀","比例不对","像鬼魂似的"。可见,《传奇》的"奇"主要来自"传统"与"现代"的杂糅和错位。

近代的上海是新旧文化交流的畸形产物,"生活方式如此迥异,伦理道德那么不同;一幅光彩夺目的巨形环状全景壁画,一切东方与西方、最好与最坏的东西毕现其中"[④]。除了遗老遗少的深院旧宅外,张爱玲还通过上海的另一类生活空间——公寓,展现出上海日常生活的另一面。与遗老遗少的深院旧宅相比,新式公寓常常表露出都市室内生活空间的现代气息,上下升降的电梯,自动供水的浴室,随时拨打的电话,西式的家具和屋顶

① 迅雨(傅雷):《论张爱玲的小说》,《万象》第 3 卷第 11 期,1944 年 5 月。
② 王德威:《女作家的现代鬼话——从张爱玲到苏伟贞》,《台港文学选刊》1989 年第 3 期。
③ 张爱玲:《〈传奇〉再版的话》,《传奇》(增订本),上海中国图书公司,1946。
④ 熊月之:《历史上的上海形象散论》,《史林》1996 年第 3 期。

花园，等等。高层公寓常常给予人们两种不同的都市生活体验，一是生活的私密性，二是人生的苍凉感。在张爱玲看来，"公寓是最合理想的逃世的地方"，"在公寓房子的最上层你就是站在窗前换衣服也不妨事"①。封闭狭窄的公寓往往掩藏着不为人知的"传奇"和"流言"。《红玫瑰与白玫瑰》中的佟振保兄弟与朋友王士洪、王娇蕊夫妇合住在福开森路公寓。同处一室的振保与娇蕊在相互窥伺和引逗中，很快由调情走向私通。然而一旦走出了公寓，振保便是一个负责任的好男人，娇蕊也必须是本分的王太太。《心经》中住在"白宫"公寓的许峰仪和许小寒父女在"亲近""猜忌""试探"中，竟然发生了令人匪夷所思的畸恋。许小寒觉得，"对于男人的爱，总得带点崇拜性"，因而爱上了自己的父亲，排斥自己的母亲。许峰仪害怕女儿长大后，他们之间"就要生疏了"，后来又为了逃避内心的谴责，选择了与女儿的同学绫卿同居。公寓不仅是一个私密性的生活空间，也是一个观察城市的最佳视角。站在高层公寓的阳台上凭栏远眺，是张爱玲及其笔下人物观察上海的常见角度，她们也因此而产生一种"郁郁苍苍"的苍凉感。在《我看苏青》中，张爱玲写道："我一个人在黄昏的阳台上，骤然看到远处的一个高楼，边缘上附着一大块胭脂红，还当是玻璃窗上落日的反光，再一看，却是元宵的月亮，红红地升起来了。我想着：'这是乱世。'晚烟里，上海的边疆微微起伏，虽没有山也像是层峦叠嶂。我想到许多人的命运，连我在内的；有一种郁郁苍苍的身世之感。"②日落黄昏，独自凭栏，再加上乱世人生，张爱玲小说中的苍凉意蕴由此而来。《心经》中的许小寒坐在屋顶花园的栏杆上，"仿佛只有她一人在那儿，背后是空旷的蓝绿色的天，蓝得一点渣子也没有——有是有的，沉淀在底下，黑漆漆，亮闪闪，烟烘烘，闹嚷嚷的一片——那就是上海。这里没有别的，只有天与上海与小寒"。《桂花蒸 阿小悲秋》的开头，"丁阿小手牵着儿子百顺，一层一层楼爬上来。高楼的后阳台上望出去，城市成了旷野，苍苍的无数的红的灰的屋脊，都是些后院子，后窗，后巷堂，连天也背过脸去了，无面目的阴阴的一片"。在日常世俗的生活场景中不经意地释放出人生的苍凉

---

① 张爱玲：《公寓生活记趣》，《流言》，花城出版社，1997，第 26~32 页。
② 张爱玲：《我看苏青》，《张爱玲散文全编》，浙江文艺出版社，1992，第 272~273 页。

感受，既是张爱玲对上海孤岛的城市印象，也是她由俗至雅的现代派叙事策略。

## 二 "沦陷"的都市与"封锁"的大街

三四十年代，上海经历了一段"畸形"的曲折历程。1937 年，"八一三"事变后，历时 3 个月的淞沪抗战以上海沦陷告终。自 1937 年 11 月 12 日上海沦陷后，上海租界又以"孤岛"状态悬置了四年。1941 年 12 月 8 日，珍珠港事变爆发，日军侵占上海租界，至此，上海完全被日本人占领。张爱玲不只是经历了"上海沦陷"，还亲历了"香港沦陷"，因而，"沦陷"的都市与"封锁"的大街必然会成为她都市想象的一部分。事实上，张爱玲不只是单单描写上述新旧杂糅、几近封闭的室内生活空间，她有时也会涉及大街、电车、弄堂、楼道、电梯等开放或半开放的外部生活空间。然而在张爱玲笔下，由于城市的沦陷，繁华的都市大街常常变得灰暗、静寂，流动开放的电车竟也陷入了"封锁"（《封锁》），嘈杂的弄堂有时显得"空荡荡"的（《留情》），楼道和电梯里常常是幽暗的（《红玫瑰与白玫瑰》），即使有灯也是坏的（《心经》）。这里我们不妨以《留情》和《封锁》中的"街道"和"电车"来分析张爱玲笔下开放或半开放的都市外部生活空间。《留情》以 60 多岁有病妻在床的米晶尧和 30 多岁便守了 10 多年寡的敦凤这样一对再婚夫妇去拜访亲戚杨太太为线索，串起了米家、大街、弄堂和杨家等不同的都市生活空间。杨家是小说描写的重点，人物的主要活动和对话都在这里发生，但大街和弄堂又是人物活动不可缺少的过场。米晶尧和敦凤先是在街上走，后来坐着三轮车到杨太太家。像张爱玲的大多数小说一样，天气"潮腻腻的"，在下雨。在这里，作者几乎屏蔽了街上的建筑景观和来往的行人，即使敦凤中途下车去买了包栗子，也没有提及路边的商贩和行人，唯一的现代性标志——邮政局也只是被作者一笔带过，而"一座棕黑的小洋房"和"灰色的老式洋房"及其周边的景致却被作者描写得细致入微。景物的本身并没有什么特别之处，而它们让米晶尧和敦凤想起各自过去不幸而又难忘的婚姻才是作者要表现的主旨。米晶尧"没什么值得纪念的快乐的回忆"，只记得与前妻"一趟趟的吵架"，"然而还是那些年青痛苦，仓皇的岁月，真正触到了他的心，使他现在想起来，飞灰似的霏微的雨与冬天都走到他眼睛里面去，眼睛鼻子里有涕泪的酸楚"。正是因为这些，才有了米晶尧和敦凤在去时的路上"小小地闹别扭"，"在回家的路上还是相爱着"。小说结尾时，米晶尧和敦凤从杨家出来，巷堂仍是"空荡荡的"，"街上行人稀少"，"这一带都是淡黄的粉墙，因为潮湿的缘故，发了黑。沿街种着小洋梧桐，一树的黄叶子，就像迎春花，正开得烂漫，一棵棵小黄树映着墨灰的墙，格外的鲜艳。叶子在树梢，眼看它招呀招的，一飞一个大弧线，抢在人前头，落地还飘得多远"。在这里引发作者兴味的仍然是楼道里冒白烟的小风炉和沿街飘飞的梧桐树叶。从它们身上，男女主人公悟出了"生在这世上，没有一样感情不是千疮百孔的"。张爱玲小说中的时间便常常如此附着于一些有特别意蕴的空间形式上，使时间空间化，空间主体化。正是在这个意义上，我们说张爱玲笔下的那些开放或半开放式的外部生活空间，实际上只是人物室内生活的延续和位移，它们是作为人物内心活动的陪衬和室内生活的转场延续而获得意义的。

《封锁》这部具有张爱玲式都市隐喻色彩的短篇小说历来被人称道。张爱玲对电车素来有着特别的感情。她说她是"非得听见电车声才睡得着觉的"。张爱玲曾经住在电车厂附近，她把"电车进厂"看成是"电车回家"，让这个"没有灵魂的机械"洋溢着"无数的情感"。"如果不碰到封锁，电车的进行是永远不会断的"，这是个运动的开放的空间。然而"封锁了"，"切断了时间与空间"，运动开放的电车忽然间成为静止封闭的生活空间。小说中两个原本循规蹈矩而又素不相识的都市男女在封锁时的电车上演绎了一段短暂的"爱情"传奇。在这里，我们姑且先搁置吕宗桢和吴翠远"传奇"式的爱情，来看看封锁时的大街和电车。作品对大街有过三次描写，第一次是在电车停下的时候，第二次是在翠远和宗桢相谈正欢的时候，第三次是在封锁解除后。第一次描写了大街的主要景观"行人"和"商店"，然而行人在奔跑，商店已关门，作者凸显的是大街反常的"静"。第二次描写了大街上的异常景观"军车"和"士兵"，凸显的是翠远与宗桢的"异常接近"。第三次描写了街上不同职业和不同国族的"行人"，然而描写的不是人群而是个体，凸显的是翠远对"刹那"的人生体验。三次对大街的描写都没有都市的感觉，只是为了电车中的"爱情"发展和人物的心理活动做铺垫。对于"封锁"中的电车，作者实际上是把它作为一个封闭的室内生活空间来描写的，只是在这个特殊的室内空间中引入大量的社会化内容，因此从整体上来看，它是沦陷时期上海"孤岛"的隐喻。"电车里的人相当镇静。他们有位可坐，虽然设备简陋一点，和多数乘客的家里比较起来，还是略胜一筹。"作者一开始便把"电车"与"家"对比，电车因此而具有了室内生活的前景。电车里有几个谈论同事的公事房里的人、一对长得颇像兄妹正在口角的中年夫妇、一个剥着核桃的老头、一个抱着小孩的奶妈、一位画人体骨骼图的医科学生等，"大家闲着没事干，一个一个聚拢来，三三两两，撑着腰，背着手"，围绕着医科学生，"看他写生"，讨论他的画。这完全是茶余饭后"家常的一幕"，全然没有战时的恐慌和都市的忙乱。男女主人公正是在这种"家常"的背景下开始从无聊的"调情"发展到似是而非的"爱情"，最终在"封锁"解除后恢复了陌生的"常态"。"封锁期间的一切，等于没有发生。整个的上海打了个盹，做了个不近情理的梦。"

大街本该是一个人群拥挤和过客匆匆的都市空间，爱情理应是一种甜蜜永恒的期待。然而，由于城市的"沦陷"和大街的"封锁"，张爱玲笔下的街道却呈现出反常的灰暗与静寂，而"封锁"时期的爱情也只不过是人性自私的见证。

## 三　新旧文化的"畸形产物"

人口众多，居住拥挤，是许多大城市的共性，尤其对于三四十年代的上海来说，更是如此。开埠以后，上海以它的开放性和包容性吸纳了来自世界各地和五湖四海的移民。经济、政治、战乱等各种原因进一步促进了上海人口的快速增长。1910 年上海人口超过 100 万，1915 年超过 200 万。1937 年全面抗战开始，各沦陷区人民大批来上海避难，到 1945 年抗战结束，上海人口达到 330 万。[①] 人口的急剧增长和战争的破坏造成了生存空间的逼仄和生活压力的加重。张爱玲说："上海人是传统的中国人加上近代高压生活的磨练。新旧文化种种畸形产物的交流，结果也许是不甚健康的，

---

① 邹依仁：《旧上海人口变迁的研究》，上海人民出版社，1980，第 90～91 页。

但是这里有一种奇异的智慧。"① 张爱玲小说中的人物无论是旧家族的遗老遗少，还是新公寓的洋场新人，都在拥挤逼仄的环境中和都市生存的压力下养成了精明算计、自私重利、淡薄亲情的"上海气"。如果说张爱玲笔下的都市场景体现了上海文化东西杂糅的特征，反映了沦陷时期上海日常生活的一面，那么其笔下的人物则浸透了上海文化中世故练达、自私重利的商业精神，也即杜衡所说的"上海气"②。

张爱玲笔下人物的"上海气"主要表现在家庭内部的冲突和男女私情的角逐上。《倾城之恋》先是由白流苏与哥嫂间为"钱"而争，后是由白流苏与范柳原间为"情"而斗。离婚后回到娘家的白流苏因哥哥做投机生意花光了她的钱而心存芥蒂，哥嫂也因流苏长年吃住在娘家而心生怨言。流苏前夫的死把这一矛盾推向了前台，白家兄妹姑嫂间为了"钱"而撕破脸皮。白三爷先是假装为了妹妹的将来着想，劝她回去给前夫奔丧守节，继承家产，叶落归根，等到流苏点明了他是因为花光了自己的钱而怕她多心时，便收起了虚情假意，跟流苏算起账来："你住在我们家，吃我们的，喝我们的，从前还罢了，添个人不过添双筷子，现在你去打听打听看，米是什么价钱？"四奶奶先是假仁假义地说，"自己骨肉，照说不该提起钱来"，接下来却把白家兄弟做金子、做股票失败的原因归咎于流苏的晦气，"她一嫁到婆家，丈夫就变成了败家子。回到娘家来，眼见得娘家就要败光了——天生的扫帚星"。张爱玲说，"以美好的身体取悦于人，是世界上最古老的职业，也是极普遍的妇女职业，为了谋生而结婚的女人全可以归在这一项下"（《谈女人》）。受到哥嫂排挤的白流苏最后只得把寻找一桩可靠的婚姻作为自己摆脱生活困境的唯一出路。白流苏与娘家人的第二次"智慧之争"表现在对花花公子范柳原的争夺上。范柳原本来是介绍给流苏的妹妹宝络的对象，四奶奶私下里在为两个女儿使劲，最后会跳舞的流苏却在角逐中赢得了范柳原的青睐。白流苏"决定用她的前途来下注"，与花花公子范柳原周旋。"然而两方面都是精刮的人，算盘打得太仔细了"，流苏需要的是一个靠得住的婚姻，范柳原需要的是一时的感情刺激，但最后城市的沦陷成

---

① 张爱玲：《到底是上海人》，《流言》，花城出版社，1997，第 2 页。
② 杜衡：《文人在上海》，《现代》第 4 卷第 2 期，1933 年 12 月。

就了这一对自私男女的婚姻。

类似于白流苏式的上海智慧在《金锁记》中曹七巧的身上则演绎成一段黄金劈杀人性的悲剧。七巧在争夺和坚守财产的过程中表现出"奇异的智慧"。分家前她曾调查过姜家各地的房产和每年的收入，分家时她都"一一印证"，连老太太陪嫁过来的首饰也不放过。为了争取更多的财产，她先试图用"孤儿寡母"的不幸博取大家的同情，再用捶胸顿足的撒泼表示自己的不平，但最后"还是无声无息照原定计划分了家"。为了守住来之不易的财产，七巧先是使手段逼死了儿媳，后又耍计谋破坏了女儿的婚姻，亲手葬送了儿女的幸福。七巧在夺财和守财过程中所表现出来的"精明算计"可谓是上海文化精神的一个典型范例，这在张爱玲的其他小说中也随处可见。

《红玫瑰与白玫瑰》中"想做好男人"的佟振保与有着"稚气的娇嫩"的王娇蕊在窥伺、试探、调情中完成了始乱终弃的传统故事。娇蕊对振保说："我的心是一所公寓房子。"振保笑道："那，可有空的房间招租呢？"娇蕊笑着不答应了。振保道："可是我住不惯公寓房子。我要住单幢的。"娇蕊哼了一声道："看你有本事拆了重盖！"以上这段富于性暗示的调情充分表现出上海人世故练达的"通"和有分寸的"坏"。《封锁》中的吕宗桢在封锁的电车中为了躲避麻烦而去诱引吴翠远，等到封锁一过，又恢复了萍水相逢的冷漠，上海人的精明自私在吕宗桢始乱终弃的短暂"爱情"中得以充分体现。《沉香屑·第一炉香》中的薇龙想依靠姑母梁太太完成学业，而梁太太却想利用薇龙为她留住身边的男人，两个上海女人在诱引与堕落的"传奇"中表现出了精明自私的"上海气"。《桂花蒸 阿小悲秋》中那位久居上海的西方人哥儿达竟也谙熟了一套世故的处世方法和精明的情场经验。对于保姆阿小，他心中想道，"再要她这样的一个人到底也难找，用着她一天，总得把她哄得好好的"。对于风月女子，"他深知'久赌必输'、久恋必苦的道理，他在赌台上总是看看风色，趁势捞了一点就带了走，非常知足"。饮食男女是日常生活最普遍的形态，"人类失掉了一切的浮文，剩下的仿佛只有饮食男女这两项"。张爱玲说，她注重的是"人生安稳的一面"，"甚至只是写些男女间的小事情"，因为它有着"永恒的意味"。① 张爱玲笔下

---

① 张爱玲：《自己的文章》，《流言》，花城出版社，1997，第173、176页。

的人物正是在日常世俗的生活中为了各自的利益精打细算、钩心斗角，充分表现出世故练达、精明自私、务实重利的上海商业文化精神。

## 第三节　殖民统治视域下的“香港传奇”

在上海之外，香港应该是张爱玲都市人生和文学创作最重要的驿站，香港为张爱玲提供了最重要的大学经验，也是她人生漂泊的第一站。因此，有学者认为：“没有上海就没有张爱玲，同样，没有香港也就没有张爱玲。”①

### 一　殖民化的香港

尽管香港自秦朝时期便被纳入华夏版图，但香港真正进入历史视线应该始自 1842 年 8 月清政府被迫与英国签订丧权辱国的《南京条约》及其后1898 年的《展拓香港界址专条》，同意把位于深圳河以南、九龙半岛界限街以北的土地以及附近岛屿租给英国，租期 99 年。1843 年 6 月 26 日，英国利用《南京条约》换文生效的时机宣布香港为英国“直辖殖民地”。从1941 年 12 月日军侵占香港，至 1945 年 9 月日本战败投降撤出为止，香港经历了三年零八个月的“日治时期”，此后又由港英政府统辖，直至 1997 年中国政府恢复对香港行使主权。一方面由于沿袭固有的中华文化传统，另一方面由于长期的被殖民历史，香港形成了比内地城市更为复杂的中西杂糅的殖民化特征。

香港地区原为古代百越族聚居之地，自秦至清，在 2000 多年的封建王权统治下，百越土著文化不断受到中原汉族文化的影响。近代英占初期，香港岛约有数千人口，九龙和新界有大量原籍东莞、宝安的本地人和来自岭南各地的移民。源自广州的粤曲和粤剧很早就传入香港，成为市民大众文娱生活的主流，香港的本土语言为粤语。此后港英政府统辖时期，尤其是抗战时期，大批内地移民陆续迁居香港。因此，从地域和传承而言，香港文化应属岭南文化的支脉，其根基应是以粤文化为主体的中华民族传统文化。

---

① 袁良骏：《张爱玲与香港》，《苏州科技学院学报》（社会科学版）2009 年第 4 期。

当然，香港文化还深受殖民主义和资本主义文化深刻影响。1841年，英军侵占香港后，进行了殖民化的军事征服、政治控制和经济掠夺，并且还通过宗教活动、奴化教育、新闻传媒等各种途径，对香港不断输入殖民主义和资本主义思想文化。尽管香港的被殖民历史充满了辛酸和屈辱，但是近代香港的都市化进程主要还是在港英政府时期完成的。首先，在政治上，港英政府按照《英皇制诰》和《皇室训令》对香港实行"三权分立"的资本主义统治，确立了香港总督的职权，授权设立行政局与立法局，以及明确各官员的职责，对行政、立法、司法机关都有非常严格的限制。经济上，香港是著名的自由港，实行自由开放的贸易政策，没有设置任何贸易壁垒，进出货品均无须缴付关税，签证手续简便。正是在上述因素影响下，香港形成了自由开放、中西融合、商业性强等文化特征。

## 二　香港时期的大学与战时体验

张爱玲先后有三次寄寓香港，第一次是1939年，19岁的张爱玲赴香港大学求学，至1941年太平洋战争爆发，港大停课，张爱玲肄业回沪；第二次是1952年，张爱玲以到港大复学为名，出走内地，在香港开始其流亡生活，至1955年离开香港，以难民身份赴美；第三次是1961年张爱玲应老友宋淇约请，为香港电懋影业公司撰写剧本，回访香港，至1962年离开。我们在此只讨论张爱玲第一次寄寓香港时的体验。因为张爱玲最初是因赴港读书而与香港结缘的，而港大时期的生活体验对她此后的创作人生也有着十分重要的直接性影响。

张爱玲香港经验中最重要的部分首先当然是两年多的大学生活。1939年夏，19岁的张爱玲在整个远东区（包括日本、中国香港、菲律宾、马来西亚等国家和地区）的考生中，以第一名的优异成绩考取伦敦大学，但由于战争原因，未能去英国上学，而改入香港大学。这个时期的香港大学教学人员少、规模小。张爱玲就读的文学院除了中文系外，其他系的教职大多由洋人担任，而其他各学院的教授，是清一色的洋人，到了讲师一级才偶尔见到华人。学生则多来自远东各国及地区，譬如张爱玲的同学周妙儿为本地人，艾扶林和蔡师昭来自内地，玛德莲是泰国人，金桃、月女、苏雷枷都是马来西亚的华侨子弟。从师生状况不难看出香港大学的殖民化和异域风。港大期间，发奋读书而又内敛孤僻的张爱玲在人际交往上较为单纯，特别值得提及的是挚友炎樱和历史教授佛朗士。炎樱的父亲是阿拉伯裔斯里兰卡人，母亲是天津人，张爱玲和炎樱的珍贵友谊从香港大学时期开始，此后持续终生。炎樱不但在张爱玲散文中占有大量篇幅，而且为《传奇》设计封面，甚至张爱玲的两次婚姻都由炎樱证婚，可见炎樱对张爱玲生活和创作的重要影响。历史系教授佛朗士是张爱玲港大时期最敬重的师长，《烬余录》里，张爱玲用了很长的篇幅生动描写了佛朗士的思想性格和言行举止。他"彻底地中国化，中国字写得不错（就是不大知道笔画的先后），爱喝酒"，"上课的时候他抽烟抽得像烟囱。尽管说话，嘴唇上永远险伶伶地吊着一支香烟，跷板似的一上一下，可是再也不会落下来"，"官样文字被他耍着花腔一念，便显得十分滑稽，我们从他那里得到一点历史的亲切感和扼要的世界观"。① 这位英裔教授豁达而特立独行的性格和生活态度给张爱玲留下很深的印象。在港大读书期间，张爱玲承续了此前"书山有路勤为径"的人生设计，学习异常刻苦，并获得了香港大学文科仅有的颁给最优秀学生的两个奖学金，除了读书，她几乎什么都不过问，也从不张扬什么。张爱玲曾如此回忆当时发奋读书的情形："在香港读书的时候，我真的发奋用功了，连得了两个奖学金，毕业之后还有希望被送到英国去。我能够揣摩每一个教授的心思，所以每一样功课总是考第一。"②

其次，张爱玲香港经验中很重要的部分还有"战争"。1941 年 12 月 8 日凌晨起，日军向香港发起了猛烈进攻，最初遭到英军顽强抵抗，至 12 月 25 日英军放弃抵抗，无条件向日军投降，自此香港正式沦陷，开始了三年零八个月的日据时期。港战给香港带来了极大的破坏，日军四处烧杀抢掠。港战给张爱玲的人生带来了极大的破坏性影响，不但直接扼杀了她读书求学的前途和希望，而且使得战争的阴影和惊悸长期地留在了她的记忆和创作中。一年多后，回到上海的张爱玲在《烬余录》中详细地描述了她在香港亲历战争的见闻和感受。炸弹掉在她们宿舍的隔壁，"港大停止办公了，异乡的学生被迫离开宿舍，无家可归，不参加守城工作，就无法解决膳宿

---

① 张爱玲：《烬余录》，《流言》，北京十月文艺出版社，2012，第 51～52 页。
② 张爱玲：《我看苏青》，《流言》，北京十月文艺出版社，2012，第 242 页。

问题。我跟着一大批同学到防空总部去报名，报了名领了证章出来就遇着空袭。我们从电车上跳下来向人行道奔去，缩在门洞子里，心里也略有点怀疑我们是否尽了防空团员的责任"，"我们坐在车上，经过的也许不过是几条熟悉的街衢，可是在漫天的火光中也自惊心动魄。就可惜我们只顾忙着在一瞥即逝的店铺的橱窗里找寻我们自己的影子——我们只看见自己的脸，苍白，渺小；我们的自私与空虚，我们恬不知耻的愚蠢——谁都像我们一样，然而，我们每一个人都是孤独的"。① 后来很多人在分析张爱玲小说中的梦魇氛围和苍凉感受时总是强调早年旧式家庭的影响，其实更多的应该是来自她战时的人生体验。

## 三　殖民统治与战争背景下的香港书写

张爱玲曾说："我为上海人写了一本香港传奇，包括《沉香屑，第一炉香》，《沉香屑，第二炉香》，《茉莉香片》，《心经》，《琉璃瓦》，《封锁》，《倾城之恋》七篇。"② 在小说《茉莉香片》的开头，张爱玲再次提到她的"香港传奇"："我给您沏的这一壶茉莉香片，也许是太苦了一点。我将要说给您听的一段香港传奇，恐怕也是一样的苦——香港是一个华美的但是悲哀的城。"③ 张爱玲之所以说她笔下的"香港传奇"是苦的，又说"香港是一个华美的但是悲哀的城"，当然与香港遭受殖民统治和沦陷分不开。

萨义德在《东方学》的开卷中曾引用马克思的一句名言"他们无法表述自己；他们必须被别人表述"（马克思《路易·波拿巴的雾月十八日》），他继而认为，西方的文化霸权伴随着西方政治、经济向东方扩张，"将东方东方化"（orientalizing the oriental）。在萨义德看来，西方话语中的东方不是一种真实的历史存在，而是西方人的一种文化构想，东方代表了异国情调，是落后、野蛮、怪异、非理性的。④ 张爱玲在她的"香港传奇"中常常凸显其"中西杂糅"的形象，这在《沉香屑·第一炉香》中得到了充分的体现。

"在故事的开端，葛薇龙，一个极普通的上海女孩子，站在半山里一座

---

① 张爱玲：《烬余录》，《流言》，花城出版社，1997，第64页。
② 张爱玲：《到底是上海人》，《流言》，花城出版社，1997，第3页。
③ 张爱玲：《茉莉香片》，《张爱玲文集》第1卷，安徽文艺出版社，1992，第46页。
④ 〔美〕爱德华·W.萨义德：《东方学》，王宇根译，生活·读书·新知三联书店，1999。

大住宅的走廊上，向花园里远远望过去……山腰里这座白房子是流线型的，几何图案式的构造，类似最摩登的电影院，然而屋顶上却盖了一层仿古的碧色琉璃瓦。玻璃窗也是绿的，配上鸡油黄嵌一道窄红边的框。窗上安着雕花铁栅栏，喷上鸡油黄的漆。屋子四周绕着宽绰的走廊，当地铺着红砖，支着巍峨的两三丈高一排白石圆柱，那却是美国南部早期建筑的遗风。从走廊上的玻璃门里进去是客室，里面是立体化的西式建筑，但是也有几件雅俗共赏的中国摆设，炉台上陈列着翡翠鼻烟壶与象牙观音像，沙发前围着斑竹小屏风，可是这一点东方色彩的存在，显然是看在外国朋友们的面上。英国人老远的来看看中国，不能不给点中国给他们瞧瞧。但是这里的中国，是西方人心目中的中国，荒诞，精巧，滑稽。葛薇龙在玻璃门里瞥见自己的影子——她自身也是殖民地所特有的东方色彩的一部分，她穿着南英中学的别致的制服，翠蓝竹布衫，长齐膝盖，下面是窄窄的裤脚管，还是满清末年的款式；把女学生打扮得像赛金花模样，那也是香港当局取悦于欧美游客的种种设施之一。"

显而易见，张爱玲对香港遭受殖民统治的景观的描写有着充分的自觉，她笔下的物质景观和人物形象都具有这种背景下所特有的中西杂糅的"异国情调"：走廊是"美国南部早期建筑的遗风"，客室是"立体的西式建筑"，翡翠鼻烟壶、象牙观音像和斑竹小屏风等是"雅俗共赏的中国摆设"，而主人公葛薇龙"自身也是殖民地所特有的东方色彩的一部分"，穿着中西混搭的别致制服。香港景观中的这些"东方色彩的存在"是特意给西方人看的，尽管这里是"中国"，但"是西方人心目中的中国，荒诞，精巧，滑稽"。

类似《沉香屑·第一炉香》中关于香港遭受殖民统治的形象的描写，在《沉香屑·第二炉香》中是通过罗杰与愫细之间的故事隐喻式展开的。华南大学的英籍教授罗杰在社会地位、经济收入和职业前途上十分优越，然而他却像一个"罗曼谛克的傻子"那样爱上了他的东方美人愫细。在罗杰眼里，愫细是"世界上最美丽的女人"，"他的新娘的头发是轻金色的，将手放在她的头发里面，手背上仿佛吹过沙漠的风，风里含着一蓬一蓬的金沙，干爽的、温柔的，扑在人身上痒痒地。她的头发的波纹里永远有一阵风，同时，她那蜜褐色的皮肤又是那么澄净，静得像死"。显然，象征着西方的罗杰与具有东方美的愫细之间的关系是殖民地文化的符号化象征。在萨义德看来，在每一种情况下，东方与西方之间的关系实际上都被界定为一种性的关系，"东方被习以为常地描绘为女性化，它的财富是丰润的，它的主要象征是性感女郎、妻妾和霸道的但又是令人奇怪地有着吸引力的统治者"，"这种材料中的不少部分显然与由西方主流文化支撑的性别、种族和政治的不对称结构相关联"。[①] 在张爱玲的小说中，香港的东方女性与"洋人"之间的不平等关系，寓言般地影射了香港被侵占的处境。

　　张爱玲说："香港是一个华美的但是悲哀的城。"[②] 在她的"香港传奇"中，这种华美与悲哀既与香港的被殖民处境相关联，也与战争的"惘惘威胁"分不开。《倾城之恋》里，白流苏刚到香港时看到的是"火辣""热闹"的都市景象："那是个火辣辣的下午，过去最触目的便是码头上围列着的巨型广告牌，红的，橘红的，粉红的，倒映在绿油油的海水里，一条条，一抹抹刺激性的反冲的色素，窜上落下，在水底下厮杀的异常热闹。"然而，经过战争涂炭后，香港却成了一座"死了的城"，"在那死的城市里，没有灯，没有人声，只有那莽莽的寒风，三个不同的音阶，'喔……呵……呜……'无穷无尽地叫唤着……只是三条虚无的气，真空的桥梁，通入黑暗，通入虚空的虚空。这里什么都完了。剩下点断壁颓垣，失去记忆力的文明人在黄昏中跌跌绊绊摸来摸去，像是找着点什么，其实是什么都完了"。在自传体长篇小说《小团圆》中，作者借主人公九莉的经历描写了曾经亲历的惊心动魄的港战。战前的香港是华美和平静的，"山外四周站着蓝色的海，地平线高过半空"，"沥青道旁簇拥着日本茉莉的丛树，圆墩墩一堆堆浓密的绿叶堆在地上，黄昏时分虫声唧唧，蒸发出一阵阵茉莉花香"。然而，战争彻底破坏了华美和平静，到处充满了死亡的威胁，"炸弹落在对街"，"炮弹片把屋顶削掉一个角"，九莉和她的同学们"差点被炸死了"，修道院里"难民挤得满坑满谷"，"碧绿的山上嵌满了一粒粒白牙似的墓碑，一直伸展到晴空里"。虽然张爱玲说她的作品里"没有战争，也没有

---

① 〔美〕爱德华·W. 萨义德：《种族与阶级》，转引自王宁《全球化时代的后殖民理论批评》，《文艺研究》2003 年第 5 期。

② 张爱玲：《茉莉香片》，《张爱玲文集》第 1 卷，安徽文艺出版社，1992，第 46 页。

革命"①，但事实上张爱玲写的仍然是战争中的乱世，只不过她不正面写悲壮的战争场面和惨烈的战争过程，而是侧面表现战争对日常生活的影响。

当然，香港的华美与悲哀还有更为幽暗复杂的背景和因由。《沉香屑·第一炉香》中，原本纯朴上进的葛薇龙，不但在姑妈梁太太设计的生活陷阱中逐渐迷失了人生方向，而且还沉陷在与乔琪似是而非的爱情中难以自拔。小说最后，薇龙与乔琪在阴历三十夜逛湾仔，迎面碰见一群喝醉酒的外国水兵，他们把薇龙误当成了街上的妓女。"乔琪笑道：'那些醉泥鳅把你当作什么人呢？'薇龙道：'本来嘛，我跟她们有什么分别？'乔琪一只手管住轮盘，一只手掩住她的嘴道：'你再胡说——'薇龙笑着告饶道：'好了好了！我承认我说错了话。怎么没有分别呢？她们是迫不得已，我是自愿的！'"这个意味深长的结尾显然有着丰富的象征意义，葛薇龙由"处子"到"妓女"的异化和沦陷暗示了香港的殖民化过程。《沉香屑·第二炉香》中，一场原本美丽浪漫的婚姻爱情却因教育的蒙昧和人性的阴暗而走向悲剧。曾经乐观自信的罗杰在突然而至的人生变故中难以承受生命之重，最终在同事的流言中伤、学生的轻慢嘲弄和校长的失信辞退中走向人生终点。大学教授罗杰与美丽可人的愫细本应幸福浪漫的婚姻爱情还没来得及展开便很快走向了令人唏嘘的悲凉结局。显然，罗杰的婚变悲剧与东西文化观念的冲突及在此基础上形成的人性的幽暗密切相关。《茉莉香片》中，香港的华美与悲哀在健康美丽的言丹朱和自闭孤僻的聂传庆之间展开。言丹朱健康活泼，"像美国漫画里的红印度小孩。滚圆的脸，晒成了赤金色。眉眼浓秀，个子不高，可是很丰满"。聂传庆阴郁孤僻，"窄窄的肩膀和细长的脖子又似乎是十六七岁发育未完全的样子"。阴郁孤僻的聂传庆暗恋上了活泼开朗的言丹朱。然而，言丹朱却只是把他当作一个能守得住秘密的普通朋友。当聂传庆的幻想破灭之后，他便把对言丹朱的暗恋转化为嫉妒和怨恨，并要将她置于死地。张爱玲借由人性的幽暗和美好被破坏演绎了香港的华美与悲哀。

因为"人是为了要求和谐的一面才斗争的"，殖民和战争总会结束，但殖民和战争的影响则难以消逝，它将成为一个时代的记录，永远存在于记

---

① 张爱玲：《自己的文章》，《流言》，花城出版社，1997，第 176 页。

忆之中，因此它"有着永恒的意味"。在自传体小说《小团圆》中，张爱玲借主人公盛九莉之口说："她整个的成年生活都在二次大战内，大战像是个固定的东西，顽山恶水，也仍旧构成了她的地平线。"[①]从上海到香港，从沪战到港战，张爱玲深切地体验了世事的无常和人生的苍凉。在她看来，"这时代，旧的东西在崩坏，新的在滋长"（《自己的文章》），"个人即使等得及，时代是仓促的，已经在破坏中，还有更大的破坏要来。有一天我们的文明，不论是升华还是浮华，都要成为过去。如果我最常用的是'荒凉'，那是因为思想背景里有这惘惘的威胁"[②]。正是这一"惘惘的威胁"，成为张爱玲沪港传奇的背景，那些旧家族的争斗、新公寓的隐私、街道的沉寂和弄堂的昏暗等，都由此而来。

---

①　张爱玲：《小团圆》，北京十月文艺出版社，2012，第 209 页。

②　张爱玲：《〈传奇〉再版的话》，《张爱玲散文全编》，浙江文艺出版社，1992。

# 第五章
# 沈从文、茅盾与徐訏的都市书写

在现代文学中，沈从文、茅盾与徐訏的都市书写因身份、立场和体验殊异而呈现出不同的风貌。来自湘西的沈从文始终以乡土的身份和立场，表现都市的病态；作为左翼作家的茅盾则坚持以社会剖析的眼光，打量都市各阶层人物；而有着哲学专业背景的徐訏常常在洋场与战场的文学想象中，探寻都市不同的生命形态。尽管沈从文、茅盾与徐訏的都市体验各不相同，但是他们都处于启蒙与救亡的时代语境中，他们的都市书写都必然自觉或不自觉地反映出中国现代都市发展转型时期的生活图景。

## 第一节　沈从文："乡下人"的都市体验

沈从文常常以"乡下人"自居，并且说道："我是一个乡下人，走到任何一处照例都带一把尺，一把秤，和普通社会总是不合，一切来到我命运中的事事物物，我有我自己的尺寸和分量，来证实生命的价值和意义。"①综览沈从文的小说创作，不难发现，即便后来长期置身现代都市，沈从文仍然惯于以"乡下人"的视角去打量他周围的世界和人事。他说，他的创作"要表现的是一种'人生形式'，一种优美、健康、自然而又不悖乎人性的人生形式"②。"人生形式"是沈从文书写的重心，"湘西的人生形式"是他寄托理想人性的载体，而"乡下人"便常常成为他的叙事身份。沈从文

---

① 沈从文：《水云》，《沈从文全集》第 12 卷，北岳文艺出版社，2002，第 91 页。
② 沈从文：《〈边城〉题记》，《沈从文选集》第 5 卷，四川人民出版社，1983，第 224 页。

对于"乡下人"的身份认同，使得他在面对现代文明时常常自觉或不自觉地采取一种保持距离甚至有些敌意的态度，而"丈量"这距离的尺子便是以湘西人性为参照的理想人性。因而，当沈从文从乡土视野来观照现代都市时，都市便在很大程度上成为乡土的对立面和参照物，都市人所表现出的病态与无用，也就被批判为"悖乎人性的人生形式"。

## 一 初到北京

1923 年 8 月，怀揣着文学梦想和人生憧憬的沈从文只身从湘西来到北京。沈从文后来在《一个传奇的本事》中如此描述当初都市"文学梦"对他的召唤："按照当时《新青年》《新潮》《改造》等等刊物所提出的文学社会运动原则意见，引用了些使我发迷的美丽辞令，以为社会必须重造、这工作得由文学重造起始，文学革命后，就可以用它燃起这个民族被权势萎缩了的情感，和财富压瘪扭曲了的理性，两者必须解放，新文学应负责任极多。我还相信人类热忱和正义终须抬头，爱能重新黏合人的关系，这一点明天的新文学也必须勇敢担当。我要那么从外面给社会的影响，或从内里本身的学习进步，证实生命的意义和生命的可能。"[1] 沈从文对北京的体验与在北京的人生境遇所带来的失意、得意在他的随笔、日记与其他作品中皆得到了充分的体现。

沈从文到北京最初的寓所是"位于前门附近不远外杨梅竹斜街西西会馆一个窄小房间"。西河沿街原来位于前门护城河的南岸，站在胡同里朝东望去，巍峨正阳门依稀可见。清末民初时，西河沿街一带是北京的"金融街"，许多银行、证券交易所都集中在这里。胡同里的青云阁是当年北京的四大商场之首，一时风光无二。胡同西口的"正乙祠"戏楼历经三百年却屹立不倒，里面的纯木结构戏楼被誉为"中国戏楼活化石"。民国时期，这里聚集了七家书局，据说康有为、梁启超、蔡元培、鲁迅等都经常到这里来。[2] 这些都城文化气象奠定了沈从文一生对北京的崇敬与向往。他在后来的回忆中说："初来北京时，我爱听火车的呜呜汽笛。从中我发现了它的伟

---

① 沈从文：《一个传奇的本事》，《沈从文随笔 生之记录》，北京大学出版社，2007，第 157 页。

② 冯雷：《沈从文的胡同传奇》，《光明日报》2017 年 6 月 23 日。

大；使我不驯野心常随着那些呜呜声向天涯不可知的辽远激茫驰去。"① 就连北京的火车声带给他的都是伟大与向往，不论是古典文化的凝聚还是现代文明的呈现，在他的内心都生发出崇敬之情。

然而，严酷的现实很快粉碎了文学青年的幻梦。沈从文先是投考燕京大学失败，只好到北京大学旁听，后是尝试卖文求生却四处碰壁，生活陷入窘境。郁达夫曾在那封著名的《致一个文学青年的公开状》中充满同情和悲悯地描写了当初沈从文陷入穷途末路的窘迫："我今天上你那公寓来看了你那一副样子，觉得什么话也说不出来"，"引诱你到北京来的，是一个国立大学毕业的头衔，你告诉我说你的心里，总想在国立大学弄到毕业，毕业以后至少生计问题总可以解决。现在学校都已考完，你一个国立大学也进不去，接济你的资金的人，又因为他自家的地位动摇，无钱寄你，你去投奔你同县而且带有亲属的大慈善家 H，H 又不纳，穷极无路，只好写封信给一个和你素不相识而你也明明知道和你一样穷的我"，"现在为你计，最上的上策，是去找一点事情干干。然而土匪你是当不了的，洋车你也拉不了的，报馆的校对，图书馆的拿书者，家庭教师，男看护，门房，旅馆火车菜馆的伙计，因为没有人可以介绍，你也是当不了的——我当然是没有能力替你介绍——所以最上的上策，于你是不成功的了"，"比较上可以做得到，并且也不失为中策的，我看还是弄几个旅费，回到湖南你的故土"。② 当然，沈从文并没有听从郁达夫提出的找点事干的"上策"或回到故土的"中策"的劝导，而是选择了继续留在北京，"证实生命的意义和生命的可能"③。不久后，沈从文搬到了沙滩附近的公寓里，在一间由储煤间改造而成的"窄而霉小斋"，一边到北大做旁听生，一边编织文学梦。

## 二 都市边缘的文学想象

沈从文早期那些自叙传式的小说描写了很多寄寓在都市底层或边缘的文学青年一边陷入生活上的困窘和精神上的苦闷，一边仍然满怀憧憬地编

---

① 沈从文：《一个传奇的本事》，《沈从文随笔 生之记录》，北京大学出版社，2007，第 54 页。

② 郁达夫：《给一位文学青年的公开状》（1924 年 11 月 13 日），《郁达夫随笔 伤感行旅》，北京大学出版社，2009，第 129 页。

③ 沈从文：《一个传奇的本事》，《沈从文随笔 生之纪录》，北京大学出版社，2007，第 157 页。

织着幼稚而美好的文学梦，譬如《老实人》中的"我"与自宽君、《松子君》中的"我"与松子君、《我的邻》中的"我"、《一个晚会》中的洪先生等。在这些早期"习作"中，作者通常以都市或大学边缘人第一人称"我"的身份和视角，运用对比的方式，一面以幽默的笔调描写主人公在都市或大学边缘的窘迫境遇，一面以嘲讽的口吻叙述大学生们的不务正业。

《我的邻》中，主人公"我"寄寓在大学区附近的公寓里，与北京大学的法科学生和六个当兵的副爷为邻。那些大学生们甚至比杀气腾腾的"丘八"还要不务正业，除了吹打弹唱以外少有休息，他们的吵闹声像"无形的鞭子"一样，每天"把我灵魂痛痛敲打"。于是，"我"只好逃出像"杂耍场"一样的公寓，到学校图书馆的藏书室去，"用我这败笔按着了纸写我所能写出的小说，写成拿到各处去，求讨少数的报酬，才不至于让我住房的东家撵我"。《老实人》中，炎炎烈日下，"我"每天埋头写作，自宽君则去北海图书馆看书，而周围的大学生们则个个"生命力过强"，每天"唱戏骂人吃喝喧天吵得书也读不成"。这些所谓的大学生们不但自己不务正业，而且对刻苦读书写作的自宽君和"我"充满了"嘲讽"。《一个晚会》中，作者更以嘲讽的笔调和对比的方式一面极力渲染晚会的盛况，一面描写了青年作家洪先生出席西城某大学时令人啼笑皆非的尴尬遭遇。平日里专为那类"嘴边已有了发青的胡子教授们"预备的会场，今天却主要是为"一个年青的新从南边北来的文学作者"而精心筹备。会场被花纸电灯点缀得"异样热闹"，数不清的教授名流、太太小姐们都在翘首期盼作家的到来，可是主人公却因为灰暗肮脏的衣着和"年青的怯怯的"样子被赶出了会场。

显然，沈从文早期作品中这些蛰伏在都市底层或边缘、依靠卖文为生、穷困而忧郁的文学青年正是当初沈从文和他周围那些"京漂"朋友们的写照。

## 三　"乡下人"笔下的"城市病"

沈从文的坚韧和执着很快为他赢得了转机。沈从文不仅结交了一大批朋友，陆续认识了刘梦苇、冯至、塞先艾、胡也频、丁玲等志趣相投的文学青年，结识了郁达夫、徐志摩、陈西滢、胡适等社会名流，而且他的小说创作也日益为他赢得了声誉，使他后来得以到上海、青岛、武汉、昆明等多个城市的大学任职，以至于到 30 年代后期他已经俨然成为"京派"的核心人物。然而，这并未改变沈从文对城市的态度。赵园说："沈从文在其所置身的城市文化环境中，在其所置身的知识者中，到处发现着因缘于'文明'、'知识'的病态，种种'城市病'。"①

的确，沈从文的那些描写都市生活的小说常常以"乡下人"的视角表达了对都市文明的鄙夷和批评。在《绅士的太太》《都市一妇人》《八骏图》《道德与智慧》《冬的空间》《知识》等作品中，沈从文常常以嘲讽、冷峻的笔调揭示了城市知识者和"文明人"的生命萎缩和人性扭曲的一面。《绅士的太太》描写了几个城市上层家庭内部"绅士淑女们"的种种丑行。丈夫在外偷情，太太在家与人通奸，而与名门闺秀订婚的少爷暗地里却与父亲的姨太太乱伦。所谓的文明社会原来是物欲横流、道德沦丧、精神空虚和生活糜烂的虚伪世界。《都市一妇人》中历经坎坷的都市妇人，为了留住比自己小 10 岁的英俊丈夫，竟不惜残酷地将其眼睛毒瞎。与乡村纯美朴野的情爱相比，都市两性关系的自私虚伪让人心有余悸。《八骏图》以讽刺的笔墨揭露了城市知识者的精神病态。作家达士先生在青岛大学讲学期间，发现自己周围的七位教授都患有不同程度的性压抑和性变态，有的蚊帐里挂着半裸体的美女画，有的用手"很情欲"地拂拭着青年女子在沙滩上留下的脚印，有的眼睛盯着大理石胴体女神像发呆。在给未婚妻的信中，达士先生详尽地描述了这些表面上道貌岸然的谦谦君子内心深处的卑鄙丑陋。而小说结尾时，令人感到吊诡的是，这位讥讽他人的作家自己却被海滩女人的黄色身影和神秘字迹所蛊惑，以生病为借口向未婚妻推迟归期。

沈从文常常从文化和人性的角度，对都市知识者的人性扭曲和人格缺陷提出强烈的嘲讽和批判。《道德与智慧》中，湖北某大学的教授们虽然大都曾在国外留过学，见过了中外文化与文明所成就的"秩序"与"美"，"经过许多世界，读过许多书"。然而，在国难当头、民族危难之际，这些"非常有名气而且非常有学问"的教授们，之所以从南京新都或北京旧都来到这里，既不是为了学术，也不是为了育人，更不是为了救国，而只是为

① 赵园：《沈从文构筑的"湘西世界"》，《赵园自选集》，广西师范大学出版社，1999，第 56 页。

了个人名利。"有些知道自己是应当做官的，都在那里十分耐烦的等候政治的推迁"；有些是为了"可以多拿一些钱，吃一点好东西，享享清闲的福"；而那些"爱钱的"，更是"把所得的薪水，好好处置到一种生利息的事情上去"。他们每天的"乐趣"便是沉溺于庸俗无聊的琐屑生活。《冬的空间》则描写了滨江某私立大学从老师到学生整体性困厄无聊的生存状态。文学教授 A 在困厄乏味中痛苦挣扎，"先以为只要能够在大学校上一天课就好了，现在到这里教书还无趣味"。而周围那些无聊的同事，却"凭了那好酒好肉培养而成的绅士神气，如鸡群之鹤矫矫独立"。学生们则大多数沉湎于千篇一律的虚无生活，"就是所谓生命力外溢，时时不能制止自己的胡闹，成天踢踢球或说点笑话就可过日子"。本应诗意浪漫的大学校园生活完全被空虚无聊的世俗人生遮蔽和消解。《知识》则直接以都市与乡土、知识人与劳动者的对比揭示都市与知识的无能。在国外某著名大学求得哲学硕士学位的张六吉虽习得渊深哲学，却时时为生存而烦恼，他所学得的那些书本知识，在都市不能立足，在乡下无法与人们沟通。然而，那些没有知识的乡下人却在苦难多灾的生活中洒脱达观，通晓人生"真义"。最后，张六吉从生活哲学中醒悟过来，咒骂教授他哲学知识的导师："你是个法律承认的骗子，所知道的全是活人不用知道的，人必须知道的你却一点不知道！"张六吉对"知识""人生"的幡然醒悟也正是沈从文的一贯态度。沈从文向来认为，"知识"与"做人"是分属两个不同层面的问题。那些所谓的知识分子一旦只是把知识作为"求食"的工具，"知识"就与"做人"脱了节，这种知识的世俗化甚至庸俗化，"对国家无信仰，对战争逃避责任"，在学校和社会上形成一种"有传染的消极态度"和"坏影响"。① 总之，"乡下人"的身份和视角决定了沈从文的都市体验和都市书写。

## 第二节　茅盾：左翼作家的都市书写

　　茅盾的职业人生与文艺实践都是从上海起步的，自 1916 年入职商务印书馆，他前后在上海生活工作了近 20 年，其间编杂志、搞创作、从事"左

---

① 《沈从文全集》第 17 卷，北岳文艺出版社，2002，第 349 页。

翼"文艺运动，并由此成长为中国新文学运动的重要代表人物，可以说没有上海，也就没有作为文艺家和革命家的茅盾。对此，茅盾晚年时说："我如果不是到上海来，如果不是到商务印书馆来工作的话，可能就没有自己文学上这样的成就。"①

## 一 革命视野下的都市建构

茅盾的都市书写在长篇小说《子夜》中得到集中体现。1933 年《子夜》的发表不但为茅盾赢得了巨大的声誉，也为左翼小说奠定了坚实的基础。相较于《蚀》《野蔷薇》《宿莽》等早期主要描写大革命时期知识青年苦闷感伤情绪的中短篇小说，"应用真正的社会科学，在文艺上表现中国的社会关系和阶级关系"②的《子夜》无疑具有更为显著的左翼革命倾向。在构思创作《子夜》时，茅盾正担任着左联的行政书记（后来为了专事创作茅盾不得不辞职了），同时党的领导人瞿秋白也参与了《子夜》的构思。虽然茅盾最初的"都市—农村交响曲"的宏大构思并没有如愿以偿，但是"想用形象的表现来回答托派和资产阶级学者：中国没有走向资本主义发展的道路，中国在帝国主义、封建势力和官僚买办阶级的压迫下，是更加半封建半殖民化了"③的初衷显然是很成功地实现了。《子夜》发表后，瞿秋白称它是"中国第一部写实主义的成功的长篇小说"，并且断言"1933 年在将来的文学史上，没有疑问的要记录《子夜》的出版"④。

关于《子夜》的初步计划是"雄心勃勃"的。茅盾的最初设想是"写一部白色的都市和赤色的农村的交响曲"⑤，都市部分除了着重写资产阶级活动外，"还打算比较细致地写写立三路线指导下的工人活动，写指导工人

① 谭华：《从这里走向文学——记茅盾与商务印书馆的故事》，《光明日报》2016 年 12 月 7 日。
② 乐雯（瞿秋白）：《〈子夜〉和国货年》，《申报·自由谈》1933 年 4 月 2 日、3 日。
③ 茅盾：《〈子夜〉写作的前前后后》，《中国当代文学研究资料：茅盾专集》第 1 卷，福建人民出版社，1983，第 696 页。
④ 乐雯（瞿秋白）：《〈子夜〉和国货年》，《申报·自由谈》1933 年 4 月 2 日、3 日。
⑤ 茅盾：《〈子夜〉写作的前前后后》，《中国当代文学研究资料：茅盾专集》第 1 卷，福建人民出版社，1983，第 695 页。

运动的地下党员"①；农村部分主要写农民暴动和红军活动，甚至一些情节和细节都"很费了些斟酌"（如后来的第四章"双桥镇暴动"便是提前写好的），并且"初步确定的书名为《夕阳》（或《燎原》、《野火》）"。根据这个创作计划，我们不难发现，革命斗争应该在小说中占据重要甚至主要的部分。后来在构思和创作中，瞿秋白又再次建议茅盾描写农民暴动和红军活动，并且详细地向茅盾介绍了当时红军及各苏区的发展情况。虽然茅盾在创作《子夜》的过程中很大程度上接受了瞿秋白的建议，譬如把分别代表民族资本主义和买办资本主义的吴荪甫和赵伯韬握手言和的结尾改成了一败一胜，但关于农民暴动和红军活动部分，茅盾不但没有听从瞿秋白的建议，还对原来描写这方面的计划也"忍痛割爱"了，因为他认为，"仅仅根据这方面的一些耳食的材料，是写不好的，而当时我又不能实地去体验这些生活，与其写成概念化的东西，不如割爱"（注：本节未标明出处的引文皆出自《〈子夜〉写作的前前后后》）。

　　由于茅盾缺乏对农村暴动和红军活动的深入了解和生活体验，因此对于原本"雄心勃勃"的"都市—农村交响曲"计划，只好一次又一次改弦易辙，最后决定"只写都市而不再正面写农村了"。然而，《子夜》并没有完全舍弃"农村"和"革命"。首先，茅盾不断通过暗示、对话、反语等间接或侧面的方式来反映红军活动情况。如小说开头写吴老太爷从双桥镇逃来上海，就带出了当时农村的动乱和所谓"匪患"，并借吴荪甫的心理活动暗示共产党红军的"燎原之势"；中间吴荪甫在交易所和工厂两条战线上的苦斗，也与农村动荡密切相连；结尾借丁医生之口点出，"红军打吉安，围长沙，南昌、九江等地情况吃紧"。其次，小说第四章直接描写了双桥镇共产党领导下的农村暴动。然而，在这关于农村革命的仅有的一章中，作者关于暴动的正面描写实际上只有革命群众对地主曾沧海家的查抄以及曾家假冒革命党抢劫等两个简短的片段和场面，关于革命的大部分内容还是过双桥镇人的口耳相传来反映的。此外，单从这一章中阿二、李四、王子等一些人物姓名中就不难发现，这些关于农村革命的描写缺乏生动的

---

① 茅盾：《〈子夜〉写作的前前后后》，《中国当代文学研究资料：茅盾专集》第 1 卷，福建人民出版社，1983，第 710 页。

细节和真切的体验，主要是通过想象完成的，有些流于概念和形式。对于这一点，茅盾自己是很清楚的，但他仍要如此。他说，主要是因为原来已写好的第四章"不忍割舍"，"以至于成为全书的游离部分"。最后，小说都市部分较为细致地描写了中共地下组织领导的工人运动，然而，茅盾对于工人运动仍然缺乏亲身感受，只能"仅凭'第二手'的材料——即身与其事者乃至于第三者的口述"①，因此小说中关于裕华丝厂的何秀妹、张阿新、陈月娥、朱桂英等工人群众和克佐甫、蔡真、苏伦、玛金等左倾路线影响下的地下革命者的描写并未达到预期的效果，明显有些漫画化和概念化。对于"革命文学"，茅盾向来反对"公式主义"和"脸谱主义"，号召革命作家"要奋然一脚踢开我们所有过去的号称普罗塔利亚文学的作品以及那些浅薄疏漏的分析，单调薄弱的题材，以及闭门造车的描写"②，主张他们"更刻苦地去储备社会科学的基本知识，更刻苦地去经验复杂的多方面的人生，更刻苦地去磨练艺术手腕的精进和圆熟"，最后"用形象的语言、艺术的手腕来表现社会现象的各方面"，"感情地去影响读者"③。

毋庸讳言，努力储备了社会科学基本知识和磨炼了艺术手腕的茅盾，此前只是对资本家经济社会活动进行了认真调查准备，而缺乏对工农革命的深入了解，因此，《子夜》中的革命叙事部分不成功也是情有可原的。对此，茅盾说："这样的题材来源，就使得这部小说的描写买办金融资本家和反动的工业资本家的部分比较生动真实，而描写革命运动者及工人群众的部分则差多了。但最大的毛病还在于：一，这部小说虽然企图分析并批判那时的城市革命工作，而结果是分析与批判都不深入；二，这部小说又未能表现出那时候整个的革命形势。"④尽管茅盾说："这部小说以上海为背景，反映了中国人民在中国共产党领导下进行长期的反帝反封建斗争中的一个阶段；这个阶段的斗争是残酷的，情况是复杂的，然而从整个形势看来，这是黎明前的黑暗，所以题为《子夜》。"⑤然而，如果从艺术表达的角

---

① 茅盾：《〈茅盾选集〉自序》，《茅盾文集》第 2 卷，人民文学出版社，1963。
② 施华洛（茅盾）：《中国苏维埃革命与普罗文学之建设》，《文学导报》1931 年 11 月 15 日。
③ 茅盾：《〈地泉〉读后感》，《茅盾全集》第 19 卷，人民文学出版社，1991，第 331～335 页。
④ 茅盾：《〈茅盾选集〉自序》，《茅盾文集》第 2 卷，人民文学出版社，1963。
⑤ 《茅盾全集》第 3 卷，人民文学出版社，1989，第 556 页。

度来看,《子夜》关于"革命"的书写其实并不成功。

## 二　现代都市的"颓废"书写

其实,茅盾在骨子里还是一个具有颓废色彩的左翼作家。陈思和先生认为,在茅盾的作品中,"颓废占据着非常重要的位置,从《蚀》三部曲到《虹》都有这种颓废的因素"。《子夜》里的颓废因素除了陈先生从文化层面所指出的"繁荣和糜烂同在"的海派传统外,应该还有产生和表现这种颓废的现代主义因素。

"颓废"思潮产生于西方,19 世纪末 20 世纪初,西方工业革命发展以后带来了物质的巨大丰富,人们在追求物质生产与消费的同时,精神领域受到普遍压抑,乃至扭曲和异化,这种精神危机便导致了以物质消费和感官享受为表征的颓废主义思潮。这种"颓废思潮一方面是把生命追求停留在声色犬马的、疯狂的感官享受上,另一方面又是作为机械化时代的反叛力量、异端力量而存在","蔓延到二十世纪,逐渐转化成为现代主义的思潮"[1]。可见,颓废与反叛是现代主义一体同生的"两副面孔"。

20 年代初,茅盾在大力译介现代主义时不可避免地同时受到这两种因素的影响。1921 年茅盾在《"唯美"》一文中,介绍了英国的王尔德(Oscar Wilde)、意大利的唐南遮(D'annunzio,今译邓南遮)、俄国的梭罗古勃(Sologub)等三位颓废派的代表作家。茅盾认为:王尔德喜"新奇",想在物质世界中求快乐,他是个人主义者和享乐主义者;唐南遮喜"神异",是"理想国"的憧憬者和企图者;而梭罗古勃是厌世者和悲观者,他觉得世界是恶的,以为"死"即是"美","但他底悲观是对于人类期望过高而生的悲观,嘴里说着死,心里却满贮着生命的烈焰"[2]。正如有学者所指出的,唯美—颓废主义文学思潮既与浪漫主义藕断丝连又与现代主义沾亲带故。[3]显然,茅盾批评了倾向浪漫主义的王尔德、邓南遮,肯定了倾向现代主义的梭罗古勃,认为前两者是躲在"假的神秘外壳"底下高唱唯美论,都失败

---

① 陈思和:《子夜:浪漫·海派·左翼》,《上海文学》2004 年第 1 期。
② 冰:《"唯美"》,《民国日报·觉悟》1921 年 7 月 13 日。
③ 解志熙:《美的偏至——中国现代唯美—颓废主义文学思潮研究》,上海文艺出版社,1997,
第 1 页。

了，而梭罗古勃"真是人生底批评者，真是伟大的思想家"，并希望中国能够出现像梭罗古勃这样的唯美主义文学家。① 1923 年，在《什么是文学——我对于现文坛的感想》的演讲中，茅盾更是指出："所谓颓废派……于外面形式上看来，似乎不好，但是平心而论，也有可用之处，因为他的这种奇怪感想，全是反动的不平的思想所做成；他要求社会进步，而偏为社会所束缚，愤世故的悖逆，便发出许多狂言反语，他的形式虽然消极，其实却是积极，对于人类尚不致有坏的影响。"② 可见，茅盾最初并不像后来那样完全否定颓废派，而是在一定程度上对颓废派的思想和艺术有所肯定。

"颓废"一词来自法文"décadent"，邵洵美曾把它译作"颓加荡"，即衰颓与放荡之意。30 年代的上海充斥着高耸入云的摩天楼、豪华舒适的电影院、灯红酒绿的跳舞场、人声鼎沸的跑马厅、气氛暧昧的咖啡馆和霓虹闪烁的都市大街，这一切现代化的物质空间和消费性的娱乐生活在都市中营造出一种浓厚的颓废文化氛围和社会心理。

作为着力表现 30 年代上海都市社会的《子夜》，其颓废色彩首先表现在对都市景观的描写上。小说开始关于上海都市景观的描写充满了颓废气息："太阳刚刚下了地平线。软风一阵一阵地吹上人面，怪痒痒的。苏州河的浊水幻成了金绿色，轻轻地，悄悄地，向西流去。黄浦的夕潮不知怎的已经涨上了，现在沿这苏州河两岸的各色船只都浮得高高地，舱面比码头还高了约莫半尺。风吹来外滩公园里的音乐，却只有那炒豆似的铜鼓声最分明，也最叫人兴奋。暮霭挟着薄雾笼罩了外白渡桥的高耸的钢架，电车驶过时，这钢架下横空架挂的电车线时时爆发出几朵碧绿的火花。从桥上向东望，可以看见浦东的洋栈像巨大的怪兽，蹲在暝色中，闪着千百只小眼睛似的灯火。向西望，叫人猛一惊的，是高高地装在一所洋房顶上而且异常庞大的霓虹电管广告，射出火一样的赤光和青燐似的绿焰：Light，Heat，Power!"在这里，风是软的，水是金绿色的，音乐叫人兴奋，高楼像怪兽，霓虹灯射出的是绿焰，作者充分调动了读者的视觉、听觉、嗅觉等各种感官，用电影镜头的表现手法描写了 30 年代上海的繁华与奢靡。

① 冰：《"唯美"》，《民国日报·觉悟》1921 年 7 月 13 日。
② 沈雁冰：《什么是文学——我对于现文坛的感想》，《学术演讲录》1924 年第 2 期。

其次，《子夜》的颓废色彩表现在人物的生活方式上。小说一开始便通过吴老太爷的视角描写了吴公馆疯狂迷乱的舞会："一切男的女的人们，都在这金光中跳着转着。粉红色的吴少奶奶，苹果绿色的一位女郎，淡黄色的又一女郎，都在那里疯狂地跳，跳！她们身上的轻绡掩不住全身肌肉的轮廓，高耸的乳峰，嫩红的乳头，腋下的细毛！无数的高耸的乳峰，颤动着，颤动着的乳峰，在满屋子里飞舞了！"即便是在吴老太爷的灵堂旁，吊丧的客人们仍不忘享乐、狂欢，追逐"新奇的刺激"。交际花徐曼丽在一群男人的围绕下，"赤着一双脚，袅袅婷婷站在一张弹子台上跳舞"，"她托开了两臂，提起一条腿——提得那么高；她用一个脚尖支持着全身的重量，在那平稳光软的弹子台的绿呢上飞快地旋转，她的衣服的下缘，平张开来，像一把伞，她的白嫩的大腿，她的紧裹着臀部的淡红印度绸的裹衣，全部露出来了"。不难看出，《子夜》在表现这些都市男女的颓废生活时，充满了肉欲和色情的暧昧意味。

最后，《子夜》的颓废色彩还表现在人物的精神气质上。在"机械工业时代的英雄骑士和王子"吴苏甫的周围，作者还描写了林佩瑶、林佩珊、张素素、范博文、吴芝生等一批具有颓废气质的小资人物和浮浪青年。已是吴公馆主妇的林佩瑶却常常对着枯萎的玫瑰花和《少年维特之烦恼》，念念不忘与旧时恋人雷参谋才子佳人式的缠绵；内心空虚的张素素既想"死在过度刺激里"，又害怕在游行示威时被抓；多愁善感的诗人范博文在与满眼娇慵的林佩珊约会失败后既苦闷得想自杀，又担心公园中各式各样的女性"对于他的美丽僵尸洒一掬同情之泪"，而放弃"那还不是诗人们最合宜的诗意的死"。"颓废是意志状况的一种现象"，"是生活意志的丧失"，"一个人可以是有病的或虚弱的却无需是一个颓废者：只有当一个人冀求虚弱时他才是颓废者"①。《子夜》中这些具有颓废气质的小资们既内心空虚，又缺乏精神追求；既不满现状，怨天尤人，又多愁善感，迷茫痛苦。擅长理性分析的茅盾也时常表现出非常细腻和感性的一面。

① 〔美〕马泰·卡林内斯库：《现代性的五副面孔——现代主义、先锋派、颓废、媚俗艺术、后现代主义》，顾爱彬、李瑞华译，商务印书馆，2002，第196～197页。

## 三 现代主义影响下的都市想象

茅盾曾说："一个从事于文艺创作的人，假使他是曾经受了过去的社会的艺术的教养的，那么他的主要努力便是怎样消化了旧艺术的精髓而创造出新的手法。同样地，一个已经发表过若干作品的作家的困难问题也就是怎样使自己不至于粘滞在自己所铸成的既定的模型中；他的苦心不得不是继续探求着更合于时代节奏的新的表现方法。"从主要描写知识青年苦闷感伤到重点表现社会阶级矛盾冲突，《子夜》充分表征了茅盾已经从曾经"所铸成的既定的模型中"脱离出来，为"继续探求着更合于时代节奏的新的表现方法"而努力。虽然《子夜》大规模地描写中国都市生活，在指导思想上主要运用的是马克思主义的"社会辩证法"，在艺术方法上主要运用的是现实主义的写实手法，但是对于曾经所接受的现代主义艺术的"教养"，茅盾没有完全放弃，而"主要努力便是怎样消化了旧艺术的精髓"，并把它运用到新的创作中。为了"使一九三〇年动荡的中国得一全面的表现"①，在《子夜》中，茅盾对现代都市的文学想象显然受到此前热衷过的现代主义的影响。

首先，《子夜》的都市想象受到象征主义的影响。书名"子夜"象征着黎明前的黑暗。小说开头描绘的黄昏夕阳（注：最初茅盾曾打算以"夕阳"为书名，初版本内封的题签下反复衬写着"The Twilight：A Ro-mance of Chi-na in 1930"，意思是"夕阳：1930 年中国的传奇"）取自"夕阳无限好，只是近黄昏"，茅盾说，以此喻当时的蒋介石政权"表面上是全盛时代，但实际上已在走下坡路"。而吴老太爷一到现代化的上海便中风而死则象征着封建文化的溃灭，茅盾说："吴老太爷好象是'古老的僵尸'，一和太阳空气接触便风化了。这是一种双关的隐喻。"② 开头时临近棺材的狂欢和结尾处死亡的跳舞则分别象征着资产阶级已经面临和接近死亡。茅盾在《子夜》中还十分重视色彩、心理、基调等的象征作用，他在《子夜》的提纲中强

---

① 茅盾：《〈子夜〉写作的前前后后》，《中国当代文学研究资料：茅盾专集》第 1 卷，福建人民出版社，1983，第 710 页。

② 茅盾：《〈子夜〉是怎样写成的》，《中国当代文学研究资料：茅盾专集》第 1 卷，福建人民出版社，1983，第 861 页。

调："一、色彩与声浪应在此书中占重要地位，且与全书之心理过程相应合。二、在前部分，书中主人公之高扬的心情，用鲜明的色彩，人物衣饰，室中布置，都应如此。房屋为大洋房，高爽雄伟。三、在后半，书中主人公没落心情，用阴暗的色彩。衣饰，室中布置，亦都如此。房屋是幽暗的。四、前半之背景在大都市，热闹的兴奋的。后半是都市之阴暗面或山中避暑别庄。"① 总之，《子夜》在总体寓意、场景描写、情节安排、色调运用等方面都大量地运用了象征暗示的表现方法。

其次，《子夜》的都市想象受到表现主义的影响，大量运用幻觉、扭曲、变形的方式来表现人物的直觉和心理。茅盾认为，表现主义"艺术是体验、精神、主观三者的表现"②，注重直觉性和抽象性，擅长运用梦幻、扭曲、变形的表现方式。小说中描写吴老太爷对现代都市的感觉印象，主要是通过幻觉和变形的方式来表现的。在飞速行驶的汽车上，手捧《太上感应篇》的吴老太爷，"觉得他的头颅仿佛是在颈脖子上旋转；他眼前是红的，黄的，绿的，黑的，发光的，立方体的，圆锥形的，——混杂的一团，在那里跳，在那里转；他耳朵里灌满了轰，轰，轰！轧，轧，轧！啵，啵，啵！猛烈嘈杂的声浪会叫人心跳出腔子似的"。当朱桂英遇害后，作者运用幻觉来表现她母亲的伤心欲绝："老太婆觉得有一只鬼手压到她胸前，撕碎了她的心；她又听得竹门响，她又看见女儿的头血淋淋地滚到竹榻边！她直跳了起来。但并不是女儿的头，是两个人站在她面前。"当吴荪甫被高涨的工潮搅得焦灼不安时，茅盾运用了幻觉、变形的方式来表现他的扭曲心理："他在工厂方面，在益中公司方面，所碰到的一切不如意，这时候全化为一个单纯的野蛮的冲动，想破坏什么东西！他像一只正待攫噬的猛兽似的坐在写字桌前的轮转椅里，眼光霍霍地四射；他在那里找寻一个最快意的破坏对象，最能使他的狂暴和恶意得到满足发泄的对象。"于是他不顾王妈的姿色和年龄而只把她当作"可以最快意地破坏一下的东西"强奸了。

最后，《子夜》的都市想象还明显受到未来主义的影响，注重表现都市和机械的"速"与"力"。与鲁迅、废名、沈从文等来自乡土的同时代作家

---

① 茅盾：《〈子夜〉写作的前前后后》，《中国当代文学研究资料：茅盾专集》第 1 卷，福建人民出版社，1983，第 709 页。

② 沈雁冰：《欧洲大战与文学》，《小说月报》1924 年 8 月。

不同，茅盾对都市机械文明和工商文化不但没有抵触和嫌恶，还时常发出由衷的赞美。他说："现代人是时时处处和机械发生关系的。都市里的人们生活在机械的'速'和'力'的漩涡中，一旦机械突然停止，都市人的生活便简直没有法子继续。交通停顿了，马达不动了，电灯不亮了，三百万人口的大都市上海便将成为死的黑暗的都市了。……机械这东西本身是力强的，创造的，美的。我们不应该抹煞机械本身的伟大。"① 茅盾对现代都市的肯定既来自现实生活的物质需要，也与未来主义的影响不无关联。茅盾曾经大力译介未来主义，他在分析未来派时曾指出："蒸汽、光、电……等等的速与力已成为近代人的意识与下意识的一部分，或者也应该在近代的艺术里占一席之地。"② 《子夜》的开头，茅盾在表现都市的"光、热、力"时明显流露出欣赏的心理："暮霭挟着薄雾笼罩了外白渡桥的高耸的钢架，电车驶过时，这钢架在横空架挂的电车线时时爆发出几朵碧绿的火花。从桥上向东望，可以看见浦东的洋栈像巨大的怪兽，蹲在暝色中，闪着千百只小眼睛似的灯火。向西望，叫人猛一惊的，是高高地装在一所洋房顶上而且异常庞大的霓虹电管广告，射出火一样的赤光和青燐似的绿焰：Ligh，Heat，Power！"在小说中，茅盾还多次以欣赏的口吻描写了汽车的速与力。在去接吴老太爷的路上，作者写道："一九三〇年式的雪铁笼汽车像闪电一般驶过了外白渡桥，向西转弯，一直沿北苏州路去了。"在接了吴老太爷回家的路上，又一次写道："汽车愈走愈快，沿着北苏州路向东走，到了外白渡桥转弯朝南，那三辆车便像一阵狂风，每分钟半英里，一九三〇年式的新纪录。"老态龙钟的吴老太爷坐着"一九三〇年式"的汽车，置身于声光化电的都市，头晕目眩，迅速"风化"了。而雄心勃勃的吴荪甫却"坐在这样近代交通的利器上，驱驰于三百万人口的东方大都市上海的大街"，构建他的"工业王国"，"他的思想的运转也有车轮那样快"。深受未来主义影响的茅盾曾经在《幻灭》中塑造过一个未来主义者强连长的形象，这个俄国未来主义式的革命者在短暂停留于爱情后毅然抛弃了心爱的姑娘，投身于北伐的革命洪流中。在《子夜》中，茅盾又一次对未来主义的都市

---

① 茅盾：《机械的颂赞》，《申报月刊》1933 年 4 月。
② 沈雁冰：《未来派文学之现势》，《小说月报》1922 年 10 月。

和机械的美学流露出称羡不已的态度。

## 第三节 徐訏："自由主义"的都市想象

长期以来，徐訏是作为一个具有通俗意味又兼杂着浪漫主义和现代主义色彩的自由主义作家为人们所关注的。一方面，徐訏有着深厚的哲学知识背景。1927～1932 年，徐訏在北京大学哲学系学习；1936～1938 年，徐訏又在法国巴黎大学系统研究了西方哲学，尤其热衷柏格森的生命哲学。另一方面，徐訏在思想上坚持"自由主义"。他说，"我个人始终有一种自由主义的成见"，"这思想是以洛克的人性论为代表，他与亚当斯密斯的经济学理论配合成自由主义的骨干"。[①] 1933～1936 年，1938～1942 年，1946～1949 年，徐訏在上海前后生活了 10 年，其间目睹了洋场的灯红酒绿，亲历了战场的风云变幻，因而他的都市想象总是在自由主义思想的主导下，以雅俗兼容的方式表现洋场与战场的双重面影。

### 一 战争背景下的都市传奇

30 年代末，徐訏在介绍其剧作《月亮》的创作背景时说，"太平洋战争爆发以前的上海，那时候，租界上的人都有说不出的苦闷，连富有的企业家们都是一样，他们已经慢慢地感觉到敌人经济与政治方面的压力"[②]，实际上这也是徐訏关于都市想象的背景。

《鬼恋》描写了战争时期女主人公从职业革命生涯的奋发到都市隐居生活的郁闷。《赌窟里的花魂》描写了战争背景下赌场的风云变幻和人生的起落无常。《犹太的彗星》借那位在上海开店的犹太人舍而可斯之口诅咒了战争的罪恶，描述了战争对家庭生活、文化艺术和宗教信仰的破坏。《一家》描写了抗战期间林氏一家从杭州到上海颠沛流离的生活、卑微庸俗的心理和分崩离析的悲剧。《风萧萧》通过描写"我"与舞女白苹、交际花梅瀛子和美国小姐海伦之间富有传奇色彩的情感经历和间谍生活，把上海沦陷前

---

① 徐訏：《个人的觉醒与民主自由》，传记文学出版社，1979，第 62 页。
② 徐訏：《月亮》，《徐訏全集》第 9 卷，正中书局，1967，第 1 页。

后洋场的奢靡与战场的惊险演绎得淋漓尽致。《江湖行》通过主人公周也壮在战争乱世的江湖人生和情感历程，着重描写了战争背景下的都市风貌。从整体氛围上来看，在战争阴云的笼罩下，徐訏笔下的都市上海已经失去了昔日新感觉派眼中光怪陆离的色彩，而常常表现出压抑、冷寂和诡秘的氛围。《月亮》中的上海，人们"都有说不出的苦闷"。《鬼恋》中的大街，"死寂而寒冷"，弄堂又黑又长，女主人公居住的"屋内阴沉沉的，的确好像久久无人似的"。《赌窟里的花魂》中，"路上行人很稀少，月光凄清地照着马路"。《风萧萧》中上海沦陷以后的北四川路，到处是"仇货的广告，敌人的哨兵，以及残垣的阴灰"。《江湖行》中，"疲倦的街灯投射着凄暗的光亮在死寂的街头浮荡"。在那些关于上海的诗歌中，徐訏直接描写了战争阴云笼罩下都市的萧条、黯淡和凄凉："黄昏后夜色涂遍了近郊，/我在荒野上不忍再远眺"，"残垣里炉灶久冷，/纺车与摇篮早没有人摇"（《战后》）；"深夜在街头"，"街灯有点意外的模糊，/树影儿更显出黯淡"，"夜卖声显得这样清楚，/我心头浮着三分疲懒，/风来时有一声咽呜，/告诉我春意已经阑珊"（《深夜在街头》）。在《从上海归来》一文中，徐訏真实地记录了他所亲历的太平洋战争爆发后上海沦陷的整个过程，"那天我出门的时候，日军早已进驻租界，市面非常恐慌"，"物资与金融一片混乱"，银行提不出钱，市面断粮，"一星期之中饿死的竟有二三百人之众"，文化也遭到摧残，"上海的杂志，除'伪'办以外，只有一二种礼拜六的杂志，还在出版，其他都已完全停刊"，沦陷以后的上海"实在太沉闷了"。①

在徐訏的都市想象中，虽然舞场、赌窟、咖啡馆、夜总会等娱乐空间仍然是其笔下人物活动的主要场所，但显然作者已不再是浮光掠影地表现都市中灯红酒绿和纸醉金迷的生活表面，而是把关注的重心投向这些表象背后人物的精神世界。徐訏常常在都市与战争的背景下，探讨爱与人性的哲学命题，把孤独、失落、流放、虚无等现代主义情绪，铺展在一个个浪漫传奇的故事中。

《鬼恋》讲述了"我"与隐居都市的"鬼"偶遇、相恋、离散的爱情传奇和"鬼"过去在枪林弹雨中的革命经历。在冬夜三更的南京路香粉弄

---

① 徐訏：《蛇衣集》，《徐訏全集》第 10 卷，正中书局，1967，第 459～463 页。

口，"我"邂逅了一位自称"鬼"的黑衣女子，并护送她回家。经过几次约会，"我"已深深爱上了"鬼"，但当我再次造访她的时候，她却不知去向。"鬼"实际上是一个在革命中遭受挫折的职业革命者。她曾有过丰富的革命经历，"暗杀过人有十八次之多"，在枪林弹雨中逃亡，所爱的人被杀害，她"把悲哀的心消磨在工作上面，把爱献给大众"，然而革命失败后，同伴中"卖友的卖友，告密的告密，做官的做官，捕的捕，死的死"，深受打击的她只好隐居都市，"扮演鬼活着"，"冷观这人世的变化"。然而，遭受了心灵创伤退出革命活动的女主人公终究无法与世隔绝，在她身上仍然透露出都市文化的表征。她有着都市女郎的摩登和现代知识女性的学识。她夜走南京路，吸品海牌的香烟，有着霞飞路橱窗里"银色立体型女子模型的脸"和"一味的图案味儿"。她"从鬼美讲到灵魂之有无，讲到真假，讲到认识论，讲到道德，讲到爱"，"后来又讲到弗洛依德之精神分析，爱因斯坦的相对论，还有什么波力说，电子说都涉及了"。在三四十年代的上海，曾经热血沸腾的革命青年在遭遇理想的幻灭之后，常常会堕入纸醉金迷的十里洋场寻求精神的麻木和刺激，茅盾、丁玲等左翼作家笔下不乏这样的小资产阶级知识分子形象。与左翼作家迥异的是，徐訏并没有运用阶级分析的眼光来打量都市中的失意青年，而是借都市和革命的题材来思考人生和生命的深层意味。女主人公从积极的"入世"到颓然的"避世"，昭示了人生的失落与生命的虚无。《赌窟里的花魂》同样并没有刻意渲染赌窟里迷乱狂热的氛围，而是借"我"与"花魂"传奇的赌场经历和聚散离合的爱情故事，表达了对生命本质和人生意义的哲学探讨。作者着重描写了"我"与"花魂"在赌场惊心动魄的赌博场面。"花魂"凭着高超的赌术，帮我赢回了很多钱，并教给了我久赌必输的道理，把我从赌场中拯救出来，"我"也因此爱上了"花魂"，但后来女儿的来信让"花魂"舍弃了爱情，又一次拯救了"我"的家庭，于是"我们"只能保持着纯洁的友情。"赌窟"是小说中的一个重要意象。赌场如战场，它既暗藏着风险，又充满了机遇；它既是都市的象征，又是人生的隐喻。"花魂"从赌场生涯中领悟了生命的本质，她说，"我开过，最娇艳的开过；我凋谢过，最悲凄的凋谢过；现在，我是一个无人注意的花魂"。"我"也从聚散离合的爱情经历中体味出人生的哲理，"马路是轨道，马路中还有电车的轨道；汽车走着一定的左右，红绿灯指挥着车马的轨道；行星有轨道，地球有轨道！轨道，一层一层的轨道，这就是人生，谁能脱离地球攀登别个星球呢？依着空间的轨道与时间的历史的轨道，大家从摇篮到坟墓"。在《烟圈》中，徐訏描写了一群中学时代的朋友聚首一处，回想往事，感慨如烟人生的情景。他们拥有不同的职业、不同的境遇，有新闻记者、体育家、学者、医学博士、诗人和画家等，然而他们却有着共同的人生体验，"大家不约而同的，感到一种苦，感到一种寂寞"。这些痛苦和寂寞来自于大家对前途的渺茫和人生的虚无感受，"谁能知道明天怎样？一点钟以后怎样"，"人生究竟怎么一回事"。为了求证人生的意义，他们收集每一个人临终时"对人生之谜的解答"。然而，最后一个去世的哲学家周在阅读了所有的答案之后，所得到的结果"也不过是画一个圆圈罢了"。小说着重描写了朋友聚会的情景和对人生意义的探寻，而淡化了具体的都市背景，作者对于人生的哲学探讨超越了世俗的生活主题。在都市与战争的背景下探讨人生与爱的主题，这在徐訏的两部长篇小说《风萧萧》与《江湖行》中表现得更为淋漓尽致。

## 二 洋场与战场的双重变奏

1937 年"八一三"事变后，上海租界成为日军虎视眈眈的"孤岛"。与紧张的战争气氛相比，曾经因战事而消沉的娱乐业逐步恢复，甚至出现了畸形的短暂繁荣。当时有文章写道："近来海上娱乐事业，畸形发展，跳舞场之生涯鼎盛，电影院之座客常满。"[1] 徐訏当年风靡一时的长篇小说《风萧萧》以上海"孤岛"为背景，通过"我"与史蒂芬、白苹、梅瀛子和海伦等人浪漫的洋场生活、复杂的情感纠葛和紧张的间谍争斗，展示了上海沦陷前后都市的生活面貌和都市特殊人群的生存方式。小说前半部分着力描绘了"我"与美国朋友史蒂芬、舞女白苹和交际花梅瀛子在舞场、赌窟、夜总会、咖啡馆等娱乐场所的浪漫洋场生活。"我"原本"同所有孤岛里的人民一样，处在惊慌不安的生活中"，因无意中救助了美国军医史蒂芬而成为他的朋友。于是在他的带动下，"我"频繁地出入灯红酒绿的洋场，结识了舞女白苹、交际花梅瀛子和美国小姐海伦。对于舞女白苹来说，

---

① 《孤岛上娱乐事业生气勃勃》，《电影周刊》1938 年第 11 期。

"伴舞是我的职业"，"所有的男子是我的主顾"；对于交际花梅瀛子而言，她是"上海国际间的小姐，成为英美法日青年们追逐的对象"；单纯天真的美国小姐海伦原本与母亲相依为命，对歌唱事业充满了美好的期待，然而战乱时期为了生计不得不放弃理想，沦为日本人的陪女。而主人公"我"则始终在两种矛盾的生存方式中徘徊。一方面，作为一个研究哲学的学者，"我"向往的是清净的书斋生活，常常为自己的荒唐生活忏悔，先是在杭州游玩时不辞而别，后来又借故逃离欢场、租屋读书；另一方面，作为史蒂芬、白苹、梅瀛子等人的朋友，"我"又难以抗拒喧闹生活的诱惑，与他们日夜出入赌窟、酒吧、舞场和咖啡馆等娱乐场所。小说的后半部逐步展开了美、中、日三国间惊心动魄的间谍战。由于太平洋战争打破了以往的生活平衡，"我"感到学者生活的"渺茫和空虚"，"独身主义者也必须要以朋友社会人间的情感来维持他情感的均衡"。史蒂芬、梅瀛子、白苹分别表明了他们作为美国和重庆方面间谍的真实身份，史蒂芬被日本人杀害，"我"与海伦也加入了紧张复杂的间谍斗争。由于日本间谍宫间美子的欺骗，白苹遇害，梅瀛子毒死了宫间美子，为白苹报仇。最后，由于身份暴露，"我"放弃了都市的喧嚣和书斋的幽静，以民族大义超越了个人主义的生存选择，"在苍茫的天色下，踏上了征途"，奔赴内地，投入民族的抗战洪流。浪漫的洋场生活与惊心的战场（间谍）争斗既是徐訏表现都市的主要内容，也是《风萧萧》获得读者喜爱的重要因素。

"人在旅途"的漂泊是徐訏小说的一个重要主题。徐訏说，"我一生都在都市里流落"①。他笔下的人生故事正是经由这些漂泊而产生的。在徐訏看来，"没有故事的人生不是真实的人生，没有人生的故事是空洞的故事"，"我所有的也许只是对我生命在人生中跋涉的故事"。②长篇小说《江湖行》以主人公周也壮在江湖人生和情感世界的漂泊为主线，着重描写了战争背景下上海的都市风貌，展开了关于人生与爱的哲学探索。都市是一个大熔炉，充满了无数改变命运的可能，周也壮、葛衣情、舵伯、紫裳、映弓、小凤凰等人的人生命运都因来到上海而发生了根本改变。周也壮由流浪者

---

① 徐訏：《鸟语》，《徐訏全集》，正中书局，1966。
② 徐訏：《江湖行》，《徐訏全集》，正中书局，1966，第1~2页。

变成了作家，葛衣情由乡下戏子变成了都市交际花，舵伯由江湖游商变成了都市巨贾，紫裳由一个流落街头的卖唱小姑娘变成了一个红遍上海滩的电影明星，映弓由一个不谙世事的尼姑变成了一个意志坚定的革命者，小凤凰由一个戏班花旦变成了一个好学上进的女学生，作品着重表现了都市对人的改变和偶然因素对人生的决定性意义。小说中，"我"的人生经历充满了无数的偶然："我"因为结识舵伯而认识并爱上葛衣情；为了葛衣情而到上海念书；为了躲避葛衣情而加入老江湖的流浪剧团；因为流浪演出而认识并爱上了紫裳；因为结识穆胡子，而选择了流浪江湖；因为流浪，而结识了阿清一家，结识了野凤凰和小凤凰；因为战乱留居上海而失去紫裳；因为救助阿清而失去容裳；等等。舵伯、葛衣情、老江湖、何老、紫裳、穆胡子、阿清、野凤凰、小凤凰这些偶然中结识的人们，一次次改变了"我"的人生选择和命运走向。正如小说开头的一段感慨，"人生是什么呢？我们还不是为一个偶然的机缘而改变了整个人生的途径，也因而会改变了我们生命里最个别的性格"。在对都市的想象和战争的关注中，徐訏超越了感性的具象层面，探索的是人生和生命的本质性问题，从而进一步开拓了30 年代新感觉派的都市想象空间。正如有学者指出的，徐訏是从文化哲学和文化心理的角度切入，追求存在与生命的本质，其"寻找"和"超越"的主题与西方现代主义的核心思想有着深刻的相通，同时这些作品中那种全面走向心理的倾向也正是现代派的典型表征。①

在洋场与战场的双重变奏中，"对于情爱甚至性爱，徐訏小说有较高的文化探讨的热情。情爱和性爱既代表一种现实的生命，又代表一种超越的生命，高尚的性爱与生命同构，具有悲剧的性质，而真正的情爱稍纵即逝，易于幻灭，难以保持自尊，也在揭示生命的严峻性。所以徐訏男女爱情的结局都无从圆满，性爱的形而上的表现处处与西方现代主义文学穷究人生哲理的倾向相通"②。贯穿《风萧萧》与《江湖行》两部小说的是男主人公与不同女性之间错综复杂的爱情故事。作者通过男主人公与不同女性之间的情爱关系，对"情爱甚至性爱"进行了深层的文化探讨。《风萧萧》中的

---

① 孔范今：《论中国现代小说发展中的后期现代派》，《悖论与选择》，明天出版社，1992。
② 钱理群、温儒敏、吴福辉：《中国现代文学三十年》（修订本），北京大学出版社，1998，第 519 页。

"我"与白苹、梅瀛子、海伦之间保持着复杂的情感关系。"我"喜欢"银色"的白苹，她常常"带着百合花的笑容"，然而她的心底却深藏着"潜在的凄凉与淡淡的悲哀"。"我"为"红色"的梅瀛子所倾倒，她像太阳一样眩人耳目，浑身散发着永不妥协的进取精神和支配力量。"我"爱慕"白色"的海伦，她"恬静温文"，"像稳定平直匀整的河流"。三位女性代表了三种不同的生命形态和文化内涵，而"我"作为一个"独身主义者"，从洋场欢娱到战场争斗，始终与她们保持着若即若离的情爱关系，站在一定的距离欣赏她们的"性美"。《江湖行》展示了主人公周也壮与葛衣情、紫裳、阿清和小凤凰等人在爱情世界的悲欢离合。主人公在不同的生命阶段的不同类型的爱情具有不同的文化内涵。最初与葛衣情的爱混杂着欲的冲动，后来与紫裳的爱体现了情的纯洁无私，与阿清的爱包含了人道主义的同情，与小凤凰的爱则寄寓着理想的追求。然而，这些爱情最后都以悲剧告终，葛衣情患上了精神病，紫裳嫁给了宋逸尘，阿清殉情自杀，小凤凰与吕频原结婚，远赴加拿大，在江湖人生和情爱世界中漂泊的周也壮最终放弃了世俗的情爱，隐居峨眉山静心写作。像其他作品中的主人公一样，周也壮并不是一个玩弄爱情的浪荡子，他因为爱葛衣情而到上海读书，因为葛衣情的世俗而选择了紫裳，因为帮助阿清而失去了小凤凰。他是一个对爱真诚付出的人，然而最后得到的总是痛苦。正如他自己所说的，"我也曾细细分析自己，觉得我虽使我所爱的人痛苦，但我都出发于爱。我总是想使每一个人都快乐而结果则是使每个人都痛苦，包括自己在内。如果人没有爱情，只有肉欲，那也许就没有这些痛苦，只是同禽兽没有分别了，我越是有这许多思想，也越是使我未能忘怀于这个纷乱的环境"，主人公最后把自己的爱情悲剧归结为"纷乱的环境"。为了爱情，周也壮三度来到上海，又三度离开。第一次因为葛衣情"要嫁一个读过书的人"，受到刺激的周也壮来到上海读书。上海作为一个全新的世界而出现，读书生活让他感到"新鲜有趣"，"那时候一种新的潮流把我们青年卷入了漩涡，我们从对于马克思学说的兴趣，很快的就变成了政治的狂热"，周也壮他们"组织读书会""干戏剧运动""办刊物""发传单""贴壁报""讨论时局""响应罢工"，"成了最活泼的社会运动的人物"，然而政治运动中的尔虞我诈让周也壮又重新回到了舵伯的生活中。为了躲避葛衣情，周也壮加入老江湖的杂耍团，离开上海，在流浪演出中认识了紫裳，七个月后，周也壮随剧团重回上海。因为紫裳的成名，周也壮选择与穆胡子一道浪迹江湖，再度离开上海。为了唤回与紫裳的爱，三年后，周也壮又一次回到上海。这时的上海"依旧是拥挤的高楼与拥挤的人群。面对着这个庞大混乱的都市"，主人公"突然感到一种说不出的自卑，这个都市里没有我已经很久，但是它并不因我的不在而有所变化。一瞬间，一切我所想所梦的似乎都落了空"。"八一三"事变后，周也壮积极地投身于抗战，他与映弓一起"发动学生工人，团结文化界人士，号召全上海市民，积极的宣传支援前线"。上海沦陷后，为了与容裳相聚，周也壮又一次离开上海。可见，都市对于主人公来说，始终是个无法融入的"他者"。《江湖行》不但直接描写了上海"八一三"的抗战场面，而且把战乱作为故事情节发展的重要节点。周也壮因战乱而被捕入狱，因与葛衣情的关系而失去紫裳，因战乱而途遇阿清，因帮助阿清而失去小凤凰。正如小说中人物所感叹的那样，"在乱世中，我们无法抵抗不可捉摸的流动的环境与不可捉摸的变幻的情感"，"在这个大战乱的时期，我们已经管不了这许多，大家有一天可找快乐，就享受一天吧，也许明天我们什么都没有了"。都市的流动性和异质性常常使人产生漂泊感和孤独感，而战争的破坏和威胁则更进一步增添了人生无常的虚无感。徐訏一如既往地在都市与战争的背景下探讨爱与人性的话题，正如有学者指出的，"作者身在'孤岛'而心在汪洋，他通过悲欢离合、儿女情长的风流故事，超越纷纭的人世，趋向清澈通明的哲理和人性的世界"①。

## 三 都市文化精神的理性彰显

徐訏是一个学者型的作家，具有自觉的文化意识。在《海外的鳞爪》《西流集》《蛇衣集》《传薪集》《个人的觉醒与民主自由》《在文艺思想与文化政策中》等系列散文随笔集中，徐訏对东西文化和人情人性等问题做了广泛而深入的思考与比较。在人情方面，徐訏认为，"中国的民族最富人性"，"中国人最富于人性与温情"，"在困苦之中生活，他们宁愿两个人吃一块面包，不愿一个人吃两块面包"。虽然"上海并不是富于中国民族性的

---

① 杨义：《中国现代小说史》，人民文学出版社，1998，第 428 页。

人民居住的地方，它同许多码头一样"，"是被国际流氓市侩歪曲了的地方，但是在战乱时候，这租界里每个家庭都尽量容纳外客"。与西洋人相比，"中国人不信领袖"，"没有宗教"，"不能普遍的永常的相信主义"，"但信‘兄弟’与‘朋友’"。中国对外移民，"靠的不是武力与军器，而是人生中一点点人情的契合"。① 二战时期，上海成为各国难民无须办签证的避难所，充分体现了徐訏所称赞的"中国人的人性与温情"。在艺术方面，徐訏认为，"中国艺术是分析开来把握，西洋艺术是整个来体会的"，"西洋艺术重在从自然中取来放到社会里去"，"中国艺术重要在从自然中取来属于自己，把自己的能力与欲望放进去"。② 在宗教情感与文化接受方面，徐訏认为，"西洋对于宗教是爱与奉献"，"中国人没有宗教"，"尽人事是中国文化最中心的骨干"，"童年以前为父母，成年以后为爱人与太太，中年以后为子女"。徐訏主张借鉴符合"时代精神"的西方文化，但是在借鉴的时候，自己要有"一个中心坚强的骨干与信仰"，要"直接的推进"而不能"间接的模仿"。③ 由于徐訏幼时在畸形的家庭中长大，离开家庭后又进入陌生的学校环境住读，他"稚弱而胆怯的心灵是孤独的"，"在偶然的场合中"，他发现朋友是他"唯一的慰藉"，友情成为他"一切情感逃避的所在"。因而在他看来，友情是人类所有感情中最重要最基础的部分。徐訏把友情与爱情进行了比较，他认为，"友情中可以没有爱情，但是爱情中必须有友情"，"友情的微妙有甚于爱情"，"爱情都是由浅而深，由淡而浓的，友情虽也由历史与时日而增进，但往往由浓趋于淡"。④ 徐訏还从美的角度来审视性与爱，他认为，"绝对的精神恋爱可说是一种变态，但完全是肉欲的也是一种变态"，"所谓性美，正是灵肉一致的一种欣赏与要求"。实际上，徐訏更看重的是精神上的性美，他说："性美随着欲的满足而消失，但把性美作为爱的启示则是永久的。"⑤ 从这里，我们不难看出，徐訏在小说中为何描写了那么多介乎友情和爱情之间的模糊情感故事。徐訏对于东西文化的比较与

---

①　徐訏：《谈中西的人情》，《海外的鳞爪》，《徐訏全集》第 10 卷，正中书局，1967。

②　徐訏：《谈中西艺术》，《西流集》，《徐訏全集》第 10 卷，正中书局，1967。

③　徐訏：《西洋的宗教情感与文化》，《西流集》，《徐訏全集》第 10 卷，正中书局，1967。

④　徐訏：《谈友情》，《传薪集》，《徐訏全集》第 10 卷，正中书局，1967。

⑤　徐訏：《性美》，《传薪集》，《徐訏全集》第 10 卷，正中书局，1967。

思考，体现了他所受到的两种文化的熏陶，对于人性的深层思考，体现了他对世俗生活层面的文化超越，这种自觉的文化意识无疑会渗进他的文学想象中。

徐訏笔下的上海人物大多蕴含着鲜明的都市文化精神，彰显着不同的生命形态。《风萧萧》中的史蒂芬是生活在上海租界的美国军官，在他身上充分体现了"爱冒险，爱新奇，爱动"的西方文化精神和对中国文化的东方主义想象。"他是一个好奇的健康的直爽的好动的孩子，对一切新奇的事物很容易发生兴趣"，"他谈话豪放，但并不俗气，化钱糊涂，一有就化，从不想到将来"，"他由好奇中国式的生活，慢慢到习惯于中国式的生活，后来则已到爱上了中国式的生活"，他"爱找不会说洋泾浜的中国舞女跳舞"，喜欢去四马路的中国小菜馆吃饭，这种对东方女性美的追求和对中国菜的喜爱体现了史蒂芬的东方趣味。在"我"的身上则体现了东方文化的特质。"我是一个研究哲学的学者"，虽然身在洋场，但"我更爱的是在比较深沉的艺术与大自然里陶醉。对于千篇一律所谓都市的声色之乐，只当作逢场作戏，偶尔与几个朋友热闹热闹，从未发生过过浓的兴趣"，"而我的工作，是需要非常平静的心境，这是关于道德学与美学的一种研究"。然而深处洋场社会的"我"，在史蒂芬等人的影响下，又"不得不用金钱去求暂时的刺激与麻醉"，出入舞场、赌窟、咖啡馆、夜总会等都市娱乐消费场所。在与白苹等人产生感情之前，"女人给我的想象是很可笑的，有的像是一块奶油蛋糕，只是觉得在饥饿时需要点罢了；有的像是口香糖，在空闲无味，随口嚼嚼就是；还有的像是一朵鲜花，我只想看她一眼，留恋片刻而已"，"我"骨子里对女人的情感态度显示出中国传统男性对女性的工具化心理和玩赏的艺术趣味。"我"既向往"书斋的幽静"，又无法抗拒"都市的繁华"，在"我"身上集中体现了中国现代知识分子在东西文化碰撞中进退失据的文化心态。

《风萧萧》中的女性大多具有融合东西两种文化的特征。梅瀛子无论是在家庭出身、身体特征还是精神气质上，都是东西文化融合的典范，是上海世界主义的集中体现。她在日本长大，父亲是中国人，母亲是美国人，"她具有西方人与东方人所有的美丽"，是"上海国际间的小姐，成为英美法日青年们追逐的对象"，"她有东方的眼珠与西方的睫毛，有东方的嘴与西方的下颚，挺直的鼻子，柔和的面颊，秀美的眉毛，开朗的额角，上面配着乌黑柔腻的头发；用各种不同的笑容与语调同左右的人谈话"。白苹一方面有着西方文化的热情果敢，作为百乐门的当红舞女，她开放洒脱，日夜沉迷在舞场、赌窟、饭店、夜总会、咖啡厅等娱乐场所，充分体现了都市的消费文化精神；另一方面她又不乏东方文化的娴静温柔，一旦从喧闹的欢场回到幽静的卧室，一种孤独寂寞常常填满了她的心底。从"赌窟"到"教堂"，充分体现了她身上杂糅的文化蕴涵。而海伦虽是美国小姐，却有着东方少女的单纯、天真和娴静，"她很害羞"，"她的低迷的笑容，她的含情的歌声，她的温柔的迟缓的举动"，都"有一种特别的温柔"。

《江湖行》中的主要人物也都彰显出上海文化的不同侧面。舵伯从一个行走江湖的船夫变成名动上海滩的巨贾，无论是他奇迹般的发家史，还是暴发户式的思想观念和生活方式，无不体现出冒险投机、好享乐铺排的上海商业文化特征。在人生信念方面，他与大多数上海滩闯荡者一样，认为"读书是没有办法的人干的事"，"做人只有两方面，一方面是会冒险吃苦，另一方面是会享乐"。在生活方式上，舵伯讲排场，好奢华，他的花园洋房里"豪华的布置与奢侈的场面很使我吃惊"，"他手上巨大的宝石指环"，"使我想到与其说是装饰，无宁是一种武器"。与舵伯来往的客人都是"富商、豪绅，还有大学教授与文坛耆宿"。他们在一起"谈事谈人，谈金钱，谈事业"。紫裳从一个流落街头的卖唱小姑娘到一个红遍上海滩的电影明星，无论是她的成名过程，还是前后的精神气质，都充分体现了重名利、讲包装、爱虚荣的上海演艺文化特征。为了捧红紫裳，舵伯先是为她在国泰饭店包房间，便于她学戏和交际；接着为她请来"所有上海的豪商巨贾，落伍的军政要人，酸腐的文人学士"和新闻记者召开发布会，为她的演出捧场；最后为她量身打造电影剧本；等等。在舵伯的全力打造下，紫裳"一夜成名"。成名后的紫裳也成为舵伯电影公司的"金矿"。正如作品中周也壮的感叹，"在我以后的生命中，我看过不少人很快的成名，不少人一夜就成富翁；但没有一个人的成功像紫裳那么快的。这不光是名，不光是利，而是一种蜕变"，"我亲眼看见她花布包着头，穿着敝旧的布衣踏进我的船舱，两眼呆木地望着油灯的神态"，而如今，"她穿一件粉红色的衣服，戴着明珠的耳环"，头上烫着"非常流行时髦的发样"，手上戴着"耀目的钻戒"，手指上修饰着"鲜红的蔻丹"，"面貌也已经有了都市的美容，鲜艳得像刚开的玫瑰"，"她已是被全城称作活观音的明星，当地的缙绅、官贵、富商都来请她赴宴，这是无法退却的"。紫裳的"一夜成名"和"精神蜕变"正是无数上海演艺界红伶的写照。

此外，《江湖行》还表现了上海繁荣的剧团文化和混乱的政治文化。为了成名，葛衣情等人的戏班、老江湖等人的杂耍团和野凤凰等人的剧团都纷纷进驻上海滩的大舞台，他们都有一套演艺宣传策略，都全力打造自己的当家"花旦"。除了上述舵伯对紫裳的打造外，再如野凤凰等人对小凤凰的包装："我们很自然的都在创造小凤凰。陆梦标专心在技艺上给她指点，我与野凤凰则在心理上给她一种准备，在谈吐举止风度处世接物上，小凤凰必须有一种训练。"这些正是当年"海派"剧团文化的写照。映弓、周也壮、革命者魏、黄文娟等人的经历，则不同程度地折射出上海的革命文化：映弓由一个胆怯的小尼姑成长为坚定的革命者；周也壮曾经充满了政治激情，热衷马克思主义，组织各种革命活动，却不料最终发现是被人利用的；革命者魏以革命的名义玩弄女性，与黄文娟发生关系后，又与别的女人胡闹，还要借口革命批评黄文娟是"小资产阶级的情感主义"和"恋爱至上主义"，颇似鲁迅当年所讽刺的上海滩的"流氓＋才子"。

在表现方式上，徐訏似乎继承了30年代新感觉派对"光"与"色"的都市感觉，但他不是用来描写都市空间的，而是用来描写都市女性、象征都市生命形态的。《鬼恋》中的"鬼"，全身都是黑色，"黑旗袍，黑大衣，黑袜，黑鞋"，充满了神秘色彩，隐喻了主人公在革命激情褪去后隐居都市的黯淡心理和灰色人生。《赌窟里的花魂》中的女主人公，穿着"一件紫色的条纹比她眼白稍蓝底旗袍"，"中指食指与大指都发黄"，有"一对浅蓝色的眼白配二只无光的眼珠"，"面色苍白，嘴唇发干，像枯萎了的花瓣"，这是都市繁华褪尽后生命枯萎的象征。《风萧萧》中，三位女性三种颜色，代表了三种不同的性格特征和生命形态。白苹喜欢银色，"象征着潜在的凄凉与淡淡的悲哀"，她的"性格与趣味，像是山谷里的溪泉，寂寞孤独，娟娟自流，见水藻而漪涟，逢石岩而急湍，临悬崖而挂冲，她永远引人入胜，使你忘去你生命的目的，跟她迈进"。梅瀛子喜欢红色，像太阳一样光芒四射，眩人耳目，象征着人生中永不妥协的进取精神和支配力量，她"如变幻的波涛，忽而上升，忽而下降，新奇突兀，永远使你目眩心幌不能自主"。海伦喜欢白色，"恬静温文"，"她像稳定平直匀整的河流，没有意外的曲折，没有奇突的变幻，她自由自在的存在，你可以泊在水中，也可以在那里驶行"。在这三位女性中，作者着重描写了白苹和代表她的银色。白苹的装饰打扮和房间布置都是银色的，"银灰色的旗袍，银色的扣子，银色的薄底皮鞋，头上还带着一朵银色的花"，在她的房间里，"被单是银色的，沙发是银色的，窗帘是银色的，淡灰色的墙，一半裱糊着银色的丝绸，地上铺着银色的地毯"。"我"对银色做出了生命的思考，"银色的女孩病在银色的房间里，是什么样一个生命在时间中与青春争胜呢"。白苹以舞女生活掩饰着间谍身份，最后成为政治斗争的牺牲品，她所代表的"银色象征着潜在的凄凉与淡淡的悲哀"，"一瞬间凝成了寂寞与孤独"。白苹的银色还有庄严、肃穆的一面。在灯红酒绿的舞女生活和错综复杂的间谍生活背后，她内心向往庄严肃穆的教堂和宁静幽雅的书斋。一夜狂舞豪赌之后，她从赌窟步行到教堂，"在教堂的门口，她的态度忽然虔诚起来"，"眼睛注视着神龛，安详而庄严地一步步前进"，"像是有深沉的幽思"，眼里"发着异样天真的光芒"，让"我"感到她的"雅致"和"纯洁"。白苹之所以爱慕"我"，是因为"我"是一个喜欢幽静书斋的学者，她为我租房另居，布置书房，尝试在都市的繁华中获取书斋的幽静。

综上所述，徐訏对于上海的文学想象大多在战争的背景下展开，因而时常隐现着洋场与战场的双重面影。其小说常常通过浪漫的爱情故事和漂泊的都市人生，进行人性与爱的哲学探讨，因而具有鲜明而自觉的文化意识。有学者认为，徐訏成功的艺术经验在于对现代主义进行了中国化、浪漫化和通俗化的改造，尤其是"现代主义主题与传奇浪漫故事的遇合"①。然而，无论是现代主义的主题还是传奇的浪漫故事，都市与战争是二者遇合不可或缺的土壤和媒介，孤独、寂寞的产生与居大不易的都市和转瞬即逝的浮华息息相关，战争的威胁和命运的无常之于流放、虚无的生命体验不可或缺。

---

① 孔范今：《通俗的现代派——论徐訏的当代意义》，《当代作家评论》1999 年第 1 期，第 35 页。

# 第六章

# 新感觉派的文化身份与都市想象

"一个城市不仅仅是一块地方，而且是一种心理状态，一种主要属性为多样化和兴奋的独特生活方式的象征。"① 30 年代的上海，大街、舞厅、影院、百货公司、公园、咖啡馆和赛马场等都市公共空间繁华一时，逛街、跳舞、看电影、喝咖啡等娱乐活动十分盛行。这些公共空间、娱乐活动及其所表征的都市文化显著地影响了人们的价值观念和生活方式，由此也深刻地影响了置身其中的现代派作家的文学想象。以刘呐鸥、穆时英、施蛰存、杜衡、叶灵凤、徐霞村等为代表的新感觉派作家通过闪烁的灯光、变幻的色彩和快速的节奏描绘出霓虹闪烁的大街、灯红酒绿的夜总会、疯狂躁动的跑马场等"都市的风景线"和"上海的狐步舞"，"在洋场的糜烂罪恶中寻觅五光十色的美"②。

## 第一节　新感觉派的文化身份

"我们必须把个体理解为生活于他的文化中的个体；把文化理解为由个体赋与其生命的文化。"③ 弗兰兹·博厄斯的这段话对于我们理解新感觉派群体与上海都市文化之间的关系具有重要的启示意义。20 世纪 20 年代末至

---

① 〔美〕丹尼尔·贝尔：《资本主义文化矛盾》，赵一凡等译，生活·读书·新知三联书店，1989，第 154~155 页。

② 杨义：《中国现代小说史》，人民文学出版社，1998，第 586 页。

③ 〔美〕露丝·本尼迪克特：《文化模式》，王炜等译，生活·读书·新知三联书店，1988，第 2 页。

30 年代初，以刘呐鸥、穆时英、施蛰存、杜衡、叶灵凤、徐霞村等为代表的新感觉派群体，大多出身于小资产阶级家庭，坚守着自由主义的文艺主张，主要以翻译创作、经营书店、编辑杂志为生，在文化身份上具有大致相同的现代性特征，即都市性、先锋性和商业性，另外，上海文化多元杂糅、交融互渗，政治纷争，时局动荡，以及个性差异，又使得他们的文化身份表现出多元、游移的复杂性特征。

## 一　现代都市的文化认同

"文化身份"（cultural identity）是我国学术界 20 世纪 90 年代从西方后殖民主义理论中引进的一个概念。英国文化学家斯图亚特·霍尔提出了两种定义"文化身份"的方式：一是把"文化身份"定义为一种共有的文化体认，一个集体的"真正的自我"，藏身于其他的、更加肤浅或人为地强加的"自我"之中，共享一种历史和祖先的人们共享这种"自我"；二是认为，除了许多共同点之外，还有一些深刻和重要的差异点，它们构成了"真正的现在的我们"。根据霍尔的理解，"文化身份"既具有相对稳定的内核，又处在不断的变化和"被构造"之中。在一种意义上，"文化身份"反映共同的历史经验和共有的文化符码，它在实际历史变幻莫测的分化和沉浮之下具有一个稳定的、不变的和连续的指涉和意义框架。在另一种意义上，"文化身份"又与一切有历史的事物一样，也经历了不断的变化。它们绝不是永恒地固定在某一本质化的过去，而是屈从于历史、文化和权力的不断"嬉戏"①。我们将根据这两种思路，一方面解析现代派作家群体文化身份中共有的相对稳定的内核，即他们文化身份的都市性、先锋性和商业性，另一方面探寻他们文化身份"被构造"的过程及其在这一过程中所表现出的复杂性、多元性和游移性。

文化包含着纷繁多变的生活方式和丰富复杂的社会关系。人只有在社会中才能使自己成为个体而存在，人在本质上是"社会关系的总和"②，人

---

① 〔英〕斯图亚特·霍尔：《文化身份与族裔散居》，罗钢、刘象愚主编《文化研究读本》，中国社会科学出版社，2000，第 209～211 页。

② 〔德〕马克思：《政治经济学批判纲要》，《马克思恩格斯全集》第 6 卷，人民出版社，1972，第 265 页。

虽然能改变环境，但环境同样在不断地塑造人。上海自开埠以来，商品经济持续发展，市政体系逐步完善，居民人口不断增长，到 20 世纪初已发展成为中国的经济中心和国际化的大都会，"上海的显赫不仅在于国际金融和贸易；在艺术和文化领域，上海也远居其他一切亚洲城市之上"①。在某种意义上，当中国其他城市（包括北京）都还在"乡土中国"的肌体上固守着古旧的文化传统时，上海已以它无比现代的文化姿态展现出国际大都市的无穷魅力，吸纳着来自世界各地和五湖四海的人们。刘呐鸥、穆时英、施蛰存、杜衡等人正是一群由上海文化的光与色锻造出来的都市之子。

从出身和经历来看，刘呐鸥等人大多出身于没落的地主或小资产阶级家庭，由外地来到上海，是在十里洋场的欧风美雨中被"塑造"为都市人的。在戴望舒、施蛰存、杜衡、穆时英等人走向都市的过程中，刘呐鸥起到了举足轻重的作用。刘呐鸥 1905 年出生于台湾一个没落地主家庭，1920～1925 年求学于日本，1926 年带着他的创业梦来到上海，并结识了他的现代派同人施蛰存、戴望舒、杜衡、穆时英、叶灵凤、徐霞村等人。刘呐鸥把上海作为他事业的"将来的地"②，他在上海搞创作、办书店、出杂志、拍电影、做房产，以多元的身份活跃于"十里洋场"，直到 1940 年 9 月遇刺身亡。经济富裕的刘呐鸥不但给施蛰存、戴望舒、杜衡、穆时英等人的文学活动提供了强有力的经济支持，还为他们的都市摩登生活树立了榜样，带来了十里洋场的"都市感觉"。刘呐鸥在日记中写道："吃大菜，坐汽车，看影剧，携女子，这是上海新人的理想的日常生活。"③他们正是这样一群"上海新人"。

在刘呐鸥的带动下，他们一起谈文艺、办杂志、跳舞、游泳、看赛马、喝咖啡、看电影、逛妓院、打回力球等，浸淫于都市的摩登生活。据施蛰存回忆，有段时间他们一同住在刘呐鸥江湾路的花园洋房里，"每天上午，大家都耽在屋里，聊天，看书，各人写文章，译书。午饭后，睡一觉。三点钟，到虹口游泳池去游泳。在四川路底一家日本人开的店里饮冰。回家

---

① 〔美〕白鲁恂：《中国民族主义与现代化》，香港《二十一世纪》1992 年 2 月，第 12 页。
② 康来新、许秦蓁编《刘呐鸥全集·日记集》（下），台南县文化局，2001，第 446 页。
③ 康来新、许秦蓁编《刘呐鸥全集·日记集》（上），台南县文化局，2001，第 106 页。

晚餐。晚饭后，到北四川路一带看电影，或跳舞"①。杜衡就是在这个时期迷恋上回力球的，穆时英曾描述过杜衡对回力球的兴趣："杜衡近来回力球兴趣绝浓，谈起拉摩司来，那眉飞色舞的样子，——嗨，不得了！"② 而穆时英本人则更是耽溺于十里洋场的西式生活，很长一段时间，"他常常几乎是临近中午时分，才懒洋洋地从床上起来出门，去北四川路附近一家俄国人餐馆吃西餐，他喜爱面包、牛油和罗宋汤。下午，坐在书桌前，一面吸着一种名叫 CRAVEN 'A' 的烟，一面用钢笔尖蘸着墨水，在稿子上倾泻他的新感觉文字，直到夕阳西下"，他"总是在天黑后差不多同一时候才来'月宫舞厅'"，"一身西服，高高个子，风度翩翩的穆时英在舞池中是令人瞩目的，他和他的舞伴是所有跳舞的人中跳得最好的一对"③。当时有些女大学生为了见他竟然不惜扮作舞女去舞场，他也因最终迎娶了"月宫舞厅"的舞女仇佩佩而轰动一时。在给叶灵凤的信中，穆时英描述了他们志趣相投的情景："这几天，我们这里很热闹，有杜衡，有老刘，有高明，有杨邨人，有老戴；白天可以袒裼裸裎坐在小书房里写小说，黄昏时可以到老刘花园里去捉迷藏，到江湾路上去骑脚踏车，晚上可以坐到阶前吹风，望月亮，谈上下古今。"④

"文化身份"（cultural identity）一词在英语中也可译为"文化认同"，它包括自我认同、集体认同和社会认同。文化身份的构建过程实际上是"一个典型的选择过程，借助这个过程，只有某些特征、符号和群体经历得到注意，其他的被排斥在外"⑤，正是在对上海都市文化和西方现代派文学的共同体认中，刘呐鸥、穆时英、施蛰存、戴望舒、杜衡等人具有了最初的群体意识。他们自称"敏感的都市人"，他们的"作风的新鲜是适合于这个时代"的。⑥ 据时人回忆，穆时英他们在外表上"是个摩登 BOY 型，衣服穿得很时髦，懂得享受，烟卷，糖果，香水，举凡近代都市中的各种知

① 施蛰存：《我们经营过三个书店》，《新文学史料》1985 年第 1 期。
② 穆时英：《致施蛰存函一通》，孔另境编《现代作家书简》，花城出版社，1982，第 193 页。
③ 郑泽青：《穆时英：一个洋场作家的归宿》，《档案与文学》1997 年第 6 期。
④ 穆时英：《致叶灵凤函一通》，孔另境编《现代作家书简》，花城出版社，1982，第 192 页。
⑤ 〔英〕乔治·拉伦：《意识形态与文化身份》，戴从容译，上海教育出版社，2005，第 222 页。
⑥ 《都市风景线》"广告词"，《新文艺》第 1 卷第 2 期，1929 年 10 月。

识，他都具备"①。施蛰存也曾坦言："我们是租界里追求新、追求时髦的青年人。你会发现，我们的生活与一般的上海市民不同，也和鲁迅、叶圣陶他们不同。我们的生活明显西化。那时，我们晚上常去 Blue Bird（日本人开的舞厅）跳舞。……穆时英的舞跳得最好。我对跳舞兴趣不大，多为助兴才去。和跳舞相比，我更爱日本咖啡和'沙利文'的西式牛排。"② 正是因为他们经常出入各种娱乐场所，又在作品中热衷于表现都市颓废生活，鲁迅才贬斥他们是"洋场恶少"③，沈从文也说"都市"成就了他们，④ 虽然看法有些偏颇，但也在一定程度上反映了外界对他们都市文化身份的认同。

## 二 都市文化身份的先锋表征

20 世纪 30 年代，曹聚仁说："京派笃旧，海派骛新，各有所长。"⑤ 以创新为特质的上海文化，无论是在物质空间、思想观念还是生活方式上，在近代中国都一直是领风气之先的，而以刘呐鸥、穆时英、施蛰存、戴望舒等为代表的现代派群体最鲜明地体现了上海文化的先锋性。霍尔认为，我们都在特定的时间和地点写作和说话，所属的历史和文化也是特定的。我们所说的话总是在"语境"中，是被定位的。文化身份是需要叙述才能表达出来的，它来自一种"话语实践"⑥。现代派群体的先锋文化身份正是通过他们的"话语实践"得到充分彰显的。

如前所述，从《无轨列车》《新文艺》到《现代》《新诗》，刘呐鸥、施蛰存等人通过其"话语实践"表现出锐意创新的先锋精神。《无轨列车》体现了"刊物的方向内容没有一定的轨道"⑦ 的开放视野和先锋精神；《新文艺》宣称他们"办这个月刊要使它成为内容最好""编制得最新颖""唯

① 卜少夫：《无梯楼杂笔》，新闻天地社，1947，第 23 页。
② 张芙鸣：《施蛰存：执着的"新感觉"》，《社会科学报》2003 年 12 月 4 日。
③ 鲁迅：《扑空》，《鲁迅全集》第 6 卷，人民文学出版社，1981。
④ 沈从文：《论穆时英》，《抽象的抒情》，复旦大学出版社，2004，第 139 页。
⑤ 曹聚仁：《海派》，《曹聚仁杂文集》，生活·读书·新知三联书店，1994，第 476 页。
⑥ 〔英〕斯图亚特·霍尔：《文化身份与族裔散居》，罗钢、刘象愚主编《文化研究读本》，中国社会科学出版社，2000，第 209 页。
⑦ 刘呐鸥：《列车餐室》，《无轨列车》1928 年第 3 期。

一的中国现代文艺月刊"①；《现代》"杂志的内容，除了好之外，还得以活泼，新鲜，为标准"②，传达出"现代人在现代生活中所感受到的现代的情绪"；《新诗》大力提倡"有独创性的好诗"，"对于外国诗人的介绍，以当代诗人或给予当代诗人大影响的前代诗人为主"，推出了一批"崭新的诗人"③。

施蛰存等人不但大力地译介域外现代派文学，从象征主义、未来主义、弗洛伊德主义、新感觉主义到超现实主义，及时追踪世界文学的最新潮流，而且大胆吸收和借鉴域外最新的艺术经验，创作出大批具有先锋实验性质的现代派文学作品，并因此让时人"初则惊，后继则效"。"刘灿波喜欢的是所谓'新兴文学'、'尖端文学'。新兴文学是指十月革命以后兴起的苏联文学。尖端文学的意义似乎广一点，除了苏联文学之外，还有新流派的资产阶级文学。他高兴谈历史唯物主义文艺理论，也高兴谈弗洛伊德的性心理文艺分析。看电影，就谈德、美、苏三国电影导演的新手法。"④ 施蛰存在这里虽然指的是刘呐鸥，但实际上说明了他们整个现代派群体追新求异的先锋精神。施蛰存对显尼志勒的精神分析小说"心向往之，加紧对这类小说的涉猎和勘察，不但翻译这些小说，还努力将心理分析移植到自己的作品中去"⑤。他用精神分析方法创作的"古事题材的小说"在当时引起了许多人的好奇和仿效，以至于他不得不在《现代》第一卷第六期的《编辑座谈》中予以明确的劝止。刘呐鸥不但译介了"能够把日本时代的色彩描给我们看"的日本新感觉派小说集《色情文化》，而且把这些"艺术的新形式"运用到他的小说创作中。在他具有开创性的《都市风景线》中，"操作他的特殊手腕，他把这飞机、JAZZ，摩天楼，色情，长型汽车的高速度大量生产的现代生活，下着锐利的解剖刀"，他那"话语的新形式，新调子，陆离曲折的句法；中国文学趣味的改革，风俗研究的更新，使人会笑又会微笑的方法，单就这一方面讲，这部集子已有压倒一切的价值了"⑥。穆时

---

① 施蛰存：《编者的话》，《新文艺》创刊号，1929 年 9 月。
② 施蛰存：《编辑座谈》，《现代》第 1 卷第 4 期，1932 年 8 月。
③ 戴望舒：《社中杂记》，《新诗》创刊号，1936 年 10 月。
④ 施蛰存：《我们经营过三个书店》，《新文学史料》1985 年第 1 期。
⑤ 施蛰存：《关于"现代派"一席谈》，《复印报刊资料》（文艺理论）1983 年第 10 期。
⑥ 《都市风景线》"广告词"，《新文艺》第 2 卷第 1 期，1930 年 3 月。

英借鉴了日本新感觉派和电影蒙太奇的艺术手法，"在洋场的糜烂罪恶中寻觅五光十色的美"①，"所长在创新句，新腔，新境"②，引起了文坛的轰动和青年读者的追捧。叶灵凤在致穆时英的信函中说："近来外面模仿新感觉派的文章很多，非驴非马，简直画虎类犬，老兄和老刘都该负这个责任。"③杜衡也在当时颇为自豪地说："中国是有都市而没有描写都市的文学，或者描写了都市而没有采取适合这种描写的手法。在这方面，刘呐鸥算是开了端，但是没能好好地继续下去，而且他的作品还带着'非中国'即'非现实'的缺点。能够避免这缺点而继续努力的，这是时英。"④

在 20 世纪 30 年代上海的都市文化语境中，刘呐鸥、穆时英、施蛰存、杜衡等人正是用他们的先锋"话语实践"，创造出了中国真正的现代派文学和都市文学，彰显出他们文化身份的都市性和先锋性色彩。

## 三 都市文化身份的商业性表征

上海文化的实质在很大程度上是商业文化，商业性的流通和娱乐性的消费渗透到都市生活的方方面面。鲁迅说"'海派'是商的帮忙"，"从商得食者其情状显，到处难于掩饰"。⑤ 沈从文也曾批判海派"道德上与文化上"的"恶风气"，是"名士才情"与"商业竞买"的结合。⑥ 作为海派的重要一脉，商业性也是杜衡、施蛰存、戴望舒、穆时英等现代派群体文化身份的重要表征。

杜衡在他那篇回击沈从文的重要文章《文人在上海》中坦承："上海社会的支持生活的困难自然不得不影响到文人，于是在上海的文人，也像其他各种人一样，要钱"，"这结果自然是多产，迅速的著书，一完稿便急于送出，没有闲暇搁在抽斗里横一遍竖一遍的修改。这种不幸的情形诚然是有，但我不觉得这是可耻的事情"，"机械文化的迅速的传布，是不久

---

① 杨义：《中国现代小说史》，人民文学出版社，1998，第 586 页。
② 沈从文：《论穆时英》，《抽象的抒情》，复旦大学出版社，2004，第 137 页。
③ 叶灵凤：《致穆时英函一通》，孔另境编《现代作家书简》，花城出版社，1982，第 159 页。
④ 杜衡：《关于穆时英的创作》，《现代出版界》1933 年第 9 期。
⑤ 鲁迅：《"京派"与"海派"》，《申报·自由谈》1934 年 2 月 3 日。
⑥ 沈从文：《论"海派"》，《大公报·文艺》1934 年 1 月 10 日。

就会把这种气息带到最讨厌它的人们所居留的地方去的"。① 杜衡在这里分析了商业性之于上海文人几个方面的重要影响：一是商业影响了人们生活，二是商业影响了作家写作，三是商业影响到文化出版。相对于传统的农耕文明而言，现代商业文明代表的是社会进步的方向。然而，由于我国几千年以来重农轻商的文化传统导致了人们对传统伦理道德的守护，对现代价值观念的拒斥，因而在近代中西文化的碰撞中，许多文人形成了在情感上倾向传统文化操守，在理智上又无法拒绝现代商业文明的复杂矛盾心态。

如前所述，鲁迅、郭沫若、沈从文等人一方面批判上海文化的商业市侩气息，另一方面又不得不依赖上海文学市场发表作品赚取稿费。然而鲁迅、郭沫若、沈从文等外来入海者对文学与商业相结合的矛盾心理对于长期浸润在上海文化中的施蛰存、杜衡、戴望舒、刘呐鸥、穆时英等现代派群体来说，几乎不太存在。施蛰存对自己与现代书局之间的佣雇关系就很坦然，他说："我和现代书局的关系，是佣雇关系。他们要办一个文艺刊物，动机完全是起于商业观点。但望有一个能持久的刊物，每月出版，使门市维持热闹，连带地可以多销些其他出版物。我主编的《现代》，如果不能满足他们的愿望，他们可以把我辞退，另外请人主编。"② 对于文人走向市场，杜衡也说他"不觉得这是可耻的事情"，"上海的文人，也像其他各种人一样，要钱"。③ 施蛰存、杜衡、刘呐鸥等新感觉派群体不仅具有自觉的商业意识，而且把这一意识落实到他们具体的文学活动中。施蛰存等人把他们最初在松江厢楼里埋头翻译创作的那段时期称为"文学工厂"时期，"这期间，雪峰和望舒经常到上海去，大约每二星期，总有一个人去上海，一般都是当天来回。去上海的目的任务是买书或'销货'"，"所谓'销货'，就是把著译稿带到上海去找出版家"。从他们的"生产""销货""进货"过程来看，显然，他们一开始便遵循着市场的规律来从事文学活动。

刘呐鸥的加入，使得他们的文学活动进一步走向了"市场化"。这位有着丰厚家业的台湾人成为施蛰存、杜衡、穆时英等人经济上的支持者，

---

① 杜衡：《文人在上海》，《现代》第 4 卷第 2 期，1933 年 6 月。
② 施蛰存：《〈现代〉杂忆》，《沙上的脚迹》，辽宁教育出版社，1995。
③ 杜衡：《文人在上海》，《现代》第 4 卷第 2 期，1933 年 6 月。

他们一起创办书店、出版杂志，从"第一线书店"到"水沫书店"，从《无轨列车》到《新文艺》，不断地按照读者市场的需求制造出新鲜的文学"口味"。一方面，施蛰存等人是在为文学理想而努力；另一方面，他们是在商业操作中来努力实现文学理想的。"第一线书店""水沫书店"的关闭和《无轨列车》《新文艺》的停刊，一方面是因为外来政治势力的干涉，另一方面也不乏商业上经营不当的原因。如 1931 年水沫书店经营两年后，刘呐鸥支付资金已超过一万元，而放在内地经售商的三四万元书款收不回来，刘呐鸥的经济状况出现问题，表示无法再投入资金，要求书店今后自力更生。这样，书店的出版不得不放慢或减少以节约流动资金。但是书出少了，营业额便降低，由此陷入了恶性循环，书店顿时萎缩下来。①

在杂志的经营上同样如此，《新文艺》创刊时，刘呐鸥等人宣称，"我们办这个月刊要使它成为内容最好，最有趣味，无论什么人都要看，定价最廉，行销最广的唯一的中国现代文艺月刊"②。到第一卷第五期时，他们觉得"杂志真是难办，对于此道没有多大经验的本社同人，把《新文艺》编到今天，真觉得对亲爱的读者抱歉到无地自容了。有人曾经说，创刊之时，是人办杂志，到后来是杂志办人。真是不错"③。《新文艺》不付稿酬、全凭同人协助和风格过于单一的经营方式无法适应竞争激烈的出版市场，最后不得不停刊了。施蛰存曾就此感叹道，"工场生产费商量，左右徘徊失主张。可怜八卷《新文艺》，转向无何自取殃"④。到编辑《现代》时，施蛰存等人充分吸收了前期经营书店杂志的经验教训，以至于《现代》成为30 年代上海极有影响力的大型杂志之一。而对于刘呐鸥而言，投资出版业的失败，使他很快转向了电影业甚至地产业。

在抗战以前，施蛰存、杜衡、穆时英等人在上海没有固定的职业，他们只能主动地融入商业性的文化市场，靠编杂志和卖文为生，因而，在他们的文化身份中不可避免地注入了上海文化的商业性特征。

---

① 施蛰存：《我们经营过三个书店》，《新文学史料》1985 年第 1 期。
② 《编者的话》，《新文艺》创刊号，1929 年 9 月。
③ 《编者的话》，《新文艺》第 1 卷第 5 期，1930 年 1 月。
④ 施蛰存：《浮生杂咏》，《沙上的脚迹》，辽宁教育出版社，1995。

# 第二节　新感觉派的都市"新感觉"

## 一　大街、交通与都市新感觉

丹尼尔·贝尔说，"要认识一个城市，人们必须在它的街道上行走"①。20 世纪初的上海，以南京路、九江路、汉口路、福州路、广东路和霞飞路（今淮海路）为代表的各条街道，高楼林立，人来车往，呈现出交融东西文化、杂陈九州风情的都会景观。

大街既是都市人们最普遍的休闲去处，也是现代派作家笔下最常见的都市风景。穆时英和杜衡笔下的大街夜景充满了都市的诱惑，"跳跃的霓虹灯"用强烈的色调把都市"化装"成"红的街、绿的街、蓝的街、紫的街"（穆时英《夜总会里的五个人》），"上了白漆的街树的腿，电杆木的腿，一切静物的腿"和"擦满了粉的姑娘们的大腿"连成了一片（穆时英《上海的狐步舞》）；"马路上闪光的钢轨，是照样地忙乱，拥挤，喧嚷。一些铺子关了，而另一些更热闹的铺子是开了，在那儿，泛滥着光底流，以及人底流。人们各种年龄的，各种肤色的，都忘了时刻，好像要把全世界底生产总是都在霎那间消费了去似地，被酒精所刺激，被淫猥的音乐所催迫，唯恐不及地找寻着而且发现着夜开门的铺子，挤到那儿去购买不宜乎在白天购买的东西，譬如说，无需劳动的劳动，没有爱情的爱情"（杜衡《再亮些》）。刘呐鸥《游戏》中的男主人公步青"从一条热闹的马路走过的时候"，看到的是"塞满街路上的汽车，轨道上的电车"，"广告的招牌，玻璃，乱七八糟的店头装饰"，从他身边"摩着肩，走过前面去的人们"。施蛰存在《春阳》中以第三人称的视角透视出繁华大街对一个乡间寡妇的诱惑，"昆山的婵阿姨一个儿走到了春阳和煦的上海的南京路上。来来往往的女人男人，都穿得那么样轻，那么样美丽，有那么样小玲玲的，这使得她感觉到自己底绒线围巾和驼绒旗袍的累坠"，"眼前一切都呈现着明亮和活

① 〔美〕丹尼尔·贝尔：《资本主义文化矛盾》，赵一凡等译，生活·读书·新知三联书店 1989，第 155 页。

跃的气象。每一辆汽车都刷过一道崭新的喷漆的光，每一扇玻璃窗上闪耀着各方面投射来的晶莹的光，远处摩天大厦底圆瓯形或方形的屋顶上辉煌着金碧的光"，她忽然"觉得身上又恢复了一种好像是久已消失了的精力，让她混合在许多呈着喜悦的容颜的年轻人底狂流中，一样轻快地走"。

在施蛰存、叶灵凤、穆时英、刘呐鸥和杜衡等人的现代派小说中，川流不息的大街不再只是人物活动的场所，而且成为独立的审美对象，甚至直接参与到小说的叙事中来。施蛰存的《梅雨之夕》开始并无明确的叙事指向。下班后的"我"并不急着回家，而是在大街上漫无目的地行走，注视着雨中的行人，直到邂逅一位美丽女子，主动地成为"护花使者"，从而无端地生发出多情的遐想与烦恼。《春阳》中的婵阿姨是被繁华的大街和年轻的男女激发了压抑的欲望，才又一次去银行偷窥那个年轻的男职员的。叶灵凤的《流行性感冒》全篇由男女主人公在街头的邂逅、约会和行走组成。"我"在南京路一家洋书店门口，邂逅了"像彗星"一样出现，又像"鳗一样"消失在人群中的荄子。如同波特莱尔抒情诗中的巴黎闲逛者，现代派作家笔下的人物也常常是上海街头漫无目的的闲逛者，大街上的任何一个偶然事件都可能引起他们的"惊颤"体验，影响叙事的最终去向。

"在新的空间概念上，有一种固有的距离的销蚀。不仅新型的现代运输手段压缩了自然距离……而且这些新艺术的各种技巧（主要是电影和现代绘画）缩小了观察者与视觉经验之间的心理和审美距离。"[1] 流动的大街不仅是都会的风景线，更是城市交通的主动脉。汽车、电车和火车等现代交通工具几乎与大街同时进入现代派作家的视野。都市的"人们是坐在速度的上面的"（刘呐鸥《风景》），"甲虫似的汽车塞满着街道"（刘呐鸥《礼仪和卫生》）。穆时英《上海的狐步舞》里的小德和刘颜蓉珠，这对法律上的母亲和儿子"开着一九三二的新别克，却一个心儿想一九八零年的恋爱方式"。"一九三二的新别克"和"一九八零年的恋爱方式"暗示了都市生活方式的时尚和情感的违背伦常。施蛰存小说《雾》中的主人公素珍小姐在去上海的火车上，在与"青年绅士"陆士奎长时间的注视后对他产生了

---

[1] 〔美〕丹尼尔·贝尔：《资本主义文化矛盾》，赵一凡等译，生活·读书·新知三联书店，1989，第 155 页。

好感。她先是"偷瞧一眼",然后"再冒险着看他一眼",发现了他与自己理想丈夫的标准"完全吻合",于是"本能地脸热了"。刘呐鸥《风景》中一对偶遇的男女主人公在火车上相互对视和玩味中产生了性的冲动,那位本打算去县城陪丈夫度周末的摩登女士竟然主动邀请陌生的男主人公中途下车,二人在"直线的邀请"和"直线的从命"中一拍即合,在美妙的乡间风景中放纵野合。

快节奏的现代交通工具不但直接改变了人们的出行方式,拓宽了涉足范围,提供了丰富多样的时空选择,而且培育了短暂便捷和浪漫刺激的情感体验,深刻地影响了人们的生活方式和审美趣味。叶灵凤把都市摩登女郎比作最时髦的流线型汽车,她"像一辆一九三三型的新车,在五月橙色的空气里,沥青的街道上,鳗一样的在人丛中滑动着","迎着风,雕出了一九三三型的健美姿态:V形水箱,半球形的两只车灯,爱莎多娜·邓肯式的向后飞扬的短发"(《流行性感冒》)。刘呐鸥《游戏》中的移光对情人直言不讳地表达了现代都市爱情的短暂和虚假,"你这个小孩子,怎么会在这儿想起他来了?我对你老实说,我或者明天起开始爱着他,但是此刻,除了你,我是没有爱谁的"。在现代都市男女身上,"如果这高速度的恋爱失掉了她的速度,就是失掉了她的刺激性"(《被当作消遣品的男子》)。都市的摩登女郎甚至认为"love-making是应该在汽车上风里干的",她"还未曾跟一个gentleman一块儿过过三个钟头以上呢"(《两个时间的不感症者》)。

交错纵横的都市大街和快速便捷的交通工具把人们的都会生活和情感心理变成了直线型和快节奏。传统的伦理道德和价值观念在现代都市的流行时尚中分崩离析,瞬间直露的感官刺激替代了传统的羞涩缠绵。正是在这个意义上,西美尔说,"大都市的人际关系鲜明地表现在眼看的活动绝对的超过耳听,导致这一点的主要原因是公共交通工具。在公共汽车、火车、有轨电车还没出现的十九世纪,生活没有出现过这样的场景:人与人之间不进行交谈而又必须几分钟,甚至几小时彼此相望"①。西美尔洞察了现代交通工具对都市的人们生活空间和交际方式的深刻影响,动态的画面超越

---

① 〔德〕格奥尔格·西美尔:《相对主义哲学散论》,转引自〔德〕瓦尔特·本雅明《发达资本主义时代的抒情诗人》,王才勇译,江苏人民出版社,2005。

了静态的声音，行色匆匆的短暂一瞥或者默默无语的长时间注视，既增加了彼此之间的好奇，也造成了都市情感的空洞。

## 二　舞厅、影院与新感觉叙事

如果说大街是都市的外衣，那么充斥着都市的夜总会、跳舞场、影戏院等消费空间则是都市的肌理。走过大街，进入夜总会、跳舞场、电影院，是新感觉派向都市内部开掘的常见方式。

现代性的歌舞厅和大众化的交际舞传入上海以后，使得上海市民的娱乐生活和交际方式为之一新，开始是在租界洋场和上流华人社会中流行，后来逐渐成为华界大众社会的流行时尚。正如当时的报纸所描述的："今年上海人的跳舞热，已达沸点，跳舞场之设立，亦如雨后之春笋，滋苗不已。少年淑女竞相学习，颇有不能跳舞，即不能承认为上海人之势。"① 当年穆时英、戴望舒、刘呐鸥等人都十分热衷跳舞。穆时英曾是他居住的虹口公寓附近的"月宫舞厅"的常客。而据施蛰存回忆，有一段时间他和穆时英、戴望舒、刘呐鸥等人每天晚饭后就"到北四川路一带看电影，或跳舞。一般总是先看七点钟一场的电影，看过电影，再进舞场，玩到半夜才回家"②。现代舞厅不仅催生了一批以此为业的商人和舞女，而且还成就了无数都市男女的"风花雪月"。1933 年，22 岁的"新感觉派圣手"穆时英正是在"月宫舞厅"爱上了舞女仇佩佩，并且后来与她结婚的。

当然，更为重要的是舞厅文化对新感觉派文学想象的影响。舞厅里的声光化电和纸醉金迷刺激了新感觉派的表现冲动，使他们获得了都市的新感觉。穆时英笔下的"夜总会"呈现出一派疯狂、杂乱的图景："飘动的裙子"、"精致的鞋跟"、"蓬松的头发"和"凌乱的椅子"连成一片，"酒味"、"烟味"和"香水味"混为一体，"华尔兹的旋律"飘飘地绕着舞客们的腿，"法律上的母亲偎在儿子的怀里"卿卿我我，"五个从生活里跌下来的人"在最后的疯狂中走向绝望。刘呐鸥笔下的"探戈宫"如同"魔宫一样"摄人心魄："一切在一种旋律的动摇中——男女的肢体，五彩的灯

---

① 《不擅跳舞是落后》，《小日报》1928 年 5 月 3 日。
② 施蛰存：《我们经营过三个书店》，《新文学史料》1985 年第 1 期。

光，和光亮的酒杯，红绿的液体以及纤细的指头，石榴色的嘴唇，发焰的眼光……使人觉得，好像入了魔宫一样，心神都在一种魔力的势力下。"新感觉派作家擅长在视觉、味觉和听觉等多种感官交融的新感觉中表现都市的疯狂和颓废。穆时英在《夜总会里的五个人》里描写了五种不同职业的舞客和他们同样失落的心态：金子大王胡均益破产，大学生郑萍失恋，市政府秘书缪宗旦失业，学者季洁心智迷乱，舞女黄黛茜年老色衰。20 世纪30 年代的上海舞厅虽然曾经发生过闻名全国的大学生禁舞事件，但仍然止不住红男绿女们夜夜歌舞升平。正如当时著名电影明星周璇在歌曲《夜上海》中唱到的："夜上海，夜上海，你是个不夜城；华灯起，乐声响，歌舞升平……酒不醉人人自醉，胡天胡地蹉跎了青春。"① 通过舞厅这扇窗口，新感觉派作家们得以观察到 30 年代上海市民生活的另一面。他们对这"造在地狱上面的天堂"怀着既诅咒又迷恋的复杂矛盾心理。

同跳舞一样，去电影院看电影也是旧上海重要的流行时尚之一。丹尼尔·贝尔认为，"电影有多方面的功能——它是窥探世界的窗口，又是一组白日梦、幻想、打算、逃避现实和无所不能的示范——具有强大的感情力量。电影作为世界的窗口，首先起到了改造文化的作用"，"最初的变革主要在举止、衣着、趣尚和饮食方面，但或迟或早它将在更为根本的方面产生影响"。②

30 年代上海电影院的装潢设计、电影人物的生活方式和电影艺术的表现形式对都市的文化生活和现代派作家的艺术创作都产生了重大影响。上海二三十年代的电影院豪华的巴洛克风格不仅使得现代派作家常常把它描绘成具有魔幻魅力的现代宫殿，而且还直接促成了他们夸饰的文风。30 年代的上海影院主要放映外国影片，尤其是美国好莱坞电影。因而西方的现代文明和生活时尚几乎同步在上海的电影院中濡染着都市大众。电影里主人公的命运遭遇和生活中电影明星的言行举止常常成为人们谈论和效仿的对象。电影明星胡蝶喜欢西式打扮，阮玲玉喜欢素色或碎花旗袍，于是她们的影迷也都争相仿效。

---

① 《夜上海》，范烟桥填词，陈歌辛谱曲，周璇演唱。
② 〔美〕丹尼尔·贝尔：《资本主义文化矛盾》，赵一凡等译，生活·读书·新知三联书店，1989，第 114～116 页。

当年，刘呐鸥、穆时英、施蛰存和叶灵凤等新感觉派作家几乎都是热衷于电影的影迷。穆时英"对那时期当红的女明星们熟悉得已达到如数家珍的程度"①。刘呐鸥"平常看电影的时候，每一个影片他必须看两次，第一次是注意着全片的故事及演员的表情，第二次却注意于每一个镜头的摄影艺术"②。刘呐鸥、穆时英、叶灵凤等人当年不仅把对电影的热衷上升到理论层面，同左翼影评家展开了著名的"软硬之争"，更重要的是他们把画面、镜头和蒙太奇等电影元素创造性地引入小说创作，形成一种最适宜于表现现代都市光怪陆离生活的现代都市小说文体。

穆时英的《上海的狐步舞》与其说是长篇小说的一个部分，不如说是电影的"一个断片"。作者开篇用从远景到近景的电影画面和镜头语言描写了沪西的月亮、原野、村庄，林肯路的街景和行人，然后用蒙太奇的手法对歌舞厅和大饭店里的灯红酒绿和纸醉金迷的镜头进行组接。大世界舞厅里"女子的笑脸""精致的鞋跟""男子衬衫的白领和蓬松的头发""华尔兹的旋律绕着他们的腿"。华东饭店的二楼、三楼和四楼呈现着同样的景观。"白漆房间，古铜色的鸦片香味，麻雀排，四郎探母，长三骂淌白小娼妇，古龙香水和淫欲味，白衣侍者，娼妓捎客，绑票匪，阴谋和诡计，白俄浪人……"电影的镜像思维和舞曲的旋律节奏把都市的颓废景观和作者的主观感觉演绎得淋漓尽致。叶灵凤的《流行性感冒》开头时用一组镜头描写了都市摩登女郎的形象，"流线式车身/V 形水箱/浮力座子/水压灭震器/五挡变速机"，结尾处则完全用电影脚本的形式来表现"银幕一样的我幻想着那就要开始的电影的场面"。刘呐鸥认为"电影是艺术的感觉和科学的理智的融合所产生的'运动的艺术'"，"电影的根源是在于'动'，而因'动'中的速度，方向，力量等的变化更生出了节奏（rhythm），'动'是生命力的表现"。③ 他的《两个时间的不感症者》中的男女主人公从紧张的赛马场到热闹的吃茶店，再到繁忙的大街，最后到微昏的舞场，由艳遇到分手，前后三个小时，场景在不断变换，"故事"还没来得及展开，读者几乎跟"呆得出神"的男主人公一样还未明白过来，小说便在女主人公"我还未曾

① 李今：《海派小说与现代都市文化》，安徽教育出版社，2000，第 150 页。
② 施蛰存：《编辑室偶记》，《文艺风景》第 1 卷第 1 期，1934 年 6 月。
③ 刘呐鸥：《电影节奏简论》，《现代电影》1933 年第 6 期。

跟一个 gentleman 一块儿过过三个钟头以上"的嘲弄中结束了。新感觉派作家正是运用这种"运动的艺术"去把捉都市的速率和节奏，完全颠覆了传统情节化小说的线性叙事模式，而呈现出片段化和跳跃性的现代叙事风格。

### 三　女体修辞、商品消费与欲望象征

劳瑞斯特认为，"城市是一种文本，它通过将女性表现为文本来讲述关于男性欲望的故事"①。如果说物质空间展示了都市繁华的商业景观，消费生活体现了都市颓废的文化样态，那么摩登女郎则是都市欲望的象征符号。在新感觉派小说中，女性身体常常作为男性感受都市和消费人生的欲望化和色情化的对象而呈现。穆时英的《白金的女体塑像》在男性的视角下细微地展示了女性的身体："窄肩膀，丰满的胸脯，脆弱的腰肢，纤细的手腕和脚踝，高度在五尺七寸左右，裸着的手臂有着贫血症患者的肤色，荔枝似的眼珠子诡秘地放射着淡淡的光辉，冷静地，没有感觉似的"，"她的皮肤反映着金属的光，一朵萎谢了的花似地在太阳底下呈着残艳的，肺病质的姿态。慢慢儿的呼吸匀细起来，白桦似的身子安逸地搁在床上，胸前攀着两颗烂熟的葡萄，在呼吸的微风里颤着"。在这个女性躯体的盛宴面前，中年独身的节欲者谢医生感觉到"沉淀了38年的腻思忽然浮荡起来"，"气闷得厉害，差一点喘不过气来。他听见自己的心脏要跳到喉咙外面来似地震荡着，一股原始的热从下面煎上来"。穆时英完全颠覆了"非礼勿视，非礼勿听"的理学传统，在女性躯体的呈现中，男性被压抑的本能被不断诱惑，人物复杂的深层心理得到逐步敞现。同样是男性视角的女性身体书写，《CRAVEN "A"》中的女体描写更具文化隐喻的色彩。第一人称"我"在舞场的一角窥视着一位抽着 CRAVEN "A" 香烟的女性。令人称奇的是，作者在小说中竟然以国家地图来隐喻女性身体。作者沿着地图从北到南的不同方位，从上到下描述女性的躯体部位，"放在前面的是一张优秀的国家地图：北方的边界上是一片黑松林地带，那界石是一条白绢带"，"往南是一片平原，白大理石的平原"，"下来便是一条葱秀的高岭，岭的东西是两条

---

① 〔美〕张英进：《都市的线条：三十年代中国现代派笔下的上海》，冯洁音译，《中国现代文学研究丛刊》1997 年第 3 期，第 101 页。

狭长的纤细的草原地带"，"那高岭的这一头是一座火山，火山口微微地张着，喷着 CRAVEN 'A' 的郁味"，"这火山是地层里蕴藏着的热情的标志"，"过了那火山便是海岬了"，"走过那条海岬，已经是内地了。那儿是一片丰腴的平原"，"两座孪生的小山倔强的在平原上对峙着，紫色的峰在隐隐地，要冒出到云外来似的"，"南方有着比北方更醉人的春风，更丰腴的土地，更明媚的湖泊，更神秘的山谷，更可爱的风景"，"在桌子下面的是两条海堤"，"在那两条海堤的中间的照地势推测起来，应该是一个三角形的冲积平原，近海的地方一定是个重要的港口，一个大商埠"，"大都市的夜景是可爱的——想一想那堤上的晚霞，码头上的波声，大汽船入港时的雄姿，船头上的浪花，夹岸的高建筑物吧"。这段富有文化隐喻色彩和色情意味的描写明显带有性幻想的特征。作者用"黑松林"隐喻头发，用"火山"隐喻嘴，用"小山"隐喻乳房，用"海堤"隐喻双腿，用"汽船入港"隐喻男女交合。此外值得重视的还有那段关于"大都市夜景"的描绘，分明隐喻着 30 年代作为殖民入侵地和冒险家乐园的上海城市形象。由此，地图、女体和城市在文本中达成了同构性的共谋，都指向了潜文本的欲望。与穆时英一样，刘呐鸥、施蛰存、叶灵凤等人笔下的女性身体书写也带有明显的色情化倾向。刘呐鸥笔下的摩登女郎有"一对很容易受惊吓的明眸"，"瘦小而隆直的希腊式的鼻子"，"丰腻的嘴唇"，"高耸起来的的胸脯"，"柔滑的鳗鱼式的下节"（《游戏》）。叶灵凤也在小说中展示了富于青春气息的女性身体，"镜中显出了一个晶莹的少女的肉体。这是一朵初开的白玫瑰，于粉白中流露着一层盈盈欲滴的嫩红。那胸前微微隆起的两座象牙的半球，虽是还没有十分圆满，然而已孕蓄着未来的无限的美丽的预兆"（《浴》）。施蛰存则常常表现在都市尤物的诱惑下，男性在欲望的压抑下扭曲的心理和分裂的人格。《在巴黎大戏院》中的绅士吮吸着情人混合着香水、汗味、鼻涕和痰的手帕，"好像有了抱着她的裸体的感觉"。《魔道》中的"我"被所谓的"妖妇"蛊惑，对朋友的妻子陈夫人产生了性幻想，看着她"纤细的胴体""袒露的手臂""纤小的朱唇"，觉得与她"在抚摸"，"在接吻"。

新感觉派笔下的女体修辞明显具有都市文化符码的表意功能，鲜明地体现出商品文化的物质性和消费性。她们或者是"Jazz，机械，速度，都市文化，美国味，时代美的产物集合体"（《被当作消遣品的男子》），或者"是在奢侈里生活着的，脱离了爵士乐，狐步舞，混合酒，秋季的流行色，八汽缸的跑车，埃及烟"，"便成了没有灵魂的人"（《黑牡丹》），有时候都市的摩登女郎竟然懂得"三百七十三种烟的牌子，二十八种咖啡的名目，五千种混合酒的成分配列方式"（《骆驼·尼采主义者与女人》）。摩登女郎们常常在都市的性爱游戏中主动地用自己的身体来换取生活所需的物质商品，都会的一切都在商品消费原则的支配下进入"流通"。刘呐鸥《两个不感症者》中的女主人公与刚结识的 H，从赛马场到吃茶店，从吃茶店到繁华的大街，从繁华的大街再到微昏的舞场，在消费了 3 个小时之后，女主人公把男主人公怔怔地抛弃在舞场，赶赴下一个约会。《热情之骨》中的玲玉与比也尔在月光下的床褥上做爱时，突然提出"给我五百元好么"。施蛰存《花梦》中的"她"，"可以每天有个情人"，只要你"把钱包装得满些"，"她是决不因为不喜欢你而失约的"，"爱情 70"便是她直接开出的账单。《圣诞艳遇》中的三个女人在分别用色相和身体骗取了男主人公的红宝石戒指和三百元钱之后，抽身离去。穆时英《被当作消遣品的男子》里的蓉子向来把男子当作"消遣品"，无聊时当作"辛辣的刺激物"，高兴时当作"朱古力糖似的含着"，厌烦时就成了被她"排泄出来的朱古力糖渣"。在现代都市中，生活的压抑、都市的浮华和时光的易逝，使得摩登女郎们意识到"此刻"和"瞬间"的重要意义。她们缺乏宏大的理想，放弃了专一的情感，也没有执着的追求，消费主义的感观刺激常常成为她们确证生命存在的唯一方式。在都市的浮华悲欢中，她们无一例外地感到"生命是短促的，我们所追求着的无非是流向快乐之途上的汹涌奔腾之潮和活现现地呼吸着的现代，今日，和瞬间"[1]。

马克思在《哲学的贫困》中描述资本主义时代的商品化属性时指出，"人们一向认为不能出让的一切东西，这时都成了交换和买卖的对象，都能出让了。这个时期，甚至象德行、爱情、信仰、知识和良心等最后也成了买卖的对象，而在以前，这些东西是只传授不交换，只赠送不出卖，只取得不收买的。这是一个普遍贿赂、普遍买卖的时期，或者用政治经济学的

---

[1]　迷云：《现代人底娱乐姿态》，《新文艺》1930 年第 2 期。

术语来说，是一切精神的或物质的东西都变成交换价值并到市场上去寻找最符合它的真正价值的评价的时期"①。20 世纪 30 年代的上海，商业性的流通和物质性的消费渗透到都市生活的方方面面，深刻地改变了人们的思想观念，影响着人们的生活方式。商业性和消费性的都市文化不仅体现了近代上海都市社会物质的现代性，也为现代派作家提供了艺术审美的现代性。现代都市物质空间在塑造都市现代形象、改变都市文化生活方面无疑具有十分重要的意义。它们以其现代性的建筑外观和丰富的文化内涵打造了全新的现代都市形象，改变了人们的生活方式和思维方式，从而深刻地影响着新感觉派作家们的文学创作和读者的审美接受。

20 世纪 20 年代，鲁迅曾不无感慨地说："我们有馆阁诗人，山林诗人，花月诗人……；没有都会诗人。"② 而 30 年代，杜衡则颇为欣慰地说："中国是有都市而没有描写都市的文学，或者描写了都市而没有采取适合这种描写的手法。在这方面，刘呐鸥算是开了端，但是没能好好地继续下去，而且他的作品还带着'非中国'即'非现实'的缺点。能够避免这缺点而继续努力的，这是时英。"③ 从鲁迅的感慨和杜衡的评价中，我们不难发觉都市文化之于新感觉派文学想象的重要意义。

## 第三节　半殖民地文化语境中的都市想象

### 一　西方异域风中的"他者"

近代以来，上海现代都市文化语境的形成无法回避租界的存在和华洋分治的事实。"租界是 19 世纪中期至 20 世纪中期帝国主义列强在中国等国的通商口岸开辟、经营的居留、贸易区域。其特点是外人侵夺了当地的行政管理权及其他一些国家的主权，并主要由外国领事或侨民组织的工部局之类的市政机构来行使这些权力，从而使这些地区成为不受本国政府行政

---

① 《马克思恩格斯全集》第 4 卷，人民出版社，1958，第 79～80 页。
② 鲁迅：《集外集拾遗·〈十二个〉后记》，《鲁迅全集》第 7 卷，人民文学出版社，1981。
③ 杜衡：《关于穆时英的创作》，《现代出版界》1933 年第 9 期。

管理的国中之国。"① 显然，租界是帝国主义殖民侵略的结果。鸦片战争后，英、法、美等国先后在上海建立租界，外国侨民获准在租界租地建房，实行华洋分居，"各就地方民情地势，议定界址，不许逾越，以期永久彼此相安"②。由于西方殖民者并未在中国建立起完整而全面的殖民统治，因而上海租界的"东方想象"又表现出明显不同于其他殖民地的特殊性。

萨义德说，"每一个欧洲人，不管他会对东方发表什么看法，最终几乎是一个种族主义者，一个帝国主义者，一个彻头彻尾的民族中心主义者"③。不可否认，在上海尤其是租界，殖民种族主义体验渗透于人们日常生活的各个方面，诸如乘汽车、去公园、进饭店等，随时都会遭遇种族歧视。然而，上海便利的物质生活条件和由不同权力机构所带来的相对自由的社会活动空间，在一定程度上淡化了人们的殖民体验。另外，"五四"以来的以西方为理想参照的文化启蒙，在一定程度上消解了人们对西方文化的顾虑和拒斥心理，使人们对西方文化产生认同或主动拥抱的心理，对西方现代生活方式"初则惊，继则异，再继则羡，后继则效"④。正是在上海半殖民地的都市文化语境中，刘呐鸥、穆时英、施蛰存等人展开了他们的都市想象。

在《礼仪与卫生》中，刘呐鸥借主人公启明的视角描述了外滩一带浓郁的殖民色彩景观："还不到 Rush Hour 的近黄浦滩的街上好像是被买东西的洋夫人们所占去的。她们的高鞋跟，踏着柔软的阳光，使那木砖的铺道上响出一种轻快的声音。一个 Blonde 满胸抱着郁金香从花店出来了。疾走来停止在街道旁的汽车吐出一个披着青草气味的轻大衣的妇人和她的小女儿来。印度的大汉把短棒一举，于是启明便跟着一堆车马走过了轨道，在转弯外踏进了一家大药房。鼻腔里马上是一顿芳香的大菜。"在这篇小说中，那位名叫普吕业的法国男人把他的欲望对象——启明的妻子可琼当作他"东方醉"的一部分。在他看来，可琼"黛的瞳子里像是隐藏着东洋的

---

① 费成康：《中国租界史》，上海社会科学院出版社，1991，第 384 页。
② 王铁崖编《中外旧约章汇编》第一册，生活·读书·新知三联书店，1957，第 35 页。
③ 〔美〕爱德华·W. 萨义德：《东方学》，王宇根译，生活·读书·新知三联书店，1999，第 260 页。
④ 唐振常：《市民意识与上海社会》，香港《二十一世纪》1992 年 6 月，第 12 页。

秘密"，"耳朵是像深海里搜出来的贝壳一般的可爱"，"这样秀丽，像幽谷的百合一样的妇女是看十年都不厌的"。《热情之骨》里的比也尔放弃了法国"灰雾里的都市，到这西欧人理想中的黄金国，浪漫的巢穴的东洋来了"，在他的想象中，玲玉是那么"动人""可爱"，"纤细的娥眉""不忍一握的小足"，有着"雨果诗中那些近东女子们所没有的神秘性"。

李欧梵认为："在中国作家营造他们自己的现代想象的过程中，他们对于西方异域风的热烈拥抱倒把西方文化本身置换成了'他者'。"① 刘呐鸥、穆时英、施蛰存、杜衡、叶灵凤等新感觉派作家正是在对机械文明和都市文化的热烈拥抱中展开其文学想象的。当然，他们的"兴味"不止限于西方式的"娱乐"，他们更从"高度发达的近代资本主义社会"中发现了"大都会和机械的美"②，那是"thrill 和 carnal intoxication，就是战栗和肉的沉醉"③。虽然在刘呐鸥、穆时英等现代派的文本中，我们不能直接看到西方话语通过霸权形式施加给他们的影响，在他们的文本中也没有直接呈现出殖民地的话语式反抗，但是殖民性色彩仍然从他们的小说创作中表露出来。

## 二　现代都市的欲望符号

摩登女郎作为都市欲望的符号，在刘呐鸥、穆时英、叶灵凤等现代派作家的文本中具有重要的指涉意义。刘呐鸥、穆时英、叶灵凤等人笔下的摩登女郎并非来自西方对东方的想象，而是东方对西方的认同。她们作为西方的文化符码，展示出东方对西方的文化想象。

首先，他们笔下的摩登女郎在身体特征上表现出浓郁的异域风。她们或是具有"蛇的身子，猫的脑袋""一张会说谎的嘴，一双会骗人的眼"（穆时英《被当作消遣品的男子》）；或是具有"理智的前额""随风飘动的短发""瘦小而隆直的希腊式的鼻子"（刘呐鸥《游戏》）；或是具有"嘉宝型的眉"、"红腻的嘴唇"和"天鹅绒那么温柔的黑眼珠子"（穆时英《骆驼·尼采主义者与女人》）；或是具有"丰腴的胴体和褐色的肌肤"（穆时英

① 〔美〕李欧梵：《上海摩登——一种新都市文化在中国 1930—1945》，毛尖译，北京大学出版社，2001，第 323 页。
② 〔日〕藏原惟人：《新艺术形式的探求》，葛莫美译，《新文艺》第 1 卷第 4 期，1929 年 12 月。
③ 刘呐鸥：《致戴望舒》，《现代作家书简》，花城出版社，1982，第 185 页。

《红色的女猎神》）；或是典型的 "sportive 的近代型女性"，"迎着风，雕出了一九三三型的健美姿态：V 形水箱，半球形的两只车灯，爱莎多娜·邓肯式的向后飞扬的短发"（叶灵凤《流行性感冒》）。

其次，这些摩登女郎在行为举止上表现出鲜明的西方化特征。刘呐鸥《礼仪与卫生》中的可琼用自己的妹妹白然向丈夫姚启明换取与法国商人的私奔。《风景》中那位本打算去县城陪丈夫度周末的女主人公在火车上与一个素不相识的青年偶遇后竟然中途相邀下车，在美妙的乡间风景中放纵野合。穆时英《黑牡丹》中的黑牡丹坦言自己 "是在奢侈里生活着的，脱离了爵士乐，狐步舞，混合酒，秋季的流行色，八汽缸的跑车，埃及烟"，"便成了没有灵魂的人"。《被当作消遣品的男子》中的蓉子向来把男子当作 "消遣品"，无聊时当作 "辛辣的刺激物"，高兴时当作 "朱古力糖似的含着"，厌烦时就成了被她 "排泄出来的朱古力糖渣"。

最后，这些摩登女郎在思想观念上完全西方化。穆时英《骆驼·尼采主义者与女人》中的摩登女郎竟然熟知 "三百七十三种烟的牌子，二十八种咖啡的名目，五千种混合酒的成分配列方式"。刘呐鸥笔下摩登女郎的物质主义甚至让来东方寻找诗意的西方人吃惊，《热情之骨》中的玲玉与比也尔在月光下的床褥上做爱时，突然提出 "给我五百元好么"，她在给比也尔的信中坦言："在这一切抽象的东西，如正义，道德的价值都可以用金钱买的经济时代，你叫我不要拿贞操向自己所心许的人换点紧要的钱用吗？……你每开口就像诗人一样地做诗，但是你所要求的那种诗，在这个时代是什么地方都找不到的。诗的内容已经变换了。"《两个时间的不感症者》中的女主人公说，"love-making 是应该在汽车上风里干的"，她 "还未曾跟一个 gentleman 一块儿过过三个钟头以上呢"。施蛰存《花梦》中的女主人公 "可以每天有个情人"，只要你 "把钱包装得满些"，"她是决不因为不喜欢你而失约的"，"爱情 70" 便是她直接开出的账单。现代派作家笔下的这些女性形象完全消解了传统东方女性含蓄内敛、温柔娴静的特点，呈现出性感妖娆、张扬放纵的西方女性特征。她们是 "Jazz，机械，速度，都市文化，美国味，时代美的产物集合体"（穆时英《被当作消遣品的男子》）。这些西方化的女性特征主要来自于当时风靡上海的好莱坞电影、画报、广告和月份牌等传播媒介上的流行时尚。刘呐鸥 1934 年所写的《现代表情美造型》一文反映了上海市民这一西方化审美趋势的变动：近来都市摩登女性的新型"可以拿电影明星嘉宝、克劳馥或谈瑛作代表。她们的行动及感情的内动方式是大胆、直接、无羁束，但是在未发的当儿却自动地把它抑着。克劳馥的张大眼睛，紧闭着嘴唇，向男子凝视的一个表情型恰好是说明着这般心理。内心是热情在奔流着，然而这奔腾却找不着出路，被绞杀而停滞于眼睛和嘴唇间"①。传统的伦理道德和价值观念在现代都市的流行时尚中分崩离析，瞬间直露的感官刺激和物质享受替代了传统的羞涩缠绵。

在刘呐鸥、穆时英等人的小说中，作为西方文化符码的都市摩登女郎在与男性的"游戏"中总是占领着主动，显示着优越，控制着"游戏"的节奏与去向，似乎是进一步拓展了"五四"以来个性解放的主题，颠覆了女性被支配、受压抑的叙事传统。然而事实上，这些张扬着肉感穿梭于各个暧昧空间对男性产生致命诱惑的"尤物"，在具有东方文化气质的男性主人公的审视下，始终无法挣脱被欲望化、色情化和工具化的命运。从这个意义上，我们说半殖民地都市文化语境中的刘呐鸥、穆时英等现代派作家在"营造他们自己的现代想象的过程中，他们对于西方异域风的热烈拥抱倒把西方文化本身置换成了'他者'"②，他们的文化身份并未出现问题，他们是站在东方的立场看西方，在这一点上他们似乎比萨义德的"东方主义"有着更为微妙复杂的不同之处。

## 三　徘徊在现代都市中的"不感症者"

马克思和恩格斯在 19 世纪中叶就科学地预言："生产的不断变革，一切社会状况不停的动荡，永远的不安定和变动，这就是资产阶级时代不同于过去一切时代的地方。一切固定的僵化的关系以及与之相适应的素被尊崇的观念和见解都被消除了，一切新形成的关系等不到固定下来就陈旧了。一切等级的和固定的东西都烟消云散了，一切神圣的东西都被亵渎了。"③

---

① 刘呐鸥：《现代表情美造型》，《妇人画报》1934 年 5 月 16 日。
② 〔美〕李欧梵：《上海摩登——一种新都市文化在中国 1930—1945》，北京大学出版社，2001，第 327 页。
③ 《共产党宣言》，《马克思恩格斯文集》第 2 卷，人民出版社，2009，第 34~35 页。

二三十年代的上海，生产技术迅速更新，生活节奏不断加快，五光十色的都市景观构建起一个个异质性的生活空间，西方现代生活方式和思想观念成为人们仿效的对象，正如迷云所描述的那样，"半世纪前连影子都未曾出现过的新时代的产物——银幕，汽车，飞机，单纯而雅致的圆形与直线所构成的机械，把文艺复兴时代底古梦完全打破了的分离派的建筑物，asphat 的道路，加之以彻底的人工所建造的街道，甚至昼夜无别的延长！我们的兴味癫狂似的向那个目标奔驰着"①。然而另一方面，传统的生活方式和思想观念依然在生活中随处可见。刘呐鸥、穆时英、杜衡等现代派作家的文化身份正是在这种东西文化的冲突中开始具备了多元化和复杂性的特点。

丹尼尔·贝尔认为，"现代主义是对于十九世纪两种社会变化的反应：感觉层次上社会环境的变化和自我意识的变化。在日常的感官印象世界里，由于通讯革命和运输革命带来了运动、速度、光和声音的新变化，这些变化又导致人们在空间感和时间感方面的错乱"②。如果说刘呐鸥、穆时英、叶灵凤等人笔下的摩登女郎是西方文化的符码，指涉了刘呐鸥、穆时英等人对西方世界的想象，那么他们笔下的男主人公则大多仍背负着东方传统文化的伦理道德徘徊在现代都市生活中。虽然他们通常也穿行于大街、舞场、影院、咖啡馆等现代都市生活空间，然而在闪烁的灯光、变幻的色彩和摇动的旋律中，他们却表露出纷繁的焦虑和深重的孤独。

刘呐鸥《游戏》中的男主人公步青从繁华的大街走过时竟然感觉到"这个都市的一切都死掉了"，汽车、电车、人群、商店等"那街上的喧嚣的杂音"让他想到了"绿林的微风"和"驼队的铃声"。这个带有传统文化精神特征的男主人公在都会"错杂的光景"中，永远跟不上女主人公移光的爱情节奏，从繁闹的大街到"魔宫"一样的舞厅、"薄暮"的公园和"五层楼"的卧室，步青始终在担心"这鳗鱼式的女子"就要从他的怀里溜出去。《两个时间的不感症者》中的 H 在疯狂的赛马场邂逅了一位摩登女郎，于是"从赛马场到吃茶店，从吃茶店到热闹的马路上"，最后到"微昏的舞场"，赢了钱的 H 把她当作一根手杖似的带着她炫耀地穿行于不同的消费空

---

① 迷云：《现代人底娱乐姿态》，《新文艺》第 1 卷第 6 期，1930 年 2 月。
② 〔美〕丹尼尔·贝尔：《资本主义文化矛盾》，赵一凡等译，生活·读书·新知三联书店 1989，第 94 页。

间。然而，具有反讽意味的是，摩登女郎不但让另一个男士 T 加入了他们的欲望游戏，最后还把"两个时间的不感症者"抛弃在舞场中"呆得出神"。

类似的男性尴尬也同样经常出现在穆时英笔下，《红色的女猎神》中的男主人公"我"在紧张的赛狗场连赢两场，引起了"红色女猎神"的注意，她坐到了"我"身边。于是两人便开始了一场似乎出人意料又在情理之中的挑逗性对话："如果我说：'让我们到酒排里去，让我们从红色的葡萄酒的香味里，对红色的女猎神诉说我的心脏的愿望吧。'那你将怎样呢？""那我将问你：'也明白为什么我会坐在你的旁边吗？'那也是巧合吗？"都市男女的性爱游戏在彼此的挑逗试探和趋炎俯就中一拍即合。随后，"我把这位红色的小姐手杖似的挂在手臂上"，在"闪着街灯的路上"炫耀式地行走，在舞场"跳着热烈的西班牙探戈"，在酒吧"尝试各种名贵的酒的醇味"。最后当两人在午夜"淫逸的两点钟"准备做爱时，故事发生了陡转，"红色的女猎神"因胁迫"我"加入一场惊险的非法交易而被捕。《被当作消遣品的男子》中的"我"被女主人公蓉子当作"消遣品"，无聊时被当作"辛辣的刺激物"，高兴时被当作"朱古力糖似的含着"，厌烦时就成了被她"排泄出来的朱古力糖渣"。穆时英小说中的男性不但在快节奏的都市生活中遭遇被戏弄的尴尬，而且"在心的深底里都蕴藏着一种寂寞感"①。"夜总会里五个人"在灯红酒绿、纸醉金迷中突然感到好像"深夜在森林里，没一点火，没一个人，想找些东西来依靠，那么的又害怕又寂寞的心情侵袭着他们"（穆时英《夜总会里的五个人》）。《夜》中的水手漂泊在无数口岸，接触过无数女人，然而他只能"独自在夜的都市里踱着"，"哀愁也没有欢喜也没有"，只是一个"情绪的真空"。一方面，穆时英、刘呐鸥等人笔下的男主人公流连洋场，他们身上缺失家庭、妻子、父母、儿女、亲人、朋友等这些包含着责任、义务、道德和感情符号的能指；另一方面，他们又在无家可归的精神漂泊和情感游戏中走向虚空。

施蛰存擅长用精神分析的手法，通过渲染人物压抑的性欲、变态的心理和诡异的氛围表现现代人在都市快节奏生活中的焦虑心理和分裂人格。他笔下的男性常常陷入现代爱欲与传统道德的矛盾冲突：《梅雨之夕》中的

---

① 穆时英：《〈公墓〉自序》，《穆时英小说全集》，时代文艺出版社，1998，第718页。

"我"在与姑娘结伴而行的过程中，眼前自始至终都闪现出"妻子"的身影；《在巴黎大戏院》中的"我"与情人约会时一方面产生了变态的心理，另一方面眼前时时出现乡下妻子的形象。从纸醉金迷的都市回归纯朴自然的乡土，寻找灵魂栖居的家园，是施蛰存小说人物常见的一种行为方式。《闵行秋日纪事》中的"我"由于长期宿居在城市"局促的寓楼里"，"颇感到些萧瑟的幽昧"，于是应"隐居"乡野的朋友之约，"决定作一次短时旅行"。《魔道》中的"我"应朋友陈君的邀请到郊外乡间去消磨周末，乡野的清新、静谧和舒泰是"我"在上海从未领略过的。《旅舍》中在上海经商多年的丁先生由于长期的忙碌而患上了"神经衰弱症"，在朋友的规劝下"暂时抛弃了都会生活，作一次孤寂的内地旅行"，"因为乡野的风物和清洁的空气，再加上孤寂和平静，便是治疗神经衰弱的唯一的治疗剂"。《夜叉》中的卞士明被乡间"繁茂的竹林"、"深沉的古潭"、"弥漫的烟云"和"月下的清溪白石"所吸引，在办完祖母的丧事后，"特地写信到上海继续告十天假"，决定在乡下再休养一段时间。然而，施蛰存笔下的都市人物由于长期在逼仄的生存空间和巨大的竞争压力下产生了精神分裂和人格变异，乃至于无处遁形，甚至连乡野自然也无法成为他们诗意栖居的精神家园。《闵行秋日纪事》中的"我"时时被同车来的那个有些异样的少女扰乱了思绪。《魔道》中的那个黑衣"妖妇"始终如影随形地跟随着"我"。《旅舍》中习惯了城市繁闹和奢华的丁先生在内地寂寞和鄙陋的小镇旅舍中无法安睡，噩梦连连。《夜叉》中的卞士明在偶遇的白衣女子、乡间夜叉的传说和古书中山鬼形象的夹击下精神失常。

虽然作品并不都是作者的"自叙传"，但作者的思想情感和文化身份是可以通过叙述表达出来的，作品中人物的思想意识和性格心理都在一定程度上投射出作者的思想情感和价值取向。正如张爱玲所说的，"上海人是传统的中国人加上近代高压生活的磨练。新旧文化种种畸形产物的交流，结果也许是不甚健康的"①。无论是刘呐鸥笔下的"时间不感症者"、施蛰存笔下的精神分裂者，还是穆时英笔下的都市寂寞者，他们都无不显示了作者文化身份的复杂性及其在东西文化冲突中的不适和焦虑。

---

① 张爱玲：《到底是上海人》，《流言》，花城出版社，1997，第2页。

# 第七章

# 象征派、现代诗派与九叶派的都市审美

　　都市是现代派诗歌产生的摇篮，在某种意义上，没有巴黎、布拉格、圣路易斯，就没有波特莱尔、里尔克和艾略特。中国的现代派诗歌是在借鉴和吸收西方现代派诗歌的基础上，再结合本国的实际而产生的。中国真正意义上的现代派诗歌发端于 20 世纪 20 年代的象征派，发展于 30 年代的现代诗派，成熟于 40 年代的九叶派。纵观中国现代派诗歌的发展历程，几乎都离不开都市，都与都市文化有着复杂而微妙的互动关联，呈现出异彩纷呈的特色和魅力。

## 第一节　象征派转型后的都市书写

### 一　"十字街头"的大众化转型

　　20 世纪 20 年代后期至 30 年代，上海因其特殊的政治、经济、文化环境而成为中国左翼文化运动的中心。首先，华洋分治的政治格局为左翼人士的文化活动提供了一定的安全保障；其次，繁荣的城市经济和尖锐的阶级矛盾为左翼文化运动提供了现实的物质基础和群众基础；最后，自由开放、开拓创新的文化环境为左翼文化运动提供了文化思想资源。正是在上述特殊的左翼文化环境下，20 年代后期，穆木天、冯乃超、王独清等三位象征派诗人先后回到苦难中的祖国，在严峻的现实面前，他们很快从艺术的"象牙塔"走到了革命的"十字街头"，投身于左翼文化运动。1926 年 5 月，穆木天学成回国，先后在广州、北京、天津、吉林等地短暂停留后，于 1931 年 1 月抵达上海，积极参与左联活动，成为左联创作委员会诗歌组的负责人。"一·二八"事变爆发后，穆木天在上海街头全身心地投入抗日宣传工作，并在此期间加入了中国共产党。1932 年 9 月，经左联批准，穆木天与杨骚、蒲风、任钧等人发起成立中国诗歌会，并于次年 2 月在诗歌会机关刊物《新诗歌》上以诗歌的形式发表了"发刊词"："我们不凭吊历史的残骸，/因为那已成为过去。/我们要捉住现实，/歌唱新世纪的意识。/'一二八'的血未干，热河的炮火已经烛天。/黄浦江上停着帝国主义军舰，/吴淞口外花旗太阳旗日在飘翻。/千金寨的数万矿工被活埋，/但是抗日义勇军不愿压迫。/工人农人是越法地受剥削，/但是他们反帝热情也越法高涨。/压迫，剥削，帝国主义的屠杀，/反帝，抗日，那一切民众的高涨的情绪，/我们要歌唱这种矛盾和他的意义，/从这种矛盾中去创造伟大的世纪。/我们要用俗言俚语，/把这种矛盾写成民谣小调鼓词儿歌，/我们要使我们的诗歌成为大众歌调，/我们自己也成为大众的一个。"穆木天在此鲜明地提出了诗歌要与现实结合，宣传抗日，用"俗言俚语"写成"大众歌调"，以"诗歌大众化"的口号完全置换了象征主义的"纯诗"主张。

1927 年 10 月，冯乃超中途退学，应成仿吾之邀，与朱镜我一道回国参加创造社工作，编辑《创造月刊》和《文化批判》，成为后期创造社的中坚分子。1926 年 5 月，早在来沪之前，冯乃超就担任了创造社出版部东京分部负责人，受日本普罗文艺运动影响，他开始反省自己的思想和文艺观，学习马克思主义文艺理论著作。在《革命文学论争·鲁迅·左翼作家联盟——我的一些回忆》一文中，他谈到了这一思想转变过程："朱镜我不喜欢我写的诗，批评了我当时的艺术至上主义倾向，经过了多次的争论，我被说服了；听他的劝告，开始阅读了一些马克思列宁主义的书籍，也清算了自己生活上的空虚。"[1] 1927 年 10 月，冯乃超毅然中途退学，到上海参加创造社工作，在郭沫若的影响下思想日趋激进，在《文化批判》上发起了对鲁迅、茅盾、叶圣陶等"五四"作家的批判。1928 年 9 月，回国不到一年的冯乃超经潘汉年介绍加入中国共产党，并参加了中共中央宣传部文艺委员会工

---

[1] 冯乃超口述，蒋锡金笔录《革命文学论争·鲁迅·左翼作家联盟——我的一些回忆》，《新文学史料》1986 年第 3 期。

作。1929 年，冯乃超与冯雪峰、钱杏邨三人在文艺委员会的指示下筹建中国左翼作家联盟。1930 年 3 月，左联在上海成立，冯乃超任左联第一任党团书记兼宣传部长，后又参与中共中央机关报《红旗》的组建工作。1932 年 2 月，冯乃超受组织派遣，离开上海，前往武汉从事革命工作。在上海的四年多时间里，冯乃超完成了从"为艺术"的象征派诗人到"为大众"的革命活动家的身份和立场的转变，他把上海作为他政治活动的"战场"而不是浅吟低唱的"诗床"。

1926 年 2 月，在法国经历了"生之不安""爱之痛苦"的王独清回到上海，不久便与郭沫若同往革命的中心广州，在由国民党右派控制的中山大学任教。7 月至 10 月间，因郭沫若随军北伐，王独清还一度代理郭沫若的中山大学文科学长之职。1926 年 9 月，创造社在广州召开创造社总部第一届大会，王独清被选为创造社总部检查委员和出版部常务理事，专负编辑之责。1927 年 5 月，大革命失败后，王独清带着郭沫若的夫人安娜从广州逃到上海。这是他自 1916 年从西安逃到上海、1920 年从日本回到上海、1926 年从法国回到上海之后第四次来到上海。与前三次不同的是，1927 年的上海，一方面国民党实施白色恐怖，另一方面广大进步青年革命情绪高涨。王独清曾把创造社成员分为"已成作家"、"未成作家"和"小伙计"三类。此时，自认为创造社元老的王独清，在郭沫若、郁达夫、成仿吾"三巨头"不在上海创造社之际（郭、成先后去日本，郁宣布脱离创造社），已有主持创造社之意，开始取代郁达夫负责编辑《创造月刊》《洪水》，接着与张资平、郑伯奇三人共同执掌创造社的出版事务，后来又与当时负责和创造社联系的中共中央代表郑超麟来往密切（郑后来成为托派主将，这也为王独清后来转向托派埋下了伏笔），于是此时身居上海，在创造社中大有"舍我其谁"之感的王独清已完全不同于此前那个充满"生之不安""爱之痛苦"的漂泊之感的青年了，他全身心地投入创造社的革命活动。早在 1920 年从日本回到上海时，就"几乎把我整个的时间都用去参加实际的运动"的王独清，此时"时间又被实际的活动占领了大半"。① 在编辑《创造月刊》使创造社完成"革命文学"突变的同时，1928 年 2 月，王独清出任

---

① 王独清：《我文学生活的回顾》，《王独清自选集》，乐华图书公司，1933，第 3 ~ 4 页。

上海艺术大学委员和教务长，并先后介绍冯乃超、郑伯奇、沈起予到该校任教，吸引了来自全国各地的许多进步青年，使该校成为当时著名的"赤化"学校。1928 年 5 月，王独清在《致〈畸形〉同人书》中表明了他的无产阶级立场，他说要"努力于无产阶级文学"，"极力克服自我，极力去获得无产阶级的意识"，"裸裸地站在无产阶级底战队里面"。即便是 1930 年后独自转向托派的王独清在遭到"过去共事的朋友和变节的后辈"的联合"倾陷"和讨伐时，他仍然坚持"只要我不死，我一定总还是走在斗争的路上"[1]。

总之，在 1927 年前后，三位象征派诗人先后从异域回到故国，会聚于上海。在 30 年代上海的政治文化背景下，几乎以同样的姿态转向"革命文学"，投身左翼文化运动，从 20 年代艺术的"象牙塔"走到了 30 年代的革命的"十字街头"。

## 二　左翼文化语境下的都市想象

30 年代跻身于风云激荡的左翼文化潮流之中的穆木天、冯乃超和王独清彻底改变了早期的象征诗风和颓废情调，"反帝抗日"成为他们的诗歌主题，现实主义的写实方法和浪漫主义的革命激情逐渐取代了此前的象征与暗示。

穆木天在《辉煌的大楼》中描写了他来上海时的最初印象。诗人站在"十字街头"，以一个饱经忧患的"旅人"的眼光打量着这座繁华与罪恶同在的都市。上海在诗人的眼中是一座"煌煌的火城"，殖民者的军舰和礼炮在黄浦江边虎视眈眈，然而人们仍然在"辉煌的大楼"中"藏娇耽乐""舞蹈声歌"，享受着"瞬间的陶醉，刹那的欢乐"。这里有自我陶醉的"博士"，有"窝中安卧"的"大人先生"，有"炉畔呻吟"的诗人，而"也正在这时，那肿腿的乞丐赤身露体坐在路边"，"不知哪里又冻死了无数的人民"，"不知哪里又有多少人无衣裹身"。在这里，诗人已经放弃了"纯诗"阶段的个人感伤，传达了民族忧患的意识，写实性的描写成为诗歌的主体。但在某种程度上，《辉煌的大楼》具有诗人从象征主义"纯诗"向大众化诗歌过渡的一些特点。作者在这里化用了杜牧"商女不知亡国恨，隔江犹唱

---

① 王独清：《我文学生活的回顾》，《王独清自选集》，乐华图书公司，1933，第 5 页。

后庭花"的意境（穆木天在《谭诗》中正是把这首诗作为"象征的印象的彩色的名诗"的代表），运用了象征手法，创造了"火城""大楼""十字街头"等意象，形式整饬，色彩强烈，传达出了内心的愤懑和隐忧。

1934 年 7 月，穆木天遭国民党当局逮捕，被营救出狱后仍遭特务监视，一度闭门译书。1937 年 8 月，穆木天携家人离开上海，前往武汉从事抗日救亡工作，此后辗转于昆明、桂林，1947 年初再度来到上海。此时的上海由于国民党接收人员的"劫收"和物价的飞涨而一片混乱。李宗仁在他的回忆录中描述了当时接收时的乱象，他们"直如饿虎扑羊，贪赃枉法的程度简直骇人听闻。他们金钱到手，便穷奢极欲，大事挥霍"①。当时上海的米价仅从 1947 年 1 月至 12 月就涨了 20 倍。② 历经 10 年战乱和流离之苦的穆木天在《我好像到了一个鬼世界》中，再度描述了他对上海的印象和感想。诗人把战后国民党接收的上海比作"鬼的世界"，描述了"七十二种鬼"（实际写了 16 种）的嘴脸。他们"青脸红发，/猪嘴獠牙"，把"我""重重地包围住了，/个个都向我示威，/个个都向我张牙舞爪"。在这个"鬼的世界"，"我"也"一下子像鬼一样了"，背着满袋的钱，既吃不饱饭也找不着睡觉之所，"付饭钱的票子堆起来，/比一盘炒饭还要高。/我觉得好像把一把票子硬塞进肚子里。/结果还是饿"，"好多房子看去都空着，/可是门锁着，进不去。/混来混去/找不到住处"。诗人最后用"我"无可奈何的惶惑表达了对这个物价飞涨、魑魅横行的城市的反讽："我是在胜利的国度里么？/还是我在逃着胜利难？/为什么大钱口袋背都背不动，/一下子又会瘪瘪的。/难道我真是在幽灵的国度里么？/我真不知道/我的周围是梦还是现实。"穆木天说这首诗是他"初到上海后一个短时期的精神状态，是个穷鬼的心里的幻想吧？记下来也许好玩"③。从这段在穆木天诗歌中罕见的"作者自注"中，我们不难解读出这首诗歌的独特性。在这首后期的诗歌中，诗人又留下了"纯诗"的痕迹，"托情于幽微远渺之中"④，构建了一个"幻想"的"鬼的世界"，"暗示出人的内生命的深秘"。诗中形态各

---

① 李宗仁：《李宗仁回忆录》，广西人民出版社，1980，第 858 页。
② 熊月之主编《上海通史》第 7 卷，上海人民出版社，1999，第 454 页。
③ 穆木天：《穆木天诗选》，人民文学出版社，1987，第 300 页。
④ 朱自清：《中国新文学大系·诗集·导言》，上海良友图书公司，1935。

异的"鬼"张牙舞爪，背着钱袋的"我"食宿无门，表现出社会现实的荒诞和诗人内心的幽愤。当然，这一时期穆木天诗歌的主旋律仍然是时代的呼声和战斗的呐喊。即便是1947年至1949年夏在上海生活十分艰难的时候，穆木天仍然在《这个日子》《同乡》《你的纪念碑》等诗作中表达了自己的"无限兴奋"和"疯狂的欢喜"："这个日子/曾经给过我/无限的兴奋。/我心里/曾经有过/无限的憧憬。/我曾经/为这个日子/有过疯狂的欢喜。"（《这个日子》）1949年夏，穆木天怀着无比激动的心情迎来了上海的解放，两个月后再一次离开上海，到东北支援家乡教育，自此完全告别了上海，直至1971年10月在北京病逝。

1928年，冯乃超在《文化批判》上陆续发表了《上海》《与街头上人》《外白渡桥》《忧愁的中国》等诗作，标志着其诗风从低沉的象征主义到怒吼的革命文学的转变。在《上海》中，冯乃超直接把上海描绘成"一个战场"："上海——简直一个战场！/第二世界大战的战场"，"肉搏血溅的战场"，"人种前卫的战场"，"阶级争斗的战场"。在"扬子江头滚滚的浊浪上，/列强的旗帜飘扬，/精锐的炮舰，/一若厮杀临头地紧张"；在"租界的境界线上"，"无处不有狱牢的围墙，/无处不有铁丝网的紧张"，"虎狼般的列强，/生擒着奴隶制度下的柔羊"。在这个"战场"，诗人既看到了殖民者的嚣张，也看到了人民的反抗和未来的希望，"明天的飙风将到了，/今天的静寂可怕的凄凉。/看吧！红毛泥的马路上，/只有夜寒飒飒地反响"，/"听！解放的沉钟在响"。全诗激荡着一股强烈的革命主义豪情，民族主义的情绪、阶级斗争的意识、革命性的话语和二元对立的结构模式完全取代了《红纱灯》时期含蓄朦胧的"异国熏香"和"腐水朽城"的颓废情调。《与街上的人》更是从政治宣传的角度对上海"街上的人们"进行革命启蒙。诗人首先揭示了"街上人"的悲惨处境，"地狱的现世里"，"牛马一般劳役"；然后号召人们起来反抗，推翻强权政治，争取明日的幸福，"街上的人们哟，/暗夜虽黑，有灿烂的明星，/暴压虽急，有同志的呼声"。坐落在苏州河上的外白渡桥建于1907年，是近代上海的第一座钢质桥梁，也是承载旧上海风情的地标性建筑。冯乃超在《外白渡桥》中描绘了白渡桥的"钢铁骨骼"，赞颂了桥下工人们的反抗精神，"铁筋铁骨的架在黄浦江头的外白渡桥，/颓废地横在濛漠苍黄的夕阳的反照"，"汽笛的悲鸣迷茫的暮影中给他们哄笑"，然而"钢铁的骨骼构成现代的体躯，/钢铁的精神提供我们的武器"，给了无产阶级"钢铁般的现代精神的启诱"，"桥下的有力的呼声哟，/沉潜的原动力哟，/太平洋的中心正在酝酿着世界的同胞的最后的战斗"。诗人把革命的政治文化融入现代都市的机械文明，书写出普罗文学的审美特质。在 30 年代上海的政治文化语境中，冯乃超激进的革命姿态和政治热情表现在他的诗歌创作中，落实在他的社会活动中。

1926 年 2 月，在法国经历了"生之不安""爱之痛苦"的王独清回到了上海，用一首《我归来了，我底故国》表达了心底的对"十年不见的故国"的"久别重逢的感情"。诗人一开始便情不自禁地高呼："我归来了，我底故国！我归来了，我底故国！"然而当诗人"梦一般的在这上海市头信步前行"时，却发现"一切都是依旧"，"到处还是这样被陈废，颓败占据，/还是这泥泞的道路，污秽的街衢，/还是这些低矮的房屋，蒸湿的陋巷，/还是无数的贫民这样横卧在路旁"，"可是租界上却添了不少的高大洋楼"，"娱乐场中，音乐是悠扬，悠扬，悠扬"，"咖啡馆中，酒香，烟香，妇女底粉香"，"到处都是，富人们出入的酒店，旅馆"，"不准华人涉足"的公园和"好像在无人的境地一样，迈步前进"的外国士兵。诗人以归来游子的视角，站在民族大众的立场，采用对比映衬的手法，描述了上海华界的落后、租界的繁华，表达了对穷人的悲悯、对富者的愤懑、对故国的失望和对殖民者的不满。这首最初反映上海印象的诗作在显现诗人诗风由象征主义的幽昏转向普罗主义的明朗时仍然有前期"纯诗"的某些痕迹。诗人在用"力"表达心底深"情"的同时，注重对语言"音"和"色"的运用。诗中大量运用"还是……/还是……""租界上……/租界上……"等排比句式，诗中用流动的音节，采取不齐的韵脚，表现了诗人内心情感的波动起伏。此外，在诗形上，作者采取了"纯诗式"的"限制字数"，在语言色彩上强调对白色的运用，也显示了作者对诗歌形式和技巧的重视。20年代末 30 年代初，上海的政治文化氛围和自身社会身份的转变促使王独清的思想认识和审美方式发生了重大转变。与前面的《我归来了，我底故国》相比，这个时候的《上海底忧郁》已经完全放弃了"纯诗"阶段的象征、暗示、感伤和形式上的追求。该诗的第一部分用对比的方式表现出上海租界与华界、富人与穷人两极分化的"惊人奇迹"："这一边不断的汽车底喇叭在呜呜震鸣，/满了电火的洋楼高大得你仰视时头会发昏……/这一边却是一排很矮的瓦房"，"里面点着些黑暗的无光的油灯"，"这一边是巴黎、伦敦，/这一边是埃及、耶路撒冷！/这上海，这上海就是靠这奇迹，在维持着它底生存！"接着，第二、三部分，分别连用了八个相同的排比句，向无产阶级兄弟发出了战斗的呐喊，"兄弟们，拖呀，拖呀！/这奴隶的长绳终勒不死我们底愤火，/钢铁般的体骨却只有愈磨愈坚"，"这今日底血汗为换的是胜利的明日，/明日便是那般坐汽车的人跪拜我们的一天"。在"归来"时诗人是"梦一般的在这上海市头信步前行"，代表的是"对于现政治几乎完全灰心的智识阶级"，时时流露出"流浪者底悲哀，同时又有吊古的情怀"[1]，而在《忧郁底上海》中，反动派的"逮捕令"和"暗探的跟踪不停"，让"独行在这暗夜街头"的诗人"心中是悲愤，不宁"，"再也不能忍受，这失了自由的生存"，处处显示出无产阶级的阶级意识和革命情怀。1930年2月，创造社同人悉数加入左联，而王独清独自转向托派，与陈独秀成为莫逆之交。1932年，当托派主要成员被国民党逮捕时，王独清东躲西藏，所有著作皆被查禁。与此同时，在他看来"过去共事的朋友和变节的后辈"也联合对他进行"倾陷"和"讨伐"。此后王独清虽曾用化名偶尔向《申报·自由谈》投稿和为世界书局翻译《法文字典》，但大多数时候生活窘迫，沉默于文坛，直至1935年12月病逝于医院。这位早期的象征派代表、中期的创造社闯将、后期的托派分子，正是在30年代上海政治文化的影响下，数度转变自己的思想主张和诗歌的审美方式的。

　　文化环境的变化常常会导致思想认识的变化，而思想认识的变化又往往会导致审美视角、表现形式和艺术风格的转变。1927年大革命的失败导致进步青年产生政治焦虑，1931年"九一八"事变的爆发带给了国人亡国的威胁，1932年上海的"一·二八"事变更是让身处其中的人们感到了"难堪的侮辱"和"亡国的恐怖"，"它扰动了一切政治生活经济生活文化生活，直接或间接地使任何领域上的生活都受到牵连，受到影响"[2]。正是在这些政治的焦虑、难堪的侮辱和亡国的威胁中，穆木天、冯乃超和王独清

---

① 王独清：《王独清译诗集·前置》，现代书局，1929。
② 胡风：《民族革命战争与文艺》，《胡风评论集》（上卷），人民文学出版社，1984，第320页。

等人选择诗歌作为社会、时代和大众服务的新方向。穆木天在《我与文学》一文中清楚地表达了现实对他的这一影响:"目睹着东北农村之破产,又经验'九一八'的亡国的痛恨,我感到了诗人的社会的任务。除了真地反对帝国主义侵略之外,还有别的更大的诗人的使命么?"① 在他们看来,"真正的伟大的诗人,必须是全民族的代言人,必须是全民族的感情代达者"②,"伟大的艺术家,他们所以伟大的缘故,并不在发明何种流派,而在他们代表同时代的一种社会的伟大的人格"③。这种代民族立言、铸时代人格的思想动机使得他们走向了"十字街头",用大众的视角,采取对比的方式,从外部观察都市的繁华与罪恶,传达出阶级、民族和大众的情感。

## 三 李金发的上海体验与想象

作为中国象征派的最初实践者,李金发与上海有过两段"情缘"。1919年夏,新婚不久的李金发来到上海求学,但几次入学考试均告失败,于是很快便加入出国勤工俭学的热潮,于 11 月与林风眠等人赴法国留学。旅法期间一面学习雕塑美术,一面"受波特莱与魏尔仑的影响而做诗"④。李金发在法国虽然经历了生之不安,但却在学业和爱情上都有所成就。

1925 年 6 月,踌躇满志的李金发应上海美专校长刘海粟之约,带着他的德国妻子屐妲回到上海,然而与 6 年前一样,这位在雕塑与诗歌领域已获得不小声誉的象征主义诗人并没有得到上海的青睐。他的教授之聘竟然因为招不到一个学生而无法兑现,再加上妻子生病、儿子出生,于是这位失业的艺术家为生计开始四处奔波,在文学、雕塑、出版、翻译等多领域忙碌。20 世纪 60 年代,李金发在回忆这段上海生活时仍然充满了苦楚:"那时上海是孙传芳、卢永祥、齐燮元的世界,我们南方人在此人海茫茫举目无亲,欲找一糊口职位都不容易,若是与革命党有往来,给他们知道了,

---

① 穆木天:《我与文学》,陈惇、刘向愚编选《穆木天文学评论选集》,北京师范大学出版社,2000。
② 穆木天:《目前新诗运动的展开问题》,《穆木天诗文集》,时代文艺出版社,1985,第 356 页。
③ 冯乃超:《艺术与社会生活》,《文化批判》创刊号,1928 年 1 月。
④ 李金发:《诗问答》,《文艺画报》第 1 卷第 3 期,1935 年 2 月 15 日。

还可以坐牢或脑袋搬家。"①

　　1927 年前后的上海，党派纷争，社团林立，大多数作家依附于所属的组织和社团，以联合力量面对日趋复杂而紧张的都市环境。在文艺创作上，此时的李金发已无法适应愈演愈烈的社会矛盾和文化冲突。他说："那时文学研究会与左翼作家鲁迅等水火不相容，常常互相讥讽寻仇。我在文艺工作上，不属于任何一派，只是孤军奋斗，匹马单刀，没有替我摇旗呐喊的朋友。"② 尽管如此，李金发仍然坚持自己一向艺术至上的主张，"在二三年内，我陆续在北新，光华，世界等书局，出版有《肉的图圙》，《核米顿夫人传》，《托尔斯泰夫人日记》，《岭东情歌》，《为幸福而歌》，《德国文学 ABC》，《古希腊恋歌》，抗战时出版一本《异国情调》，都是无关宏旨的作品"③。当自己无法继续"为艺术""为生命"而歌时，李金发干脆放弃了诗歌创作。他说："因为自己对于诗的体裁及新诗的使命，起了怀疑，一方面眼高手低，不想投稿到不尊重新诗的刊物中去做补白。"④

　　李金发终于对上海产生了"居大不易"的想法，1927 年初，他离开上海到武汉谋职，先后在武汉任中山大学文学院教授，在南京任大学院秘书，在杭州艺专任雕刻教授，并在此期间在上海创办了《美育杂志》，开办了名为"罗马工程处"的雕刻公司。妻子屐姐由于思乡心切，带着儿子从上海乘船回德国。1931 年，冬李金发在妻离子散的愁闷中辞去了杭州的教职，关闭了上海的"罗马工程处"后只身赴广州，自此再也未回上海。

　　在《忆上海》（《现代》二卷一期）中，李金发表达了自己对这座"容纳着鬼魅与天使的都市"的矛盾心理："你犹装出乐观者之谄笑"，又"欠伸着如初醒之女儿"；"你于我是当年之仇雠的祖先"，又"于我是挽臂徐行之侣伴"；"我曾在你怀里哭泣嬉笑"，也"曾在人马丛集中张皇急走"；"我"既在"悠悠长夜的华屋之一角"，"紧抱着彼人漫舞"，又不能说"那是盛年之华"，"得到如夜来枭声之威吓"。诗人在这一系列的都市矛盾体验中感叹道："你已满足于我的不幸罢！/无灵如荡妇的诱惑者，/我将在南国

---

①　陈厚诚编《李金发回忆录》，东方出版中心，1998，第 66 页。
②　陈厚诚编《李金发回忆录》，东方出版中心，1998，第 68 页。
③　陈厚诚编《李金发回忆录》，东方出版中心，1998，第 68 页。
④　陈厚诚编《李金发回忆录》，东方出版中心，1998，第 68 页。

的山川之垠, /宣唱你巫女似的不可宥之罪过。"

20 世纪 30 年代前后的上海处在一个复杂多变、动荡不安的时期, 骄奢淫逸的洋场风情, 如火如荼的左翼运动, 风声鹤唳的白色恐怖, 国破城陷的民族危机, 任何人置身于如此驳杂的都市文化环境中, 都会不同程度地受到多方面的影响, 做出各自不同的选择。20 年代的象征派诗人穆木天、冯乃超、王独清和李金发等, 在文化背景、生活经历、审美情趣等方面大致相同或相似。他们都曾是"没落贵族的代表", 都曾留学国外, 吸收过"异域的熏香", 一度热衷于象征主义诗歌创作, 并且都在 20 年代末回到国内, 先后抵达上海。然而在二三十年代上海的政治文化环境中, 他们做出了不同的选择, 前三人积极投身普罗文学运动, 从象征主义的"象牙塔"走向了普罗运动的"十字街头", 用诗歌构建了一个鲜明的政治文化语境中的上海意象: 穆木天笔下的上海是"煌煌的火城", 冯乃超诗中的上海"简直一个战场", 王独清眼中的上海"到处还是这样被陈废, 颓败占据"。而李金发仍然坚守自己的艺术信念, 宁愿少写或不写, 也"绝对不能跟人家一样, 以诗来写革命思想, 来煽动罢工流血", 坚持认为"我的诗是个人灵感的纪录表, 是个人陶醉后引吭的高歌", "从没有预备怕人家难懂, 只求发泄尽胸中的诗意", 也"不能希望人人能了解"。[①]

## 第二节　现代诗派的都市审美

20 世纪 30 年代,《新文艺》、《现代》和《新诗》等杂志聚集了以戴望舒、施蛰存、徐迟、卞之琳、艾青、路易士、林庚、金克木、玲君、陈江帆等为代表的一批现代派诗人, 他们以敏锐的触角捕捉都市的新感觉, 以全新的形式描写都市的新景观, 在开放多元的商业文化中传达出复杂的都市新感受, 是名副其实的"都会诗人"。

### 一　现代都市"新的机械文明"

20 世纪 30 年代, 进入全盛时期的上海已成为全国经济中心和世界第五

---

① 李金发:《是个人灵感的纪录表》,《文艺大路》第 2 卷第 1 期, 1935 年 11 月。

大都市，在外国对华进出口贸易和商业总额中，80%以上来自上海，直接对外贸易总值占全国50%以上，工业资本总额占全国40%，工业产值已达11亿元，占全国一半以上。① 上海工商经济的发展带来了都市文化的繁荣和人们生活方式的改变，从而也深刻地影响了文学审美方式的转变。在中国古代传统诗学中，自然山水和乡土风物是诗人表现的主要对象，淡泊宁静和悠闲自得是诗人抒发的主要情怀。然而在30年代的上海，"近代资本主义社会所发见而留给我们的美——那是大都会和机械的美"②，"新的机械文明，新的都市，新的享乐，新的受苦，都明摆在我们眼前，而这些新东西的共同特点便在强烈的刺激我们的感觉"③，"这种生活所给予我们的诗人的感情"已经完全不同于"上代诗人"④ 了。

茅盾在30年代说："现代人是时时处处和机械发生关系的。都市里的人们生活在机械的'速'和'力'的漩涡中，一旦机械突然停止，都市人的生活便简直没有法子继续。交通停顿了，马达不动了，电灯不亮了，三百万人口的大都市上海便将成为死的黑暗的都市了。……机械这东西本身是力强的，创造的，美的。我们不应该抹煞机械本身的伟大。"⑤ 1932年，刘呐鸥在给戴望舒的信中说："因航空思想的普及，也产生许多关于飞行的诗，我很想你能对于这新的领域注意，新的空间及新的角度都能给我们以新的幻想意识情感。"⑥ 茅盾的赞美和刘呐鸥的提醒反映了30年代由机械文明产生的新的都市美学已经进入现代作家的审美视野。新的都市景观和新的感官刺激促使现代派诗人审美方式的转变。都市不再仅仅是道德的沦丧地和罪恶的制造场，而且伴随着机械工业文明一起作为美的对象进入诗人的审美视野。

在戴望舒眼中，"新的机械文明"不再是"一个静默的铁的神秘"，而是"有一颗充着慈爱的血的心"，是"我们的有力的铁的小母亲"，她"用

---

① 徐雪筠等编译《上海近代社会经济发展概况（1882～1931）》，上海社会科学院出版社，1985。

② 〔日〕藏原惟人：《新艺术形式的探求》，葛莫美译，《新文艺》第1卷第4期，1929年12月。

③ 柯可：《论中国新诗的新途径》，《新诗》第1卷第4期，1937年1月。

④ 施蛰存：《又关于本刊的诗》，《现代》第4卷第1期，1933年11月。

⑤ 茅盾：《机械的颂赞》，《申报》第2卷第4期，1933年4月。

⑥ 刘呐鸥：《致戴望舒》，孔另境编《现代作家书简》，花城出版社，1982，第186页。

有力的，热爱的手臂，紧抱着我们，抚爱着我们"①。在艾青诗中，都市的"那边"，"在千万的灯光之间，/红的绿的警灯，/一闪闪的亮着"，"那边灯光的一面，/铁的声音，/沸腾的人市的声音，/不断的煽出"（艾青《那边》，《现代》一卷五期）。在洛依笔下，汽车"引擎的震动，含着笑意的嘴，和二道深藏在浓长的睫毛中/闪耀着热情的光"（洛依《夏午的大道》，《现代》二卷五期）。

现代派的诗人们以少有的激情发出了对都市机械文明的赞颂，即便是工厂林立的烟囱和桃色的烟雾这些现在我们看来的工业污染，在他们笔下也成为审美的诗行，"在夕暮的残霞里，/从烟囱林中升上来的/大朵的桃色的云，/美丽哪，烟煤做的，/透明的，桃色的云"（施蛰存《桃色的云》，《现代》二卷一期）。在都市中，现代机械的力度、摩天大楼的高度和交通工具的速度，已经渗透到诗人的审美意识中，改变了诗人的审美视角和修辞方式。在高耸入云的摩天大楼面前，现代派诗人大多采取仰视或俯视的观察视角，通过丰富的意象传达出现代的美感。

徐迟的《都会的满月》（《现代》五卷一期）以非凡的想象把摩天楼上的钟面比作"都会的满月"，它"贴在摩天楼的塔上"，"短针一样的人，/长针一样的影子，/偶或望一望都会的满月的表面。/ 知道了都会的满月的浮载的哲理，/ 知道了时刻之分，/明月与灯与钟的兼有了"。月亮是一个常见的传统意象，但把它与摩天楼上的"立体平面的机件"结合在一起，则具有了鲜明的现代美感。在《初到都市》（《现代》五卷五期）中，宗植用"漠野的沙风"、"生活之流动的烟雾"和"梦的泡沫之气息"等意象具象化地呈现出诗人仰视"二十一层"摩天大楼时所产生的内心惶惑和淆乱的空间观念："比漠野的沙风更无实感的，/都市底大厦下的烟雾"，"低压着生活"，"免不了梦的泡沫之气息"，"溶化在第二十一层房顶上的/秋夜之天空，/在透露着青苍的幽郁"，"街灯之行列，/沉落在淆乱空间观念的/纵的与横的综错里了"。在前人的《云》里，"梦样的思想样的夏日的云。/ 是一座 Aluminium 的构成派建筑哪。/是一列巨型的银牙。/是雪压着的长松哪。/是西伯利亚的羊群"。诗人把传统的意象"浮云"比作"Aluminium 的

---

① 戴望舒：《我们的小母亲》，《新文艺》第 2 卷第 1 期，1930 年 3 月。

构成派建筑"和"一列巨型的银牙",用现代机械的美置换了传统的诗歌想象。玲君的《Villa 广告牌下》和南星的《城中》分别描写了街头广告和商店百货对路人的诱惑。广告牌中的"吸烟女郎",有着"蓝色的眼"、"白色的脸"和"红色的嘴唇","站在路中央"的"我","被竖立于路前画面上 Model 的明朗性的姿态所魅惑着"。商店里的商品和橱窗像"孩子的眼睛"一样诱惑着"每个路人","商店之行列永远是年青的,/时时闪耀着孩子的眼睛/向每一个过路人作姿,/若有意,若无意"。在"简单清楚有力与合于实用"① 的现代都市美学的影响下,感受着"现代生活"的"现代诗人",产生了与"上代诗人"不同的"现代情绪",用"现代的词藻排列成现代的诗形"。

## 二　现代都市的"新人类"

城市经济的发展促进了人口的流动。开埠以后,上海以它的开放性和包容性吸纳了世界各地和五湖四海的移民,20 世纪 30 年代,上海人口突破了 300 万。② 上海逐渐由原来相对封闭和狭窄的地域结构演变成为以移民为主的开放和动态发展的人口结构。都市人口的密集、现代交通的便利和公共空间的开放等特点导致都市现代生活的异质性和多元化,而商品文化的本质也决定了都市生活方式的开放性和流动性。置身于 20 世纪 30 年代上海工商文化环境中的现代派诗人,常常通过都市各色人物的日常生活和心理状态表现出都市生活的异质性、开放性、流动性和多元性。年轻人是都市文化时尚的体现者,现代派诗人及时捕捉了都市各类新人的生存状态和精神风貌。

徐迟在《二十岁人》中礼赞了散发着青春气息的都市新人类:"我来了,二十岁,/年青,年轻,明亮又健康。/从植着杉的路上,我来了哪,/挟着网球拍子,哼着歌:/G 调小步舞;F 调罗曼司。/我来了,雪白的衬衣","印第安弦的网影子,在胸上"。都市新人"年轻,明亮又健康","挟着网球拍子,哼着歌",充满了青春的朝气和活力。史卫斯的《十一月

① 徐訏:《新旧与美感》,《天地人》第 1 卷第 2 期,1936 年 4 月。
② 邹依仁:《旧上海人口变迁的研究》,上海人民出版社,1980,第 114 页。

的街》描写了大街上无所事事的"三个年青人","谁也没有想到，该到哪儿去"，"对面方向来的女人，飞一个微笑"，"点一点头，又各顾各的走了"。洛依的《在公共汽车中》（《现代》一卷四期）则描写了流动拥挤的车厢里一对年轻恋人在"昏黄的灯光，/与震响的机声"中"亲密接触"的场景："幸而有灯光的昏黄，/荫蔽了初恋的脸红；/幸而有机声的震响，/掩护了初恋的嗫呐；/但这车厢/为什么如此颤动呢？/在不经意中，我的肩骒投入了他的怀里，/虽然有昏黄的灯光，/与震响的机声，也难荫蔽这火烧得双颊，/与翕张的唇吻了。""初恋的羞涩"与"机声的震响"相互映衬，传统的爱情主题在现代都市的审美观照中获得了现代的美感。

都市中不同职业的人们也常常表现出迥然相异的生活状貌和精神状态。苏俗在《街头的女儿》（《现代》四卷四期）中描写了梅雨季节街头妓女的生活状貌，"嘴角上叼着一根香烟，/提着空的皮夹子，/在水门汀的路上，/孤零地漫步，孤零地。/疲倦了的眸子，/勉强流出一点风骚；/一对飞眼，跟着/一个两个烟圈。提着空的皮夹子，/等着买笑的男子。/路旁的小贩对她嘲弄：/'只要有一天我买到头奖，只要有一天……'这样的调笑她习惯了，/只自己冷落地想起：/'怎么这生意还会冷落？'/人们在街头浪似地翻着，/买笑的男子哪里去了？/年红灯一片一片的，/她的同伴一群一群的。/她夹着空的皮夹子，/烦忧地走在回家的路上"。妓女举止的"风骚"、生活的无奈和路旁小贩潜伏的色欲心理共同烛照出都市生活的阴暗角落。金伞的《出狱》（《现代》五卷二期）描写了一个出狱囚犯走在大街上的所见所闻、所思所感："挟着三年前的旧行囊，/熟识的看守押我出了狱门。/眼前的街"，"往北还是往南呢？/像返阳的幽魂，侧身在墙下/行走，/走了一条街又一条街，/又穿过许多小巷。/七月的淫雨天"，"没有一文钱的衣袋下，/怀着一个乞儿的心；/昔日的骄傲于今变成踟蹰了。/在黄昏的街边，/我细读着斑残的广告，/今夜的睡眠在哪里安顿啊！/因而想起同炕的几个朋友，/夜里是隔被互易着体温的，/此刻环坐低谈少了一人。/出了同一的狱门，/有的却走向隔世。/愿他们在地下安息吧！"囚犯们在狱中的团结互助和出狱后在街头不知所措的被抛弃感反映了都市社会的冷漠。王承会的《挑水夫》（《现代》五卷四期）描写了一个都市挑水夫的日常生活："阳光描出些花纹，/在铁轨的水滴的延线上，/一个挑水的路径/美丽的躺在那里。/他从清晨走到黄昏，/怎么这路像没有止境。/不呵！/他的父亲不走过去了么？/张家底寿面在等着水下锅，/李婆在喊他也像没有听见，/眼前有两个小孩又在嚷，/'老杨，你快挑水到天主堂。'/欢喜从他肩上压出来了，/在一个呆呆的早晨，/他那双瓦砾刺破的脚，/不是在追随他父亲的背影么？"诗人从日常生活中发现了都市的美感，在轻快的笔调中表现出普通人的生活之沉重。

在现代派的诗歌中，无论是都市中的新人类、大街上的漫游者、公共汽车上的恋人，还是街头的妓女、路旁的小贩、出狱的囚犯和穿街走巷的挑水工等，诗人们通过都市的人生百态展示出日常生活中的都市形象。这一日常生活的审美化既反映了现代派诗人审美视角的转换，也体现出诗歌散文化的新探索。80年代艾青在谈及新诗散文化时曾说："这个主张并不是我的发明，戴望舒写《我的记忆》时就这样做了。"① 在《我的记忆》中，戴望舒把抽象的"记忆"具象化为一切日常的生命形态，"它存在在燃着的烟卷上"，"绘着百合花的笔杆上"，"破旧的粉盒上"，"颓垣的木莓上"，"喝了一半的酒瓶上"，"撕碎的往日的诗稿上"，"压干的花片上"，"凄暗的灯上"，"平静的水上"，"一切有灵魂没有灵魂的东西上"。"在亲切的日常生活调子里舒卷自如，敏锐、精确，而又不失它的风姿，有节制的潇洒和有工力的淳朴"②，卞之琳对戴望舒诗歌的这个评价可以被看作30年代现代派诗人的共同追求。正是在戴望舒的影响下，现代派诗人开始摆脱了此前对音乐性的追求而注重"诗的内在情绪"，在都市的日常生活中表现诗歌的美，开拓了新诗散文化的新路径。

## 三　现代都市的颓废与寂寞

都市工商经济的发展带来了消费文化的繁荣，在消费文化的背后又呈现出都市生活的颓废和繁华背后的寂寞。30年代的现代派诗人在都市现代工商文化的濡染下，一方面无法拒绝或逃避都市消费主义的诱惑，另一方面又难以完全摆脱传统价值观念的束缚，于是便不可避免地陷入都市审美

① 艾青：《与青年诗人谈诗》，《诗刊》1980年第10期。
② 卞之琳：《〈戴望舒诗集〉序》，《戴望舒诗集》，四川人民出版社，1981，第5页。

的焦虑之中。这一焦虑突出地表现在他们对都市繁华和颓废的矛盾心态上。

前人在《夜的舞会》（《现代》五卷三期）中通过舞场的声光化电和纸醉金迷，描写了舞会的颓废气息，"一丛三丛七丛，/柏枝间嵌着欲溜的珊瑚的电炬"，"Jazz 的音色染透了舞侣，/在那眉眼，鬓发，齿颊，/心胸和手足。/是一种愉悦的不协和的鲜明的和弦的熔物"，"散乱的天蓝，朱，黑，惨绿，媚黄的衣饰幻成的几何形体，/若万花镜的拥聚惊散在眼的网膜上。/并剪样的威士忌。/有膨胀性的 Allegro 三拍子 G 调。/飘动地有大飞船感觉的夜的舞会哪"。吴汶的《七月的疯狂》（《现代》五卷五期）、老任的《夏之夜》（《现代》五卷五期）和子铨的《都市的夜》（《现代》六卷一期）分别描写了"妖都"夜晚的疯狂。在人欲横流的舞场，"我敲开妖都第二扇门，/昂奋在衣角呐喊，/迈进接吻市场。/旋律，女人股间的臭，/地板上滚着威士忌的醉意，/棺盖开后的尸舞"；"全裸的少妇吧，/无禁地任人摸索，/魔惑之憨笑哪"；"年红，拨奏着颤栗的旋律：/作大爵士的合舞/。肉味的檀色，淫荡的音符不断地跳动着"。王一心直接以"颓废"为题（《颓废》，《现代》四卷一期），描写陷入都市颓废而无法摆脱的矛盾心理，"酒与肉把颓废养得多肥"，无处不在的"颓废"有时在"我的长发上站着"，有时在"我长发上睡"，"它昼夜张开罪恶的枯手"，甚至"从社会爬进我的灵魂"。

30 年代的现代派诗人大多是都市的外来者。"初到都市"的诗人在复杂多变的都市中常常产生无法融入的焦虑，他们以异乡人、索居者和漂泊者的身份抒发伴随着身份焦虑产生的难以排遣的寂寞感和失落感。初到都市者在"都市底大厦下"和"街灯之行列"中，感到"比漠野的沙风更无实感"的"青苍的幽郁"和"生疏的寂寞"（宗植《初到都市》）。都市的"索居者"彳亍地"在道儿上走"，无奈地发出"这个漂亮的都市于我一无所有"的感慨（严敦易《索居》）。都市的"旅人"，"背负着雨伞"，"不畏烈日和淫雨"，"在冥冥之中摸索"，最终也只有"小饭铺的马槽边，/无罩的煤油灯"来抚慰疲惫的心灵（金克木《旅人》，《现代》四卷四期），"携着哀愁的箧笥以跋涉的旅人"，踟蹰在"这修长的旅途"，"犹豫着"去路（匿名《旅人》）。陈江帆的《公寓》（《现代》四卷六期）描写了流居公寓者的寂寞，在繁闹的都市中书写了古老的悲秋思乡之曲，"我流居在小小的公寓中，/在它上面是没有秋天的，/没有我家的秋天"，"思秋病是我馥郁的混合酒"。王华的《无题》（《现代》五卷一期）把"飘泊的命运"比作"白云里一只飞鸦，/曳着一条渺茫的生活"。艾青的《搏动》（《现代》五卷二期）描写了生活重压下都市人的心理感受："都市的，夜的光之海，/常给我以太重的积压；/积压的纵或不是都市的/烦杂的音色也吧；/积压的而是回想的/音色的都市也吧；/但是，心的搏动果能/衡量我这病的搏动么？"路易士的《在都市里》（《新诗》第 1 卷第 2 期）表达了繁华都市中精神漂泊的忧郁。在都市里，"使我忧郁的/不是那些摩天的大厦"、"没有太阳的人行道"和"宝石做的交通灯"，而是"尘沙一般"渺茫的感觉。金克木的《招隐》（《新诗》第 1 卷第 1 期）把城市比作"喧哗的沙漠"，"这里没有风，/又没有太阳，/有的只是永远蒸腾着的寂寞"。玲君的《公园里的一张椅》（《现代》五卷一期）借"公园里某角落的一个椅"表达了在都市中被遗忘的寂寞："寂寞的公园，寂寞的椅，/却这样缺少寂寞的人来访啊！/路灯的昏晦的眼睛，衰颓/照着椅，是空了位的椅。"而废名的《街头》（《新诗》第 2 卷第 3、4 期）更是把都市的寂寞推向了极致："行到街头乃有汽车驰过，/乃有邮筒寂寞。/邮筒 PO/乃记不起汽车的号码X，/乃有阿拉伯数字寂寞，/汽车寂寞，/大街寂寞，/人类寂寞。"都市中瞬息而过的汽车、路旁的邮筒本是互不相关的物体，然而诗人从两个无生命物体互不相干的关系中体味出了都市乃至人类共有的寂寞的生命体验。

正如海德所言："城市生来就是没有诗意的……然而城市生来又是一切素材中最富于诗意的。这就要看你怎样去观察它了。"① 浸润在 30 年代上海工商文化中的现代派诗人，在他们的诗歌中以人造的机械的美代替了自然的山水的美，以动感的诱惑的都市代替了宁静的恬淡的乡村，以日常生活的审美代替了忧国忧民的抒情。他们用一种全新的方式去观察、体验和想象都市，在都市中发现了新的诗意，创造出一种适合表现机械文明和日常生活的现代派的都市诗歌。

---

① 〔美〕G. M. 海德：《城市诗歌》，〔英〕马·布雷德伯里等编《现代主义》，胡家峦等译，上海外语教育出版社，1992，第 311 页。

## 四 国际都会中的"异域风情"

30 年代的上海是国际性的大都会。1931 年上海的外籍侨民超过 6 万人，此后几年大多保持在六七万人，二战期间大批的日本人和避难的犹太人涌入上海，1942 年上海外侨人数最高峰时超过了 15 万。[①] 除了此前的英美公共租界和法租界外，还陆续形成了以虹口为中心的日本人聚居区，以杨树浦为中心的犹太人聚居区，以霞飞路为中心的俄国人聚居区，等等。

"在都市里，随着车辆之群，各色人种的风扬起了。"[②] 不同肤色的人们在这座东方的大都市中所呈现出的不同文化景观，也进入现代派诗人的审美视野。陈江帆的笔下常常描绘出大街上的异域风情，"在海风吹的南方的街，/戴着白帽子飘过去"，"海上的船载来辽远味。/我为着海上的船哪，/飘在街的角落里，/海鸥的歌沉向心的尖端"（《南方的街》，《现代》四卷二期），"穿过了桥，/像南欧的独木舟载着你，/轻轻地，你踏出/细月亮的街。/月亮是细到只照见水门汀，/和你马来女的舞姿的步武。用秘密的视线触觉着，/我愿一切是影画哪！/因为你善步舞的，/从我想出一个远土的小港，/从细月亮的街回过来，/你能小住我棕榈的板房中吗？"（《街》，《现代》六卷一期）在这里，海上船载来的"辽远味"、"南欧的独木舟"、"马来女的舞姿"和"棕榈的板房"等意象无不展示出大街上的异域风情。

戴望舒的《百合子》《八重子》《梦都子》分别描写了三个在上海谋生的日本妓女的表面欢娱和内心忧郁。百合子在"百尺的高楼和沉迷的香夜"中，"度着寂寂的悠长的生涯"，"茫然地望着远处"，"因为她的家是在灿烂的樱花丛里"。八重子有着"春花的脸，和初恋的心"，"发的香味是簪着辽远的恋情"，"萦系着渺茫的相思"。梦都子把口红、指爪"印在老绅士的颊上，/刻在醉少年的肩上"，她会"撒娇"，"会放肆"，可她却有着"惯矢的心""忤逆的心愿"。三个身处异国都市中的女性在欢娱的背后都深藏着怀乡的忧郁。

---

① 熊月之等选编《上海的外国人（1842—1949）·序言》，上海古籍出版社，2003，第 1 页。
② 路易士：《在都市里》，《新诗》第 1 卷第 2 期，1936 年 11 月。

玲君在《白俄少女的 Guitar》中借一把"挂在墙上的旧六弦琴"表达了对琴的主人"白俄少女"飘落异邦的感慨："挂在墙上的旧六弦琴，/没人动已这多年了；/主人飘落在异邦，留下它/厮守着沾尘的穴室。/……废墟下游人口哨远了，/一样的曲调，/你唱出昔日的闺愁呵，/你歌出旧帝国的倾覆？/……在同一的地方，在不远的领域，/幽暗的调子响着了，/西班牙少女的 Tango 呵，苏维埃少女的国际歌呵，/你呢，你只歌出你的苦寂。/……你的主人在国界外，长年梭巡着，几次被拒绝了进境，/枫叶把皱纹的帷幔染错了色，/恐惧着是过额的花的殡葬吗？/（孤独地，孤独地，/失了主人的六弦琴呵！）/告诉我，你被锁在/修道院多少年了？/四周墙上都被暮气熏得黑黄，/落寞的也曾得到神的指示。/告诉我，你的主人/失踪已多少年了？/你的主人临出走的时候，/曾吩咐你一句什么秘语了吗？"诗中孤寂的六弦琴、倾覆的旧帝国和沦落的白俄少女等意象表露出诗人的人道主义情怀和世界主义的视野。

## 第二节　九叶派的上海想象

### 一　都市战争文化心理的形成与表征

战争文化心理是在一定历史时期形成的文化特征。它具体表现为战争观念、战时意识占据着社会文化心理的重要位置，从而使得战时的价值判断、行为方式、思想倾向渗透到社会公共意识中，形成一种明显带有战争心理特征的文化心理。上海的近代历史是在外侮内乱中畸形发展的都市发展史。近代上海不仅是经济发展的中心，也是各种政治势力的角力场。开埠以来，在这座沿海都会先后弥漫过小刀会起义、太平天国战争、北洋军阀混战、"一·二八"事变和"八一三"抗战等战争的硝烟。这些战争尤其是抗战给上海的政治、经济、文化等社会生活造成了巨大的影响，呈现出不同的生存景观和文化特征，从而形成了一种特殊的战争文化心理。

艾青曾说："抗战在今天的中国，在今天的世界，都是最大的事件，不论诗人对于这事件的态度如何，假如诗人尚有感官的话，他总不能隐瞒这事件之触目惊心的存在。"① 1932 年 1 月 28 日至 3 月 3 日，日军对上海进行了狂轰滥炸，闸北、吴淞、江湾等地"瓦砾成堆，尸横遍野"。据统计，"全市工厂、商店、住房等损失计 16 亿元，工人失业 25 万，学生失学 4 万，市民死 6080 人、伤 2000 余人，流离失所者不计其数，全上海人口比战前减少 81 万人"②。1937 年 8 月 13 日至 11 月 11 日，在长达 3 个月之久的淞沪会战中，日本侵略者更是给上海带来空前的浩劫。据统计，战争中中国军民死伤 30 万人，经济损失 37 亿元以上，上海的现代化进程遭受到毁灭性的打击。③ 从"一·二八"事变到"八一三"抗战，国破家亡的威胁造成了普遍的焦虑和恐慌，上海各界抗日救亡运动高涨，成立各种抗日救亡团体180 多个，从政界、工界、商界、文艺界到农界，甚至包括舞女和僧侣，范围之广，数量之多，热情之高，前所未有。上海的"一·二八"事变和"八一三"抗战，既是当时全国抗战的重要组成部分，也是与世界反法西斯战争联系在一起的，从而使得这一时期的上海战争文化心理具有了全国性乃至世界性的特征。

陈思和曾指出："抗战改变了知识分子在中国现代化进程中的社会地位及其与中国民众的关系。"④ 上海的"一·二八"事变和"八一三"抗战，使得在民族处于生死存亡的危急关头，知识分子主动放弃此前"高高在上"的启蒙身份而融入普通的平民大众中间，共御外侮，服务抗战。正是在危急时刻中，民族性的焦虑积淀为一种普遍的社会心理，进而深刻地影响了作家的创作心理和审美方式。同时，抗战使得上海的政治文化地图发生了改变，从华洋分治到孤岛沦陷再到国统区的一党专政，文学也相应呈现出不同的景观。在战争文化背景下，既有如《第七连》（邱东平）等正面直视"淋漓的鲜血"的，也有如《倾城之恋》（张爱玲）等侧面描写"苍凉的人生"的；既有"执起我们的枪，/踏着我们的血迹，/前进，前进，前进"的战斗呐喊（郑振铎《当我们倒下来时》），也有"一齐举起颤栗的手，/夺取'人'的位置，充实这多年空虚的躯壳"（杭约赫《复活的土地》）的人

---

① 艾青：《诗与时代》，《诗论》，生活·读书·新知三联书店，2012，第 123 页。

② 熊月之主编《上海通史》第 7 卷，上海人民出版社，1999，第 279 页。

③ 熊月之主编《上海通史》第 7 卷，上海人民出版社，1999，第 337 页。

④ 陈思和：《简论抗战为文学史分界的两个问题》，《社会科学》2005 年第 8 期。

性挖掘。20 世纪 40 年代的九叶派诗人不但亲历了这场民族的灾难，而且是在抗战中走上文学道路的。

1947 年前后，杭约赫、唐湜、唐祈、陈敬容等九叶派诗人在亲历了战争硝烟、目睹了民生疾苦之后来到上海（辛笛已于 1939 年来到上海），先后创办了《诗创造》和《中国新诗》杂志，"他们与因抗战结束复员或毕业分配回到北平或天津的原昆明西南联大诗人群穆旦、杜运燮、郑敏、袁可嘉取得了遥远的联系，共同推动着一股新的诗潮的发展"①。这股"新的诗潮"持续到 1948 年 11 月，因《诗创造》和《中国新诗》被查禁，辛笛、杭约赫等人或在上海隐身避难，或离开上海。1947 年前后，抗战虽然胜利了，然而多年抗战所积淀的战争文化心理在全面爆发的解放战争和国民党当局的白色恐怖中不但没有褪去，反而更见紧张。这一战争文化心理在九叶派诗人的诗歌创作中得到深刻的反映。虽然穆旦等人的诗作也充分体现了战争文化心理，但由于他们不在上海，因此下文主要以"立足于上海"②的杭约赫、唐湜、唐祈、陈敬容、辛笛等五位诗人的诗作为考察的对象，偶尔涉及袁可嘉、杜运燮等关于上海和抗战的诗歌。

## 二 战后都市生活乱象的书写

1945 年 8 月，日本投降，抗战结束，国民党接收了日伪统治了 8 年的上海。然而，像全国其他沦陷区一样，国民党对上海的接收很快变成了"劫收"，各类官员贪赃枉法、疯狂敛财、挥霍无度。这一古今罕见的社会乱象连当时仍在重庆的蒋介石都不敢相信，他致电时任上海市市长的钱大钧说："余经可靠渠道获悉，京沪平津地区军政及党务人员一直生活奢靡，沉溺嫖赌，并假借党政机关名义，强占巨宅大院，充作公署。他们无恶不作，不择手段，及至敲诈勒索。传闻的沪、平情状最烈。"③ 抗战前后上海的混乱状况还可以从飞涨的物价上可见一斑。据统计，1945 年上海物价指

---

① 蓝棣之：《九叶派诗选前言》，蓝棣之编选《九叶派诗选》，人民文学出版社，1992，第 3 页。
② 唐湜：《关于"九叶"——从〈诗创造〉到〈中国新诗〉》，《文艺报》1986 年 11 月 12 日。
③ 重庆《新民报》1945 年 11 月 2 日，转引自熊月之主编《上海通史》第 7 卷，上海人民出版社，1999，第 428 页。

数与重庆相比，7 月为 25.5 倍，8 月为 48.1 倍，9 月为 56.4 倍。① 此时重庆的物价也同样在飞涨。而 1947 年 1 月至 12 月上海的米价就涨了近 20 倍。② 杜运燮在《造物价的人》中用戏讽的手法讽刺了抗战时国统区物价的混乱情景，在某种程度上也是上海战后物价飞涨的写照，物价从前"用腿走，现在不但有汽车，坐飞机，/还结识了不少要人，阔人，/他们都捧他，搂他，提拔他，/他的身体便如烟一般轻，/飞"。辛笛的《一念》也表现了上海物价飞涨、社会混乱所带来的内心焦虑，"早上起来/有写诗的心情/但纸币作蝴蝶飞/漫天是火药味/良知高声对我说/这是奢侈 矛盾 犯罪"。

战后的上海呈现出一片社会乱象，经济崩溃，物价飞涨，民不聊生，而各类蝇营狗苟者也趁机群魔乱舞，极尽骄奢淫逸之态。战争时期的紧张氛围和社会动乱在国民党反动派的白色恐怖和疯狂掠夺下愈演愈烈。正是在这种战争文化心理的影响下，九叶派诗人大多运用战争思维来审视社会现实，他们要求"在内容上更强烈拥抱住今天中国最有斗争意义的现实"③，"呼唤并响应时代的声音"，"有所挣扎，有所突破，有所牺牲，也有所完成"④。

杭约赫的《复活的土地》以宏大的气势和史诗般的规模在世界反法西斯战争的广阔背景下描述了"抗战胜利后至解放前夕上海的情景"与"国统区人民的苦难和斗争"⑤，贯穿全诗的是鲜明的"战争意识"和激愤的"战争话语"。诗人首先描写了战争中法西斯的贪婪和疯狂，赞颂了全世界人民在反法西斯战争中的团结和勇敢。接着在战争的背景下回顾了上海作为半殖民地的屈辱历史和殖民者的疯狂掠夺，描绘了战后上海混乱的社会现实。这片"饕餮的海"曾经是"冒险家们的乐园：多少不同的/旗帜和语言，万里迢迢/奔来垦殖，用他们的魔法/在过分熟悉又陌生的我们的国度里/经营，十八个省份的财富向这里集中"，"魔术师的手杖和帽子，/使我们的耕地变幻为舞池，/使我们的血液和汗滴/酿成酒浆"。在这片"荒淫的

---

① 熊月之主编《上海通史》第 7 卷，上海人民出版社，1999，第 430 页。
② 熊月之主编《上海通史》第 7 卷，上海人民出版社，1999，第 454 页。
③ 《编辑室》，《中国新诗》第 2 辑，1948 年 8 月。
④ 《我们呼唤（代序）》，《中国新诗》第 1 辑，1948 年 7 月。
⑤ 杭约赫：《复活的土地·附记》，《九叶集》，江苏人民出版社，1981，第 130 页。

海"中，不乏"拥挤的空旷的大厦"、"蔽天的栉比的洋楼"、"贯穿云雾的烟突"、"闪烁的刺眼的霓虹灯"和"带鱼似的/头尾相接的小轿车"，聚集着"显贵的豪客"、"失意的将军"、"挂冠的官长"和"乡村里的土财主"。那些"永不萎谢的娇女郎和抚持她们爱情的葛藤的体面绅士"，全然不顾战争的创伤和人民的苦难，"一部辛酸的历史/却遗失在白痴的狂欢里"。作者最后描写了"国统区人民的苦难和斗争"，独裁者用白色的恐怖"捕捉星星的火种"，觉醒的"城市之子"用"从敌人那里夺取的武器，/来解放这最后一片被束缚的土地"。

如果说《复活的土地》是一部宏大的史诗，展现了上海的过去和现状，那么袁可嘉的《上海》和辛笛的《夏日小诗》则是两幅描绘战后上海日常生活的讽刺画。诗人运用象征和讽刺的手法表现了战后上海都市生活的荒诞现实。虽然上海在"陆沉"，可是"新的建筑仍如魔掌般上伸，/攫取属于地面的阳光、水分"。在这里，袁可嘉用"魔掌般的建筑"象喻统治者的高压，借"下沉的陆地"象喻人民的苦难，同时还运用战争话语描述了战后上海商场竞争的混乱状态和人们麻木无知的荒淫生活，"贪婪在高空进行；/一场绝望的战争扯响了电话铃，/陈列窗的数字如一串错乱的神经，/散布地面的是饥馑群真空的眼睛"，"到处是不平。日子可过得轻盈，/从办公室到酒吧间铺一条单轨线，/人们花十小时赚钱，花十小时荒淫。绅士们捧着大肚子走进写字间，/迎面是打字小姐红色的呵欠，/拿张报，遮住脸：等待南京的谣言"。《夏日小诗》则借市侩理发的场景讽刺了战后上海一些市侩不顾战争创伤搜刮民脂、挥霍无度的丑恶嘴脸，"电灯照明在无人的大厅里/电风扇旋转在无人的居室里"，"在南方的海港风里/我闻见了起腻的肥皂沫味/有一些市侩在那里漂亮地理发/呵，真想当鼓来敲白净的大肚皮/就着脐眼开花，点起三夜不熄的油脂灯/也算是我们谦卑地作了七七的血荷祭"。诗人们通过上海战后日常生活场景讽刺了洋场社会的颓废生活状态和社会心理。只要战争不在眼前，生命没有威胁，人们仍然是一派"商女不知亡国恨"的麻木心态，照样上班、赚钱、娱乐和荒淫。

饱受了 8 年沦陷之苦的上海市民满怀期待地迎来了抗战的胜利，可是国民党当局不但没有给他们带来幸福和安宁，反而为了饱私欲、排异己，进行大肆掠夺，实施白色恐怖。为了备战反共，他们用强盗的"逻辑"欺骗人民，"对有武器的人说/放下你的武器学做良民/因为我要和平/对有思想的人说/丢掉你的思想象倒垃圾/否则我有武器"（辛笛《逻辑》）。他们是新时代的"石壕吏"，"百年的仇怨不去报"，却"举着来自海外的凶器，厮杀/自己的弟兄"，人们"不是守卫边疆，又不是护卫/血地"，却要"挂着哭声离开"亲人（杭约赫《噩梦》）。被愚弄的人们在专制和独裁中醒悟过来，"自从你背叛了人性和你自己，/旧日的疮疤又复在我们心头绽开"，"我们是用绳子拴来的观众，/以充血的眼睛来欣赏你最后一段演技"（杭约赫《最后的演出》），"罢市，喧闹的呼声起来了/罢工，城市的高大的建筑撼动了"（唐湜《骚动的城》），这些过去不久的战争背影和即将到来的战争阴影都无不在九叶派诗歌中得到清晰的反映。

## 三 战争文化心理与九叶派诗人的审美视野

中国三四十年代的抗战是当时整个世界反法西斯战争的重要组成部分。法西斯战争给人类造成巨大的物质损失和精神创伤。共有的战争文化心理体验使得这个时期的中国文学摆脱了"五四"以来追慕西方文学过程中所产生的浮躁心理和表层借鉴，从而具有了对人类、战争、生命、文化等深层命题的反思和体悟。战争文化心理由此深刻地影响了九叶派诗人的审美视野，使其诗歌创作具有了世界主义的广度和生命哲理的深度，从而形成了九叶派诗歌"现实、玄学、象征"的现代主义风格。

杭约赫的《复活的土地》对法西斯的侵略战争和二战后东西阵营的冷战进行了深刻的反思。诗人站在人类历史的高度反思战争的本质和根源，无数次战争使得"世界载着沉重的负担，/挣扎在历史的河流里"。战争的根源是一种膨胀的"原始渴求"，它"从柏林、罗马、东京……/朝每一个空隙，施展/贪婪的多毛的足，扩大/'生存空间'！以闪电的速率，向巴黎、华沙、珍珠港，/俄罗斯和中国广阔的土地上进军"。诗人在战争的反思中拷问人性，"一片片土地，一座座城池，/一道道防线，焚烧着/炸裂着、崩塌着。人性/被压缩、变形、腐蚀，给卷进/疯狂旋转的'轴心'，毁灭！"战争在给世界带来灾难的同时，也使得"人类开始觉醒"，世界走向了团结，"不同的颜色，不同的声音，/拖过——残酷的时间和空间，/在一个熔炉里汇合"，"最大部分的人类/从这一次战争里，已经感受了新的爱

情——不在单纯做个兵士，/在使用武器的时候也会/意识到自己是个
'人'，找寻着方向"。反法西斯战争胜利了，可是"胜利的果实成了/野心
的酵母"，"从西半球到东半球，掀起/两个体制的冲突，使中国、希腊……
一大块、一大块破碎的土地——浸在血里，投进火里"。战争文化心理使诗
人获得了世界主义的审美视野，开掘了在战争中拷问人性的深刻主题。

　　唐祈的《时间与旗》在历史的长河中反思"时间"之于"斗争"的意
义。诗人"走近上海市中心的高岗"，"通过时间，通过鸟类洞察的眼"，看
见了"半封建半殖民地社会的光阴"，"撒下一把针尖投向人们的海"，"天
空却布满了浓重的阴霾"，"战争的风""吹醒了严冬伸手的树，冲突在泥土
里的/种籽，无数暴风中的人民/觉醒的霎那就要投向战争"。在这里，诗人
强调了"战争"和"时间"的意义，战争使人民觉醒，"斗争将改变一切意
义"，"时间"既是"残酷的/却又是仁慈的"，人民"从劳动的征服中，战
争的警觉中握住时间"，"完成于一面人民底旗"，"虽还有苦痛，/而狂欢节
的风，/要来的快乐的日子它就会吹来"。人民在战争中"握住时间"，"要
来快乐的日子"，而殖民者则通过战争满足贪婪的"欲念"。他们在黄浦江
的港口，"眺望非洲有色的殖民地，/太平洋基地上备战的欲念，/网似的一
根线伸向这里……"，"过去的时间留在这里，这里/不完全是过去，现在也
在内膨胀，/又常是将来，包容了一致的/方向，一个巨大的历史形象完成
于这面光辉的/人民底旗"。诗人在历史的长河中反思过去、现在和将来。
这种对时间的焦虑、对命运的思考在唐祈的《时间的焦虑》《严肃的时辰》
《最末的时辰》等诗作中也随处可见，鲜明的时间意识进一步升华了诗人的
哲学沉思。

　　虽然战争文化心理使得杭约赫、唐祈等九叶派诗人的创作超越了 20 年
代鲁迅等启蒙文学"愈是民族的愈是世界"的审美范式，具有了胸怀世界
的审美视野，同时也使得他们的诗歌超越了 30 年代现代派诗人个人感伤的
小制作，而在外侮内乱的威胁中具有了普遍的民族焦虑的大格局。然而，
任何事物都具有两面性。毋庸讳言，战争文化心理在使九叶派诗歌创作获
取深刻的生命体验和广泛的人类视野的同时，也使得他们的诗歌创作难以
避免战争文学所共有的一些局限，充斥着过多的民族主义情绪和英雄主义
基调，大量地运用二元对立的战争思维模式和艺术结构，时常忽视对个体

命运遭遇的观照和生命价值的开掘，从而在一定程度上消解了诗歌本应有的悲剧美学效果和个性化风格。

《复活的土地》在第二次世界大战的广阔背景上，以宏大的气势、澎湃的激情和二元对立的结构描写了近代上海的都市变迁，诗人的视角"从柏林、罗马、东京……向巴黎、华沙、珍珠港，/俄罗斯和中国广阔的土地上进军"，最后落实到"上海——纽约、伦敦、巴黎的姊妹"上，从租界时期殖民者的疯狂掠夺、国人的忍屈含辱，沦陷时期上层人们的骄奢淫逸和底层人们的饥寒交迫，到国统区时期反动派的白色恐怖和劳动人民的觉醒反抗。诗人用"饕餮的海"、"荒淫的海"、"丰富的海"和"辽阔的海"等"海"的意象来象喻包罗万象的"魔都"上海。受战争文化心理的影响，《复活的土地》采取了殖民/反殖民、压迫/反压迫等二元对立的结构方式，站在民族的人民的立场，揭露了殖民者大肆掠夺的贪婪，描绘了上海畸形发展的都会繁华，批判了统治者的独裁与专治，赞颂了人民的觉醒与反抗。显然，诗人在这里关注的是大写的"人"（人民或人类）而遮蔽了个体的小写的"人"。

唐祈在《时间与旗》中同样运用了二元对立的结构方式和"旗"的意象表达了对时间与战争的沉思。诗人在"殖民/反殖民"的对立中描述了殖民者在上海的末日景象和人民的愤怒情绪，"一九四八年的上海，这个庞大的都市的魔怪"，港口停泊着"庞大的兵舰"，"躲闪着星条旗"，"犹太人、英国人和武装的/美军部队，水兵，巡行着/他们殖民地上的故乡"。殖民者在"最末的时辰"把掠夺的财富"装回到遥远的/属于自己的国度"。面对着殖民者的掠夺，"武装却不能在殖民地上保护，/沉默的人民都饱和了愤怒"，"我们第一个新的时间就将命令：/他们与他们间最简单短促的死"。"压迫/反压迫"是诗作的另一线索，抗战虽然胜利了，但反动派的恐怖和人民的反抗、资本家的剥削和无产者的苦难仍在进行。"无数个良心"正在接受"卑鄙政权"的"宣判"，"资本家和机器占有的地方，/墨晶玉似的大理石，磨光的岩石的建筑物/下面，成群的苦力手推着载重车"，"在街头任何一个阴影笼罩的角落/饥饿、反抗的怒火烧炙着太多的你和我"，"只有斗争将改变一切意义"。"时间"意识和"旗"的意象贯穿全诗。时间与生命、历史等深刻的命题密不可分，旗帜是革命、战争等抽象概念的具象化。这些融抽象于具象、把社会现实与哲理玄思相结合、追求"思想知觉化"的诗歌，一方面把 20 年代以来李金发、戴望舒等人的现代主义诗歌推向了具有中国本土特色的新阶段，但另一方面对个体生命价值的忽视和个人风格的遮蔽也是显而易见的。

# 第八章

# 王安忆的上海书写

    王安忆素来被称作"海派传人",被认为是张爱玲上海书写的继承人。从 1955 年迁入上海至今,除去 1970 年至 1978 年在安徽插队和在徐州工作外,王安忆在上海弄堂生活了五十多年。上海既是王安忆的生养之所,也是其最重要的书写对象。尤其是 20 世纪 90 年代以来,从《长恨歌》《富萍》《天香》到《考工记》,王安忆的上海书写从历史到现实,从本邦人到外来者,呈现出立体多面的"上海世界"。《长恨歌》借王琦瑶的生活遭际,反映出近代上海的繁华旧梦;《富萍》通过对富萍命运的叙写,展现了现代上海外来者的冷暖人生;《天香》借申家的命运变迁,追溯了上海更为遥远的精神源流;而《考工记》则通过陈书玉的平凡人生,表现出上海的沧桑起伏。上海之于王安忆正如北京之于老舍,是融在血液中的都市。

## 第一节　女性视域的繁华旧梦

### 一　上海的女性风采

    王安忆认为,对于上海而言,女性比男性更具有代表性,"要写上海,最好的代表是女性……要说上海的故事也有英雄,她们才是"①,在上海的女性身上,最集中和丰富地展示了上海这座城市的独特文化精神与审美特质。在上海生活了半个多世纪的王安忆深谙这片土地的城市性格和文化肌

---

    ①　王安忆:《上海的女性》,《海上文坛》1995 年第 1 期。

理，她在《长恨歌》中写道："上海的繁华其实是女性风采的，风里传来的是女用的香水味，橱窗里的陈列，女装比男装多。那法国梧桐的树影是女性化的，院子里夹竹桃，丁香花也是女性的象征。……这城市本身就像个大女人似的，羽衣霓裳，天空洒金洒银，五彩云是飞上天的女人的衣袂。"在王安忆看来，女性与生俱来的柔韧性使她们比刚直的男性更容易适应瞬息万变的城市生活，从而在与城市的相互依存中建立起更加水乳交融的关系。她们潜在城市的内里，波澜不惊地向前涌动，却是最能代表市民文化价值的一部分。纵观王安忆描写上海的作品，绝大多数是以女性为主角的，如《流逝》《妹头》《富萍》《长恨歌》《桃之夭夭》《天香》等，王安忆正是通过上海女性的凡俗生活来寻找上海的城市精神的。

如果要从王安忆的小说中选择一个人物表征上海的"繁华旧梦"，那么《长恨歌》中的王琦瑶应该当之无愧。在谈及《长恨歌》的创作初衷时，王安忆说："《长恨歌》是一个非常写实的东西，在那里我写了一个女人的命运，但事实上这个女人只不过是城市的代言人，我要写的是一个城市的历史。"[1] 王安忆在此明确地表示，她是要借弄堂传奇女子王琦瑶的生活故事，反映出近代上海的繁华旧梦。在某种意义上，王琦瑶身上凝聚了上海的城市精魂，她的一生就是上海日常生活的历史见证，她的性格就是上海的城市性格。

《长恨歌》一开篇便通过对"弄堂女儿"王琦瑶生活环境的描写展现了上海弄堂的面貌。在王安忆笔下，"上海的弄堂是壮观的景象。它是这城市背景一样的东西"，是"在那光后面，大片大片的暗"，就像是血脉一般，上海的弄堂串联起整座城市，点和线连成一片，看上去是"波涛汹涌的"，如此便有了壮观的气势。但是，王安忆对弄堂的描写并不局限在它的壮观上，而是细致到将笔触放在弄堂里的一景一物，如天窗上的木框是细雕细作的，屋披上的瓦是细工细排的，连同窗台上精心细养着的月季花，晒台上晾出的隔夜衣衫，积着油垢的厨房后窗……正是这点点滴滴构成了人们的日常生活，也正是人们形形色色的生活使得每条弄堂与众不同起来。在王安忆的笔下，弄堂不再是沧桑冷漠的无机体，它们形色各异，或颇具权

---

① 　王安忆：《重建象牙塔》，上海远东出版社，1997，第 191～192 页。

势，或流露风情，或新潮，或神秘，不仅"性感"，而且"使人感动"。它们被赋予了生命特有的神韵和风情，成为王安忆书写上海故事和展现上海城市文化的舞台。

不仅如此，弄堂生活哲学更是深层次地影响了王安忆看待生活和世界的方式。在她看来，历史并非风云诡谲的时代变幻，而是"日复一日，点点滴滴的生活的演变……无论多么大的问题，到小说中都应该是真实、具体的日常生活"。① 上海的精髓并不在那些林立的高楼大厦，而在飘荡着油烟气的弄堂之中，弄堂无疑成为王安忆演绎都市人生的绝佳场所。王安忆要触摸的是那些明亮背后的暗部，是被明亮和华美遮蔽掉的"芯子"和魂魄。在老上海的历史阴影中究竟生活着什么呢？正是那些弄堂深处的"王琦瑶们"。

《长恨歌》中女主人公王琦瑶甫一登场，作者便宣称："王琦瑶是典型的上海弄堂的女儿"，上海的"每间偏厢房或者亭子间里，几乎都坐着一个王琦瑶"。"王琦瑶"在这里显然被符号化了，在她身上凝聚着王安忆对这座城市的独到理解和感悟。上海是一座精致讲究的城市，上海女人是精致讲究的化身，而王琦瑶正是其典型的代表。上海女人的精致优雅不只流露于生活表面，更深入日常细枝末节，无论是饮食、服饰，还是玩乐、居家，都用着百分之百的心思，追求精致和完美，可以说上海的生活就是由这些零散的讲究搭建起来的。王琦瑶身上所集中体现的正是上海文化中的"精致美学"和以"现实"为本的现代市民价值观。

上海的精致首先就体现在穿着打扮上。严师母说，穿衣是做人最要紧的兴趣，穿是面子，吃是里子，面子撑起全局，而里子是做给自己看的。王琦瑶是真正将时尚规律深谙于心的人，她每年到了夏季就要把樟木箱子里的衣服拿出来晒晒以防发霉。因为她知道时尚的规律就是不断循环，所以她总能走在时尚的前端，即使到了中年，经历过革命力量的改造，她也依旧是一位时髦人物。上海人骨子里的精致是不变的，上海大街小巷中，上至八旬老太，下至几岁的孩童，都保持着服饰的精致。南方吃食精细，

---

① 徐春萍、王安忆：《我眼中的历史是日常的——与王安忆谈〈长恨歌〉》，《文学报》2000年10月26日。

上海人的饮食尤其讲究，不厌其烦的加工程序和郑重其事的仪式感是上海吃食的特点。不论是日常三餐还是大小客宴，吃食都不马虎。上海关于吃食的文化，也极富女性特点。从食材的选择、烹饪的方式，到器皿的盛放、饮品的搭配，都透着细致的女人味，精巧、甜腻。但这样的饮食生活并不是专属上层人的。在上海，如平安里这样的最寻常百姓处，女人们也坚守着对日常生活的讲究，从而奠定了上海性格中精雕细琢的基调。王琦瑶更是一位精通吃食的美食家，她请严师母和毛毛娘舅吃饭，"事先买好一只鸡，片下鸡脯肉留着热炒，然后半只炖汤，半只白斩，再做一个盐水虾，剥几个皮蛋，红烧烤麸，算四个冷盆。热菜是鸡片、葱烤鲫鱼、芹菜豆腐干、蛏子炒蛋。老实本分，又清爽可口的菜，没有一点要盖过严家师母的意思，也没有一点怠慢的意思"。仅是几道家常菜，却足见王琦瑶对吃食的讲究，既要精致又要可口。除了对正餐的重视，他们的下午茶也是花样百出。无论是否打麻将，王琦瑶总会备好点心，从水果羹、糕饼汤圆到刚出炉的大圆面包，每样都可口可心。除了吃，王琦瑶的穿着更是讲究，"三小姐"出身的她无论何时都穿得得体大方，哪怕是住在平安里，一身素旗袍尽显优雅气质。每逢好天气，她都会将自己的衣服一件件地拿出来晒，晒好后再一件件收起，这一晒一收中尽显对衣服的爱惜之情，也显示了对生活的讲究与珍视。

　　女性同上海并有的，还有骨子里的骄傲和功利。这种骄傲，不是目中无人，而是张弛有度的矜持；这种功利不是谄媚的，而是渴望出人头地的野心。王琦瑶被评为"沪上淑媛"，照片登上杂志，一时间在学校成为红人，但她并没有因此沾沾自喜、狂妄自大，而是刻意保持中庸立场。程先生和蒋丽莉积极地为王琦瑶参加"上海小姐"评选做准备，她自己却保持着漫不经心的态度。因为对王琦瑶来说，尊严和傲气的保持是首要的，如此满不在乎的样子，就算比赛败下阵来，她还有退路，还能保护自己的尊严。另一方面，上海的女性又是现实的，在思考问题时，往往从物质的角度出发。王琦瑶是普通的上海人，她是功利的，她无时无刻不想要打破出身对自己的束缚，凭借自己的聪明和努力走向上层，博一个锦绣前程。对于与吴佩珍和蒋丽莉的姐妹情，与程先生和李主任的男女情，王琦瑶都做出了功利的判断，为自己的物质筹码和未来发展获取更好的条件。搬进蒋丽莉家使她得以接触上流社会的生活，参加"上海小姐"评选则是她进入上流社会的跳板。及至住进爱丽丝公寓，王琦瑶终于得以摆脱弄堂女儿的身份，成为锦衣玉食的"金丝雀"。更为重要的是，这并非为生活所迫的堕落，而是王琦瑶主动清醒的选择。对于平凡的小人物而言，想要将自己的人生引向上游，只有做出明智的选择，才能得到自己想要的结果，获得理想的人生。骄傲功利和坚韧务实在上海人身上得到了和谐的统一。在王琦瑶起起伏伏的一生中，她始终保持着务实、独立、有主见的性格，她过得了"爱丽丝公寓"里的富贵日子，也能在平安里自得其乐。面对生活的挫折，她没有怨天尤人、一蹶不振，而是用"大事情"将那时上海紧张的政治气氛一带而过，依旧过着精细讲究的小日子，和众人一起维系着平淡生活的温情。在卑微的生活中依旧保持对美好的追求，正是上海生活的精髓所在。

## 二 "老上海"的繁华旧梦

《长恨歌》成书于 1995 年，正值中国社会市场经济体制改革的重要转型期，传统的文化价值体系在市场经济体制改革的冲击下已经破碎瓦解，新的价值体系还尚未形成，整个中国社会处于前所未有的"断裂"之中。"90 年代初的中国的思想情境是一个不置可否的空场"，这一时期的中国思想界既"没有未来的方向感，也没有明确的现实肯定性"，"其本质是缺乏现实坚实性和未来面向的彷徨场域"，文学界则悄然兴起一股"向后看"的怀旧潮流。① 与此同时，伴随着上海城市经济的崛起，三四十年代的"老上海"迅速成为当时盛极一时的消费文化符号。在这样的场域中诞生的《长恨歌》，当然无法超越现实时代语境，更何况王安忆一向有着对潮流的敏感，在有意无意间，作家的创作接近了当时这股方兴未艾的"怀旧"潮流，通过《长恨歌》完成了自己对"老上海"繁华旧梦的重构。

在《长恨歌》中，关于"老上海"的文化怀旧与复活是通过"上海小姐"王琦瑶这一上海城市精神的化身来完成的。王安忆通过女性视角切入，

---

① 陈晓明：《在历史的"阴面"写作——试论〈长恨歌〉隐含的时代意识》，《文学评论》2013 年第 6 期。

以主人公王琦瑶的人生经历为主线，串联起一系列新旧上海典型的都市场景，通过王琦瑶从"弄堂女儿"到"沪上名媛"的身份迁移，再到后来意外"香消玉陨"，展现了近代以来上海城市的繁华与蜕变。

在女性视角的观照下，上海这座城市注定充满了欲望的诱惑和情感的纠葛。本是弄堂女儿出身的王琦瑶，因为参加上海选美比赛获得第三名，而摇身一变成为"沪上名媛"。于是，她身边的不再是弄堂里的油烟和日常琐碎，而是围绕着她的男性与金钱。因与李主任结识，王琦瑶过上了"锦衣玉食"的生活，也成为困在笼中的金丝雀。在失去李主任的庇佑后，王琦瑶经过短暂的沉寂，又回到歌舞笙箫的上海。通过严家师母的介绍，王琦瑶身边又渐渐围绕了不少仰慕者，她又重拾往日的骄傲。无论何时，王琦瑶都讲究吃得可口，穿得得体，永远都是聚会中的焦点。作者借王琦瑶四十年的所见所闻所感，再现了曾经的"东方巴黎"的迷人风情，展示出老上海独特的殖民文化和新上海的时尚文化景观。作为现代中国第一大都市，同时也是三四十年代东西方文化交汇的窗口，上海处处"得风气之先"。跟随王琦瑶的人生轨迹，可以看到弄堂、片场、照相馆、豪华饭店、百货公司、咖啡馆、电影院、爱丽丝公寓等旧上海典型的都市文化空间，同时也能够领略到拍相片、做广告、拍电影、看电影、选秀等三四十年代"十里洋场"的文化风情，这些均是昔日"海上旧梦"的历史存照。

## 三　都市怀旧情绪的表征

美国社会学家斯维特兰娜·博伊姆认为："怀旧向往的定义就是所渴望的那个原物的丧失，以及该原物在空间和时间上的位移。"[①] 在作家陈丹燕眼中，所谓"怀旧"，不过是"用一块劫后余生的碎片，努力构筑起一个早已死去的年代"。[②] 在《长恨歌》中，王琦瑶无疑扮演了这样一个"碎片"的角色。无论世事如何变迁，王琦瑶一生都难以走出三四十年代的繁华旧梦。她住在严家师母的房子里时，恍惚中有了身处爱丽丝公寓的错觉。她看到女儿薇薇时，仿佛看到了年轻时的自己。王琦瑶甚至把自己年轻时的

①　〔美〕斯维特兰娜·博伊姆：《怀旧的未来》，杨德友译，译林出版社，2010，第43页。
②　陈丹燕：《上海的风花雪月》，作家出版社，1998，第13页。

衣服穿在薇薇身上，企图找到自己年轻时的影子。老上海的那场选美比赛，是王琦瑶一生的转折点。她热爱那段热闹喧哗的生活，更喜欢那个歌舞升平的旧上海。直至王琦瑶被杀害时，她脑海中闪现的是在电影厂试镜的自己，可见旧上海是王琦瑶一生挥之不去的梦。王安忆对旧上海的态度正是通过王琦瑶这一人物表现出来的，这个上海女人的经历与城市的历史相互照应，她对旧上海的沉迷，也正是王安忆对上海的怀旧。

这种怀旧的情绪明确体现在王琦瑶与不同男性的交往之中。事实上，无论是程先生、李主任、萨沙，还是康明逊与老克腊，凡在王琦瑶生活中留下痕迹的男性，都可视作老上海的传人。程先生是典型的海派绅士，苦恋王琦瑶却始终爱而不得。作者在处理他与王琦瑶的关系时，采用的是一种暧昧不明的手法，包括多年之后两人的再度相逢都别具意味。李主任与王琦瑶的关系则很明显是上海遭受政治力量裹挟的象征，如他在程、王两人之间的涉入，对王琦瑶"金丝雀"式的禁锢以及最后在飞机失事中殒命，都可以看作上海政治风云变幻的某种征候。在王琦瑶与康明逊、萨沙以及老克腊等人的交往当中，作者的怀旧情绪更为明显地表现出来。康明逊是富豪家庭二太太的儿子，是典型的洋场"小开"，即使穿上了人民装，依然要熨得很平整，皮鞋也要擦得锃亮。但他又是"家里唯一的男孩子，是家庭的正宗代表"，庶出却被视为"正宗"，一如上海城市文化与中西文化间的关系。在这里，康明逊实际上是上海风度和"海上旧梦"的象征。王安忆也毫不掩饰对康明逊的偏爱，她写王琦瑶"去想他穿西装的样子，竟有些怦然心动"，她又将王琦瑶一生中唯一的真爱安排在康明逊身上，并让王琦瑶与之孕育了一个女儿薇薇。这些安排显然是作者有意为之的。事实上，王安忆是在借王琦瑶对康明逊的爱表达对旧上海城市文化及风度的迷恋和向往。与之形成对照的是王琦瑶与苏联和延安的混血儿——萨沙之间的关系。身为革命文化的代表，萨沙只能沦为掩盖康、王二人情爱关系的遮羞布，最终的结果也是不了了之。可见，即使经历了政治和暴力的侵入与改造，革命文化也难以融入这座城市的基因，它在骨子里依然很"上海"。到了80年代，进入人生暮年的王琦瑶俨然已经成为旧上海的一枚"活化石"，只能作为"寄居在他们的时代"的遗老隐居于弄堂之中，却在机缘巧合之下认识了新的仰慕者，一个生在新时代却沉迷于上海旧时尚的异类——老克腊。"克腊"是英译词，来自英语"color"或是"classic"，表示老上海殖民文化的时代特征。虽然他只有 26 岁，但他的行事做派却宛如"古董"，甚至把自己想象成 40 年前上海街头的冤死鬼，如此怀旧的老克腊与昔日的"上海小姐"不仅相见恨晚，甚至还发生了跨越年龄的不伦恋，这更加证实了王安忆对老上海的怀旧与迷恋。

这些两性情感的纠缠，看似是对女性日常生活的平淡描写，实际上却从侧面衬托出上海繁华蜕变的城市图景。但作者写作《长恨歌》的目的似乎又不止于此，在故事的最后，王琦瑶最终的结局是死于非命，她为了保护 40 年前李主任送给她的一小盒金条而被小偷掐死。王琦瑶如此意外的结局既不优雅也不美丽，完全相悖于作者此前营造的氛围。这样的艺术处理也许在表明，王安忆是在通过一个怀旧的故事来解构怀旧，王琦瑶的结局也许是在暗示旧上海的历史将在市场经济大潮席卷之下终结的命运。

# 第二节　上海精神的历史溯源

## 一　"史前"上海的都市气质

通常而言，上海作为现代都市的起点是近代开埠时。作为鸦片战争后中国第一批开埠通商的口岸城市，都市上海的历史不过一百六七十年，这些几乎已经成为"海派文化"的共识，但王安忆发表于 2011 年的小说《天香》却第一次以文学的形式颠覆了这一"共识"。《天香》书写的仍旧是上海，但作者的目光却不再着眼这座城市的现代或当代，它的故事发生在明末清初，发生于一个上海士绅家族之中。王安忆对上海的精神探源已经不再满足于对民国上海的探寻，而进一步上溯到更远距离的"史前"时期。这一次，王安忆要做的是重塑上海历史镜像，把上海的"前史"上溯到开埠前 300 年的晚明，去追问这座伟大城市的"史前"传奇。

《天香》的创作缘于四十多年前王安忆在翻阅上海地方掌故时发现的一种特产——"顾绣"。虽然史料中对此着墨极少，却引起了她的兴趣，原因就是这种"女眷们的针黹"后来竟成了上海露香园家族维持家道的生计。女红在古代一直被视为不登大雅之堂的闺阁消闲玩物，但"顾绣"不仅流传了出去，而且估价鬻市，这种逾矩现象中蕴藏的戏剧性极大地吸引了王安忆。在对"顾绣"和露香园的历史溯源中，王安忆再一次通过文学想象完成了对上海的历史和文化建构。《天香》的传奇叙事，实际上也是一场关于"史前"上海的历史文化溯源。

《天香》的故事起于嘉靖三十八年（1559），止于康熙六年（1667），从晚明到清初，时间跨度长达一百多年。小说着墨的年代，正是晚明盛极而衰的那一时期，也是上海城市性格形成的关键时期，彼时的上海历经宋元两代的发展蜕变，已经成为商贾云集、税赋甲天下的东南名邑，这是《天香》取材的大背景。作者的本意是要写"顾绣"，以"物"为线索，来探索上海城市文化精神的来源和历经兴衰而屹立不倒的真相。然而明代的上海经济贸易发达，物产极其丰富，作者为何选择以这小小的绣品支撑起如此大的体量？其中的原因绝非 40 年前的一次偶然触动那么简单。

上海古时是春申故里，旧名即为"申"，小说的男主人公们以申为姓，明显带有城市寓言的意味。而选择"顾绣"这种物件作为书写对象，同样也大有讲究。上海自宋代设镇，元代设县，历经蜕变，到明时已经成为中国的棉纺织业重镇，拥有悠久发达的纺织历史与文化，鸦片战争后，上海更是纱厂林立，棉纺织业成为中国近代民族工业发展的象征，因此上海城市文化的形成与纺织业之间有着悠深的渊源和千丝万缕的联系。

天工开物，织造是其一，织造向上生出绣艺，绣艺再向上即生出"天香园绣"。小说中申府的"天香园绣"实际上起源于苏州，由织工之女闵氏带入园中，这恰恰与沪苏之间的关系如出一辙。苏州是上海的文化之根和起源所在，也是上海的"退路"。在王安忆的小说中，曾不止一次涉及上海与苏州之间的这种关系。《长恨歌》中的王琦瑶在李主任死后要回的便是苏州外婆家。王安忆在文中这样写道："苏州是上海的回忆，上海要就是不忆，一忆就忆到苏州。上海人要是梦回，就是回苏州……上海的园子是从苏州搬过来的，藏一点闲情逸致，苏州是上海的旧情难忘。"在《天香》中，闵氏的娘家同样在苏州，"天香园绣"所用的丝线也是苏州织造专制，"天香园绣"之所以能够风行沪上，是由于沪上名流对于"精致"的追捧和推崇，实质上也是上海作为后起之秀对苏州文化的跟随与模仿。文中曾多次提及上海新贵在苏杭世家底蕴面前的自惭形秽，苏州文化推崇的是精巧雅致，以小见大，后来这也演变成为上海城市文化的典型特质。由此可见，天香园与苏州园林之间、"天香园绣"与苏绣之间乃至王琦瑶与外婆、闵女儿与娘家之间的关系，实质上也是在映射上海文化与苏州文化的关联。另一方面，以物质来包裹历史的写法，需要此"物"带有丰富的扩展性和连接性，绣艺正是如此。"天香园绣"本质上是工艺品，向上可以发展为艺术，甚至是惊世至美的艺术，向下则是日常实用，连接民间生计与百姓生活，这种上通下达的关系就使"天香园绣"能够连接起不同层面的世界，成为替一座城市追根溯源的绝佳选择。

于是小说便以小绸、希昭、蕙兰这三代天香园女性为主角，以"顾绣"这一物质文明为线索，展现了"史前"上海的精神风貌。故事的开头就是申家兄弟兴建天香园。出身七宝徐家的小绸嫁入天香园，她本与丈夫柯海情深义重，却因柯海又纳了为逃避皇家选秀甘愿为妾的闵女儿，夫妻从此反目，不再相见，而闵女儿也知道其中的因由，与柯海的关系也十分冷淡。在小绸的妯娌——镇海媳妇的撮合下，小绸和闵女儿因刺绣成为挚友。小绸擅长诗文书画，闵女儿绣花技艺巧夺天工，结合这二人所长的"天香园绣"在当时的上海可以说是大放异彩，声名远扬。在经历了人事变迁、家族衰落等变故之后，"天香园绣"在第二代女主角"武陵绣史"沈希昭这里得到进一步升华。希昭后又将这技艺传给了她的儿媳妇蕙兰。申家逐渐衰落后，这园中的吃穿用度，都是由这些细腻而坚韧的女性用绣针来支撑的。天香园繁华不再，"天香园绣"却生生不息地传承了下去，穿越几百年的历史，成为上海这座城市的物质文明精华。

在《天香》中，女性依然是主角。王安忆自己也说，她在这本小说中想要展现的就是古代上海女性的精神和魅力，所以她自然需要把书中的男性搁置到边缘的位置，甚至让男性退场。但即便如此，男性在客观上依旧是明代社会的主体，小说中男性还是承担了一个很重要的作用，那就是作家通过对他们日常生活的描写，展现了明清时期上海这个城市空间里的物质生活的雅和俗，追溯了上海这座城市的繁华精致的贵族气质。

嘉靖三十八年（1559），申家次子申明世中进士而造园，天香园建成后，成为当时上海的一大奇观。申家的男性都是淡薄功利、天性自由、追求生活乐趣的性情中人。他们在园中种桃、养竹、叠石、制墨，举办极尽华丽的游园会，不惜斥巨资打造出"一夜莲花""香云海"这样的奇景。为了营造至美之景，申家到蜡烛厂家特别定制蜡烛，在蜡烛芯中嵌上花蕊，置于水上莲花中央，夜间一起点燃，霎时间，烛影、花香、水中云月，尽收眼底，传为佳话。这些男性虽不是主角，但小说中女性的命运轨迹却都由他们牵动。柯海纳闵女儿为妾是因为友人撮合，这如同"收留"一份赠礼的行为，表层来看，是士大夫阶层交际往来的结果，深层去看，这一行为导致的悲剧，也正是作者打下的伏笔，暗示在小说中，士大夫精神会随着情节的推进而逐渐消亡。镇海遁入空门，阿潜迷恋音乐，抛妻弃子，离家出走。从小说的情节看来，这些是男性角色的退场，更是士大夫精神在上海这个富庶之地必然消亡的结果。

王安忆在书里写道："总的来说，上海的士子，都不大适于做官，莺飞草长的江南，特别助于闲情逸致。稻熟麦香，丰饶的气象让人感受人生的饱足。"自明代中叶起，出现了资本主义萌芽，以大批手工业业主、商贾为主的工商业市镇逐步出现。上海远离北方政治的纷扰，这里物质财富较为充裕，自然环境十分优越，社会风气也比较自由开放，于是这里的江南男子逐渐陷于花鸟鱼虫、诗书礼乐的生活，他们所追求的已非仕途，而是个人生活的品格。可以说，上海这座城市的布尔乔亚气质，正可以追溯到这里。

小说中的三代女性都出自书香世家，书中对她们出场的描写，都尽显她们大家闺秀的才气和品格。女性通常偏爱于将情感寄托在"器物"中，将她们的才情和对生命的体验，投入对"器物"的创造中。"天香园绣"之所以在申家衰落之后还能迸发出极强的生命力，正是因为这个"器物"凝聚了好几代女性的心血甚至生命。"天香园绣"见证了上海的精致，而上海这座城市的繁华又投射到这种器物文明里。

小说中对器物的描写非常细致。对器物的讲究是上海人日常生活的一个部分，明末上海浓厚的商业气息加速了器物流通传播的速度。女性的婚嫁，是器物和技艺传播的一个重要途径。王安忆以婚嫁为中心点，展开了对女性和器物的绵密且厚实的书写。大至园林工艺、纺织花机、寺庙、庵所，婚事、嫁妆、花轿、祠堂等，小至花草、鱼虫、蜡烛、香囊、笔墨、木工、油漆等，每次都是长篇大论，不厌其烦。写绣花针，能写 27 种针法；

写一帖药，能写出这药的配方、烧法、味道；写楠木，会写出这楠木的产地、特性、功效，再与其他木头一一比较。王安忆为写《天香》整整准备了三年，查阅史料，收集素材，加上她对上海的了解和理解，再投射到这本小说中。作者这样的书写，就像小说中希昭绣画一样，一针一线，把晚明上海街市林立、贸易发达的场景呈现在读者的眼前，展现出上海恢宏繁杂的格物水平。

## 二　融雅入俗的都市趣味

上海本身地理位置优越，物质极大丰富，加上周边城市也较为富庶，器物文明也就从周边涌向上海。小绸的墨、闵家女儿的刺绣、希昭的漆器，本身已是精巧，被带到上海后，更加绽放光彩。作为新旧文明交汇碰撞的见证地，上海对"物"的追求是远远大于其他城市的，人们穷尽精力追求生活的精致和新颖，如同滚雪球一般越滚越大的物欲文化，从晚明上海一直延续到现代上海。这种物欲文化和器物美学在《天香》中体现得淋漓尽致。事实上，对于器物世界的关注、描绘和呈现也是王安忆长篇小说创作的一个非常突出的个性化特征。阅读《天香》，可以感受到作者对于表现周围器物世界的极大热衷，所涉极广，用笔又格外繁复典丽，颇有些"红楼笔法"。例如第一卷中描写小绸家传古墨的一段：

> 箱盖略一掀开，果然异香扑鼻。不是花香，亦不是果实的香，这一种莫名的香，十分轻盈飘逸的，刹那间，无处不在。小绸取出一锭，举到与眼睛平齐，衬着纱灯的光，说：'看见不？有一层蓝，叫孔雀蓝，知道怎么来的？用靛草捣汁子浸染灯芯，点火熏烟，墨就凝蓝烟而成。'两人静静看那墨，看一时，小绸放回去，再取一锭。这一锭泛朱色，是以紫草浸成的灯芯。第三锭是岩灰色，刚亮刚亮，内有铁质，一旦落纸，千年不变。可是这香从哪里来？柯海还是不解。小绸再絮絮地告诉，其间有珍料，麝香、冰片、珍珠、犀角、鸡白、藤黄、胆矾是说得出来的，还有多少说不出名目，早已经失传的！

写到天香园绣艺时更是精雕细琢，大肆铺陈，毫不吝惜笔墨，如写小绸绣的一件嫁衣：

> 那些无名的花一朵一朵移进去，再描出各种蔓草作连缀与添补。小配大，短配长，繁配简，纹配质。没有两朵是重样的，但因配置得当，衔接流利，看起来是无比的合适。其实是各自为政，分而治之，成百幅小图穿插错落，密中有疏，疏中有密，远近呼应，前后瞻顾。所以缤纷缭乱中秩序井然，张弛有度，收放自由，可称天衣无缝！再是配色，已有的颜色都不够用了，要将细得不能细的丝辟了又辟，然后再重合，青蓝黄并一股，蓝绿紫并一股，紫赤橙并一股，橙绛朱并一股，于是又繁生出无数颜色。单是一种白，就有泛银、泛金、泛乳黄、泛水清多少色！千丝万缕垂挂花绷上，无风而荡漾，掀起一披虹，一披霞，一披远黛，一披岫烟，一重雾，一叠云，一幕春雨，一泓潭水，水里映着万紫千红。

对绣品的描绘细致华丽如此，申家人对于器物美学和物欲文化的推崇可见一斑，他们似乎立志要将生活过成一门艺术，对"精致"和"雅趣"的执着使他们可以为此不计金银，不惜劳力。所谓奢靡无罪，浮华有理，既然有雄厚的物质财力作为基底，对生活质量的追求似乎无论如何也不为过，这在嘉靖年间的上海已经成为一种风气，因此在当时的苏松一带，与天香园类似的园子不计其数。上海人骨子里的雅致与"精益求精"的态度是这座城市的显著特点，然而上海毕竟是一座新兴的城市，从一片近海荒滩一跃成为富甲天下的东南名邑，与源远流长的苏杭等地比起来，多少带有些"暴发户"的气质，天香园看似是一个锦衣玉食堆砌起来的世界，但无论是以莲心入茉莉花茶，还是申家老太教儿子操着银筷子挑鱼腮帮子里的樱桃肉吃，这些日常生活中的精致竟叫人说不出究竟是雅致还是世俗。

同样，天香园中制桃酱、收蚕丝等图景也具备了日常生活的烟火气，但即便是这样的民俗事宜，也充满了申家女子的慧心和雅趣，无论是制桃酱还是收蚕丝，都是力求品质最佳，富有雅趣。申家的媳妇大多来自上海周边，她们带着各自的诗心画意融入上海这座城市。小绸在爱情失意时，作璇玑图寄托哀愁；希昭以绣作画，使"天香园绣"达到巅峰水平。在上海这座城市的大户人家里，寻常百姓家的生计和高雅情趣得到了结合，上海人恋物、赏物、玩物，无穷无尽的物欲也离不开平民的劳作，在满足"精益求精"的生活需求和追求上等品位之间，也充分敞现了民间百姓的"俗趣"。王安忆所写的这些女性的雅致，展现的正是上海才具备的一种文化，就是在日常生活中追求无限的雅致和情趣，其追求的程度、所乐意花费的精力和金钱，几乎要模糊雅俗的概念。雅俗互渗，俗情雅为，正是这座城市独有的精神气质，也是海派文化的一大特质。

## 三　日常生活中的都市图景

王安忆的都市书写中不仅有代表着浮华与虚荣的爱丽丝公寓，也有象征着平安务实的平安里；有繁华热闹的淮海路，也有破败逼仄的梅家桥。昔日的海派文学以对中产阶级的刻画为主，王安忆则更关心普通百姓的平凡生活。王安忆笔下的上海人，精明、务实。无论是热心肠却又害怕别人威胁到自己上海人地位的好婆，还是落入平安里依然踏实度日的王琦瑶，抑或是从淮海路走向棚户区又扎根梅家桥的富萍，王安忆从这些普通市民庸俗琐碎的日常生活中看到了上海浮华的底色——上海人的务实。哪怕生活只给他们一丝希望，他们也会努力将日子过起来，努力活出自己想要的样子。在《天香》中，这种务实和坚韧在申家女性的身上表现得淋漓尽致。尽管她们蛰居在闺阁之中养尊处优，但当生活的压力向她们袭来时，她们却敢于以柔弱之躯对抗磨难和艰辛。申府男人们挥金如土，经济日渐困难，申家女人们便靠鬻女红补贴家用。阿潜离家出走，希昭即以一己之力挑起家庭的重担；申府三年凑不齐蕙兰的嫁妆，蕙兰便大胆提出以"天香园绣"的名号为陪嫁；在丈夫早逝之后，为了维持生计，蕙兰甚至辟发为丝替寺庙绣制佛像；天香园立下规矩，绣技不传外人，但终究在蕙兰手中打破禁忌，开枝散叶。因为"上海到底是俗的，是埋头做生计的"[①]，务实可以说是上海的性格。

《天香》展现出一幅明代上海士绅家族生活的图景，图画里是围绕着"顾绣"而展开的闺阁女子的生活，是这些女人们在上海的底色里演绎的自

---

① 王安忆：《上海与北京》，《男人和女人，女人和城市》，新星出版社，2012，第22页。

得其乐的小日子。这种市民社会所展现的包容坚韧，就是上海生机勃勃的源泉。《天香》的历史背景是由盛转衰的晚明时期，而申家这个大家族也随着情节的推进而逐渐衰败，可我们在王安忆的笔下却看不到苍凉与绝望，反而感到充满生机的力量。《天香》第一卷中，与造园风气相伴而来的是周边乡镇的扩大和繁荣，房屋鳞次栉比，商铺成行，酒旗林立。作为这股强大的物欲文化力量的衍生品，沪上奢靡的造园风气非但没有使上海走向衰落，反而刺激了经济的繁荣发展；申府中的男人醉心于享乐而不事生产，以至于家道败落，但在他们"精致的淘气"背后却暗藏着种种不安分的"逾矩"因子；申府的女人们在生活的重压之下也敢于打破陈规，设幔收徒，天香园绣因此得以名扬天下、遍地生莲。正是这种开放包容、敢于标新立异的精神使上海历经沧桑而不倒，即使在颓废奢靡的表象下也总有潜在的新生力量出现。文中对于上海这股新生的气势有着直接的描述："一股生机勃勃然地，遍地都是……此时都没了荒芜气，而是蛮横的很，还不止园子自身拔出来的力量，更是来自园子外头，似乎从四面八方合拢而来，强劲到说不定哪天会将这园子夷平。所以，闵师傅先前以为的气数将尽，实在是因为有更大的气数，势不可挡摧枯拉朽，这是什么样的气数，又会有如何的造化？"在王安忆看来，一个大的历史周期里，还有着许多小周期，一个天香园的衰落难掩整个上海的大起势，这也是上海城市轮回消长的韵律所在。

上海的气质就是如此，不求持盈保泰，不甘于中庸平和，光彩夺目才是她的基调，即便繁华逝去也依旧不断创新，追求再一次的盛世之景。天香园的女性们经历了鼎盛，却不得不被裹挟着走向败落，但她们从不言弃，而是坚持自己的追求，对从民间而来的绣艺进行锤炼，添上她们的才情，又让这门技艺重新走向民间，走向普罗大众的生活。因此，天香园才没有像大观园一样"树倒猢狲散"。这些女性在日常生活中的精致与坚韧，就是王安忆眼中上海的底色。上海这座城市随着时代的发展不断变化，但在王安忆的笔下，她的底蕴和内核是不变的，那就是上海人在日常生活中展现的人性的美好和顽强的生命力。《天香》补全了我们对开埠前上海的记忆，回溯到上海精神的源头，丰富了王安忆为读者所构建的"上海世界"。

## 第三节　都市书写的新视域

长期以来，王安忆对上海的书写总是在尝试新的观察视角和表现方式。《长恨歌》借助一个女性的命运演绎了都市的浮华变迁，《天香》通过一个家族的兴衰追溯了上海的"史前"记忆。而相较于《长恨歌》和《天香》而言，《富萍》与《考工记》进一步体现了王安忆对上海书写的新尝试，在人物视角和时代背景方面都有了较大改变，王安忆观照上海的视域进一步下沉和外延，将外来移民和都市男性作为主要对象，进一步构建都市书写的新版图。

### 一　"外来者"的都市生活

上海是一座典型的移民城市。葛剑雄在《创造人和——新时期上海的移民战略》一文中指出，开埠之初，包括租界在内的整个上海县（今闵行区）人口不足 25 万，居住在上海的外国人仅 26 人；而到了 1942 年，上海市的人口已飙涨至 392 万；至 1949 年上海解放，全市人口增加到 554 万，其中非本地籍人口约占总人口数的 85%，外国侨民约 28000 人。① 这些迁入上海的移民构成相当多元，以江浙地区为主，来自广东、安徽、湖北、山东等地的移民也均在 10 万人以上，在洋行、传统商业、铁路、警察等行业中占据相当大的比例。除此之外，湖南、江西、福建、河北等省也有相当的数量。各地区的文化风习在此地碰撞、冲突、融合成开放包容、生机勃勃的海派文明。上海近代以来的迅速崛起与繁荣也离不开五湖四海的外来移民的智慧和创造力，诚如王德威总结的那样："百年来的沪上沧桑繁华，其实就是一页页的移民史。"② 因此，移民之于上海城市性格塑造是不可或缺的因素。

作为上海的定居者、观察者和书写者，同时也是南迁干部的移民后代，"城市移民"的主题在王安忆对上海的诠释过程中不断丰富和深化，既有中

---

① 参见葛剑雄《梦想与现实》，上海远东出版社，2013，第 150～151 页。
② 王德威：《海派作家又见传人》，《读书》1996 年第 6 期。

短篇小说《好婆与李同志》《鸠雀一战》《悲恸之地》《骄傲的皮匠》，也有长篇小说《富萍》。在对淮海路繁华旧梦神往与怀恋之后，王安忆观照上海都市的视角显然有了变化。在《富萍》中，她将视点投放到上海的底层移民身上，试图从中发掘那潜存着的上海精神。在《富萍》中，王安忆倾注更多的精力来探究上海底层移民的生活习惯、人情世故和衣食住行，这些底层社会的人们虽然不如城市中上层生活得舒适，但是他们的小日子却比城市中上层过得更加有滋有味，更加丰富充实。在描写苏州河边棚户区扬帮人群落和梅家桥棚户区时，王安忆更是把移民艰难的生活环境描写得淋漓尽致。富萍对舅舅和舅妈所住棚户区的第一印象是：一大片棚户，而且密密匝匝，就像一张大网，相互联系着，每家每户之间挨着很紧，屋檐与屋檐之间的狭缝里是这里居民晾晒衣服的地方，所以站在高处一眼望向这片棚户，能看得见的尽是屋顶上的黑瓦，一直连绵到天边。这些扬帮人又都是做什么的呢？棚户区的人都是船上的人家，做的是运送垃圾的营生，"做垃圾船是个腌臜生活……后舱里是垃圾，用帆布遮住，边和角都拉严实了，系牢，不漏一丝缝。那气味还是很重，苍蝇成群结团地随了船走……岸上的人都嫌船上的人，说他们吃苍蝇下饭"。

《富萍》中，棚户区的这些操着苏北乡音的移民们就是在这样一种恶劣的环境中生活的，他们干的都是最脏乱的活。舅舅家住的地方，房子外面有个狭扁的院子，只有半扇木门，要侧着身子才能经过，屋子的门和窗的朝向不怎么明确，像是朝东又往南挤过来一点，让人看不明白。屋子是被人工分成三间的砖房，最外间还搭了一个小阁楼，阁楼上开了一扇窗，就变成了两层，这样的用意是尽量运用有限的空间住更多的人，因为舅舅家的人口很多，他们的孩子就有四个。屋内的摆设非常简单，只有一张床、一个柜子和一张桌子，但是这简简单单的三件家具却没有一件是整齐的。床是没有床架的，床板在长凳或者砖垛上架起来。柜子是用装货的木条箱做成的。只有一张桌子是正经的木料打成的，上了红漆，擦得锃亮。即便是这样的生活条件，舅舅也是花了几乎一辈子的时间来实现的。在苦难面前，这些坚强的移民并没有低下头，他们努力而乐观地坚持着，生活也就是这样一点一点挨了过来。梅家桥的棚户区更破烂，那里的居民做着形形色色的营生，有做糖的，有蒸糕的，有做牙郎中的，有从事钣金的，有给别人洗衣服的，还有专糊鞋靠子的，甚至还有捡垃圾的。这些杂而低下的营生让他们给人以肮脏的印象，但是在王安忆笔下这却是他们的闪光点，"他们诚实地劳动，挣来衣食，没有一分钱不是用汗水换来的。所以，在这些芜杂琐碎的营生下面，掩着一股踏实，健康，自尊自足的劲头"（这种虽身居城市边缘和底层，仍始终追求健康和自尊的典型在《骄傲的皮匠》中更是作者都市叙事的重心）。王安忆也从来没有把他们当作被同情与怜悯的弱者，而是赞美他们身上透出的健康气息，将他们视作生活的强者。

上海在过去的岁月里，被称为"冒险家的乐园"，可见其移民文化的深刻烙印。旧上海的繁荣是建立在文化极度开放和经济极度自由的基础之上的，不仅全国各地，而且世界各地的人们都可以自由出入上海这个自由港的滩头，这造就了上海昔日的繁荣和今天发展的逻辑起点。上海有一种海纳百川的胸怀，接纳着来自各个地方数以百万计的移民。外地移民给上海创造着巨大的经济效益，也正是依靠着这些移民，上海在短时间内从一个小渔村一跃发展为国际化的大都市。作为中国最早的贸易港口，上海在经过早期的人口膨胀和物质扩张后，又接受了欧美文化的滋润，形成了新兴的城市文明。这种城市文明主要体现在本帮有产者和西方人身上，而不是体现在那些生活在底层边缘的移民中。这些来自其他落后未开发地区的移民群体身上背负着浓厚的乡野文明。传统旧观念和新兴价值取向不断碰撞，乡野文明和城市文明不断冲击，由此构成的城市文明具有一种色彩斑斓的美。移民城市没有悠久的历史资源可以引以为豪，但同时也少了传统陈规的束缚，多了些开放自由、海纳百川的气质，显示出巨大的包容性。正因如此，来自五湖四海的外来者们才能够凭借自己的艰苦奋斗在这座城市"打拼天下"。

时局的变动和城市的魅力使成千上万的外来移民背井离乡、扎根于此，城市与乡村迥异的地理风貌、气候环境以及城里人的生活习惯、思维方式和价值观念也对外来移民产生了巨大的影响。这种影响是潜移默化的，也是全方位的。刚从乡下来到上海的富萍，厚实的脸上生着一双单眼皮的小眼，显得有些呆滞，两颊的皮肤因为皴了，粗糙而红红的。可是在上海待了一段时间后，耳濡目染，受到城市气息的熏陶，富萍两颊上的红渐渐褪去，白了，脸上也显出些精明的表情，她剪短了头发，头发上还夹了一个孔雀羽毛样子的发夹，竟显得姣好起来。这个城市有着强大的魔力，能够很快使这个原本土气的女孩变得美丽起来。上海的城市气息对富萍心理上的影响更为明显。为了生存和梦想离乡背井，来到这座繁华与喧嚣的大都市，对于来自内陆乡村的年轻人富萍来说，上海的城市现代文明和繁荣，足以培养起她朦胧的理想，让她在潜移默化中迅速地"城市化"。"奶奶"在上海住久了就有了城里人的脾气，对和她一样来自乡下的移民有了城里人的成见，"奶奶"也有了城里人的"不成体统"，竟然和自己的孙子媳妇说什么"女中的女生专会大肚子"的话。宁波太太有着威风凛凛的一世人生，在乡里是个有眼光、有魄力和有主见的人，她儿子的生活和前程都被她掌控着。儿子去上海学做生意、娶妻生子都由她一步一步安排好了。当她举家迁到上海后，听说做古董有前途，就想送头脑比较好用的二孙子去古董行做事，但是二孙子受到城市气息的影响，硬是要去念书，死活不去做事，这下"金刚一样"的太太也只好由他去了，因为"太太是个识时务的人，这时代，又是在上海，小孩子都兴受教育，她就让他们受教育吧"。城市文明和移民文化彼此影响，在互相吸收对方的特点的同时，也在用各自的魅力对对方产生同化作用。所以它既能让"奶奶"保留自己很俏的乡野绚丽色彩，又能使她适应这个城市的生活，甚至教会身为南下干部的东家如何更好地在这个城市生活，成为这个城市繁荣的见证者。这就是王安忆笔下上海这座城市的典型特征，一方面有较强的吸纳力和包容力，另一方面也能让各种不同的文化力量在这片土地上共存发展。

移民前辈们来自五湖四海，大多在颠沛流离中渐渐站稳了脚跟，他们的血液里有着闯荡的基因，不满足现状是他们的天性。因此，上海也由这些移民们融入了求新求变的精神。他们的内心实际上是怀着无尽的希望的，只要一息尚存，就常常能在绝望中找到无限生机，接着安家立业、枝繁叶茂起来，而这个时候，他们往往又有了更高更远的目标。这样的一种生存方式营造出来的城市文明永远都在求新求变的发展中。城市中外来移民对新的生活方式和生存状态的追寻尤以女性为甚。在王安忆看来，女性是比男性更能够适应城市的，因为男性有更多的社会责任，往往背负着历史、传统、道德的包袱，在进入城市时，便有了比女人更难逾越的障碍，而女人则不然。王安忆说，在农民走向城市时，"女人比男人轻装，更少束缚，更多个性发展的要求……于是一旦离开土地，女人便比男人更轻松、更自由，城市对女人的诱惑也更强烈了"①。因此，女性对新鲜事物的接受，对新生活方式的追求，来得更加迅速。《好婆与李同志》中梳着长辫子、穿着人民装进入上海的李同志，在短时间内就被都市时尚之风感化，烫起"长波浪"，裹上玻璃丝袜，但她很快就不再满足于此，于是买了一架钢琴，开起了派对。富萍同样也是如此。初进城的富萍虽然看似呆滞，但个性中却潜藏着不安分的因子。她言语不多却善于观察，对于城市"每天都有新印象，或者旧的印象有更新"。她有自己的主见和心计，所以"奶奶"的邻居们才在她的眼神中看出了灵活和锐利，看出她在"木讷"的背后还有些精明和劲道。这样的富萍本无意入主城市，只是为了逃避一桩自己不太满意的婚事，但当她在城市中浸淫已久，城市的诱惑使"外来者"骨子里那种不安分的因子被激发出来，她开始相信"什么样的事情都会起变化，没有一定之规"，这也就为她之后毁弃婚约和留在上海埋下了伏笔。

有意或无意之间，富萍开始为留在上海做准备。在扬州乡下一贯勤劳的富萍一到上海便不断地、用心地向"奶奶"和邻居学习做活。在通过洗尿布赚到钱之后，富萍开始意识到自己可以凭借劳动在这座城市生存下去，移民身上那种坚韧的生活本能使她产生了主宰自己命运的想法，这是城市带给她的影响。虽然她一直对凭媒妁之言而结合在一起的李天华不满，但如果在乡间她万万不敢做出不告而别的举动，只有在上海她才会有这种勇气和胆量，是上海的市风民情促使了她产生改变自己命运的念头并付诸实践。最终，富萍背叛了"奶奶"，违背了和李天华之间的婚约，转而寻找和投奔失散多年的舅舅，并且毅然选择了自己心仪的残疾青年，在上海扎下了根。富萍"背信弃义"的行为虽然使她在操着苏北乡音的地方受到了短时间的冷落，但很快"舅妈对她又和过去一样了。街坊邻居呢？也渐渐回到先前的样子。这里的人都是没大有记性，事情过去就过去了。甚至有一个糊涂的老婆婆，来和舅妈提亲"。各方文化的杂糅与汇合，使上海这座移民城市的气质中天然地带有了宽容和大度，所以作者对富萍的行为并没有

---

① 王安忆：《男人和女人，女人和城市》，载《男人和女人，女人和城市》，新星出版社，2012，第102页。

从道德的角度进行谴责，反而从人性的高度给予了充分的肯定。这样的艺术处理表明，王安忆对富萍身上那种独立、自主、勇敢追求人生幸福的品质是充分认同的。

上海正是这样的一个既现实物质又博大包容的现代化都市。身为"外来者"的富萍终于凭借自己的努力和心计一步一步"挤"进上海，成为新一代的上海人，乡人的坚韧和狡黠，移民身上那种求新求变、不甘于现状的文化因子也由此得以融入上海的城市文化脉络之中。移民与城市之间的相互影响、同化和异动，造就了不同文明之间的相互碰撞、交融，最终形成了今天这样斑斓多姿的上海都市文化，这也正是移民文化之于上海城市发展的意义。在《富萍》中，王安忆将自己的移民书写指向城市的边缘空间，投射出了一个以"梅家桥"为中心的"移民上海"，成为其上海书写中不可或缺的一块拼图，也实现了对上海叙事的进一步超越。

## 二　男性视域的都市变迁

长期以来，关于城与人之间的关系，王安忆都秉持着自己的观点，她认为女性比男性更适于表现城市，女性对于城市这种"再造的自然"有着更加契合的适应性，对于上海这座以优雅精致著称的城市而言就更是如此。在许多人眼中，上海本身就宛如一位身着旗袍、风姿绰约的女子，在时尚的潮汐中款款而行，所以她说"要写上海，最好的代表是女性"，这样的观点一径引导着王安忆此前的创作，她笔下的上海似乎总是一个莺环燕绕的世界，即便有男性登场，也多是女性的陪衬，这在成就作家个人风格的同时似乎也带来某种"成规"。但纵观王安忆四十多年的创作历程，她显然不是一位耽溺于旧绩的写作者，在新近发表的长篇小说《考工记》中，王安忆又有了令人欣喜的突破。

《考工记》本是春秋战国时期的一部手工业技术文献，全文共 7100 余字，记载了齐国关于官营手工业 30 个工种的设计规范和制造工艺，反映了当时中国所达到的科技和技艺水平，在中国科技史、工艺美术史和文化史上占有重要地位。王安忆的长篇新作《考工记》直接借用了这本古代典籍的题名。这一次，她带着历史的长焦，将镜头重新拉回民国，描述了一位"上海小开"逐渐蜕变成普通劳动者的过程。出身世家的陈书玉，历经战乱，回到考究而破落的上海老宅，与合称"西厢四小开"的三位挚友一起，憧憬着延续殷实家业，度过安稳人生。然而时代大潮逐波冲击而来，文弱青涩的他们猝不及防，不得不被裹挟着，仓皇应对，各奔东西，以至音信杳然。

与王安忆此前众多聚焦女性视角的上海叙事不同，《考工记》里的性别视角发生了转变，王安忆选择从男性视角切入。人物性别的置换引起了前所未有的变化，也彰显了王安忆对于历史、城市与人之间关系的新思考。相对于女性视角来讲，男性视角下的上海多了一份沉稳与踏实，多了经历历史起伏后的沉淀。与王琦瑶不同，陈书玉一辈子单身，生活简单，唯一动心的女性是冉太太，但动心之中更多的是尊敬，没有情感的纠葛，一生只与自己的三个好朋友联系紧密。除冉太太以外，其他的女性角色如采采、女同事、校领导的小姨子、夜校里的女学生等都被陈书玉一一避过，匆匆退场。因此，《考工记》对男性视角下的上海的呈现少了《长恨歌》中的两性欲望与诱惑，更多关注的是历史进程中上海的变化与上海人的命运。

在王安忆看来，"男人的理想是对外部世界的创造与负责，而女人的理想则是对内部天地的塑造与完善"①，通俗来讲即"男主外，女主内"。男性的视野往往朝向外部空间，关注的是个人与社会的联系，如政治、战争、家国天下等；女性则更关注个人与家庭生活，柴米油盐、衣食住行。这恰恰对应了两种不同的历史面目。所以男性的历史是动态的、变化的，与时代相呼应的；而女性的历史则是相对稳定的、静态的，与世隔绝的。《考工记》中的时代变迁成为重心，所有人物的命运都因时代变迁而漂泊不定。当初衣食无忧的"西厢四小开"在新时代浪潮冲击下早已不复昨日荣光，昔日的富贵荣华顷刻间即可化为齑粉。新中国成立大典刚举行不久，因大虞父亲收过的一套明式家具是国民党接受大员私瞒的财产，一家人为此不得不举家迁往乡下，大虞与谭小姐的婚姻也黯然收场。等到革命气息高涨的时候，陈书玉日日担忧自己的老宅子会带来什么不测，坐立难安，最终决定把宅子用作瓶盖加工厂，才算是躲过一劫。家产殷实的朱朱则因为历史问题而被带走调查，身陷囹圄。位居高官的奚子因革命年代的政治倾轧

---

① 王安忆：《男人和女人，女人和城市》，载《男人和女人，女人和城市》，新星出版社，2012，第 99 页。

也不得不逃去大虞家躲风头，不知道未来等着他的结果是什么。过去流连于旧上海洋场的"小开"生涯，也成为四人在新的历史阶段避之不及的尴尬过往：大虞从城市搬到了乡下；朱朱一家移居到了香港；陈书玉则尽力做个与时代无争的人，希望自己"被时代忘记"；而"被时代划到了那边"的奚子甚至选择了改名换姓，意欲同过去的自己彻底决裂。可以说《考工记》中，每个人的生活和命运都深受时代大潮的裹挟，个人对自己的命运表现出无可把握的无力感。可见，王安忆更加侧重对时代大潮的彰显，它不再作为伏笔出现，而是成为左右人物命运的关键因素。

但这并没有背离王安忆一贯的文学立场。相反，《考工记》对日常生活的表现要更近一步，它所要表现的是历史的缝隙，是大时代交替过程中那些被忽略的细节和碎片。因为历史的变革从来不是一蹴而就的，而是点点滴滴的演变，陈书玉也不再是王琦瑶那样游离于时代之外的遗老，而是历史缝隙中最细微的末梢，每一次社会变动他都身处其中，参与其中。抗战期间他离沪赴渝，在小龙坎过着苦中作乐的求学生活，也亲眼见证了毒蘑菇如何夺走如花的生命，后又幸而得以全身而归；上海解放后，他和朋友们一起到街头看解放军的秧歌表演，真心为胜利高兴；困难时期，他过着终日饥肠辘辘的生活，只敢在半夜偷偷享用冉太太从香港寄来的罐头咖啡。此后的大炼钢铁、"文革"抄家、"大串联"、恢复高考等重大历史事件，陈书玉都一一涉过，不知不觉已经成为历史的一部分，正如文中所言："上海的正史，隔着十万八千里，是别人家的故事，故事中的人，也浑然不觉。"正是陈书玉这样一个上海普通人的人生经历，从历史的细部为我们填补出一部饱满的、完整的上海现代史，呈现出一座城市过往变革的复杂性和丰富性。

《考工记》中，王安忆对旧上海的态度也有所转变。全书反复描述的老宅子，可以说是上海历史的旁观者和见证者。从另一个角度来讲，《考工记》也可以看作一座老宅的历史记录，"考工"者，所要考的便是这座老宅的来龙去脉和前世今生，上海所遭遇的一切变故都在这座老宅上得到反映。故事的开头即从陈书玉离家两年后重回老宅写起。幼时的陈书玉觉得老宅阴森可怕，在离家两年归来后，眼前的老宅"渗漏过战时的岁月"，一切陈设如旧，却使他感到既熟悉又陌生，"他回家了，却仿佛回到另一个家"。他与老宅相守一生，是老宅的主人却并非知音。祖父做寿时，老宅又一次通过大虞的视角亮相，出身木器世家的大虞才是这"考工"的"工"，只有在他的眼中，老宅的美才被发掘出来：无梁无柱的敞厅，繁复稳固的飞檐斗拱，层层嵌套的砖雕，赭红松绿的金砖，连同屋脊上的瑞兽，无一不美轮美奂，使他不由感叹阿陈"坐在金盆里洗澡"却不自知。在奔腾活跃的新气象面前，老宅的高大深邃不再显得威严庄重，反倒有些颓然和不合时宜，于美中透露出危险的气息，他向"弟弟"请教，得到的答案是"顺其自然"，以不变应万变。在革命年代，老宅子成了陈书玉的一块心病，总怕它会惹出什么事端来，直到将其上交给人民政府开办工厂，他才松了口气。新旧两种历史在这大宅内悄然交汇，同时也完成了两个时代的过渡。等到陈书玉年老退休后，他才慢慢觉出这宅子的好来，跑前跑后地想要维修它，但是，"四面起了高楼，这片自建房迟迟没有动迁，形成一个盆地，老宅子则是盆地里的锅底。那堵防火墙歪斜了，随时可倾倒下来，就像是一面巨大的白旗"。其实，这老宅子就是陈书玉的象征，也是旧上海的象征，所谓"顺其自然"，顺应的正是历史的大趋势。随着时间的推移，老宅以不可抑制的速度衰败下去，最终被挂上了"文物"的牌子，正预示着一个时代的结束，新时代终究会来临，旧上海也不得不成为过去式。由此可见，在《考工记》中，王安忆对旧上海的态度不再是《长恨歌》中的怀旧与不舍，而是承认它注定会成为过去的坦然与平静。

## 三　都市书写的"常"与"变"

自近代开埠以来，上海在"传统与现代、本土与外洋、南来与北往、高雅与通俗各种成分的汇合"[①] 中，形成了独具特色的多元文化格局。这种自由开放、多元融合的精神是上海都市文化的底蕴，也是近现代以来上海都市书写中不变的"底色"。19 世纪末，《海上花列传》便以上海为背景，记录了十里洋场的繁华梦，展现了都市普通百姓的悲欢离合。20 世纪 30 年代，刘呐鸥、穆时英、施蛰存等新感觉派呈现了"五光十色"的都市风景线，但他们笔下的上海只属于一部分市民，而以茅盾为代表的左翼作家则以社会剖析的方式描写了都市社会各阶层生活。40 年代，张爱玲和徐訏等

---

① 　陈伯海：《上海文化发展面面观》，《社会科学》2000 年第 2 期。

作家对上海的书写深入到普通市民的日常生存空间，更进一步表现了深层的都市生命体验，把上海书写提升到一个新的高度。

王安忆长期浸淫在上海的都市文化氛围中，继承了前辈作家关于都市日常书写的传统。《长恨歌》《天香》对都市生活的描写，对旧日繁华的呈现，都在"日常"和"精细"上表现了上海都市变迁中"恒常"的一面。然而，王安忆却对上海另有与众不同的体验。她曾用"摩登""保守""粗砺"来形容自己眼中的上海。"摩登"是上海洋气的一面；"保守"是指上海从乡村变身为城市后依然带着中国传统印记；而"粗砺"，王安忆解释说："我觉得上海的内心是粗砺的，这个气质和她的诞生有关系。她不是那种城市是慢慢形成的，很突然的外国资本就进来了，有那种流氓气，它很粗鲁。从全国来说，没有一个城市像上海那么市民气，拥有市民这一阶层而且很成熟。我喜欢上海就在于她一眼看过去很华丽，但缺陷也在这，没有根基。"① 很显然，王安忆的"上海印象"与传统的上海观明显不同，而《富萍》和《考工记》正是王安忆表现"粗砺"上海的文本。

《富萍》是通过底层外来者的粗鄙生存和艰难融入来表现都市的"粗砺"一面的。与本土的弄堂居民不同，外来移民只能在苏州河和梅家桥的棚户区寄身生存。富萍舅舅和舅妈所住的棚户区，"密密匝匝，就像一张大网，相互联系着，每家每户之间挨着很紧，屋檐与屋檐之间的狭缝里是这里居民晾晒衣服的地方，所以站在高处一眼望向这篇棚户，只看得见尽是屋顶上的黑瓦，一直连绵到天边"。棚户区的移民们做着各种卑微的营生，有做保姆的，有做糖的，有蒸糕的，有做牙郎中的，有从事钣金的，有给别人洗衣服的，还有专糊鞋靠子的，甚至还有捡垃圾的，"他们诚实地劳动，挣来衣食，没有一分钱不是用汗水换来的。所以，在这些芜杂琐碎的营生下面，掩着一股踏实，健康，自尊自足的劲头"。移民前辈们来自五湖四海，大多在颠沛流离中渐渐站稳了脚跟，他们的血液里有着闯荡的基因，不满足现状是他们的天性。因此，上海也由这些移民们融入了求新求变的精神。他们的内心实际上是怀着无尽希望的，只要一息尚存，他们就常常

---

① 年永刚：《王安忆：努力为上海保留一份繁华记忆和平凡格调》，《国际在线》2010 年 4 月 6 日。

能在绝望中找到无限生机，接着安家立业、枝繁叶茂起来，而这个时候，他们往往又有了更高更远的目标。这样的一种生存方式营造出来的城市文明永远都在求新求变的发展中。

《考工记》中，王安忆对旧上海的态度明显发生了转变，作者选择从男性视角切入，重新思考时代变迁中城市与人之间的关系。《长恨歌》中王琦瑶仿佛游离于时代之外，无论是内战、新中国成立、"文革"还是改革开放，对她似乎都没有多大影响，她始终躲在弄堂中过着自己精致的小日子。而《考工记》中陈书玉和他家的老宅子则始终处在时代洪流的漩涡，见证了四五十年代的上海人心惶惶，六七十年代的上海革命热情高涨，八九十年代的上海又恢复往日的安稳与繁华。除了陈书玉，"四小开"中其余三人的命运也都随着时代的变化而起伏：大虞成了乡下人，朱朱逃去了香港，奚子成了政治要员，所有人都在时代洪流的裹挟中进退。可见，《考工记》中王安忆对个人与历史、生活与时代的认识有了变化，叙事策略也有所调整，她不再沉迷于"营造精神之塔"，而是开始尝试在小说中展现时代政治对个人的影响，将人从单纯的日常生活归还到时代中去，展示社会大变动背景下上海普通人的生活。毕竟，无论是个人还是上海，都只不过是历史巨浪中的沧海一粟。

总之，无论是近代上海的繁华旧梦，还是"史前"上海的世家兴衰，无论是都市名媛的命运沉浮，还是外来移民的粗粝生活，王安忆的上海书写总是在时代变迁中捕捉不变的恒常，在都市日常中记录生活的变动。尽管常常被拿来与前辈作家张爱玲相比，但王安忆却更在乎她们之间的不同。她说："我在想这样比也有他们的道理。我们都是写上海的女作家，都是写实派的，所写的对象都是市民阶层。并且他们把我和她还做了一个拼接，说我写的都是张爱玲留下那些人的命运，就是她在民国里写的那些人到了共和国的命运，有衔接、拼贴的意思。而说我像（张爱玲），这都好意，是褒扬我。但我还是有本质的不同，我和她的世界观不同。她很灰暗，这是时代规定的。她生活在末世，人生总是在走下坡路，而我则生活在一个朗朗乾坤。"① 显然，王安忆对自己的上海书写有着清醒的自觉。

---

① 年永刚：《王安忆：努力为上海保留一份繁华记忆和平凡格调》，《国际在线》2010 年 4 月 6 日。

# 第九章
## 冯骥才与池莉的市井书写

在中国的城市谱系上，天津和武汉是两个独特的存在。天津乃"天子渡口"，负有拱卫京师的重要"职责"。武汉为"九省通衢"的码头，历来是重要的交通枢纽和战略要地。特殊的地理位置和政治因素成就了津、汉独具魅力的城市形象和文化性格。天津人的热情豁达与武汉人的泼辣坚韧同样让人印象深刻，而这两种性格显然离不开孕育它们的文化土壤。冯骥才与池莉的笔下既记载着通衢"码头"的来龙去脉，也描摹了混杂"市井"的俗世人生。

### 第一节 "五方杂处"的津门与"九省通衢"的江城

#### 一 "五方杂处"的津门

天津别称天津卫、津门、津沽，素有"河海要冲"和"畿辅门户"之称，是拱卫京师的军事要塞。多元包容的天津文化是在天津城市的发展过程中逐渐形成的。东汉到元朝是天津文化的孕育时期，明清是它的发展时期，近代则是它的成型繁盛时期。东汉时，曹操带兵北上，因军事需要开凿人工河渠，河渠与黄河下游相接，汇入渤海，天津由此发展海河运输。隋唐时，隋炀帝下令修凿大运河，在前代众多人工运河的基础上进行疏浚开凿，连接起黄河、海河、淮河、长江、钱塘江五大水系，天津水运范围扩大，纵贯华北平原与东南沿海地区。金、元立都北京后，因京城物资需求的激增，朝廷遂修缮京杭大运河，从此鱼米之乡直通大都，南北畅行无阻。明清时，统治者在天津设卫筑城之后，充分利用已有运河建立起庞大复杂的漕运体系，从南方而来的各种农产品、生产资料基本以天津为漕运中转点，天津正式成为重要的贸易港口城市。四通八达的水运为天津城带来了外部移民与各地物资，使得商贸、贩运以及其他经营活动大量增加，尤其是盐商经济在京城的支持下愈发繁荣，城市的稳定发展催生了独具特色的漕运文化与盐商文化，市井文化也孕育其中。

近代以来，随着天津机器局等军工企业的创办及李鸿章主持洋务运动，天津积极学习西方先进科技文化，城市展现出新的面貌。首先在经济方面，全面发展商贸、建筑、工矿、纺织、金融以及港口码头，将天津打造成沟通中外贸易的重要场域，城市的经济辐射能力大大加强，至 20 世纪初，天津已成为北方商业中心和经济中心。在交通方面，李鸿章仿照西方，主持修建铁路，唐山到胥各庄铁路及津卢铁路相继开通，京津两城市形成了"一日交通圈"。在城市面貌方面，租界内各国风格的建筑鳞次栉比，洋行、商场、住宅、酒店等新式建筑林立，与华界街道的中式传统建筑泾渭分明。在中西文化的冲突与融合中，天津文化的保守性与开放性相伴相行，随着城市的迅猛发展形成了双重文化品格。

天津开埠通商不仅带来了西方文化，还促进了天津文化的主体——市井文化的成熟。天津的市井文化在明朝设卫立城时便已萌芽，它根植于天津商品经济的繁荣，得益于市民阶层的壮大，由于"百行间作，五方杂处"的社会情势，天津市井文化具有显著的多元化特征，呈现出雅俗相间、多元共存的繁荣发展态势。冯骥才曾如此描述："津门的卫派文化则是地地道道的市井文化，天津是一座老百姓的城市。此地人气旺足，人情厚重，热爱平常和现实的生活，而且有一种现代大城市少有的朴实。"[1]

天津市井文化包括雅文化与俗文化两个方面，二者的形成背景、接受人群与主要内容各有不同。19 世纪 60 年代后，天津商埠经济盛兴，商业会所大量涌入，为雅文化提供了坚实的经济基础与广阔的发展平台。与此同时，大批的外国人、专业人才以及自北京而来的"寓公"们移居至天津，

---

[1]　冯骥才、张仲、晓岩：《记忆天津：2004 天津建城 600 年·序》，浙江摄影出版社，2004，第 13 页。

组成了天津的上流社会，成为雅文化的主要接受人群与票房贡献者。比邻北京的特殊地理位置使天津受到北京戏曲艺术的影响，成为各地曲艺人才大展身手的初舞台与试验田，梅兰芳、余叔岩、杨小楼等名角儿时常入津唱堂会，时人多称"戏曲发祥于北京，曲艺大成于天津"。作为一个"移民"城市，天津雅文化的内容十分丰富，包括评戏、京剧、昆曲、河北梆子等，品类繁盛，百家齐放。

相对于雅文化，俗文化由更多元的内容构成，包括习俗文化、曲艺文化与手工艺文化。天津这座城市因漕运兴起，因海运繁盛，民众对于海河有着天然的信仰与敬畏，以妈祖文化为主体的习俗文化便在以漕运为主业的多数民众中活跃起来。平时，一般市民多去天津皇会、葛沽宝辇会等寺庙祭拜，以佑平安。另外，天津自明清起便是北方最大的交通口岸和工商大埠，加之周边水灾影响，大量的工商业者、贫苦农民涌入，一时间八方来客。至近代，随着商业经济愈加繁荣，街头巷尾、天桥市井充斥着来自各地的手艺人与民间曲艺家，诸种民间曲艺如相声、天津快板、林亭口高腿子高跷及诸种手工艺如杨柳青年画、泥人张彩塑等，流行于民间并代代传承，形成了丰富多元的民间曲艺文化与手工艺文化。与雅文化相对，占更大比例的中下层市民是以上三种俗文化的主要接受人群，因此天津市井文化中的俗文化更像"市民"的文化。但雅俗文化都对天津市民有着潜移默化的影响，都显示着天津多元并存、兼收并蓄的城市文化特点。

## 二 "九省通衢"的江城

池莉在《武汉话题》里写道："其实说起城市，武汉市倒是一个百里挑一的大好城市，三镇鼎立，两江汇流；地处中原，南北枢纽；城区里要山有磨山珞珈山洪山蛇山龟山凤栖山，要水有东湖南湖紫阳湖莲花湖月湖墨水湖；山上草木苍郁，湖畔垂柳笼烟；更兼汉水长江大水滔滔，气象雄伟……武汉更被誉为'东方芝加哥'"，被评为最市民化的城市。"① 这里当然是生于斯长于斯者的赞美之词，但武汉的确是一座特别的城市。武汉地处江汉平原东部、长江中游，简称"汉"，别称"江城"，素有"九省通

---

① 池莉：《武汉话题》，《池莉文集》第 4 卷，江苏文艺出版社，1995，第 165 页。

衢"之称，是中国内陆最大的水陆交通枢纽。武汉既是国家历史文化名城、楚文化的重要发祥地，也是中国民主革命的发祥地，辛亥革命的武昌首义更是改变了中国历史的走向和格局。

武汉是一座有着悠久历史的文化名城。从历史上来看，它可以向上追溯到春秋战国时期。据《尚书·禹贡》记载，武汉那时候属于楚国，因此凝聚了浓厚的荆楚文化。两千多年前，楚人陈胜领导的农民起义结束了中国历史上第一个封建王朝；两千多年后，武昌首义结束了中国历史上最后一个封建王朝。近现代以来，武汉还陆续上演了北伐战争、"二七"罢工、"八七"会议、武汉保卫战等。这些历史风云背后既蕴含着武汉人敢为天下先的革命首倡精神，又体现了武汉人自强不息、坚忍不拔、争强斗胜的文化性格。

从地理位置而言，武汉地处"九省通衢"的荆楚腹地，是长江中下游地区的政治经济文化中心，是我国中部地区体量和规模最大的都市。武汉三镇汉口、武昌、汉阳鼎足而立，特色鲜明，汉口是商业中心，武昌是文化中心，汉阳是工业中心。武汉三镇尤以汉口为著，清朝时便是全国四大名镇之一，所谓"十府一州商贸所需于外埠之物，无不取给于汉镇"①。近现代以来，武汉正是充分利用了其"九省通衢"的便利优势，一跃成为华中地区最为繁华的商业和交通运输中心。

武汉的兴起和发展离不开"九省通衢"的码头。武汉码头的缘起可上溯至明代。明代成化年间汉水改道从龟山北麓入江以后，汉口因良好的港口条件迅速发展成为一座新兴商埠。明末清初，汉口的港口贸易运输业更为发达，成为我国内河最大的港口。至1861年汉口开埠，近代码头正式形成，靠汉水长江的水运，现代商业逐渐兴盛。清末时期，汉口已有著名的八大码头：艾家嘴、关圣祠、五圣庙、老官庙、接驾嘴、大码头、四官殿和花楼。码头文化更是繁盛一时。对此，《汉口竹枝词》描述道："廿里长街八码头，路多车轿水多舟。"鱼龙混杂的码头关联着巨大的商业利益和帮派竞争。不同帮派之间为争夺码头经营权常有械斗，死伤无数，其中尤以宝庆帮和徽帮的争斗最为突出。当然，来自四方的商贾贩卒为了生存发展，也使得充满血腥和江湖味的码头文化里孕育出敢打敢拼、积极进取、开放

---

① 赵东华主编《武汉的性格》，中国经济出版社，2005，第4页。

包容的精神。

1998 年 8 月的《新周刊》评价中国城市，认为北京大气、上海奢华、大连男性化、杭州女性化、南京伤感、苏州精致、珠海烂漫。而武汉，则被界定为最市民化的城市。事实上，武汉不只是一座有着悠久历史和革命基因的文化名城，更是一座有着浓郁生活气息和生命活力的商业化和市民化城市。历史上，武汉一直以商业文化发达而著称。自明朝以来，武汉就是一个八方辐辏、商贾云集、九省通衢之地。清初，武汉已有米谷、山货、杂粮、药材、花布、纸张、水果等行栈。来武汉经商做买卖的人，也因为同乡关系而聚拢，形成了广纳四海的湖南帮、江南宁波帮、四川帮、云贵帮、潮帮、香港帮等。开埠以后，外商通过洋行买办与号商、行栈联系，或直接派人去产地收购后出口，形成专业性市场，武汉更是凭借着极为便利的交通条件，快速地发展成为华中物资集散地和商业中心。

直到现在，武汉人仍然有着极为强烈的经商意识。池莉在《武汉话题》中说："多少年来，无论是多么恶劣的政治气候，无论面对怎样的口诛笔伐批评声讨，也无论计划经济体制是怎样的密不透风，叫人无隙可乘，武汉人从来没有放弃过做生意的嗜好。……即便是在'文革'当中，也照样有人'练摊'。"① 商业性的思维方式和生存法则渗透到了社会生活的方方面面，影响和改变着武汉市民的思想和行为方式，并由此孕育了发达的市民文化。在中国众多的城市中，武汉是一座最具市民化特征的城市。武汉没有北京作为皇城京畿的贵族化荣耀，没有上海十里洋场的现代性气质，也没有南京作为六朝古都的厚重沧桑。武汉地处中原腹地，周边以黄陂、汉川、孝感等乡郊为依托，历次城市变迁大量流入了不同地域的农村社区人群，流入了大量社会中下层居民，带来了多样的生活习俗，形成了特有的市民文化格局。

## 第二节　冯骥才的"津门"传奇

冯骥才在当代文坛素来以"津味"小说著称。他的小说创作经历了三

---

① 池莉：《武汉话题》，《池莉文集》第 4 卷，江苏文艺出版社，1995，第 181 页。

个阶段的变化：在"文化大革命"后期，发表了以《义和拳》（与李定兴合著）、《神灯》为代表的历史小说；70 年代末 80 年代初，发表了《铺花的歧路》《啊》《雕花烟斗》《高女人和矮丈夫》等"伤痕""反思"小说；80 年代后期，转向"文化风俗小说"创作，代表作品有包括《神鞭》《三寸金莲》《阴阳八卦》等"怪事奇谈"系列，以及《市井人物》及其续篇《俗世奇人》等。这些小说取材于天津传统文化习俗，聚焦于世俗生活中的"奇人""奇事"，以浓郁天津风味的方言俗语为叙事载体，幽默的戏说背后隐藏着冯骥才对天津文化爱恨交织的矛盾心理与创作立场。

冯骥才的"津门"传奇叙事受冯梦龙的影响颇深。他曾从三个方面谈了冯梦龙对其创作的影响："一是传奇。古小说无奇不传，无奇也无法传。传奇主要靠一个绝妙的故事。把故事写绝了是古人的第一能耐。故而我始终盯住故事。二是杂学。杂学是生活，也是知识。杂学必须宽广与地道，而且现用现学不成。照古人看来，没有杂学的小说，只有骨头没有肉。故而我心里没根的事情决不写。三是语言。中国的文学史，散文在前，小说在后。小说的语言受散文影响。中国人十分讲究文字的功力，尤重单个的方块字的运用，决不是一写一大片。故而我修改的遍数很多。"① 冯骥才的"津门"传奇首先塑造了一系列奇人，通过奇巧的情节设置，展现"天津"之"奇"；其次立足于天津的现实地域空间、市井生活与民风民俗，叙述有"根"的传奇；最后以富于地域特征的津味语言将读者带入他的"津门"传奇世界。

## 一　俗世奇人

"作家最关键的是他的视野。视野的关键是视角的独特性。而文学的关键是视野的果实——人物。"② 当冯骥才将视线投放到天津市井众生时，他发现天津有其自成一派的地域文化性格。他说："天津最具魅力是在清末民初，那是个城市的转型期，随着租界的开辟，现代商业进入天津跟本土的文化相碰撞，三教九流都聚集在天津，人物的地域性格非常鲜明和凸显。

---

① 冯骥才：《关于〈俗世奇人〉》，《文学自由谈》2000 年第 5 期。

② 冯骥才：《手下留情——现代都市文化的忧患》，学林出版社，2001，第 122 页。

当然，我主要是通过写地域的集体性格，来写地域的文化特征。"冯骥才笔下既有身怀绝技的手艺人，也有武功高强的奇侠，还有混迹市井的"混星子"，这些人物因行业不同而具有不同的个性和人生，但因自小生长于天津卫码头这一独特的地域，他们的身上都有一种共通的"奇"劲、"硬"劲和"侠"风。正如冯骥才所说的："天津卫本是水陆码头，居民五方杂处，性格迥然相异。然燕赵谷底，血气刚烈：水咸土碱，风习强悍，近百余年来，举凡中华大灾大难，无不首当其冲，因生出各种怪异人物，既在显耀上层，更在市井民间。"①

在冯骥才笔下的天津市井生活中，占最大篇幅的莫过于那些拥有特异技能的手艺人。现代文化语境中的手艺人往往是指那些以某种手工技能为谋生手段的人，手艺的好坏直接关系到他们的身份地位与生存境遇，因此他们需要不断苦练技艺，以达到炉火纯青的境界。在冯骥才的文学世界里，技艺更是成了手艺人的立身之本。《刷子李》篇首描写道："码头上的人，全是硬碰硬。手艺人靠的是手，手上就必得有绝活。有绝活的，吃荤，亮堂，站在大街中央；没能耐的，吃素，发蔫，靠边呆着。这一套可不是谁家定的，它地地道道是码头上的一种活法。"作为社会底层的手艺人，唯有拥有神乎其神的绝技才能在常人中脱颖而出，成为天津卫市井生活中响当当的一名人物。冯骥才的小说《俗世奇人》就描写了这样一类手艺人。刷子李穿黑衣黑裤刷墙，结束后身上不沾一个白点。苏七块给人接骨，病人还没感觉到疼痛就已经结束了。蓝眼江在棠的技能更是神奇，他看真画时眼睛冒出一道蓝光，看假画时双眼无神。火眼金睛，带有神话色彩。还有泥人张，他"台下一边看戏，一边手在袖子里捏泥人。捏完拿出来一瞧，台上的嘛样，他捏的嘛样"。除了技艺的超乎寻常，这些手艺人几乎都立了自己的行业规矩，像苏七块便立了看病的规矩："凡来瞧病，无论贫富亲疏，必得先拿七块银元码在台子上，他才肯瞧病，否则绝不搭理。"纵使他有心行善，也必得有华大夫先偷偷掏出七块银圆满足了这规矩，哪怕事后再还给华大夫也绝不改了规矩。再如刷子李，"他给自己立下一个规矩，只要身上有白点，白刷不要钱"，"还有个规矩：每刷完一面墙，必得在凳子

---

① 冯骥才：《市井人物》，《收获》1994 年第 1 期。

上坐一大会儿，抽一袋烟，喝一碗茶，再刷下一面墙"。手艺人的精妙技艺令他们超乎常人，而"规矩"的设立才真正使他们带有传奇色彩。

在冯骥才笔下，手艺人除了神乎其技的手艺外，其自尊、自强、不向强权低头的个性品格也是他们不平凡的原因。《泥人张》里描述道："天津卫是做买卖的地界儿，谁有钱谁横，官儿也怵三分。可是手艺人除外。手艺人靠手吃饭，求谁？怵谁？"正是因为他们全凭手艺吃饭，在那个乱世里才能活得随意洒脱、有尊严。像泥人张，在面对大富大贵的海张五的侮辱时，既没有低眉折腰，也没有像人们期待的那样用"一个泥团儿砍过去"来进行无力的反击，而是不动声色地用鞋底的泥捏出了"核桃大小""一脸狂气"的海张五的泥人。接下来他更是与海张五斗智斗勇，直接应了海张五的话，将一二百个海张五的画像摆到街市上"贱卖"，他凭借自己高超的技艺和精妙的智慧为自己赢得了尊严。

奇侠也是冯骥才小说中着力塑造的形象。他们大多保留了古代游侠的品行，往往具有高强神奇的武功，充满了正义感，能够凭借自己的能力打败恶势力，救人民于水火之中，常隐居民间，富于神秘色彩。长篇小说《神鞭》中的"傻二"便是典型的奇侠形象。傻二以卖豆腐为生，看似平平无奇，却有着一种威力无穷的鞭子神功。他从不随意卖弄自己的本事，第一次动手还是因为"混星子"玻璃花欺压飞来凤，他路见不平拔刀相助。之后因玻璃花的记恨，傻二又与使弹弓的戴奎一、天津卫武术界祖师爷索天响、日本武士佐藤秀郎等能人较量，这些人均被其鞭子功打败，傻二从此名声大噪，被人们敬为"傻二爷"。尽管官府都想请傻二做官兵教头，可是他却不为名利低头，竟然还想着回家卖炸豆腐。在民族危亡的关键时刻，傻二以国家利益为重，勇赴紫竹林攻打洋人，发挥其"一百零八式"鞭子功的威力。除了傻二之外，像《奇人管万斤》中的管万斤、《鹰拳》中的老者、《阴阳八卦》中的糊涂八爷和龙老师，都是怀有神妙高强武功的奇侠形象。

冯骥才笔下还有一类具有天津地方特色的人群——"混星子"。"混星子"相当于现代文化语境中的"混混"，他们往往混迹于天津大街小巷，到处找碴儿闹事、起哄，争强斗狠，靠店家的"供奉"生存。这类人的"奇"首先在于他们对自己的"狠"。"混星子"有一种独特的"出道"方式：挨打。被打得越狠，就越"够份儿"。《神鞭》中的玻璃花为了能在大妓馆

"拿一份",被七八个伙计拿着斧头把子打了整整一袋烟的工夫,"只要耐得过这顿死揍,掌柜就得把他抬进店,给他养伤,伤好了便在店里拿一份钱"。在这个过程中,玻璃花的左眼珠子被一个叫死崔的"混星子"打坏了,但他居然没呼痛一声,而且在之后丝毫不记恨死崔,反而请客谢他。因为伤对混星子意味着"横",伤越重表示人越横、越惹不起。"混星子"们甚至还用自虐的方式和官府死缠烂打。例如《三寸金莲》中的小尊王五,自己砍伤自己的头,还反赖是捕头砍伤了他。他们凭借着自虐的方式,横行于世,官府也只能"恩威并施",并不能完全整治他们,充分显示了天津争勇斗狠、刚烈彪悍的风习。

这三类人物除了拥有奇劲儿、硬气儿之外,还有一种共通的"侠风"。冯骥才笔下的"奇人"几乎都有一股"侠气",哪怕是争勇斗狠的"混星子"内心都有一个"义"字,他们大多数不会欺负普通市民,遇到落难之人还会鼎力相助,不求回报。像《小杨月楼义结李金鏊》中的大"混星子"李金鏊,"他是天津卫出名的一位大锅伙,混混头儿。上刀山,下火海,跳油锅,绝不含糊,死千一个"。可当小杨月楼找到他帮忙时,他说:"您到天津卫来唱戏,是咱天津有耳朵人的福气!哪能叫您受治、委屈!您明儿晌后就去'万成当'拉东西去吧!"转天一早就帮小杨月楼把东西要了出来。冬天码头上贫苦的脚夫弟兄们面临困窘,他又出手相助,把冻成冰棍的上千个兄弟全救活了。当小杨月楼拿银子谢恩之时,他说道:"我这人,向例只交朋友不交钱。……钱再多也经不住花,可咱们的交情使不完!"有情有义的性格特征也体现在《阴阳八卦》中的王十二身上。他医术神奇,常不计较薪资多少而救人于危难,并且不阿权贵,不慕名利,低调处世。另外,像《苏七块》中怀有仁心的医者苏七块、《泥人张》中不惧权贵的泥人张,以及《小杨月楼义结李金鏊》中组织义演的京剧演员小杨月楼,他们都是既怀有神奇技能,又坚持"义字当头"的"侠客"。

"手艺人""侠客""混星子",冯骥才从天津的市井街头挖掘素材,塑造了这一系列奇人形象,身处现代而创作清末民初的天津传奇,这一鲜明的现代与传统的对比也使冯骥才不断思考传统文化的价值与糟粕,并在其"奇人"形象的塑造中传达出自己对旧天津传统文化"爱恨交加"的矛盾情感。首先,冯骥才看到了传统文化中的积极面,肯定其道德标准和审美原则。他塑造了一批隐居市井的"侠客"，他们仍然坚守着已经式微的"侠义"，他们得到了冯骥才的欣赏与认同。《神鞭》中傻二战胜东洋武士的情节设置，流露出作者对中华文化的自信与肯定，正如小说最后傻二所说的，"辫子剪了，神留着"。冯骥才认为中国人民身上具有一种积极变革、自强不息的"神"气，正是这种"神"气使得傻二挫败外国人。冯骥才还在中西文化对比中肯定了中华传统文化的价值。像《青云楼主》中对中国字画不懂装懂的外国人以及《出洋相》中模仿洋人的假洋鬼子，作者以反讽的笔触刻画出他们令人啼笑皆非的言行举止，直接表达了自己的文化立场与反对崇洋媚外的态度。其次，冯骥才也没有回避传统文化的消极面，他深刻地揭示出传统文化对健康生命的束缚和扭曲。在《三寸金莲》的开头，他写道："小脚里藏着一部中国史……您还别以为，如今小脚绝了，万事大吉。不裹脚，还能裹手，裹眼，裹耳朵，裹脑袋，裹舌头，照样有哭有笑要死要活，缠缠放放放放缠缠，放放缠缠缠缠放放。"传统文化的强大力量竟然固化了整个民族的审美观念，男女老少都以小脚为美，而传统女性的生命便被顽固强大的传统束缚，成为传统的牺牲品。《俗世奇人》中便不乏被传统文化束缚的"能人"。在《大回》的篇末，冯骥才评述道："能人全死在能耐上了。"这些奇人的命运并不会因为他们精通绝技而改变，有时反而成为他们的负累。像《蓝眼》中的辨画高手蓝眼，真假认错后大病一场，"最后总算想到黄三爷的这一手，死得明明白白"；《酒婆》中洒脱的酒婆因酒而"奇"，也因酒而逝；《大回》中的大回因钓鱼太绝，在民间说法中落了个被鱼索命的下场。

冯骥才笔下的"奇人"们承载着清末民初的时代精神和天津文化气质，他们是天津风俗长期影响下的产物，充分彰显了天津卫这个特色地域的文化内涵，而从这些奇人奇事上也能够衬出历史的底色，引发人们对传统文化的深思。

## 二　津门风物

冯骥才自小在天津成长，长期浸淫在天津风俗文化中，其个人品性、艺术审美和创作个性深受其影响。冯骥才从不掩饰自己对于天津风物民俗的偏爱，他说："我虽为浙江人，却长于津门，此地风习，挚爱殊深，众生性情，刻骨铭心。"① 对天津世俗生活与风土人情的描绘一直贯穿在冯骥才小说创作之中，并成为他自觉的艺术追求。

地域场景是人物形象生成的重要因素，冯骥才对天津的地域特征和城市建筑进行了生动描绘。《俗世奇人·刷子李》中，冯骥才如此描写天津特殊的"码头"文化："码头上的人，全是硬碰硬。手艺人靠的是手，手上就必得有绝活。有绝活的，吃荤，亮堂，站在大街中央；没能耐的，吃素，发蔫，靠边呆着。这一套可不是谁定的，它地地道道是码头上的一种活法。"天津是一个"五方杂处""八方来客"的港口城市和移民城市，天南海北的人齐聚一城，谁也不怵谁，谁也不服谁，"全是硬碰硬"。冯骥才在写人物之前先设置了这样的地域文化，大大增加了人物的辨识度。《小杨月楼义结李金鏊》中，李金鏊住在"破瓦寒窑"里，"篱笆墙，栅栏门，几间爬爬屋"，"进了屋，屋里赛破庙，地上是土，条案上也是土"，而"万成当"则是进门就有"高高的柜台"。《三寸金莲》中，佟府是"三道院"构造，是典型的大户人家院落。《神鞭》也描绘了租界地区紫竹林的小白楼和洋教堂。贫民建筑、胡同小巷、王府院落和租界洋楼遍布天津，体现了开埠后天津多元复杂的地域特征和人文景观。

饮食和服饰是风物人情的重要载体。天津有句俗话："借钱吃海货，不算不会过。"天津人爱吃、好吃，海陆两类小吃闻名全国。冯骥才在笔下展示了各色美食，如美味又快捷方便的杨村糕干，可以充作出门远行的干粮（《神鞭》）；天津人过年时都会准备的民间小吃锅巴菜、天津大麻花（《逛娘娘宫》），这些都是既饱腹又易于携带的。这类饮食与天津的运河文化密切相关。天津是河流冲击而成的，过去周边地区频发水灾，常常导致大量的灾民涌入城市，在这种情况下，方便、快捷、饱腹的食物成为第一需求。像被称为天津三绝的"狗不理包子""十八街麻花""耳朵眼炸糕"等，都符合以上特点，是天津方便快捷的饮食文化的真切体现。冯骥才还常常以服饰为切入点，折射中西交汇、传统与现代碰撞的天津社会。《俗世奇人·冯五爷》中，爱读书的冯五爷家世富贵显赫，他在饭馆开张那日，"身穿藏蓝暗花大褂，胸前晃着一条纯金表链，中印分头，满头抹油，地道的老板

---

① 冯骥才《〈俗世奇人〉序言》，《俗世奇人》，作家出版社，2001。

打扮"，这是天津达官贵人传统的服饰打扮。《小杨月楼义结李金鏊》中，李金鏊穿的"灰布大褂，足够改成个大床单，上边还油了几块"，而小杨月楼则"一身春绸裤褂，白丝袜子，黑礼服呢鞋，头戴一顶细辫巴拿马草帽，手拿一柄有字有画的斑竹折扇"。一方面，天津服饰的阶层差别十分显著，达官贵人身着刺绣大褂，贫民小子则穿"灰布大褂"；另一方面，中西文化在服饰上进行了碰撞与融合，小杨月楼的服饰既有传统的"春绸裤褂"，又有西式的"黑礼服呢鞋"。冯骥才通过对服饰的描绘，展现了特殊时代背景下，天津传统文化与现代因素并存、中国文化与西方文化杂糅的独特现象。

冯骥才的津味小说和散文还真实再现了天津的民间信仰，以及这些信仰对人们生活的影响。在《神鞭》中，冯骥才描写了天津著名的拜海神娘娘习俗："天津卫是靠渔盐漕运发的家。行船出海，遇上黑风白浪，就得指望海神娘娘护佑了。"每年的三月二十二日是海神娘娘"出巡散福"之日，天津民间总会举行规模盛大的皇会，杂耍把式争相露面，百姓们拥到街头，人山人海。这是一种带有地域色彩的神灵崇拜。小说《阴阳八卦》展现了一系列广泛流传的民间信仰，像为惹惹相面的红脸相士、为二婶看房子的蓝眼，他们都有着深奥复杂的理论知识，还是具有"慧根"的专业人士，分析起来有理有据、头头是道，不但十分具有可信性，还带有神秘色彩。大多数民众主张"宁可信其有，不可信其无"。这些民间信仰拥有广泛的群众基础，装点着天津的世俗生活。

正如冯骥才所说的，"此地风习，挚爱殊深"。尤其值得注意的是，小说世界之外的冯骥才一直致力于挽救濒临消亡的民俗文化，他常撰写文章呼吁大家保护天津的传统风物，如天津老街民居、独具特色的杨柳青年画、剪纸艺术等。90 年代以后，冯骥才更是将大部分精力投入保护研究民俗文化的事业中，其工作成果得到了社会的广泛认可，并被称为"中国民间文化的守望者"①。

## 三 "津味"语言

冯骥才走上文坛的方式比较奇特，他最早是以口头创作的形式走上文

---

① 王建柱：《冯骥才：中国民间文化的守望者》，《职业技术》2007 年第 8 期。

学之路的。在天津，见多识广、知识渊博、见解超常的人常被称为"白话"（"话"读为"活"），而冯骥才就是公认的"冯大白话"。在其好友吴若增的描述中，他与另一个"王大白话"能够"从《诗经》的《关关雎鸠》开始，你一首我一首，一直背诵下去"，之后是中外散文、中外小说、中外美术、中外音乐。① 由此可见，冯骥才具有口若悬河、说古道今的本领，用天津话来说就是"嘴皮子真溜"。后来在"文革"时期，冯骥才感到"万千感受却自然而然地向虚构的故事中聚拥而来"，"有一种强烈的表现欲"，于是开始"将这些故事讲给至亲好友们听"，"以讲故事来发泄表现欲，排遣郁结心中的情感"，后来又用笔记下他讲过的故事，并由此开启了他的创作生涯。② 这种"说书"式的创作方式深深地影响了冯骥才的创作风格，他的小说读来"口语化"色彩浓重，大量的天津方言充斥其中，叙述以夸张奇特为美，具有独特的"卫嘴子"风格。

细读冯骥才的系列作品，可以发现其中的"津味"方言词汇十分丰富，大致分为名词、动词、形容词三类。名词有"花活""中腰""黏粥""瞎叨咕""麻经子""中晌""梗子""规法"等，具有浓郁的地方特色。"花活"指"手段"，"中腰"是"中间"意思，"黏粥"是指"很稠的粥"，"瞎叨咕"是指一些"小道消息"，"麻经子"是指"麻绳"，"中晌"是指"中午"，"梗子"是指"人"，"规法"是指"规定和章法"。这些口语名词带给读者浓厚的天津的生活气息，表现出天津人爽朗、质朴和豪迈的性格特质。动词有"拨愣""白唬""言语""兜腰""拣巴""老帮""耍把""懂眼""觉知""完活""抖愣""言声"等。转换成普通话，"拨愣"是指"摇脑袋"，"白唬"是指"胡扯"，"言语"是指"说"，"兜腰"是指"搂腰"，"拣巴"是指"收拾"，"老帮"是指"老练、经验丰富"，"耍把"是指"活动"，"懂眼"是指"明白"，"觉知"是指"知道"，"完活"是指"完了、完事"，"抖愣"是指"哆嗦"，"言声"是指"说话"。这些方言动词用来描述人物的动作，格外具有天津人的神韵，也使文章显得诙谐幽默，更加生动传神。作品中还有大量的方言形容词，如"软""没囊没

---

① 吴若增：《解读冯骥才》，《时代文学》2000 年第 5 期。
② 冯骥才：《命运的驱使》，《冯骥才选集》（三），百花文艺出版社，1984。

气""撒丫子""哏""坐实""花哨""咋呢""鸡上天""扑棱""急赤白脸"等。在天津方言中，"软"是"不对"的意思，"没囊没气"是指"没志气"，"撒丫子"是指"用大脚丫子走路"，"哏"是指"有意思"，"坐实"是指"掷地有声"，"花哨"是指"色彩鲜艳"，"咋呢"是指"叫喊"，"鸡上天"是指"高攀"，"扑棱"是指"浑身乱颤"。这些"津味"形容词一方面能够精确描绘出人物的个性，另一方面也增强了语言的生动性和表现力。

俗话说，"京油子，卫嘴子"。冯骥才十分认同这一说法，并在《神鞭》中如此解说："'京油子'讲说，'卫嘴子'讲斗，斗嘴就是斗气。"这种"卫嘴子"风格实际上是天津卫尚勇斗狠民风的产物，而想要"斗气"并不落下风，那就得好好磨炼自己的嘴皮子了。自小在天津长大的"冯大白话"，自然习练了天津人机智、俏皮、夸大的语言艺术，他运用自己超拔的语言文字功底，在其作品中充分展现了天津人的"卫嘴子"风格。

首先，"斗气"讲究一个"斗"字，不但要"斗"，还要"斗"得凶狠、有侮辱性。冯骥才在作品中常常大量使用民间市井粗鄙的俗语，如《神鞭》中玻璃花嘲弄傻二时说道："嘿，傻巴，哪位没提裤子，把你露出来了？你也不找块不渗水的地，撒泡尿照照自己。这是嘛地界，你敢扎一头！"再如玻璃花向傻二放狠话时说道："傻二，瞧！今儿东洋的哥们儿，替三爷拔撞来了。怎么样？三爷的路子野不野？今儿叫你小子明白明白，是洋大人神，还是你那狗尾巴神。看谁还敢骑着三爷的脖梗子拉屎！谁他妈恶心过三爷的，今儿东洋哥们儿就替三爷出气！哎，傻巴，你怔着干嘛？"冯骥才用下流的形容和粗俗的词语增添了玻璃花的"混混儿"气质，展现了其下作、凶恶的个性特点，也刻画出了天津市井民间的粗俗斗嘴场面。

其次，"卫嘴子"可以俗极，也可以雅极。冯骥才的作品常让人感叹其语言功底的深厚，文中有许多对仗工整、流畅的小段落，深得传统韵文、骈文之妙。例如《三寸金莲》中说理的一段："人间事，有时有理，有时没理，有时有理又没理没理又有理。没理过一辈子没准变得有理，有理过一阵子又变得没理。有理没理说理争理在理讲理不讲理道理事理公理天理。有理走遍天下，没理寸步难行。事无定理，上天有理。公说公有理，婆说婆有理。"冯骥才擅长同素连用,有学者认为其有竭力搜刮之嫌,但这种新颖、独特的修辞方式看似同义反复,却又不使人感到啰唆冗长,尽显天津人"嘴皮子利落"的特点。

再次,冯骥才将说书式语言运用到文学创作中,用夸张、幽默的语言塑造人物形象。如《阴阳八卦》中对于"八哥"的描绘:"满地朋友,满处路子。摸嘛都会一二三,问嘛都知二三四,个矮人精神,脸厚不怵人,腿短得跑,眼小有神,还有张好嘴。生人一说就熟,麻烦一说就通。"语言虽夸张,但对于形象的刻画却是生动至极的,又带有天津人口语特有的"损",读来趣味横生,幽默感十足。

最后,冯骥才还在文学作品中展现了天津人机智的言语交锋。如《俗世奇人·好嘴杨巴》中的杨巴,当发现李中堂误认为芝麻碎是脏土时,连忙脑袋撞地,叫道:"中堂大人息怒!小人不知道中堂大人不爱吃压碎的芝麻粒,惹恼了大人。大人不计小人过,饶了小人这次,今后一定痛改前非!"他用三两句话就既给了李中堂面子,又讲明了原委,李中堂不禁感叹其"心灵嘴巧"。再如《俗世奇人·陈四送礼》中的陈四点评画,"黑乎乎一片还算可以?我反正不懂,省长想看,哪天我拿给您。今儿要不说起它来,说不定明天就卖破烂了"。话语里皆是嫌弃,却暗地里达成了给省长送礼的目的。天津地处九河下梢,天南海北的人齐聚一处,加之商业发达,生意场上的人个个人情练达,冯骥才用充满地域特征的津味语言将天津市民的这种智慧充分表现了出来。

# 第三节　池莉的"生活秀"

自 1976 年以知青的身份被招工到武钢至今,池莉在武汉工作、学习、生活了 40 多年,武汉已成为她人生和创作中不离不弃的园地。对此,池莉说:"我是它的,它是我的;我是它土地上的一棵小草,它是我永远的写作背景与我探索社会的一面永久的窗口。"① 从题材内容和叙事风格来看,池莉近 40 年的文学创作大致可以分为三个阶段:第一阶段是 20 世纪 80 年代

---

① 池莉:《她的城》,江苏文艺出版社,1999,第 100 页。

初的起步阶段，大多以青少年生活为题材，洋溢着浓郁的青春气息，代表作品有《妙龄时光》《未眠夜》《青奴》《雨中》《月儿好》《有土地，就会有足迹》等。第二阶段是 80 年代中期至 90 年代中期的成名期，她开始广泛关注普通市民的日常生活，展示卑微琐屑的庸常人生。以《烦恼人生》《不谈爱情》《太阳出世》《冷也好热也好活着就好》《汉口，永远的浪漫》等为代表，成为"新写实"作家中的代表人物。第三阶段从 90 年代中期开始至今，池莉深入人性的深层领域，表现市场经济社会都市生活方式和思想价值观念的变化，代表作品主要有《来来往往》《小姐你早》《化蛹为蝶》《惊世之作》《口红》《生活秀》等。纵观池莉的小说，不同阶段的创作有着不同的变化，但其中也有不变的内核。她的小说大多以武汉作为背景，其笔下人物往往有着鲜明的武汉性格，作品语言也往往彰显着浓郁的"汉味"特征，即池莉始终都在以"生活秀"的方式构建她笔下的武汉形象。

## 一　城市空间与风物的文学想象

池莉在《池莉文集》的序言里说："武汉是一个非常有意思的城市，我常常乐于在这个背景上建立我的想象空间。武汉的有意思在于它有大江大河；在于它身处中原，兼容东西南北的文化；在于它历史悠久，积淀深厚；从春秋时期伯牙子期的古琴台到清朝顺治年间归元寺的五百罗汉到半殖民地时期的洋房和钟楼，一派沧桑古貌，一派高天厚土。而武汉气候的恶劣，在同等城市当中更是首屈一指，人们能够顽强坦然地生活其中，这本身就有某种象征意义，就是一种符号。"[1] 每一个城市都有属于它自身的独特文化符号。池莉对武汉的街道和建筑耳熟能详。在她的小说中，最具武汉特征的城市文化名片——花楼街、吉庆街、交通路、长江、轮渡等标志性场域，常常成为人物活动的主要城市空间。

《不谈爱情》在叙写花楼街女孩吉玲与知识分子庄建非琐屑的婚姻生活过程中，如此描绘充满市井气息的花楼街："武汉人谁都知道汉口有条花楼街。从前它曾粉香脂浓，莺歌燕舞，是汉口繁华的标志。如今朱栏已旧，红颜已老，那瓦房之间，深深的小巷里到处生长着青苔。无论春夏秋冬，

---

① 池莉：《池莉文集·序言》，江苏文艺出版社，1995。

晴天雨天花楼街始终弥漫着一种破落气氛，流露出一种不知羞耻的风骚劲儿。"尽管吉玲千方百计地想要摆脱象征市井身份的花楼街，但始终难以摆脱狭隘世俗的花楼街习性。庄建非心底如此描述对自己大声叫骂的妻子，"吉玲是花楼街的女孩子，就不应该诧异她的脏话从哪儿来"，"花楼街的女孩么，就是这样，与生俱来的，一辈子都改不掉"。《生活秀》以主人公来双扬为中心，生动描述了吉庆街的风物人情：在霓虹闪烁、人声鼎沸的吉庆街，头一个风姿不凡的女子优雅地卖着她的久久鸭脖。即便政府对吉庆街上混乱扰民的大排档进行了多次整顿，但"转瞬间，吉庆街又红火起来，又彻夜不眠，又热火朝天，整条街道，又被新的餐桌餐椅摆满"。作者在一幅繁闹嘈杂的市井生活画卷中，塑造了来双扬这样一个泼辣精明的吉庆街女性形象。"九省通衢"的武汉集南方的柔美和北方的刚强于一体，来双扬就是这种刚柔并济的化身。她能赚钱，赶时髦，体现了武汉人能干又好炫耀的性格。面对现实生活中的各种困难，她都一一忍受和化解。来双扬为了取得父亲房子的产权归属，不顾与后母多年的积怨，主动上门和好；因为可怜深陷毒瘾的弟弟，她居然把毒品藏在香蕉中送到戒毒所；为了拿回别人已经住了多年的两间老房子，她不惜以九妹的幸福换取房管所长的支持；为了哥哥和钟爱的侄子，她当着众人的面和嫂子大打出手；为了报答卓雄洲的知遇之恩，她也可以以身相许。来双扬正是凭借武汉人特有的泼辣精明成为吉庆街"享誉"一方的"鸭脖女皇"的。《烦恼人生》以主人公印家厚的视角描写了他每天上班必经之处——长江和轮渡："春季的长江依然是一江大水，江面宽阔，波涛澎湃。轮渡走的是下水，确实有乘风破浪的味道。太阳从前方冉冉升起，一群洁白的江鸥追逐着船尾犁出的浪花，姿态灵巧可人。这是多少人向往的长江之晨呵，船上的人们却熟视无睹。印家厚伏在船舷上吸烟，心中和江水一样茫茫苍苍。"武汉自古便被称为"江城"，武汉人的性格也如长江的澎湃波涛一样，既气势壮阔，也裹挟凶险。《你以为你是谁》借陆建设与李浩淼的视角描绘了武汉市中心的繁华街区——交通路："交通路与著名的商业街江汉路毗邻，旧社会是条文化图书街……现在除了交通路口还保留着古籍书店和翰墨林之外，实际上这里已是一个极专业化的大型鲜鱼海货山珍禽蛋市场。书店门口经常有卖蛇人在为顾客宰蛇，小蛇溜进翰墨林的文房用品中也是常有的事。由于交通路与花楼街相连又与江边武汉港客运码头相通，这里外来人员流量非常大，而且大多是没什么文化，怀里揣了几个钱，还想碰运气挣更多钱的鱼肉贩子、民工、县城乡村级的小老板等人。"作者在此细致地描述了交通路由文化至商业的今昔之变，这也是武汉城市历史变迁的写照。《小姐你早》通过主人公戚润物发现丈夫王自力的婚外生活描述了现代都市典型的物质消费空间——夜总会："在她缓缓步入'麦当娜'夜总会的时候，她眯缝起了她的泪眼，她心里无比难过地想：她踏在一百多年前的灯光上。可是，这灯光已经不是那灯光……一八八〇年的爱迪生十分明确的理想是延续白天驱逐黑暗，一九九六年的人类却已经是那么地居心叵测，利用灯光的目的是使黑暗更加黑暗，使原本单纯的黑暗变成复杂的糜烂的黑暗。戚润物展眼望去，'麦当娜'灯具的形状是各种各样的，所放置的地点也是各种各样的，一切都是那么明显地居心不良。"都市在创造现代繁华的同时也藏匿着黑暗罪恶，这种"恶之花"的都市形象在古今中外的都市想象中大抵如此，池莉笔下的武汉也不例外。

当然，池莉所展开的武汉想象在各类城市空间外，还包含着大量代表武汉都市风情的各类风味美食。《烦恼人生》描写了最具武汉特色的热干面："一把长柄笊篱塞了一锅油面，伸进沸水里摆了摆，提起来稍稍沥了水，然后扣进一只碗里，淋上酱油、麻油、芝麻酱、味精、胡椒粉，撒一撮葱花。"印家厚下班回家，桌子上摆着四碟家常小菜："红烧豆腐和氽元汤，还有一盘绿油油的白菜和一碟橙红透明的五香萝卜条。"《怀念声名狼藉的日子》里，武汉人竟然把热干面编成了流行歌曲："我爱武汉的热干面，一碗只要一毛二分钱，芝麻酱香得没得命，小麻油萝卜丁葱花儿一拌，那就勾了魂。"《生活秀》中，来双扬如此夸耀武汉的"鸭颈"："鸭颈不是什么山珍海味，却是活肉，净瘦，性凉，对老人最合适了。再说，要过节了，图个口彩，我们吉庆街，有一句话，说是鸭颈下酒，越喝越有。"此外，小说还借范沪芳对吃食的讲究，描写了武汉人对小吃的热衷："楼上楼下地跑了两趟，买来了银丝凉面、锅贴和油条，自己又动手做了蛋花米酒，煮了牛奶，还上了小菜，小菜是一碟花生米，一碟小银鱼，一碟生拌西红柿，这是现在时兴的营养生菜。"《冷也好热也好活着就好》中，池莉还借书中人物之口对武汉的小吃做了一个总结："老通城的豆皮，一品香的一品大包，蔡林记的热干面，谈炎记的水饺，田启恒的糊汤米粉……"民以食为天，饮食既是日常生活的一部分，也是文化风物的重要表征。池莉笔下的小吃充分体现了武汉的城市文化性格。一是开放包容。池莉笔下的武汉小吃以本地风味为主，四方口味兼容，有热干面、豆皮、汤包、面窝、油条、欢喜砣、糍粑清汤、水饺、米粉、炸酱面、煎饺、煎包、小笼包、面条、春卷、烧卖、蛋酒、豆腐脑、豆浆、汤圆、炒面、炒粉等，间或也有外来的兰州拉面、西安酿皮和四川的红油抄手，品种之多，数不胜数。从各种风味小吃的相融杂烩状态上就能感受到这座城市的气度。二是火爆热辣。以池莉笔下经常出现的热干面为例。热干面是武汉人过早（武汉人将吃早餐叫作"过早"）的首选小吃，也是最具武汉"精神气质"的小吃。热干面既不同于凉面，又不同于汤面，面条事先煮熟，过冷和过油后，将酱油、麻油、芝麻酱、味精、胡椒粉、葱花、辣椒等配料和在一起，面条纤细爽滑有筋道，酱汁香浓味美，色泽黄而油润，香而鲜美，有种很爽口的辣味，这种重口味的热干面正是武汉火辣城市性格的重要表征。

## 二 市民视角中的市民形象

池莉曾经在公开场合说："我是一个小市民，我要歌颂小市民。"①在她看来，"自从封建社会消亡之后，中国便不再有贵族。贵族是必须具备两方面条件的：物质的和精神的。光是精神的或者是物质的都不是真正的贵族。所以'印家厚'是小市民，知识分子'庄建非'也是市民，我也是小市民。在如今的社会主义初级阶段，大家全是普通劳动者。我自称'小市民'丝毫没有自嘲的意思，更没有自贬的意思。今天这个'小市民'不是从前概念中的'市井小民'之流，而是普通一市民，就像我许多小说中的人物一样"②。其实这种观念也与她的生活密切相关。池莉的童年是灰色的、痛苦的，在她出生后不久，家庭就因为政治风暴而遭受了重创，她也一直备受煎熬。她曾在《一颗自己的心》中袒露自己的内心，"我的童年，劈面遭遇了'文化大革命'，这场大革命将父母的'黑色'涂抹到我的身上，并且把

---

① 池莉：《真实的日子》，《池莉文集》第 4 卷，江苏文艺出版社，1995，第 222 页。
② 池莉：《真实的日子》，《池莉文集》第 4 卷，江苏文艺出版社，1995，第 222 页。

一个黑色的前途摆放在我的脚下"，"从前我憎恶自己生命"，"我无法躲避地沦为时代弃儿"。① 而后，池莉由祖父代养。祖父家的殷实家境让小时候的池莉有了更为丰富的市民生活体验。她说："我在很小的时候就非常喜欢母亲的旗袍和高跟鞋，喜欢抚摸外婆存放在樟木箱里头的绣片和丝绸，喜欢饭桌上摆着成套的细瓷餐具的形式主义的进餐方式。"② 因此，池莉从小就开始接触这种市民生活，这为她日后的市民小说奠定了基础。参加工作后，武钢的生活经验让她对小市民的家长里短有了更加直观的体验，那些一线工人的生活物品、婆媳矛盾、夫妻关系都被池莉一一看在眼中，她没有觉得烦琐，更没有回避，而是理解和尊重。她说："我尊重、喜欢和敬畏在人们身上正在发生的一切和正存在的一切。这一切皆是生命的挣扎与奋斗，它们看起来是我们熟悉的日常生活，是生老病死，但它们的本质惊心动魄、引人共鸣和感动。"③

正如池莉所说的，她总是站在普通市民的立场上看待一切和评价一切，她的小说大多以市民身份，从市民视角塑造市民形象，展示市民生活。在《托尔斯泰围巾》里，作者借小说人物之口直白表明了对小市民的喜爱："怎么我就是喜欢白丁，不喜欢鸿儒呢？怎么我就是觉得高贵者最愚蠢，卑贱者最聪明呢？当然，这可能因为我本身就是一个小市民。"池莉小说中大量描写了工人、商贩、知识分子等各类市民人物的日常琐屑生活。《烦恼人生》聚焦轧钢厂工人印家厚烦恼琐屑的日常人生。印家厚每天"早晨是从半夜开始的"，煮牛奶，排队如厕，带儿子挤公交车，过轮渡，吃早点，上班迟到，奖金被减少，吃食堂因菜里有虫与人吵架，住房拆迁，等等。《太阳出世》描写了一对年轻人李小兰、赵胜天在经历了结婚、怀孕、生子、育儿等一系列人生历程之后，逐渐由爱撒泼、好争斗的青年转变为有责任、好上进的"父母"。《来来往往》通过康伟业的生活经历及其婚恋情感纠葛表现了市民实用主义的世俗婚恋观。康伟业对段丽娜最初生出的情愫源于她的家庭背景和职业身份，而段丽娜对康伟业的好感则来自他优秀的外表和儒雅的风度。待到职场升迁无望的康伟业下海经商获得成功后，在他眼

---

① 池莉：《一颗自己的心》，《池莉文集》第四卷，江苏文艺出版社，1995。
② 池莉：《一双红拖鞋》，《池莉文集》第四卷，江苏文艺出版社，1995。
③ 池莉：《写作的意义》，《池莉全集》第四卷，江苏文艺出版社，1995。

里，妻子段丽娜便由端庄变成了庸俗。于是，康伟业与总公司下派的白领丽人林珠产生了强烈的感情碰撞，虽然林珠后因段莉娜的自杀未遂而离去，但康伟业最终并未回归破裂的家庭。在池莉笔下，即便是人们惯常"精英化"的知识分子也日益市民化。《你以为你是谁》中，主人公陆武桥曾经声称要活出比梦想还精彩的人生，然而生活的重压让这个中年男子一而再再而三地舍弃曾经的梦想，变成一个彻底被生活奴役的小市民，一到礼拜天便"在充满了男人那种粗俗的愉快的气氛中"，投入"听音乐，看录相，抽烟，喝茶，打麻将"等吃喝玩乐的世俗生活。而湖北大学的李老师，一方面"自认为很深刻很高尚"，"如果他找不到凌驾于这种世俗生活之上的精神生活，很难想象他会正常地吃饭和排泄"，可是"李老师毕竟还是个凡人，囿于凡俗的局限，没法正视自己的灵魂深处"，正如他老婆尤汉荣所说的，"任你在外面一张嘴巴能干，实质上还是和我一样住惯了洞庭里的地板房，吃惯了滋美和冠生园的新鲜点心，坐惯了十分方便的公共汽车，和我一样吃喝撒拉，吃相还不如我斯文"。对此，作者在篇名中就不无揶揄地指出，"你以为你是谁"。《紫陌红尘》中，作者借眉红之口如此描述知识分子的小市民化特征："所谓读过了大学的这一群人我太了解他们了。他们天天都操心柴米油盐酱醋茶，个个买菜都讨价还价，公款旅游求之不得。他们活得像暴风雨来临之前的蚂蚁，忙忙碌碌，焦躁不安。生怕天上刮风下雨，不提高他们的物质待遇，他们就是个小市民。"

可见，池莉笔下的人物几乎都是世俗化的市民，尤其是庸俗的小市民，他们大多没有什么崇高的理想抱负，表现出心胸狭隘、目光短浅、好占小便宜等典型的小市民特征。但是，池莉并不把他们贬义化，而是以理解、尊重甚至同情的眼光来呈现他们庸常生活的方方面面。同时，池莉也将自己置身于平民的位置，描写凡人俗事，讴歌"活着就好"，宣扬一种"日常"的存在哲学。她所展示的人生观、价值观贴近老百姓的真实生活，流露出浓郁的世俗温情，充满了人间烟火味，受到广大市民读者的喜爱和褒扬。

俗语说："天上九头鸟，地下湖北佬。"虽然说得有些偏狭，但也在一定程度上道出了湖北人的精明和狡黠。在池莉小说中，那些长期受到码头商业文明习染的武汉人大多精明能干，甚至奸猾狡黠。《你以为你是谁》中，陆建设、李浩森"街头做笼子"的骗局体现了典型的武汉风格。一个装作"残疾青年"在交通路口铺开报纸，摆上扑克牌；另一个装作民工工头模样，掏出钞票投注参赌，引人上钩。两人配合天衣无缝，表演"炉火纯青"，而街头贪婪图利的市民围观、起哄，这些都无不揭示了奸猾狡黠的小市民习性。《紫陌红尘》中，老赵狡猾的订票计划，让眉红一次又一次领略了商人的奸诈。原本可以在一天内订好的票，他必定往后拖，打定主意要多收钱。除去陌生人的欺诈，还有朋友的离心。自己认为是铁哥们的朋友却在电话那头听不出眉红的声音，同事为了自身利益而刻意地隐瞒真相。当然，商业文化中也有很务实的一面。武汉人的消费生活是实用的，就像《生活秀》中那个中年妇女所说的，"现在不打折的东西我都不买，就等着它打折"。武汉人的情感生活是实用的。在《小姐你早》中，李开玲提醒戚润物说："一个女人要有实用性。"并对此解释，所谓实用性就是能勾起男人的性欲。池莉小说中描述的现代男女常常因实用而"不谈爱情"，或者说根本无爱可谈。《不谈爱情》中出身花楼街平民小户的吉玲之所以"爱"上庄建非，就是因为后者的高级知识分子家庭及其体面的医生职业，因而这样的婚姻结合，很快便陷入了不满、失望和争吵。池莉还常常将这种赤裸裸的商业实用性演绎到笔下人物的方方面面。《看麦娘》中，于世杰只能记住自己和儿子的生日以及他们俩工资收入的数额，其他的一概记不住；《你以为你是谁》中，陆武桥为了挣脱生活的困境，不惜停薪留职，承包居委会的餐馆；《化蛹为蝶》中的孤儿小丁抓住一个偶然的人生机遇，驰骋商海；《来来往往》中的康伟业、《午夜起舞》中的王建国都是机关干部，为了改变自己的人生，实现自己的人生价值，毅然决然下海经商。凡此种种，无疑都体现出浓郁的武汉商业文化气息以及由此熏染出的精明务实的市民精神特征。

当然，池莉小说中最能表现武汉人性格的还是一批精明能干、坚韧不屈的女性形象。她们大多是处于商品经济竞争社会中的现代女性，有着鲜明的独立个性，已经完全摆脱了对男人的依附，在事业、爱情、婚姻上实现了真正的独立。中篇小说《你是一条河》在广阔的社会历史背景上展现了一个普通劳动妇女的命运挣扎和顽强独立。村镇女子辣辣，丈夫早逝，30岁的她拖着8个孩子，在困难的时期顽强地活了下来，无论有多大的苦难、多重的打击，她都以十足的母性，张开羽翼保护自己的孩子。辣辣的确有很多的缺点，以至于她"最有出息"的三女儿一上大学就以母为耻而不再认她，但她却至死都在记挂这个女儿。《一冬无雪》从另一个角度表现了女性的境遇和改变。一个被称为武汉市妇科手术"金手"的女医生，却在家庭和单位里处处遭遇不幸。在家中，做大学教授的丈夫为了传宗接代，竟亲自劝诱妻子"借种"，当借种生下的不是男孩而是女孩时，丈夫就把全部脏水都泼到妻子身上。在单位，她的认真敬业反而给自己招来了"失职致人死亡"的罪名，锒铛入狱。小说不仅为这样的女子鸣不平，而且第一次表达了依靠"姐妹们"的力量为女人伸张正义的观念。作品中，"我"以一种姐妹式的火热心肠为同学和同事四处奔走，终于在法律面前为她讨回了公道。《生活秀》中，来双扬早年丧母，父亲再婚后不再管家，为了养家糊口，她提起小煤炉卖臭豆腐，成为当时第一个个体户。面对各种扑面而来的生活困难和重压，来双扬没有任何退缩和丝毫怨言，毅然以自己的双手撑起了整个家的重担，凸显了女性的精明和自强独立。《她的城》中，蜜姐曾经的愿望很简单，就是拥有自己的儿子、丈夫，可她却永远失去了爱她的人。遭受打击的蜜姐虽然一度放纵、消沉过，但是后来在婆婆的鼓励下，自己开了一个擦鞋店，坚强地生活下去，在商海中打拼出自己的天地。同样，蜜姐的婆婆，一个历经无数变故的女人，经历了中年丧夫（丈夫在"文革"中自杀）、老年丧子，她的坚韧和鼓励让蜜姐重新勇敢面对艰辛的生活。长篇小说《水与火的缠绵》中，曾芒芒因相亲无果受到非议后，决定去北京找爷爷，并"坚信自己到底是爷爷的孙子，到底还有着主宰自己命运的果敢与力量"。在与高勇结婚之后，她又开始了自己的隐忍生活，她允许任何人遗忘自己的生日，也允许领导同事对自己的忽略和不公平对待，但是"唯独不允许自己生气"。《看麦娘》中的易明莉坚强泼辣，独立有主见，不惜冒着被丈夫鄙视、被老板谩骂的风险，跋涉千山去北京寻找女儿容容。尽管容容不是自己亲生的，她也完全不介意，最终在她那里找到了自己的归宿。池莉笔下的这些女性无不彰显出自强不息、精明能干、本真务实的武汉文化精神。

## 三　池莉小说的"汉味"

有学者在谈及城市与文学之间的关系时说："城市不仅构成文学故事发

生的几乎是唯一的场景，更重要的是，它越来越清晰地成为文学表现的独特的审美对象。由'玻璃幕墙和花岗岩'组合的建筑群，由胡同、弄堂和老街构成的城市空间，生活其间的人们的日常生活和消费方式等，这些现代都市场景，开始被文学呈现为有着内在精神构成的寓言化或人格化主题。"① 池莉生活在武汉这样一个"市民化"的都市里，她的创作人生都与武汉"血脉相融"。池莉的小说基本上是以武汉为背景的，在其作品中随处可见具有武汉地方特色的风土人情和方言俚语，充分体现了典型的"汉味"特征。

所谓"汉味小说"，即以具有浓郁的武汉地方风味的文学语言描绘武汉风土人情的小说。② 池莉小说的"汉味"当然与其对武汉地域风情和生活及其中的各类市民人物的描写分不开。如上所述，在池莉小说中，随处可见具有武汉特征的地域风情和市民人物。譬如花楼街、吉庆街、长江大桥和轮渡等；譬如老通城的豆皮，一品香的一品大包，蔡林记的热干面，谈炎记的水饺，田启恒的糊汤米粉，等等；譬如烦恼的印家厚，毛糙的赵胜天，精明的来双扬，粗俗的尤汉荣，等等。有学者认为，"风俗和方言是区域文化最明显最稳定的因素"。③ 池莉小说的"汉味"还更明显地体现在作品中那些随处可见的、具有浓郁武汉地域特色的方言俚语上。

池莉小说语言的"汉味"首先表现在小说人物的话语上。我们不妨以《冷也好热也好活着就好》为例：

（1）女人们说："猫子真是个好男将哦，又体贴人又勤快，又不赌不嫖。"

（2）许师傅说："是的么，像猫子这忠厚的男伢现在哪里去找？现在的女伢们时兴找洋毛子，洋毛子会给他丈人炒苦瓜吃么，燕华要是不跟猫子，我捶断她的腿。"

（3）猫子说："么事男子汉？浅薄！告诉你吧，砰——体温表爆

① 贺桂梅：《人文学的想象力——当代中国思想文化与文学问题》，河南大学出版社，2005，第168页。
② 樊星：《"汉味小说"风格论——方方、池莉合论》，《华中师范大学学报》1994年第1期。
③ 郑择魁主编《吴越文化与中国现代文学》，杭州大学出版社，1998。

了，水银标出去了！"

（4）王老太和女人们看着燕华猫子上了楼，就对许师傅说："您家做得对，燕华脾气娇躁了一些。猫子是个几好的伢，换个人燕华要吃亏的。"

（5）燕华顶快活。说："个婊子养的，家里一个老头子，一个男朋友，想讲给人听又讲不出口，憋死我了。"

例（1）（2）的"男将""伢"是名词，分别指"男人""小孩儿"。例（3）中的"么事"是疑问代词，指"什么"。"标"是动词，指"液体快速流出"。例（4）的"几"是副词，"多"的意思。例（5）的"婊子养的"，武汉方言标志性詈辞，作为一种"汉骂"口头禅，有着丰富的表意内涵，此处只是说话人情绪积压后的一种释放。

这种方言俚语在池莉其他作品中同样俯拾皆是。譬如，《烦恼人生》里，一句"爸爸你别搡我"，就将公车上的拥挤程度活灵活现地表现出来了。在《托尔斯泰围巾》中，老扁担回家过年之后脖子上多了一条漂亮围巾，大家纷纷猜测围巾是哪里来的。是老婆编的，还是"情况"送的呢？这里的"情况"指的便是情人，因为武汉人嫌弃情人说起来直白又肉麻，而"情况"说起来简单大方，谦虚谨慎。再如《黑洞》中柳红叶与陆建桥打情骂俏的一段对话，柳："去你妈的，邪贷萎子，一肚子坏水。"陆："多少讲点精神文明嘛。再就是要注意选择器物。坏水装在萎子里，百分之百漏得精光。"柳："你那张嘴今天早上搽了几两油？"陆："油没搽，但是昨晚同老婆练习了一夜。"上述人物话语中所夹带的方言俚语，生动活泼，极具表现力，富有武汉地域文化色彩，也使得人物更具有武汉地域形象特征。

其次，池莉小说语言的"汉味"还表现在作者的叙述语言上。譬如，《落日》中描写天气炎热和武汉人的情绪："汉口的夏天，热得人们几欲扒皮。……人若在这样的室内住一个汉口的七月之夜，第二天除了被蒸闷熟了之外，恐怕不会有第二种结果。"《黑洞》描写武汉交通问题："车船挤得让人觉出全武汉三镇的人都在距离自己最远的地方工作。若能在这些人中找出一个不骂武汉交通的人那才是比建造金字塔还大的奇迹。倘有一任市长能解决武汉的交通问题，百姓们把他当祖宗供起来是毫无疑问的。"《黑洞》描写陆建桥的眼睛充血："眼白上的红丝象地图中的公路线。"《落日》描写王加英的繁忙："她像个陀螺，一天到晚地转个不停。"《不谈爱情》形容白裁缝夫妇的老迈："老得像对虾米。"这种夸张的比喻在武汉人品评人物时是极其普遍的，它折射出武汉人善于比喻、善于夸张、善于取乐的民风。

上述叙述语言油滑、尖刻、夸张、俏皮、生动、传神，独具武汉人的智慧和性情，这便是"汉味"语言的魅力和特色所在。

# 第十章
# 陆文夫与范小青的苏州书写

　　地域文化与文学书写之间有着天然的联系。一方面，地域文化对作家的生活经历、精神气质、思维方式产生了潜移默化的影响；另一方面，作家以地域文化为书写对象，在文本中构建以地域文化为核心的文学"神庙"。苏州文化与苏州作家之间自然也不例外。悠久的苏州文化精髓蕴藏在园林建筑、闾巷街道、水乡古城、市民形态等林林总总的物化形态上，也体现在昆曲、评弹、苏绣、吴侬软语等丰富多样的传统文化上，其中精巧的园林建筑和温婉的吴侬软语堪称苏州文化符号，而文学苏州的建构又以陆文夫和范小青为代表，他们的小说都以精巧的布局和婉转的意蕴尽显小巷人物风貌和苏州地域风情。

## 第一节　精巧的"园林"与温婉的"姑苏"

### 一　精巧的"园林"

　　苏州，古称吴，简称为苏，又称姑苏，是中国著名的历史文化名城。早在春秋时期苏州便已是吴国的政治中心。西汉时，苏州为江南政治、经济中心，司马迁称之为"江东一都会"（《史记·货殖列传》）。宋时，全国经济重心南移，苏州更以"风物雄丽为东南冠"，陆游《常州奔牛闸记》载："苏常（州）熟，天下足。""上有天堂，下有苏杭"的美誉不胫而走。明清时期，苏州更成为"衣被天下"的全国经济文化中心之一，曹雪芹在《红楼梦》中称誉苏州"最是红尘中一二等富贵风流之地"。

苏州素来以山水秀丽、园林典雅而闻名天下，自古便有"江南园林甲天下，苏州园林甲江南"的说法。苏州园林始于春秋时期吴国建都姑苏时，形成于五代，成熟于宋代，兴旺鼎盛于明清。到清末，苏州已有各色园林170多处，现保存完整的有60多处，对外开放的主要有沧浪亭、狮子林、拙政园、留园、网师园、怡园等著名园林。叶圣陶说，"苏州园林是我国各地园林的标本，各地园林或多或少都受到苏州园林的影响"。苏州园林追求的是精巧和完美，所谓"咫尺之内再造乾坤"，"讲究亭台轩榭的布局，讲究假山池沼的配合，讲究花草树木的映衬，讲究近景远景的层次。总之，一切都要为构成完美的图画而存在，决不容许有欠美伤美的败笔"（《苏州园林》）。

苏州的园林文化既体现了曲径通幽的精致，也蕴含了厌倦世俗纷扰的退隐，这不难从"拙政园""退思园""沧浪亭"等园林的名称中发现其意。陆文夫认为，苏州园林作为一种文化现象，是一种"退隐文化"的体现。园林的主人们之所以要造园林，那是因为厌倦政治，官场失意，或是躲避战乱，或是受魏晋之风的影响，要学陶渊明"归去来兮"，想做隐士。在中国的传统文化中，隐士也很受推崇，那是清高的表现。做隐士也不必都躲到深山老林里去，大隐隐于市。隐于市却又要无车马之喧，而有山川林木之野趣。怎么办？造园林。在深巷之中，高墙之内，营造出一片优美闲适而与世相隔的境地（《被女性化的苏州人》）。

曹聚仁曾在《吴侬软语说苏州》里说，"苏州的园林，以幽美胜，曲折幽深，亭台楼阁，掩映于苍松翠柏、竹林苔障、小阜清流之间，一幅自然图画，林木花卉，衬得整个院落骨肉亭匀；这些建筑大师，胸中自有丘壑"[1]，而含蓄是园林最令人着迷的原因，富有象征意味的装修和布置造成了含蓄。因此，精致优雅的苏州园林是对苏州含蓄、内敛、幽远的文化精神的折射。当然，艺术格局比较小的"园林格局"也规约着苏州人的性格和文化格局。然而，范小青却在《苏州人与苏州园林》中介绍了苏州园林与苏州人之间的肝胆楚越，其中文章末尾写道："苏州要出世，这就有了苏州园林的清静淡雅，苏州要追求，又有了苏州园林的精雕细刻。于是我们

---

[1]　曹聚仁：《吴侬软语说苏州》，《文化月刊》2008年第1期。

是不是能想到，清静淡雅，只是一种外在形式罢，它大概不是本质，若是本质，苏州园林就死了，苏州人也死了。"① 基于此，范小青在长期的写作生涯中字里行间依旧流淌着"苏味儿腔调"——柔和却不失韧性，小气却不失洒脱。余秋雨说，苏州是"中国文化宁谧的后院"②。这"宁谧的后院"极好地体现了苏州园林文化的"精巧"和"闲逸"，这是苏州文化的底蕴，是不可缺少的底色。正是在这底色的基础上，苏州才有了更普遍化的小桥流水、闾巷街衢、风味美食，再加上吴秾软语、评弹说唱、刺绣织锦，处处表现出精、细、秀、美的苏州文化特点。

## 二　温婉的"姑苏"

苏州文化的质地是温婉的，陆文夫甚至称其是"女性化"的。③ 苏州的温婉首先与被称为吴侬软语的苏州话密切相关。从方言地域上看，苏州话属于吴语太湖片苏沪嘉小片。苏沪嘉小片吴语口音在吴语地区内部相对而言比较儒雅婉转，所以有"吴侬软语"之称，吴侬软语也通常指代苏州腔。一种方言的"软""硬"与否主要取决于语调、语速、节奏、发音以及词汇等方面。吴语是汉语七大方言语系中形成最早的方言之一，至今保留了相当多的古音和全部浊音声母，具有七种到八种声调，保留了入声。因而，苏州话语调平和而不失抑扬，语速适中而不失顿挫，这种发音方式给人一种低吟浅唱的感觉。因而，民间流行着这样一句话："宁同苏州人相骂，毋和宁波人说话。"这里所指的便是苏州话温软柔和，即便是与人相骂，也感觉不到难受。对此，陆文夫说："苏州人之所以被女性化，我认为其诱因是语言，是那要命的吴侬软语。吴侬软语出自文静、高雅的女士之口，确实是优美柔和，婉转动听。"④

姑苏的温婉当然还与"水"相关。唐代诗人杜荀鹤在《送人游吴》中写道："君到姑苏见，人家尽枕河。古宫闲地少，水港小桥多。"苏州是典型的水乡，城内河港交错，湖荡密布，著名的湖泊西有太湖和漕湖，东有

---

① 范小青：《苏州人》，南京大学出版社，2014，第 15 页。
② 余秋雨：《白发苏州》，《文化苦旅》，知识出版社，1992。
③ 陆文夫：《被女性化的苏州人》，《书摘》2004 年第 6 期。
④ 陆文夫：《被女性化的苏州人》，《书摘》2004 年第 6 期。

淀山湖、澄湖，北有昆承湖，中有阳澄湖、金鸡湖、独墅湖，再加上长江及京杭运河贯穿市区之北。由于苏州城内河道纵横，水域丰富，又被称为水都、水城、水乡。13 世纪马可·波罗在其游记中更是将苏州赞誉为"东方威尼斯"。一方水土一方人。"水"对苏州柔性文化精神的形成产生了深远的影响。陆文夫说，苏州人被女性化，除掉语言之处，那心态、习性和生活的方式中，都显露出一种女性的细致、温和、柔韧的特点，此种特点是地区的经济和文化形成的。苏州属于吴越文化。吴文化是水文化，是稻米文化。水是柔和的，稻米是高产的，在温和的气候条件下，那肥沃的土地上一年四季都有产出，高产和精耕相连，要想多收获，就要精心地把各种劳动做仔细的安排，那劳动是持续不断的，是有韧性的。这就养成了苏州人的耐心、细致和柔韧。①

当然，苏州文化的温婉还与昆曲、评弹和园林等艺术分不开。昆曲发源于14 世纪苏州的太仓南码头，是中国古老的戏曲声腔、剧种。昆曲以曲词典雅、行腔婉转、表演细腻著称，被誉为"百戏之祖"。昆曲行腔优美，在演唱技巧上注重声音的控制、节奏速度的顿挫疾徐和咬字吐音的讲究，以缠绵婉转、柔曼悠远见长。苏州评弹是苏州评话和苏州弹词的总称，是采用以苏州话为代表的吴语徒口讲说表演的传统曲艺说书形式，它产生并流行于苏州及江、浙、沪一带。弹词用吴音演唱，抑扬顿挫，轻清柔缓，弦琶琤琮，十分悦耳。至于苏州园林，如上所述，设计构筑奇巧精致，玲珑婉转，集建筑、雕刻、诗词、绘画等诸多艺术于一体，更充分体现了苏州文化含蓄、内敛、幽远、温婉的文化精神。

温婉姑苏的文化精神除去柔性，还有韧性的一面。她的韧性得益于苏州的佛教文化。苏州作为东吴文化的核心，自然离不开佛教。苏州大乘佛教始于三国吴赤乌年间，历经六朝、唐、宋、元、明、清数代的发展，高僧云集，禅、教、净、律各宗并兴，古刹林立，苏州佛教文化因之奠定了深厚的历史底蕴，并成为吴文化的重要组成部分。同时，自从东汉末年佛教传入吴地，历朝历代兴建了许多寺观，梵宇道宫相望于古城内外，成为苏州一大特色。范小青在《苏州寺庙庵》中就曾经这样写道："烟囱没有宝

---

① 陆文夫：《被女性化的苏州人》，《书摘》2004 年第 6 期。

塔多，门厂没有庙门多，工人没有和尚尼姑多。"① 可见当时佛教的盛行。总之，温婉姑苏的地域文化精神深刻地影响着苏州人的精神气质和生活方式，苏州人的举手投足、言行举止间都流淌着这座历史文化古城带给他们的自信和谦让。

# 第二节 陆文夫的苏州"小巷"

## 一 "梦中的天地"

苏州在陆文夫心中一直都是"天堂"，甚至是"梦幻般的天地"。② 他在散文《姑苏之恋》中将苏州文化之于自己的文学创作比喻成"一种针剂"，一种"艺术的基因"。③ 可见苏州文化对其影响早已注入血液，渗入灵魂。陆文夫出生于江苏泰兴，从小生活在长江北岸的他，总是遥想着对面南岸的"天堂"。1944年，陆文夫因治病来到苏州的姨妈家中，谁知道这样一次机缘巧合，竟开始了他与这座城市的独特"因缘"。刚开始的时候，陆文夫还不能适应寄人篱下的生活，但是水的柔情和苏州文化的精致慢慢吸引了他，让他喜欢上了这座城市。1945年左右，陆文夫再次来到苏州求学，虽然仅有短暂的三年时间，但是却让他懂得了姑苏古城的精致，也因此结下了此后的不舍情缘。陆文夫人生中比较重要的一次苏州体验是1949年的记者生涯。作为新华社苏州支社采访员和《新苏州报》的记者，他深入苏州的大街小巷、城市农村，细致入微地体察了苏州人生活的方方面面，也近距离地审视了苏州的文化风韵。在这段时期，陆文夫对苏州这座城市的感情更深了一层，同时也对自己的文学书写有了初步的设想。后来，在时代的浪潮中，陆文夫因为"探求者"事件被下放到苏州工厂改造。这一次，他近距离地接触了苏州的工人群体，对那个特殊年代里苏州的人事变迁有了自己的感悟。这些后来都反映在他的文学创作中。

1978年后，陆文夫的生活终于在多次变迁后稳定了下来，他定居苏州，

---

① 范小青：《苏州人》，南京大学出版社，2014，第100页。
② 《深巷里的琵琶声——陆文夫散文百篇》，上海文艺出版社，2005，第336页。
③ 《深巷里的琵琶声——陆文夫散文百篇》，上海文艺出版社，2005，第337页。

并在此后的二十多年里一直置身其中，观察苏州，书写苏州。苏州生活的印迹逐渐在陆文夫身上愈来愈明显，以至于后来被人称为"陆苏州"。"讲话明显带着苏州口音，节奏不急不徐，笃笃悠悠，少有豪言壮语，话却实在独到"①，这是苏州内敛含蓄文化的投射，是文化促进了作家个人性格的养成。身在其中自然深受其濡，陆文夫也不例外。对于陆文夫个人来说，他也很乐于接受这样的文化熏陶。在他看来，"古老的苏州城应成为东方的明珠"。他不仅在文学的想象世界中建构苏州，也在现实生活中不遗余力地宣扬苏州，譬如创办《苏州杂志》，参与电视专题片《苏园六纪》《苏州水》的制作，等等。这样的陆文夫，早就已经和苏州这座小城水乳交融、不可分割了。

在苏州这座"天堂"中，最让陆文夫久久无法忘怀的就是那"梦中的天地"——苏州小巷。陆文夫说："我也曾到过许多地方，可是梦中的天地却往往是苏州的小巷。我在这些小巷中走过千百遍，度过了漫长的时光。"②陆文夫把苏州的小巷分为两种，一种是人迹罕至、阴冷威严的小巷，另一种则是熙熙攘攘、生活气息浓厚的小巷，而他喜欢的恰恰是后者。因此，这样婉转幽深的"小巷文化"和"小巷气息"投射在了他作品中的角角落落。在这些小巷中穿梭着的是操着吴侬软语、实诚知足的苏州人。他们在小巷中生活，欣赏别有洞天的古典园林，品尝城内精细新鲜的各色美食，聆听幽默风趣的苏州评弹。因而，从苏州的小巷入手，探寻苏州的历史进程和文化底蕴，无疑是姑苏文化影响下作家的苏州书写特色。

"苏州城，一颗东方的明珠，一个江南的美人，娴静、高雅，有很深厚的文化教养，又是那么多才多艺，历两千五百年而不衰老，阅尽沧桑后又焕发青春，实在有点不可思议。"③这是陆文夫在散文《人与城》当中，对于自己挚爱的古城苏州的赞美之词。苏州，对于年轻的陆文夫来说，也许真的是一个可望而不可即的"梦中的天地"。然而，后来的他定居苏州多年，在苏州经历了许多人生中的风风雨雨，写下一篇篇关于苏州的作品，构建出一个文学史上独特的"苏州印象"。很明显，在这样一个过程中，这

---

① 江曾培：《营造"苏州园林"的陆文夫》，《书城》1996 年第 5 期。
② 陆文夫：《梦中的天地》，《中文自修》1997 年第 10 期。
③ 陆文夫：《深巷里的琵琶声——陆文夫散文百篇》，上海文艺出版社，2005，第 190 页。

片土地对于他来说，已经不是一个"梦"，而是一种"恋"。这种"恋"，是他在充分感悟到苏州文化的独特内蕴之后所形成的一种深厚的情感，是一种带有地域色彩的"苏州情结"。这种"苏州情结"，或许正如著名诗人艾青在著名诗篇《我爱这土地》中所呼唤的那样："为什么我的眼里常含泪水，因为我对这土地爱得深沉……"

## 二 "小巷人物志"

陆文夫说："历史是人民创造的，但是历史的记载对人民是不公平的。不平凡的人可以进入史册，名不出闾巷的人在史册里是找不到的。……这个问题历史学家解决不了，文学家倒可以略助一臂之力，即让更多的平凡的人活在文学作品里。"① 正因如此，陆文夫走进苏州小巷，讲述平凡的"小巷人物志"，并以此作为察人阅世的"窗口"，借以窥探时代的风云变幻。陆文夫笔下的这些"小巷人物"，虽然有各自不同的家庭背景、身份阅历、性格特征和兴趣爱好，但都有共同的文化背景以及在此基础上形成的共同特点。因此，通过陆文夫笔下的小巷人物，我们可以更真切地体会到苏州文化对其产生的深刻影响。

陆文夫说："其实我对苏州各式各样的民间行业很熟悉，也很有兴趣。"② 他笔下的"小巷人物"有工人、干部、商贩、医生、名伶、学生、教师等不同的身份。譬如，《小巷深处》中的纱厂女工徐文霞，《小贩世家》中走街串巷卖馄饨的朱源达，《美食家》中的美食家朱自冶、饭馆经理高小庭，《有人敲门》中的江湖郎中施丹华祖父、评弹演员尤琴母亲，《人之窝》中的青年学生许达伟和他的同窗好友们，《清高》中的小学教师汪百龄，《井》中的市井无赖朱世一，等等。这些多元化的职业背景及人物形象，多方位地表现了苏州人的性格特征、处事方式和生活习性，并从不同侧面折射出苏州文化的精神特征。譬如同样是干部形象，《小贩世家》中的高先生与《美食家》中的高小庭表现出识大体、顾周全、纯朴耿直等特征；而《围墙》中的吴所长、黄达泉、何如锦、朱舟，《献身》中的黄维敏，《特别

---

① 陆文夫：《却顾所来径》，《陆文夫文集》第 5 卷，古吴轩出版社，2009。
② 施叔青：《陆文夫的心中园林》，《人民文学》1988 年第 3 期。

法庭》中的汪昌平，等等，则都是见风使舵、不务实际的典型。尤其是
《美食家》中的主人公朱自冶和高小庭，一个是沉湎于吃喝的资本家兼美食
家，一个是纯朴、耿直的革命干部。对于朱自冶而言，"吃"不只是他的一
种生存方式，也是一种人生审美态度，寄寓着生活情趣和生命快乐。而高
小庭从小就憎恨鄙视朱自冶的不劳而获、贪图享乐。他们身上分别体现出
苏州人性格特征中的两面。对此，陆文夫指出，苏州人性格特点有着不同
方面的利弊，优点是"温文尔雅""处世通达""精巧细致"，缺点是过分
"追求闲适与安静"，缺乏"开创的胆识与力争的决心"。①

　　当然，陆文夫的笔下更多的是那些底层普通劳动者的形象，尤其是工
人形象，比如《小巷深处》中的徐文霞、《二遇周泰》中的周泰、《葛师
傅》中的葛增先、《唐巧娣翻身》中的唐巧娣等。但是与一般作品中底层民
众的粗鲁、不明事理不同，陆文夫笔下的这些人物形象大多敦厚老实，性
格内敛，即使在时代变迁中陷入困厄和不公，也仍然坚持自己的原则操守，
宽厚从容，这些共性特征正是苏州文化精细、内敛、温婉的外在显现。在
处女作《荣誉》中，纺织女工方巧珍即便受到检查员的威逼利诱，仍始终
没有与检查员同流合污，仍然坚持向党支部坦白自己工作失误的事实。《小
巷深处》中，纱厂女工人徐文霞在旧社会曾经做过妓女，新中国成立后，
面对曾经的嫖客朱国魂的多次骚扰，尽管她一开始选择利用金钱换取短暂
宁静，但后来还是决定向自己的爱人——大学生技术员张俊坦白，并要求
组织将自己调离。《献身》中，土壤研究员卢一民在运动和批斗中被昔日的
同事陷害，即便遭受下乡、妻离子散等打击，却仍然坚持科学研究。《人之
窝》中，许家大院的寡妇费亭美，虽家道中落，依然固守着自己的生活习
惯。每天吃完饭之后，她就会化上精美的妆容，穿上得体的旗袍，坐在庭
院中刺绣。在这些人物身上，我们分明能够感受到"小巷人物"在艰难条
件下骨子里的那股苏州文化性格的"韧性"。显然，这不同于北方人的粗犷
刚毅，而体现了一种江南水乡人的坚韧不拔。

　　总之，"小巷人物志"是陆文夫努力建构的独具特色的文学世界。从 50
年代的《小巷深处》《"风波"》《公民》，到 60 年代的《二遇周泰》《葛师

---

① 《陆文夫文集》第 4 卷，古吴轩出版社，2009，第 282 页。

傅》《介绍》，再到 80 年代的《美食家》《有人敲门》《特别法庭》等，陆文夫始终以"小巷"作为人物的生活场域和文化背景，叙写各类"小巷人物"的生活故事，以"园林式"的组合方式构建他的"小巷人物志"。

## 三 "小巷小说"的格局与内蕴

陆文夫说："文化是个广义词，它不仅仅是写在纸上的东西，举凡园林、建筑、吃的、穿的、用的、玩的，仔细推敲起来，无一不和文化有关系。"① 园林、建筑、美食、评弹等，这些都可谓是苏州文化的物质载体。因此，在曲折的小巷之中，陆文夫通过这些文化载体，成就了他的"小巷小说"。它们看起来婉转曲折，曲径通幽，如山水园林、亭台楼阁、刺绣评弹，极具苏州文化的内蕴。苏州所给予陆文夫的不仅是故事的素材和人物的原型，而且是整个文化氛围和创作思维。对此，陆文夫说，"离开了苏州就无法写作"②。

陆文夫的创作始于特殊的 50 年代，其间经历了六七十年代的变迁。这条特殊的历史线反映在了他的小说创作中。在他的小说中，往往以这样一个动荡不安的"大背景"开头，通过"小人物"的角度，展现了背后的历史印记，勾勒出中国几十年的历史变迁。《小巷深处》写的是徐文霞的爱情故事，然而背后表达的则是社会弱势群体在新时代的尴尬处境。《小贩世家》讲述了朱源达的小贩经历，也以此为线写出了弱势群体在时代潮流中的命运和知识分子"我"的人生轨迹变化。这是对那个年代的忠实记录。不仅如此，陆文夫还经常在小说中探讨传统文化和现代文化的碰撞冲击。比如《人之窝》中的童养媳阿妹和画家朱一品之间荒唐的感情，以及许达伟"大庇天下寒士"的理想在残酷现实面前的破灭等。

陆文夫小说在结构布局上深受园林文化的熏陶与涵养，多用系列组合的体式，形散意合，舒展自如，作品之间既相对独立，又彼此关联。范伯群、季进认为，陆文夫的作品已经构成了苏州园林式的"建筑群落"③。众

---

① 陆文夫：《文化城的文化报》，《苏州文化报》1985 年第 7 期。
② 张弦：《我对陆文夫的理解》，徐采石编《陆文夫作品研究》，中国文联出版公司，1987。
③ 范伯群、季进：《读〈陆文夫的艺术世界〉兼析其批评原则》，《苏州大学学报》1990 年第 3 期。

所周知，苏州园林曲折迂回，淡雅别致，幽婉深邃，常常在曲径通幽中展现精致巧妙。陆文夫在小说创作中，也将隐而不露、曲径通幽等技巧运用其中，组建了一个个文学世界中的"苏州园林"。譬如，《小贩世家》《小巷深处》《围墙》《美食家》等，皆取材于凡人小事，以园林式的组合构建小巷人物系列，在一定的时间跨度中，展示人物命运的浮沉，融入地域风情，并在历史与现实的交错中考察社会变动对平凡人物生命个体的冲击和影响。而长篇小说《人之窝》更是充分体现了陆文夫"人物志"的叙事努力和园林组合式的文体结构。小说采取章回体的形式，分上下两部分，共 59 回，时间跨度长达半个多世纪，描述了许家大院在不同历史时期和社会境遇中的生活变迁，从最初的尚书宅院，到后来的市井杂院，生活其间的既有许达伟等许氏后人，也有造反派汪永富、文痞尤金、胖嫂吴妈等众多"外来户"，各色人等的命运遭际都围绕着争抢许家大院而展开，人物、场景、语言等都在不同程度上呈现出浓郁的"苏州味"。

陆文夫的小说不只是在结构布局上受到苏州园林文化的影响，而且还大量描绘富有苏州地域特色的物质空间。苏州小巷是苏州建筑中典型的物质空间，陆文夫的小说之所以被称为"小巷小说"，就是因为他把小巷作为其笔下人物的主要生活场域，并融入浓郁的苏州地域风情。譬如，《小巷深处》："城市的东北角，在深邃而铺着石板的小巷里，有间屋子里的灯还亮着。灯光下有个姑娘坐在书桌旁，手托着下巴在凝思。……是秋雨连绵的黄昏是寒风凛冽的冬夜吧，阊门外那些旅馆旁的马路上、屋角边、阴暗的弄堂口，闲荡着一些打扮得十分妖艳的姑娘。"《小贩世家》："只记得三十二年前，我到这条巷子里来定居时，头一天黄昏以后，便听见远处传来一阵阵敲竹梆子的声音，那声音很有节奏：笃笃笃、笃笃、嘀嘀嘀笃；……我推开临街的长窗往下看，见巷子的尽头有一团亮光，光晕映在两壁的白粉墙上，嗖嗖地向前，好像夜神在巡游。渐渐地清楚了，原来是一副油漆亮堂的馄饨担子，担子上冒着水汽，红泥锅腔里燃烧着柴火。"可见，这些幽深的小巷充盈着平凡人家的冷暖和浓郁的地域风情，有着苏州独特的文化地理印记。除小巷之外，陆文夫笔下还有沧浪亭、水码头、干枯的井，以及临街的窗等苏州文化地理符号。正是这些苏州的一砖一瓦，让我们从中领悟到苏州城的独特韵致。

其次，苏州的评弹艺术也对陆文夫的小说产生了深远的影响。他曾说："我一直把苏州评弹当作口头文学，当作有声有色的小说；学习它语言的幽默生动，学习它的叙事、结构和刻画人物的各种手法，在欣赏之中获得多种教益。"① 评弹是苏州一种独特的表演艺术，以苏白为语言，风格幽默风趣，句式短而整齐，感情细腻，历史悠久。评弹多讲述苏州的常人小事，在主人公细腻的内心活动中表现人事的变迁，并且叙述手法灵活多样，常常跳出主人公视角，以旁观者的身份进行议论抒情。评弹的特点是以细腻温婉见长，说书人的吴侬软语让人心醉，而其中时不时穿插的幽默故事也让人开怀大笑。这是苏州人的文娱方式，也是他们的生活艺术。在陆文夫的小说中，文字句式一般较为整齐，或以主人公身份抒发内心，或以旁观者身份发表议论，明显有评弹说书的风格。譬如，《美食家》开篇以第三人称全知视角谈论美食家："美食家这个名称很好听，读起来还真有点美味！如果用通俗的语言来加以解释的话，不妙了：一个十分好吃的人。"接下来以小说人物高小庭的身份发表看法："首先得声明，我决不一般地反对吃喝；如果我自幼便反对吃喝的话，那末，我呱呱坠地之时，也就是一命呜呼之日了，反不得的。"有时又以主人公朱自治的视角切入："一碗面的吃法已经叫人眼花缭乱了，朱自治却认为这些还不是主要的；最重要的是要吃'头汤面'。千碗面，一锅汤。"

再次，陆文夫小说所写的人物是多重立体的，美丑好坏杂糅。人生既甘甜又辛酸，悲剧中掺和着喜剧，既批判黑暗、鞭挞丑恶，也展现光明、称赞美好，既惹人发笑，又令人沉思，从而形成了一种"有点甜，还有点酸溜溜"的独特的"糖醋现实主义"②。这是苏州地域文化精神与作家独具个性的审美方式相互融合的体现。譬如，在《围墙》中，围绕着设计院的围墙，现代派、古典派和实用派争论不休，而最后却是实干家马而立一下子就修建好了围墙，并且赢得了领导的赞誉。这是对清谈家的讽刺和对实干家的褒扬。《美食家》以高小庭从反对美食到重视美食的转变，对苏州美食和朱自治的命运浮沉进行了意味深长的展示。《唐巧娣翻身》通过唐巧娣

---

① 《深巷里的琵琶声——陆文夫散文百篇》，上海文艺出版社，2005，第333页。

② 陆文夫：《过去、现在和未来》，《小说门外谈》，花城出版社，1982。

最初不重视文化知识，受到打击后转而重视文化知识，对小巷人物的落后保守进行了戏谑和嘲弄。

每一个城市的文化都有自己的物质载体，武汉有码头，上海有石库门，北京有四合院，而对于苏州来说，小巷就是自己文化的载体。陆文夫抓住了苏州文化的载体，并且融合了苏州的园林、评弹、刺绣等，将其直观地展现在自己的文学作品中，凸显了吴越文化的含蓄精巧。王蒙说："苏州因他而更加苏州。文夫因苏州而更加文夫。一方水土养一方作家，一方作家作品使得这一方水土更加凸显特色。"① 总之，无论是园林、小巷、评弹还是美食，都体现出苏州文化精巧、内敛、温婉的特点。陆文夫小说创作无论是内在的思想意蕴还是外部的艺术形式，都深受苏州文化精神气韵的熏陶和影响，从而形成了"小巷小说"的独特格局与精神内蕴。

# 第三节　范小青的"闾巷风情"

## 一　苏州闾巷的市民形态

范小青的地域文化书写对于苏州独特文化品格的彰显具有重要意义。她以日常世情与平民生态为轴构建文学空间，从普通人的生活细节里演绎苏州闾巷的日常形态。这种生活状态不仅仅是范小青个人生活史的文学化，更是对苏州古城历史的一次重温。在范小青笔下，苏州的阡陌交通与江南烟雨相交融，苏州人物的一言一语似乎都活灵活现。"姑苏"作为一种文化概念，在漫长的历史变迁过程中形成了稳定的文化性格与文化风貌。"粗略说来，苏州人的文化性格一般呈现为小巧精细、柔和淡远、雅致秀丽、灵动飘逸这样四个特点。"② 范小青虽不是苏州"土生"的，但却是苏州"土长"的。苏州的园林草木和闾巷风情都深深影响了范小青的文学想象。正如范小青的父亲所说的："她三岁到了苏州，一待四十多年，走遍了大街小巷，饱餐了湖光山色园林美景，裤裆巷、采莲浜、锦帆桥、真娘

---

① 王蒙等：《永远的陆文夫》，上海远东出版社，2006，第18页。
② 陈长荣：《苏州人：人文风貌与文化底蕴》，《苏州大学学报》1999年第1期。

亭、钓鱼湾、杨湾小镇……成为她的书名或在书中出现的时候，读者一看就知道写的是苏州。……她的作品里描述的幽深的小巷、典雅的园林、精美的工艺……无不展示出苏州的精美特色。"[1] 一方面，范小青的苏州书写离不开苏州文化的熏陶；另一方面，苏州地域风情在范小青作品中得以生动呈现。

范小青的小说大部分记述的是在新旧交替中"老苏州"的闾巷风情，并以此为我们展现苏州人的平凡人生。范小青凝视置身其中的文化古城，描绘古城的"小桥、流水、人家"，其中最能够体现苏州城市文化精神的当然是"君到姑苏见，人家尽枕河"的闾巷人家。自幼浸淫于吴文化的范小青通过自己的观察和体悟记录苏州人的一言一行。在范小青的文学书写中，她既细致地刻画出平凡而坚韧的小巷市民，也不回避苏州人身上所流露出的小家子气、安于现状等缺陷。对此，范小青说："我无意吹捧或贬低苏州人，可我喜欢他们，尤其是苏州低层人民。他们很俗，他们很土，他们很卑贱，却从来不掩饰自己。所以，我写他们，也总是实实在在地写，写的是真实的他们。"[2] 事实也是这样的，在她笔下，苏州市民的坚韧、淡然、从容以至于小家子气都跃然纸上。

范小青笔下人物性格的形成在某种程度上受到佛教文化的影响。佛教本身就推崇宽恕、慈悲为怀以及超脱世俗的教义，因此我们可以看到她笔下的人物似乎有一种"禅"的意味。但是所谓无欲则刚、"无中生有"，淡然或者柔顺的背后暗含的实则是坚韧。在《裤裆巷风流记》后记中，范小青表达了她对苏州文化与苏州人的"韧性"品格的认识："苏州人没有梁山好汉的气魄，可苏州人有精卫填海、愚公移山的精神。苏州人从来就没有停止过他们的追求，他们的奋斗。"[3] 这种坚韧的品质在范小青的苏州书写中展现得淋漓尽致。例如《裤裆巷风流记》中的阿惠，她不仅受尽家人的冷眼与嫌弃，而且工作也不顺遂。然而她并没有因为种种磨难而放弃生活，反而始终以一种坚韧的生活态度来面对一切。阿惠在寻求工作的过程中即便屡遭挫折，仍总是以一种认真的态度来对待每一份工作。最后她找到了

① 范万钧：《我家有女》，《时代文学》2001 年第 6 期。
② 范小青：《裤裆巷风流记》，人民文学出版社，2016，第 293 页。
③ 范小青：《裤裆巷风流记·后记》，人民文学出版社，2016，第 293 页。

一份刺绣工作。在有了刺绣经验与经济基础之后，阿惠办了一家刺绣厂，但在与三子的对外贸易中遭遇失败。阿惠并没有因此而失去希望，她再次寻找了一份刺绣工作。阿惠对待工作、对待人生的态度无不透露出苏州人特有的坚韧品质。《老岸》中的巴豆也具有非同一般的坚韧品质。巴豆因遭受恶人的陷害而入狱。出狱后，他一心想要找到当时陷害他的人。虽然在寻找罪人的过程中他屡屡遭受挫折，受到威胁，甚至被人打入医院，然而他始终没有放弃证明自身清白的执念。这种执着与坚韧最终让他如愿以偿，找到了罪人。范小青在《走不远的昨天》里这样阐释苏州人的文化性格："曲径通幽、以少胜多，恰恰也正是苏州人的性格特征。你看一看苏州人吧，乍一看，他们脸上似乎浮现着平和的微笑，但你一旦走近他们，了解了他们，你就会知道，在这平和的背后，是他们坚持不懈的奋斗精神。"①所谓的坚韧并不是指苏州人的偏执或固执，而是一股韧性的力量，这种力量包含着苏州人的为人准则、处事态度以及崇高信念。

小家子气、安于现状等性格特征和精神状态也是苏州人文化性格的显著方面。原生态的生活并不只是一种和谐的场景，它也有琐碎的矛盾与争吵。范小青在书写苏州人的韧性的同时，也不忘刻画其性格的缺陷。但是，这种"缺陷"并不会让人觉得厌恶，反而让人觉得更加具有生活化和真实感。毕竟，这才是世俗人生的本真状态。譬如，《裤裆巷风流记》中三子的婚礼酒席上，相处多年的邻居们都小心翼翼地吃着自己桌前的美食，生怕自己吃的食物比别人少。在这里，小巷市民斤斤计较、精明自私的性格特点就表露无遗。《医生》中，汤医生与金医生虽然都医术高明，但是他俩却存在着一个怪异的心理：假若病人来看病之前已经找过其他的医生，他们会表现出不高兴的情绪状态。范小青在塑造人物形象时候不回避这种"小家子气"性格的展示。它既是普通人性的构成，也源于苏州文化格局的"小"。毕竟苏州小巷是以小而巧取胜的，其特点是曲径通幽，咫尺天涯，山重水复疑无路，柳暗花明又一村。因此，"小"也就成为苏州人生活的本质和底色，过生活也就叫过小日子。

当然，范小青笔下的苏州市民还有一种淡然、从容的文化性格。被称

---

① 范小青：《走不远的昨天》，吉林人民出版社，1998，第281~282页。

为"东方威尼斯"的苏州，其文化基因中有着水的淡然和柔性特质。范小青在小说中塑造了一系列处世淡泊、为人随和、善于自我调适的人物形象。譬如，《临时的工作》中，上了年纪的主人公周先生，在县文化站做了一辈子的临时工。周先生任劳任怨工作了几十年，有门路的同事都先后找关系转了正，而他依然如故。低微的工资和生活的困境丝毫没有改变他对工作的认真、对生活的热情。周先生从心底里喜欢这份工作，因此也就不在乎自己的临时工身份，能够心平气和地面对世俗人生。《嫁妆》中，主人公丫头是苏州小巷里的平凡女工，随和、淡泊，对自己的嫁妆并不奢求，但求有一台彩电就心满意足了。后来丫头因工作出色被评为先进，能领到不少的奖金，可以实现买彩电的梦想了。还有《晚唱》里的余觉民、《清唱》里的蒋凤良、《文火煨肥羊》里的梅德诚、《光圈》里的蒋伯行等人，他们都是苏州闾巷中的平凡人物，虽然从事不同的职业，但都有着显著的共性——为人低调、处世淡泊。范小青笔下的人物总是很平凡，甚至渺小，他们虽然没有远大的志向，更没有惊人的伟业，但都追求安稳的人生，满足于眼前的状态。

## 二　苏州地域文化景观

地域文化与地域小说之间的关系是双向的。一方面，地域文化作为一种母体文化潜移默化地影响着作家的思维方式、经验构成；另一方面，作家对地域文化进行文学阐释，地域文化作为一种叙事资源成为作家的关注对象。通常而言，某一地域小说中的地域文化景观是其区别于其他地域小说的本质性特征，譬如鲁迅小说中的"酒馆"，沈从文小说中的"渡口"，老舍小说中的"胡同"，王安忆小说中的"弄堂"，陆文夫小说中的"小巷"，等等。同样，范小青的苏州书写也有着自己独特的地域文化景观，譬如"幽远小巷""清闲茶馆""沧桑老井""小桥流水""粉墙黛瓦"等，有些作品甚至直接以地名为题目，如《裤裆巷风流记》《可过桥》《灰堆园》《六福楼》《鹰扬巷》《锦帆桥人家》等。毋庸讳言，这些极具苏州地域特色的文化景观使范小青的文学书写更加呈现出浓郁的"苏"味。

小巷是苏州最具标志性的地域景观。与陆文夫一样，小巷也是范小青书写苏州日常生活最重要的场景之一。《裤裆巷风流记》的开篇，作者不惜以大量的笔墨来介绍裤裆巷的由来："裤裆巷原本不叫裤裆巷，叫天库巷，响当当的名字。"① 后来，明朝的一位巡抚大人"路经天库巷，天上下雨，地上潮湿，石卵子打滑，轿夫跌倒，巡抚大人从轿子里跌出来，一手捂住额骨头，一手捏牢裤裆，气急败坏叫了一声'哎呀裤裆'。这个狼狈的跟头和这句有失身份的话，偏巧被弄堂里一个烟花女子听见，熬不牢'扑哧'一笑，这一笑，笑出一桩风流事流传下世"。从"天库巷"演变为"裤裆巷"，不只是地名的变更，更有民间传说附会出来的小巷故事。《小巷静悄悄》中的小巷凸显的是"静"而"幽"："弄堂又深又窄。不是笔直的，稍微有些歪歪扭扭，一眼看不到底，但不拐弯，拐弯便是另一条弄堂了。站在弄堂口朝里望，弄堂可怜兮兮的又细又长，瘦骨伶仃，倒象是典型的苏州小伙子的一个夸张的写照。"如此幽深静谧的小巷，才能生发出充满"幽怨"的小巷故事。《文火煨肥羊》中，作者如此介绍莲花巷的来历："从前有高僧云游四方，在这个小城某街巷的井台边歇脚饮马，马先饮而后溲，溲处忽生莲花，故巷名即莲花巷。"《蓬莱古井》中双井巷的由来出自"街巷志"："双井巷，南口在苏衙弄，与枣市街相对，北口接孝义坊，与之成直角。本是古巷，元末至民国初期为废墟、土丘，三十年代始有零星棚户……巷名出自巷内有唐、宋时即有的古双井。"此外，《鹰扬巷》《拐弯就是大街》《临街的窗》《银桂树下》等作品，也都是关于小巷人物的故事。苏州小巷早在春秋战国时期便初步形成，历经两千多年的发展衍变，在历史长河中逐渐成为苏州最具地域标志性的物质文化形态。苏州小巷极具苏州地域特色，狭窄幽长，封闭内聚。一个巷子的门洞常常住着七八户人家，虽然拥挤嘈杂，但也亲近热闹。在《设置障碍和跨越障碍》中，范小青写道："许多年，我在苏州狭窄闭塞的小巷，每天看到听到的大都是些相同的事情。早晨，老太太买菜，老爹孵茶馆，年轻人急急忙忙去上班，小孩子睡意朦胧去上学。白天，小巷很安静，偶尔有一两声婴儿的啼哭和广播书场的说唱。到夜晚则成为麻将和电视的世界，日复一日，年复一年，单调而机械，我扎在这里面不能摆脱。"② 可见，小巷既是苏州文化的缩影，也

---

① 范小青：《裤裆巷风流记》，人民文学出版社，2016，第 2 页。
② 范小青：《设置障碍与跨越障碍》，《短篇小说选刊》2002 年第 10 期。

是范小青文学想象的空间，而范小青对小巷的情有独钟不为别的，只为这里寄寓了姑苏的历史变迁和市井生活。

走出日常生活的小巷，苏州人去得最多的大概就是茶馆。苏州处处有茶馆，闹市有茶楼，巷陌有茶摊，园林有茶座，尤其是老街老巷，隔一段距离，便会闪出一间茶馆来。而一说到苏州的茶馆，自然离不开评弹、昆曲和小吃。约上三五好友"孵茶馆"，听评弹昆曲，品精美小吃，是苏州人最常见的惬意生活。发端于西汉的苏州花茶名扬四海，具有鲜、灵、爽、醇的独特风格，其窨制向以选料讲究、工艺精细、措施严谨而享有盛名。走出小巷，范小青常常将其笔下的苏州故事选址在茶馆，譬如《临街的窗》中的老虎灶，《夺园》中的知音轩，《城市表情》中的馨香厅，等等。如果说饮食起居的小巷有些局促和私密，那么休闲娱乐的茶馆则是热闹敞亮的公共空间。《临街的窗》中，弄堂里 8 号成为景点，毛头的老虎灶重新开业，不但添置了自动放水的锅炉，还多了几把供游人歇脚的桌椅，明显有了商业时代的气息。《六福楼》中，钱三官总是在茶馆的靠窗位置给人评理讲和，无论争吵的双方怀着多大的委屈，钱三官总是摆摆手，叫人"吃，吃茶，吃茶"，待到茶吃淡了，双方也就心平气和了许多。《裤裆巷风流记》中，纱帽厅开了一只茶馆，清茶一杯嫌滋味不足，便请人来演唱苏州评弹。茶馆兼作书场。"乔老先生摇着蒲扇，笃悠笃悠，夜场小书《朱买臣》，日场大书《英烈传》，乔老先生全听的熟透，保证一句不漏一字不错。听书听到这种程度，乔老先生依旧是一场不肯脱的。"苏州人在茶馆喝茶，叫"孵茶馆"，指的是老茶客一起在茶馆里浅饮慢酌，悠闲自在，有着苏州文化特有的精细和舒缓。当然，随着时代的变迁，茶馆的功能也在不断变化。作为交际的公共空间，茶馆内往往有三教九流，包括平民百姓、贩夫走卒、商贾艺人等，苏州评弹和书场也就是在这种情形下发展起来的。范小青在《苏州茶馆里的苏州评弹》中写道："茶馆的外面有比较宽敞的走道和台阶，有一些人集中在台阶那儿，他们说一些日常的话，他们是一些老人，也会拿出一副扑克牌来打一打。一个妇女走过这里，又唱戏了，她说。每天都唱的，坐在台阶上的老人说。日子真好过，妇女说，吃吃茶，听听戏。"①

---

① 范小青：《苏州人》，南京大学出版社，2014，第 84 页。

可见，极具"苏"味的茶馆和评弹已经成为苏州人日常休闲消遣之所在，这种慢节奏的生活方式与苏州古城的文化底蕴相呼应。正因如此，范小青的小说没有跌宕起伏的故事情节，有的是苏州平凡百姓的日常生活。

苏州被誉为"东方的威尼斯"，河道密布，湖泊纵横，是"水的世界"，并由此衍生出"桥"和"井"，小桥流水、古井青苔便成为苏州独具江南特色的地域景观，所谓"君到姑苏见，人家尽枕河。古宫闲地少，水港小桥多"（杜荀鹤《送人游吴》），"古人行处青苔冷，馆娃宫锁西施井"（唐寅《江南春·次倪元镇韵》）。范小青的苏州想象中常常有"小桥流水""古井青苔"的景观。在《沧浪之水》的开篇，由沧浪巷引出沧浪亭，再引出沧浪水，"从前这地方肯定是没有沧浪巷的，就是现在，这城里的人也未必都晓得沧浪巷。而沧浪亭，却是人人皆知的。所以，大家想，沧浪巷必定是由沧浪亭而来；沧浪亭，则说是由沧浪之水而来。那么沧浪之水呢，由何而来？没有人晓得沧浪之水。这地方水很多"。《走过石桥》的故事发生在水乡，"蓬头垢面的乡下孩子从很远很远的乡下一直走过来，他们告诉他，走过有石狮子的石桥，就到了小镇"。《船出杨湾港》里，猫三一家更是在水边生活。作者如此描写船出杨湾港水花四溅的情景："船迅速地远去，看着船身破开水而溅起水花，看着他们的新船驶向更宽阔的水面。"《顾氏传人》中，顾宅里的水井四处都是，供养着顾氏家族的祖祖辈辈，"原先总共有水井十二口，后来废了三口，又后来封了两口，现在还继续用的，有七口"。《蓬莱古井》里，双井巷成为历史的见证，"一青石古井，一黄石井栏，因地基雍高，石井石圈已三次加叠，而水位仍极高，久旱不涸，水质清甘，底层井栏圈内侧四周汲水绳痕极深，可见年代久远"。水的柔性、桥的弧度、井的幽深，既成就了姑苏文化温婉柔美的精神品质，也使得范小青的小说更具有了浓郁的"苏味"。

## 三　"吴侬软语"中的"苏味"

人们通常用"吴侬软语"来指代苏州话。尤玉琪在《三生花草梦苏州》里说："吴音，自古称为吴侬软语，一向以'软''糯''甜''媚'之称，说起来婉转动听，尤其是姑娘们讲话时的发音一波三折，珠圆玉润。据外地人说即使她话已讲完，而仍有余音袅袅之感。"① 范小青自小浸润于苏州"吴侬软语"之中，擅长用苏州话语方式写人状物，叙事抒情。

首先，范小青常常借鉴古代书场话本"入话"方式，在小说开头用婉转流畅的苏州话语为人物的出场或故事的开篇进行铺垫介绍。譬如，《天砚》中如此介绍故事发生地——地脉岛的来历："地脉就在这座小岛下面。地脉岛上有一个洞穴，直潜水底，深不可测，并且无所不通，怎么个通法呢，据说是'东通王屋，西达峨嵋，南接罗浮，北连岱岳'，所以号称地脉。"《听客》开篇如此介绍老桥："单孔石级的百花桥，是一座老桥，很有些年数，恐怕在明朝的时候就有了，现在当然是支离破碎、百孔千疮的样子，石桥栏脱落的脱落，断裂的断裂，像老太太嘴里的牙齿，残缺不齐。小孩在桥上玩，大人不放心，反映上去，一直说要来修，拖了很长的时间，现在终于来修了，把旧的石栏杆拆掉，重新修成砖砌水泥墙式桥栏，这样大家就放心了。"《平安堂》开头如此介绍平安堂的来历："平安堂从前是个老爷庙，关于老爷的传说，很多，老爷是本地民间对菩萨的尊称，传说菩萨怎么有本事，怎么灵验，这很正常，不奇怪。很多年过去，平安堂里再没有老爷，平安堂里长满了灰尘，再好多年过去，平安堂成了中医院的中药房，另辟出一角，让一些退了休的老先生坐堂问诊，各科都有，比较齐全，程先生是妇科，也算一方神仙。"

范小青小说在写人叙事前的这些铺垫介绍，总是像评弹说书一样娓娓道来，顺流而下，或讲述典故传说，或介绍风土人情，营造出舒缓悠远或市井烟火的氛围，并由此进入故事的叙述。这些富有地域特征的典故传说和市井风情与温婉平和的苏州腔调可谓是相得益彰。

其次，范小青在小说创作中有意识大量运用苏州方言俚语来写人状物。一方水土一方人，方言俚语是最具标志性的地域文化因素。为了凸显人物的地域身份和生活气息，范小青喜欢以方言俗语来称谓人物。譬如，《身份》中的"老隔年"，意思是"老不死的"；《瑞云》中的"好婆"，是苏州话特有的对年老妇女的称呼，而同为吴方言区的江浙沪等地，称呼年老妇女为"阿婆"；《真娘亭》中的"娘娘""孃孃"，是对已婚妇女的称呼，这

---

① 尤玉琪：《三生花草梦苏州》，江苏古籍出版社，2000，第 46 页。

种人物通常具有亲切、和善、慈爱、温柔的性格，"阿爹"是对姓苏的老年男性的客套称呼，"女小人""乖囡"是"小姑娘""乖宝宝"的意思；《光圈》中的"戆大"，指的是呆头呆脑的男性。此外，在建筑、饮食、动作、状态等各个方面，范小青都时常运用苏州方言俚语，《裤裆巷风流记》便是全方位使用苏州方言俚语的代表，我们不妨以此为例：

1. 建筑类方言俚语：库门（房屋最外面的门）、天井（房屋内部用来采光、排水的露天空地）、阊门（古城的西门）、门厅（进门大厅）、隔厢（正房两旁的小房）、灶屋（厨房）、过堂（吃饭的地方）、宅屋（住房）等。

2. 饮食类方言俚语：宫饼、干贝、桂鱼、糕团、苏式蜜饯、凤翼鸡片等。

3. 动作类方言俚语：轧（挤）、相骂（吵架）、淘（结伴）、眼热（羡慕）、出脚（外出）、打棚（开玩笑）、吃瘪（碰壁）、搁僵（停止）、台坍光（丢脸）、插蜡烛（出意外）、吃牌头（受责备）、找脚路（托关系）等。

4. 性质状态类方言俚语：头挑（最好的）、精当光（丝毫不剩）、蹩脚（差的）、挺括（有精神）、不上路（不像话）、老卵（得意）等。

5. 叠词类方言俚语：清清爽爽、叮叮当当、杀杀辣辣、克克扣扣、明明亮亮、笃笃刮刮、啰啰唆唆、爽爽气气、暖烘烘、酸溜溜、乌糟糟、寒丝丝、胖笃笃、瘦精精、死沉沉、空落落、糯笃笃、直辣辣、火冒冒等。

范小青作品中的这些方言俚语，更有助于营造浓郁的苏州地域风情、塑造生动典型的人物形象、展现独特的审美意蕴，不但使得作品充溢着浓郁的苏州地域文化气息，而且比一般的普通话更富有表现力。

最后，范小青小说中的叙述语言深受"苏白"（苏州白话）影响，大多具有朴实平淡、亲切自然的风格特点。譬如，《平安堂》开篇介绍程老先生到平安堂坐诊："程老先生到平安堂坐堂问诊，程老先生说，我去坐堂，主要是解解闷气，退休在家里，没事，闷得很，这是真话，老先生也不在乎几个挂号费，和医院四六分，医院拿四，先生们拿六，程老先生说，我主要是解解闷，平安堂是个好地方。"又如，《岁月》开篇介绍梁秋美和余小草的渊源："梁秋美和余小草高中毕业，分到同一个商场，又分到同一个柜台，卖鞋，大家说这样的情况不多，从小学同到大学的也有，同到一个单位又一个柜组的却不多见，看看她们俩，也看不出有什么相同之处，长得也不一样，性格脾气也有差别，就说，这也算是缘呀，梁和余你看看我，我看看你，笑，说，缘呀，缘什么呢。"再如，《坟上花》开篇介绍苏州人上坟的习俗："清明上坟，前七后八。上坟最好是清明正日。但清明这一日，公家是不放假的，一家老老少少就不一定全部抽得出空。碰着点什么事，就要耽搁了。讲起来，总归活人的事比死人的事要紧，所以就有前七后八的说法。大多数人就选在清明前的一个礼拜日，因为大家都这样想，所以这一日上坟的人就特别多，到了清明正日，人反而少了。"

有学者认为："在用苏州方言传神描写苏州风韵方面，范小青也许是迄今为止最成功的一个。"① 的确如此，范小青小说的"苏白"式叙述如同苏州评弹或书场说书一样，常常开篇时不紧不慢地交代人物、事件的背景和出处，然后再慢条斯理地写人叙事，带出小说人物的生活味和市井气，让人产生一种日常的亲近感，这便是范小青用"吴侬软语"营造出来的"苏州味"。

---

① 樊星：《"苏味小说"之韵——陆文夫、范小青比较论》，《当代作家评论》1993 年第 2 期。

# 第十一章
# 叶兆言与苏童的古城怀旧

南京古称金陵或建康，拥有七千多年的文明史、近两千六百年的建城史和近五百年的建都史，被称誉为"天下文枢""六朝古都""十朝都会"。长期以来，临江近海的南京都是中国南方的政治、经济、文化中心，是南北文化汇聚之地，拥有深厚的文化底蕴和丰富的历史遗产。正是由于其得天独厚的地理位置和钟灵毓秀的人文环境，南京历来为兵家必争之地，各类政治派别的矛盾中心。历史上南京虽曾多次遭受兵燹之灾，但亦能屡屡从瓦砾荒烟中重整繁华。因而，南京自古既有虎踞龙盘的"金陵王气"，也不乏脂粉香浓的"秦淮人家"，还有令人屈辱的"亡国之恨"。在当代关于南京的文学想象中，叶兆言和苏童可谓代表作家。叶兆言的"夜泊秦淮"系列再现了民国时期南京的繁华旧梦与颓败苍凉。苏童的"城北地带"和"枫杨树"系列大多散发着南方古城特有的伤感颓废气质，当然，苏童的南方想象中也大量蕴含着姑苏文化的温婉和柔媚。

## 第一节 "帝王州"与"佳丽地"

### 一 钟山风雨"帝王州"

孙中山先生在《建国方略》中曾经这样评价南京："南京为中国古都，在北京之前。其位置乃在一美善之地区。其地有高山，有深水，有平原。此三种天工钟毓一处，在世界之大都市诚难觅如此佳境也。"① 从地理位置

---

① 孙中山：《建国方略》，牧之等选注，辽宁人民出版社，1994，第 145～146 页。

上来看，南京三面环山，一面濒江，又毗邻富庶的钱塘江和太湖，如此优沃的地形使得南京交通运输十分便利，经济也相应更加繁华。从战略意义上来看，南京位于长江下游的中心，连绵起伏的圆形山脉将南京环抱其中，正如李白诗云"地即帝王宅，山为龙虎盘。金陵空壮观，天堑净波澜"（《金陵三首》其一），南京处长江自西南向东北回环之处的南岸，为虎踞龙盘之地。相传秦始皇东巡会稽过金陵（南京），以此地有"王气"，遂命人开凿方山，使淮水流贯金陵，把王气泄散，并将金陵改为秣陵。三国时期，东吴孙权认为南京"乃帝王之资业"，随后建都于此。此后，东晋及南朝的宋、齐、梁、陈纷纷在此建都，南京因此得名"六朝古都"。随后的南唐、明朝、太平天国以及中华民国也建都于此，因而南京也有"十朝都会"的雅称。

六朝时期的建康城是当时世界上最大的城市，人口达百万，与罗马城并称为"世界古典文明两大中心"，以建康为代表的南朝文化，不仅在中国历史上也在人类历史上产生了极其深远的影响。隋唐两代，南京虽然在经济和文化上仍得以持续发展，但在政治上一时"失意"，李白、刘禹锡、杜牧、李商隐等一批诗名显赫却仕途失意的文人墨客在此留下了许多感同身受的佳句。诸如"六代兴亡国，三杯为尔歌"（李白《金陵三首》），"金陵夜寂凉风发，独上高楼望吴越"（李白《金陵城西楼月下吟》），"山围故国周遭在，潮打空城寂寞回"（刘禹锡《石头城》），"旧时王谢堂前燕，飞入寻常百姓家"（刘禹锡《乌衣巷》），"王浚楼船下益州，金陵王气黯然收"（刘禹锡《西塞山怀古》），等等。宋元时期，南京（此时期称为金陵）是东南地区的经济重镇，秦淮河两岸集市云集，经济的繁荣伴随着文化的发达，诗词、书画都开一代之风。

明清两代，南京经历了由盛及衰的变迁。明初，京师之地——南京（应天）再次成为中国的政治、经济、文化中心，迎来历史上的第二次高峰，修造了世界第一大城垣——南京明城墙，历时达 27 年。靖难之役后，朱棣迁都北京，将南京改为留都，实行双京制。明代中叶，南京城人口达120 万，成为当时世界上最大的首都。1645 年，清兵攻陷南京，遂即废除国都地位，改应天府为江宁府，并在此设立规模庞大的江宁织造府，生产丝织品以供应皇家需求。曹雪芹之曾祖父、祖父、父辈三代袭任江宁织造，因此有《红楼梦》贾家之江宁织造来历。1842 年鸦片战争失败后，清政府与英国侵略者在南京签订了中国近代史上第一个丧权辱国的不平等条约——《南京条约》。1853 年，太平军攻克南京，建立太平天国，改称天京，定都 11 年。

1912 年元旦，中华民国临时政府在南京成立，孙中山宣誓就任临时大总统，袁世凯篡取政权后，北洋政府定都北京。1927 年 3 月，国民革命军北伐攻克南京。4 月 18 日，蒋介石成立南京国民政府，后置南京为特别市。1927～1937 年是南京作为国民政府首都的"黄金十年"，政治、经济、文化得到迅速发展。然而，这种繁华景象随着 1937 年底的那场杀戮而中止，日本侵略者在此制造了震惊中外的"南京大屠杀"。南京由此经历了从繁华到疮痍的巨变。对此，叶兆言在《南京，历史和人文》中说："风花雪月只是南京的一个侧面，桨声灯影也仅仅是个表象，人们不该忘记的是它的血腥。"① 新中国成立后，南京虽然"风光不再"，但作为江苏省省会、副省级城市，经济、文化得到了进一步发展。

## 二　江南脂粉佳丽地

作为"六朝古都"的南京除了拥有"帝王州"这一文化名片外，历史上还以"江南佳丽地"著称。古都金陵有秦淮河穿城而过，两岸酒家林立，为脂粉佳丽风月场所，历来是达官贵人们享乐游宴、纸醉金迷之地，曹雪芹称之为"最是红尘中一二等富贵风流之地"②。秦淮佳丽地的声名远播最初"得益于"唐代大诗人杜牧那首流传千古的《泊秦淮》。当年，怀着忧国忧民之心的诗人夜泊于此，眼见灯红酒绿，耳闻淫歌艳曲，由此联想到唐朝国势日衰，当权者却昏庸荒淫，于是触景生情，感慨万千，写下了"烟笼寒水月笼沙，夜泊秦淮近酒家。商女不知亡国恨，隔江犹唱后庭花"的佳句。自此，秦淮河之名始盛于天下。

秦淮河边历代流传的香艳故事及其发达的画舫妓业，使得秦淮河由古时的军事堡垒逐渐变成脂粉佳丽地的象征符号。明末清初，十里秦淮更是

---

① 叶兆言：《南京，历史和人文》，《作文通讯（实用阅读）》2012 年第 2 期．
② 曹雪芹：《红楼梦》，华文出版社，2019，第 4～5 页。

南京的繁华所在，教坊名伎逞一时之胜。明朝遗老余怀在《板桥杂记》中详尽描述了当时秦淮画舫妓业之盛："秦淮灯船之盛，天下所无。两岸河房，雕栏画槛，绮窗丝障，十里珠帘。主称既醉，客曰未晞。游揖往来，指目曰：某名姬在某河房，以得魁首者为胜。薄暮须臾，灯船毕集，火龙蜿蜒，光耀天地，扬枹击鼓，蹴顿波心。自聚宝门水关至通济门水关，喧阗达旦。桃叶渡口，争渡者喧声不绝""每当夜凉人定，风清月朗，名士倾城，簪花约鬓，携手闲行，凭栏徙倚。忽遇彼姝，笑言宴宴，此吹洞箫，彼度妙曲，万籁皆寂，游鱼出听，洵太平盛事也""妓家鳞次，比屋而居，屋宇精洁，花木萧疏，迥非尘境。到门则铜环半启，珠箔低垂；升阶则猧儿吠客，鹦哥唤茶；登堂则假母肃迎，分宾抗礼；进轩则丫鬟毕妆，捧艳而出；坐久则水陆备至，丝肉竞陈；定情则目眺心挑，绸缪宛转，纨绔少年，绣肠才子，无不魂迷色阵，气尽雌风矣""妓家分别门户，争妍献媚，斗胜夸奇，凌晨则卯饮淫淫，兰汤滟滟，衣香一园；停午乃兰花茉莉，沉水甲煎，馨闻数里；入夜而摵笛搊筝，梨园搬演，声彻九霄"。①

秦淮歌妓中最著名的莫过于名动朝野的"秦淮八艳"。关于"秦淮八艳"，历来有不同的版本。余怀在《板桥杂记》中记载为：柳如是、顾横波、马湘兰、陈圆圆、寇白门、卞玉京、李香君、董小宛。台湾郑经生在《董小宛之谜》一文中则将马湘兰换成郑妥娘。王德恒、陈予一合著的《顺治与鄂妃》则加上了李十娘、龚之路、黄艳秋，去掉了马湘兰、寇白门、卞玉京。因《板桥杂记》的作者余怀与"秦淮八艳"是同时代人，又久居金陵，为秦淮河上的常客，后来者多采用余怀的"秦淮八艳"说。②"秦淮八艳"，指的是明末清初南京秦淮河上的八个南曲名伎，故又称"金陵八艳"。这些秦淮名妓虽寄身红尘，美艳绝代，但也不乏才气风骨，诗词歌赋、琴棋书画自得风流，尤其是柳如是与钱谦益、李香君与侯方域、董小宛与冒辟疆等之间的才子佳人故事更为后世传颂。关于清代金陵的繁华、秦淮脂粉的故都旧事，还可在曹雪芹的作品《红楼梦》中找寻。在康熙、雍正两朝，曹雪芹祖辈三代四人先后主政江宁织造长达 58 年，可谓家世显

---

① （清）余怀：《板桥杂记》，李金堂校注，上海古籍出版社，2000。
② 周高潮：《"秦淮八艳"小考》，《江苏工人报》1991 年 11 月 3 日。

赫、富甲一方，是当时的金陵豪门、天下望族。因此，曹雪芹早年在金陵故家的温柔富贵乡（西园）里度过了一段锦衣纨绔、饫甘餍肥、风流自在的生活，"每日只和姊妹丫头们一处，或读书，或写字，或弹琴下棋，作画吟诗，以至描鸾刺凤，斗草簪花，低吟悄唱，拆字猜枚"①。作者在第一回交代，"曾历过一番梦幻之后"，因"念及当日所有女子，一一细考较去"，其间"离合悲欢，兴衰际遇，俱是按迹循踪"，于是才有这《红楼梦》（又题《石头记》《风月宝鉴》《金陵十二钗》）。因此，曹雪芹笔下"大观园"的衰败在某种意义上也可喻为金陵旧都的衰败，昨日"脂正浓、粉正香"的歌舞场，今日却是"陋室空巷""衰草枯杨"。②

　　民国时期的秦淮河仍然是"桨声灯影里"的旧模样。1923 年，朱自清在他的名作《桨声灯影里的秦淮河》里如此描述夜游秦淮河的情景：他和俞平伯仿效古代文人骚客，选择"在夕阳已去，皎月方来"的时候下船，为的是"领略那晃荡着蔷薇色的历史的秦淮河的滋味"。他们模模糊糊地谈着如《桃花扇》及《板桥杂记》里所载的"明末的秦淮河的艳迹"，"仿佛亲见那时华灯映水，画舫凌波的光景"，那六朝金粉所凝的"漾漾的柔波是这样的恬静，委婉，使我们一面有水阔天空之想，一面又憧憬着纸醉金迷之境"，正当两位民国才子怀想"灯月交辉，笙歌彻夜"的秦淮真面目时，眼前却重现了昔日时光："她们（歌妓们）也乘着'七板子'，她们总是坐在舱前的。舱前点着石油汽灯，光亮眩人眼目：坐在下面的，自然是纤毫毕见了——引诱客人们的力量，也便在此了。舱里躲着乐工等人，映着汽灯的余辉蠕动着；他们是永远不被注意的。每船的歌妓大约都是二人；天色一黑。她们的船就在大中桥外往来不息的兜生意。无论行着的船，泊着的船，都要来兜揽的。……我这时被四面的歌声诱惑了，降服了；但是远远的，远远的歌声总仿佛隔着重衣搔痒似的，越搔越搔不着痒处。我于是憧憬着贴耳的妙音了。在歌舫划来时，我的憧憬，变为盼望；我固执的盼望着，有如饥渴。"

　　秦淮在历史变迁和文学想象中逐渐固化为"六朝烟月之区，金粉荟萃

---

① 曹雪芹：《红楼梦》，华文出版社，2019，第 220 页。
② 曹雪芹：《红楼梦》，华文出版社，2019，第 11 页。

之所"，秦淮文化乃至金陵文化成为脂粉文化或是妓女文化的代名词。当然，这是今天南京文化的建构者们所无法容忍的，于是有人提倡要以清凉山文化取代秦淮河文化以代表南京文化。清凉山又名石头山，是南京城西部的一片丘陵山岗，也是南京"石头城"的发祥地。而所谓"清凉山文化"，是指以乌龙潭、魏源故居、惜阴书院、颜鲁公祠、崇正书院、清凉寺遗址、诸葛亮驻马坡遗址，以及随园曹雪芹、袁枚故居遗址等为代表的精英文化谱系，这些南京历史上的精英文化资源在南京文化史乃至中国文化史上都具有重要意义，显然比充满脂粉气的秦淮文化更让南京人骄傲。然而，无论是"帝王州"，还是"佳丽地"，抑或是"清凉山"，南京作为一座历史文化名城，经历过兴衰荣辱，见证过国仇家恨、悲欢离合，这些都已融于南京的历史脉络，积淀为南京的文化基因。

## 第二节　叶兆言的"秦淮人家"

叶兆言是南京土生土长的作家，又出身书香名门，祖父叶圣陶为现代名家，父亲叶至诚曾任江苏省文联创作委员会副主任。长期浸淫于金陵文化的叶兆言，对南京有着无法言喻的深厚情感。叶兆言关于南京"前世今生"和地理空间的文学想象，充满了古都南京特有的沧桑和感伤。他笔下的老南京、秦淮河、夫子庙、玄武湖等具有标志性意义的南京地域场景，已不再是纯粹的地理空间，而是被赋予了作家的情感、承载着南京历史与现实的文学形象。阅读叶兆言的作品，就仿佛跟随向导游历在南京城的每一个角落。

### 一　"秦淮人家"的怀旧与败落

叶兆言曾说："南京是一本最好的历史教科书，阅读这个城市，就是在回忆中国的历史。这个城市最适合文化人的到访，它的每一处古迹，均带有深厚的人文色彩，凭吊任何一个遗址，都意味着与沉重的历史对话。以风景论，南京有山有水，足以和国内任何一个城市媲美，然而这个城市的长处，还是在于它的历史，在于它的文化。"[①] 从某种意义上来说，如果将

---

① 叶兆言：《江苏读本》，江苏人民出版社，2009，第 49～50 页。

叶兆言的作品串联起来，就是一部特别的南京史，其作品所呈现出的南京人的日常生活以及老南京的文化传统，蕴含着南京文化的精神风貌。

在叶兆言的创作中，最能体现老南京繁华与落败的当然首推"夜泊秦淮"系列。"夜泊秦淮"显然来自杜牧的名句"夜泊秦淮近酒家"，由《状元境》《十字铺》《追月楼》《半边营》等四部中篇组成。《状元境》主要写琴师张二胡与军阀小妾三姐的患难情感故事，《十字铺》主要叙写了季云、方士新和姬小姐之间的交往经历和情感纠葛，《追月楼》通过追月楼丁老先生勇拒日伪政权的忠义故事凭吊了秦淮人物的风骨气节，《半边营》主要叙写了抗战后华老太太及其家族子女败亡的故事。这些小说都以秦淮河及其周边地域为背景，主要描写了秦淮人家的婚恋情感及其没落的家族故事，在今夕对照中呈现了秦淮文化的繁华与败落。《状元境》的开头如此呈现昔日生活场景："状元境这地方脏得很。小小的一条街，鹅卵石铺的路面，黏糊糊的，总透着湿气。天刚破亮，刷马子的声音此起彼伏。挑水的汉子担着水桶，在细长的街上乱晃，极风流地走过，常有风骚的女人追在后面，骂、闹，整桶的井水便泼在路上。各色各样的污水随时破门而出。是地方就有人冲墙根撒尿。小孩子在气味最重的地方，画了不少乌龟一般的符号。"① 状元境在秦淮区大子庙附近，东起贡院西街，西至教敷营，因南宋秦熺、秦埙两状元居此而得名，周边古街巷林立。如教敷营、贡院街、大四福巷、大全福巷等，处处是历史旧识；如贡院、大成殿、尊经阁、瞻园、大明王府、李香君故居、王谢故居等，皆是南京著名的文化地标和繁华街区。而叶兆言笔下的状元境，"脏""乱""风骚"，完全颠覆了状元境固有的文化形象，偏只彰显它的市井风尘。

叶兆言对南京的怀旧，怀的是近代清末民初南京的"旧"，而不是古代六朝金陵古都的"旧"，因而这种怀旧里处处是衰败沦落的景象。曾经的夫子庙，"不知多少文人骚客牵肠挂肚"，"老派人的眼皮里，唯有这紧挨着繁华之地，才配有六朝的金粉和烟水气"，然而现在却成了"破街小巷"。曾经的秦淮河有的是"桨声灯影"的繁华和"才子佳人"的传奇，然而现在却"河水开始发臭，清风过处，异味扑鼻。大清朝气数既尽，桨声灯影依

---

① 叶兆言：《夜泊秦淮》，浙江文艺出版社，2000，第 1~2 页。

旧，秦淮河画舫里的嫖客中，多了不花钱的光棍，多了新式旧式的军官，多了没有名的名士"。① 最让人难堪的是，"青楼的妓女也变了味儿"。《状元境》中，"秀才出身"的司令竟然把司令部设在秦淮河边的一个尼姑庵里。公务之外，"讨了三房姨太太"的司令仍要效仿前人，把精力都用在美人身上，"游画舫，逛青楼，南京凡是略有些名声的香巢，不多久就让英雄司令访个遍"。然而，当"满腹心事"的司令要去青楼找刘小红倾诉"儿女心肠"时，"偏偏这个刘小红，今天头痛，明天肚子疼，天天煞风景"。叶兆言对秦淮"才子佳人"的这段戏仿和嘲弄实际上也是另一种颓败的"怀旧"。《追月楼》通过叙述追月楼丁老先生的生活经历，演绎了晚清至民国间南京的繁华与衰颓。追月楼丁家世代书香门第，丁老先生曾经在科举上"场场得意"，"乡试举人，会试进士，都是一锤定音"，虽然由于"老先生天字号的榆木脾气，对上不懂得如何迎合，对下不知道怎样敷衍"，一辈子官运不佳，但是讲气节，重学问，教弟子，为人敬重。面对南京沦陷、日本人烧杀抢掠，蛰居追月楼的丁老先生抚今追昔，怆然涕下。

在"夜泊秦淮"系列之后的《花影》中，叶兆言仍然以清末民初江南古城为背景，叙写了20年代甄府骄奢淫逸所导致的溃败。甄老太爷白昼行淫至死；大少爷乃祥中毒瘫痪；年轻的奵小姐继承家业后，娇纵任性，专横跋扈，最后在与小云的争斗中抽鸦片中毒而致瘫痪。甄家大院的荒淫糜烂令人匪夷所思，"父亲和哥哥没有节制的性生活，使得甄家大宅长期以来，就像一个和妓院差不多的淫窟"，父亲和哥哥任意支配、占有大院里的一切，尤其是女性的身体，这里连风月场所的浪漫爱情都没有，只有无尽的欲望。与"夜泊秦淮"系列小说相比，《花影》中的人物虽然已不再是传统市井中的落魄文人和多情妓妾，而是西门庆、潘金莲一类的荒淫男女，但仍然与历史上的秦淮风月有着别样的呼应，仍然是一种对秦淮历史的怀旧。

叶兆言在《诗人眼中的南京》中说："在南京这样的城市里，太容易产生怀旧的情绪。历史上有无数优秀的诗人写过南京，写到南京必怀旧，怀旧一定惆怅，怀旧是南京一个解不开的死结。"南京是容易让人怀旧的，叶

① 叶兆言：《夜泊秦淮》，浙江文艺出版社，2000，第2页。

兆言常常以怀旧的方式展开对南京的想象，把秦淮河、夫子庙、玄武湖、状元境、十字铺、半边营、追月楼、桃叶渡等经过历史变迁的古都旧识和风月故事一并纳入他的文学世界，生动呈现了清末民初至 20 世纪三四十年代江南古城绮丽迷人又颓废感伤的风情画卷。

## 二　历史与日常中的南京想象

有学者认为："秦淮空间是多重意象的集合体：军事堡垒、商业中心、水运枢纽、人文胜地、风月场所和大众娱乐空间。"① 毋庸讳言，在关于南京的文学想象中，作为军事堡垒、水运枢纽的秦淮形象并不多见，而作为风月场所的娱乐空间的秦淮形象不断得以凸显。在长篇小说《一九三七年的爱情》中，叶兆言试图为建构别样的南京形象而努力。作者曾如此交代当初的写作初衷："一九三七年的南京不堪回首。对于南京人来说，这一年最残酷的历史，莫过于震今中外的南京大屠杀。历史材料记载，在这场噩梦一般的浩劫中，遇难同胞超过三十五万人，发生了二万左右的强奸事件。"② "一九三七的南京人还不可能预料到即将发生的历史悲剧，他们活在那个时代里，并不知道后来会怎么样。对于南京这座城市来说，一九三七年最大的事情是日本人来了，真的杀进来了，人们喋喋不休的话题，是发生在年底的南京大屠杀。相对于这样惊天动地的大事件，其他的事情都是微不足道。"③

显然，叶兆言本打算要改变此前以通俗模式述说秦淮风月的写作路线，而"想写一部纪实体小说，写一部故都南京的一九三七年的编年史"。然而，"结果大大出乎意外"，"计划写一部关于战争的小说，写到临了，却说了一个非驴非马的爱情故事"。④《一九三七年的爱情》事实上主要讲述了一个大时代背景下发生在南京城里的爱情故事。虽然作品的开头在极力渲染一种山雨欲来的时代氛围，譬如"西安事变"的和平解决，"蒋委员

---

① 陈蕴茜、刘炜：《秦淮空间重构中的国家权力与大众文化——以民国时期南京废娼运动为中心的考察》，《史林》2006 年第 6 期。

② 叶兆言：《一九三七年的爱情·写在后面》，江苏文艺出版社，1996。

③ 叶兆言：《一九三七年的爱情·写在前面》，江苏文艺出版社，1996。

④ 叶兆言：《一九三七年的爱情·写在后面》，江苏文艺出版社，1996。

长"平安返回首都，南京"党国要人"的忙碌身影，等等。但叙述的重心很快落到一场缠绵而奇特的爱情故事上。南京某大学外文系教授、语言学家丁问渔，作为已经步入中年的已婚男人，却无法自拔地爱上了年轻漂亮的新婚女子任雨媛。尽管两人之间有着重重障碍，但丁问渔锲而不舍的追求，最终还是使得爱情在任雨媛心中逐渐萌发。尽管小说的主体是爱情，但这爱情既然发生在 1937 年的南京这样一个特殊的历史时空，叶兆言还是有意无意地在讲述爱情故事的同时建构了 30 年代的南京形象。

在作者笔下，30 年代作为民国首府的南京重续了古都的繁华：国民政府定都南京的十年内，一个破旧的古南京城完全改变了模样。新的林荫大道，新的建筑物，在风和日丽的春天，在天高云淡的金秋，党国要人和各国的外交官员带着他们的夫人在露天音乐会雅集，花香逼人，仕女如云。虽然国民政府明令禁娼，但是作为首都特别市，南京夫子庙的花街柳巷中娼妓依然越来越多。30 年代，南京的一种时髦风气便是捧歌女。有钱的公子哥儿，有权势的军官和政府大员，还有那些暴富的商人，都以捧自己喜欢的歌女为乐事。这种风气使得歌女的身价陡增。一时间，那些唱大鼓的，唱京戏的，唱昆曲的，唱扬剧的，唱黄梅戏的女孩子，都唱起了流行歌曲。即便到了 1937 年国破家亡的最后关头，悠闲的南京人依然不紧不慢，继续吃喝玩乐，醉生梦死。"今日有酒今日醉"的名士派头，仿佛已经渗透在南京人的民风中。小说的结尾，"繁华似锦"的南京在战火烽烟中沉默和沦陷，由于实行战时灯火管制，整个南京城显得十分黑暗。花牌楼等闹市区的霓虹灯都灭了，政府迁都，士兵溃退，到处乱哄哄的。叶兆言对南京的战时想象是在历史记忆和现实日常的片段中完成的。正如他在"前言"中所说："我注视着一九三七年的南京的时候，一种极其复杂的心情油然而起。我没有再现当年繁华的奢望，而且所谓民国盛世的一九三七年，本身就有许多虚幻的地方。一九三七年只是过眼烟云。我的目光在这个过去的特定年代里徘徊，作为小说家，我看不太清楚那种被历史学家称为历史的历史。我看到的只是一些零零碎碎的片断，一些大时代中的伤感的没出息的小故事。"①

---

① 叶兆言：《一九三七年的爱情·写在前面》，江苏文艺出版社，1996。

叶兆言的南京书写并不都是在历史想象中进行的，还有相当一部分是关于现代南京人的生活故事。《悬挂的绿苹果》讲述了南京某剧团炊事员张英的婚姻生活故事。30多岁的张英为了解决单身的烦恼嫁给了有孩子的青海人，平庸的婚姻生活被青海人的出轨事件打破，在剧团同事的鼓励和帮助下，张英要与青海人离婚，结局出人意料的是，张英最终却选择了和青海人一起远走青海。《去影》描写了一对师徒复杂微妙的情感历程。下厂锻炼的青年迟敬亭得到师傅张英无微不至的关怀，并由此对已婚的张英产生了爱慕和依恋，即便有了恋人亚红，迟敬亭仍然难以摆脱对师傅的依恋，并在情欲支配下与之发生了关系。小说的结尾，迟敬亭考取大学，离开了工厂，师傅张英脸上洋溢着发自内心的微笑，一段暧昧复杂的情感也在去影中渐渐消逝。《艳歌》叙述了一对大学生从恋爱、分配工作，到结婚、生孩子、闹矛盾等一系列日常生活经历。历史系的才子迟敬亭与中文系女诗人沐岚相恋，但却不被沐岚当厅长的父亲认可。毕业时迟敬亭留校当老师，沐岚被分配到银行工作。沐岚怀孕后，他们匆匆结婚保胎，接下去引发了婆媳不和、保姆辞职、夫妻猜忌分居等一系列矛盾。此外，《玫瑰的岁月》在80年代的商业文化语境中叙写了黄效愚与藏丽花夫妇对书法的喜爱及疾病、死亡等婚姻中的暗礁潜流。《陈小民的目光》描写了商品经济时代一个权贵家庭及其子女们在工作、婚姻上的败落。《李诗诗爱陈醉》讲述了陈醉从乡下孩子到中学教员再到失败的下海者的人生经历。《马文的战争》描写了马文和杨欣离婚后虽各有新的伴侣，却由于种种原因不得不住在同一屋檐下，以致生发出更为错综复杂的生活矛盾。《爱情规则》叙写了莎莎在爱与不爱、选择与放弃、理性与非理性等矛盾之间的挣扎。在这些关于现代南京人的书写中，叶兆言祛除或者说淡化了怀旧色彩，着力从日常现实生活经验中提取各类素材，以反映时代变动中的人心人性。值得注意的是，在这些关于当下日常生活经验的表达中，叶兆言仍然在不同程度上保留着此前的南京意识。一是显性层面上，一些富有南京文化色彩的场域仍然是作品人物的活动空间，譬如《悬挂的绿苹果》中的玄武湖、《去影》中的永和园、《艳歌》中的大学校园、《紫霞湖》中的紫霞湖等；二是潜在意识中，这些当代南京人的性格特征、生活经验和情感故事仍然有着传统南京叙事中的风月色彩和文人气，譬如张英与青海人、迟敬亭与张英、迟敬亭与沐岚、黄效愚与藏丽花、李诗诗与陈醉、马文和杨欣等。

总之，历史与日常是叶兆言建构南京想象的重要基础和维度。通过历史怀旧，叶兆言试图重返金陵古都的往昔繁华；借助日常书写，叶兆言努力呈现当下南京的碎屑庸常。当然值得指出的是，叶兆言对南京的历史怀旧也是从日常视角展开的，无论是没落文人的艳遇故事，还是烟花女子的爱情传奇，抑或是前朝遗老的气质风度，这些若不借助日常都无以展开。而同样，叶兆言对南京的日常书写也无法完全割裂或放弃历史积淀而来的文化习性和精神气质，无论是暧昧不清的师徒关系，还是出人意料的情感抉择，抑或是剪不断理还乱的婚恋生活，都或明或暗、或多或少地折射出老南京的流风余韵。

## 三 "新历史"与"新写实"的书写方式

在 20 世纪 80 年代的文学新潮中，叶兆言既因那些"秦淮"故事被认为是新历史主义的代表，也因那些当下日常书写被认为是新写实主义的中坚。实际上，这种"新历史"与"新写实"也正是叶兆言建构南京文学形象的两种方式和路径。

历史题材创作是中国当代文学创作中的"重镇"。新中国成立后很长一段时间，历史小说（包括革命历史小说）创作遵循的是传统的"正史"观，依据"真实"的历史事实和历史人物塑造"典型环境中的典型人物"，确立揭示历史本质规律的"主题思想"。然而，80 年代中后期兴起了一股新历史小说创作潮流，倡导从民间视角重新打量历史，以个人化和碎片化的方式重述历史事件、塑造历史人物，不再追求反映时代生活的宏大结构和宏大主题，更注重民间生活经验和地域文化景观的呈现。叶兆言便是这一新历史小说创作潮流中涌现出来的佼佼者。对于历史小说创作，叶兆言有着自己的独特理解。他认为，"小说不是历史，然而有些时候，小说就是历史，比历史课本更真实"①，"作为小说家，我看不太清楚那种被历史学家称为历史的历史。我看到的只是一些零零碎碎的片断，一些大时代中的伤感的没出息的小故事"②。

---

① 叶兆言：《一号命令》，江苏文艺出版社，2013，第 154 页。
② 叶兆言：《一九三七年的爱情·写在前面》，江苏文艺出版社，1996。

民间立场和个人视角是叶兆言南京新历史小说的主要特征。《枣树的故事》通过岫云在动荡时代背景下颠沛流离的一生，演绎了秦淮人家的历史风尘。"夜泊秦淮"更进一步从民间视角对"秦淮"旧事进行了发掘和拓展。作者选取了状元境、十字铺、半边营、追月楼、桃叶渡等五个具有代表性的金陵故地及其相关人事，重构了秦淮旧时风月。既有琴师与军阀小妾之间的患难情缘，也有官场人物之间的相互倾轧和情感纠葛；既有前朝遗老的忠义故事，也有旧式家族的沦落溃败。而长篇《一九三七年的爱情》更是把南京的"编年史"写成了特殊历史境遇中的爱情传奇。作者对于正在发生和即将到来的重大历史事件，或蜻蜓点水式地一笔带过，或云遮雾罩般隐为背景，而对丁问渔、任雨媛、余克润等的情感纠葛和婚姻故事却不吝笔墨，用力经营，其用意正如作者自述，"我没有再现当年繁华的奢望"，而只是要借"一些大时代中的伤感的没出息的小故事"重构"这个过去的特定年代"。①可见，叶兆言关于南京的历史想象，是一种民间立场和个人视角的历史重构，其作品叙述的不再是家国兴亡的宏大主题，而是普通人物的风月故事，既有传统市井言情小说的旧格调，又有现代先锋叙事的新笔法。

新写实小说几乎同时与新历史小说、先锋小说一道成为80年代中后期小说创作的新的风景线。如果说叶兆言的"夜泊秦淮"系列属于新历史小说，那么他的那些关于当下日常生活的南京书写则有着鲜明的"新写实"倾向。《悬挂的绿苹果》围绕张英的婚姻故事和琐屑的剧团生活展开，从大龄烦恼，到约会相亲，再到婚后生活、离婚风波和黯然出走；《去影》围绕迟敬亭和张英师徒之间复杂微妙的情感关系和平淡的车间生活展开，从师傅对徒弟的关心和照顾，到徒弟对师傅的爱慕和依恋，再到迟敬亭考取大学后离去；《艳歌》围绕迟敬亭与沐岚的婚恋生活展开，从恋爱、工作，到结婚、生子，以及婚后的琐屑生活和矛盾冲突；《马文的战争》围绕马文和杨欣离婚后同居期间错综复杂的生活矛盾展开。与传统的现实主义小说相比，这些作品显然有了迥然不同的"新写实"特征，虽然"创作方法仍以写实为主要特征，但特别注重现实生活原生形态的还原，真诚直面现实，

---

① 叶兆言：《一九三七年的爱情·写在前面》，江苏文艺出版社，1996，第10页。

直面人生"①。既没有典型的环境，也没有曲折的故事，更没有崇高的主题，有的是缺乏个性的平凡人物，充斥着结婚生子、柴米油盐一类的庸常生活。在这些作品中，"作者写得客观、冷静，正因为笔下的人物不是某种政治意义、道德意义或者哲学观念的符号，无所谓'美'，无所谓'丑'，无所谓'高'，无所谓'低'，所以作者也就隐去了在某种作品中常见的'爱'与'憎'。然而，作品描写这样的主人公以及他们的生活决不是无意义的。当社会摆脱了过于浓重的政治色彩之后，作家看到的是一种原色的生活、原色的人物"②。《上海文学》关于《艳歌》的这段"编者的话"，同样也适用于叶兆言所有关于当下南京的日常书写。

## 第三节　苏童的"南方想象"

### 一　"自愿成为一个南京人"

　　苏童早年成长于苏州，大学毕业后定居南京。居住地南京和出生地苏州一样，对苏童创作产生了不容忽视的影响。著名学者王干认为，苏童是当之无愧的南京城市名片，坊间甚至流行一种说法，"到南京逛中山陵、吃盐水鸭、看苏童"。③ 由此，苏童与南京之关系可见一斑。苏童的小说大多散发着南方古城的"味道"，缺少了典型江南的"杏花春雨"，而带有一种"六朝遗梦"的气韵。既柔弱秀美，却也阴暗浑浊；既精致优雅，却也令人叹惋。苏童以他独运的匠心，写下一个个哀婉感伤的故事，其间笼罩着南方的浑浊气息，流淌着旧城的古老血液。

　　早年苏州时期的古城小巷经验给苏童的成长记忆留下了深刻的烙印。苏童从小得到母亲和姐姐的悉心照料，与其他孩子的童年不同，苏童的早年记忆里没有喧闹、天真与任性，而是寂寞、疾病和药味。大多数时候苏童喜欢一个人独来独往，沉默寡言。显然，成年后苏童内敛细腻、静默少言的性格与其童年经历有着密切的关联。九岁那年，苏童患上了严重的肾

---

① 《"新写实小说大联展"卷首语》，《钟山》1989 年第 3 期。
② 《艳歌·编者的话》，《上海文学》1992 年第 2 期。
③ 《"苏童"再次被提名南京名片》，《南京晨报》2005 年 11 月 26 日。

炎和并发性败血症，必须休学进行康复治疗。于是，苏童被迫长时间困于家中，忍受孤苦无助的精神煎熬。在后来的回忆中，苏童甚至说："我恨室外的雨，更恨自己的出了毛病的肾脏，我恨煤炉上那只飘着苦腥味的药锅，也恨身子底下咯吱咯吱乱响的藤条躺椅，生病的感觉就这样一天坏于一天。"① 卧病家中，留给苏童的是寂寞，是难以抹去的中药味。也正是这两年，苏童习惯了把所有事情刻在脑海中，习惯了冥想，苏童对文学和阅读的兴趣大致始于此。在后来的写作中，苏童的写作灵感很多都来自于这段特别的童年经历。譬如，他笔下的男性大多是弱质的、充满卑劣欲望的，而女性却常常充满野性，美好而坚强。在苏童的早年经历中，值得重视的是还有"文革"。对于年幼的苏童来说，"文革"中，虽然"我逃脱了许多政治运动的劫难，而对劫难又有一些模糊而奇异的记忆"，这样的童年经验与记忆无疑对他后来诸多以"文革"为背景的小说有着深远而潜在的影响。然而，无论童年带给自己怎样的记忆，苏童都坦然接受。他说："热爱也好，憎恨也好，一个写作者一生的行囊中，最重的那一只也许装的就是他童年的记忆。无论这记忆是灰暗还是明亮，我们必须背负它，并珍惜它。"②

在上大学之前，苏童说他去过最远的城市就是南京。在那次特别的旅行中，玄武湖作为南京形象的代表定格在了他的记忆深处："大家都把手伸进湖水里，很认真地洗了一回手。我至今仍然记得那群蹲在湖边洗手的少男少女的音容笑貌，二十年过去以后所有人手上的玄武湖水已经了无印痕，而我却在无意之中把那掬湖水融进了我的未来，当年那群等待回家的苏州中学生中，也许只有我一个人日后留在了玄武湖边。"③

当然，苏童的南京印象更多来自定居后的朝夕相处。1984 年，从北京师范大学毕业后，苏童到南京工作、定居、结婚、生子、写作，"自愿成为一个南京人"。对于为何钟情于南京，苏童说，因为"这个城市是我以前生活最完美的延续。南京与苏州在很多地方非常不同，但气质上很相似"④。

---

① 苏童：《九岁的病榻》，《河流的秘密》，作家出版社，2009，第 93 页。
② 苏童：《童年生活的利用》，《河流的秘密》，作家出版社，2009，第 141 页。
③ 苏童：《错把异乡当故乡》，《苏童作品精选》，长江文艺出版社，2009，第 312 页。
④ 苏童、王宏图：《苏童王宏图对话录》，苏州大学出版社，2003，第 113 页。

在苏童眼里，南京有着怎样的气质呢？

首先，南京历史文化底蕴深厚。"中山陵是一种王尊地位，当你登临中山陵最高处极目四眺，你会发现这个城市之美不同凡响"，"六朝古都的睡眠不会太长，南京醒来了，在从前帝王们的车马经过的地方，南京人的自行车匆匆而过"。其次，南京的绿化"人见人爱"。"许多城市是绿化城市，但南京街道上的华盖似的梧桐却无以伦比（南京人溺爱这些树因而原谅了春天树上飘下的茸毛，春天你可以看见许多骑自行车的人在头上身上拍打那些茸毛，脸上的表情却无怨无恨）"，"方圆数里之内一片林海，绿意葱葱"，"东郊的林海则是一只巨大的绿色的枕头，每天夜里它对着太平门耳语一声，睡吧，南京，南京就睡了。每天早晨它对着中山门说，醒来吧，南京，南京就醒来了"。再者，南京人的生活不紧不慢，自得其乐。"他们因为不着急许多事就比别的地方慢半拍"，"在城南的某条古老的小巷里，某个老妇拎着一只古老的马桶走过古老的秦淮河"，南京人"发不了大财"，他们想"发小财"，他们想"回家做盐水鸭"，"即使卖不掉也没关系，反正自己也吃不够"。

苏童说："选择南京做居留地是某种人共同的居住理想。这种人所要的城市不大不小，不要繁华喧闹也不要沉闷闭塞，不要住在父母的怀抱里但也不要离他们太远，这种人无法拥有自己的花园却希望他居住的城市风景如画，这种人希望自己智商超群精明强干却希望别人纯朴憨厚关心他人。我大概就是这种人，所以在我二十二岁那年我自愿成为一个南京人，至今已经做了十几年的南京人，越做越有滋味。"① 总之，南京城和南京人都是如此符合苏童的"居住理想"，所以他"在南京一直生活得自得其乐"，他"会在一草一木之间看见他的幸福"，"在一个远离他生命起源的地方生活着，生活得没有乡愁，没有哀怨，生活得如此满足"，以至于他"把异乡当故乡"了。②

---

① 苏童：《错把异乡当故乡》，《苏童作品精选》，长江文艺出版社，2009，第312页。
② 苏童：《错把异乡当故乡》，《苏童作品精选》，长江文艺出版社，2009，第312～313页。

## 二　古城蕴含的"南方气质"

南京作为"六朝古都"，有着特别的伤感颓废气质，充满了幽怨哀婉的故事。秦淮河、夫子庙、乌衣巷、玄武湖、明城墙，还有中山陵、灵谷寺、雨花台等，这些古迹和名胜都深藏着一种历史沧桑，散发着伤感颓废的气息。六朝故都的风尘和现代革命的气息，让南京人从历史兴亡荣衰和"名士青山，美人黄土"中，彻悟了世事人生，从而形成了温厚朴质、从容淡定、包容豁达、幽怨哀伤的性格特征和精神气质。在南京居住多年的苏童说，南京城和南京人符合他的"居住理想"①，与他从小生活的苏州和苏州人"气质上很相似"。因而，苏童作品中那些古城的颓废气息、家族的破败景象、女性的脂粉味道等，所营造出来的一种独特"南方气质"，在很大程度上正是南京、苏州两座古城文化的融合体。

苏童小说的"南方气质"主要表现在他所虚构的"香椿树街""枫杨树乡""红粉"等系列小说中。"香椿树街"来自苏童对从小成长的苏州城北小街的"文学想象"。"香椿树街"积淀了苏童关于南方古城的记忆。苏童笔下的"城北地带"和"香椿树街"常常出现逼仄的街道、氤氲的天气、长满苔藓的青石板，甚至还有漂浮着菜叶、白色塑料甚至尸体的河流。这些充斥于作品中的晦暗生活和颓败景观，在苏童的虚构想象中成为"腐败而充满魅力的存在"，散发出迷离颓废的美感，彰显出典型的"南方气质"。在"香椿树街"系列的开篇之作《桑园留念》中，作者一开始便如此描述了他的"旧城"印象："我记得第一次看见桑园里那些黑漆漆的房子和榆树、桂花树时，我在那站了几秒钟，不知怎么我觉得这地方有那么点神秘感。好像在那些黑房子里曾经发生过什么大事情。"接下去，在这个脏乱不堪又有些神秘感的香椿树街，上演了"我"、肖弟、毛头、丹玉、辛辛等一群无聊少年的颓废生活。长篇小说《城北地带》是"香椿树街"系列的代表，苏童为我们呈现了一个浑浊颓败的"城北地带"。小说一开篇便说："三只大烟囱是城北的象征。城北的天空聚合了所有的工业油烟，炭黑和水泥的微粒在七月的热风里点点滴滴地坠落，香椿树街人家的窗台便蒙上黑

---

① 苏童：《错把异乡当故乡》，《苏童作品精选》，长江文艺出版社，2009，第312页。

白相杂的粉尘",漫长而潮湿的雨季与躁郁烦闷的干季交替统治着这里。接下去,作者更是以惊人的笔调呈现了一系列血腥事件、溃烂的生命和扭曲的灵魂:李达生的父亲李修业死于一场阴差阳错的车祸;滕凤的父亲因被滕凤拒之门外而冻死在桥洞中;不堪侮辱的美琪跳江而亡,尸体无踪,幽灵却永远地飘荡在香椿树街上;锦红被三个地痞混混残忍杀害;李达生在与皮匠巷少年的械斗中丧生。正如王德威所说的,死亡成为苏童表现南方堕落的"压轴好戏"和"最后的诱惑"。①

如果说"香椿树街"是苏童从小成长的那条苏州城北小街生活经验的文学表达,那么相较于"香椿树街","枫杨树乡"则是他站在城市对祖辈曾经生活过的"故乡"的文学想象。苏童说:"人们就生活在世界的两侧,城市或者乡村,说到我自己,我的血脉在乡村这一侧,我的身体却在城市的那一侧。"苏童笔下的"枫杨树乡"有着典型的"南方"特征,充满了晦暗、潮湿、死亡、颓败的气息。《飞跃我的枫杨树故乡》中,那片猩红的罂粟花地,如一片莽莽苍苍的红波浪鼓荡着偏僻的乡村,鼓荡着乡亲们生生死死呼出的血腥气息。《1934 年的逃亡》中那座幽暗沉默的黑砖楼散发着神秘的气息,污浊的死人塘鬼魅流窜,通往城市的黄泥大道在九月的月光之夜托起狗仔逃亡的足迹。《罂粟之家》里的枫杨树,昏昏沉沉,丧失了生命张力与活力,梦游者、白痴、土匪在粟花丛中出没。在苏童笔下,枫杨树人或在晦暗的乡村溃败,或逃离乡村,流亡城市。《1934 年的逃亡》中,枫杨树人在瘟疫的蚕食下溃散逃亡。第一代乡村逃离者祖父陈宝年虽然在城市立足、繁衍、发展,却终究难逃宿命的魔爪;幺叔日夜在野地和粪堆之间,跟随着野狗满地乱窜,以及与疯女人野合;痴顽的狗崽虽然怀着对城市的向往逃离了乡村,可是"流浪的黑鱼回归的路途永远迷失",最终被城市的糜烂夺去了生命。《十九间房》中,狂暴的日寇、凶残的土匪、贪婪的村长霸凌着乡村的命运。懦弱无能的春麦被生活逼到了绝境,决定带着妻儿逃离祖辈生活的乡村,可最终还是难逃死亡的厄运。在长篇小说《米》中,饥饿的五龙逃荒到城市,可是罪恶和脏脏的城市不但让苟延残喘的五龙受尽屈辱,而且不断残害吞噬他的灵魂。阴差阳错中,五龙好不容易在

---

① 王德威:《南方的堕落与诱惑》,《读书》1998 年第 4 期。

米店立足谋生、翻身做主后，便开始四处奸淫、掠夺，残忍、无耻、丑陋的人性之恶暴露无遗。在虚构的"枫杨树乡"中，苏童时而以外乡人的视角审视着充满诱惑和罪恶的城市，时而在城市的上空凝望着溃败的乡村，其作品营造出弥漫着氤氲迷雾的"南方"世界。

在苏童的"南方想象"中，"红粉"系列有着更为贴切的隐喻意义。《妻妾成群》以女性的视角描写了陈家钩心斗角的后院生活和大家族的衰败。19 岁的知识女性颂莲家道中落后嫁给了大户人家陈佐千做四姨太，与其他几位妻妾一样经历了从宠幸到被抛掷的过程。不管是旧家族的名门闺秀，还是新时代的知识女性，陈家后院的女人们在曲意逢迎、争风吃醋、钩心斗角中青春流逝，男主人陈佐千也只是在"大红灯笼高高挂"中不断消耗生命元气。《红粉》讲述了新中国成立初期，翠云坊喜红楼妓女秋仪和小萼在时代变迁中的颠沛流离和彷徨无措。小说一开始便描绘了新中国成立初城市及其寄生者妓女接受改造的场景："卡车驶过了城市狭窄的坑坑洼洼的路面，一些熟悉的饭店、舞厅和烟馆赌场呼喇喇地闪过去。妓女们心事重重，没有人想对她们的未来发表一点见解。红旗和标语在几天之内覆盖了所有街道以及墙上的美人广告，从妓女们衣裙上散发的脂粉香味在卡车的油烟中很快地稀释。街道对面的一所小学操场上，许多孩子在练习欢庆锣鼓，而大隆机器厂的游行队伍正好迎面过来，工人们挥舞纸旗唱着从北方流传过来的新歌，有人指着翠云坊过来的卡车溜笑，还有一个人从队伍里蹦起来，朝卡车上的人吐了一口唾沫。"饭店、舞厅、烟馆、赌场、翠云坊、脂粉香味，这些古城旧识在时代巨轮的碾压下模糊远去。《另一种妇女生活》以对照的方式描写了两种不同的"妇女生活"。楼下酱园的顾雅仙们过着庸俗的市井生活，楼上简氏姐妹则恪守着旧社会的道德律令，过着清心寡欲、与世隔绝的幽闭生活。姐姐简少贞对粗俗的酱园女工深恶痛绝，始终固守闺阁，妹妹简少芬则最后走出阁楼，嫁作人妇，并成为酱园女工一类粗俗的家庭妇女。作品开始关于酱园的描写同样充满了南方特有的颓败气息："作为老字号店铺的简家酱园已经不复存在，昔日的后院作坊现在是一个普通的居家院落，长满了低矮的杂草和沿墙攀援的藤蔓，晾衣绳上挂着一些浅色的女人的衣裳，唯一让人想起往事的是五六只赭红色的古老的酱缸，它们或者摞在一起，或者孤单而残破地倚在墙角，缸里盛着陈年的污水和枯枝败叶。"在这些"红粉"系列作品中，虽然作者没有交代城市的具体名称，但从其所展示的旧城场景及其寄居者来看，很容易让人联想到金陵的衰败和秦淮的颓废。

在《在明孝陵撞见南京的灵魂》中，苏童如此描述他定居多年的南京："翻开中国历史，这个城市作为一个政权中心作为一国之都，就像花开花落那么令人猝不及防，怅然若失。这个城市是一本打开的旧书，书页上飘动着六朝故都残破的旗帜，文人墨客读它，江湖奇人也在读它……多少皇帝梦在南京灰飞烟灭，而剩下的就只有怀旧了。"①《我的帝王生涯》是苏童以历史想象方式对帝都和王权的怀旧与重构。小说讲述了懵懂无知的王子端白不得已成为燮国的傀儡国王，虽然拥有了"无上的权力"，但却成为祖母和母亲利用的政治工具。他想反抗却无能为力，再加上随时可能降临燮国的灾难，更让哀怨和无助的端白时时生活在恐惧和焦虑中。端白最后逃离宫廷，隐遁民间，成为一名杂耍艺人。整篇小说充满了挽歌式的感伤气息和凄美色彩。苏童以冷静、婉约而又华美的语言描述了帝都宫廷内的血雨腥风和宫廷外的世俗生活。尽管苏童在"自序"中说，《我的帝王生涯》是他随意搭建的宫廷，是他按照自己喜欢的配方勾兑的历史故事，年代总是处于不详状态，人物似幻。但显然，无论是小说的氛围还是人物故事，《我的帝王生涯》在很大程度上与苏童所生活的故都有着某种精神的粘连。

苏童说："在我的字典里，故乡常常是被缩小的，有时候仅仅缩小成一条狭窄的街道，有时候故乡是被压扁的，它是一片一片记忆的碎片，闪烁着寒冷或者温暖的光芒。"② 无论是从小生长的"小桥流水、弯弯曲曲、阴暗潮湿"的苏州，还是后来定居的既有"紫气东来"的尊贵气质也是一个"虚弱的凄风苦雨的"③ 南京，都沉积了历史的沧桑，都散发着颓败的气息，都拥有南方的阴柔气质，都对苏童的"南方想象"产生了潜移默化的影响。

## 三　融合古典与现代的"南方想象"

20 世纪 80 年代中期以后，中国当代文坛兴起了"先锋小说""新写实

---

① 苏童：《在明孝陵撞见南京的灵魂》，《读城》，清华大学出版社，2010。
② 苏童：《八百米故乡》，江苏凤凰文艺出版社，2019，第 101 页。
③ 苏童：《在明孝陵撞见南京的灵魂》，《明日风尚》2009 年第 5 期。

小说""新历史小说""新状态小说"等一波又一波的"新浪潮",而苏童便是这股文学"新浪潮"中的代表人物。他在艺术表现方面进行了自觉的探索创新,以融合古典与现代的表达方式建构起风格独具的"南方"世界。

苏童的小说创作尤其是 90 年代以前的作品,有意识地进行着叙事形式上的探索创新,在叙事过程中常常有意设置多重叙述人称,模糊叙事者、小说人物和作者之间的界限。《1934 年的逃亡》中,叙事者在文本中直接告诉读者:"你们是我的好朋友。我告诉你们了,我是我父亲的儿子,我不叫苏童。"《外乡人父子》中,第一人称叙述者"我"既是小说人物,也是童姓家族的一员,又与作者本人有着模糊的相似性。《罂粟之家》中,叙述者第一人称"我"、读者"你"以及文本中的不同人称交替出现。《祭奠红马》中,主体叙述者是"我",但又时常以"你"或"你们"的视角来展开。在这些作品中,作者往往以第一人称叙述者介入叙述,但是却又故意拉开与读者的距离,并且采取与读者交流的方式以增强叙述的亲切感和真实感。

在结构形式上,苏童小说不再追求故事的完整性,而是采取零散化、碎片化的缀连方式,从而造成迷离而虚幻的叙事效果。《1934 年的逃亡》中,"我"的经历、父亲的故事、祖母蒋氏的故事、祖父陈宝年的发迹史等各种叙述片段交错穿插。《祭奠红马》中,主人公锁的故事在"我""你""我爷爷"等不同的叙述视角中交替展开。《罂粟之家》中,没有核心人物和故事,少爷演义、长工陈茂、刘老侠、刘沉草等的故事碎片化分布于各个时段。《妻妾成群》以颂莲的视角展开陈家四位妻妾的钩心斗角故事。很明显,苏童小说的碎片化、零散化结构打破了传统叙事的完整性,关注的重心从外部生活转向内心世界。

当然,苏童的"南方想象"也表现出明显的古典趣味。无论是"枫杨树乡"系列,还是"香椿树街"系列,抑或是"红粉"系列,都深受古典诗词的影响,充满了感伤颓废的情调,表现出明显的古典气质。

首先,苏童小说在题材倾向上表现出古典趣味,大多取材于历史记忆中的家族旧事。譬如妻妾成群的旧宅故事(《妻妾成群》),祖孙三代的家族变迁(《1934 年的逃亡》),罂粟之家的败落命运(《罂粟之家》),封建帝王的江湖传奇(《我的帝王生涯》),旧式妓女的命运遭际(《红粉》),等等。

其次，苏童小说在叙事处理上表现出古典趣味，在展开"古典"故事的讲述时，十分重视营造整体气氛。譬如《妻妾成群》《罂粟之家》《1934年的逃亡》《另一种妇女生活》《城北地带》《米》等作品，到处弥漫着罂粟的熏香和雨雾的潮气，充斥着贪婪的欲望和死亡的气息。

当然，苏童小说的古典趣味还表现在他那"南宋长调一样典雅、绮丽、流转、意象纷呈的语言"①。譬如，苏童如此描绘想象中的"南方"："南方是一种腐败而充满魅力的存在"，"夕阳的黄昏下，和尚桥古老而优美地卧于河上，每块青石都放射出一种神奇的暖色"②；"秋天里有许多这样的时候，细雨绵延不绝地落在花园里"③；"秋深了，燮国的灾难就要降临了"，"隔着茂密蓊郁的槐柏树林，我听见有人在冷宫中吹响笙箫。其声哀怨凄怆，似一阵阵清冷之水漫过宫墙"④；"多少次我在梦中飞越遥远的枫杨树故乡。我涉过河流到左岸去，左岸红波浩荡的罂粟花地卷起龙首大风，挟起我闯入模糊的枫杨树故乡"⑤。不难发现，苏童小说语言汲取了古典诗词的营养，有着婉转柔美的风致，正如有学者所说的，苏童深受南方文人诗词歌赋影响，"加之他与生俱来的美学天性，构成了他以唯美语言对'南方'的独特命名。"⑥

虽然苏童说："我们这一代人所受到的来自传统的影响，要远远弱于所受到的外国作家的影响。"⑦ 但是诚如洪子诚所言："苏童的小说，既注重现代叙事技巧的实验，同时也不放弃'古典'的故事性，在故事讲述的流畅、可读与叙事技巧的实验中寻求和谐。"⑧ 正是在这个意义上，我们说，苏童是以融合古典与现代的表达方式来展开他的"南方想象"的。

---

① 晓华：《华丽家族》，凤凰出版社，2017，第 123 页。
② 苏童：《南方的堕落》，重庆大学出版社，2011，第 109 页。
③ 苏童：《妻妾成群》，北京燕山出版社，2008，第 103 页。
④ 苏童：《我的帝王生涯》，北京燕山出版社，2008，第 76 页。
⑤ 苏童：《南方的堕落》，黄山书社，2010，第 136 页。
⑥ 张学昕：《南方想象的诗学——苏童小说创作特征论》，《文艺争鸣》2007 年第 10 期。
⑦ 参见甘隐峰《苏童的新计划》，《深圳商报》2001 年 8 月 11 日。
⑧ 洪子诚：《中国当代文学史》，北京大学出版社，1999，第 342 页。

# 第十二章

# 贾平凹、叶广芩和王朔的都市书写

在当代文学中，贾平凹、叶广芩和王朔的都市书写是三种不同类型的代表。由乡入城的贾平凹主要以"乡下人"的立场，观察和反思古都在社会转型时期的衰颓和沉沦；作为皇族后裔的叶广芩主要以怀想的方式进入历史，书写帝都衰颓时期家族生活的变迁；大院出身的王朔则主要以"顽主"的身份，表现首都大院子弟的成长经历及其玩世不恭的生活故事。显然，贾平凹、叶广芩和王朔的不同的都市审美和文学想象，源于各自截然不同的人生经历和都市体验。但值得注意的是，贾平凹、叶广芩和王朔的都市书写都带有鲜明的时代和"自我"痕迹，都是我们解读社会转型时期中国都市社会变迁和文化审美嬗变的典型文本。

## 第一节　贾平凹的西安书写

### 一　"农民"的都市体验

自 1975 年大学毕业留城工作以来，贾平凹一直定居古都西安。然而，在四十多年的都市体验中，贾平凹始终难以摆脱早已根深蒂固的乡村"身份意识"。他多次表示，"我根子上是农民"，"我的出身与生存环境决定了我的贫民地位和民间视角"。①

贾平凹挥之不去的"农民"身份意识，一方面源自早年的成长背景。

① 贾平凹：《高老庄·后记》，太白文艺出版社，1998。

初中毕业后，贾平凹便回乡"成了名副其实的农民"，从事各种农务活动，他曾对此回忆说："我是棣花公社棣花大队东街村的社员了，我已经能闭着眼睛说出我们村的土地在前河滩是多少亩水田，西河滩是多少新修地；东是多少亩旱田，西又有多少亩梯田。我爱土地，爱土地上的每一株庄稼苗。"① 成为农民的贾平凹既有着普通农民的优点，譬如吃苦耐劳、朴实善良；当然也有很多农民的局限，譬如自私狭隘、拘谨保守。贾平凹说，"在贫困的环境里，我学会了自私，因为一分钱，一根柴火，一把粮食，对于生命是多么重要"。同所有对土地爱恨交加的"农民"一样，贾平凹一方面"爱土地"，另一方面时刻准备"逃离"土地。贾平凹对此直言不讳："我又恨土地，我不甘心就这样受穷一辈子，只要有机会，一定要从这繁重的劳动中解脱出来。"② 不愿意在土地上"窝一辈子"的贾平凹终于通过自己的努力走向了城市，成为一个"体面的城市人"。

另一方面，贾平凹"农民"的身份意识显然有着更深层的社会历史的原因。长期以来，城乡对立关系是由政治、经济、文化的根本差异而导致的，乡土文明是建立在血缘、宗族、伦理原则基础上的，城市文明是建立在地缘、社区、交换原则基础上的。从历史唯物主义的角度来看，城市文明当然是比乡土文明更进步、繁荣、发达的文明形态。虽然乡土文明与城市文明并不必然是矛盾冲突的，但是由于社会的历史的原因（譬如户籍制、改革开放政策等），新中国成立后较长一段时期，中国社会存在着二元对立的城乡关系，这种紧张关系现在仍然没有得到根本意义上的改变。由此，我们不难理解贾平凹从乡村进入城市的不易，以及由乡村向城市转型的艰难。

"农民"的身份意识使得由乡入城的贾平凹比一般城市人对周围的一切更为敏感，并由此也更容易产生自卑心理。贾平凹曾经以"一颗小桃树"自喻，描述初到城市的感受和对未来的憧憬："走出了山，来到城里，我才知道我的渺小：山外的天地这般儿大，城里的好景这般儿多。我从此也有了血气方刚的魂魄，学习呀，奋斗呀，一毕业就走了上了社会，要轰轰烈

---

① 贾平凹：《我是农民》，中国社会出版社，2006，第 43 页。
② 贾平凹：《我是农民》，中国社会出版社，2006，第 43 页。

烈地干一番我的事业了。"① 后来在《商州》中，贾平凹借小说人物之口描述了对城市的美好想象："村里见过世面的长者都在说，'省城是了不得的地方，城的周围渭、灞、泸、沣、滴、沮、泾、曲八水绕流，人民充满欢娱安乐'"，"省城之人皆住空中楼阁，穿皮鞋毛呢，食牛奶面包，可以听各种韵乐，看砖头厚的书本"。② 城市被神话化，他们将道听途说中的城市作为实现自己理想追求的新天地，这显然也是"农民"贾平凹对城市的最初想象。当年 19 岁的贾平凹幸运地被推荐到西安上大学，名正言顺地逃离了"爱恨交织"的土地，然而繁华的都市并没有给他带来预期的美好。贾平凹后来如此描述他最初成为"体面的城市人"时的感受："从山沟走到西安，一看见高大的金碧辉煌的钟楼，我几乎吓晕了。……沿着城根走，心里又激动，又惶恐。"当然比起新奇和激动，城市带给他更多的则是难以抑制的惶恐与自卑，"在相当长的岁月里，我不堪回首往事，在城市的繁华中我要进入上流社会，我得竭力忘却和隐瞒我的过去，而要做一个体面的城市人"。③

贾平凹曾多次提到，商州和西安是他生活和创作的两个根据地，"我终生要感激的是我生活在商州和西安两地，具有典型的商州民间传统文化和西安官方传统文化孕育了我作为作家的素养"④，他的绝大多数创作以这两地为背景，形成了乡土和城市两套文学笔墨。西安有超过五千年的文明史、三千年的建城史和一千年的建都史。这样一座承载着中华文明和王朝兴衰的古都，对于贾平凹及其创作有着不可或缺的意义。贾平凹曾经如此描述他与老西安亲密难舍的关系：

> 我住在西安这座城里已经 20 年了，我不敢说这个城就是我的，或我给了这个城什么，但 20 年前我还在陕南的乡下，确实做过一个梦的，梦见了一棵不高大的却很老的树，树上有一个洞。在现实的生活里，老家是有满山的林子，但我没有觅寻到这样的树，而在初做城里人的那年，于街头却发现了，真的，和梦境里的树丝毫不差。这棵

① 贾平凹：《一颗小桃树》，《平凹散文》，浙江文艺出版社，2008。
② 贾平凹：《商州》，安徽文艺出版社，2010。
③ 贾平凹：《我是农民》，中国社会出版社，2006，第 29 页。
④ 贾平凹：《高老庄》，云南人民出版社，2002，第 376 页。

树现在还长着，年年我总是看它一次，死去的枝柯变得僵硬，新生的梢条软和如柳。我就常常盯着还趴在树干上的裂着背已去了实质的蝉壳，发许久的迷瞪，不知道这蝉是蜕了几多壳，生命在如此转换，真的是无生无灭，可那飞来的蝉又始于何时，又该终于何地呢？于是在近晚的夕阳中驻脚南城楼下，听岁月腐蚀得并不完整的砖块里，一群蟋蟀在唱着一部繁乐，恍惚里就觉得哪一块砖是我的吧，或者，我是蟋蟀的一只，夜夜在望着万里的长空，迎接着每一次新来的明月而欢歌了。①

可见，贾平凹初入都市的不安和惶恐已经被另一种与生命相毗连的精神共感所替代。他不但要做古城墙下的"一只蟋蟀"，而且如此直接倾吐对老西安的爱："我爱陕西，我爱西安这座城。我生不在此，死却必定在此，当百年之后躯体焚烧于火葬场，我的灵魂随同黑烟爬出了高高的烟囱，我也会变成一朵云游荡在这座城市的上空的。"②

是什么让原本惶恐和自卑的贾平凹甘愿与西安"生死相依"呢？贾平凹说，时至今日，"当世界上的新型城市愈来愈变成了一堆水泥"，西安却仍然延续着"气派不倒的，风范犹存的"古都魅力。"它的城墙赫然完整，独身站定在护城河上的吊桥板上，仰观那城楼、角楼、女墙垛口，再怯懦的人也要豪情长啸了。大街小巷方正对称，排列有序的四合院砖雕门楼下已经黝黑如铁的花石门墩，让你可以立即坠入了古昔里高头大马驾驶了木制的大车喤喤喤开过来的境界里去。如果有机会收集一下全城的数千个街巷名称：贡院门、书院门、竹笆市、琉璃市、教场门、端履门、炭市街、麦苋街、车巷、油巷……你突然感到历史并不遥远，以至眼前飞过一只不卫生的苍蝇，也忍不住怀疑这苍蝇的身上有着汉时的模样或者有唐时的标记"。③

诚然，相对于显赫的汉唐而言，西安早在历史变迁中远离了政治、经济、文化中心，它既没有北京的帝都气象，也没有上海的现代摩登，现在

---

① 贾平凹：《西安这座城》，《北京文学》1992 年第 11 期。
② 贾平凹：《西安这座城》，《北京文学》1992 年第 11 期。
③ 贾平凹：《西安这座城》，《北京文学》1992 年第 11 期。

只能称为"废都"。但是，"它区别于别的城市，是无言的上帝把中国文化
的大印放置在西安，西安永远是中国文化魂魄所在地了"。① 因此，古都的
历史沧桑和中华文化魂魄的所在既是贾平凹对西安的都市体验，也是他所
有都市书写的来路和去向。

## 二　颓废的"西京"

贾平凹关于"城市"的文学想象，最初应该是从 1986 年至 1987 年发
表的《浮躁》开始的。小说以主人公金狗的事业和爱情为主线，真实反映
了 20 世纪 80 年代改革开放初期农村与城市的生活图景。主人公金狗由农而
商、由乡入城的奋斗轨迹和人生故事明显透露出作者此后创作转型的讯息。
当然，从严格意义上来说，《浮躁》并不能完全说是关于"城的小说"，更
不是都市书写，只是一个青年向往城市的躁动。在《浮躁》的序言中，作
者对他笔下的"州城"如此解释道："商州人称什么大的东西，总是喜欢以
州来概括的，他们说'走州过县'，那就指闯荡了许多大的世界，大凡能直
接通往州里的公路，还一律称之为'官道'，一座州城简直是满天下的最辉
煌的中心圣地。"由此不难理解，为什么贾平凹后来在《废都》后记中说：
"一晃荡，我在城里已经住罢了二十年，但还未写出过一部关于城的小说。
越是有一种内疚，越是不敢贸然下笔。"② 因此，贾平凹的都市想象或者说
西安书写始自《废都》。

已有二十年城市生活经验却不敢贸然对"城"下笔的贾平凹在《废都》
里建构出何种都市形象？呈现出怎样的都市体验呢？《废都》是以两桩"异
象"和一件"宏业"开始展开对西京城和西京人的文学想象的。一是"两
个关系是死死的朋友"凭吊唐贵妃杨玉环墓地时刨了坟土，装在黑陶古董
盆里，未经播种就兀自开出四枝"奇花"来。二是古历六月初七晌午，西
京城上空一时间竟然出现了大小一般、雌雄不分的"四个太阳"。三是新任
市长"上京索要拨款，在下四处集资，干了一宗千古不朽之宏业，即修复
了西京城墙，疏通了城河，沿城河边建成极富地方特色的娱乐场。又改建

---

① 贾平凹：《西安这座城》，《北京文学》1992 年第 11 期。
② 贾平凹：《废都·后记》，北京出版社，1993。

了三条大街：一条为仿唐建筑街，专售书画、瓷器；一条为仿宋建筑街，专营全市乃至全省民间小吃；一条仿明、清建筑街，集中了所有民间工艺品、土特产"。《废都》的叙事方式似《金瓶梅》《红楼梦》之处颇多，以男女和家族之事喻指家国时代变迁。贵妃只供凭吊，不能复活，以花死、陶碎、人病收场是其必然。太阳异象中，人们的阴影失而复得，面面相觑中有了羞愧，也只能"慌不择路地四散"。而复古宏业虽然发展了城市文化旅游，流动人员骤然增多了，但却因治安方面的弊病，西京城一时竟被外地人称作"贼城、烟城、暗娼城"。小说开篇的"异象"和"宏业"分明喻示了西京作为"废都"之"废"的由来和根底，也喻示了接下来庄之蝶等西京四大名人的颓败人生。

作为贾平凹第一部真正意义上的都市小说，《废都》以古都西安为背景，通过作家庄之蝶、书法家龚靖元、画家汪希眠及艺术家阮知非等"四大名人"的生活起居和社会交往，展现了 20 世纪八九十年代社会转型时期西京城形形色色的"废都"景观。

"废都"之"废"，首先表现在衰败的外部物质景观上。《废都》中，作者主要把目光集中在钟楼、鼓楼、鬼市、老街巷、旧书摊、古城墙等这类衰颓的老西安物质景观上，而很少呈现摩天大楼、车水马龙、灯红酒绿一类的现代都市景观。譬如庄之蝶居住的双仁府，是西京城四大甜水井中最大一口井的所在，当年牛家独居这条巷子，开设水局，每日车拉驴驮，专供甜水，一派繁忙景象。如今这里已成为城市的低洼地带，一旦连续下雨便会导致居民家进水，房屋倒塌，人员伤亡，虫灾泛滥。因此，"庄之蝶每一次一进这边的街巷口，就油然浮闪出昔日的历史，要立于已经封盖的那口井台上，久久地注视井台青石上绳索磨滑出的如锯齿一样的渠槽儿，想象当年街巷里的气象"。又如赵京五居住的四府街三十七号，"门楼确是十分讲究，上边有滚道瓦槽，琉璃兽脊，两边高起的楼壁头砖刻了山水人物"，"门墩特大，青石凿成，各浮雕一对麒麟；旁边的砖墙上嵌着铁环，下边卧一长条紫色长石"，"铁环是拴马的，紫色长石就是上马石，旧时大户人家骑马上街，鞍鞯上铃铛丁冬，马蹄声嗒嗒有致"，"进了大门，迎面一堵照壁，又是砖雕的郑燮的独竿竹，两边有联，一边是'苍竹一竿风雨'，一边是'长年直写青云'"。这座当年气派讲究的古宅如今已是十分衰颓萧条了，"门框上的一块挡板掉了；双扇大门黑漆剥落，泡钉少了六个"，"乱七八糟的居住户就分割了庭院空地，这里搭一个棚子，那里苫一间矮房，家家门口放置一个污水桶、一个垃圾筐，堵得通道曲里拐弯"，"进了屋，光线极暗，好一会儿才看清白灰搪的墙皮差不多全鼓起来。窗下是一张老式红木方桌，桌后是床，床上堆满了各类书刊，床下却铺了厚厚的一层石灰"。再如鼓楼和鬼市，"巷口街头，日色苍茫。鼓楼上一片鸟噪，楼下的门洞边，几家卖馄饨和烤羊肉串的小贩张灯支灶，一群孩子就围了绞棉花糖的老头瞎起哄"，"城东门口的城墙根里，是西京有名的鬼市，晚上日黑之后和早晨天亮之前，全市的破烂交易就在这里进行。……路灯遂将他们的影子映照在满是阴苔的城墙上，忽大忽小，阴森森地吓人"。

当然，"废都"之"废"更深层次地体现在内在精神层面的颓废上。"颓废"一词来自法文"décadent"，邵洵美曾把它译作"颓加荡"，即衰颓与放荡之意。《废都》中，以庄之蝶、阮知非、汪希眠、龚靖元等四大名人为代表的西京文化人在商品经济浪潮中无不改弦易辙，失去自我，沉湎于金钱或女色之中。主人公庄之蝶，这个曾经凭借才华和勤奋享誉西京的著名作家，如今失去了昔日辉煌，不但一开始便陷入了一场旷日持久的是非官司，而且在一次又一次的声色犬马中放浪形骸，无法自拔，最终倒在逃离西京的车站。画家汪希眠贪财好色，在大雁塔靠出售仿制名人画作牟取暴利，"他是有钱，又好女人"，作画时必须要"美人在旁磨墨展纸"，为了情人常常一掷千金。书法家龚靖元不但和汪希眠一样贪财好色，而且嗜赌成性，给人写字"一张条幅一千五，一个匾额三千元"，身边总有"赶不走的一堆女人"，"他爱打麻将，一夜常输千儿八百"。乐团团长阮知非原是秦腔演员，从父辈那里学有几手"吹火""甩稍子""耍獠牙"的绝活，秦腔没落后，辞职组织民办歌舞团，"走遍大江南北"，"钱飘雪花一般往回收"。这些所谓的西京"知识精英"无不在"废都"中颓废沦陷。卡林内斯库说，"颓废是意志状况的一种现象"，"是生活意志的丧失"，"一个人可以是有病的或虚弱的却无需是一个颓废者，只有当一个人冀求虚弱时他才是颓废的"。[①]

---

① 〔美〕马泰·卡林内斯库：《现代性的五副面孔——现代主义、先锋派、颓废、媚俗艺术、后现代主义》，顾爱彬、李瑞华译，商务印书馆，2002，第196页。

显然，贾平凹在《废都》中正是以"人"喻"城"，以"城"形"人"。

### 三 "搁浅"的都市

《废都》自 1993 年出版后所产生的毁多于誉的"轰动效应"是贾平凹始料不及的。这部首印 50 万册的长篇，因大量的出格描写，在出版当年即遭禁止，一时间文坛出现大量争议，形成了众所周知的"《废都》现象"。然而，贾平凹本人十分看重这部关于"城的小说"。他甚至说《废都》是"安妥我灵魂"的书，是他集二十多年的城市生活经验创作的一部关于"城的小说"。① 无疑，《废都》对于贾平凹具有十分重要的意义，它标志着贾平凹都市书写的开始。在《废都》出版的两年后，贾平凹又推出了他的第二部都市小说《白夜》。《白夜》继续沿着《废都》的写作路向，仍是关于"西京"的故事。只不过与《废都》不同的是，《白夜》的主人公不再是"西京"的文化名人，而是下移至更为普通的市民人物，小说借小人物夜郎的经历揭示了市场经济语境下城市在背离传统转型现代过程中的人生百态和芜杂矛盾，正如孟繁华所说："《白夜》是一部现代都市人精神贫困症的病历；是一部从官员到百姓、从知识分子到平民、从男性到女性、从英雄到常人的俗世生活的立体景观。"②

《白夜》的标题来自于小说人物"夜郎"与"虞白"，有着丰富的象征含义。"夜郎"很容易与"夜郎自大"产生关联，比喻肤浅自负、自高自大。"虞白"之"虞"有"忧虑""欺骗"之义。小说中，世俗的夜郎虽追慕清雅的虞白，但最终也未能获得虞白的青睐。因而，黑白不分、阴阳相淆的"白夜"指涉了城市虚浮表象下充满芜杂矛盾的本质形态。

与《废都》一样，《白夜》中的西京乃现实中的西安，虽然失去了帝都的气象，但仍遗留着古都的风范。小说中，人物生活起居的场域无不散发出古朴陈旧的味道。譬如戚老太居住的竹笆街与过去相比没有什么变化，"家家以竹编过活"；夜郎租住的保吉巷"巷窄而长，透着霉气"；清风巷的

① 贾平凹：《废都·后记》，北京出版社，1993。
② 孟繁华：《面对今日中国的关怀与忧患——评贾平凹的长篇小说〈土门〉》，《当代作家评论》1997 年第 1 期。

"民俗馆是清末民初的建筑，门楼系水磨青砖拼贴镶嵌而成"，"单檐翼角、斗拱重印"。即便是现代化的宾馆和农贸市场也一律"古色古香"的仿古建筑。竹笆街的"平仄堡"把"一段残酷的悲剧衍变成了美丽的音乐境界"，"建筑师别出心裁，将楼盖成仲尼琴形，远看起起伏伏，入进去却拐弯抹角，而沿正门的两侧一字儿排列了五对大青石狮子"；教场门的农贸市场，也是"四周盖设了十六个折角呈圆形的三层楼货栈，古香古色的，是仿明的建筑"。小说中，作者还直接借主人公夜郎的视角，对今昔西京进行了对比："如果是两千年前，城墙头上插满了猎猎的旗子，站着盔甲铁矛的兵士，日近暮色，粼粼水波的城河那边有人大声吆喝，开门的人发束高梳，穿了印有白色'城卒'的短服，慢慢地摇动了盘着吊桥铁索的辘轳，两辆或三辆并排的车马开进来，铜铃喤喤，马蹄声脆，是何等气派！今日呢，白天里自行车和汽车在街上争抢路面，人行道上到处是卖服装、家具、珠宝、水果和各种各样小吃的摊位。戴着脏兮兮口罩的清洁工，挥着扫帚，有一下没一下地扫，直扫得尘土飞扬。时常有人骑了车子，车子一左一右跑动着形如虎豹的狼狗。哪里又像是现代都市呢？十足是个县城，简直更是个大的农贸市场嘛！"这些混杂着传统和现代的城市景观无不透露出西京复杂的没落文化形态。

贾平凹在《白夜》中借船状的城墙和桅杆似的钟楼把城市想象为一只搁浅的船只，这既是对城市古今变迁的隐喻，也指涉城市漂泊者的精神状态。小说一开始便通过"再生人"回家失败自焚的悲剧预示了迷失自我的现代都市人"无家可归"的精神状态。像《红楼梦》中的"通灵宝玉"一样，由再生人、宽哥、夜郎传至虞白的那个神秘物件——钥匙，更具有深远的象征意义。"挂钥匙的只有迷家的孩子"，"而钥匙，却是只打开一把锁的，打开了，就是自己的家"。然而，再生人、宽哥、夜郎、虞白乃至所有的西京人都搁浅在都市的泥沼，迷失了家园。主人公夜郎由乡入城，租住在保吉巷，始终是寄寓在城市的漂泊者，父亲的早亡使他在肉体上就过早处于无根状态，随后在西京城的漂泊中又导致了他精神上的失根。夜郎虽然一度担任图书馆馆长助理（很快因祝一鹤失势被解雇）和戏班打杂，但实则是个没有正当职业的闲人，纵使能说会道、重情重义，却始终改变不了寄人篱下的漂泊状态。他渴望爱情，但在和虞白、颜铭的现实交往中又常常因为自己的敏感自卑而背弃爱情，失去婚姻，内心深处始终笼罩着孤独和抑郁。小说中，夜郎"隔三岔五地做同样的梦，梦境都是他在一所房子里，房子的四堵墙壁很白，白的像是装了玻璃，也好像看上去什么也没有，可他就是不得出去，几次以为那是什么也没有，走过去，砰，脑袋就碰上了。后来那墙又平铺开来，他往出走，走出来了，脚下的墙却软如浮桥，一脚踩下去，再提起，墙又随脚而下随脚而起使他迈不开步"①。毋庸讳言，夜郎的梦境残酷又真实地反映出现代都市人的"无家""失根"状态。

与夜郎一样，《白夜》中的其他人物也大多处于漂泊无依的生存状态和精神痛苦之中。乡村出身的颜铭即使通过整容改变了丑陋的外貌，但仍然难以克服内心的自卑，即便在都市的漂泊中暂时获得了"家"的感觉，但最后因女儿容貌丑陋遭到夜郎怀疑而不得不选择离去；清雅高贵的虞白虽然幽居在清风巷，固守着精神贵族式的清高，但也难以独善其身，最后仍然难以避免在世俗社会错失良缘、终身难托的悲剧结局；热心善良的警察宽哥家庭不睦，四处碰壁，最后因受骗丢了工作，失去家庭，还患上了无法根治的牛皮癣；考古研究员吴清朴淳朴善良，为爱情奋不顾身，最后不但被爱情欺骗，甚至被黄蜂夺去了生命；市政府秘书长祝一鹤曾经前呼后拥，应者云集，一旦政治失势，树倒猢狲散，不但风光不再，而且孑然一身，一病不起。正如小说中所说的："在西京城里人人都有两件必有的东西，一个是自行车铃，一个是钥匙。铃就是自己的声音，丢了铃就是丢了声；铃盖是常常被人偷得，我的丢了，我就拧下你的铃盖，其实全城只是丢失了一个铃盖吧？而钥匙，却是只打开一把锁的，打开了就是自己的家，不属于自己的怎么又能打开呢？打开了也只能是小偷。"《白夜》中的都市及其生存者都如搁浅的船只，陷入无法挣脱的生活泥沼，既画地为牢，又无家可归，呈现出不同程度的精神病态。如果说《废都》主要表现的是市场经济时代都市的衰败与都市人的颓废，那么《白夜》则主要描写的是社会转型时期都市的搁浅与都市人的漂泊，二者从不同侧面构成了作者对都市的文学想象。

---

① 贾平凹：《贾平凹文集——商州·白夜》，陕西人民出版社，2008，301 页。

## 四 "闯入者"的都市梦

尽管贾平凹多从传统乡土文化立场来审视和批判都市现代文明，但他依旧把西安作为自己最理想的"寓所"，对她充满了无比的热爱和依恋，他甚至说："生不在此，但死必在此，当百年之后躯体焚烧于火葬场，我的灵魂随同黑烟爬出了高高的烟囱，我也会变成一朵云游荡在这座城的上空的。"① 因此，自《废都》以来，贾平凹的都市书写始终都围绕着西安展开。在2007年出版的《高兴》中，贾平凹干脆以"西安"的真实面目替代了此前犹抱琵琶半遮面的"西京"，把视点下移至城市的底层边缘地带，以第一人称口述的形式，叙述了一群"拾破烂"的农民工在城市艰难生存和奋斗拼搏最终失败的生活悲剧，呈现了社会转型过程中城乡生活的变迁。

与《废都》《白夜》相比，贾平凹创作《高兴》的初衷显然有了显著不同。作者不再以古都辉煌的过去为参照感叹都市的颓变和迷失，而是遮蔽或悬置了西安的历史文化背景，只把目光投注于社会转型时期的当下，深入反思伴随中国现代化和城市化进程所产生的深层现实问题。在《高兴·后记》中，贾平凹反思道："为什么中国会出现打工的这么一个阶层呢，这是国家在改革过程中的无奈之举，权宜之计还是长远的战略政策，这个阶层谁来组织谁来管理，他们能被城市接纳融合吗？进城打工真的就能使农民富裕吗？没有了劳动力的农村又如何建设呢？城市与乡村是逐渐一体化呢？还是更加拉大了人群的贫富差距？"正是基于这一深刻的反思，贾平凹说："我要写刘高兴和刘高兴一样的乡下进城群体，他们是如何走进城市的，他们如何在城市里安身生活，他们又是如何感受认知城市，他们有他们的命运，这个时代又赋予他们如何的命运感；能写出来让更多的人了解，我觉得我就满足了。"②

按照贾平凹的说法，《高兴》原来的名字是《城市生活》，写一个城市和一群人，后来改成了《高兴》，写刘高兴和他的两三个同伴，在拾破烂人

---

① 贺小巍：《城记：张锦秋贾平凹说西安》，《陕西日报》2013年7月26日。
② 贾平凹：《高兴·后记》，作家出版社，2007。

的苦难的底色上写刘高兴的"快活"。① 显而易见，小说名称和内容的改变，标志了作者对待城市的情感态度和审美取向的变化，即由原来所流露的对城市的厌恶和仇恨，转向对城市边缘和底层的审视和思考。刘高兴既是小说的主人公又是叙述者。作者借助这样一个特殊的视角，以亲历者、见证者和观察者的身份，通过一群都市底层闯入者努力融入都市却被不断抛掷的生存状态和悲剧命运，反映了转型时期城市边缘地带的生存景观。刘高兴、五福等在土地变迁或曰城市化过程中失去怙恃的农民为了改变生存处境、实现人生梦想，只有选择"进城"打拼。于他们而言，"西安在他们的心中是花花世界，是福地，是金山银海"。然而，"出走"城市并不是一件容易的事。他们"一没资金，二没技术，三没城里有权有势的人来提携"，于是"他们只有干最苦最累最脏也最容易干到的活，就是送煤捡破烂"②。为了真实反映这些城市边缘底层拾破烂群体的生存状况，贾平凹多次深入实地了解。这个城市特殊群体也已经形成了自身的生态，他们"都是各地来的农民，分散住在东西南北的城乡接合部，虽无严密组织却有成套行规，形成了各自的地盘和地盘上的五等人事"。他们生活在艰苦的环境中，从事着卑贱的职业，但是他们却各有各的"都市梦"。五富爱钱，甚至贪婪，只想赚城里的钱回家过乡下的日子。黄八、杏胡夫妇为了还债，长期偷盗、买卖赃物。五富、黄八们对城市感到既自卑又仇恨，他们"骂政府，骂有钱人，骂街上的汽车和警察"，"成半夜地诅咒着这个城市，诅咒完又哈哈地呱笑"。

与五富、黄八们相比，高兴却从心底对城市有着特殊的情感和梦想，甚至说不出"为什么就对西安有那么多的向往"。他努力地亲近城市、融入城市，并为此把自己从清风镇的刘哈娃改为西安的刘高兴。"高兴"既标明了他在城市的新身份，也体现了他在城市的新状态。在他眼里，城市是"咱的城里"而不是五富所痛恨的"狗日的城里"。高兴处处以城市人的身份认同和生活习惯去拥抱城市。虽然住在城乡接合部破旧的池子村，但他爱收拾、爱干净，能识字、会吹箫，读过西厢红楼，还看得懂锁骨菩萨塔下的古文，收破烂时喜欢穿城市老太太送他的西服和皮鞋。显然，高兴并

---

① 贾平凹：《高兴·后记》，作家出版社，2007。

② 贾平凹：《高兴·后记》，作家出版社，2007。

不是在表面上以"城市人"的形象自我陶醉，而是在现实生活中处处以
"西安人"的身份自尊自重。在与大老板韦达的相处中，他不卑不亢，用自
己的方式维护了做人的尊严。在与其他拾荒者的相处中，他乐观向上，精
明能干，仁义善良，带领五富，收服黄八和杏胡，拯救孟夷纯。刘高兴认
同和热爱城市，并努力寻找与城市的联系，在他看来，把肾移植到西安，
梦里见到西安，甚至"一直光棍"，都是"我活该要做西安人"的原因和征
兆。然而，无论是"活该要做西安人"的高兴，还是"诅咒着这个城市"
的黄八们，他们都被城市拒绝和抛掷。五富暴死他乡，黄八和杏胡被抓入
狱，高兴也在一次次受挫中茫然不知归途。其实在小说一开始，作者便通
过警察与高兴之间的一场极具讽刺意味的戏剧性讯问和回答昭示了这群底
层闯入者"都市梦"的破灭。

　　贾平凹说，他之所以写《高兴》，是企图"从这些破烂王的生存状态和
精神状态里，能摸出这个年代的另一面、城市不轻易能触摸到的脉搏"。[1]
尽管贾平凹在修改后的《高兴》中回避了此前对城市的潜在"恶意"，有意
营造出一种乐观幽默的叙述氛围，以此表达他对转型时期城市化进程的积
极理解，然而现实生活中城市化进程对农村的冲击和破坏，城市边缘农民
工的生存窘迫和精神危机，都让同样有着由乡入城经验的贾平凹生发出本
能的忧虑和悲悯。在反映城乡冲突的长篇小说《土门》中，贾平凹借小说
人物范景全之口说："我一直在关注着你们，同情你们，理解你们，也支持
你们与官商斗争。我虽然现在是城市人，但我也厌烦城市……你们一味反
对城市，守住你们村就是好的吗？国家工业化，表现在社会生活方面就是
城市化，这一进程是大趋势啊，大趋势是能避免的?!"在另一部反映城市
化进程对农村冲击和破坏的长篇小说《带灯》的后记中，贾平凹如此忧心
忡忡地说："一年一年地去，农村里的年轻人越来越少，男的女的，聪明的
和蠢笨的，差不多都要进城去，他们很少有在城里真正讨上好日子，但只
要还混得每日能吃两碗面条，他们就在城里漂呀，死也要做那里的鬼。而
农村的四季，转换亦不那么冷暖分明了，牲口消失，农具减少，房舍破败，

---

① 吴波：《贾平凹：写一份社会记录留给历史》，《广州日报》2007 年 10 月 7 日，第 B3 版。

邻里陌生，一切颜色都褪了，山是残山水是剩水，只有狗的叫声如雷。"①

贾平凹说："当世界上的新型城市愈来愈变成了一堆水泥，我该如何来叙说西安这座城呢？是的，没要你夸耀曾经是 13 个王朝国都的历史，也不自得八水环绕的地理风水，承认中国的政治、经济、文化的中心已不在这里，对于显赫的汉唐，它只能称为'废都'。但可爱的是，时至今日，气派不倒的，风范犹存的，在全世界的范围内最具古都魅力的，也只有西安了。"② 虽然现代的西安"不仅仅是个保留着过去的城，它有着其他城市所具有的最现代的东西"，但是贾平凹深刻地意识到，只有这些"风范犹存的"历史旧识才是"古都的魅力"所在。然而，在《废都》和《白夜》中，当贾平凹把目光投注到老街巷、古城墙、旧门楼、鬼市、鬼戏等历史旧识时，字里行间都弥漫着一种虚无、灰暗和绝望，呈现出的是老西安的"颓废"形象。到《高兴》时，贾平凹改变了此前的怀旧方式，开始关注当下现代化进程中的城乡问题。

这种都市书写的审美取向当然首先肇因于古都自身在辉煌历史映照中的"颓败"。正如贾平凹所说的："别的城市突飞猛进，西安在政治、军事、经济诸方面已无什么优势，这对西安人是一个悲哀，由此滋生一种自卑性的自尊，一种无奈性的放达和一种尴尬性的焦虑。西安的这种古都——故都——废都文化心态是极典型的，我对此产生兴趣。"③ 其次，贾平凹都市书写的审美取向还与其本人的经历和体验相关。贾平凹说，他在创作《废都》《白夜》前后，"灾难接踵而来"，"先是我患乙肝不愈"，"再是母亲染病动手术；再是父亲得癌症又亡故；再是妹夫死去；再是一场官司没完没了地纠缠我；再是为了他人而卷入单位的是是非非中受尽屈辱，直至又陷入到另一种更可怕的困境里，流言蜚语铺天盖地而来"。正是在这种"该走的未走，不该走的都走了，几十年奋斗的营造的一切稀里哗啦都打碎了"的境遇下，贾平凹开始进入《废都》的写作。最后，贾平凹都市书写的审美取向当然与他的乡土身份和意识分不开。贾平凹说："我虽然在城市里生活了几十年，平日还自诩有现代的意识，却仍有严重的农民意识，即内心

---

① 贾平凹：《〈带灯〉后记》，《东吴学术》2013 年第 1 期。
② 贾平凹：《西安这座城》，《北京文学》1992 年第 11 期。
③ 治玲：《〈废都〉几乎废了贾平凹》，《今日名流》1994 年第 4 期。

深处厌恶城市，仇恨城市。"① 无论是《废都》，还是《白夜》《高兴》，贾平凹始终都是以"乡下人"身份和"乡土"视角保持着与都市的距离。贾平凹在商州农村度过了他的童年和青少年时期。这种生活经历对他后来世界观和创作观的形成无疑有着根深蒂固的影响。在那些关于故乡商州的文学想象中，贾平凹极力描绘了一个环境清新幽静、乡民质朴善良、风习亲切美好的"乡土世界"。因此，带着这种乡土身份和视角进入都市写作的贾平凹，很快处处以乡土映照出都市的污秽丑陋、颓废堕落。正如《废都》中那头来自乡土通人性的奶牛所表达的基于乡土立场的城市观："城市的什么呢？城市是一堆水泥嘛！……山有山鬼，水有水魅，城市又是有着什么魔魂呢？使人从一村一寨的谁也知道谁家老爷的小名，谁也认得土场上的一只小鸡是谁家饲养的和睦亲爱的地方，偏来到这一家一个单元，进门就关门，一下子变得谁都不理了谁的城里呢？"② 显然，贾平凹的都市审美取向有着更深层次的城乡文化冲突的根由。

## 第二节　叶广芩的北京想象

### 一　"我始终是北京的孩子"

在中国当代作家中，叶广芩有着较为特殊的身份和经历。叶广芩1948年出生于北京，清朝皇室贵族后裔，祖姓叶赫那拉，辛亥革命后改姓叶，是清朝最后一位皇太后隆裕太后的侄女，因而向来被称为"格格"作家。19岁之前，叶广芩在北京的大宅门里度过了她"钟鸣鼎食"的青葱岁月，也在历史变迁中见证了清朝旗人家族的没落。在"上山下乡"的特殊年代，19岁的叶广芩来到西安，此后长居于此，50多年来虽然"乡音未改，不经意间总带着老北京的口音；然而饮食习惯却已然是地道的秦人"③。因而，在叶广芩的生命世界中，北京与西安是她终生难忘的生养之地和精神寓所。对于西安，叶广芩说，作为"一个从小在京城长大的人"，当初"是有点排

---

① 贾平凹：《高兴·后记》，作家出版社，2007。
② 贾平凹：《废都》，北京出版社，1993，第141页。
③ 张静：《叶广芩：生活五十年爱上了这个内敛的城市》，《西安日报》2018年10月19日。

斥的"，但后来"用了几十年的时间，我慢慢认识了西安这座城，熟悉了这里的生活习惯和文化内涵，在这样一个渐进的过程，我也慢慢爱上了这座城市"①。对于北京，叶广芩则多次饱含深情地说，"虽然我走出了北京，但在灵魂深处，我始终觉得自己是个北京的孩子。虽然我只在北京生活了十九年，但是十九年铸造了我一生的基调"。②

叶广芩的北京故都体验可以分为前后两个时期和上下两个层面。前期提供给叶广芩的是19岁之前记忆中的老北京，是太阳宫、月亮门、鬼子坟、后罩楼、扶桑馆、树德桥、唱晚亭、黄金台等"亭阁楼台"，是喜爱"提笼架鸟熬大鹰""每天不是泡茶馆就是泡戏园子""不理财，不拿事"的旗人子弟，是永兴斋的点心、月盛斋的酱羊肉、德胜门羊肉床子的西口肥羊、天福号的酱肘子、六必居的小酱萝卜等风味美食。退休后的叶广芩又回到了北京。叶广芩说："我爱在繁华热闹处看人，坐在石凳上，看着匆匆走过的人流，都很忙，都很急，所做的事情都很重要。他们从地铁出来，啃着汉堡，嗑着热橙，不知道这里曾经有过的豆粥和贴饼子。没有谁细品过这个地点的前世今生，没有谁知道曾经的小庙和那里面造像拙劣的四位老爷。"③后期北京给她的印象是市场经济大潮中的新都市，青砖灰瓦的四合院在消失，到处是高楼大厦和建筑工地，人们都住在单元房里，每个人都行色匆匆，那些操着"东北腔"、以"爱新觉罗后裔"自居的孙辈们在长相、做派、认知、观念上与他们的先辈"竟无丝毫重叠"，没有了"礼数"，没有了风度，"在争抢老宅废墟中'宝气外露'的大石头时，前倨后恭，粗鄙市侩，都使人感受到一种无言的哀婉"（《唱晚亭》）。

虽然作为清朝皇家贵族后裔，叶赫那拉家族在改朝换代的历史变迁中不可避免地走向了衰落，但是叶广芩在北京的早年时光仍然有着大宅门的世家风范。那时"父亲在国立北平艺术专科学校教书，那是今日中央美术学院的前身，旧时在京城是一座很有名的学校"。"我们家院深房大，老北京传说大凡这样的大宅门都有狐仙与人居住"。晚饭后，父亲、三大爷和兄

---

① 张静：《叶广芩：生活五十年爱上了这个内敛的城市》，《西安日报》2018年10月19日。
② 叶广芩、焦典：《叶广芩 vs 焦典：在灵魂深处，我始终是个北京的孩子》，中国作家网，2018年10月2日。
③ 吴菲：《叶广芩：看君已作无家客 犹是逢人说故乡》，《北京青年报》2016年6月21日。

长们常常在"金鱼缸前、海棠树下"拉琴、唱戏，从《打渔杀家》《空城计》《甘露寺》，到《盗御马》《吊金龟》《望江亭》，"一直唱到月上中天"。由于三哥三嫂在颐和园工作，叶广芩和他们一起在那座美丽的大园子里度过了"一段磨人性情的岁月"，院子"前廊后厦，高大宽敞，连睡觉的雕花木炕也是嵌在北墙里，古色古香，十分的与众不同"，"我常常坐在谐趣园水榭的矮凳上，望着亭台楼阁，以孩子的心，编织着一个又一个与眼前景致和我有关的美丽故事。故事里自然有园子的主人公皇上和老太后"。① 这种大宅门的优渥生活一直留存在叶广芩的记忆中，后来又被她重现在关于北京的文学想象中。

叶广芩的北京经验中既有大宅门的世家生活，也有南营房的市井人生。因为母亲出身于朝阳门外南营房的穷苦人家，所以大宅门里出来的叶广芩也很熟悉市井人家的平民生活。朝阳门外的南营房住的都是穷人。叶广芩的母亲就在南营房四家五十七号，"是一个穷得不能再穷的丫头"，母亲正是在这样的穷杂之地长大的。叶广芩小时候会跟着母亲回姥姥家，在叶广芩的记忆中，南营房热闹的市井生活缓解了她早年大宅门生活的寂寞。"南营房有集市口，集市口是一个市场，有唱大鼓的，说相声的，开铺子的，就像天桥一样，都是下里巴人。跟大宅门相比，我更喜欢和他们在一起生活，这种基层的、带有烟火气息的生活。因此我在写老北京的时候，既会写大宅门的东西，也会写这种民间的东西。"② 当然，叶广芩关于北京的市井人生经验还来自时代变迁中家庭生活变故而导致的平民生活。叶广芩出生的时候，"大宅门"的世家生活在时局的变动中已开始走向式微。在她七岁的时候，父亲不幸病故，只剩下她与母亲和妹妹三人相依为命，虽然她还有十个同父异母的兄弟姐妹，但在动荡岁月中大多也只能明哲保身。为了生存，家里只能变卖家产艰难度日，幼小的叶广芩也开始品尝到人情冷暖。对此，叶广芩后来回忆说："我自己从小生活在市民社会，接触的大多是普通百姓，经历了中国社会的风云动荡，遍尝底层生活的苦甜酸辣，我

① 　叶广芩：《叶广芩散文选：颐和园的寂寞》，西安出版社，2010。
② 　叶广芩、焦典：《叶广芩 vs 焦典：在灵魂深处，我始终是个北京的孩子》，中国作家网，2018 年 10 月 2 日。

仆人刘妈穿绣花鞋想造反。晚年的姑爸爸尽管生活清贫，但依旧保留着满族姑奶奶的自尊自信，恪守着满族的规矩礼仪，拜访别人仍要提着点心盒子。"逍遥津"中的七舅爷景仁，虽然没有工作和固定收入，日子过得相当窘迫，全凭典当家底生活，但他却不愿放弃以前的生活方式，唱戏、遛鸟、种花，依旧过着传统旗人悠闲自在的生活。最后，瘦成干柴棍似的七舅爷受到日本人侮辱暴打后，身体日益虚弱，六十多岁就去世了。叶广芩说："《状元媒》中最真实的感情是回到北京的感情，……人生是凄凉的，但我注入了温情，尽量让这个过程更精彩。"① 的确如此，《状元媒》里虽然展示了钟鸣鼎食的皇族世家在时代风雨中的悲欢离合、兴衰沉浮，但作者仍以舒缓节制的笔调和温暖悲悯的情怀给那些凄凉的人生注入了让人感动的温情。

《去年天气旧亭台》由《太阳宫》《月亮门》《鬼子坟》《后罩楼》《扶桑馆》《树德桥》《唱晚亭》《黄金台》《苦雨斋》等九篇文章构成，每篇文章都以一个老北京的旧建筑为名，并由此生展开一段故事和情愫，"在泛出北京人特有的生活色彩的同时折射出了历史的发展，社会的变动"。②《太阳宫》写了"我"年幼时跟母亲一起到东直门外太阳宫乡下走亲戚的生活往事，这里"是我和农村接触的初始，从这里我知道了什么是'乡下'，知道了什么是沤粪、浇地、除草、打尖，以致我长大后到农村插队，当农民，望着异地的河沟水渠，黄狗白杨才并不觉得生疏"。《后罩楼》叙写了赵大爷、珍格格、黄老婆子、小四等胡同里满族旗人的故事。赵大爷原属满族上三旗，如今是面粉厂职工。珍格格几十年来隐居王府后罩楼，靠变卖家产为生。小时候"我"和小四等胡同孩子们喜欢围绕着赵大爷听他讲各种七号院的故事。"文革"中，赵大爷成了"从阴沟里爬出来的魑魅魍魉"，黄老婆子则被打成"封建主义的残渣余孽"。当小四获知心目中美丽高贵的珍格格就是眼前如巫婆一般丑陋的黄老婆子时，失望之余歇斯底里地对黄老婆子跪着的杌凳踹了一脚，结束了她的生命。而多年以后，"我"在考察北京王府时却又意外发现黄老婆子与珍格格无关。《鬼子坟》由安定门外俄

① 舒晋瑜：《叶广芩：人生凄凉，但我注入了温情》，《中华读书报》2012 年 10 月 24 日。
② 叶广芩：《去年天气旧亭台》，北京十月文艺出版社，2016，第 400 页。

国东正教墓地"鬼子坟"引出"我"、小四和李冬生之间的友谊和往事。距离方家胡同小学不远的"鬼子坟"是"我"和小四们"探险"的乐园。同学李冬生的爸爸是给教会养牛的教徒，全家过着清贫的生活。富有同情心的"我"和小四一起给李家送去紫花被子，却没有得到李家父母的认可。因给弟弟治病偷盗教堂银器而进了少年管教所的李冬生仍然努力学习，考取了大学，毕业后被分配到银川教书。小说结尾又重回故事的发生地，李冬生发表论文，考证出当年的"鬼子坟"属于在俄国革命中被处死的沙皇亲族。此外，《去年天气旧亭台》中的其他篇章也都以"我"的视角，叙写了身边亲朋旧友在时代变迁中的命运浮沉和生活往事。与《采桑子》《状元媒》相比，《去年天气旧亭台》虽然仍是老北京的故事，但显然，作者对老北京的关注视角和表现方式有了明显变化。叶广芩走出了遗老遗少的大宅门，搁置了落寞悲凉的家族旧事，把温情的目光投向了老北京更广阔的天地，叙写了一系列普通百姓在时代变迁中的生活故事，"所描写的十余处地方都是在北京走向国际化大都市的进程中消失或变了面貌的地方，其中蕴涵着作者对过往那种虽然落后但安宁的生活的眷恋与追念，记录了老北京的历史、风俗、人情"。[①]

叶广芩说："我爱北京的日子，我是北京的孩子。走南闯北，我不能忘记我的胡同，胡同里的人物，个个都是一部精彩的故事，这一切为我的写作提供了丰富的素材。"[②] 显而易见，叶广芩的北京书写主要有两种路向：一是以家族往事抒写古都情怀，代表作品如《采桑子》《状元媒》；二是以楼台亭阁叙写胡同故事，主要以《去年天气旧亭台》为代表。然而，无论是"家族"系列还是"亭台"系列，都是对已经或正在消逝的老北京文化的怀旧与感伤。

## 三 当代"京味"小说的特色和韵味

在当代作家中，叶广芩向来被认为是继老舍之后"京味"文学的代表人物。有学者认为，从历时衍变来看，"京味"文学总是伴随历史与时间的

---

① 叶广芩：《太阳宫》，《北京日报》2016 年 8 月 9 日。
② 陈梦溪：《叶广芩完成京味三部曲：我是北京的孩子》，中国首都网，2016 年 5 月 28 日。

流程与世俗化，其内涵核心往往被视作对故都北京的切肤之爱以及由于怀旧与缅怀激发起的对传统北京的提纯再造，并且尤以底层大众文化为情感依托。① 因而，"京味"既是一个地域的文学的概念，也是一个历史的文化的概念。对此，叶广芩认为："京味小说不单是用北京话，说北京的事，还要有自己的特色和韵味，观察我周围的人，只要在北京待久了，都会感受到北京留下的古老的韵味和特色，受到熏陶。在北京生活的老百姓，他们的智慧，他们鲜活的生命激情，以及性情中的大度、纯朴、幽默、调侃，都是北京的特色，是留在我心里的一种永恒的记忆。"②

四合院、大宅门、老胡同、古城墙、旧亭台等建筑是最具北京古都特色和韵味的物质文化景观。这些老北京的建筑在漫长岁月中融注了人们的情感，是古都的文化地标，承载着老北京的历史文化精神。叶广芩说："我体会了以往生活逝去的无奈和文化失落的不安。这种感觉，也是我在故乡停留，面对拆迁的四合院，一次又一次从心底翻涌出来的难以言说的对生命、对人生的另一番滋味。"③ 叶广芩小说的"京味"特色和韵味首先来自对北京古都物质文化景观的大力书写。叶广芩笔下主要营构了三类城市空间：一是清朝贵族的生活空间，譬如东城戏楼胡同、镜儿胡同、金家大院、亲王府邸、银安殿、雍和宫、淑芳斋等；二是底层平民的生活空间，譬如朝阳门外太阳宫、南营房、北营房、景升街等；三是老北京的公共空间，如颐和园、圆明园、萃华楼、四牌楼、大栅栏、鼓楼大街等。《采桑子·不知何事萦怀抱》中廖世基说："但凡建筑，都是有生命的，都是活的，每一座中国古代建筑，都有一个藏匿灵魂的所在……建筑物有气则生，无气则死，生者以其气而存，这就是所谓的灵气，它是建筑的生命所在，也是建造者的生命凝聚，即为天人感应是也。"消失的东直门城楼永远存活在廖世基的记忆中，"他的眼里，没有立交桥，没有广告牌，没有夜色也没有雨水，只有一座城，一座已经在北京市民眼里消失，却依然在廖先生眼里存在着的城，那座城在晴丽的和风下，立在朝阳之中"。《全家福》对于北京旧城楼的描写更是不吝笔墨："北京城八座城楼，彼此不可替代，各有各的

① 刘大先：《定位京味文学的三重坐标》，《韶关学院学报》2008 年第 6 期。
② 鲍聪颖：《聚焦京味儿 畅谈文学：叶广芩文学创作研讨会举行》，人民网，2016 年 10 月 25 日。
③ 叶广芩：《状元媒·后记》，北京十月文艺出版社，2015。

时辰，各有各的堂奥，各有各的阴阳，各有各的色气。城门是一城之门，是通正气之穴，有息库之异。东直门，城门朝正东，震位属木，五季占春，五色为青，五气为风，五化为生，是座最有朝气的城楼。每天太阳一出来，首先就照到了东直门，它是最先承受太阳的地方。这就是中国建筑的气运，中国建筑的气势。"《状元媒》既描写了清朝贵族金家大宅门的衰败，也描写了朝阳门外南营房民居的消失。"南营房的格局是一排排平房，分作一甲二甲到五甲南北向五条胡同，每条胡同近400米，从高处往下看，如同一个整齐的棋盘。"然而，现在"南营房被划入了拆迁范围，开春这儿就将变成一片平地，陈列在朝阳门外几百年的南营房将不复存在"。叶广芩对于老北京建筑景观的怀想更集中地体现在《去年天气旧亭台》系列小说中，作者以饱含深情的笔触描写了太阳宫、月亮门、鬼子坟、后罩楼、扶桑馆、树德桥、唱晚亭、黄金台、苦雨斋等老北京建筑及其相关的故人往事。譬如《太阳宫》写京郊二姨家的童年时光，《后罩楼》写珍格格隐居王府的美丽传说，《鬼子坟》写俄国沙皇亲族零落异国的命运悲剧，《扶桑馆》写唐家交往日本人的旧谊往事，《树德桥》写牛树德的牛棚岁月，《唱晚亭》写石头所引发的家族纠纷，《苦雨斋》写戏楼胡同金家老宅及其后裔的飘零衰败。叶广芩说："所谓的亭台楼阁不过是个容器，是形状各异的瓶子，里头装的是酱油还是醋全由我安排。"① 叶广芩在深情描述这些蕴含着老北京旧日时光的地域场景的同时，展开时代变迁中的故人往事，从而营造出浓郁的京味特征和怀旧气息。

叶广芩说，她的北京书写是"力图将对文化、对历史、对社会、对现实的关怀……纳入一种文化和传统家族文化的背景，使他们形成一种反差而又共生互补。这其中，我个人的经历、文化习惯以及北京东城那座大宅院所赋予我的一切，同影响我们的时代一样是不可回避的，它在适合的土壤和空气中自觉不自觉地走入了我的作品"。② 显然，叶广芩小说的"京味"特色和韵味还来自那些充满北京地域文化气息的日常生活习俗。日常饮食和婚丧礼仪是老北京最具地域个性的文化载体。作为出身于大宅门金家大

---

① 舒晋瑜：《叶广芩：人生凄凉，但我注入了温情》，《中华读书报》2012年10月24日。

② 叶广芩：《采桑子·后记》，北京十月文艺出版社，1999。

院的清朝贵族后裔，叶广芩对老北京旧式家族的日常饮食和婚丧礼仪有过切身的体会和生动的描写。《采桑子》中，老北京人吃春饼别有一番讲究，"用双合饼卷成卷儿，吹喇叭般，咬起来不散不流"，从头吃到尾，寓意"有头有尾"。"文革"期间受尽折磨的金舜镈绝望之际只想吃一口春饼以求安慰。经济窘迫的金舜锦对东来顺的涮羊肉情有独钟，在他心底，吃东来顺"吃的就是这名气，就是这陈旧"。《状元媒》更是呈现了北京美食的饕餮盛宴。据统计，全书共列举了近50种食物，著名的如永兴斋的点心、月盛斋的酱羊肉、德胜门羊肉床子的西口肥羊、天福号的酱肘子、六必居的小酱萝卜等。如"豆汁记"中莫姜那双"化腐朽为神奇"的手能把任何食材"变得绝妙无比"，既有醋焖肉、鸽肉包、"熟鱼活吃"等用来宴客的特色美食，也有零嘴儿炒花生仁、螺蛳转、灌肠等日常餐桌上的家常风味。婚丧礼仪是民族生活的文化积淀，最能反映出地域文化特征，入关后的满族旗人对此有着更多繁文缛节。《采桑子·梦也何曾到谢桥》中，谢娘和金家老六的死亡充分体现了老北京满族旗人的特殊讲究。由于谢娘是寡妇再醮的身份，"人咸目为不祥人"，她的出殡只能安排在下午，这样才能让她前一个丈夫白等，错过时间。而金家老六作为一个未成年的孩子，逝后却不能被当成自家人看待，只能被人用一副可怜的"火匣子"裹了下葬。《采桑子·瘦尽灯花又一宵》对满族旗人的"请安"礼进行了详细描写："我赶忙趋前几步给舅太太请安，问舅太太好，问舅姨太太好，问表舅宝力格好，问舅太太的猴子三儿好，问舅姨太太的黄鸟好，问田姑娘好……大凡府里的活物我都要问到，并且问一样要请一个安，以示郑重。这一切都是事先在家反复排练好了的，安要请得大方自然，要直起直落，眼睛要看着被问候的对方，目光要柔和亲切，话音要响亮，吐字要清晰，所问的前后顺序一点不能乱。"

通常认为，京味小说最重要的特征便是"以京白写北京"。"京白"原本是在京剧形成过程中，为更好地适应北京观众的欣赏习惯，在北京语言的基础上，形成的一种韵律化、节奏化、朗诵化的新型语言形态，后来作为京剧术语的"京白"也被用来泛指亲切自然、纯正生动的"京味"语言。现代文学中，京味文学的开创者老舍就以既通俗易懂又耐人寻味的"京味"语言著称。与老舍一样，叶广芩小说的"京味"特色和韵味与她那自然淳朴、幽默谐趣的充满北京韵味的"京白"语言密不可分。譬如《状元媒》

中关于老五出场和被罚的描写："（五哥）光脚穿着毛窝，棉裤断了一截子，露着脚脖；一张皱脸，两个冻得烂了边的耳朵；棉袍上的纽扣全都豁了，索性不扣，用根带子拦腰一系"，"手上全是口子，指甲大约很久没剪了，缝里全是黑泥"；"他身上的零部件大伙都很熟悉了，宫里的宝贝皇上还得时不常从库里拿出来看看呢，金家也是一样，要不大伙忘了他这个宝怎么办"。再如，《去年天气旧亭台》开篇关于"太阳宫"的介绍："阳宫是北京过去、现在都不太有名的地方。有时候母亲会领我到太阳宫住两天，太阳宫是乡下，出东直门坐三轮车得走半天。去太阳宫的季节多是夏末秋初，早晚天气渐渐转凉，各种瓜果开始下市，气候不冷也不热，是个敞开了玩，敞开了吃的季节。我喜欢这样的季节。"然而，叶广芩小说的"京味"语言还有与老舍不同的特色和韵味，那便是由大宅门贵族世家熏陶而出的"墨香"和"贵族气"，这些不难从叶广芩小说中那些关于旗人贵族生活雅趣的精致叙述和对古典诗词戏剧的引用中得到反映。《采桑子》各篇章的名称"谁翻乐府凄凉曲""风也萧萧""雨也萧萧""瘦尽灯花又一宵""不知何事萦怀抱""醒也无聊""醉也无聊""梦也何曾到谢桥""曲罢一声长叹"，连缀在一起便是半阕纳兰容若词，小说内容与诗词意境融为一体，意旨幽远，高雅脱俗。《状元媒》各章"状元媒""大登殿""三岔口""逍遥津""三击掌""拾玉镯""豆汁记""小放牛""盗御马""玉堂春""凤还巢"，每章均用经典京剧命名，章名与现实人物的命运遭遇相映照，表露出浓厚的传统文化底蕴。对于叶广芩小说的"京味"特色和韵味，邓友梅说："叶广芩的作品好就好在'够味儿'，不仅有京味共性，还有她叶赫家的个性！……头一条是有'墨香'。不造作，不拿捏，从容舒展中流露书卷翰墨之气。"①李功达则说："叶广芩老师是京味儿文学里的曹雪芹。她写老百姓，如果老百姓吃不上一顿饭，工农作家会写得满腔仇恨，可是叶老师写得却是充满了同情，又不失从容。描写恶势力的时候也不是不共戴天的仇恨，而是轻蔑一笑，甚至描写他们的嘴脸。我觉得这是贵族气，我觉得真正把大作品写出来需要贵族气。"②

---

① 邓友梅：《沉思往事立残阳》，《文学自由谈》1999 年第 9 期。
② 鲍聪颖：《聚焦京味儿 畅谈文学：叶广芩文学创作研讨会举行》，人民网，2016 年 10 月 25 日。

总之，叶广芩小说代表了当代"京味"文学的新高度，形成了极具个人特色的审美魅力，她那温暖的笔调，悲悯的情怀，舒缓的叙述，既有贵族世家的雅致，又不乏平民百姓的亲和，从传统文化中汲取营养和经验，在时代变迁和历史怀旧中重构老北京的文化形象。从《采桑子》到《状元媒》再到《去年天气旧亭台》，叶广芩说，她为自己的"京味小说画了一个很完美的句号"①。无论是宅门里的家族悲剧，还是胡同外的百姓故事，叶广芩都以其对故都北京的赤子情怀"抒写北京百年的人物众生相、北京百姓的价值观念、北京社会的风土人情，不仅承继了以老舍为代表的现代京味文学的精髓，难能可贵地保留了古都北京特有的文化底蕴，也延续了明清以来京都语言韵律的薪火"，对当代京味文学的拓展与创新，"对北京文化遗产的发掘、整理与保护，具有弥足珍贵的意义"②。

## 第三节　王朔的京城书写

### 一　别样的"大院文化"

北京作为拥有三千多年历史的古都，其文化是典型的都城文化，尤其在辽、金、元、明、清五代近一千年间的历史变迁中，北京在农耕文化和牧猎文化的撞击与融会、京师文化和地区文化的辐辏与辐射中形成了都城文化的显著特征。作为京师皇城的居民，北京人向来有着与众不同的文化性格，这种既自命清高又封闭保守的文化心理特征与其特有的民居建筑"胡同"有着密切的关联和相似的特征，因而北京文化也常常被称为"胡同文化"。然而，北京的都城文化显然不止胡同文化一种形态，新中国成立后，由于大批军政机关和各类文化经济组织成立，一种有别于"胡同文化"的新型"大院文化"很快成为北京都市文化的重要组成部分。

大院文化得名于新型居住建筑——"大院"。新中国成立后，北京因城市发展需要在周边兴建了一大批单位大院，主要有军队大院、国家机关大

---

① 陈梦溪：《叶广芩完成京味三部曲：我是北京的孩子》，中国首都网，2016 年 5 月 28 日。
② 王觅：《专家学者研讨叶广芩京味文学创作》，《文艺报》2016 年 11 月 9 日。

院、高校大院和国有工厂大院等。其中军队大院和机关大院因其政治上的特殊性（大多隶属中央直接管辖），在地理空间和生活交往上通常与周边城市区域相隔离，从而使得一种区别于传统胡同文化的"大院文化"在京都的这片特殊地带迅速"崛起"。著名作家红烛在《阳光灿烂的大院》中对北京的胡同和大院有过如此描述："很久以来，北京市民的居住环境有两大特色：首先，当然是胡同多，据说真正带有土著血统的老北京人（包括提笼遛鸟的八旗子弟后裔），大多散落于古色古香、民风淳朴的胡同和四合院，延续着'居陋巷、一箪食、一瓢饮'的市井生涯；其次，则是大院多——我不知道使用'大院'这个概念是否规范，它主要指北京地面上那些国家机关、部队或文化部门割据的办公及宿舍区，以及别于胡同地带小巧封闭、平民化的独门独院。这里所说的大院，相当一部分是北平解放后在就皇城外围（包括当时的近郊）扩建的，高高的墙院，结实笨拙的苏式底层楼房，大门可通汽车，有威风凛凛的士兵或系红袖章的门卫看守。"① 大院的居民主要是机关和部队的干部及其家属。他们来自五湖四海，是有着光荣革命履历的"共和国新贵"，他们过去对新生政权有过特殊的贡献，现在更是新生政权的忠实维护者和践行者，因而在物质待遇和精神状态上有着普通北京市民难以比拟的"优越感"。即便是在五六十年代中国物资短缺、生活资源匮乏的特殊时期，享受国家优先配给的大院居民仍然过着衣食无忧的京城生活。当然，大院既是一种优越身份的象征，有着特殊的生活和工作保障，也是国家对"单位"人员实行规范管理的有效方式。因而，大院和大院文化是特殊历史时期的政治产物，在新中国成立后相当长的时间里产生了重要影响，它像一块"飞来之地"一样嵌入了都城北京，深刻地改变了古都原有的城市版图和文化结构。

显而易见，"大院文化"与"胡同文化"有着本质的不同。胡同文化是北京"土生土长"的平民文化、市井文化，表现在市民日常生活、衣食住行的各个方面，有着深厚的历史根系和鲜明的地域特征。大院文化则是一种政治文化、革命文化，表现出鲜明的革命政治内涵和社会等级秩序，有着特殊的历史成因和驳杂的多元色彩。然而，"大院文化"与"胡同文化"

---

① 洪烛：《北京的大院》，《长江文艺》1996 年第 4 期。

都属于北京多元文化的一种形态，都与京师的自然地理环境和时代文化气候有着不可分割的关联。当然，后起的大院文化在影响力和持续性上远远不如源远流长的胡同文化。新中国成立初期，局势不稳定、经济不发达，单位大院制度在当时发挥了积极作用，因为大院里面有住宅楼、幼儿园、中小学、食堂、商场、医院、储蓄所等各种设施，集生活、工作、教育、娱乐等为一体，犹如一个功能齐全、自成体系的小型社会，有利于稳定居民生活，维护社群稳定。然而，随着经济社会的发展，城市人口的剧增，"小而全"的大院体制越来越不能适应城市发展的需要。譬如生活形态的封闭、土地资源的浪费、福利分配的不公平。新时期以来，随着改革开放的深入，市场经济制度的建立，尤其是 90 年代以后住房制度改革，商品化住宅兴起，计划经济时代的大院和大院文化慢慢退出了历史舞台。

王朔向来被公认为大院文化的书写者。祖籍辽宁岫岩、生于江苏南京的王朔虽非北京"土生"，但是自幼随父母来到北京的部队大院生活，并在大院文化的浸染下成为根正苗红的"大院子弟"。尽管王朔常常被认为是京味小说的代表，但他对自己的北京身份并不太认同。他说："北京复兴路，那沿线狭长一带方圆十数公里被我视为自己的生身故乡（尽管我并不是真生在那儿）。这一带过去叫'新北京'，孤悬于北京旧城之西，那是四九年以后建立的新城，居民来自五湖四海，无一本地人氏，尽操国语，日常饮食，起居习惯，待人处事，思维方式乃至房屋建筑风格都自成一体。与老北平号称文华鼎盛一时之绝的 700 年传统毫无瓜葛。我叫这一带'大院文化割据地区'。我认为自己是从那儿出身的，一身习气莫不源于此。到今天我仍能感到那个地方的旧风气在我性格中打下的烙印，一遇到事，那些东西就从骨子里往外冒。"① 显然，在王朔看来，大院与北京并没有多少文化精神上的关联。在老舍那里，"我所爱的北平不是枝枝节节的一些什么，而是整个儿与我的心灵相黏合的一段历史"，"它是在我的血里，我的性格与脾气里有许多地方是这古城所赐给的"②，而在王朔眼中，北京只是一座"像纽约那样的移民城市"，"那种带有满族色彩的古都习俗、文化传统到我

① 王朔：《看上去很美·自序》，华艺出版社，1999 年版。
② 老舍：《想北平》，《宇宙风》1936 年 6 月 16 日。

这儿齐根儿斩了"①。王朔笔下的北京是作为共和国首都存在的政治符号，是孤悬于旧城之西的"新城"，是"大院文化割据地区"。王朔对大院以外的北京形象都是相当模糊的，因此，他笔下几乎没有老舍或叶广芩小说中的胡同、四合院、大宅门、旧城楼、茶馆等老北京的地名和建筑，而主要是大礼堂、电影院、溜冰场、新式饭店等大院专属地点。王朔既不是土生土长的北京人，也没有过大杂院的生活经历，所以他对北京中下层市民的生活是陌生的，与老北京的文化血脉始终保持着一种疏离的状态。

## 二　京城大院的"顽主"

20 世纪 80 年代末 90 年代初，王朔以其"离经叛道"的创作在中国文坛乃至文化界引起了"轩然大波"。虽然王朔的创作始于 1978 年的处女作《等待》，以及之后的《空中小姐》（1984）与《浮出海面》（1985），但上述早期的三部作品明显带有传统言情小说的痕迹，在风格路向上与王朔后来的作品大相径庭，王朔自己认为它们只是扭捏之作，初中生作文，没什么价值。真正代表王朔创作风格并引起"轰动效应"的是 80 年代后期至 90 年代发表的"顽主"系列小说：《一半是海水 一半是火焰》《顽主》《一点正经没有》《千万别把我当人》《玩的就是心跳》《动物凶猛》《你不是一个俗人》《过把瘾就死》《看上去很美》等。在这些作品中，王朔以颠覆传统的"调侃"方式塑造了一系列"顽主"形象。这些"顽主"形象无论是生活方式还是精神气质，都有着外在的相似性和内在的逻辑关联，在很大程度上有着王朔本人"生活史"或者"自叙传"的特征。他们有着大致相同的家庭出身、文化背景、生活经历，大多来自北京复兴路，"那沿线狭长一带方圆十数公里""孤悬于北京旧城之西"的"割据区"②，在相对封闭、有着明确等级秩序和优越生活待遇的大院里成长。由于父母都是工作繁忙的大院干部，再加上后来频繁政治运动的冲击，这群大院子弟从小便在严厉约束中养成了叛逆不羁的品性，待到改革开放后的社会转型时期，他们更是在自由宽松的市场经济环境中发展成为"一点正经没有"的"顽主"形象。

①　王朔：《无知者无畏》，春风文艺出版社，2000，第 111 页。
②　王朔：《看上去很美·自序》，华艺出版社，1999。

虽然王朔对"顽主"系列小说并没有明确的创作计划，发表的时间和人物的故事也是无序的，但是整体梳理一下便不难得出这些"顽主"的成长阶段和发展历程。为了更好地呈现王朔笔下"顽主"们的整体风貌和成长历程，我们对这些小说的讨论分析并不按照惯常的发表时间先后来进行，而是根据人物的自然成长阶段来展开。《看上去很美》虽然是王朔的后期作品，但是小说讲述的是"前顽主"时期的故事。在这部幼年"顽主"的成长小说中，王朔毫不避讳地表示："这是关于我自己的，彻底的，毫不保留的，凡看过、经过、想过、听说过，尽可能穷尽我之感受的，一本书"，"这小说写的是复兴路 29 号院的一帮孩子，时间是六一年到六六年'文化大革命'开始，主要地点是幼儿园、翠微小学和那个院的操场、食堂、宿舍楼之间和楼上的一个家。主要人物有父母、阿姨、老师、一群小朋友和解放军官兵若干"。①《看上去很美》写于王朔已经"功成名就"的 90 年代末，这时纷纷扰扰的"王朔热"随着市场经济和大众文化的成熟已经远去了，为了重新唤起读者或曰市场的热情，王朔在小说前面的《自序——现在就开始回忆》中，对其创作的时代背景、思想内容、人物形象乃至表现手段都进行了"自说自话"的解说和导读。王朔现身说法，告诉读者，他所写的是新北京的"大院"而非老北京的"胡同"。小说中，作者借第一人称的孩童视角对大院文化生态包括建筑样式、生活习性、工作方式、人际往来等各个方面进行了真实呈现。"新北京"一带"建筑物大都隐在围墙深处，多数高度在二层或四层，在林木环抱中露出错落有致的屋顶"；大院"门禁森严，站岗的有长枪短枪，进出要穿军装亮出入证"；办公区"有三个品字形排列的大花园"，"花园后面都有一座灰白钢筋混凝土楼房"，"一种经过简化的俄国款样：毫不掩饰，突出坚固，具有堡垒般战斗气势和库房般容积米数的大块头。小朋友们的爸爸都在这些楼里上班"。大院内的生活方式和人际关系充满了各种矛盾，既整齐划一，又杂乱无章；既管制森严，又自由放任；既亲切和善，又等级森严。譬如方枪枪家，一方面有很多规定、禁忌：进门要换拖鞋，饭前便后要洗手，撒完尿立即冲马桶，不许进大人卧室，不许躺着看小人书，吃饭要端起碗，筷子不能插在米饭上，

---

① 王朔：《看上去很美·自序》，华艺出版社，1999。

等等；另一方面父母工作繁忙，经常无暇顾及孩子的教育。大院居民包括各色人等：既有享受特殊待遇的首长将帅，也有住在简易平房里不穿军装的司机、炊事员、锅炉工、木工、电工、水暖工、花儿匠等"老百姓"；既有方妈妈一类的职业知识女性，也有大量一边晒太阳一边聊天的"家庭妇女党员们"。王朔说，大院的居民是"另一路北京人"，他们"来自五湖四海，无一本地人氏，尽操国语，日常饮食，起居习惯，待人处事，思维方式乃至房屋建筑风格都自成一体。与老北平号称文华鼎盛一时之绝的700年传统毫无瓜葛"。而主人公方枪枪，虽然不过是保育院里两三岁的孩子，但却非常顽皮，经常不按规矩做事，被幼儿园阿姨视为异类，已经具备了"顽主"的雏形。对此，王朔说："男主人公叫方枪枪，是我原先一些小说中叫方言的那个人的小名，后面等到上中学，我会让他改回来。他周围的小朋友，男生，都是我原先小说中的人物，一个院的，一个学校的，都还校女生，有老人儿，大部分是新人。"很明显，王朔明确地告诉读者幼年的方枪枪与后来方言等人在"顽主"谱系中的精神联系，并强调了大院文化对塑造"顽主"的决定性影响。

　　王朔笔下"顽主"的成长离不开两个重要的"文化语境"，一是大院，二是"文革"。在《动物凶猛》中，幼年方枪枪已经成长为少年马小军。时移世易，马小军主要在"文革"中度过了他的少年时期。动乱时期的马小军完全脱离了正常成长的轨道。为了应对内外局势的变化，原本就繁忙的父亲们开始到全国各地去演练，整个部队大院里剩下的只有妇女和小孩，以至于马小军们"像孤儿一样快活、无拘无束"，甚至"我在很长时间内都认为，父亲恰逢其时的残废，可以使我们保持对他的敬意并以最真挚的感情怀念他又不致在摆脱他的影响时受到道德理念和犯罪感的困扰"。《动物凶猛》对"文革"的破坏性影响进行了十分细致的描写，"全城机关厂矿和学校都出动，街上到处红旗招展、鼓号震天。在每一处街口都能看到数支队伍从不同方向浩浩荡荡走来，此伏彼起地振臂高呼口号。有的工人游行队伍还威风凛凛地敲着由三轮平板车拉着的大鼓"。在喧嚣的"文化大革命"中，校园首当其冲，老师们成为革命要"改造"和"批斗"的对象，正常的学校教学难以为继。特殊年代，由于家庭、学校、社会等各方教育规训的缺失，马小军们的"叛逆"和"邪恶"便开始表露出来。他们嘲笑和蔑视一切传统常规："我感激我所处的那个年代，在那个年代学生获得了空前的解放，不必学习那些后来注定要忘掉的无用的知识。"逸出正常成长轨道的马小军们成了一群无拘无束的游民，打架斗殴、"拍婆子"、看电影、吃"老莫"（去莫斯科餐厅吃饭）等成了他们的家常便饭，王朔笔下的"顽主"经由"大院"和"文革"的形塑已经呼之欲出。

80 年代后期至 90 年代初，王朔集中发表了具有标志意义的"顽主"系列作品：《一半是海水 一半是火焰》《顽主》《一点正经没有》《千万别把我当人》《玩的就是心跳》《你不是一个俗人》《过把瘾就死》等。一群游走在城市（主要是京城，偶尔也出现在南方城市）中的年轻人，完全背离传统的人生轨道，没有目标，没有追求，整日无所事事、游手好闲、坑蒙拐骗、吃喝玩乐成为他们生活的主要内容。《一半是海水 一半是火焰》中的张明以靠敲诈勒索为生，常常与同伙冒充警察去饭店客房讹诈嫖客的钱。《顽主》中的杨重、于观、马青成立所谓的"三 T"公司，以弄虚作假的方式"替人解难替人解闷替人受过"。《一点正经没有》中的刘会元等人整日游手好闲、无所适从，万般无奈中被迫玩起了文学，他们"弄了五个阉，分了五个主义五个流派"，"大家纷纷下手抓，抓到手里打开，于是文坛新格局从此确定"。《千万别把我当人》中的赵航宇、刘顺明、孙国仁等人煞有介事地进行一系列荒唐的行为，他们打着为国争光的名义成立"全国人民总动员委员会"，寻找到义和团大梦拳传人唐元豹后，对其进行从饮食到性别的改造，使他终于在世界忍术大赛中获得冠军。《玩的就是心跳》中的方言、刘会元等人整宿打牌，方言后来因为被怀疑是一场谋杀案的凶手而不断追寻自己的过去，其间不断穿插"文革"时期的经历和影响。《你不是一个俗人》中无所事事的于观、杨重、马青等人成立"三好协会"，以所谓的"好心""好话""好梦"为宗旨，力争以荒唐的"捧人"方式扭转社会风气。《过把瘾就死》中的方言本性自由不羁，追求自我放纵，然而面对狂热的杜梅，他却恐惧地发现"自己的一生都在被人捆绑着"。

从孩提时代的方枪枪，到少年时代的马小军，再到青年时代的张明、方言、杨重、于观、马青、刘会元、赵航宇、刘顺明等，王朔以其不拘一格的方式描述了"顽主"们的成长历程、生存方式和精神状态。毋庸讳言，这些"顽主"们有着大致类似的生活背景和人生经历，他们大多自小成长于"大院"，后来又经历了"文革"，最终带着"历史的包袱"来到社会转型的"新时期"。从"革命"文化的熏陶，到极左思潮的冲击，再到市场经济浪潮的影响，"道德理想国在他们的心中切切实实地升起又扎扎实实地毁灭。这一方面使他们在背离70年代的时候，充满了对自由的渴望，但另一方面，在他们的心中也深深地埋下了对崇高、理想的怀疑"①，由此京城大院的"顽主"们成了"垮掉的一代"，带着嘲弄和叛逆游走在社会边缘，以其"离经叛道"的言行举止颠覆了传统的审美取向和价值标准，成为中国社会转型时期的"独特存在"和"文化样本"。

## 三　风格独具的"新京味"

王朔的京城"顽主"书写引起了巨大争议，甚至被推至"人文精神大讨论"的风口浪尖。支持者称之为"反传统""反权威"，"撕破了一些伪崇高的假面"。② 反对者斥之为"痞子文学""流氓文学"，"完全浸泡在一种流氓文化里"。③ 时过境迁，回望当初这场关于"王朔现象"的争论，实际上是中国社会转型在文化思想领域的一种正常反应，是精英文化与大众文化的一次显在碰撞。然而，无论是争论当初，还是时至今日，王朔及其京城书写自有其独特的文学和文化意义，尤其是他的"新京味"风格更具有不容忽视的审美价值。

虽然与老舍同样是以幽默诙谐的语言写北京"城与人"的故事，但无论是题材内容、表现方式还是语言风格，来自"大院"的王朔所制造的"京味"显然迥异于出身于胡同的老舍，因而评论界常常称其为"新京味"。与老舍书写老北京的胡同故事显著不同的是，王朔的"新京味"小说主要叙写的是大院背景下的当代京城生活，既有方枪枪充满童真幻想的大院生活，也有马小军随波逐流的"文革"经历，更有方言、杨重、于观、马青们"一点正经没有"的游戏人生。王朔在塑造这些"顽主"式的当代青年时，不再像老舍那样含着温情、带着微笑，而是完全用一种"不负责任"

---

① 高超群：《80年代和80年代人》，《南风窗》2006年第18期。
② 王蒙：《躲避崇高》，《读书》1993年第1期。
③ 王彬彬：《中国流氓文化之王朔正传》，《粤海风》2000年第5期。

的调侃和反讽的方式公然游戏于北京城的大街小巷。无论是《顽主》中杨重、于观、马青等人的"三 T"公司，还是《千万别把我当人》中赵航宇、刘顺明、孙国仁们的"全国人民总动员委员会"，抑或是《你不是一个俗人》中于观、杨重、马青等的"三好协会"，王朔笔下的"顽主"们以玩世不恭的方式干着各种"离经叛道"的"事业"，而王朔本人却不置可否地在"文本"后面"自鸣得意"。对此王朔解释说，这是在用"反英雄反文化颠覆主流话语记录大乱之后一代青年行状和心路历程"，"其实是当年刘索拉和徐星的首创的写作风格和路数"。① 即使王朔把自己的这种写作方式谦卑地说成是刘索拉和徐星他们的"效颦者"，但显然，王朔的调侃和反讽与刘索拉、徐星等"现代派"是"貌合神离"的。因为前者出自"大院文化"的压抑、扭曲和变异，他的去处是市场经济挟裹而来的大众文化；而后者是改革开放时代外来现代主义在本土的演绎，那些表面玩世不恭、离经叛道的时代青年实际上都藏着深刻的精神痛苦，而这些都是王朔及其笔下"顽主"们所没有的。而如果再与老舍那样对老北京"城与人"的温厚的悲悯情怀和深远的文化批判精神相比，王朔的京城书写在思想意义上更是相形见绌。当然，王朔的京城书写自有其价值所在，那便是在为当代中国文学塑造一系列"风采"独具的"顽主"群像时，形成了具有独创性的"新京味"语言风格。

王朔的小说语言是新鲜活泼的"活的语言"。王蒙曾称赞王朔的小说语言"鲜活上口，绝对地大白话，绝对地没有洋八股党八股与书生气"。② 对此，王朔也曾颇为自得地称他小说的语言是"活的语言"，这种"活的语言"不是老舍笔下的老北京话——胡同语言，也不是北京知识分子的书面语，而是北京的社会流行语。③ 王朔常常在人物对话中大量使用具有北京地域特征的正在流行的方言、口语。有人统计，在王朔的 10 篇小说中共使用流行用语约 27 个，共出现 40 次左右，其中在《顽主》《橡皮人》《玩的就是心跳》《一点正经没有》等四篇中运用流行用语的频次最高，达 38 次。④

---

① 王朔：《我看王朔》，《无知者无畏》，春风文艺出版社，2000。
② 王蒙：《躲避崇高》，《读书》1993 年第 1 期。
③ 葛红兵、朱立冬主编《王朔研究资料》，天津人民出版社，2011，第 55～56 页。
④ 韩荔华：《王朔小说中的北京青年流行用语》，《汉语学习》1993 年第 5 期。

譬如："'你也太生了。'吴胖子看着胖姑娘的脸色对我说：'昨晚那么晚你把人家一个扔在小树林里，要是碰见坏人可怎么办？'"（《玩的就是心跳》）"'大人糊涂'，宝康急得跌足，'我怎么碰上这么一肉头。'"（《一点正经没有》）"你自己一出门就瞎套瓷，逮谁给谁留地址，是人不是人就跟人家拍胸脯：以后北京有事尽管找我。"（《玩的就是心跳》）"你可以随便'喇'李白玲、杨金丽，只是别诱她。"（《橡皮人》）"'到这儿吧'，于观把牌拢到一起装盒，'有机会再练。'"（《顽主》）

上述例句中，"生"形容性情莽撞，做事不管不顾。"肉头"有"性子慢、办事不果断、笨"等意思。"套磁"指"套近乎，有交情"。"喇""练"是北京社会流行用语中的常用词语，用法灵活多样，有"玩""做""干""玩弄"等多种含义。王朔说，这些"当代北京话，城市流行语，这种种所谓以'调侃'冠之的语言风格和态度，是全北京公共汽车售票员，街头瞎混的小痞子，打麻将打扑克的赌棍，饭馆里喝酒聊天的佩爷们集体创造的"。[①] 人物所操语言的方式或习惯常常与其文化背景、职业身份和性格特征密切相关。在王朔小说中，使用"当代北京话，城市流行语"的"顽主"们大多是出身于军队大院的青年人，受教育程度不太高，多是无正当稳定职业的社会"游民"，甚至是从事非法犯罪活动的青年人，譬如《顽主》中的杨重、于观、马青，《玩的就是心跳》中的方言、刘会元、吴胖子，《千万别把我当人》中的赵航宇、刘顺明、孙国仁，《你不是一个俗人》中的于观、杨重、马青，等等。王朔把那些来自街头的"当代北京话，城市流行语"引进他的小说，让它们在那些整日无所事事、混迹街中的"顽主"们口中重新复活。

王朔的小说语言是机智幽默的"新京味"语言。王朔说："写小说最吸引我的是变幻语言，把词、句打散重新组合，就呈现出另外的意思。"[②] 王朔所谓的"变幻语言"实际上就是通过调侃或反讽的方式，对原有陈旧习见的语言进行加工改造，使之具有新鲜感和可读性。所谓"调侃"，就是以言语戏谑嘲弄，通俗地说就是开玩笑。在小说中，王朔常常以游戏的态度

---

① 王朔：《我看王朔》，《无知者无畏》，春风文艺出版社，2000。
② 王朔：《我是王朔》，国际文化出版公司，1992。

对庄重严肃的话题进行戏谑嘲弄，从而达到一种幽默风趣的效果。譬如《顽主》中，作者对于观等人给宝康颁发"三 T"文学奖过程的描写，把原本严肃的文学颁奖完全戏谑化：

> 发奖是在"受苦人盼望好光景"的民歌伴唱下进行的，于观在马青的协助下把咸菜坛子发给宝康、丁小鲁、林蓓等人，并让他们面向观众把坛子高高举起。林蓓当场就要摔坛子，于观和杨重一左一右夹着她，帮她举起坛子，不住声地说："求你求你求求你，你就当练回举重吧。"

所谓"反讽"，指的是说此指彼，或是正话反说。王朔在小说中常常运用夸张、借代等修辞方式，说此指彼，正话反说，从而达到真实讽刺的效果。譬如《我是你爸爸》中，马锐在课堂上指出了老师的错误，从而引起了一场轩然大波，父亲马林生明明知道儿子是正确的，却还要逼迫儿子向老师认错，严肃认真的批评话语与事实真相形成了"所说非所指"的反讽效果：

> 你傻就傻在不懂得这条做人的基本规则：当权威仍然是权威时，不管他的错误多么确凿，你尽可以腹谤但一定不要千万不可当面指出。权威出错犹如重载列车脱轨，除了眼睁睁看着它一头栽下悬崖，没有任何办法可以挽回，所有努力都将是螳臂挡车结果只能是自取灭亡。

王朔调侃、反讽的对象十分广泛，大到国家时事、革命真理，小到家长里短、男女情事。譬如："本党的宗旨一贯是这样，你是本党党员就将你开除出去，你不是本党党员就将你发展进来——反正不能让你闲着"（《玩的就是心跳》）；"他老是八路军打鬼子那一套破路诱歼化装奇袭什么的，一点拿上台面的东西也没有"（《一点正经没有》）；"文学，就是排泄，排泄痛苦委屈什么的，通过此等副性交的形式寻求快感"（《一点正经没有》）；"'回去跟你们李登辉说'，马青冲台湾女士交代，'好好在岛上过日子吧，别老想着三民主义统一中国。统一了有什么好呵？十亿人都找你要饭吃，你有那么大的饭锅吗？'"（《一点正经没有》）；"'宝味堂'的菜有个特点，那就是寓教于吃。每道菜都渗透着中国文化的博大精深，吃罢令人沉思，不妨称之为'文化菜'，在这里吃一次饭就相当于上了一堂生动活泼的中国文化集锦课"（《千万别把我当人》）。

可见，调侃、反讽与讽刺不同，调侃、反讽的语言显得轻松诙谐，不像讽刺的语言那样严肃认真、尖锐泼辣。对此，王朔说："我们只想让观众掉点眼泪或者乐乐。可有的观众愣要从一切东西里发掘出思想内涵，好像什么都必然得跟人生经历、情操修养联系起来，累不累呀！"[1] 王朔曾经在《我看老舍》中如此批评老舍泛滥运用"京片子"所造成的不良后果："我不知道老舍在《二马》中是有意做文字实验，还是当他打算要用他最熟悉的北京口语创造一种新的白话小说之后就决心一条道走到黑了。一个发生在伦敦的故事通篇用北京话叙述，连小说中的英国人也是一口京片子，怎么读怎么别扭，怎么读怎么难以置信。北京话的后面总是反映北京人的精神状态和生活态度，不是活在这个环境中的人不会采取这样的表达方式，放到英国人身上，似乎他们也一贯如此，真是有些油滑了。从这篇小说中，我看不到伦敦和伦敦人生活的丝毫真实影子，那就像炸鱼蘸甜面酱，强烈的北京话把这一切都串了味儿。"即便王朔自觉地意识到了这样的事实："我也是用北京话写作的，老舍作品中的缺陷也是我在写作中面临的问题。"但事实上，王朔在语言使用上还是缺乏足够的警惕，"顽主"系列作品中由于调侃"泛滥""调配"不当给人带米的油滑和媚俗印象，正是土朔小说饱受诟病和指责的缘由所在。

总之，王朔常常在小说中打破高雅与低俗、严肃与诙谐、真实与虚伪的界限，把不同性质的语言杂陈并置，以调侃和反讽的方式塑造了独具一格的"顽主"群像，形成了一种新鲜活泼、机智幽默的"新京味"。王朔的"新京味"既与其"大院"出身、"文革"经历密切相关，也离不开八九十年代中国社会转型时期的时代语境，更与他的自觉学习实践分不开。王朔说："王朔浪得虚名主要是靠他那批以调佩语言为主的'顽主'系列。"[2]的确如此，正是这些大院文化培育的"新京味"小说在传统的"京味"与"京派"之外，呈现了另一番关于北京的都市景观和文学想象。

---

[1]　王朔：《我是王朔》，《文艺争鸣》1993 年第 1 期。

[2]　王朔：《我看王朔》，《无知者无畏》，春风文艺出版社，2000。

# 结　语


　　中国曾经长期处于重农抑商的农耕文明时代，深受封建伦理思想的影响，相较于发达的乡土书写，20世纪中国文学中的都市书写一直较为薄弱。但毋庸置疑的是，20世纪中国文学与都市文化的关系密切而复杂。一方面，都市是文学的物质基础，为作家提供生活资源，制造审美风尚，培育读者市场；另一方面，都市是文学的重要审美对象，为作家提供各种现代体验和创作素材，作家以各自的审美方式呈现都市景观，叙述都市故事，塑造都市形象。因而，离开都市，文学将失去生成发展的依傍；没有文学，都市也将陷入难以言说的尴尬。当然，不同的都市有着不同的文化性格，对作家及其创作的影响各不相同，而有着不同都市体验的作家对都市的想象和书写也因人因时而异。

　　"五四"时期，现代作家大多出身乡土，长期受到传统农耕文明的熏陶，尤其在思想深处难以摆脱传统儒家文化和伦理观念的影响，因而，他们的都市体验和情感态度是矛盾复杂的。一方面，他们在理性上清醒地意识到，都市是他们生存的基础；另一方面，他们在情感上又无法背离乡土，认同都市。正如李欧梵所言，对于都市，中国现代作家总是面临物质层面的"留恋"与心理精神层面的"逃离"的两难处境。[①] 中国现代文学真正意义上的都市想象应该起始于20世纪30年代新感觉派和现代诗派的文学实践。与鲁迅、废名、许钦文、台静农等出身于乡土的都市寓居者不同，刘呐鸥、施蛰存、穆时英、杜衡、叶灵凤等长期立足于都市的现代派作家不

---

　　① 李欧梵：《现代性的追求——李欧梵文学评论精选集》，生活·读书·新知三联书店，2000，第112页。

但十分认同都市现代伦理价值，而且积极融入现代都市生活。当现代派作家置身于"三千年未有之大变局"的现代都市变革时期，他们面对的生活世界和拥有的文化记忆都发生了惊人的变化，从而导致其审美趣尚和表达方式也随之改变，大街、舞厅、影院、夜总会、百货公司、摩登女郎等都市文化符号都成为独特的审美对象。交错纵横的都市大街和快速便捷的交通工具把人们的都会生活和情感心理变成了直线型和快节奏的。传统的伦理道德和价值观念在现代都市的流行时尚中分崩离析，瞬间直露的感官刺激替代了传统的羞涩缠绵。在都市中，现代机械的力度、摩天大楼的高度和交通工具的速度，已经渗透到现代作家的审美意识中，改变了他们的审美视角和修辞方式。30 年代现代作家的都市体验与文学想象还有不同的方式和视角：一是以茅盾为代表，擅长以社会分析的眼光打量都市各阶级的状况；二是以老舍为代表，大多从文化乡土的角度书写都市的风物人情；三是以沈从文为代表，常常以乡土人情的视角去打量都市社会的人和事。40 年代，救亡成为最迫切的时代命题，文学的都市想象也主要在战争文化语境中展开，最具代表性的是张爱玲、徐訏以及部分九叶派诗人等的相关创作。40 年代后期，杭约赫、唐湜、唐祈、陈敬容、辛笛等九叶派诗人在亲历了战争硝烟、目睹了民生疾苦之后汇聚于上海，用象征、玄学、暗示等现代主义诗学方式呈现了战后都市社会乱象。

新中国成立后较长一段时期，在文学为政治服务的特殊时代语境中，农村题材和革命历史题材成为主流意识形态明确支持的重要题材，都市及其生活方式被看作腐朽堕落的文化符号受到批判和改造。五六十年代，一方面，都市只能以背景的形式隐现在胡万春、唐克新、费礼文、陆俊超、万国儒、李学鳌等人的各类工业题材书写中；另一方面，在《霓虹灯下的哨兵》《千万不要忘记》《祝您健康》《我们夫妇之间》等作品中，都市成为资产阶级的代名词，被想象成政治和道德上的"罪恶的渊薮"。值得重视的是，这一时期欧阳山的《三家巷》和周而复的《上海的早晨》等少数作品以历史回溯和政治改塑的方式获得了描写都市的合法性，真实呈现了不同风格的都市形象。"文革"十年，文学的生产、传播和接受都被纳入政治一体化进程，独立与自足的个性化创作几乎不可能，真正文学意义上的都市书写更是难觅踪迹。新时期以来，伴随着市场经济时代的到来和城市化进程的展开，不断丰富的都市体验促成了当代都市文学的兴起，其中尤以王安忆、冯骥才、池莉、陆文夫、范小青、叶兆言、苏童、王朔、贾平凹、叶广芩等人的都市书写为代表。王安忆的上海书写从历史到现实，从本邦人到外来者，从弄堂女孩到都市"小开"，呈现出立体多面的"上海世界"。冯骥才和池莉对市井人生有着特别的钟爱，在他们的都市想象中，津汉的历史沿革、阡街陌巷、市井人生、风物人情等，想都不用去想，它们就会流淌在笔下。陆文夫与范小青是精致温婉姑苏的代言人，他们通过苏州小巷和市井人物的生活变迁，写出了苏州深厚的历史底蕴，展现了姑苏文化的内在气韵。叶兆言与苏童的南京书写，在历史怀旧中呈现了金陵古都与秦淮人家的繁华和衰颓。贾平凹笔下的西京形象充满了世风日下的颓败。叶广芩的都市书写主要着眼于老北京的满族生活和皇城印象。王朔以"玩世不恭"的调侃颠覆了崇高神圣的帝都形象，展示了社会转型时期另类的京城大院风习。

回顾都市文化与 20 世纪中国文学的关联互动，我们不难发现，虽然都市文学在丰富性与深广度上不如乡土文学，但中国作家的都市体验并不逊于乡土体验，都市审美也有其生发的条件和成长的空间，况且，在城镇化和都市化进程不断加速的当下，日益纷繁复杂的都市体验必然衍生出更为丰富发达的都市文学。

# 参考文献

## 一 论著类

1. 李其荣编著《世界城市史话》，湖北人民出版社，1997。

2. 陈伯海主编《上海文化通史》，上海文艺出版社，2001。

3. 钱理群、温儒敏、吴福辉：《中国现代文学三十年》（修订本），北京大学出版社，1998。

4. 洪子诚：《中国当代文学史》，北京大学出版社，1999。

5. 陈思和主编《中国当代文学史教程》，复旦大学出版社，1999。

6. 许道明：《海派文学论》，复旦大学出版社，1999。

7. 吴福辉：《都市漩流中的海派小说》，湖南教育出版社，1995。

8. 杨义：《京派海派综论》（图志本），中国社会科学出版社，2003。

9. 蒋述卓、王斌等：《城市的想象与呈现——城市文学的文化审视》，中国社会科学出版社，2003。

10. 李俊国：《中国现代都市小说研究》，中国社会科学出版社，2004。

11. 程光炜主编《都市文化与中国现当代文学》，人民文学出版社，2005。

12. 李今：《海派小说与现代都市文化》，安徽教育出版社，2000。

13. 任平：《时尚与冲突：城市文化结构与功能新论》，东南大学出版社，2005。

14. 陈明远：《文化人的经济生活》，文汇出版社，2005。

15. 曹聚仁：《鲁迅评传》，东方出版中心，1999。

16. 赵园：《北京：城与人》，北京师范大学出版社，2014。

17. 吴义勤：《漂泊的都市之魂——徐訏论》，苏州大学出版社，1993。

18. 高秀芹：《文学的中国城乡》，陕西人民教育出版社，2002。

19. 李永东:《租界文化与 30 年代文学》,上海三联书店,2006。

20. 杨剑龙主编"上海文化与上海文学研究丛书",上海文化出版社,2012。

21. 李洪华:《上海文化与现代派文学》,江西人民出版社,2010。

22. 李欧梵:《现代性的追求——李欧梵文学评论精选集》,生活·读书·新知三联书店,2000。

23. 王德威:《想像中国的方法:历史·小说·叙事》,生活·读书·新知三联书店,2003。

24. 李欧梵:《上海摩登——一种新都市文化在中国 1930—1945》,北京大学出版社,2001。

25. 〔日〕中野尊正等:《城市生态学》,孟德正等译,科学出版社,1986。

26. 〔美〕丹尼尔·贝尔:《资本主义文化矛盾》,赵一凡等译,生活·读书·新知三联书店,1989。

27. 〔法〕丹纳:《艺术哲学》,傅雷译,安徽文艺出版社,1998。

28. 〔美〕爱德华·W. 萨义德:《东方学》,王宇根译,生活·读书·新知三联书店,1999。

29. 〔美〕马泰·卡林内斯库:《现代性的五副面孔——现代主义、先锋派、颓废、媚俗艺术、后现代主义》,商务印书馆,2002。

30. 〔美〕刘易斯·芒福德:《城市文化》,宋俊岭等译,中国建筑工业出版社,2009。

## 二 作品类

1.《鲁迅全集》,人民文学出版社,1981。

2.《沈从文全集》,北岳文艺出版社,2002。

3.《张爱玲文集》,安徽文艺出版社,1992。

4. 张爱玲:《小团圆》,北京十月文艺出版社,2012。

5.《老舍全集》,人民文学出版社,1991。

6.《茅盾全集》,人民文学出版社,1989。

7. 孔另境编《现代作家书简》,花城出版社,1982。

8. 严家炎编选《新感觉派小说选》,人民文学出版社,1985。

9.《徐訏全集》,正中书局,1967。

10. 《穆时英小说全集》，时代文艺出版社，1998。

11. 《李金发诗集》，四川文艺出版社，1987。

12. 《穆木天诗选》，人民文学出版社，1987。

13. 《戴望舒诗集》，四川人民出版社，1981。

14. 蓝棣之编选《九叶派诗选》（修订版），人民文学出版社，1992。

15. 《王安忆自选集》，天地出版社，2017。

16. 王安忆：《考工记》，花城出版社，2018。

17. 《池莉文集》，江苏文艺出版社，1995。

18. 《陆文夫文集》，古吴轩出版社，2009。

19. 《范小青文集》，江苏文艺出版社，1997。

20. 范小青：《裤裆巷风流记》，人民文学出版社，2016。

21. 叶兆言：《夜泊秦淮》，人民文学出版社，2012。

22. 叶兆言：《一九三七年的爱情》，江苏文艺出版社，1996。

23. 《苏童作品集》，上海文艺出版社，2013。

24. 《贾平凹文集》，译林出版社，2012。

25. 贾平凹：《我是农民》，中国社会出版社，2006。

26. 《叶广芩文集》，北京十月文艺出版社，2015。

27. 任欢迎、李光主编《读城》，清华大学出版社，2010。

# 后 记

2020 年注定是个不平凡的年份，从年初至岁末，肆虐的新冠肺炎疫情带给人们的创伤性记忆梦魇般地挥之不去，它不仅深刻地影响了世界的政治格局，也给每一个平凡的生命制造了紧张而压抑的体验。因而，本书也一定程度地烙上了特殊时期的印记，无论是修订书稿时的心态，还是其中某些内容的删改，都有着或深或浅的痕迹。但无论如何，这个特殊的庚子年于我本人应该是值得纪念的时间段。岁月虽纷扰，生活仍充实。在足不能出户的那段时间里，我勉力完成了 2019 年度的江西文化艺术基金项目"转型时期的江西文学（1978—2018）"，凡 32 万字，以一己之力，对改革开放 40 年来的江西文学创作进行了梳理和评析，也算是了却了多年在江西省作家协会和文艺评论家协会兼职的一个心愿。当然，几天前，新书《20世纪以来中国大学叙事研究》也带来了一阵欢欣，那是前五年心血的凝结。近些日子，偶有烦躁时，我总是这样说服自己，一个读书人，看了想看的书，写了要写的文字，不是应该理所当然了吗？

自 2005 年到上海师范大学跟随杨剑龙先生攻读博士学位以来，都市文化与中国现代文学一直都是我孜孜以求的方向。其间，在博士学位论文基础上，出版了第一本专著——《上海文化与现代派文学》，获得了导师和学界同人的一些好评。后来，又在此基础上，给南昌大学中文系的本科生和研究生开设了"都市文化与中国现代文学"课程，对一些相关问题进行了更广泛而深入的探讨。那些教学相长的细节和场景是令人难忘的，同学们的认真和活跃至今让我记忆犹新。毋庸讳言，本书中的不少观点和材料得益于多年来的课堂讨论，其中第八章借鉴了研究生孙新的文章，在此致谢。本书虽名为《20世纪中国作家的都市体验与文学想象》，讨论的范畴实则涵

326

括了"五四"以来至当下的整个中国现当代文学，但由于对象的复杂和能力的囿限，本书只是选择了鲁迅、老舍、张爱玲、茅盾、沈从文、徐訏、新感觉派、象征派、现代诗派、九叶派、王安忆、冯骥才、池莉、叶兆言、苏童、贾平凹、叶广芩、王朔等部分具有代表性的作家或流派作为对象，从都市文化语境、作家都市体验及其书写着手，以期探讨都市文化与20世纪中国文学之间的关联互动。其中必然有诸多不够成熟合理的地方，只好在此就教于方家了。

从《上海文化与现代派文学》出发，到《20世纪中国作家的都市体验与文学想象》，本人关于都市文化与现代文学的探讨也许告一段落了，但好在"都市文化与中国现代文学"的课程还在继续，年轻学子们的青春热情定会再次照亮前行的方向，这是不容置疑的。最后，我要真诚地感谢夫人姜国华女士为我默默做出的奉献，感谢一路扶持我的父母和师长，感谢南昌大学人文学院对拙著的支持，感谢社会科学文献出版社仇扬女士为本书付出的辛劳，尤其感谢热情而真诚的张柠先生在百忙之中为本书作序。学不可以已，吾将上下而求索。

2020 年 12 月 28 日

于泉水湾

# 作者简介

　　李洪华，江西瑞昌人，文学博士，南昌大学人文学院教授、博士生导师、谷霁光人文高等研究院副院长，中国作家协会会员，江西省"百千万"人才工程人选，江西省作家协会副主席，江西省文艺评论家协会副主席，江西省当代文学学会会长，出版专著《上海文化与现代派文学》《中国左翼文化思潮与现代主义文学嬗变》《古典韵致与现代焦虑的变奏》《生命意识与文化启蒙》《20世纪以来中国大学叙事研究》等，在《文艺研究》《人民日报》《光明日报》《中国现代文学研究丛刊》等发表各类文章120余篇，主持国家社科基金等各类项目20余项，先后获江西省社会科学优秀成果二、三等奖等多项。

**图书在版编目（CIP）数据**

20 世纪中国作家的都市体验与文学想象 / 李洪华著
. -- 北京：社会科学文献出版社，2022.4
（致远学术文丛）
ISBN 978 - 7 - 5201 - 9519 - 5

Ⅰ.①2… Ⅱ.①李… Ⅲ.①中国文学 - 现代文学 -
文学研究②中国文学 - 当代文学 - 文学研究　Ⅳ.
①I206.6

中国版本图书馆 CIP 数据核字（2021）第 267498 号

致远学术文丛
## 20 世纪中国作家的都市体验与文学想象

著　　者 / 李洪华

出 版 人 / 王利民
责任编辑 / 仇　扬
文稿编辑 / 李月明
责任印制 / 王京美

出　　版 / 社会科学文献出版社 · 当代世界出版分社 （010）59367004
　　　　　　地址：北京市北三环中路甲 29 号院华龙大厦　邮编：100029
　　　　　　网址：www. ssap. com. cn
发　　行 / 社会科学文献出版社 （010）59367028
印　　装 / 天津千鹤文化传播有限公司

规　　格 / 开　本：787mm × 1092mm　1/16
　　　　　　印　张：21.25　字　数：336 千字
版　　次 / 2022 年 4 月第 1 版　2022 年 4 月第 1 次印刷
书　　号 / ISBN 978 - 7 - 5201 - 9519 - 5
定　　价 / 168.00 元

读者服务电话：4008918866